LAURA KNEIDL & BIANCA IOSIVONI

Midnight Chronicles

Nachtschwur

LAURA KNEIDL

BIANCA IOSIVONI

MIDNIGHT CHRONICLES

NACHTSCHWUR

ROMAN

LYX

LYX in der Bastei Lübbe AG
Dieser Titel ist auch als E-Book und Hörbuch erschienen.

Die Bastei Lübbe AG verfolgt eine nachhaltige Buchproduktion.
Wir verwenden Papiere aus nachhaltiger Forstwirtschaft und verzichten darauf,
Bücher einzeln in Folie zu verpacken. Wir stellen unsere Bücher
in Deutschland und Europa (EU) her und arbeiten mit den Druckereien
kontinuierlich an einer positiven Ökobilanz.

MIX
Papier | Fördert
gute Waldnutzung
FSC® C014496
FSC
www.fsc.org

Originalausgabe

Dieses Werk wurde vermittelt durch die
AVA international GmbH Autoren- und Verlagsagentur, München.
www.ava-international.de und die
Langenbuch & Weiß Literaturagentur, Hamburg/Berlin.
www.langenbuch-weiss.de

Lektorat: Kristina Langenbuch Gerez
Textredaktion: Melike Karamustafa
Illustration: © Lorena Lammer
Covergestaltung: Sandra Taufer, München
Coverabbildung: © Shutterstock (Laura Crazy; Nik Merkulov;
HS_PHOTOGRAPHY; Shebeko)
Satz: Greiner & Reichel, Köln
Gesetzt aus der Adobe Caslon
Druck und Einband: GGP Media GmbH, Pößneck

Printed in Germany
ISBN 978-3-7363-1351-4

1 3 5 7 6 4 2

Sie finden uns im Internet unter: lyx-verlag.de
Bitte beachten Sie auch: luebbe.de und lesejury.de

Für unsere wunderbaren Leser:innen.
Danke, dass ihr uns auf dieser
unglaublichen Reise begleitet habt.

PLAYLIST

Korn – You'll Never Find Me
Falling in Reverse – I'm Not A Vampire
We Are The Fallen – Bury Me Alive
Highly Suspect – Lydia
The Prodigy – Run With The Wolves
COUNTERFREIT. – As yet Untitled
Sam Tinnesz feat. Zayde Wølf – Man or a Monster
Bring Me The Horizon – True Friends
Royal Deluxe – I'm a Wanted Man
The Prodigy – Firestarter
Rage Against The Machine – How I Could Just Kill a Man
Mischa »Book« Chillak feat. Esthero – Ready Or Not
The Bridge City Sinners – Witches' Wrath
Johnny Cash – The Man Comes Around
Valerie Broussard – Trouble
Welshly Arms – Legendary
The Dead Weather – Treat Me Like Your Mother
Coldplay – Fix You
Spiritbox – The Summit
A Perfect Circle – The Outsider
The Pretty Reckless – Goin' Down
Rising Appalachia – Oh Death
Ice Nine Kills – Rainy Day
2WEI – In The End
Slipknot – Goodbye

WAS BISHER GESCHAH ...

Die Zusammenfassungen von *Schattenblick*, *Blutmagie*, *Dunkelsplitter* und *Seelenband* findest du im *Was bisher geschah* … der vorangegangenen Bücher.

Was mit Roxy und Shaw in *Todeshauch* geschehen ist, kannst du hier nachlesen:

Zwei Monate nach Roxys Tod setzt Shaw alles daran, ihre Seele aus der Unterwelt zurückzuholen. Während er mithilfe des Ghostvision die letzten verbliebenen Geister aufspürt, die Roxy damals versehentlich aus der Unterwelt befreit hat, und sie zurückschickt, ist er ständig auf der Flucht vor den anderen Hexenmeister:innen. Sie können ihn anhand seiner Magie aufspüren und machen in Baldurs Auftrag Jagd auf ihn, weil Shaw sich dazu entschieden hat, nicht wieder in sein altes Leben als Kane zurückzukehren.

Dank der Unterstützung einiger Hunter, die Shaw nach wie vor vertrauen – darunter Warden, Trent und Birdie –, gelingt es Shaw in Sizilien, ein Tor zur Hölle zu öffnen. Gemeinsam mit Finn und Giselle betritt er die Unterwelt, wo es ihnen schließlich gelingt, Roxys Seele zu befreien. Wenig später erwacht Roxy im Londoner Quartier wieder zum Leben, jedoch ohne sich an ihre Erlebnisse in der Unterwelt zu erinnern. Die Freude ist groß, als sie nicht nur die aus der Geisterwelt befreiten Hunter Dinah und Ripley wiedersieht, sondern auch endlich ihren verschollenen Zwillingsbruder Niall, der all die Jahre in der Geisterwelt gefangen war.

Gleichzeitig mit Roxys Rückkehr wird das Hunterquartier in St. Petersburg von Hexen angegriffen, wie kurz darauf auch das Quartier in Warschau. Wenige Tage später treffen auch Roxy und Shaw in London wieder aufeinander und sie überredet ihn, mit ihr ins Hunterquartier zurückzukehren. Nach einer leidenschaftlichen Nacht mit Shaw sucht Roxy am nächsten Morgen den Todesboten Kevin auf. Sie will einen neuen Deal aushandeln, doch Kevin lässt sich nicht darauf ein. Schlimmer noch, wegen ihrer Befreiung aus der Unterwelt ändert er den Deal und zwingt Roxy, Shaw – der eine der 449 von ihr befreiten Seelen ist – eigenhändig zu töten. Nur so könne sie ihr eigenes Leben retten.

Während Roxy alles in ihrer Macht Stehende tut, um eine Lösung zu finden, entwickeln sie und Shaw einen Plan: Sie teilen sich auf und benutzen abwechselnd den Ghostvision, um die letzten entflohenen Seelen in Europa und dem Rest der Welt aufzuspüren.

Es fehlen nur noch eine Handvoll Seelen, als das Quartier in Prag von Baldurs Leuten dem Erdboden gleichgemacht wird. Roxy und Shaw reisen gemeinsam nach Prag in der Hoffnung, Überlebende zu retten, finden jedoch nur den Quartiersleiter Krall tot auf. In den Ruinen des Quartiers werden sie vom Hexenmeister Tarquin überrascht, der ihnen eröffnet, dass die Geisterkönigin Marjorie und Baldur ein Paar sind und der Hexenkönig alles dafür tun wird, sie zurückzubekommen. Dafür schlägt er Shaw einen Handel vor: Baldur weiß, dass die Hunter hinter Marjories Gefangennahme stecken, und bietet Shaw einen erneuten Platz als Hexenmeister an seiner Seite an, wenn er ihm seine Geliebte zurückbringt. Shaw lehnt ab, doch durch das Gespräch wissen sie nun, dass Baldur nicht nur Marjorie sucht, sondern auch die beiden Soul Hunter, die sie gefangen genommen haben: Ella und Wayne.

In der Zwischenzeit arbeitet die Leiterin des Londoner Quartiers Nala zusammen mit anderen Quartiersleiter:innen mit Hochdruck daran, Baldur eine Falle in Camber Castle, außerhalb Londons, zu stellen. Dafür sind bereits eine Vielzahl starker Magic Hunter und Huntresses sowie Amulettträger:innen auf dem Weg in die Stadt. Sie geben Baldur mit Shaws Hilfe ein Ultimatum und nennen ihm den Ort, an den sie ihn für den finalen Kampf locken wollen. Ihr Plan ist es, Baldur dort zu überwältigen und seine Seele ebenfalls in eines der antiken Bronzefläschchen zu sperren.

Baldur greift derweil auf der Suche nach Marjorie und den beiden Soul Huntern weitere Quartiere an und kommt dem Versteck, in dem sich das Bronzefläschchen mit Marjorie befindet, immer näher. Zusammen mit Dinah und Ripley macht sich Shaw auf den Weg nach Kreta, um das Fläschchen zu holen und in ein neues Versteck zu bringen.

Zur gleichen Zeit fliegt Roxy mit ihrem Bruder Niall und ihrem Kampfpartner Finn nach Irland. Dort trifft sie ihre Eltern wieder, rüstet sich in Amelias altem Haus mit Amuletten und Waffen aus und schickt mit Finns Hilfe den vorerst letzten Geist in die Unterwelt zurück. Von all den befreiten Seelen ist nur noch eine übrig: Shaw.

Zurück im Londoner Quartier verbringen Roxy und Shaw eine emotionale und leidenschaftliche letzte Nacht zusammen. Doch als Shaw erneut den Albtraum hat, in dem er als Kane ein Hunter-Paar tötet, eskaliert die Situation und es kommt zu einer Auseinandersetzung zwischen ihnen. Denn während Roxy noch immer verzweifelt nach einer Lösung sucht, mit der sie den Fluch brechen kann und sie beide überleben können, hat Shaw sein Schicksal längst akzeptiert: Roxy soll seine Seele in die Unterwelt verbannen, damit sie den Auftrag des Todesboten erfüllt und weiterleben darf.

Doch als sie am nächsten Tag auf dem Dach des Londoner Quartiers stehen und Roxys Zeit beinahe abgelaufen ist, bringt sie es nicht über sich, Shaw zu töten. Sie liebt ihn und würde lieber selbst sterben, als ihn in die Unterwelt zu schicken. Kevin erscheint – und gibt sich überraschend als Ulysses, den König der Unterwelt, zu erkennen. Er nimmt den Fluch von Roxy und offenbart ihnen, dass er sie im Kampf gegen Baldur noch braucht. Er selbst könne und wolle sich nicht einmischen.

Kurz nach Ulysses' Verschwinden verbindet der Schattenblick Roxy mit Niall, und sie sieht durch die Augen ihres Zwillingsbruders, wie Baldur und seine Anhängerschaft in das Quartier eindringen. Der Plan der Hunter ist gescheitert, ihre Falle hat versagt, Baldur ist ihnen zuvorgekommen. Es kommt zu einem heftigen Kampf, bei dem Roxy und Shaw sich trennen, damit Shaw via Portal Hilfe holen kann, denn alle Hunter und Huntresses befinden sich bereits in Camber Castle. Während Shaw dort gegen Tarquin kämpft, stellt sich Roxy im Quartier allein der Hexenmeisterin Sunniva entgegen und schafft es schließlich, sie zu besiegen. Als Baldur Roxy direkt angreift, versucht Niall seine Schwester zu retten und wird dabei schwer verletzt. Die Angst um ihren Bruder und die Wut auf Baldur befähigen Roxy dazu, diesen mithilfe ihrer Amulettmagie von sich zu stoßen, bis Shaw mit Verstärkung zurückkehrt.

Zusammen gelingt es ihnen, dem Hexenkönig eine tödliche Verletzung zuzufügen, die seine Seele freisetzt. Doch als Finn mit dem leeren Bronzefläschchen an Baldur herantritt, um dessen Seele darin einzusperren, beweist der Hexenkönig seine Macht: Er übernimmt Finns Körper. Anschließend flieht er und lässt die Londoner Hunter geschlagen und entsetzt zurück.

1. KAPITEL

Harper

5 Tage vor dem Angriff auf das Quartier in London

»Wo ist Jules Marlowe?«

Ich bohrte die Spitze meines Katanas tiefer in die Brust des Vampirs, der vor mir auf dem Boden lag. Er stöhnte vor Schmerzen auf, aber die Erlösung durch den Tod kam nicht. Kaltes Blut quoll aus der Wunde. Das Licht der Straßenlaterne fiel auf sein blasses, von dunklen Adern durchzogenes Gesicht und ließ mich seine Fangzähne deutlich erkennen, dazu geschaffen, menschliche Haut zu durchstoßen. Ich hatte ein Monster vor mir, doch der Ausdruck in seinen Augen war der eines verängstigten Kindes.

»Ich … Ich weiß es nicht«, stotterte der Vampir, dessen Aussehen über sein wahres Alter hinwegtäuschte. Sein rundliches Gesicht war mit der Verwandlung in einen Vampir erstarrt. Er konnte nicht älter als fünfzehn sein, vielleicht sechzehn. Womöglich hätte ich sogar Mitleid für ihn empfinden können, hätte ich ihn nicht dabei erwischt, wie er einer Frau auflauerte, um ihr Blut zu trinken.

»Bist du dir sicher?«

Die Klinge meines Katanas war nur wenige Millimeter von seinem Herzen entfernt. Wenn der Vampir sich sicher sein sollte, dann in diesem Moment. Eine flinke Bewegung, und er gehörte der Vergangenheit an. Dennoch hegte ich wenig Hoffnung auf Informationen. Wenn Jules klug war, hatte er nicht nur Edinburgh, sondern auch Schottland längst verlassen; und wenn er zu der dummen Sorte gehörte – was ich nicht glaubte, denn das würde bedeuten, dass ihn das Vampirsein mehr verändert hatte, als bisher bekannt war –, so war es doch unwahrscheinlich, dass ausgerechnet dieser junge Vampir etwas wusste. Er war zu unerfahren. Stand am Ende der Befehlskette.

»Absolut! Ich schwöre, wüsste ich etwas, würde ich es dir sagen. Ich …« Die Worte des Vampirs erstarben auf seiner Zunge. Die Augen rollten zurück in seinen Schädel, und seine Hände fielen schlaff auf den Boden, auf dem sich eine Blutlache ausbreitete. Er war tot. Mit der kleinsten Bewegung meines Katanas hatte ich ihn von seiner armseligen Existenz erlöst.

Mit einem Seufzen zog ich die Klinge aus seiner Brust und wischte sie an seinem Hemd sauber, bevor ich sie zurück in die Halterung schob, die auf meinem Rücken saß. Dann richtete ich mich auf und sah mich um.

Ich befand mich nicht weit vom Quartier entfernt unter einer Art Brücke in der Montgomery Street, die zwischen zwei Häusern verlief und in einen weitläufigen Hinterhof führte, in dem eine Werkstatt ansässig war. Es war Nacht und weit und breit niemand zu sehen. Nur ganz vereinzelt hatte ich auf meinem Weg hierher noch Licht in den Häusern gesehen. Wir waren dem Sonnenaufgang näher als dem letzten Sonnenuntergang – worüber ich lieber nicht nachdenken wollte, denn in fünf Stunden, um acht Uhr, würde mein Wecker klingeln, um mich aus dem Bett zu werfen, damit ich es rechtzeitig zur ersten Vorlesung schaffte.

Ich zog das Handy aus der Tasche meiner Lederjacke. Es war im Flugmodus, wie immer, wenn ich auf die Jagd ging, da ich nicht wollte, dass mich irgendeine gut gemeinte Benachrichtigung versehentlich verriet.

Ich deaktivierte den Modus und sogleich ploppten mehrere Nachrichten auf, allesamt von Holden. Augenblicklich beschleunigte sich mein Herzschlag, denn mit den Nachrichten meines Bruders stieg zugleich die unterschwellige Angst in mir auf, dass ihm etwas zugestoßen sein könnte.

01:13 Uhr
Holden: *Ich war gerade in deinem Zimmer. Wo bist du?*

01:20 Uhr
Holden: *Bist du auf der Jagd?! Grant hat gesagt, wir sollen im Quartier bleiben!!!*

01:58 Uhr
Holden: *Harper? Melde dich, wenn du das hier liest.*

02:32 Uhr
Holden: *Hallooooo?*

02:39 Uhr
Holden: *Melde dich! Ich mach mir Sorgen.*

»Shit«, fluchte ich laut. Warum zur Hölle hatte Holden im Quartier nach mir gesucht? Heute Nachmittag hatte er mir noch gesagt, dass er die Nacht bei unserer Tante und unserem Onkel verbringen würde. Offenbar hatten sich seine Pläne nach dem Angriff auf das Prager Quartier vor wenigen Stunden geändert – womit ich eigentlich hätte rechnen müssen.

Kurz überlegte ich, Holden eine Lüge aufzutischen, wie dass ich einen One-Night-Stand hatte, aber was sollte das bringen?

Er würde sie ohnehin durchschauen. Immerhin war er nicht nur mein Zwillingsbruder, sondern auch mein bester Freund und Kampfpart... *ehemaliger* Kampfpartner.

Ich: *Keine Sorge, mir geht es gut. Ich hatte nur den Flugmodus an. Geh schlafen. Wir reden morgen. Gute Nacht!*

Die Nachricht wechselte binnen drei Sekunden von *verschickt* zu *übertragen* zu *gelesen*.

Verdammt, warum war Holden um diese Uhrzeit noch wach? Ich wartete einen Augenblick, doch er antwortete mir nicht.

Ich wechselte das Fenster und textete Warden, damit er unter seinem Namen den Reinigungstrupp für mich beauftragen konnte. Inzwischen ging Warden nur noch mit seiner Partnerin und festen Freundin Cain auf die Jagd, aber davor war er ebenfalls viele Jahre allein durch die Stadt patrouilliert. Er stellte keine Fragen, warum ich trotz Ausgangsverbot allein loszog. Und er war auch gewillt, dafür Grants Zorn auf sich zu ziehen, den er selbst mehr als gewohnt war.

Warden: *Noch ein Vampir?*

Ich: *Was soll ich machen? Die laufen mir ständig in die Klinge.*

Warden: *Was für ein Zufall.*

Warden: *Ich schick jemanden, aber dafür schuldest du mir was. Grant wird nicht glücklich sein, wenn er davon hört.*

Ich: *Danke!*

Ich steckte mein Handy weg, packte den toten Vampir an den Füßen und schleifte seinen Körper in den Hinterhof, um ihn hinter der Karosserie eines ausgeschlachteten Autos zu verstecken, damit er nicht entdeckt wurde, bevor der Reinigungstrupp eintraf. Gegen die Blutlache konnte ich vorerst nichts unternehmen, aber in der Dunkelheit könnte es sich auch um einen Ölfleck handeln.

Es war bereits der vierte Vampir, den ich in ebenso vielen Stunden auf Jagd erledigt hatte, und allmählich befürchtete ich, dass Warden Verdacht schöpfte und ahnte, was ich trieb. Doch ich konnte ihm die Wahrheit nicht sagen. Denn genauso wie Cain und er war auch ich auf der Suche nach Jules Marlowe. Ich hatte noch keine Ahnung, was ich mit ihm anstellen würde, sobald ich ihn gefunden hatte. Aber ich konnte den Mann, der Holden fast getötet und in den Rollstuhl gebracht hatte, nicht einfach so ziehen lassen. Ich sehnte mich nach etwas … einer Möglichkeit, Gerechtigkeit walten zu lassen, und zwar völlig ungeachtet der Gefühle, die ich ihm gegenüber einmal verspürt hatte. Denn Jules war nicht länger der liebenswerte Grim Hunter, den alle gemocht hatten – aus ihm war ein Monster geworden.

Ich holte tief Luft. Ein ziehender Schmerz schoss mir durch die linke Seite, von der Prellung, die ich mir bei einem anderen Kampf an diesem Abend zugezogen hatte. Ich schob meine Lederjacke beiseite und hob mein Shirt an. Selbst im fahlen Licht der Laterne war der aufblühende blaue Fleck deutlich zu erkennen. Großartig.

Ich ließ mein Shirt los. Trotz der Schmerzen wäre ich am liebsten noch weiter durch die Straßen von Edinburgh gezogen, aber ich hatte eine Verabredung, die ich nicht verpassen durfte. Es war der letzte Stopp für heute, anderenfalls würde ich meine Vorlesung am nächsten Tag mit hundertprozentiger Sicherheit verpennen, und ich hatte ohnehin schon jede Menge Fehlstunden – so wie jeder studierende Hunter und jede studierende Huntress, die ich kannte. Manchmal fragte ich mich, wieso ich mir die Mühe überhaupt machte, aber dann erinnerte ich mich daran, wie sehr ich diesen Anschein von Normalität mochte. Zwischen den alten Mauern der Universität, umgeben von Studierenden, deren Sorgen nicht weiter reichten als bis zur nächsten Klausur, fühlte ich mich fast normal. Unbeschwert. Dort war ich einfach nur Harper. Und nicht Harper Iwanow, die Magic Huntress, die für ihr Alter viel zu vertraut mit dem Tod war.

Mit einem letzten Blick auf den toten Vampir wandte ich mich ab und lief die Straße entlang zu meinem Motorrad. Der Motor heulte auf und brach brutal die Stille der Nacht. Ich rauschte die leeren Straßen entlang bis nach Lochrin, einem kleinen Gebiet im Südwesten des Stadtzentrums. Neue und alte Architektur trafen hier aufeinander; moderne Fassaden aus Glas bildeten einen abwechslungsreichen Kontrast zu den von Jahrhunderten gezeichneten Mauern aus Sandstein. In dieser Ecke gab es zahlreiche Hotels, die sich mehr und mehr mit Touristen füllten, nun, da die Tage wieder länger und wärmer wurden. Die Eingangsbereiche waren auch um diese Uhrzeit hell erleuchtet.

Doch mein Ziel war keines der teuren Hotels.

Entschlossen steuerte ich eine der Seitenstraßen an. Sie war schmal und alles andere als gepflegt. Die schäbige Gasse war so schmal, dass es nicht mal einen Gehweg gab. Vor einer nichtssagenden braunen Backsteinwand stellte ich mein Motorrad ab und stieg die schiefen Stufen zu einem Kellerraum hinab. Es gab keine Fenster, dennoch vernahm ich leise Musik aus dem Inneren.

Es war ein Pub. Ein illegaler Pub. Der um diese Uhrzeit

eigentlich schon längst geschlossen haben müsste wie alle anderen, doch er existierte unter dem Radar der Gesellschaft.

Ich spähte über meine Schulter und nach rechts und links, um sicherzugehen, dass mich niemand beobachtete oder mir gefolgt war, ehe ich anklopfte. Dann trat ich einen Schritt zurück und löste das Katana samt Halterung von meinem Rücken. Dabei hörte ich, wie sich jemand auf der anderen Seite der Tür näherte. Das metallische Schaben eines Riegels ertönte, und einen Moment später wurde mein Gesicht von einem Streifen Licht erfasst, das durch einen Schlitz trat, der sich auf Augenhöhe geöffnet hatte.

»Passwort?«, fragte eine tiefe Stimme.

Ich lächelte verbissen. »Blut so kalt wie Tomatensuppe.«

Der Mann nickte. Der Schlitz wurde zugeschoben, und einen Moment später öffnete sich die Tür.

Der Geruch von Alkohol schlug mir entgegen, aber es war nicht der Gestank, der mich die Nase rümpfen ließ. Es war dieser Ort. Dieser Pub. Diese Gesellschaft.

Ich trat ein und übergab dem Türsteher – dem Vampir – widerwillig mein Katana und die beiden Dolche an meinem Gürtel. Sofort fühlte ich mich nackt und verletzlich. Doch mir wurde der Zutritt nur ohne Waffen gewährt. Das Pfefferspray, das ich zur Sicherheit in meiner Hosentasche stecken ließ, zählte nicht als Waffe, oder?

»Pass gut darauf auf.«

Der Vampir nickte. »Wie immer.«

Ich grunzte, denn obwohl er bisher tatsächlich immer acht auf meine Waffen gegeben hatte, vertraute ich ihm nicht. Genauso wenig wie sonst jemandem hier, aber mein Verlangen, Jules zu finden, war ausgeprägter als meine Vernunft.

Ich ließ meinen Blick durch den Pub gleiten, der gewöhnlicher nicht hätte aussehen können. Dunkles Holz und Backsteine bildeten die Grundlage des Innenraums. Plaketten und Metallschilder schmückten die Wände. Es gab gemütlich wirkende Sitzecken und einen Billardtisch, an dem gerade zwei Frauen spielten. Die Kugeln klackerten, und im Hintergrund lief Musik. Ein Song, den ich schon Dutzende Male im Radio gehört hatte, aber keinem Interpreten zuordnen konnte.

Doch dieser Pub war alles andere als gewöhnlich. Wohin ich auch blickte, entdeckte ich Vampire und ihre Gespielen und Gespielinnen. Ich wusste nicht, ob all diese Menschen freiwillig hier waren, aber sie schienen eine gute Zeit zu haben. Sie tranken, was die Bar hergab, und die Vampire tranken von ihnen.

Ich ging an einem sportlich gebauten Typen vorbei, den ich glaubte aus der Uni zu kennen. Eine Vampirin saß auf seinem Schoß und hatte ihre Fänge in seinen Hals geschlagen. Sein Kopf war zur Seite gefallen, seine Augen waren geschlossen und die Lippen leicht geöffnet – und seine Jeans waren von einer deutlichen Erektion ausgebeult. Er schien zu genießen, was da mit ihm geschah, auch wenn ich mir das beim besten Willen nicht vorstellen konnte.

Ich wandte den Blick ab und steuerte geradewegs die Bar an, ohne dem Geschehen um mich herum weitere Aufmerksamkeit zu schenken. Meine Verabredung wartete bereits auf mich.

»Hallo Phineas«, begrüßte ich ihn und setzte mich auf den Hocker neben ihm an die Bar. Seit fast drei Monaten trafen wir uns wöchentlich in diesem Pub, dennoch würde ich mich wohl nie daran gewöhnen, einem Blutsauger so nahe zu sein, ohne ihm eine Klinge durchs Herz zu rammen.

»Harper«, erwiderte er und nickte mir zum Gruß zu. Mit seinen lichten, ergrauten Haaren, die er zu einem altmodisch wirkenden Zopf gebunden hatte, und dem verschlissenen Flanellhemd sah er aus wie ein Bauarbeiter, der sich davor scheute, nach der Arbeit nach Hause zu seiner Frau zu gehen. In Wahrheit war Phineas ein jahrhundertealter Vampir und hatte einst zu Isaacs engsten Vertrauten gehört. »Wie ich sehe, hast du die letzte Woche überlebt.«

»Bedauerlicherweise?«

»Keineswegs. Ich freu mich, dass du wohlauf bist.«

Ich lachte. »Warum glaub ich dir das nicht?«

»Weil du paranoid und misstrauisch bist.«

»Zu Recht, wie ich finde«, sagte ich und deutete um mich. Hinter mir hörte ich ein genüssliches Schmatzen, gefolgt von einem heiseren Stöhnen, bei dem es mir kalt den Rücken hinablief.

Der Barkeeper – ebenfalls ein Vampir – kam zu uns. Es war ein anderer als die letzten Male, und ein klein wenig hoffte ich, dass sein Vorgänger einem von uns zum Opfer gefallen war. »Was kann ich dir bringen? Einen Drink oder was zu essen?«

Ich schüttelte den Kopf, obwohl mein Magen knurrte. Es war jedes Mal so, als würden die Bewegung und das Adrenalin der Jagd meinen Magen leer pumpen, aber ich würde den Teufel tun und etwas zu mir nehmen, das mir diese Kreaturen vorsetzten. Wer wusste schon, was sie mir ins Essen oder Trinken mischten? Am Ende fand ich mich noch stöhnend auf Phineas' Schoß wieder, während er an meinem Hals nuckelte …

Urgh. Niemals.

Der Barkeeper zog wieder ab.

»Du vertraust uns immer noch nicht«, sagte Phineas, ohne dass ich aus seinem trockenen Tonfall hätte heraushören können, ob er beleidigt oder amüsiert war.

»Ich vertraue niemandem. Nur mir selbst.«

Seine Mundwinkel zuckten. »Und Holden.«

Ich presste die Lippen aufeinander. Es gefiel mir nicht, dass er über Holden Bescheid wusste, aber ich hatte ihn auch nicht vor Phineas verheimlichen können. Anderenfalls hätte er mir niemals genug vertraut, um diesen Deal mit mir einzugehen, denn Phineas wollte Jules genauso unbedingt in die Finger bekommen wie ich.

Unsere Wege hatten sich vor fast drei Monaten gekreuzt, spätnachts während einer meiner nächtlichen Solojagden. Ich hatte ihn ausgefragt, wie jeden Vampir, der mir seit Ende des letzten Jahres begegnet war. Phineas hatte beteuert, dass er und einige andere ältere Vampire Jules ebenfalls suchten, weil er Isaac auf dem Gewissen hatte, und so waren wir ins Geschäft gekommen. Wie hieß es so schön: *Der Feind meines Feindes ist nun mal mein Freund.* Dass ich für die Suche nach Jules über die Leichen anderer Vampire stieg, war Phineas gleichgültig, die Integrität seiner Spezies war ihm wichtiger.

Doch Phineas suchte nicht nur den Mörder seines Königs, er hegte auch eine tiefe Abscheu gegen dessen künstlich erschaffene Kreaturen. Um deren Schöpfung zu verhindern, hatte er vor einigen Monaten bereits mit Warden und Cain zusammengearbeitet. Damals hatte er sich als hilfreich entpuppt, also war ich den Deal mit ihm eingegangen, auch wenn es mich einiges an Überwindung gekostet hatte und ich ihm wahrscheinlich niemals ganz vertrauen würde.

»Also, gibt's was Neues?«, fragte ich ohne weitere Umschweife. Unter keinen Umständen wollte ich auch nur eine Minute länger als nötig hier sein.

»Du zuerst«, verlangte Phineas und rieb sich das Kinn. Seine Hände sahen gewöhnlich aus, menschlich. Keine Spur von den für einen Vampir typischen tödlichen Klauen. Doch unter seinen Fingernägeln befand sich ein dunkler Rand, und ich fragte mich unweigerlich, ob es sich dabei möglicherweise um getrocknetes Blut handelte.

»Kurz und schmerzlos: nein.«

»Was ist mit der Spur aus Russland?«

»Die hat sich verlaufen.«

Phineas verengte die Augen. »Sicher?«

»Ja.«

»Schade«, brummte er, und dem konnte ich nur zustimmen. Es war die erste heiße Spur seit Wochen gewesen, doch mit dem Angriff der Hexer auf das Quartier in St. Petersburg waren sämtliche Hinweise im Sand verlaufen. Ich hatte erst vor wenigen Tagen mit Ella und Wayne gesprochen, die Anfang des Monats dort in einen heftigen Kampf verwickelt gewesen waren, bei dem es ihnen gelungen war, Marjorie, die Königin der Geisterwelt, gefangen zu nehmen. Doch die beiden beteuerten, dass sie nichts von Jules gehört oder gesehen hatten. Und ich glaubte ihnen, da Warden und Cain Edinburgh nicht überstürzt verlassen hatten – wäre an der Spur in Russland tatsächlich etwas dran gewesen, wären sie längst dort und würden alles daransetzen, Jules vor mir zu finden.

»Ich nehme an, bei dir gibt es auch nichts Neues?«

Phineas schüttelte den Kopf. »Er ist wie ein Phantom.«

»Er ist eben nicht nur ein Vampir, sondern auch ein Hunter. In den Jahren bei uns hat er viel gelernt«, erwiderte ich und musste an die Zeit denken, in der Jules und ich gemeinsam gelernt hatten. Damals hätte ich niemals geglaubt, dass wir jemals auf unterschiedlichen Seiten stehen würden.

2. KAPITEL

Jules

5 Jahre zuvor

»Alter, warum musst du immer so fest zuschlagen?«, beschwerte sich Eliott und rieb sich über die Stelle auf seiner Brust, an der ich ihn mit meinem Hieb getroffen und damit zu Boden befördert hatte.

Ich streckte ihm die Hand entgegen und half ihm auf die Beine. Sein braunes Haar klebte ihm verschwitzt an der Stirn. »Stell dich nicht so an, der blaue Fleck ist gleich wieder weg«, erwiderte ich und wischte mir den eigenen Schweiß mit dem Saum meines Shirts aus dem Gesicht.

Es war ein warmer Junitag in Edinburgh. Der Himmel war blau und wolkenlos, sodass die Sonne erbarmungslos auf uns herabknallte, nur ein paar Bäume spendeten uns Schatten. Wayne McKinley, unser Trainer, war mit uns in den Holyrood Park gegangen. Wir trainierten auf dem Crow Hill, einem Nebenhügel des Arthur's Seat, und hatten eine wunderbare Aussicht über die Stadt, auch wenn wir diese kaum genießen konnten.

Hin und wieder marschierten Touristengruppen an uns vorbei, die den Seat trotz der sengenden Hitze besteigen wollten. Manche blieben stehen und sahen uns ein paar Minuten beim Training zu. Vermutlich hielten sie uns für irgendeine Kampfsportgruppe, die aus Jux und Tollerei das Kämpfen lernte. Dass diese Übungen für uns – und womöglich auch für sie – den Unterschied zwischen Leben und Tod bedeuten konnten, ahnte keiner von ihnen.

»Es tut trotzdem weh«, beklagte sich Eliott. Er war ein Blood Hunter – und mein zukünftiger Kampfpartner.

Es waren nur noch wenige Wochen bis zu unserer Prüfung, und schon bald würden wir vollwertige Hunter werden. Hunter, die in den Einsatzplänen auftauchten und allein auf Patrouille durften, ohne Wachhunde, die uns hinterherschlichen, um im Notfall einzugreifen. Ein aufgeregtes Kribbeln kroch mir in die Glieder, wenn ich daran dachte.

»Kommen wir zur letzten Runde des heutigen Tages«, verkündete Wayne nun und schirmte mit einer Hand sein Gesicht vor der Sonne ab. Er war nur ein paar Jahre älter als die meisten von uns, aber er gehörte irgendwie schon jetzt zur obersten Liga der Hunter in Edinburgh. Nicht nur wegen seines Talents, wenn es ums Töten von Kreaturen ging, sondern auch weil er Botengänge für den Quartiersleiter erledigte und aushalf, wo er nur konnte – wie heute bei unserem Training.

Jeder kannte Waynes Namen, was ziemlich sicher nicht nur an seinem Können lag, sondern auch daran, dass er eine Besonderheit war. Er war nicht nur ein geborener Blood Hunter, sondern auch ein Soul Hunter, vereinte also die Talente zweier Hunter-Arten miteinander. Er konnte sowohl Vampire an ihrem Geruch erkennen als auch Geister und Auren sehen. In den vergangenen hundert Jahren waren laut den Aufzeichnungen der Hunter nur vier Jäger und Jägerinnen mit diesen kombinierten Fähigkeiten geboren worden.

»Allerdings möchte ich, dass ihr euch für diese letzte Übung einen anderen Partner sucht«, fuhr Wayne fort, und ein genervtes Aufstöhnen ging durch die Runde, das er gekonnt ignorierte. »Es kann immer wieder passieren, dass euer Kampfpartner oder eure Kampfpartnerin verletzt wird und für ein paar Tage oder Wochen ausfällt. Was immer der Grund ist – ihr müsst in der Lage sein, spontan mit einem anderen Hunter eine Einheit zu bilden.«

Waynes erklärende Worte ließen das Murren leiser werden, und die bisherigen Paare lösten sich auf und formatierten sich neu.

Ich warf einen Blick zu Cain, meiner besten Freundin und Cousine, und ihrem Kampfpartner Warden. Er hatte sein Shirt ausgezogen und stellte seine definierten Muskeln zur Schau. *Angeber.* Wir waren im selben Alter, und er war nicht viel größer als ich, dennoch trennten uns Welten. Er hatte breite Schultern, aufgepumpte Muskeln und schon jetzt überzog ein leichter Bartschatten sein Kinn. Er war als Blood Hunter all das, was ich als Grim Hunter sein sollte. Doch obwohl meine Hunter-Gattung für ihre Stärke und ihren imposanten Körperbau bekannt war, bewegte ich mich eher auf der schlaksigen Seite. Sicher, ich besaß Muskeln und eine gewisse Stärke, wie Eliott sie fast jeden Tag beim Training am eigenen Leib zu spüren bekam. Meine Schultern waren allerdings eher schmal und meine Arme und Beine nicht muskulös, sondern drahtig und lang, was für einen Grim Hunter eher untypisch war und zur Folge hatte, dass ich hin und wieder ziemlich doofe Sprüche zu hören bekam.

Cain fing meinen Blick auf. Ein Lächeln trat auf ihr Gesicht und brachte ihre grünen Augen zum Funkeln. Während die Sonne ihr in den letzten Wochen Sommersprossen auf den Nasenrücken gezeichnet hatte, war ich einfach nur blass – oder wahlweise krebsrot.

»Oh nein, das schlagt euch schnell mal aus dem Kopf«, sagte Wayne und trat zwischen uns. »In dieser Übung geht es darum, sich spontan auf Neues einzulassen, nicht darum, bekannte Muster zu stärken. Warden, du trainierst mit Hannah. Und Cain, du mit Ryan. Eliott, du trainierst mit …« Wayne ließ seinen Blick über das Grün schweifen, auf dem sich unsere Übungsgruppe verteilte, bis er entdeckte, wonach er gesucht hatte. Er steckte zwei Finger zwischen die Lippen und stieß einen schrillen Pfiff aus. »Harper! Holden! Kommt her.«

Ich erstarrte.

Eliott hingegen warf mir einen schelmischen Blick zu, den ich ihm am liebsten aus dem Gesicht geschlagen hätte, aber das hätte nur Ärger gegeben. Er war der Einzige, der von meinem Crush auf Harper Iwanow wusste, und ein wenig bereute ich es mittlerweile, ihm davon erzählt zu haben. Auf die ständigen Kommentare und Grimassen, wenn Harper auch nur in meine Nähe kam, konnte ich wirklich verzichten.

Ich verpasste Eliott einen unauffälligen Stoß in die Seite, als Wayne nicht herschaute, während Harper und ihr Zwillingsbruder und zukünftiger Kampfpartner Holden sich uns näherten.

Harper war ohne Zweifel das hübscheste Mädchen des Quartiers, mit ihren langen, fast schwarzen Haaren, den feinen Gesichtszügen und vollen Lippen, die mich Dinge denken ließen, die ich besser für mich behielt. Ich wusste, dass es naiv und dumm war, mich allein aufgrund des Aussehens in eine Magic Huntress zu vergucken. Sie waren alle bildhübsch, dafür geschaffen, die nicht weniger schönen Kreaturen zu bezirzen, die sie jagten – seien es Elfen, Feen, Sirenen oder Meerjungfrauen. Doch wie bei diesen Wesen war auch bei Harper das Aussehen nur Schein. Sie mochte ein liebreizendes Äußeres haben mit ihrer schmalen Taille, den feingliedrigen Fingern und großen braunen Augen, aber in ihrem Herzen hauste eine Dunkelheit und Kälte, die jeder sehen konnte, der in besagte Augen blickte. Und ich Idiot träumte davon, diese Finsternis mit meinen Berührungen und Küssen zu durchdringen, auch wenn ich eigentlich wusste, dass das so nicht funktionierte. Aber das hielt meine Gedanken nicht davon ab, in Tagträumen immer wieder in diese Fantasien einzutauchen.

»Was gibt's?«, fragte Holden, der dieselben optischen Vorzüge wie seine Schwester an den Tag legte, nur mit dem Unterschied, dass er bereits einige Zentimeter größer war und ein Stufe-3-Amulett um den Hals trug, während Harper nach wie vor eines der Stufe 1 besaß. Genau wie ich.

Ich starrte ihn an, um Harper nicht anzugucken, weil ich befürchtete, dass mich meine Blicke verraten könnten. Doch sie hatte etwas an sich, das jegliche Willenskraft, die ich besaß, zunichtemachte, und mein Blick zuckte zu ihr. Sie trug eine schwarze Leggings und ein dazu passendes Top, das ihre Figur umschmeichelte. Ihre Lippen hatte sie fest zu einem dünnen Strich aufeinandergepresst, und zwischen ihren Augenbrauen hatte sich eine Falte eingegraben. Hätte ich es nicht besser gewusst, hätte ich vermutet, dass die Sonne sie blendete, doch da war noch etwas anderes. Sie wirkte angespannt und strahlte eine »Lasst mich in Ruhe«-Energie aus, noch mehr als an gewöhnlichen Tagen.

»Ich möchte, dass Harper und du mit Elliot und Jules trainiert. In welcher Konstellation ist mir egal, solang die vier sich nicht wieder zusammentun«, erklärte Wayne und deutete auf Cain, Warden, Elliot und mich.

»Ich trainier mit Holden«, kam es wie aus der Pistole geschossen von Elliot, so schnell, dass er damit für hochgezogene Augenbrauen sorgte. Er zuckte mit den Schultern und gesellte sich zu Holden.

Ich warf ihm einen giftigen Blick zu. Warum hatte er das getan? Ich würde mich in Harpers Nähe nicht konzentrieren können und mich stattdessen zum Depp machen, genau das, was ich in ihrer Gegenwart wollte.

Mein Herzschlag, der vom Training ohnehin beschleunigt war, nahm noch einmal Tempo auf, als ich mich Harper zuwandte und lächelte. »Sieht so aus, als würden wir zusammen trainieren.«

Harper brummte freudlos, drehte sich um und ging zu einer freien Stelle zwischen den anderen Paaren.

Ich bemühte mich, es nicht persönlich zu nehmen. Schließlich war ihre Laune schon schlecht gewesen, als Wayne sie gerufen hatte. Ob etwas in der Schule passiert war? Oder hatte sie Stress mit ihrem Onkel und ihrer Tante, bei denen sie lebte? Vielleicht hatte sie einfach einen schlechten Tag … Ich wollte es wissen, traute mich aber nicht, sie zu fragen. Es war schon absurd, dass ich mich Nacht für Nacht absichtlich in Lebensgefahr begab und Kreaturen nachjagte, die mich zerfleischen könnten, und gleichzeitig die Vorstellung eines Gesprächs mit Harper ausreichte, um meine Knie weich und meine Zunge schwer werden zu lassen.

Wayne klatschte in die Hände, um die Aufmerksamkeit der Gruppe wieder auf sich zu lenken. »Wir trainieren ein klassisches Angreiferszenario. Ihr entscheidet, wer Angreifer ist und wer Verteidiger. Gescheitert ist der- oder diejenige, der oder die zuerst auf dem Boden liegt. Wer fertig ist, darf gehen.«

»Lass uns das schnell hinter uns bringen«, sagte Harper.

Ich schielte zu ihr. »Möchtest du …«

»Angreifer«, fiel sie mir ins Wort und brachte sich bereits in Position.

Das sollte ein schnelles Duell werden. Ich war vielleicht nicht wie ein klassischer Grim Hunter gebaut, aber ich konnte wie einer kämpfen; und sie war eine Magic Huntress, was mir einen klaren körperlichen Vorteil verschaffte.

Ohne Zögern stürzte sich Harper auf mich. Sie versuchte es mit einem Haken, der von rechts kam.

Ich duckte mich unter ihrem Schlag hindurch. Meine Muskeln protestierten gegen die Anstrengung, da es ein ziemlich forderndes Training gewesen war, doch davon ließ ich mich nicht aufhalten. Noch in derselben Bewegung packte ich ihr Handgelenk und riss es herum. Schmerz verzerrte ihr Gesicht. Ich ließ lockerer, jedoch nicht los, und drehte ihr den Arm auf den Rücken.

Harper keuchte auf. Mit ihrer anderen Hand versuchte sie mich zu fassen, doch sie hatte keine Chance. Es kostete mich nicht einmal all meine Kraft, sie vor mir in die Knie zu zwingen.

Wutentbrannt funkelte sie mich an.

Ein Klatschen war zu hören, und ich blickte auf. Es war Wayne, der auf uns zugelaufen kam, ein Grinsen im Gesicht. »Wow, das war schnell. Gut gemacht, Jules. Hervorragende Technik.«

»Danke.« Ich lächelte und ließ Harper los.

Sie sprang vom Boden auf und klopfte sich den Dreck von der Hose. »Das war nicht fair. Jules ist viel größer und kräftiger als ich.«

»Das sind die Kreaturen der Nacht auch.«

»Aber die würde ich auch nie ohne Waffe angreifen!«

»Manchmal haben wir aber keine Waffe zur Hand.«

»Unsinn! Ich habe immer eine Waffe dabei.«

Wayne verschränkte die Arme vor der Brust. Spätestens jetzt hätte wohl fast jeder von uns Schiss bekommen, aber Harper wich nicht zurück. »Schön für dich. Aber das hier ist keine Diskussion, Harper, das ist Unterricht.«

»Nein, das ist scheiße!«, fluchte sie und stürmte davon.

Aus dem Augenwinkel sah ich, wie Holden den Kopf hob

und seiner Schwester nachblickte. Ein kurzer Augenblick, den Elliot nutzte, um Holden aufs Kreuz zu legen. Mit einem Ächzen schlug er hart auf dem Boden auf. Elliot riss in Siegerpose die Arme in die Luft, bevor er Holden dabei half aufzustehen. Der rieb sich den Hinterkopf, dann sah er erneut in die Richtung, in die Harper davongelaufen war, doch inzwischen war sie nicht mehr zu sehen. Für ihre Größe hatte sie einen ziemlich strammen Gang.

»Mach dir nichts draus«, sagte Holden. Es dauerte eine Sekunde, bis ich realisierte, dass er mit mir sprach. Er ließ seinen Arm sinken. »Sie hat heute nur einen schlechten Tag, das liegt nicht an dir.«

Ich nickte. »Ist was passiert?«

»Nein, es ist nur …« Holden zögerte kurz, als wäre er sich nicht sicher, ob er mir die Antwort anvertrauen sollte, doch dann sprach er weiter. »Heute vor vierzehn Jahren wurden wir offiziell von unserer Tante adoptiert. Harper liebt sie und unseren Onkel, aber es erinnert sie auch daran, was wir verloren haben, wenn du verstehst. Sie ist nie wirklich darüber hinweggekommen.«

»Und du?«, kam es unverblümt von Elliot.

»Es ist, wie es ist«, antwortete Holden mit der für ihn typisch sanften Stimme.

Harper und er waren vielleicht Zwillinge, aber sie hätten unterschiedlicher nicht sein können. Harper war aufbrausend, wie ihr Abgang mal wieder deutlich gezeigt hatte. Holden hingegen war stehts ruhig und gelassen. Ich hatte ihn noch nie wirklich wütend erlebt. Er schien das Leben zu akzeptieren, wie es war, und sich mit Situationen zu arrangieren, an denen er nichts ändern konnte, anstatt dagegen anzukämpfen.

Holden wünschte uns noch einen schönen Tag, bevor er sich seine Trinkflasche schnappte, die unter einem der Bäume stand, und sich vom Acker machte, vermutlich um Harper zu suchen. Elliot ging voraus, um sich im Quartier für ein Date mit seiner Freundin fertig zu machen. Ich blieb zurück und wartete auf Warden und Cain, die ihre Duelle kurze Zeit später beendeten. Zu dritt stiegen wir den Crow Hill hinab.

»Was habt ihr heute noch so vor?«

»Nichts Besonderes. Lernen. Und später kommt Cain für Lasagne und ein paar Folgen *Dragon Ball Z* vorbei«, antwortete Warden mit einem vorfreudigen Grinsen, während Cains Lächeln steif wirkte. Ich unterdrückte ein Grinsen. Sie war eigentlich kein Fan von Animes, aber guckte sie Warden zuliebe an. »Und du?«

Ich zuckte mit den Schultern und versuchte, mich nicht als kompletten Außenseiter zu empfinden. Meine Freundschaft mit Warden und Cain war echt, aber wenn die beiden ihr Ding durchzogen und Elliot mit seiner Freundin abhing, war es schwer, mich nicht allein zu fühlen, nachdem Finn Anfang des Jahres nach London abgehauen war.

»Kein Plan. Vielleicht guck ich mir diesen Zombiefilm im Kino an.«

Cain hob die Brauen. »Allein?«

»Ja. Warum nicht?«

»Du könntest Ella fragen«, schlug Warden vor.

»Sie ist zu jung. Die lassen sie da nicht rein.«

Er brummte etwas Unbestimmtes, und wir wichen einer Gruppe Touristen aus, die mit aufgespannten Schirmen auf den Berg stiegen, um sich vor der Sonne zu schützen. Die würden ein Wunder erleben, wenn sie die Spitze erreichten. Selbst an vermeintlich windstillen Tagen peitschte es einem dort oben das Haar ins Gesicht.

Wir schlenderten um eine Biegung des Duddingston Loch, als mein Blick auf eine Gestalt fiel, die am Ufer hockte. Die

Beine eng an die Brust gezogen, die Arme darum geschlungen, starrte Harper auf das Wasser hinaus. Selbst aus der Ferne glaubte ich die Trauer zu spüren, die von ihr ausging. Offenbar hatte Holden sie nicht gefunden, oder sie hatte ihn weggeschickt. Wie dem auch war, ich konnte nicht einfach weitergehen und sie so sitzen lassen.

Ich blieb stehen. »Wisst ihr was, ich glaube, ich dreh noch eine Joggingrunde. Wir sehen uns morgen im Training. Viel Spaß mit *Dragon Ball.*«

»*Z*«, ergänzte Warden nachdrücklich, worauf Cain die Augen verdrehte.

Wir verabschiedeten uns, und ich wartete, bis die beiden nicht mehr in Sichtweite waren, bevor ich den Pfad verließ und mich dem Loch näherte. Harper saß noch immer an derselben Stelle wie zuvor, hatte jedoch ihre Beine losgelassen und schien nun etwas in der Hand zu halten.

Meine Schritte wurden langsamer, als ich die Tränen auf ihren Wangen bemerkte. Ich hatte Harper noch nie weinen sehen. Selbst als sie sich vor ein paar Monaten im Training das Handgelenk gebrochen hatte – und ich wusste aus eigener Erfahrung, wie weh das tat –, hatte sie keine einzige Träne vergossen. Ihre Trauer nun so offen mitzuerleben, ließ meine eigene Kehle eng werden.

In einigen Metern Entfernung blieb ich stehen und suchte Deckung hinter dem Stamm eines Baumes. Ich wollte zu ihr, aber ich wusste nicht, was ich sagen sollte, vor allem nicht in Anbetracht ihrer Tränen. Wäre sie Cain, wäre ich zu ihr gegangen. Ich hätte ihr einen Arm um die Schulter gelegt und sie für eine lange Umarmung an mich gezogen, um anschließend vorzuschlagen, auf meine Kosten etwas essen zu gehen – Pizza, Pasta, Eis, Kuchen, was immer ihr Herz begehrte. Das funktionierte in den meisten Fällen, doch mein Gefühl sagte mir, dass

Harper sich nicht darauf einlassen würde, schließlich kannte sie mich kaum.

In Gedanken suchte ich noch immer nach einer guten Herangehensweise, als sie plötzlich aufstand. Entschlossen wischte sie sich mit dem Arm über die Wangen, um ihre Tränen zu trocknen, und trat ans Wasser, bis es ihr beinah über die Füße schwappte.

Was sollte das werden?

Angespannt hielt ich die Luft an, als Harper die Hand ausstreckte und etwas vor sich in die seichten Wellen fallen ließ. War das … ein Ring? Zuerst dachte ich, es wäre ein Versehen gewesen, doch sie bückte sich nicht hektisch nach dem Schmuckstück, sondern ließ es regungslos versinken. Einen Augenblick blieb sie noch wie angewurzelt stehen, dann wandte sie sich ab und lief davon, ohne mich in meinem Versteck zu bemerken.

Ich wartete einen Moment, dann ging ich zu der Stelle, an der sie eben noch gestanden hatte. Von dem Ring war nichts mehr zu sehen. Bevor ich wusste, was ich tat, zog ich meine Schuhe aus, stopfte meine Socken hinein und krempelte die Hosenbeine hoch, um ins Wasser zu waten. Trotz der Sonnenwärme war es eiskalt. Ich erschauderte, ließ mich aber nicht davon beirren. Vielleicht war es bereits zu spät. Vielleicht hatte der leichte Wellengang des Lochs den Ring bereits weiter weg getragen, dennoch suchte ich ihn.

Ich hatte keine Ahnung, was mich antrieb. Falscher Ehrgeiz? Meine unerwiderten Gefühle für Harper? Vielleicht auch nur das Wissen, dass ich ohnehin nichts Besseres zu tun hatte. Immer wieder sagte ich mir »nur noch eine Minute, noch eine Minute, noch eine Minute«, bis sich diese addierten und zu einer Viertelstunde wurden. Ich war so weit ins Loch gelaufen, dass sich der Saum meiner Hose bereits mit Wasser vollgesogen hatte und sich von der gekrümmten Haltung allmählich ein unangenehmes Ziehen in meinem Rücken ausbreitete, während ich mit den Händen den Boden abtastete. Ich hatte bereits eine leere Schnapsflasche, ein Haargummi und den Verschluss einer Getränkedose gefunden, von dem ich kurz gedacht hatte, es wäre der Ring.

»Komm schon. Du musst doch hier irgendwo sein«, murmelte ich und schob einen glitschigen Stein beiseite.

Ich wühlte mich durch Sand und Kies, als meine Finger plötzlich etwas ertasteten. Eilig griff ich danach, bevor das Wasser es erneut davonspülen konnte, und holte es an die Oberfläche.

Der Ring!

Ich grinste und trocknete ihn an meinem Shirt ab, bevor ich ihn genauer in Augenschein nahm. Es war eindeutig Harpers. Sie trug ihn normalerweise an ihrem rechten Zeigefinger. Er war mir schon öfter an ihr aufgefallen, denn er war nicht einfach nur irgendein Schmuckstück, sondern ein kaputtes Amulett. Der Stein in seiner Fassung war gesplittert und hatte seine Farbe verloren, aber einst war er mit leuchtender Magie gefüllt gewesen. Da war ich mir absolut sicher.

Ich hatte mich immer gefragt, warum Harper ihn trug, aber nun, mit Holdens Worten von vorhin im Kopf, hatte ich eine Vermutung, weshalb ich den Ring in meine Tasche gleiten ließ. Vielleicht würde eines Tages der Moment kommen, an dem Harper es bereute, ihn gehen gelassen zu haben – und dann würde ich ihn zu ihr zurückbringen.

3. KAPITEL

Harper

5 Tage vor dem Angriff auf das Quartier in London

Ich ließ die Tür des Pubs hinter mir zufallen und rückte den Gürtel meines Katanas zurecht, der quer über meine Brust verlief. Die Waffe war glücklicherweise unversehrt, anderenfalls würden jetzt Köpfe rollen, denn das Katana war mir heilig. Es war für mich mehr als nur eine Waffe. Es war eine Erinnerung. Die Verbindung zu einem anderen Leben, das ich niemals hatte leben können, weil es mir von einem Hexenmeister viel zu früh genommen worden war.

Ich checkte noch einmal mein Handy. Holden hatte mir nicht mehr geantwortet. Offenbar hatte er meinen Rat ernst genommen und war ins Bett gegangen. Ich schwang mich auf das Motorrad, setzte meinen Helm auf und drehte ein paar Runden um den Block, bis ich sicher war, dass niemand aus dem Pub mir folgte, anschließend fuhr ich zurück zum Quartier.

Bereits wenige Minuten später erreichte ich den Calton Hill. Im Gegensatz zur touristische Flut, die man hier bei Tag erlebte, waren die Wege um diese Zeit wie leer gefegt. Das Monument auf dem Hügel war erleuchtet, und es herrschte eine friedliche Stille, die mich fast vergessen ließ, dass es in dieser Stadt vor Ungeheuern wimmelte.

Ich steuerte das Motorrad in die Tiefgarage, die zum Quartier gehörte. Für gewöhnlich waren die meisten Fahrzeuge zu dieser Uhrzeit auf den Straßen unterwegs, aber nicht heute. Nicht, nachdem Grant uns praktisch eine Ausgangssperre auferlegt hatte. Ich parkte und hängte den Schlüssel zurück in den Metallkasten neben dem Aufzug, damit ein andere Hunter sich die Maschine bei Bedarf nehmen konnte. Anschließend tippte ich meinen individuellen Zugangscode in das Tastenfeld ein, das den Aufzug öffnen sollte. Zugleich wurden dabei meine Finger gescannt. Früher waren dies die einzigen beiden Sicherheitsmaßnahmen gewesen, doch inzwischen waren sie verschärft worden.

Ich beobachtete, wie eines der zwei roten Lichter auf grün umsprang, anschließend trat ich einen Schritt zurück und blickte nach oben in die Kamera. Sie glich automatisch meine Gesichtszüge mit jenen ab, die für meinen Zugangscode hinterlegt waren, ähnlich der Gesichtserkennung bei einem Handy. Außerdem saß rund um die Uhr ein Hunter, eine Huntress oder Archivar hinter der Kamera und musste final bestätigen, ob ich das Quartier betreten durfte.

Das zweite rote Licht wurde ebenfalls grün und der Aufzug damit freigegeben. *Home sweet home.*

Ich betätigte den Knopf für die dritte Etage, in der mein Zimmer lag. Es war von den Vampiren am Tag des Blutbades glücklicherweise verschont geblieben. Ich vermutete, dass mein Kater etwas damit zu tun hatte, aber genau wusste ich es nicht.

Die Tür des Aufzugs schob sich auf und gab den Blick auf den von Türen gesäumten Flur frei. Es überraschte mich nicht, trotz der Uhrzeit Stimmen aus den Zimmern und Aufenthaltsräumen zu hören. Wir Hunter und Huntresses hatten allesamt einen ziemlich abgefuckten Schlafrhythmus. Doch die Stimmen trugen nicht dieselbe Heiterkeit und Ausgelassenheit in sich wie gewöhnlich. Es war deutlich zu spüren, dass das Quartier in Alarmbereitschaft war. Die Angriffe der Hexer und Hexen in den vergangenen zwei Wochen hatten alle erschüttert, und die Angst, dass wir das nächste Quartier sein könnten, war allgegenwärtig. Sorge, Furcht und Unsicherheit lagen schwer in der Luft. Am liebsten hätte ich auf dem Absatz kehrtgemacht, denn es kam mir so vor, als würde ich diese Gefühle mit jedem Atemzug inhalieren. Sie legten sich wie ein schweres Gewicht auf meine Brust und beschworen die Bilder vom Tag des Blutbades, die ich so sehr zu verdrängen versuchte, wieder an die Oberfläche.

Ich schüttelte den Kopf und betrat den langen Flur. Alles, was ich jetzt noch wollte, waren eine heiße Dusche, eine Folge meiner Lieblingsserie und ein paar Stunden Schlaf, bis ich an die Uni musste. Vor der Tür meines Zimmers blieb ich jedoch abrupt stehen. Dahinter erklangen panische Stimmen, die eindeutig aus den Lautsprechern eines Laptops drangen.

War das sein Ernst?

Ich tippte den Code auf dem Tastenfeld ein, der das Schloss entriegelte, und schob die Tür auf – die wie erwartet den Blick auf Holden freigab. Er lag seitlich auf meinem Bett, den Kopf auf eine Hand gestützt, und streichelte mit der anderen Loki und Thor. Der Kater schnurrte leise. Vor den beiden stand ein aufgeklappter Laptop und darauf lief eindeutig irgendein Horrorfilm, denn alles, was ich hörte, waren Schreie. Holden trug eine schwarze Jogginghose und den Ice-Nine-Kills-Pullover, den ich ihm vorletztes Jahr zu Weihnachten geschenkt hatte. Sein Rollstuhl stand neben meinem Bett.

»Fühl dich wie zu Hause«, sagte ich mit sarkastischem Unterton und ließ die Tür hinter mir zufallen.

Holden drückte auf Pause, und der Film verstummte. Sein Blick zuckte zu mir und wanderte über meinen Körper. Nachdem er offenbar sichergestellt hatte, dass ich unversehrt war, richtete er sich auf und blaffte mich an: »Du bist unmöglich!«

»Ähm, danke?«

Ich streifte mir die Jacke von den Schultern und zog mir die Stiefel aus. Das Zurren meiner Schnürsenkel ließ Loki und Thor aufhorchen, und mit einem Satz war der zweiköpfige zweifarbige Kater bei mir und machte sich einen Spaß daraus, mit meinen Schuhen zu spielen. Ich lächelte und streichelte die beiden, die davon nichts mitbekamen, da sie bereits voller Hingabe an meinen Schürsenkeln kauten.

»Ich meine es ernst«, sagte Holden mit scharfer Stimme, die mein Lächeln verblassen ließ. Dabei stieg er zurück in seinen Rollstuhl, als wäre die Nutzung eines solchen keine neue Entwicklung in seinem Leben. Es erstaunte mich, wie schnell es Holden gelungen war, seine neue Realität zu akzeptieren, während ich noch immer damit zu kämpfen hatte. Aber das war typisch für uns. Holden war wie ein Fluss – immer in Bewegung ließ er sich von Momenten treiben. Er hielt an nichts fest und akzeptierte die Dinge, wie sie waren. Ich hingegen war wie ein Fels. Fest verankert, tat ich mich mit jeder Form von Veränderung schwer. Ich war auch nachtragend und stur, ganz anders als Holden, aber genau aus diesem Grund ergänzten wir uns so perfekt, wie wir es eben taten.

»Du hättest nicht auf die Jagd gehen dürfen.«

»Weil ich keinen Kampfpartner habe?«

»Das auch, aber vor allem weil wir die Anweisung haben, im Quartier zu bleiben, damit dieses Mal eine Verteidigungslinie steht, sollten wir von Baldurs Leuten angegriffen werden«, erklärte Holden. »Du hast doch mitbekommen, was gestern Abend in Prag passiert ist. Sie haben das ganze Quartier niedergerissen.«

Ich bückte mich und nahm Thor und Loki auf den Arm. Während Loki an meinem Gesicht schnupperte und die Aufmerksamkeit genoss, versuchte Thor aus meiner Umarmung zu fliehen. Ich drückte Loki einen Kuss auf das Köpfchen, bevor ich die beiden auf ihren Kratzbaum setzte. Die Wände meines Zimmers waren voll mit Brettern, Ästen und Baumstämmen, damit die zwei einen Kletterparcours hatten, als kleine Wiedergutmachung dafür, dass sie die meiste Zeit hier drinnen verbringen mussten. Auch wenn das die beiden nicht sonderlich zu stören schien, immerhin kamen sie meines Wissens aus der Unterwelt. Im Vergleich dazu glich mein Zimmer, so klein es auch war, vermutlich dem Paradies.

Ich wandte mich wieder Holden zu, der mich noch immer mit abwartender Miene betrachtete. »Es ist niemandem geholfen, wenn wir uns in unser Schneckenhaus verkriechen in der vagen Annahme, dass wir als Nächste angegriffen werden könnten. Und ich kann für die Quartiere in St. Petersburg, Warschau und Prag nichts mehr tun, aber ich kann hier in Edinburgh meinen Teil leisten.«

Zugegeben, mein Motiv, auf die Jagd zu gehen, um Jules zu finden, war nicht ganz uneigennützig, aber den unschuldigen Menschen dort draußen war damit dennoch geholfen. Immerhin gab es jetzt vier Vampire weniger auf den Straßen, die nach ihrem Blut dürsteten. Und das war allein mein Verdienst.

»Du bist uns aber keine Hilfe, wenn du den Hexern in die Hände fällst.« Holdens Stimme war sanfter geworden und machte offensichtlich, dass es Sorge war, die aus ihm sprach. »Vorsichtig zu sein, uns zu sortieren und uns nicht blindlings in etwas hineinziehen zu lassen ist jetzt das beste Vorgehen.«

»Ich war vorsichtig«, beteuerte ich. »Und ganz offensichtlich bin ich am Leben.«

»Noch.«

»Holden …«, mahnte ich.

»Was? Ich habe eben Angst um dich. Wenn du die Sachen gehört hättest, die ich heute Nacht gehört habe, Harper … Sie haben das Prager Quartier dem Erdboden gleichgemacht. Und keiner weiß, ob überhaupt jemand dort überlebt hat.«

Ich setzte mich aufs Bett, um auf Augenhöhe mit ihm zu sein. Wir waren einander wie aus dem Gesicht geschnitten. Unsere Kiefer waren kantig, unsere Nasen schmal und unsere Oberlippen etwas voller als die Unterlippen. Der einzige Unterschied bestand darin, dass Holdens Augen etwas heller waren als meine tiefbraunen und seine Haare richtig schwarz, während meine bei genauer Betrachtung in einem sehr dunklen Braun schimmerten.

Eindringlich sah ich ihn an. »Es tut mir leid. Ich wollte nicht, dass du dir meinetwegen Sorgen machst, aber ich war wirklich vorsichtig. Und ich habe sichergestellt, dass niemand mir gefolgt ist.«

Holden brummte.

Ich lächelte und strubbelte ihm durchs Haar, das in den letzten Monaten erstaunlich lang geworden war und ihm inzwischen bis über die Ohren reichte – etwas, das er früher niemals geduldet hatte.

Spielerisch schlug Holden meine Hand weg, wobei ein Lächeln in seinen Mundwinkeln zuckte – das ausreichte, um mir zu zeigen, dass zwischen uns alles okay war.

Ich stand wieder auf und ging zu dem Schrank am anderen Ende des Raumes, in dem ich alle möglichen Snacks versteckte. Mein Magen knurrte noch immer von der Jagd. Loki und Thor spitzten bei dem Geräusch der sich öffnenden Schublade sofort die Ohren, denn darin versteckte ich auch ihre Leckerlis. Ich holte das Tütchen für den Kater heraus und warf es Holden zu, damit er sich um die zwei Vielfraße kümmerte, während ich über einen Müsliriegel herfiel.

»Gibt es schon weitere Neuigkeiten aus Prag?«

Holden sah konzentriert auf meinen Kater hinunter. »Ich hab mit einer Huntress aus London gesprochen. Sie haben die Leiche von Konstantin Krall, dem Quartiersleiter, gefunden. Von den anderen Huntern dort fehlt bisher jede Spur.«

»Scheiße«, fluchte ich. »Kanntest du ihn?«

Holden schüttelte den Kopf und fütterte Thor ein Leckerli, das Loki versuchte, ihm vor der Nase wegzuschnappen. »Nein, aber das ist noch nicht alles. Shaw war vor Ort …«

»Der Hexenmeister?!«, unterbrach ich Holden.

Er nickte.

Es stimmte also, dass das Londoner Quartier tatsächlich eine Kreatur der Nacht für sich arbeiten ließ. Ich hatte die Gerüchte gehört, aber hätte nicht geglaubt, dass die Hunter und Huntresses dort wirklich so naiv waren. Ich hatte Shaw während seines Aufenthalts in Edinburgh nur flüchtig kennengelernt, und ja, er schien nett, charmant und scheinbar hilfsbereit – aber er war noch immer ein Hexenmeister, einer von Baldurs Männern, und damit alles andere als harmlos. Und zu glauben, er wäre es, war mehr als blauäugig.

»Ja, er hat Roxy und sich mit einem Portal nach Prag gebracht«, erklärte Holden, ohne sich von meinem abfälligen Tonfall beeindrucken zu lassen. »Die beiden wurden von Tarquin abgefangen …«

Ich schnaubte. »Das wird ja immer besser.«

»Offenbar hat er Shaw einen Deal vorgeschlagen. Baldur erlaubt ihm, unbeschadet an seine Seite zurückzukehren, wenn er ihm Marjorie bringt und die beiden Soul Hunter ausliefert, die für ihre Gefangennahme verantwortlich sind.«

Meine Augenbrauen schossen in die Höhe, und im selben

Moment verschluckte ich mich an meinem Müsliriegel. »Marjorie?«, krächzte ich und fächerte mir Luft zu, als könnte ich so das Kratzen in meiner Kehle lindern.

»Ja, offenbar sind Marjorie und Baldur ein Ding.«

»Ein Ding … wie in … die beiden daten?!«

»Keine Ahnung, ob mächtige Kreaturen daten, aber … ja«, bestätigte Holden diese Absurdität. »Und er will sie zurück, um jeden Preis. Er sucht nach Ella und Wayne. Deshalb greift er die Quartiere an. Er durchkämmt sie nach den beiden Soul Huntern, die für Marjories Verschwinden verantwortlich sind, um seine Königin zurückzubekommen.«

»Das klingt total weit hergeholt.« Es hatte bisher nie Anzeichen für ein Bündnis zwischen Geistern und Hexern oder Hexen gegeben. Und ich müsste es wissen, denn ich kannte vermutlich jedes Schriftstück und jedes Buch, das über Baldur und seine Leute existierte. Und jetzt sollten Marjorie und Baldur verbandelt sein? Das ergab für mich keinen Sinn. »Sicher, dass Shaw nicht lügt?«

»Er steht auf unserer Seite, warum sollte er lügen?«

»Weil er *ein Hexenmeister* ist. Diese Kreaturen haben schon viele Menschen das Leben gekostet – unsere Eltern eingeschlossen. Oder hast du das vergessen?«

»Natürlich nicht!«, protestierte Holden und schloss die Packung mit den Leckerlis. »Aber du kannst nicht alle Hexer und Hexen über einen Kamm scheren.«

»Ich kann, und ich werde.«

»Du bist manchmal echt engstirnig.«

»Und du naiv.«

»Aufgeschlossen«, korrigierte er mich. »Und dir würde es auch nicht schaden, etwas offener zu sein – der Welt und vor allem anderen Leuten gegenüber. Vielleicht wärst du dann nicht so einsam.«

Wow, der saß tief.

Für einen Moment konnte ich nichts anderes tun, als meinen Bruder anzustarren. Aber verdammt, Holden hatte recht. Ich *war* einsam, auch wenn ich mir das nur ungern eingestand. Ich hatte Loki, Thor und meinen Bruder … und meine Tante und meinen Onkel. Doch da war niemand sonst. Niemand, mit dem ich shoppen oder spontan ins Kino gehen konnte oder der sich dafür interessierte, wie mein Tag gewesen war. Manchmal vermisste ich die Gespräche und die Möglichkeit, diese Dinge tun zu können, aber ich hatte bereits vor langer Zeit beschlossen, dass der Schmerz des Verlustes, der früher oder später immer eintrat, es nicht wert war. Das hatte mir der Tag des Blutbades erneut deutlich vor Augen geführt. Ich war allein besser dran, auch wenn es bedeutete, Platz für Einsamkeit zu machen.

4. KAPITEL

Jules

4 Tage vor dem Angriff auf das Quartier in London

Als ich Edinburgh vor gut drei Monaten verlassen hatte, hatte ich mir geschworen, dass es für immer sein würde. Und doch war ich nun zurück und stand versteckt in einer Gasse, keine hundert Meter von dem Ort entfernt, der mich damals hatte erkennen lassen, was für ein Monster aus mir geworden war. Ich hatte Isaacs Befehlen gehorcht. Hatte Freunde und Kollegen verletzt. Und nach ihrem Blut gelechzt, mehr als sie sich vorstellen konnten. Es war ein Verlangen gewesen, so tief wie der Instinkt zu atmen. Selbst wenn ich es nicht wollte und versuchte, die Gelüste zurückzuhalten, irgendwann brachen sie hervor, ebenso wie der Drang nach Luft zu schnappen sich nicht unterbinden ließ. Es glich einem Wunder, das ich damals in letzter Sekunde wieder zu Verstand gekommen war – was ich ziemlich sicher Cain verdankte. Das war auch die einzige Rechtfertigung, mit der ich mir heute erlaubte, hier zu sein – in Edinburgh, auf der Straßenseite gegenüber dem Friedhof, in dessen Untergrund das Quartier lag.

Es war früher Morgen und der neue Tag dabei, die Welt mit sanften Sonnenstrahlen zu wecken. Der Himmel glich einem Gedicht aus orangerotem Schimmern, das mich an all die Male erinnerte, in denen Cain und ich nach unserer Nachtschicht zurück ins Quartier gelaufen waren. Sie häufig, um dort müde ins Bett zu fallen, und ich, um meinen Rucksack für die Uni zu packen oder eilig noch die Unterlagen der letzten Vorlesung durchzuackern. Ich war stets so verdammt müde gewesen und Kaffee der einzige Grund, weshalb ich überhaupt noch funktioniert hatte.

Heute war ich nicht mehr müde. Ich war niemals müde, was eigentlich angenehm sein sollte … Und dennoch vermisste ich diesen Zustand der Erschöpfung. Der Menschlichkeit.

Ich verdrängte die trübseligen Gedanken und Erinnerungen an mein früheres Leben, das ich niemals zurückbekommen würde, und konzentrierte mich stattdessen auf das Quartier, das ungewöhnlich still vor mir lag. Eigentlich müssten um diese Zeit die Teams von ihrer nächtlichen Patrouille zurückkommen. Doch heute waren weit und breit keine Hunter oder Huntresses zu sehen, und mich beschlich dasselbe ungute Gefühl wie damals bei der Jagd mit Floyd, kurz bevor wir auf Isaac und seine Vampire gestoßen waren.

Ich zog das neue Handy aus der Hosentasche, das ich mir vor drei Wochen in St. Petersburg gekauft hatte. Darin eingespeichert war eine einzige Nummer: die von Ella.

Jules: *Ich bin da. Können wir uns treffen?*

Ich hatte ihr bereits vor ein paar Tagen mitgeteilt, dass ich nach Edinburgh zurückkommen würde – denn ich brauchte ganz dringend ihre Hilfe mit Isaacs Geist. Außerdem hatten Wayne und sie mir vor Augen geführt, wie sehr ich das Quartier und die Leute, die hier lebten, vermisste. Es machte mich fertig, nicht zu wissen, wie es Cain und meinen Eltern in den letzten Wochen ergangen war. Ich sehnte mich nach ihnen, auch wenn ich mich selbst immer wieder vom Gegenteil zu überzeugen versuchte, weil ich eigentlich kein Recht darauf hatte, sie zu vermissen, nach allem was ich ihnen angetan hatte.

Mein Blick zuckte vom Quartier zurück zu meinem Handy. Ella hatte mir nicht geantwortet, ebenso wenig wie auf die anderen fünf Nachrichten, die ich ihr im Lauf der letzten Woche geschickt hatte. Vielleicht wollte sie mich nicht sehen? Womöglich hatten unser Treffen in St. Petersburg und der dortige Kampf sie erkennen lassen, was aus mir geworden war. Ein Monster.

Ich schloss die Augen und atmete tief ein. Eine alte Angewohnheit. Die kalte Morgenluft brannte in meiner Lunge und rauschte durch meinen Körper, um kurz darauf noch identisch kalt als Seufzen von meinen Lippen zu weichen.

»Was willst du?«, fragte ich und gab mir keine Mühe, den genervten Ton in meiner Stimme zu unterdrücken.

Für jemand Außenstehenden mochte es auf den ersten Blick wirken, als hätte ich zu mir selbst gesprochen, aber die Worte richteten sich an die Kreatur, die sich bereits seit einer Viertelstunde in den Schatten hinter mir versteckte und mich beobachtete wie ein Raubtier seine Beute.

Sie hatte keine Ahnung.

Ein Zweig knackte, als die Vampirin aus ihrem Versteck trat. Ich drehte mich langsam um. Sie hatte kurzes hellbraunes Haar, trug eine dunkle Leinenhose und ein helles Shirt; darüber hatte sie eine braune Lederjacke geworfen, die entweder lediglich ein modisches Statement war oder ihr dabei helfen sollte, bei den kalten Temperaturen besser in der Masse unterzugehen, denn Kälte konnte ihr ebenso wenig anhaben wie mir.

»Du hast Isaac getötet«, sagte die Frau. Eine Feststellung.

»Falsch. Ich habe ihm nur eine andere Form verliehen.«

Was ein verdammter Fehler gewesen war. Im Augenblick war Isaac ein Phase-3-Geist. Er konnte sich in fremde Körper einnisten und diese im Rahmen ihrer Fähigkeiten für sich nutzen. Doch es war nur eine Frage von kurzer Zeit, bis er in Phase 4 aufsteigen und seinen eigenen Körper wieder würde stofflich machen können. Dann hätte er die kombinierten Fähigkeiten zweier Kreaturen: zusätzlich zur Stärke und Geschwindigkeit eines Vampirs auch noch die telekinetischen Kräfte eines Phase-4-Geistes. Damit wäre er gefährlicher denn je. Es wäre besser gewesen, ihn damals gefangen zu nehmen, aber ich war am Tag des Blutbades nicht ausreichend bei Sinnen gewesen, um ihn zu verschonen. Außerdem, wie hätte ich – oder irgendjemand sonst – ahnen können, dass er zu einem Geist werden würde? Das war bisher mit keinem anderen Vampir geschehen.

»Du hast dich dennoch gegen unseren König gestellt«, fauchte die Vampirin.

Ich zuckte mit den Schultern. »Und?«

»Dafür musst du sterben.« Die Knochen und Fingernägel in ihren Händen verwandelten sich im Bruchteil einer Sekunde zu Klauen und Krallen. Dunkle Adern schimmerten nun durch die blasse Haut der Vampirin, und in ihre Augen trat ein rotes Glühen, das nicht von Hunger, sondern von Rachegelüsten zeugte, die mir nur allzu vertraut waren. Im nächsten Moment stieß sie ein Kreischen aus und stürzte sich auf mich.

Ich rührte mich nicht, als sich ihre Klauen um meine Kehle schlossen und meine Haut unter dem Druck ihrer scharfen Krallen aufplatzte. Schmerz durchzuckte meinen Körper, aber ich wusste, dass dieses Gefühl einem Fehlalarm glich. Eine Reaktion meines Gehirns, um meinen einst menschlichen, verletzlichen Körper zu warnen, aber hier gab es keine Gefahr für mich. Ganz im Gegenteil. Ich genoss den scharfen Schmerz, der mich daran erinnerte, dass es eine Zeit gegeben hatte, in der ich kein Monster gewesen war. Das war erst vier Monate her, und doch kam es mir wie eine Ewigkeit vor. Das Gefühl, ein Mensch zu sein, war inzwischen nichts weiter als eine weit entfernte Erinnerung, wie ein vager Traum. Nur konnte ich auch nicht mehr träumen, denn Schlaf war für Menschen, nicht für Blutsauger.

Die Vampirin drückte fester zu. Ihre Klauen schnitten tiefer in mein Fleisch. Als ich mich noch immer nicht wehrte, trat ein irritierter Ausdruck auf ihr Gesicht. »Warum kämpfst du nicht?«

»Weil das hier kein Kampf ist.« *Sondern nur eine Unannehmlichkeit.*

Ich packte die Handgelenke der Vampirin und zog ihre Klauen von meinem Hals. Ihre Arme zitterten vor Anstrengung, meinem Griff entgegenzuwirken, doch sie hatte keine Chance. Wäre sie eine ältere, stärkere Vampirin gewesen, hätte sie mich vielleicht für ein paar Minuten beschäftigen können, aber ihre kurzen Fänge verrieten mir, dass sie noch in den Anfängen ihrer Existenz steckte. Ich ließ ihre rechte Hand los, doch noch bevor sich ihr die Chance bot, mich ein weiteres Mal zu attackieren, rammte ich meine Hand in ihren Brustkorb. Durch die gebrochenen Rippen hindurch griff ich nach ihrem Herz und zerquetschte es in meiner Faust zu einem matschigen unnützen Klumpen Fleisch.

Der Rest von Leben, der noch in der Vampirin gesteckt hatte, erlosch. Ich zog meine Hand zurück, und ihr toter Körper sackte zu Boden. Angewidert und voller Ekel vor mir selbst betrachtete ich meine blutige Hand. Stärke war mir nicht neu, schließlich war ich einst ein Grim Hunter gewesen. Doch mein Können und meine Kraft von damals waren nicht mit heute zu vergleichen. Und manchmal … manchmal machte mir meine eigene Stärke Angst. Niemand sollte so mächtig sein.

Ich fühlte ein inzwischen vertraut gewordenes Kribbeln an meinem Hals, wo sich die Wunde schloss. Allerdings lief der

Heilungsprozess nicht so schnell und geschmeidig ab, wie es möglich wäre – dafür war ich zu durstig.

Ich ging in die Hocke und wischte meine blutige Hand an dem Oberteil der Vampirin ab, ehe ich mich daran machte, ihren Körper abzutasten. Ich fand ein Handy und einen Wohnungsschlüssel. Offenbar hatte ich meine Bleibe für die Nacht gefunden – sofern ich die Adresse der Vampirin herausfinden konnte. Ich nutzte ihre leblose Hand, um das Handy zu entsperren, und scannte meinen eigenen Fingerabdruck ein, um mir den Inhalt später in Ruhe ansehen zu können.

Ich beschloss, mich später um die Leiche zu kümmern, steckte das Handy in meine Tasche, wandte mich wieder dem Quartier zu – und erstarrte. Jemand hatte den alten Calton Friedhof verlassen. Eine schmale, ganz in schwarz gekleidete Gestalt. Sie trug eine dunkle Leggings, Boots und einen Mantel. Auf ihrem Rücken saß ein Rucksack. Das dunkelbraune, fast schwarze Haar hatte sie zu einem Knoten gebunden, und ihr Kopf nickte leicht im Takt der Musik, die aus ihren Kopfhörern schallte.

Harper.

Sie war sich meiner Gegenwart nicht bewusst, ich mir ihrer dafür umso mehr. Sie war für mich wie ein Magnet, schon immer gewesen. In einem Raum von hundert Leuten war mein Blick immer zielsicher auf ihr gelandet – und daran hatte sich offenbar bis heute nichts geändert.

Eine meiner letzten Erinnerungen als Mensch war ein Gespräch über sie. Damals hatte ich mit Ella, Owen und Cain im Trainingsraum über meine unerwiderten Gefühle für Harper geredet, wieder einmal. Obwohl ich mir noch kurz zuvor an Halloween geschworen hatte, sie endlich loszuwerden. Aber das war leichter gesagt als getan. Gefühle ließen sich nicht einfach abstellen, wie ich bedauerlicherweise hatte feststellen müssen. Doch während damals vielleicht noch eine klitzekleine Chance für uns bestanden hatte, hatte sich inzwischen jegliches bisschen Hoffnung in Nichts aufgelöst.

Ich beobachtete, wie Harper davonzog, vermutlich auf dem Weg zur Uni, und holte abermals mein Handy hervor. Ella hatte noch immer nicht geantwortet – mehr noch, auch diese Nachricht wurde mir als nicht zugestellt angezeigt. Bei meinen ersten Nachrichten hatte ich angenommen, sie hätte die Funktion abgestellt, aber nun, gepaart mit ihrem Schweigen, machte ich mir doch Sorgen. Ja, ein Teil von mir wollte glauben, dass sie mich ignorierte, weil ich ein Monster war. Aber ein anderer fragte sich, ob ihr und Wayne vielleicht etwas zugestoßen war, immerhin hatten sich die beiden mit der Königin der Geister angelegt.

Es gab nur eine Möglichkeit, das herauszufinden …

Ich öffnete ein neues Nachrichtenfenster. Meine Finger schwebten über dem Eingabefeld. Ich zögerte, denn ich hatte mir geschworen, ihr nicht zu schreiben.

Genauso wie du dir geschworen hast, nicht nach Edinburgh zurückzukommen?, spottete eine Stimme in meinem Kopf.

Gott, ich hasste mich selbst.

Aus dem Gedächtnis tippte ich Cains Nummer ein und schrieb eine Nachricht: *Hey. Ich stehe vor dem Quartier. Jules.*

Ich starrte auf die Worte, las sie noch einmal, zweimal, dreimal. Zögerte. Überlegte sie zu löschen. Oder zu ändern. Doch dann schickte ich sie ab, wie sie waren. Was sollte schon passieren? Im schlimmsten Fall würde eine Horde Hunter und Huntresses aus dem Quartier stürmen und mir ein Dutzend Dolche ins Herz rammen. Dann wäre dieses Elend einer Existenz zumindest endlich vorbei. Wobei … das wäre nicht das Schlimmste. Deutlich grausamer wäre das Wissen, dass Cain und die anderen – meine Freunde und Freundinnen, meine

Familie, meine Kolleginnen und Kollegen – mich nicht mehr sehen wollten, weil sie mich und meine Existenz bereits abgeschrieben hatten.

Angespannt trat ich von einem Fuß auf den anderen. Eine Passantin lief an der Gasse vorbei, in der ich mich verborgen hielt. Sie bemerkte weder mich noch die tote Vampirin, doch der herrliche Duft ihres Blutes stieg mir in die Nase und erinnerte mich daran, dass ich das Unvermeidbare nicht viel länger würde hinauszögern können.

Ich blickte ihr noch immer hinterher, verzweifelt darum bemüht, mein Verlangen zu unterdrücken, als das gusseiserne Tor des Friedhofes aufgerissen wurde und Cain herausgelaufen kam.

Ich erstarrte. Das rote Haar war ein wirres Nest auf ihrem Kopf. Sie trug nur eine Leggings und einen Sport-BH, und ihre Füße steckten in Laufschuhen, als wäre sie aus dem Fitnessraum direkt auf die Straße gesprintet. Gehetzt schaute sie sich in alle Richtungen um, bis sie mich schließlich entdeckte.

Ihr Blick begegnete meinem. Ihr Gesicht war blass. Ihre grünen Augen waren glasig. Es tat so unfassbar gut, sie zu sehen. Meine Cousine. Meine beste Freundin. Meine Kampfpartnerin … *ehemalige* Kampfpartnerin. Ein aufgeregtes Kribbeln breitete sich in mir aus.

Cain sah nach rechts und links, ob Autos kamen, dann überquerte sie die Straße und kam geradewegs auf mich zu. Doch kurz bevor sie mich erreichte, wurde sie langsamer. Unruhig ließ sie ihren Blick über meinen Körper wandern, als befürchtete sie, ich könnte eine von Hexern erzeugte Illusion sein.

Ich trat einen Schritt aus den Schatten hervor. Die Bewegung gab den Blick auf die Leiche der Vampirin frei, deren Blut sich hinter mir in der Gasse auf den Asphalt ergoss, ein klaffendes Loch in der Brust.

Ich verzog das Gesicht. »Sorry, ich wollte nicht direkt vor der Haustür so eine Sauerei anrichten.«

Ein erstickter Laut drang aus Cains Kehle – halb Lachen, halb Schluchzen –, und dann warf sie sich mir an den Hals. Die Arme um mich geschlungen, drückte sie mich fest an sich.

Cain und ich waren seit unserer Kindheit beste Freunde. Wir hatten gemeinsam mehr Höhen und Tiefen erlebt, als ich zählen konnte. Und sie in den Armen zu halten, ob vor Freude oder um sie zu trösten, war ein ungemein vertrautes Gefühl. Instinktiv legte ich meine Arme um sie und erlaubte mir diesen Moment, auch wenn sie als Blood Huntress für mich absolut widerlich roch, wie eine Mischung aus kaltem Rauch und saurer Milch.

Aus dem Augenwinkel nahm ich eine Bewegung wahr. Ich hob den Kopf und entdeckte Warden, der ebenfalls Trainingsklamotten trug. Ein besorgter Ausdruck lag auf seinem Gesicht, aber zu meiner großen Erleichterung versuchte er nicht, Cain von mir loszureißen.

Sie löste ihren Klammergriff um meinen Hals und trat einen Schritt zurück. Mit großen Augen starrte sie mich an. Eine Träne kullerte ihr über die Wange, und ich war mir sicher, dass ich ebenfalls geweint hätte, wäre mein erkalteter Körper dazu noch in der Lage gewesen.

»Ich … Ich kann nicht glauben, dass du wirklich da bist«, stammelte Cain und schüttelte dabei ungläubig den Kopf. »Wir haben nach dir gesucht, aber konnten dich nirgendwo finden. Du warst wie vom Erdboden verschluckt. Ich dachte schon, die Vampire hätten dich doch noch erwischt.«

Erstaunt hob ich die Brauen. Konnte es sein, dass Cain und Warden nichts von der Sache in St. Petersburg wussten? Ich hatte Ella und Wayne zwar gebeten, niemandem von mir zu erzählen, aber im Grunde war ich fest davon ausgegangen, dass sie es doch tun würden.

»Haben Ella und Wayne es euch nicht gesagt?«

Cain runzelte die Stirn. »Nein, was denn?«

Ich schaute mich um. Hinter dem Tor des alten Friedhofes erkannte ich Bewegung, vermutlich weitere Hunter und Huntresses. Dann sah ich zurück zu Warden und Cain und setzte ein Lächeln auf, das sich steif auf meinen Lippen anfühlte. Als hätten die Muskeln in meinem Gesicht die Mimik verlernt. »Wollen wir uns vielleicht in ein Café setzen? Dann kann ich euch alles in Ruhe erzählen.«

5. KAPITEL

Jules

4 Tage vor dem Angriff auf das Quartier in London

»Ich habe Marjorie so lange hingehalten, wie ich konnte, um Ella zu beschützen, doch als die russischen Hunter aufgetaucht sind, musste ich verschwinden. Sie wussten ja nichts von mir und sollten sich auf die Königin konzentrieren und nicht auch noch Sorgen um mich machen«, schloss ich meine Erzählung über alles ab, was in den letzten Wochen und Monaten geschehen war.

Ich hatte Warden und Cain auch von meiner selbstauferlegten Mission erzählt, Isaacs künstlich erschaffene Vampire auszulöschen. Ich war vielleicht das Herzstück seiner Forschung und das Beste daraus entstandene Resultat, dennoch waren die anderen Vampire aus dem Reagenzglas nicht auf die leichte Schulter zu nehmen. Sie waren häufig stärker als normale Vampire, und manche waren im Stadium des absoluten Blutdurstes hängen geblieben, den man am Anfang kurz nach seiner Verwandlung verspürte, was sie besonders gefährlich machte – sowohl für Menschen als auch für Hunter, da Blood Hunter künstliche Vampire nicht an ihrem Geruch erkannten. Allerdings hatte ich diese Mission unterbrochen, um hierherzukommen. Ich musste zuallererst Isaac loswerden, der mich gnadenlos verfolgte und immer wieder angriff, wobei er sich meistens der Körper ahnungsloser Menschen bediente, die er besetzte und bei denen es ihm vollkommen egal war, ob sie zu Schaden kamen oder nicht.

Wovon ich Warden und Cain jedoch nichts erzählte, waren die Männer, die meinem Blutdurst zum Opfer gefallen waren. Wann immer sich die Gelegenheit bot, war ich in den letzten Wochen und Monaten in Krankenhäuser und Blutspendezentren eingebrochen und hatte mich mit Konserven versorgt, aber zweimal hatte mich der Blutdurst überfallen und ich war zu schwach gewesen, um ihm zu widerstehen. Dafür hasste und schämte ich mich zugleich.

Cain griff über den Tisch nach meiner Hand. Ihre warmen Finger umschlossen meine, ohne vor der Kälte zurückzuzucken. Wir saßen in einer Filiale der Cafékette, für die Ella früher gearbeitet hatte. Der Duft von herbem Kaffee und süßem Gebäck lag in der Luft. Der Raum war in warmen Braun- und Rottönen eingerichtet. Cain, Warden und ich waren die Einzigen, die an einem Tisch saßen, dennoch war das Café voll. Vor der Theke hatte sich eine lange Schlange an Leuten gebildet, die für den Start in den Tag den schnellen Koffeinfix suchten.

»Wo bist du danach hin?«, fragte Warden und nippte an seinem Kaffee. Cain und er waren vorhin noch einmal kurz im Quartier verschwunden und hatten sich umgezogen. Nun trugen sie die schwarze Kleidung der Hunter.

Gemeinsam mit Warden hier zu sitzen fühlte sich unwirklich an. Das letzte Mal, als ich mit Cain gesprochen hatte, hatte sie ihn verabscheut … und jetzt streichelte er unter dem Tisch diskret ihren Oberschenkel. Ich hatte so viel verpasst.

»Ich bin untergetaucht und habe gewartet, bis sich die Situation in St. Petersburg beruhigt hat. Anschließend habe ich Jagd auf die künstlichen Vampire gemacht. Allerdings hat Isaac mich wenig später in seinem neuen Körper wiedergefunden …

und dann noch drei weitere Male«, berichtete ich mit einem Seufzen. Er wurde zunehmend mächtiger und behinderte immer häufiger meine Arbeit. Meinen Recherchen nach gab es noch mindestens ein Dutzend weitere Forschungseinrichtungen, unter anderem in Warschau, Nowosibirsk und Ankara, aber zum jetzigen Zeitpunkt schätzte ich es als effektiver ein, Isaac auszulöschen und anschließend meine Mission fortzusetzen.

»Ich wünschte, ich wäre ein Soul Hunter«, sagte Warden. In seinen Augen erkannte ich ein gieriges, kampflustiges Funkeln. Offenbar hatten sich seine Rachegelüste Isaac gegenüber auch nach dessen vermeintlichem Tod nicht gelegt. »Ich würde diesen Mistkerl wirklich gern eigenhändig in die Unterwelt schicken. Oder ihm zumindest so richtig wehtun.«

»Wenn wir noch länger zögern und er zu einem Geist der Phase 4 wird, hast du vielleicht sogar die Gelegenheit dazu«, gab ich zu bedenken. »Aber so lange würde ich nur ungern warten. Ich brauche Ellas Hilfe.«

Womit wir beim eigentlichen Grund für meine Anwesenheit angekommen waren, auch wenn es mir in Cains Gegenwart leichtfiel, das zu vergessen. Immerhin hatte ich über eine Stunde unserer beider Leben damit verschwendet, ihr zu erzählen, wie es mir in den letzten Monaten ergangen war. Das wäre nicht nötig gewesen, und dennoch hatte ich es getan – einfach, weil es sich gut angefühlt hatte.

»Wegen Ella …«, setzte Cain an. Sorge mischte sich in ihren Blick, der kurz zu Warden und dann wieder zurück zu mir zuckte. »Sie wird dir leider nicht helfen können. Zumindest nicht in nächster Zeit.«

Das ungute Gefühl, das ich wegen all der unbeantworteten Nachrichten verspürt hatte, kehrte um ein Vielfaches verstärkt zurück; plötzlich wünschte ich mir, ebenfalls eine Kaffeetasse vor mir stehen zu haben, um meine Hände darum schließen und so meine aufkeimende Nervosität verstecken zu können. »Was ist los? Ist ihr etwas zugestoßen?«

»Ja und nein. Ella und Wayne sind wohlauf und gesund«, beschwichtigte Cain meine Sorgen. »Allerdings hat der Umstand, dass sie Marjorie gefangen genommen haben, schwerwiegendere Folgen, als wir alle erwartet haben.«

»Was meinst du damit?«

Warden seufzte. »Wie sich herausgestellt hat, war Marjorie Baldurs Freundin. Geliebte. Partnerin. Gefährtin. Bessere Hälfte … Wie immer du es nennen willst. Deshalb befindet er sich jetzt auf einem Rachefeldzug, um sie zurückzubekommen und sich an den beiden Soul Huntern zu rächen, die ihr das angetan haben.«

»Ella und Wayne«, schlussfolgerte ich.

Cain nickte. »Nach allem, was in Prag und St. Petersburg passiert ist, haben die beiden beschlossen, Urlaub zu machen. Sie befinden sich in einer Hütte in den Highlands, um sich zu erholen. Jetzt ist die Hütte zu einem Safehouse geworden. Warden und ich sollen noch heute hochfahren, um sicherzugehen, dass ihnen niemand Probleme macht.«

Ich nahm mir einen Augenblick, um über das Gehörte nachzudenken. Vermutlich sollte ich schockierter sein angesichts der Vorstellung, dass der König der Hexer und Hexen und die Königin der Geister ein Paar waren. Das änderte schließlich alles und schuf eine Allianz, die die Hunter vor völlig neue Herausforderungen stellte. Bisher hatten alle Kreaturen stets für sich selbst gekämpft. Das könnte sich nun, da Baldur beschlossen hatte, Marjorie öffentlich als seine Partnerin zu reklamieren, ändern. Doch ich hatte es nicht in mir, sonderlich entsetzt deswegen zu sein. Nach allem, was mit Isaac geschehen war, konnte mich nichts mehr überraschen. Auch wenn es mir für

Ella und Wayne furchtbar leidtat, dass sie zur Zielscheibe geworden waren.

»Dann werde ich mich wohl weiterhin selbst um Isaac kümmern müssen«, erwiderte ich mit einem erschöpften Lächeln. Ich war vielleicht nicht mehr müde im eigentlichen Sinne, aber diese ständige Anspannung und das andauernde Über-die-Schulter-Gucken waren anstrengend. »Danke, dass ihr euch die Zeit für mich genommen habt. Grüßt Ella und Wayne von mir, wenn ihr sie seht.« Ich zog meine Hand unter der von Cain hervor, schob meinen Stuhl zurück und stand auf.

»Was soll das werden?«, blaffte Cain, die Augenbrauen fest zusammengezogen. »Setz dich gefälligst wieder hin. Wir sind noch nicht fertig, Julius Marlowe.«

Ich schnaubte. »Du klingst wie meine Mutter.«

»Und schon allein deswegen solltest du auf mich hören. Park deinen Hintern wieder auf dem Stuhl«, mahnte sie mit strengem Blick. Die Arbeit mit Kindern – sowohl innerhalb als auch außerhalb des Quartiers – hatte ihr einen unbeugsamen Erzieherinnenton verliehen, der keine Widerworte duldete.

Dennoch schüttelte ich den Kopf. »Es gibt nichts mehr zu sagen.«

»Du kannst hier nicht auftauchen und uns erzählen, dass Isaac nicht tot ist, sondern ein Geist, der dich terrorisiert, und dann von uns erwarten, dass wir dich einfach so gehen lassen. Selbst wenn Isaac nicht da wäre … du kannst nicht wieder verschwinden.«

»Ich kann.« *Und ich werde.* Ich hätte damit rechnen müssen, dass Cain mich zu überzeugen versuchte zu bleiben, aber das war aus Dutzenden von Gründen eine beschissene Idee. An oberster Stelle der, dass ich inzwischen eines der Wesen war, die zu töten sie geboren worden waren.

»Warum kannst du nicht bleiben?«, fragte Warden.

»Ihr wisst warum.«

Cain schüttelte den Kopf. »Du bist noch immer derselbe.«

»Du irrst dich. Du siehst in mir nur das, was du sehen willst, aber das ist der Jules von früher. Nicht der Jules von heute. Ich bin nicht mehr derselbe. Ich bin jetzt ein Vampir, wie nur schwerlich zu übersehen ist.« Ich zog die Oberlippe hoch und gab damit den Blick auf meine Fänge frei, die – anders als meine Klauen, meine rot glühenden Augen und die dunklen Adern unter meiner Haut – immer da waren, wie eine stumme Drohung und eine bittere Erinnerung.

»Aber du bist auch immer noch ein Grim Hunter.« Cain griff erneut nach meiner Hand, wofür sie sich diesmal weit über den Tisch beugen musste, und schob den Ärmel meines Hoodies nach oben, bis mein Tattoo zu sehen war. Das Symbol der Hunter mit einem Halbmond, dem Zeichen der Grim Hunter, in der Mitte. Darunter stand meine Kennung, JM120815EDI. »Siehst du, Grim Hunter.«

Ich lächelte abermals müde. Diese Unterhaltung war ähnlich zermürbend wie die Bedrohung durch Isaac, wenn auch auf eine ganz andere Art und Weise. »Das denkt *ihr* vielleicht, aber nicht die anderen.«

»Das kannst du nicht wissen«, drängte Cain, ohne meine Hand loszulassen.

»Shaw ist ein Hexenmeister«, platzte es unerwartet aus Warden heraus.

Ich furchte die Stirn. »Wie meinst du das?«

»So wie ich es sage, aber zuerst … setz dich.« Wardens Blick zuckte von mir zu dem leeren Stuhl.

Ich zögerte kurz, doch dann folgte ich seiner Aufforderung, nicht zuletzt, weil wir inzwischen von einigen appetitlich duftenden Cafébesuchern beobachtet wurden.

Abwartend sah ich Warden an – und dann erzählte er mir

eine weitere unglaubliche Geschichte. Darüber, wie Roxy versehentlich ein Tor zur Unterwelt geöffnet und dabei 449 Seelen befreit hatte, wofür sie von einem Todesboten verflucht und dazu verdonnert worden war, diese Geister wieder einzufangen. Und offenbar gehörte Shaw, den ich kurz vor meiner Verwandlung in Edinburgh in ihrer Begleitung kennengelernt hatte, zu diesen Geistern. Er hatte sich in einem menschlichen Körper eingenistet, war aber in Wirklichkeit ein Hexenmeister aus Baldurs innerem Zirkel – was er nur herausgefunden hatte, weil sich während einer Nahtoderfahrung seine Magie gezeigt hatte. Kurzzeitig hatte er sich wohl den Hexern angeschlossen, aber nun war er wieder zurück bei den Londoner Huntern und kämpfte an ihrer Seite gegen die wachsende Bedrohung durch Baldur, der inzwischen mehrere Quartiere in Osteuropa angegriffen hatte.

»Scheiße«, fluchte ich, nachdem Warden seine Erzählung beendet hatte, und fuhr mir mit der Hand durch mein rotes Haar, das inzwischen ein wenig länger war als bei meiner Verwandlung. Es wuchs weiter, aber deutlich langsamer als früher. »Wie hat Baldur all diese Quartiere gefunden?«

»Genau wissen wir es nicht. Roxys frühere Mentorin Amelia hat für Baldur gearbeitet, sie könnte es ihm erzählt haben. Oder er hat seine Leute beauftragt, Huntern zu folgen und die Quartiere auszuspionieren. Weshalb unsere Leute im Moment gebeten werden, wenn möglich in den Quartieren zu bleiben«, antwortete Warden. »Wir sind noch dabei, Informationen zu sammeln. Gestern Nacht wurde Prag angegriffen. Erst seitdem wissen wir, dass Baldur nach Marjorie sucht und unbedingt Ella und Wayne in die Finger kriegen will.«

Ich nickte langsam. Auf einmal kam mir mein Isaac-Problem unglaublich klein und nichtig vor. Die Hunter waren im Krieg mit den Hexern. Unzählige von uns, nein, von *ihnen*, waren in den letzten zwei Wochen gestorben – und ich hatte nichts davon mitbekommen.

»Wir können dir später gern mehr über Baldur und die Angriffe erzählen«, ergriff nun wieder Cain das Wort. Sie hatte ihre Hände auf dem Tisch gefaltet, als müsste sie sich davon abhalten, erneut nach meiner Hand zu greifen. »Aber du hast das Wesentliche überhört, was wir dir damit sagen wollten: Shaw ist ein Hexenmeister, und er ist in den Quartieren willkommen. Nicht alle sind glücklich damit, aber viele stehen auch auf seiner Seite. Genauso wie sie auf deiner Seite stehen werden. Warden und ich tun es. Nicht wahr?«

Warden nickte.

»Bitte komm zurück«, flehte Cain.

Das Zittern ihrer Stimme verriet mir, dass sie mit den Tränen rang. Tränen der Trauer. Tränen der Frustration. Tränen der Hoffnung. Ich wusste es nicht mit Gewissheit, dennoch konnte ich meinen Blick nicht von ihr abwenden. Ihr Flehen sprach zu dem Teil von mir, der nichts lieber wollte als zurückzukommen. Dem Teil, der die Hunter schmerzlich vermisste und meine Eltern und Cain. Der sich danach sehnte, gemeinsam mit ihr, Warden und den anderen zu trainieren und lachend in der Cafeteria beisammenzusitzen … und der sich zurück an die Uni sehnte. Die Vorlesungen waren stressig und nervenaufreibend gewesen, und es hatte oft etwas Frustrierendes gehabt, meinen Stundenplan mit den Patrouillen in Einklang zu bringen, aber ich hatte es geliebt – dieses Leben, das ich für mich geschaffen hatte, um die Zukunft zu bekommen, von der ich träumte. Eine Zukunft, die scheinbar in unendliche Ferne gerückt war.

»Cain, ich …«

»Bitte«, unterbrach sie mich und gab nun doch dem Drang nach, meine Hände zu ergreifen. »Versuch es zumindest. Für mich. Warden und ich werden dich beschützen; sollten sie dich angreifen, werden wir dir helfen zu entkommen. Dir wird nichts passieren. Versprochen. Wir passen auf!«

Ich schluckte schwer. »Ich habe keine Angst vor dem Tod«, gestand ich. »Sondern davor, was die Leute denken, wie sie mich anschauen werden. Voller Hass und Verachtung. Oder voller Mitleid. An diesem Punkt weiß ich nicht, was von beidem schlimmer wäre. Ich will, dass sie mich so wie früher in Erinnerung behalten und nicht … als dieses Monster, zu dem ich geworden bin.«

Cains Finger schlossen sich krampfhaft fester um meine, doch die Geste war plötzlich nicht mehr tröstend, sondern voller Wut. »Das ist doch Bullshit!«, spie sie aus. »Seit wann zum Teufel interessiert es dich, was andere denken? Hat es dich interessiert, als du an St. Patricks Day ein grünes Kleid mit Korsage getragen hast? Nein. Oder als wir im Quartier einen Filmabend gemacht haben und du in deinem quietschgelben Pyjama aufgetaucht bist? Nein. Oder dieses lächerliche Werwolfkostüm an Halloween … Was ist damit? Dir war immer egal, was alle anderen denken, solange dich die Menschen, die dir nahestehen, akzeptieren und respektieren. Und das tun wir. Was hat sich geändert?«

Das war eine ausgezeichnete Frage, denn ich hatte keine Antwort darauf. Was hatte sich geändert? Vielleicht war es der Umstand, dass diese Kleidung ungefiltert ich gewesen war. Jules. Ich hatte nur nach außen getragen, wer ich im Inneren gewesen war. Aber nun wusste ich selbst nicht mehr, wer ich war, und das hatte mein Selbstbewusstsein ordentlich ins Straucheln gebracht. Früher war mir egal gewesen, was die Leute dachten, weil ich ihre Bestätigung nicht brauchte, aber heute … Ich musste hören, dass ich kein Monster war, aber ich hatte Angst davor, dass die Hunter und Huntresses mir dieses

Zugeständnis nicht machen konnten und ich mich noch mehr von der Person entfremdete, die ich einst gewesen war.

»Komm schon«, kam es von Warden. Ich vermutete, dass es für ihn auch in Ordnung wäre, mich nie wiederzusehen, aber es war offensichtlich, dass er Cain liebte und sie glücklich sehen wollte. »Wir sind cool damit, dass du jetzt ein Blutsauger bist. Ella und Wayne sind es offenbar auch. Und deine Eltern werden einfach nur froh sein, dass es dir gut geht und sie dich wiederhaben. Scheiß auf den Rest.«

»Genau, scheiß auf den Rest«, echote Cain. »Und wenn es dir damit besser geht, kann auch Warden das grüne Kleid mit dem Korsett anziehen, um von dir abzulenken. Dann haben die Leute etwas anderes zu reden.«

»Heh, dem hab ich nie zugestimmt!«

Ich lachte, und eine wohlige Wärme, die mehr ein Gefühl war und keine wahrhaftige Hitze, breitete sich in mir aus. Mitzuerleben, wie sehr Cain und auch Warden bemüht waren, mich zurückzuholen, bedeutete mir viel und gab mir ein wenig Hoffnung zurück.

»Einverstanden«, sagte ich schließlich, auch wenn ich meine Vorbehalte nicht ganz abschütteln konnte. »Ich komme mit ins Quartier. Aber ich kann nicht versprechen, dass ich bleibe.«

Cain stieß ein erfreutes Quietschen aus. Sie sprang von ihrem Stuhl auf und warf sich mir über den Tisch um den Hals. Und in diesem Moment wusste ich, dass ihr Glück und ihre Freude über meine Rückkehr es wert waren, das Risiko einzugehen.

6. KAPITEL

Harper

4 Tage vor dem Angriff auf das Quartier in London

Die Lippen meines Dozenten bewegten sich, aber ich bekam kein Wort mit von dem, was er zum Thema Gestaltungsmethoden sagte. Immer wieder versuchte ich, meine Gedanken zurückzulenken auf die Vorlesung, und immer wieder schweiften sie ab und kehrten zu den Dingen zurück, die mir Holden mitten in der Nacht erzählt hatte.

Marjorie war Baldurs Geliebte? Mir erschien das ziemlich abwegig, und doch würde es die Angriffe, die kurz nach der Gefangennahme der Geisterkönigin begonnen hatten, erklären. Oder er nutzte ihr Verschwinden einfach als Vorwand, um gegen die Hunter vorzugehen.

Aber wenn dem so war, warum sollte er Shaw das Ultimatum zukommen lassen, dass er zu den Hexern zurückkehren dürfte, wenn er ihm Marjorie, Ella und Wayne brachte? Es sei denn, Shaw log, aber dafür gab es keinen Anhaltspunkt. Ich hatte die letzten zwei Vorlesungen dazu genutzt, ein bisschen über den Kerl zu recherchieren, den ich während seiner Zeit hier in Edinburgh nur sehr flüchtig kennengelernt hatte; einige Hunter in London hatten mir bereitwillig Auskunft gegeben – vor allem jene, die alles andere als einverstanden damit waren, dass er nun in ihrem Quartier ein und aus ging. Und obwohl ich grundsätzlich mit ihrer Meinung übereinstimmte, dass ein Hexenmeister nicht zu den Huntern gehören konnte, musste ich doch eingestehen, dass Shaw in der Vergangenheit genug andere Möglichkeiten gehabt hätte, sich wieder auf die Seite des Hexenkönigs zu schlagen.

Es sei denn, das Ganze ist als reine Täuschung inszeniert, und Shaw und Baldur arbeiten gemeinsam auf etwas hin, das zu durchschauen wir zu dumm sind, sagte die Stimme in meinem Kopf, von der ich gern glaubte, dass sie klang wie die meiner Mum, auch wenn ich keine Erinnerungen an sie hatte.

Holden und ich waren erst ein paar Monate alt gewesen, als sie in der Schlacht von St. Petersburg ums Leben gekommen waren. Nach unserer Geburt waren unsere Eltern mit uns nach Russland gereist, um uns der dortigen Verwandtschaft vorzustellen. Es war nie angedacht gewesen, dass sie dort auf die Jagd gingen, aber die Größe des Angriffs hatte es ihnen unmöglich gemacht, nicht einzugreifen. Heldenmut, für den sie mit ihrem Leben bezahlt hatten.

Bevor ich begonnen hatte, nach Jules zu suchen, war ich voll und ganz darauf konzentriert gewesen, ihren Mörder ausfindig zu machen. Meine Suche dauerte bereits einige Jahre, denn an der Schlacht waren unzählige von Baldurs Leuten beteiligt gewesen und viele Hunter und Huntresses waren gestorben, weshalb es nur eine überschaubare Menge an Augenzeugen gab. Ihre Aussagen hatten sich teils widersprochen, und viele hatten sogar beteuert, gar nichts gesehen zu haben, weshalb die Aufzeichnungen über die Schlacht sehr spärlich ausfielen. Es hatte mich enorm viel Zeit und Arbeit gekostet, die Puzzleteile zusammenzufügen, aber schließlich hatte sich mir ein Name offenbart, der sich wie Säure in mein Gedächtnis eingebrannt hatte …

Das plötzliche Vibrieren meines Handys riss mich aus meinen Gedanken, was vermutlich auch besser war. Es gab aktuell andere, akutere Dinge, auf die ich mich konzentrieren sollte. Die Vergangenheit würde nicht davonlaufen.

Ich zog das Handy aus meiner Tasche und öffnete Holdens Nachricht. Erstarrte. Blinzelte. Und las noch einmal, was er mir geschrieben hatte. Die drei Wörter, die dort auf dem Display standen, ließen das Blut in meinen Adern zu Eis gefrieren.

Holden: *Jules ist zurück.*

Mein Herz raste, meine Hände zitterten, und ich brauchte einen Moment, bis es mir gelang, auch nur ein einziges Wort zu tippen.

Ich: *Was?*

Holden: *Cain und Warden haben ihn mit ins Quartier gebracht. Keine Ahnung, woher er plötzlich kommt, aber er ist zurück.*

Ich zögerte nicht, sprang von meinem Stuhl auf und begann panisch, alles um mich herum in meinen Rucksack zu stopfen. Ich musste sofort zurück ins Quartier, um … keine Ahnung, um was zu tun, aber auf keinen Fall konnte ich hier länger rumsitzen und Studentin spielen.

»Miss Iwanow?« Die Stimme meines Dozenten durchschnitt scharf die Luft. Er sagte nichts weiter, nur meinen Namen, aber die Frage darin war unmissverständlich. Die Blicke aller im Raum waren nun auf mich gerichtet.

Ich wedelte mit meinem Handy in der Luft herum. »Familiärer Notfall. Ich muss leider los. Super Vorlesung, bis bald!«, brabbelte ich, warf mir den Rucksack über die Schulter und stürzte aus dem Hörsaal. Vermutlich würde ich später eine wütende Mail von Professor Scofield in meinem Postfach vorfinden, da er mir die Ausrede mit dem familiären Notfall schon lange nicht mehr abkaufte, doch in diesem Moment hätte mir das nicht gleichgültiger sein können.

Jules war zurück. Cain und Warden hatten ihn gefunden. Vermutlich waren sie in diesem Augenblick dabei, auf Grant einzureden, sein Leben zu verschonen. Vielleicht würden sie ihm sogar erlauben, im Quartier ein- und auszugehen wie Shaw. Bei der Vorstellung, dass Holden jeden Tag zufällig auf den Mann treffen könnte, der ihn beinahe getötet hatte, wurde mir übel.

Es war zudem nicht nur Holden gewesen, dem er geschadet hatte, auch andere Hunter und Huntresses waren betroffen. Und wäre es Cain nicht gelungen, Isaac zu töten, was die Vampire – inklusive Jules – zum Rückzug getrieben hatte, wären vermutlich noch weitere Jägerinnen und Jäger durch ihn zu Schaden gekommen. Wer glaubte, dem wäre nicht so, der machte sich etwas vor. Jules war nicht länger der offenherzige Grim Hunter mit dem warmen Lächeln.

Ich stieß die Tür des Universitätsgebäudes auf. Kalte Luft schlug mir entgegen, und die verwunderten Blicke einiger Kommilitonen, die sich auf der Grünfläche im Innenhof versammelt hatten, folgten mir, doch ich beachtete sie nicht weiter und rannte los, durch die Innenstadt zum Calton Hill. Zu Fuß brauchte man für die Strecke rund fünfzehn Minuten. Ich schaffte es in weniger als zehn und wäre vermutlich noch schneller gewesen, wenn sich mir nicht ständig irgendwelche Passanten in den Weg gestellt hätten.

Keuchend erreichte ich den alten Friedhof und verlangsamte meine Schritte, um die Touristen, die um die zerfallenen Gräber herumschlichen, nicht zu alarmieren. Im hintersten Winkel des Friedhofes trat ich an eines der Mausoleen heran, und als ich sicher war, dass niemand mich beobachtete, tippte ich den Sicherheitscode ins Tastenfeld ein. Die Prozedur dauerte dieses Mal besonders lang, und ich war kurz davor, die Türen einzurennen, als endlich beide Lichter grün leuchteten und mir der Zugang zum Quartier gewährt wurde.

Ich stieg in den Aufzug, der nur in die erste Etage mit den Trainingsräumen und der Waffenkammer führte. Um die Stockwerke darunter zu erreichen, musste man das Treppenhaus benutzen oder andere Fahrstühle.

Als sich die metallene Tür vor mir aufschob, trat ich hinaus in den Flur. Es war ruhig, fast schon gespenstisch still. Mein Herz hämmerte wie wild, mein Hals brannte, und mein Gesicht prickelte von der Kälte.

Ohne nachzudenken, eilte ich zum Treppenhaus, um in die tiefer gelegenen Stockwerke zu gelangen. Blitzschnell sprintete ich die Stufen bis nach ganz unten. Ich erwartete, von aufgeregten Stimmen und lautstarken Diskussionen darüber, was mit Jules geschehen sollte, begrüßt zu werden, doch auch auf diesem Stockwerk war es still. Hatte ich die ganze Aufregung verpasst?

Entschlossen marschierte ich zu den Zellen im hinteren Teil der Etage. Dort war Jules bei seinem letzten Besuch bis zu seiner Befreiung durch Isaac festgehalten worden. Doch je näher ich dem kleinen Gefängnis kam, umso offensichtlicher wurde, dass niemand da war. Hatte ich Holdens Nachricht missverstanden? War das Ganze etwa ein Scherz gewesen? Oder hatten sie Jules bereits hingerichtet? Nein, unmöglich.

Ich zückte mein Handy.

Ich: *Wo seid ihr?*

Holdens Antwort ließ nicht lange auf sich warten.

Holden: *Cafeteria.*

Die Härchen in meinem Nacken stellten sich auf. Okay, das *musste* ein Scherz sein. Jules war ein Vampir. Ein fucking Vampir! Was hatte er in der Cafeteria zu suchen? Ich konnte verstehen, dass man ihn nicht an Ort und Stelle exekutierte, schließlich war er einst einer von uns gewesen, und sicherlich hatten seine Eltern ebenso wie Cain als seine Cousine und ehemalige Kampfpartnerin etwas zu dem Thema zu sagen, aber das ging zu weit. Warum zapften wir nicht gleich unser Blut ab und servierten ihm ein paar Tässchen davon?

Kopfschüttelnd machte ich auf dem Absatz kehrt und rannte die Treppen wieder nach oben bis in die zweite Etage. Nun vernahm ich endlich Stimmen. Wie hatte ich sie vorhin überhören können? Ich näherte mich der Cafeteria, die vorletztes Jahr von Jules neu eingerichtet worden war. Doch von dem einst gemütlichen Raum war nichts mehr übrig. Er war am Tag des Blutbades zerstört worden. Und genau hier war auch der Ort gewesen, an dem Jules und ich einander bekämpft hatten. Ich hatte mit eigenen Augen und aus nächster Nähe gesehen, was aus ihm geworden war. Ein Ungeheuer mit Klauen und Fängen, rot leuchtenden Augen und dunklen Adern, die wie ein absurdes Tattoo auf seiner Haut erschienen waren. Er war nicht mehr bei Sinnen gewesen, sondern ein Monster, von seinen Trieben geleitet. Gierig war sein Blick über meinen Körper gewandert, doch es war nicht mehr dieselbe Gier gewesen, mit der er mich all die Monate zuvor betrachtet hatte. Und ich hätte alles dafür gegeben, seine lüsternen Blicke von früher zurückzubekommen, aber dafür war es zu spät.

Ich stieß die Tür zur Cafeteria auf, in der es vor Huntern und Huntresses nur so wimmelte. Offenbar hatte sich das gesamte Quartier hier versammelt. Das letzte Mal, dass ich so viele Hunter in diesem Raum gesehen hatte, musste bei Floyds und Jules' Gedenkfeier gewesen sein. Was für eine Ironie. Ich reckte den Hals, um einen Blick auf ihn oder Holden zu erhaschen, doch es war zu voll und ich zu klein. Alles, was ich sah, waren die Hinterköpfe irgendwelcher stämmiger Grim Huntresses und athletischer Blood Hunter.

Kurzerhand kletterte ich auf einen der Tische – und da entdeckte ich ihn. Jules. Ich hätte schwören können, dass mein wild pochendes Herz für einen Augenblick aufhörte zu schlagen. Bei unserer letzten Begegnung war sein Gesicht die Fratze eines Ungeheuers gewesen. Heute nicht. Er sah aus wie früher, und ein überraschendes Gefühl von Erleichterung erfasste mich, das ich jedoch sofort von mir wegschob. Sein rotes Haar war länger, und statt seiner üblichen bunten Kleidung trug er einen unauffälligen dunklen Hoodie, in dem er merkwürdig fremd wirkte. Aber sein hübsches Gesicht war dasselbe wie vor seiner Verwandlung.

Neben Jules und Grant, der auf einen Stuhl gestiegen war, um die Aufmerksamkeit aller Anwesenden zu erhalten, erkannte ich nun auch Warden, Cain und deren Eltern. Sie umgaben Jules in lockerer Formation, wirkten aber gleichzeitig wie ein Schutzwall für ihn und seine Eltern. Jules' Mutter, Olivia, hatte offenbar geweint, wie unschwer an ihren rot geschwollenen Augen zu erkennen war; und auch der Blick seines Vaters, Charles, war glasig, während Cain übers ganze Gesicht strahlte und Jules ansah, als hätte er die Sonne an den Himmel gehängt. Jules hingegen schien sich sichtlich unwohl zu fühlen inmitten der Hunter und Huntresses. Er hatte die Schultern nach oben gezogen und hielt die Lippen fest zusammengepresst, vermutlich um seine Fänge zu verbergen. Als könnten wir so einfach vergessen, dass sie da waren.

»Wir haben die Wahrheit nicht vor euch verheimlicht, weil wir euch nicht vertrauen, sondern weil wir alle Zeit gebraucht haben, um den Tag des Blutbades zu überwinden und die Erlebnisse dieses Tages hinter uns zu lassen«, sagte Grant. Keine Ahnung, wovon er redete. »Doch nun wisst ihr, was wirklich passiert ist. Jules hat Großartiges für die Hunter geleistet und das über seine Verwandlung hinaus. Wir stehen in seiner Schuld, und das kann und möchte ich nicht einfach ignorieren.«

WTF? Wir taten was? Ich stand ganz sicher nicht in der Schuld eines Vampirs, vor allem nicht nach dem, was er Holden angetan hatte. Wo war mein Bruder überhaupt?

Ich wollte mich gerade nach Holden umsehen, als Jules' Blick über die Köpfe der anderen hinweg plötzlich meinem begegnete. Ich erstarrte, und es war, als würde die Welt mit mir erstarren, denn um mich herum wurde es still. Meine ganze Aufmerksamkeit lag auf Jules. Alles andere rückte in den Hintergrund. Seine Augen hatten dieselbe Farbe wie früher. Sie waren von einem unverkennbaren, einzigartigen Blau, das mich schon damals an das tosende Meer hatte denken lassen. Stürmisch und wild. Eigen und unberechenbar. Eigenschaften, die schon immer zu Jules gepasst hatten.

Erstaunen flackerte über seine Gesichtszüge, als er mich sah. Und ich glaubte, ein Zucken in seinem rechten Mundwinkel wahrzunehmen, aber vielleicht war das auch nur eine optische Täuschung. Auf keinen Fall konnte er sich freuen, mich zu sehen. Oder? Nicht, nachdem wir bei unserer letzten Begegnung versucht hatten, einander zu töten.

Reglos starrte ich ihn an. Hundertfach hatte ich mir unser Wiedersehen vorgestellt. Wie wir einander gegenüberstanden, ich mein Katana in der Hand, seine Hände zu Klauen geformt. Ich hatte mir Dutzende von Szenarien ausgemalt, mit den unterschiedlichsten Ergebnissen, doch in keiner meiner Fantasien war das hohle und gleichzeitig leichte Gefühl in meiner Brust vorgekommen, das ich nicht benennen konnte und erst recht nicht benennen wollte. Jules war ein Vampir. Ich sollte nichts für ihn empfinden, das über Hass und Verachtung hinausging, und doch war da ein Ziehen, das ich nicht hatte kommen sehen. Scheiße! Was stimmte nicht mit mir?

Ich kniff die Augen zusammen, um klar denken zu können. Als ich sie wieder öffnete, hatte Jules seinen Blick abgewandt.

Erleichtert atmete ich aus und sprang vom Tisch herunter. Ich fühlte mich noch immer etwas benommen, aber das war sicherlich nur der Schock darüber, dass Jules wahrhaftig zurück im Quartier war. Nicht mehr. Nicht weniger. Ich musste mich lediglich sammeln, das war alles. Außerdem gab es im Moment nichts, was ich tun konnte. Schließlich konnte ich Jules schlecht vor den Augen seiner Eltern, Warden und Cain den Kopf abschlagen. Zudem trug ich dafür nicht die passende Waffe bei mir. Nein, ich würde warten. Der richtige Augenblick, um Jules für seine Taten zur Verantwortung zu ziehen, würde kommen – und das schon sehr bald.

7. KAPITEL

Harper

4 Jahre zuvor

Mit einem tiefen Seufzen und dem Geschmack von Freiheit auf der Zunge verließ ich das Gelände der Schule. Wochenende! Endlich! Zwei Tage ohne nervige Lehrer. Zwei Tage ohne Mathe. Zwei Tage voller Möglichkeiten. Zwei Tage voller Kreaturen, die darauf warteten, von Holden und mir in die Knie gezwungen zu werden. Nach Jahren des Trainings war es uns endlich gestattet, auf die Jagd zu gehen. Zwar durften wir noch nicht allein durch die Straßen und Wälder Edinburghs ziehen und wurden stets von zwei erfahrenen Huntern oder Huntresses begleitet, aber es war nur noch eine Frage der Zeit, bis wir endlich unsere Prüfung ablegen und selbstständig werden konnten. Jede weitere Übungsjagd brachte uns diesem Ziel näher.

Ich winkte Lorena Thomson zu, einem Mädchen aus meinem Handwerkskurs, die gerade in das Auto ihrer Mum stieg, und machte mich zu Fuß auf den Weg ins Quartier. Offiziell lebten Holden und ich noch bei unserer Tante Isobel und deren Mann Patrick, die selbst keine Hunter waren, uns aber dennoch vor etwa fünfzehn Jahren, nach dem Tod unserer Eltern, adoptiert hatten. Doch je näher das Ende unserer Hunterausbildung rückte, umso mehr Zeit verbrachten wir bei den

Jägerinnen und Jägern; und schon bald würden wir ganz ins Quartier ziehen.

Ich schlenderte die Broughton Street entlang, über die große Kreuzung vorbei am Mansfield Traquair in Richtung Quartier. Es war ein warmer Herbsttag, der den Sommer noch einmal zum Leben erweckte, auch wenn bereits braune und gelbe Blätter unter jedem meiner Schritte knisterten. Ich zog mir meinen Cardigan aus und genoss die Sonne, die auf meine Haut traf. Die Ringe an meinen Fingern glänzten im einfallenden Licht, und wie so oft musste ich mit einem schmerzhaften Ziehen in der Brust an das Amulett meiner Mutter denken, das ich vor gut einem Jahr im Duddingston Loch versenkt hatte. Ich hatte es bereits einen Tag später bereut und war an die Stelle am Ufer zurückgekehrt, an der ich den Ring hatte hineinfallen lassen, doch das gesplitterte Amulett war nicht mehr zu finden gewesen. Es war meine eigene Schuld, und vermutlich hatte ich es nicht anders verdient.

Jäh wurde ich aus meinen Gedanken gerissen, als ich plötzlich gackerndes Gelächter und schroffe Stimmen hörte, die sich über den Lärm der vorbeirauschenden Autos erhoben. Meine Schritte wurden langsamer. Ich hörte ein schmerzhaftes Ächzen, das ich so genau erkannte, weil ich diesen Laut schon oft genug gehört und auch selbst von mir gegeben hatte. Instinktiv spannten sich meine Muskeln an, und ich folgte den Geräuschen.

Sie kamen aus einer Seitenstraße, welche die Broughton Street und die Union Street miteinander verband. Sie glich mehr einer Art Unterführung, da sie unter einem Haus hindurch verlief. Entschlossen betrat ich die Gasse, die zu beiden Seiten mit roten Mülltonnen gesäumt war, die darauf warteten, abgeholt zu werden. In der Nähe einer der Tonnen bemerkte ich drei Gestalten. Eine davon erkannte ich als Chase Sinclair.

Er war aufgrund seines guten Aussehens einer der beliebtesten Typen der Schule, obwohl er keinerlei andere Talente vorzuweisen hatte. Die beiden anderen Kerle gehörten zu den Jüngern, die sich um Chase scharten wie Motten um das Licht.

Von dem Trio eingekesselt entdeckte ich eine vierte Gestalt – Jules Marlowe. Er sah ziemlich übel aus. Über seiner linken Augenbraue erhob sich eine Schwellung. Blut klebte an seinem Kinn, und seine Lippe war aufgeplatzt – und das bestimmt nicht von einem versehentlichen Sturz.

»Was ist? Hat es dir die Sprache verschlagen?«, fragte Chase und verpasste Jules einen Stoß gegen die Schulter.

Ungebremst taumelte er gegen die Wand. Seine Hände waren zu Fäusten geballt, doch er schlug nicht zu, obwohl ich aus unseren gemeinsamen Trainings wusste, dass Jules die drei Typen vermutlich ohne viel Mühe hätte vermöbeln können.

»Heh!«, brüllte ich. »Lasst ihn in Ruhe!«

Chase und seine Freunde fuhren zu mir herum. Der Schreck darüber, ertappt worden zu sein, wich aus ihren Gesichtern, als sie mich sahen. Stattdessen trat ein anzügliches Grinsen auf Chase' Gesicht und er machte einen Schritt auf mich zu. »Was für eine nette Überraschung.«

»Ich bin definitiv keine *nette* Überraschung«, zischte ich.

Als Chase mich von Kopf bis Fuß musterte, lief mir ein Schauer den Rücken hinunter. Nicht aus Angst, sondern vor Ekel und Wut. Ich hasste es, von Kerlen auf diese Art und Weise angesehen zu werden. Von oben herab, als hätte ich aufgrund meines Geschlechts und meiner geringen Größe nichts weiter zu bieten als das, was sie sich in ihren schmutzigen Träumen ausmalten. »Oh, ich finde schon.«

»Ihr solltet besser verschwinden«, warnte ich die drei erneut, ohne Chase' Bemerkung oder seine Blicke zu nahe an mich heranzulassen.

»Und was ist, wenn nicht?«

Ich blieb vor ihm stehen. »Das willst du nicht herausfinden.«

Chase neigte den Kopf. »Oh doch, ich glaube, ich will.«

Ich lächelte, denn insgeheim hatte ich darauf gehofft, dass er genau das sagen würde. Schneller als Chase einen seiner dummen Sprüche bringen konnte, packte ich den Kragen seines Shirts, zerrte daran und verpasste ihm in derselben Bewegung einen Hieb mitten ins Gesicht. Ich spürte das Brechen von Knochen, als seine Nase unter meiner Faust nachgab und Blut aus den Löchern schoss wie Wasser aus einer Fontäne.

Chase stieß einen schrillen Schrei aus, der Musik in meinen Ohren war. Ich holte aus und verpasste ihm mit meinem Knie einen heftigen Tritt in den Schritt, worauf er aufheulte wie ein angeschossener Hund und zu Boden ging. Blut tropfte auf den Asphalt.

Ich sah von Chase zu seinen Freunden, die mich entsetzt anstarrten, und zu meinem Wohlgefallen erst einen, dann zwei Schritte vor mir zurückwichen. Endlich erkannten sie das in mir, was sie zuvor nicht hatten sehen wollen.

»Alter, du bist ja völlig irre«, brach es aus dem einen heraus.

»Was stimmt nicht mit dir?«, wollte der andere wissen.

»Ihr solltet euch besser fragen, was mit euch nicht stimmt, ihr Feiglinge. Und jetzt verschwindet und nehmt das da mit.« Ich deutete auf Chase. Er schrie nicht mehr, stattdessen brachten leise Schluchzer seinen Körper zum Beben.

Der größere seiner Freunde half ihm auf die Beine, und gemeinsam zogen sie davon.

Ich blickte ihnen kurz nach, bevor ich mich Jules zuwandte. Er hatte sich an der Wand zu Boden gleiten lassen und tupfte sich mit dem Handrücken das Blut aus dem Mundwinkel.

»Hey, alles klar?«

Jules schnaubte und sah mich an. »Was denkst du?«

Seine Augen hatten ein unverkennbares Blau, nicht hell und freundlich wie der Himmel über unseren Köpfen, sondern dunkel und wild wie das Meer bei einem Sturm. Die Farbe war mir schon bei unserer ersten Begegnung aufgefallen und passte meiner Ansicht nach so gar nicht zu Jules' Gemüt. Er schien immer so fröhlich und ausgelassen, so … sorglos und in sich ruhend. Doch in diesem Moment ergänzte die stürmische Farbe seinen finsteren Blick.

Ich ließ den Rucksack von meinen Schultern rutschen und holte Taschentücher und meine Wasserflasche hervor. Ich tränkte eines der Taschentücher damit und ging neben Jules in die Hocke. »Warum hast du dich nicht gewehrt?«, fragte ich und streckte ihm das feuchte Tuch entgegen.

Er griff nicht danach. »Weil ich kein Aufsehen erregen wollte so wie du.«

»Also lässt du dich lieber verprügeln?« Ich deutete auf sein Gesicht und beugte mich vor, um das Blut selbst wegzuwischen. Er sog scharf die Luft ein, als ich mit seiner aufgeplatzten Lippe in Berührung kam. »Das war ziemlich dämlich von dir.«

»Es war dämlich, Chase die Nase zu brechen.«

Ich lächelte bei der Erinnerung daran. »Nein, war es nicht.«

»Er wird dich bei seinen Eltern oder der Schulleitung verpetzen, und dann werden die Leute anfangen, Fragen zu stellen. Wo hast du zu kämpfen gelernt? Warum verprügelst du einen Mitschüler? Und sie werden anfangen, ganz genau hinzugucken. So wie damals bei mir in der Primary School, nachdem ich mit exakt so einem Typen aneinandergeraten war.«

»Mag sein, dass das bei dir der Fall war, aber Chase und seine Freunde werden niemandem davon erzählen«, sagte ich bestimmt. »Sonst müsste Chase zugeben, dass er von einem

Mädchen verprügelt wurde, das einen ganzen Kopf kleiner ist als er. Dieser Demütigung würde er sich niemals aussetzen.«

Jules sah mich durch seine dichten Wimpern hindurch an, die ein paar Farbnuancen dunkler waren als sein Haar, während ich konzentriert seine Wunden sauber tupfte, um nicht auf den Rest von ihm zu achten, der nur schwer zu übersehen war. Er hatte dichtes rotes Haar, das je nach Lichteinfall mal mehr, mal weniger braun wirkte. Und scharf geschnittene Gesichtszüge, die ebenso die eines Magic Hunters hätten sein können. Fein und elegant. Vor allem wenn er lächelte, fiel es schwer, ihn nicht anzustarren. Etwas daran nahm einen gefangen. Außerdem roch er verdammt gut, wie mir gerade bewusst wurde. Trotz des Gestanks der Mülleimer, neben denen wir hockten, entging mir sein frischer, leicht blumiger Duft nicht, der mir zuvor noch nie aufgefallen war. Was vermutlich daran lag, dass Jules und ich uns sonst nur im Training so nahe kamen, und da roch niemand gut.

»Warum haben Chase und die anderen dich überhaupt verprügelt?«, fragte ich, um mich abzulenken. Wovon genau, darüber wollte ich gar nicht so genau nachdenken.

»Warum wohl?« Jules beschrieb eine Geste, die auf sein Outfit verwies. Für gewöhnlich trug er eine Mischung aus bunten Hosen und farbenfrohen Hemden, mit einer Vielzahl von Accessoires. Heute war er zwar ausnahmsweise nicht gekleidet wie ein Papagei, dennoch sah er nicht gerade aus wie Chase und die anderen Jungs in seinem Alter. Zu einem knielangen schwarzen Rock, der gewiss kein Kilt war, und einer schwarzen Wollstrumpfhose, die auch aus meinem Kleiderschrank hätte stammen können, hatte er einen weiten dunklen Pullover und ein Paar Springerstiefel kombiniert, die vorne mit einer goldenen Metallkappe versehen waren. Um seinem Hals baumelte das Stufe-1-Amulett, das er durch eine bunte geflochtene Kordel gezogen hatte.

Mir gefiel das Outfit. Ja, es war anders, aber es stand ihm. Ich hatte keine Ahnung, wie man diesen Stil nannte, aber er war einfach total Jules.

Jules seufzte schwer und ließ seine rechte Schulter kreisen, als hätte er dort ebenfalls Schmerzen. »Ist nicht das erste Mal, dass das passiert. Vielleicht sollte ich einfach aufhören, es mir selbst schwer zu machen, und mich anpassen. Warden leiht mir bestimmt was Passendes aus seinem Kleiderschrank.«

»Oh nein, bitte nicht.«

Jules' Gesicht war inzwischen sauber. Die Wunden hatten aufgehört zu bluten, das Veilchen würde ihm allerdings noch eine Weile erhalten bleiben. Er musste es dringend kühlen, doch offenbar war die Schwellung bei Weitem nicht so schmerzhaft, wie sie aussah, denn er konzentrierte sich nun ganz auf mich und ein amüsierter Ausdruck trat auf sein Gesicht. »Komm schon, Wardens Geschmack ist jetzt nicht *sooo* schlecht.«

Ich verzog meine Lippen zur Andeutung eines Lächelns. »Das meinte ich nicht, und das weißt du. Du solltest dich und deinen Stil nicht ändern. Du bist eben du, und das bewundere ich an dir.«

Jules hob die Augenbrauen, wobei sich nur eine bewegte, die andere war zu geschwollen. »Du bewunderst mich?«

Meine Haut erwärmte sich, und meine Wangen begannen zu glühen, als mir bewusst wurde, was ich da gerade gesagt hatte. Verlegen senkte ich den Blick. Das dunkle Haar fiel mir vors Gesicht, während ich übertrieben sorgfältig meinen Rucksack zusammenpackte. »Bewundern war vielleicht zu hoch gegriffen. Aber ich respektiere dich für deinen Mut, du selbst zu sein. Lass dir das von ein paar Idioten nicht nehmen, die es im Leben ohnehin zu nichts bringen werden.«

Jules erwiderte nichts.

Ich sah zu ihm auf und erkannte, dass er mich weiterhin betrachtete. Das Blau seiner Augen war noch immer stürmisch, aber der Sturm in ihm selbst hatte sich gelegt.

Er lächelte mich an. »Danke, Harper.«

8. KAPITEL

Harper

4 Tage vor dem Angriff auf das Quartier in London

Mit einem Klicken entriegelte sich die Tür zu Jules' altem Zimmer. Schnell huschte ich ins Innere, bevor mich jemand sehen konnte.

Der Raum war weiß und steril. Es roch nach neuen Möbeln und frischer Farbe. Wie viele andere Zimmer auch war es am Tag des Blutbades von Vampiren zerstört worden. Und da es im Moment weniger Huntresses und Hunter als Zimmer im Quartier gab, war es leer geblieben und man hatte das Schloss wieder auf die Werkseinstellungen zurückgesetzt, bis man den Sicherheitscode an einen neuen Bewohner vergeben konnte … und ich vermutete sehr stark, dass dieser Bewohner abermals Jules sein würde. Unter keinen Umständen würden sie ihn in eine der Zellen im Keller stecken, auch wenn er dort hingehörte.

Ich lief an der minimalistischen Ausstattung vorbei bis in das angrenzende Bad, über das jedes unserer Zimmer verfügte. Es war klein, aber fein, mit einer eigenen Dusche. Tausendfach besser als in all den Quartieren mit Gemeinschaftsduschen. Ich schloss die Tür bis auf einen kleinen Spalt und hockte mich auf den geschlossenen Toilettendeckel. Und dann wartete ich, meinen Dolch in der Hand.

Jules

»Das lief doch besser als gedacht«, sagte Warden, nachdem sich die Traube aus neugierigen Huntresses und Huntern in der Cafeteria aufgelöst hatte und wir zurück in Grants Büro gegangen waren, wo mich Cain und Warden zuerst hingebracht hatten.

Von dort aus hatten wir auch meine Eltern angerufen. Ich war unglaublich nervös gewesen, sie wiederzusehen, aber sie waren mir ebenfalls ohne Zögern um den Hals gefallen. Es hatte sich verdammt gut angefühlt, sie nach all den Monaten endlich wieder in die Arme schließen zu können.

Anschließend hatte ich Grant dasselbe berichtet wie bereits Cain und Warden im Café, und wir hatten darüber diskutiert, ob ich im Quartier bleiben durfte oder nicht. Beschwatzt von Cain und meinen Eltern hatte Grant schließlich seine Erlaubnis ausgesprochen, obwohl er skeptisch war – was ich ihm nicht verdenken konnte. Vor allem nach den jüngsten Erfahrungen, welche die Huntresses und Hunter mit den Kreaturen der Nacht hatten machen müssen. Letztlich war es Cains Argument gewesen, das Grant überzeugt hatte: Wenn die Londoner Jägerinnen und Jäger einem Hexenmeister vertrauen konnten, den sie erst ein halbes Jahr kannten, dann die Edinburgher wohl auch einem Vampir, der sein ganzes bisheriges Leben in diesem Quartier verbracht hatte. Und dass sie klargestellt hatten, dass ich es gewesen war, der den Vampirkönig getötet hatte, und nicht Cain, hatte sicherlich auch nicht geschadet.

»Ich habe nichts anderes erwartet«, erwiderte Cain mit einem strahlenden Lächeln. Der Winter hatte ihre Sommersprossen verblassen lassen, trotzdem wärmte mich ihr Anblick, so absurd die ganze Situation auch war.

Verhalten, ohne meine Fänge aufblitzen zu lassen, erwiderte ich ihr Lächeln. Sie hatte recht. Es war gut gelaufen. Niemand hatte mich beleidigt, angespuckt oder versucht, mir einen Dolch ins Herz zu rammen. Allerdings hatte ich die Vermutung, dies vor allem der Tatsache zu verdanken zu haben, dass niemand meiner Familie das Herz brechen und sie zwingen wollte, meinen Tod mitanzusehen. Wie sich die von meiner Rückkehr wenig begeisterten Hunter und Huntresses in ihrer Abwesenheit verhielten, blieb noch abzuwarten.

Grant gab ein zustimmendes Brummen von sich. Er saß auf dem Stuhl hinter seinem Tisch und goss sich etwas Cola in ein Glas. Zumindest daran hatte sich nichts geändert; er war immer noch süchtig nach dem Zeug.

»Es lief den Umständen entsprechend gut, aber nicht alle werden mit meiner Entscheidung einverstanden sein.« Er trank das halbe Glas in einem Zug aus und stellte es mit einem lauten Klacken auf der Tischplatte ab. Dann sah er mich direkt an. »Und ja, wir schulden es dir, dir diese Chance zu geben, weil du Isaac getötet und Ella und Wayne mit Marjorie geholfen hast. Das alles spricht für dich, und wenn ich dich so ansehe, wirkst du beherrscht wie kaum ein anderer Vampir – schon gar keiner, der erst wenige Monate alt ist. Aber wie bereits gesagt: Solltest du Probleme machen oder sollten die Leute anfangen, sich in deiner Gegenwart unsicher zu fühlen, fliegst du raus.«

Ich spürte eine leichte Berührung an meiner Schulter, die zu einem bestärkenden Druck wurde, und blickte zu meinem Dad auf, den niemand jemals für meinen Dad hielt, weil wir – abgesehen davon, dass wir beide Grim Hunter waren – nichts gemeinsam hatten. Er hatte hellbraune Augen und schulterlange dunkelblonde Haare sowie einen dichten Bart. Trotz der dunklen Jahreszeit war seine Haut von einer sonnengeküssten Bräune. Er verbrachte im Sommer so viel Zeit im Freien, entweder auf Patrouille oder in seinem Garten, dass er selbst in den kalten Wintermonaten nie richtig blass wurde. Ich hingegen war von einer gespenstischen Blässe, und wenn wir so nebeneinanderstanden, wurde der Kontrast besonders deutlich.

»Jules wird sich nichts zuschulden kommen lassen«, versicherte Dad Grant an meiner Stelle, wobei er mich unentwegt ansah. Die Spuren seiner Tränen waren noch immer deutlich zu erkennen, und Erleichterung spiegelte sich in seinen Augen wider. Doch da war noch ein anderes, unterschwelliges Gefühl, das er nicht ganz verbergen konnte. Trauer? Frustration? Enttäuschung darüber, dass ich nicht derselbe war wie früher? War er wirklich froh, dass ich noch am Leben war, oder wünschte er sich insgeheim, ich wäre tot? Ich wusste, dass er niemals zulassen würde, dass die Hunter mich exekutierten, aber wäre Cain mit meiner Leiche zurück ins Quartier gekommen, hätte er dann getrauert oder vielmehr Erleichterung verspürt?

Dieses Unwissen lag schwer wie ein Stein in meinem Magen, und ich fragte mich zum wiederholten Male, ob es nicht vielleicht doch ein Fehler gewesen war, Cain und Warden ins Quartier zurückzubegleiten. Sie waren verblendet von den Gefühlen, die sie für mein altes Ich gehabt hatten. Und wenn ich meine Lippen geschlossen hielt, sah ich vielleicht aus wie eine Version von mir selbst, die einst hierhergehört hat, aber was ich empfand, war etwas anderes. Ich kam mir vor wie ein Eisbär, den man in der Wüste ausgesetzt hatte.

In diesem Moment wurde die Tür zu Grants Büro aufgeschoben und Alessandra, seine Assistentin, kam herein. Sie trug ein Tablett, auf dem sie eine metallene Karaffe balancierte. Ich musste das Blut darin nicht sehen, ich konnte es riechen. Der Durst, den ich bis zu diesem Moment in den hintersten Winkel meines Bewusstseins verbannt hatte, drängte nun an die Oberfläche, und zwar mit aller Macht. Ich beobachtete, wie Alessandra die Karaffe neben mir auf Grants Schreibtisch abstellte, doch mein Blick wanderte instinktiv zu ihrer Kehle –

und der heftig pochenden Schlagader, die auf einmal alles war, was ich wahrnehmen konnte.

James, Wardens Vater, der von Isaac ebenfalls verwandelt worden war, hatte in seinem Labor einst zu mir gesagt, frisches Blut sei wie perfekt frittierte, knusprige Pommes und abgezapftes wie kalte, labbrige Fritten vom Vortag. Beides erfüllte seinen Zweck, stillte den Hunger, aber nur eines von beiden brachte wirklich Befriedigung.

Ich griff nach der Karaffe, bevor ich Alessandra packen konnte. Neben ihr auf dem Tablett stand eine Tasse, kein Glas, vermutlich damit die anderen den Inhalt nicht sehen konnten, auch wenn alle wussten, worum es sich handelte. Ich schenkte mir ein und trank die erste Tasse in wenigen gierigen Schlucken aus. Mir entfuhr ein Seufzen, als ich spürte, wie mein Körper sich in kürzester Zeit regenerierte und an Stärke gewann, wobei mir nicht entging, dass mich alle im Raum anstarrten.

»Danke«, krächzte ich mit rauer Stimme.

Meine Mum, die ebenfalls auf der Couch saß, hatte die Lippen zu einem künstlichen Lächeln verzogen, während Grant Symbole in das Kondenswasser auf seinem Colaglas malte. Warden besaß wenigstens die Aufrichtigkeit, angewidert die Nase zu rümpfen. Immerhin einer, der sich nicht scheute zu zeigen, wie absurd diese ganze Situation war.

»Ich glaube, es gibt noch einiges in Bezug auf Isaac zu besprechen«, ergriff Cain nun das Wort. »Aber die Zeit läuft uns davon, und Warden und ich müssten eigentlich schon längst auf dem Weg in die Highlands sein. Vielleicht könnte jemand anderes einspringen und auf Ella und Wayne aufpassen?«

»Ihr solltet gehen«, beharrte ich, bevor Grant etwas erwidern konnte. Denn ich wollte die neuen Routinen und Abläufe im Quartier mit meiner Anwesenheit nicht stören. »Ella und Wayne brauchen euch.«

Cain hob die Brauen. »Und was ist mit dir?«

»Ich komme schon zurecht. Außerdem sind meine Eltern da«, sagte ich, auch wenn ich nicht ganz wusste, wie es von hier an weitergehen sollte. Aber vielleicht musste ich das auch nicht wissen. Der naheliegendste Schritt wäre, den Huntern bei der Sache mit Baldur unter die Arme zu greifen, und sobald Ella und Wayne Zeit fanden, mir mit Isaac zu helfen, könnten wir uns darum kümmern.

»Ein Tag nach dem anderen«, mit diesem Mantra hatte ich die letzten Wochen und Monate ohne meine Freunde und Familie überstanden – denn an die Zukunft zu denken, in der sie irgendwann nicht mehr lebten, war zu erschreckend.

Was ich mit großer Sicherheit wusste, war, dass ich eine Pause brauchte von all den mitfühlenden Blicken, emotionsgeladenen Worten und hoffnungsvollen Versprechen. Es war anstrengend. Zermürbend. Alles, was ich wollte, war meine Ruhe … und, wem machte ich etwas vor, warmes Blut. Stattdessen saß ich hier und musste so tun, als würde mir dieses Treffen nicht vor Augen führen, was ich verloren hatte. Ich konnte nicht in dieses Leben zurück. Vielleicht gelang es mir für eine Weile, diese Lüge zu leben, aber das war kein Zustand von Dauer. Denn ich würde noch hier sein, auch wenn Cain, Warden, meine Eltern und alle, die ich kannte, nur noch Erde und Asche waren.

Plötzlich schrillte das Klingeln eines Handys durch den Raum. Die anderen sahen sich um, woher das Geräusch kam, ich dagegen konnte klar heraushören, dass es Grants Smartphone war, das sich meldete.

Der Quartiersleiter furchte die Stirn und holte es aus seiner Hosentasche. Als er auf das Display sah, zog er die Brauen noch tiefer zusammen. »Tut mir leid, da muss ich rangehen.«

Ohne auf eine Antwort oder gar Erlaubnis zu warten, nahm er den Anruf entgegen. Es war vielleicht nicht nett von mir, aber ich gab mir keine Mühe, nicht zu lauschen, da ich die tiefe Stimme am anderen Ende mit meinen geschärften Sinnen deutlich hören konnte. Der Mann klang alarmiert, was trotz seines starken Akzents deutlich wurde.

»*Grant, wir haben eine Situation.*«

»Haben wir die nicht schon die ganze Zeit?«

»*Ja, aber … das Quartier in Athen wurde angegriffen.*«

»Scheiße! Hat er sie gefunden?«

»*Nein, aber wir vermuten, dass er nah dran ist.*«

»Wir müssen sie von dort wegschaffen …«

»*Nala kümmert sich bereits darum.*«

»Verstanden. Sie soll tun, was getan werden muss.«

»*Das wird sie*«, versicherte die Person am anderen Ende der Leitung und legte dann ohne ein Wort des Abschieds auf.

Grant war während des Gesprächs merklich blass geworden, und ich vermutete stark, dass es darin um Baldur und Marjorie gegangen war. Offenbar befand sich das Fläschchen, in dem Wayne und Ella sie gefangen genommen hatten, irgendwo in Griechenland, in der Nähe von Athen.

»Was war das?«, fragte Warden mit angespannter Miene.

»Es gab einen weiteren Angriff, dieses Mal in Athen.«

In den Gesichtern der anderen spiegelte sich keinerlei Erkenntnis, was mich vermuten ließ, dass Marjories Aufbewahrungsort nicht allen bekannt war. Ein cleverer Schachzug, denn wer nichts wusste, konnte bei einer Gefangennahme nichts verraten.

»Wurde jemand verletzt?«, erkundigte sich Cain.

»Das weiß ich noch nicht, aber ich werde es herausfinden«, antwortete Grant und erhob sich von seinem Stuhl. Obwohl er bereits seit Jahren nicht mehr auf die Jagd ging, strahlte er noch immer eine gefährliche Stärke aus, wenn er wollte. »Ich muss dieses Treffen daher leider an diesem Punkt beenden. Cain und

Warden, ihr fahrt wie geplant in die Highlands. Meldet euch, wenn ihr Verstärkung braucht. Jules, du bekommst dein altes Zimmer zurück. Ruh dich aus, wir sprechen uns wieder, wenn sich die Situation etwas entspannt hat. Bis dahin verhalte dich ruhig und versuch, nicht aufzufallen und dich von niemandem provozieren zu lassen. Verstanden?«

Harper

Es verging eine Stunde, vielleicht auch mehr, das war in der endlosen Dunkelheit des Zimmers schwer einzuschätzen. Mein Handy hatte ich zusammen mit meinem Rucksack und dem Mantel in meinem Zimmer zurückgelassen. Ich wollte nicht entdeckt werden. Wollte nicht aufgehalten werden. Ich hatte eine Rechnung mit Jules zu begleichen, und das würde ich mir nicht nehmen lassen. Schlimm genug, dass ich den Mörder meiner Eltern nach all den Jahren noch immer nicht gefunden hatte. Den Peiniger meines Bruders würde ich daher ganz gewiss nicht entkommen lassen. Es war an der Zeit, dass ich zumindest einen Namen von meiner Liste strich.

Ich spannte die Muskeln an, als ich Geräusche aus dem Flur vernahm und kurz darauf die Tür zu Jules' Zimmer geöffnet wurde.

Showtime.

Meine Finger schlossen sich noch fester um den vergoldeten Dolch, an den ich mich die ganze Zeit über geklammert hatte.

»Die meisten deiner Sachen wurden zerstört«, hörte ich Cain sagen.

»Und der Rest?«, fragte Jules.

Es war das erste Mal seit seiner Rückkehr, dass ich seine Stimme hörte. Ein Schauder lief mir über den Rücken. Sie klang wie vor seiner Verwandlung, nur ein wenig tiefer und rauchiger, aber noch genauso samtig. Ich musste daran denken, wie ich mir früher des Öfteren vorgestellt hatte, welchen Ton sie annehmen würde, wenn er mir damit seine tiefsten Geheimnisse und Sehnsüchte ins Ohr flüsterte …

Was?

Nein! Ich hatte mir das nie vorgestellt!

Lügnerin.

»Der müsste bei deinen Eltern sein«, antwortete Cain, dann stieß sie ein unglückliches Seufzen aus. »Ich würde echt gern bleiben und mit dir quatschen. Wir haben einiges aufzuholen, aber du hast Grant gehört – Ella und Wayne warten auf uns.«

Jules schnaubte. »Schon gut, das holen wir später nach.«

»Brauchst du sonst noch etwas?«

Jules erwiderte nichts, was mich vermuten ließ, dass er den Kopf geschüttelt hatte. Gern hätte ich mich weiter nach vorne gelehnt, um durch den Spalt in der Tür zu spähen, aber die Angst, entdeckt zu werden, hielt mich zurück.

»Du solltest besser los. Grüß Ella und Wayne von mir.«

»Das mach ich«, sagte Cain und fügte nach einer kurzen Pause hinzu: »Ich bin froh, dass du zurück bist.«

»Ich auch«, erwiderte Jules, und ich fragte mich, ob die Lüge für Cain so offensichtlich aus seinen Worten herauszuhören war wie für mich.

Die Tür fiel hinter ihr ins Schloss, und ich vernahm, wie Jules ein tiefes Seufzen ausstieß. Der Moment meiner Rache war gekommen, doch plötzlich fühlten sich meine Hände feucht an und ich verspürte ein unerwartetes Ziehen im Magen. Sicherlich war das nur die Vorfreude darauf, Jules endlich leiden zu sehen. Was auch sonst?

»Du kannst rauskommen.«

Jules' Stimme ließ mich erstarren. Ich rührte mich nicht.

»Ich kann dich riechen, Harper.«

Dass er riechen konnte, dass sich noch jemand in seinem Zimmer befand, verwunderte mich nicht. Dass er den Duft, den er wahrnahm, problemlos mir zuordnen konnte, hingegen schon. Ich hielt noch einen Moment inne, bevor ich mich zu erkennen gab, indem ich aus dem dunklen Bad in das harte Licht der Deckenbeleuchtung trat.

Und dann stand ich Jules von Angesicht zu Angesicht gegenüber, das erste Mal seit dem Tag des Blutbades. Sein Blick wanderte über mein Gesicht, meinen Körper hinab, bis zu dem Dolch in meiner Hand. Seine Mundwinkel zuckten, und ein feines Lächeln trat auf seine Lippen, als würde ihn meine Waffe amüsieren. Doch durch das Lächeln erhaschte ich einen Blick auf seine Fänge, die er in der Cafeteria noch zu verbergen versucht hatte. Sie erschienen mir außergewöhnlich lang dafür, dass er erst seit wenigen Monaten ein Vampir war. Aber vielleicht irrte ich mich auch, immerhin waren Blutsauger nicht mein Spezialgebiet.

»Du siehst gut aus«, sagte Jules und musterte mich weiterhin ohne Scheu. Ich trug noch immer die Leggings von heute Morgen und darüber einen schlichten schwarzen Strickpullover mit weiten Ärmeln.

Ich schnaubte. »Schmeicheleien bringen dich jetzt auch nicht weiter.«

»Haben sie mich bei dir noch nie.« Er versuchte die Worte locker, vielleicht sogar gleichgültig klingen zu lassen; aber selbst jetzt, nach all der Zeit und trotz seiner Verwandlung, glaubte ich aus ihnen unterschwellige Enttäuschung herauszuhören. Mein Herz machte einen Satz.

Was zum Teufel?

Mahnend hob ich den Dolch, wie um mir Jules vom Leib zu halten, obwohl er sich nicht vom Fleck gerührt hatte.

Eingehend betrachtete er mich aus seinen tiefblauen Augen, als wäre er ein verdammter Soul Hunter, der mehr sehen konnte, als mein Äußeres preisgab. »Du trägst den Ring.«

»Lenk jetzt nicht ab!«

»Ich lenke nicht ab, du zögerst.«

Er hatte recht. Ich sollte es einfach tun und hinter mich bringen. Schließlich war ich nicht hergekommen, um mich zu unterhalten, sondern um ihn für das, was er Holden angetan hatte, bezahlen zu lassen. Das durfte ich nicht vergessen. Ich tat es nicht für mich, sondern für Holden, weil er es selbst nicht mehr tun konnte. Dies war seine Rache.

»Du weißt, warum ich hier bin.«

»Ja, aber ich bin mir nicht sicher, ob du das noch weißt. Soll ich dir auf die Sprünge helfen?«, fragte Jules und machte einen Schritt auf mich zu.

Ich war zu perplex, um darauf zu reagieren. Direkt vor mir blieb er stehen und griff nach meiner Hand. Kalt schlossen sich seine Finger um meine, und ich wusste beim besten Willen nicht, wieso ich mich nicht wehrte, sondern die Berührung zuließ. Gemeinsam hoben wir die Klinge meines Dolches auf die Höhe seines Herzens, bis die Spitze über den Stoff seines Hoodies kratzte.

»Besser?«

»Soll das ein Scherz sein?«

»Lache ich?« Jules verzog keine Miene, und erst jetzt wurde mir bewusst, wie nahe wir uns wirklich waren. Seine kühlen Finger lagen noch immer auf meiner Hand und wurden von meiner Haut erwärmt. Und obwohl ich es nicht wollte, entging mir nicht, wie gut er roch. Ihm haftete dieser frische, leicht blumige Duft an, der mir damals in der Gasse das erste Mal aufgefallen war. Auf keinen Fall würde ich hinterfragen, warum ich mich so genau daran erinnerte.

Ich schluckte. »Willst du dich nicht verteidigen?«

»Nein. Wir beide wissen, was ich getan habe und dass es unentschuldbar ist. Ich war vielleicht nicht bei Sinnen, aber ich bin dennoch bereit, die Konsequenzen für meine Taten zu tragen. Holden wehzutun war nie meine Absicht.«

»Deinetwegen wird er nie wieder laufen können«, fauchte ich und fragte mich, warum um alles in der Welt ich noch nicht zugestochen hatte. Jules servierte sich mir praktisch auf dem Silbertablett. Eine schnelle Bewegung, mehr brauchte es nicht. Genauso wie bei dem Vampir in der vergangenen Nacht. Bei ihm hatte ich auch nicht gezögert.

»Und das tut mir leid. Mehr als ich in Worte fassen kann«, beteuerte Jules.

Er klang unerwartet aufrichtig, als würde er seine Tat wirklich bereuen. Zwar hatte ich in den letzten Wochen und Monaten einige Vampire im Angesicht ihres Todes um Verzeihung betteln sehen, aber aus ihnen hatte die Angst gesprochen. In Jules' Augen dagegen lag keine Furcht. Er sagte diese Dinge nicht in der Hoffnung, dem Tod zu entkommen.

»Hast du nichts zu deiner Verteidigung vorzubringen?«, stichelte ich, was überhaupt keinen Sinn ergab. Wollte ich, dass er seine Tat rechtfertigte? Das hier sollte keine Anhörung werden, sondern eine Hinrichtung. Doch dafür floss eindeutig noch zu wenig Blut …

»Wie ich bereits meinte, wir beide kennen die Wahrheit. Die einzige Rechtfertigung, die ich habe, ist, dass ich nicht bei Sinnen war. Aber wir wissen beide, dass das nicht wirklich zählt, oder?«

Nein, tat es nicht, und trotzdem stach ich noch immer nicht zu. Meine Hand begann zu zittern. Ich konnte es fühlen, aber nicht sehen, denn Jules hielt mich nach wie vor fest und seine Hand war vollkommen ruhig. Seine schlanken Finger lagen entschlossen auf meinen, als wollte er beenden, was ich angefangen hatte.

»Ich habe lange nach dir gesucht.«

Warum erzähle ich ihm das?

Jules schmunzelte. »Wirklich? Ich habe immer auf den Tag gewartet, an dem Harper Iwanow mir hinterherläuft. Und auf den Tag, an dem du endlich in meinem Zimmer bist, allerdings waren wir in meiner Vorstellung deutlich nackter.«

Ich schmunzelte.

»Oh mein Gott, war das ein Lächeln?«

Augenblicklich glättete ich meine Gesichtszüge. »Nein.«

Danach kehrte Stille zwischen uns ein. Im Gang vor dem Zimmer erklangen Schritte, aber sie hielten nicht inne. Ich rührte mich nicht. Es kam mir vor, als wäre der Moment eingefroren.

Schließlich räusperte sich Jules, und sein Blick zuckte zu dem Dolch in unseren Händen. Die vergoldete Klinge glänzte im Licht der Deckenstrahler. »Brauchst du Hilfe damit?«

»Stress mich nicht«, knurrte ich.

»Du hast mir doch aufgelauert, um mich zu töten, oder nicht?«

»Schon, aber das ist nicht so leicht.«

»Warum nicht?«

»Weil …«

Ja, keine Ahnung. Es sollte verdammt noch mal leicht sein, aber aus irgendeinem Grund war es das nicht. Ganz und gar nicht. Ich hatte schon Dutzende von Kreaturen getötet, und in meiner Vorstellung war es ziemlich einfach gewesen, Jules umzubringen. Das Problem bestand darin, dass er in meinen Rachefantasien ein Ungeheuer war, wie es mir während unseres Kampfes am Tag des Blutbades gegenübergestanden hatte. Mit blutverschmierten Klauen und einem gierigen, rot glühenden Blick, der ihn jeder Menschlichkeit beraubt hatte. Doch in diesem Augenblick sah er genauso aus wie früher. Normal. Unschuldig. Menschlich. Und ich konnte nicht aufhören, an den Mann zu denken, der er früher gewesen war. An all die Momente, die wir miteinander geteilt hatten. Es waren nicht viele gewesen, aber diese wenigen hatten sich mit einer Intensität in meinen Verstand eingebrannt, dass es mir unmöglich war, nun nicht daran zu denken. Die Erinnerungen hatten sich wie eine Klammer um meine Hand geschlossen und hielten mich davon ab zuzustechen.

9. KAPITEL

Jules

2 Jahre zuvor

Mein Atem kam keuchend. Stoßweise, im Takt meiner Armbewegungen, während ich an der Rudermaschine saß. Der Schweiß stand mir auf der Stirn, mein Shirt war komplett durchgeschwitzt. Mein Herz pochte heftig, und ich spürte ein leichtes Brennen in meiner Kehle, das mir deutlich zeigte, dass es langsam gut war, aber ich konnte mich nicht dazu bringen aufzuhören. Dafür genoss ich die Aussicht einfach zu sehr …

Jemand trat in mein Sichtfeld. Ich blickte auf und erkannte Louis, Ellas Dad. Er hatte sich ein Handtuch über die Schultern gelegt und tupfte sich damit den Schweiß vom Gesicht. Sein braunes Haar stand wirr in alle Richtungen ab.

Ich ließ die Ruder los und zog mir die Kopfhörer aus den Ohren. »Hey.«

»Hey, ich will dich gar nicht lange stören. Ich wollte dir nur sagen, dass die Cafeteria spitze aussieht. Jetzt kann man sich dort wirklich aufhalten.«

Ich lächelte. »Danke. Ich bin auch zufrieden.«

Kaum hatte Grant erfahren, dass praktische Erfahrungen für mein Innenarchitekturstudium hilfreich waren, da hatte er mir schon die finanziellen Mittel zur Verfügung gestellt, die Cafeteria neu einzurichten. Das Geld war knapp gewesen, aber ich hatte zusammen mit einigen anderen Huntern und Huntresses viel selbst gebaut, geschreinert und restauriert, um die Kosten auf ein Minimum zu reduzieren. Außerdem hatte es mir eine gute Note beschert.

Louis blickte sich im Fitnessraum um, der um diese Uhrzeit wie ausgestorben war. Außer uns waren nur noch zwei andere Hunter anwesend – und Harper. »Wo hat du Cain gelassen?«

»Die schläft. Wir hatten die Nachtschicht.«

Louis sah auf die Uhr an der Wand. Es war neun Uhr morgens, unsere Patrouille war also erst vor drei Stunden zu Ende gegangen. Überrascht hob er die Brauen. »Und du hast beschlossen, dir das Schlafen abzugewöhnen?«

Ich lachte. »Nein, aber ich hab um zehn eine Vorlesung, und wenn ich mich für drei Stunden hinlege, fühl ich mich danach oft zerstörter als zuvor. Ich halte jetzt lieber durch und fall dann heute Nachmittag in einen komatösen Schlaf.«

»Gut, aber übernimm dich nicht.«

»Werd ich nicht«, antwortete ich instinktiv, obwohl die letzten Wochen und Monate, seit ich mein Studium begonnen hatte, ziemlich an meinen Nerven gezerrt hatten. Ich versuchte, Vorlesungen und Patrouillen bestmöglich aufeinander abzustimmen; aber das war nicht immer möglich, auch wenn Wayne, der die Einsatzpläne koordinierte, wirklich versuchte, mir entgegenzukommen. Darüber hinaus musste ich jede Menge lernen und es gab viel praktische Arbeit, die ich mit den anderen Studierenden abstimmen musste, was ebenfalls nicht gerade leicht war. Koffein, in welcher Form auch immer, war in diesen Tagen mein bester Freund.

»Na gut, ich will dich nicht aufhalten«, sagte Louis. »Wir seh'n uns.«

»Klar.« Ich nickte ihm zum Abschied zu und beobachtete, wie er den Trainingsraum verließ. Kaum war er außer Sichtweite, wanderte mein Blick wieder zu Harper, die noch immer auf dem Laufband joggte.

Ich wollte sie nicht anstarren, aber ich konnte mir nicht helfen. Seit inzwischen drei Jahren versuchte ich mich dazu durchzuringen, sie um ein Date zu bitten – vergeblich. Zugegeben, ich hatte nicht ununterbrochen an sie gedacht. Eine Weile war ich in einer Beziehung gewesen, und auch Harper hatte gedatet, einen Blood Hunter aus Glasgow. Als zwischen den beiden Schluss gewesen war und auch meine Beziehung ein recht unspektakuläres Ende fand, nahm ich mir fest vor, sie um ein Date zu bitten. Doch dann hatte ich ein Gespräch zwischen Holden und ihr mitangehört, in dem sie geschworen hatte, nie wieder einen anderen Hunter zu daten. Danach war ich erneut auf Abstand gegangen, aber meine Gedanken kehrten immer wieder zu Harper zurück. Ich wusste nicht, was es war, aber sie hatte etwas an sich, das es mir schwer machte, sie zu vergessen. Was womöglich auch daran lag, dass wir einander im Quartier ständig begegneten. Selbst wenn ich versuchte, ihr aus dem Weg zu gehen, war sie da.

»Komm schon, du schaffst das«, murmelte ich und stand von der Rudermaschine auf. Meine Muskeln brannten, und mir war klar, dass dies vielleicht nicht mein bester Moment war – keuchend und verschwitzt, wie ich war –, aber ich wollte nicht noch eine Gelegenheit ungenutzt verstreichen lassen.

Ich schnappte mir mein Handtuch und meine Wasserflasche und ging auf Harper zu. Sie joggte noch immer auf dem Laufband, Knöpfe in den Ohren, Handy in der Hand. Ihr Gesicht war gerötet. Das dunkle Haar hatte sie zu einem Zopf gebunden, nur der kurz geschnittene Pony klebte ihr verschwitzt in der Stirn. Sie trug eine schwarze Leggings und einen dunklen Sport-BH, der das Huntertattoo erahnen ließ, das zwischen ihren Brüsten saß.

Ich redete mir ein, dass das Tattoo der Grund war, weshalb mein Blick immer wieder zu ihrem Dekolleté wanderte. Aber wem machte ich etwas vor? Sie war heiß, und ich steckte in einer Durststrecke, die bereits eine Weile anhielt. Aber es war nicht nur Verlangen, das mich zu Harper trieb – es war mehr als das. Es gab viele hübsche Frauen, aber nur eine Harper. Ich wollte sie, und das für mehr als nur Sex, auch wenn Cain das nicht verstand.

Ich war nur noch wenige Schritte vom Laufband entfernt, als Harper plötzlich ins Stolpern geriet und sich von der einen auf die andere Sekunde ihre ganze Haltung veränderte. Eilig, fast schon panisch, hämmerte sie auf die Steuerung des Laufbands ein, um es anzuhalten.

Verunsicherung kroch mir in den Nacken, und ich wurde langsamer. Mit beiden Händen umklammerte Harper ihr Handy und starrte auf das Display, als sich völlig unerwartet ein Lächeln auf ihrem Gesicht ausbreitete. Ein Ausdruck, den man nur selten an ihr sah, doch dann brachte er ihr ganzes Gesicht zum Leuchten und ihre Augen zum Strahlen. Was ich dort sah, war ehrliche Freude.

Aufgeregt hob Harper den Kopf und blickte sich im Trainingsraum um, als würde sie etwas oder jemanden suchen. Bis ihr Blick an mir hängen blieb. Und – was vollkommen erstaunlich war – das Lächeln rutschte dabei nicht von ihrem Gesicht.

Dies war meine Chance.

Ich klammerte mich an meine Wasserflasche, warf jegliche Bedenken über Bord und erwiderte ihr Lächeln. »Hey, alles klar?«

»Ja!« Ihre Stimme klang hoch, fast schon quietschig, wie ich sie noch nie gehört hatte. Mit einem breiten Grinsen presste sie das Handy gegen ihre Brust. »Ich … Ich habe einen Platz in meinem Wunschstudiengang bekommen.«

»Herzlichen Glückwunsch!«

»Danke!«

»Was wirst du studieren?«

Harper stieg vom Laufband und schnappte sich ihr Handtuch. Sie wischte sich übers Gesicht und warf es sich anschließend über die Schulter. Ich folgte der Bewegung mit dem Blick. »Schmuck- und Schmiedekunst, hier in Edinburgh.«

Ich war erleichtert zu hören, dass sie die Stadt nicht verließ, zugleich war ich von der Antwort überrascht. Es war nicht zu übersehen, dass Harper Schmuck mochte. Neben dem Stufe-1-Amulett um ihren Hals trug sie einige Ringe an den Fingern, mehrere Stecker in den Ohren und einen goldenen Nasenring, der ihrem zarten Gesicht etwas Wildes, Rebellisches verlieh.

»Cool«, erwiderte ich und drückte dabei vor Aufregung, dieses Gespräch zu führen, und aus Angst, es zu verkacken, meine Wasserflasche zu fest, sodass das Plastik unangenehm knackte. Schnell lockerte ich meinen Griff, doch mein Herz raste weiterhin und das nicht vom Work-out. »Warum Schmuck- und Schmiedekunst?«

»Meine Tante hat einen Juwelierladen«, antwortete Harper. »Seit ich denken kann, habe ich ihr im Laden geholfen. Er bedeutet ihr die Welt, und sie hat immer von einer eigenen Schmuckkollektion geträumt. Wenn das mit dem Studium klappt, kann ich ihr vielleicht helfen.«

Ich lächelte über die aufrichtige Antwort, die mir jene Seite von Harper präsentierte, die ich schon immer gesehen hatte, die sie aber nur wenigen Leuten zeigte. Das musste etwas zu bedeuten haben, oder nicht? Ich zwang mich dazu, sie anzuschauen. Dies war der Moment. Meine Chance. Wenn nicht jetzt, wann dann?

Ich räusperte mich verlegen und nahm all meinen Mut zusammen. Mehr Mut als es brauchte, um einer Kreatur der

Nacht gegenüberzutreten. »Das klingt wirklich gut und nach einem Grund zu feiern. Darf ich dich auf ein Eis einladen?«

Kaum hatten die Worte meinen Mund verlassen, hätte ich mich am liebsten selbst geohrfeigt. Ein Eis? Wie alt waren wir? Zwölf? Warum nicht auf ein Frühstück? Einen Kaffee? Brunch? Alles, nur kein Eis.

Harpers Mundwinkel hoben sich zu einem weiteren Lächeln, aber es brachte ihr Gesicht nicht so zum Strahlen wie zuvor. Es wirkte verhaltener, dazu geschaffen, einen zu trösten, noch bevor der Schmerz einsetzte.

Mir wurde übel.

Ihr Blick zuckte durch den Trainingsraum, wie auf der Suche nach einem Fluchtweg, doch ich versperrte ihr genau diesen Weg. Schließlich sah sie wieder mich an. »Danke, das ist nett. Aber ich sollte wirklich Holden suchen, um ihm von den guten Neuigkeiten zu erzählen.«

»Wir könnten auch später zusammen abendessen«, entfuhr es mir.

Fuck. Wie verzweifelt konnte man sein? Die Wasserflasche knackte erneut zwischen meinen Fingern, die sie zu fest packten, aber jetzt war es mir egal.

»Vielleicht ein anderes Mal. Wir gehen zur Feier des Tages heute sicherlich mit meiner Tante und meinem Onkel was essen.«

Ich nickte und lächelte weiter, um sie den Schmerz nicht sehen zu lassen, der meine Brust durchbohrte. Denn was hätte ich auch sonst tun sollen? Harper meine Enttäuschung offen zeigen und diesen Moment noch demütigender für mich machen? Nein, danke. Es reichte bereits, dass ich der Idiot war, der sie auf ein Eis eingeladen hatte wie ein Kind. Vermutlich würde sie Holden davon erzählen und gemeinsam mit ihm über mich lachen wie all die anderen.

Ich trat einen Schritt zurück, um Harper ihren Freiraum zu geben. Vermutlich war ich ohnehin schon aufdringlicher, als ich sein sollte. »Ich … Dann lass ich dich besser mal gehen. Grüß Holden von mir. Und Glückwunsch noch mal zur Zusage.«

»Danke.«

Ich brachte es nicht über mich, Harper ins Gesicht zu blicken aus Angst, was ich dort sehen würde. Ohne ein weiteres Wort wandte ich mich ab und verließ den Trainingsraum – mit einem tief sitzenden Gefühl von Verzweiflung und Hass für mich selbst, weil ich mich mal wieder zum Affen gemacht hatte.

10. KAPITEL

Harper

4 Tage vor dem Angriff auf das Quartier in London

Regungslos standen Jules und ich uns in dem kargen Zimmer gegenüber, zwischen uns nur das Summen der Lüftung. Mein Dolch schwebte noch immer über seinem Herzen, und seine Finger ruhten weiterhin auf meiner Hand. Mittlerweile hatte mein ganzer Arm angefangen zu zittern, aber ich konnte nicht sagen, ob es die Anstrengung war, ihn die ganze Zeit über in die Höhe zu halten, oder ob es an all den angestauten Gefühlen lag, die einen Weg nach draußen suchten – weil ich sie nicht anders zeigen konnte, da sie mich absolut überforderten. In meiner Vorstellung war das hier so viel leichter gewesen, als es in Wirklichkeit war.

Jules' Mundwinkel zuckten. Er wirkte von der Situation amüsiert. »Und jetzt?«

Ich schnaubte. »Warst du schon immer so großspurig?«

»Nein, ich glaube, das ist eine relativ neue Entwicklung. Aber wenn du plötzlich unsterblich bist, gejagt wirst und Menschenblut brauchst, um zu überleben, musst du Mittel und Wege finden, damit zurechtzukommen.«

Er verlieh seinen Worten einen belanglosen Klang. Doch da begriff ich es. Diese Spur von Überheblichkeit, die zuvor nicht da gewesen war. Diese Gleichgültigkeit, die vermutlich mehr gespielt war als alles andere. Und dieses vermeintliche Selbstbewusstsein, mit dem er mir endlich Dinge ins Gesicht sagte, die auszusprechen er sich zuvor niemals getraut hätte, wie seine Fantasien, die uns beide betrafen … All das gehörte zu seinem Schutzschild. Dem gleichen Schutzschild, das auch ich mir seit meiner Kindheit aufgebaut hatte.

Die Leute sagten mir oft, dass ich kühl, hart und distanziert wirkte, sogar herzlos, aber das stimmte nicht. Ich konnte ihnen mein Herz nur nicht zeigen, weil es zu empfindlich war. Gebrochen von all dem Schmerz und mühselig von mir wieder zusammengesetzt, war es zu fragil für diese Welt geworden. Daher blieb mir nichts anderes übrig, als die Welt auf Abstand zu halten, um es zu schützen.

Meine Eltern waren zu früh gestorben, und ich vermisste die Erinnerungen, die ich niemals mit ihnen haben würde. Und seit ich alt genug war, um das Quartier zu besuchen, und die Hunter kennengelernt hatte, die hier trainierten und lebten, hatte ich viele von ihnen sterben sehen. Im einen Moment waren sie noch da und ihm nächsten fort. Der Verlust schmerzte. Jedes. Einzelne. Mal. Und dann war Jules verschwunden – in dem Moment, in dem ich mir langsam erlaubt hatte, mein Schutzschild herunterzulassen. Nur um kurz darauf wieder aufzutauchen und mir um ein Haar Holden zu nehmen, welcher der Mittelpunkt meines Herzens war. Ganz abgesehen von all den Freundinnen und Freunden, welche ich in meiner Jugend verloren hatte, weil ich ihnen nichts von meiner Identität als Huntress hatte erzählen dürfen. Meist war die Trennung schleichend vonstattengegangen. Anfangs hatten sie mich gemocht, zu ihren Geburtstagsfeiern und Kinobesuchen eingeladen, die ich wegen des Trainings und anderer Verpflichtungen immer wieder absagen musste, bis sie irgendwann aufhörten, mich zu fragen, weil sie meine Antwort ohnehin schon kannten. Und umgekehrt hatten sie dann auch nie Zeit für mich gehabt, wenn ich einmal gefragt hatte, ob wir etwas zusammen unternehmen wollten – denn wer war schon bereit, immer und immer wieder die vermeintlich zweite Wahl zu sein? Niemand. Ich war allein gewesen, so verdammt oft, und es hatte wehgetan. Also hatte ich diesen Schutzschild um mich errichtet – den ich nun auch bei Jules zu erkennen glaubte.

Aber machte das einen Unterschied? Ich wusste es nicht.

Als es plötzlich an der Tür klopfte, wurde ich jäh aus meinen Gedanken gerissen. Ich starrte Jules an und schüttelte mahnend den Kopf. Wenn uns jemand so sah, hätte ich eine Menge zu erklären. Und vielleicht auch mit einer Strafe zu rechnen, immerhin hatte Grant Jules so etwas wie eine vorübergehende Immunität gewährt, gegen die ich gerade ziemlich eindeutig verstieß.

Das Klopfen ertönte erneut.

Jules blieb stumm. Er atmete auch nicht, sondern stand völlig ruhig vor mir, wie eine Statue, und in gewisser Weise war er das auch. Erstarrt in dem Zustand am Tag seiner Verwandlung.

»Jules?«, fragte eine vertraute Stimme durch die Tür.

Ich runzelte die Stirn. *Holden?* Was machte mein Bruder hier?

Ich ließ den Dolch sinken, und Jules' Finger glitten von meiner Hand. In den letzten Minuten hatte ich mich dermaßen an das Gefühl gewöhnt, dass nun schlagartig etwas zu fehlen schien. Doch diese Erkenntnis schob ich von mir weg, so weit es nur ging, und riss stattdessen die Tür auf.

Holden hatte offenbar ebenso wenig mit mir gerechnet wie ich mit ihm. Seine Augen weiteten sich überrascht, als er mich im Türrahmen stehen sah, und sein Blick zuckte von Jules zu mir und wieder zurück.

»Was machst du hier?«, fragte ich.

»Offenbar halte ich dich von einer Dummheit ab«, erwiderte er trocken und deutete auf den vergoldeten Dolch, den ich in der Hand hielt.

Fuck.

Ich steckte die Klinge zurück in die Scheide, die an meinem Gürtel hing, auch wenn es für Ausreden eindeutig zu spät war. Niemals hätte ich gewollt, dass Holden hiervon erfuhr oder überhaupt davon, dass ich nach Jules suchte. Ich hatte meine selbst auferlegte Mission in den letzten Monaten vor ihm geheim gehalten, damit er sich keine Sorgen machte. Schließlich war ich eine Magic und keine Blood Huntress, was Vampire für mich wesentlich gefährlicher machte. Anders als Warden oder Cain konnte ich von ihnen verwandelt werden.

»Können wir reden?«, fragte mich Holden und spähte über meine Schulter zu Jules, der sich nicht vom Fleck gerührt hatte. »Allein. Unter vier Augen?«

Ich brummte missmutig. Damit war die Chance wohl vertan, Jules auszulöschen. Aber wenn ich ehrlich mit mir war, hätte ich es – warum auch immer – vermutlich ohnehin nicht durchgezogen.

Ohne mich von Jules zu verabschieden, zog ich die Tür hinter mir zu und trat zu Holden auf den Gang hinaus. Wortlos setzten wir uns in Bewegung und machten uns ohne Absprache auf den Weg zu meinem Zimmer, denn wegen Loki und Thor hingen wir fast immer dort ab.

»Wo warst du?«, erkundigte ich mich. »Ich hab dich bei Jules' ›Willkommen Zurück‹-Party in der Cafeteria nicht gesehen.«

»Ich war bei der Physio, und anschließend hab ich in deinem Zimmer auf dich gewartet, weil ich Redebedarf hatte, aber du bist nicht gekommen. Und jetzt weiß ich auch, warum.« Holden brachte seinen Rollstuhl zum Stehen und sah zu mir auf. Etwas Finsteres lag in seinen Augen. Das schwarze Haar stand ihm wirr vom Kopf ab, als hätte er es nach dem Training nicht gekämmt.

»Ich wusste, dass du zurück ins Quartier kommst, nachdem ich dir geschrieben habe«, fuhr er fort. Seine Stimme war so eindringlich wie sein Blick. »Aber als du nicht in deinem Zimmer aufgetaucht bist, hat mich so ein komisches Gefühl beschlichen, dass du etwas Dummes tun könntest. Ich dachte, ich würde mir das nur einbilden, aber ... offenbar nicht. Was zum Teufel hast du dir dabei gedacht?«

Ich presste die Lippen aufeinander.

»Harper, was sollte das werden?«

»Du weißt, was das werden sollte. Er ist ein Vampir. Er gehört nicht ins Quartier. Was ist, wenn er jemanden angreift?«

»Er ist auch ein Grim Hunter«, überging Holden meine Frage.

»Er *war* ein Grim Hunter.«

Holden stieß ein Schnauben aus. »Das hast du nicht zu entscheiden. Ein Grim Hunter zu sein liegt in seiner DNA, das vergeht nicht plötzlich, wenn er zum Vampir wird, genauso wie seine roten Haare und blauen Augen. Grant hat ihm erlaubt hierzubleiben.«

»Und das war ein Fehler.«

»Sagt wer? Du? Grant, Cain und Jules' Eltern sind da offensichtlich anderer Meinung«, erwiderte Holden und rollte ein Stück zur Seite, um Platz für zwei andere Hunter zu machen, die ihr Gespräch unterbrochen hatten, um uns zu belauschen.

Fassungslos warf ich meine Arme in die Luft. Ich hatte keine Ahnung, was hier gerade geschah. »Auf wessen Seite stehst du überhaupt?«

»Auf deiner natürlich.«

»Und ich stehe auf deiner!«

Holden antwortete nicht sofort. Er betrachtete mich intensiv, und eine nachdenkliche Falte bildete sich zwischen seinen Augenbrauen. Seine Gedanken waren so laut, dass ich sie förmlich hören konnte. »Moment mal. Bitte sag mir, dass das eben nicht meinetwegen war.«

War ihm das nicht sofort klar gewesen?

»Natürlich war es das.«

»Du wolltest dich für mich an Jules rächen?«

»Ja.«

Holden schüttelte den Kopf. »Ich will keine Rache.«

Verdutzt blinzelte ich ihn an. »Nein?«

»Nein.«

»Aber es ist seine Schuld, dass du … dass du …«

»Im Rollstuhl sitzt«, half Holden mir aus.

»Ja!«

»Natürlich habe ich über Rache nachgedacht und wünschte, ich könnte noch laufen. Ständig recherchieren zu müssen, ob ich dort hinkann, wo ich hinmöchte, ist scheiße. Physiotherapie ist scheiße. Und die normale Therapie, zu der Hugo mich überredet hat, ist auch scheiße. Aber Jules hat das nicht mit Absicht getan. Er stand unter Isaacs Einfluss und ist genauso ein Opfer von ihm wie ich. Ich wette, Jules tut es leid, was er getan hat.«

Holdens Worte überraschten mich. Ich hatte immer angenommen, dass er einen Groll auf Jules hegte, eben weil er seinetwegen diese Scheiße durchmachen musste. Vor allem unmittelbar nach dem Tag des Blutbades waren seine Schmerzen schlimm gewesen. Er hatte in meinen Armen geflucht und geweint. Seine Tränen hatten meine Entschlossenheit, Jules aufzuspüren, gestärkt. Und nun behauptete er, das alles wäre gar nicht so gewesen.

»Und das entschuldigt seine Tat?«, fragte ich verständnislos.

»Verzeihen wir nun auch dem Rest der Vampirpopulation, dass sie Menschen töten, weil sie im Blutrausch nicht wissen, was sie tun? Oder lassen wir ab jetzt Phase-4-Geister vom Haken, weil sie gar nicht absichtlich böse sind, sondern die Welt und die Menschheit sie so hat werden lassen?«

»Das ist etwas anderes.«

»Wirklich?«

»Ja, und das kannst du verstehen oder nicht.« Sein Tonfall war scharf geworden, und ich fragte mich ernsthaft, warum wir uns zurzeit ständig anfuhren, obwohl wir doch an einem Strang zogen. »Wenn du wirklich davon überzeugt bist, dass Jules es verdient hat zu sterben, weil er ein Vampir ist, dann nur zu, töte ihn. Aber schieb mich nicht vor, um deine Tat zu rechtfertigen, Harper. Ich will nichts damit zu tun haben.«

Mit diesen Worten setzte Holden sich wieder in Bewegung. Seinen ruppigen Armbewegungen und dem harten Zug um seine Lippen war anzusehen, dass er nicht wollte, dass ich ihm folgte. Also blieb ich zurück, mit einem Gefühl der Leere, das sich von meiner Brust aus in meinem ganzen Körper ausbreitete.

Holden hatte schon einige Meter Abstand zwischen uns gebracht, als er noch einmal stehen blieb. Er neigte den Kopf, drehte sich aber nicht zu mir um. »Und noch etwas, das du vielleicht nicht mitbekommen hast, während du Jules aufgelauert hast: Er war derjenige, der Isaac getötet hat. *Er* hat den Tag des Blutbades beendet. Nicht Cain. Frag Grant und die anderen. Sie werden es dir bestätigen.«

Holden rollte davon, und ich starrte ihm perplex hinterher. Das hatte ich in der Tat nicht gewusst. Offiziell war es immer Cain gewesen, die für Isaacs Tod verantwortlich war. Doch ich musste mir die Sache nicht von Grant oder sonst jemandem bestätigen lassen; ich glaubte Holden, auch wenn ich seinen Wunsch, Jules zu verschonen, nicht nachvollziehen konnte. Dennoch erleichterte es mich aus irgendeinem Grund zu wissen, dass Holden nicht denselben Schmerz und dieselben dunklen Rachegelüste in seinem Herzen herumtrug wie ich. Auch wenn ich keine Ahnung hatte, was genau das jetzt bedeutete. Sollte ich Jules einfach in Ruhe lassen, weil Holden sich nicht nach Rache sehnte? Oder sollte ich durchziehen, was ich mir vorgenommen hatte? Denn eigentlich sollte es keine Rolle spielen, wie Holden fühlte. Jules war noch immer ein Blutsauger und gehörte unter die Erde.

11. KAPITEL

Jules

3 Tage vor dem Angriff auf das Quartier in London

Nachdem ich das Quartier am Tag des Blutbades überstürzt verlassen hatte, hatte ich nicht geglaubt, jemals wieder als freier Mann durch die Flure des Hunter-Stützpunkts laufen zu können. Genau das tat ich nun, doch wohin ich auch ging, folgten mir die Blicke der Hunter, Huntresses und Archivare, die eine Mischung aus Freude, Zuversicht und Misstrauen spiegelten. Einige der Leute nickten und winkten mir zu, andere betrachteten mich mit Verachtung oder gar Ekel. Es war offensichtlich, dass sich nicht alle über meine Rückkehr freuten, und ich fragte mich, ob es ein Fehler gewesen war, mit Cain und Warden zwei meiner engsten Verbündeten wegzuschicken … Aber dieser Zug war abgefahren. Außerdem hatte ich meine Eltern, mit denen ich mich später am Tag treffen wollte, nachdem sie ihre jeweiligen Pflichten im Quartier erledigt hatten.

Ich schob die Hände tief in die Taschen meines Hoodies, den ich bereits die letzten Tage getragen hatte. Einer der wenigen Vorteile daran, ein Vampir zu sein, war, dass Kleidung erstaunlich lange frisch blieb, da man nicht mehr schwitzte. Lediglich auf Blutflecken musste man aufpassen, aber die waren auf dem schwarzen Stoff nur schwer zu erkennen. Dennoch sollte ich mir langsam etwas zum Wechseln suchen, aber da ich ohne Gepäck herumgereist war, blieben mir nicht viele Optionen.

Ich folgte dem Flur und den Stimmen bis in die Cafeteria, in der Grant seine Rede zu meiner Rückkehr gehalten hatte. Gestern waren hier so verdammt viele Menschen gewesen, dass ich den Raum kaum wirklich wahrgenommen hatte. Doch nun erblickte ich ihn in all seiner Scheußlichkeit. Die cremefarbene Couchlandschaft, die ich ausgesucht hatte, war verschwunden; ebenso waren die Tische und Stühle, die ich mit der Unterstützung anderer Hunter und Huntresses eigenhändig geschreinert hatte, nicht mehr da. An ihrer Stelle war der Raum mit einer wilden Mischung an Sitzgelegenheiten möbliert. Von Gartengarnituren aus Plastik über Bürostühle bis hin zu Sitzbällen und -säcken war alles dabei. Holzstühle in den unterschiedlichsten Stilen standen an Tischen, die teils aussahen wie vom Straßenrand mitgenommen. Die Holzbalken, die ich von Wand zu Wand angebracht und mit künstlichen Pflanzen bestückt hatte, um eine gemütliche Atmosphäre zu erzeugen, waren fast komplett verschwunden. Nur drei waren übrig und wirkten vollkommen willkürlich und auch ziemlich nackt ohne das Grün, das sie geschmückt hatte. Es schmerzte mich in der Seele, diesen Raum zu betrachten und zu wissen, dass ich selbst für die Verwüstung verantwortlich war, aber vermutlich war dieser Schmerz genau das, was ich verdient hatte.

Ich wandte meine Aufmerksamkeit von der Einrichtung ab und richtete sie auf die Personen im Raum. Ihre Reaktionen ähnelten denen, welche die Jäger und Jägerinnen auf den Gängen gezeigt hatten, und zum zweiten Mal innerhalb kürzester Zeit fragte ich mich, ob es ein Fehler gewesen war, Cain und Warden wegzuschicken. Ohne sie, Ella und Wayne waren all meine Freunde weg. Zugegeben, ich kannte die Leute hier, aber ich fühlte mich ihnen nicht verbunden genug, um ausgerechnet jetzt ihre Nähe zu suchen.

Mein Blick schweifte noch umher, als ich Holden allein an einem der Tische entdeckte. Ich erinnerte mich nur noch bruchstückhaft an unseren Kampf, aber da war so verdammt viel Blut gewesen, dass ich vermutlich froh sein konnte, dass er überlebt hatte. Wahrscheinlich hätte ich ihn auch getötet, wäre Harper nicht dazwischengegangen und hätte mich von ihm weggelockt.

Holden saß über ein Buch gebeugt, neben sich eine Tasse Kaffee und einen halb aufgegessenen Bagel. Ich zögerte kurz, denn ich wusste nicht, ob er mich sehen, geschweige denn mit mir reden wollte, aber es gab nur einen Weg, das herauszufinden.

Unter den neugierigen Blicken der anderen Hunter näherte ich mich ihm. Vermutlich wussten sie alle, dass ich die Verantwortung dafür trug, dass er nun im Rollstuhl saß.

Vor Holdens Tisch blieb ich stehen. Er hatte mich bisher nicht bemerkt, aber nun hob er den Blick von seinem Buch. Erstaunen flackerte über seine Gesichtszüge, als er erkannte, wer da vor ihm stand. Doch weder Furcht noch Verachtung spiegelten sich in seiner Miene wider, was ich als gutes Zeichen wertete, das mich mutig werden ließ.

»Darf ich mich setzen?«

Holden nickte wortlos.

Ich zog den wackeligen Gartenstuhl ihm gegenüber zurück, während Holden jede meiner Bewegungen verfolgte, wobei er nicht der Einzige war. Die Blicke der anderen Huntresses und Hunter bohrten sich wie Nadeln in meinen Rücken, als befürchteten sie, ich könnte bei Holden das zu Ende bringen, was ich angefangen hatte.

»Was liest du?«

Er hob das Buch, in das er bis eben versunken gewesen war, sodass ich das Cover sehen konnte. Der Titel sagte mir nichts, aber der Optik nach handelte es sich um irgendeinen Sci-Fi-Roman.

»Ist es gut?«

»Schon, aber ich bin noch nicht weit.«

»Verstehe«, brummte ich und bereute es, mir nicht vorher überlegt zu haben, was ich zu ihm sagen wollte. Ich räusperte mich. »Holden, hör zu, mir …«

»Schon gut«, unterbrach er mich, kaum dass ich zu meiner Rede angesetzt hatte. »Ich weiß, was du sagen willst, und ja, was am Tag des Blutbades geschehen ist, war scheiße, aber du hast es nicht mit Absicht getan. Zumindest hoffe ich das sehr. Außerdem hätte ich es besser wissen müssen, als mich dir in den Weg zu stellen, schließlich bin ich ein Magic und kein Blood Hunter.« Wie um seine Aussage zu unterstreichen, griff er unter den Kragen seines Shirts und zog sein Stufe-6-Amulett hervor. Der tiefblaue Stein mit den goldenen Flecken darin war in eine schlichte silberne Fassung eingelassen. Ich hatte seine Magie am Tag des Blutbades am eigenen Leib zu spüren bekommen – doch trotz seiner Stärke war ich Holden überlegen gewesen.

»Es tut mir dennoch leid«, beteuerte ich.

»Was geschehen ist, ist geschehen.«

»Du gehst erstaunlich locker mit all dem um«, stellte ich fest. Holden war schon immer sehr ausgeglichen gewesen, dennoch hatte ich mit mehr Zorn und Verzweiflung gerechnet.

Als wären meine Worte ein Lob gewesen, trat ein sanftes Lächeln auf Holdens Lippen. »Ich versuch es mit dieser Sache, die mein Therapeut mir geraten hat. Groll verankert mich in der Vergangenheit und hält mich von meiner Zukunft fern. Und das ist das Letzte, was ich möchte, denn wir beide wissen, dass die Angelegenheit auch ganz anders hätte ausgehen können. Ich möchte froh darüber sein, eine Zukunft zu haben, anstatt die Vergangenheit zu verteufeln.«

Holdens Worte waren wie Salz in einer offenen Wunde, dennoch zwang ich mich, ebenfalls zu lächeln und mich für ihn zu freuen. »Hast du schon Pläne für die Zukunft? Ich vermute, dass du nicht weiter auf Patrouille gehen wirst.«

»Ganz ehrlich? Ich habe kurz darüber nachgedacht«, erwiderte Holden und griff nach dem Bagel. »Ich kann vielleicht nicht mehr eigenständig laufen, aber ich habe noch immer meine Amulettmagie. Und es gibt wirklich schöne Schusswaffen. Nahkampf ist optional.«

»Aber?«

»Es kann trotz allem verdammt viel schiefgehen; und wenn ich eines aus der Sache gelernt habe, dann, dass ich leben möchte. Ich bin noch nicht fertig mit dieser Welt. Vor allem kann ich Harper das nicht antun. Daher werde ich vermutlich zum Archivar umschulen, aber aktuell arbeite ich in erster Linie für Grant. Das gefällt mir ganz gut.« Er zuckte mit den Schultern und biss von seinem Bagel ab.

Es war wirklich erstaunlich, wie entspannt er wirkte und wie normal er mich behandelte. Dieses Gespräch hier stand in starkem Kontrast zu meiner gestrigen Begegnung mit seiner Zwillingsschwester. Nicht zum ersten Mal fragte ich mich, ob Harper noch den Mut gefasst hätte, mich zu töten, wäre Holden nicht aufgekreuzt.

»Danke übrigens für gestern. Du hast mir das Leben gerettet.«

Holden schnaubte. »Nicht wirklich. Sie hätte es ohnehin nicht getan.«

»Dafür, dass sie mir in meinem Zimmer aufgelauert und mich mit einem Dolch bedroht hat, scheinst du dir ziemlich sicher zu sein.«

»Ich kenne meine Schwester. Sie ist oft zu verkopft und tut Dinge, von denen sie glaubt, sie tun zu müssen. Weil es in der Theorie das Logischste wäre – Vampire müssen eben getötet werden. Aber in ihrem Herzen kennt sie die Wahrheit. Sie braucht nur etwas länger, um sie zu erkennen.«

»Und was soll diese Wahrheit sein?«

»Dass sie dich nicht töten will.«

»Freut mich zu hören«, erwiderte ich mit einem unsicheren Halblächeln, weil ich nicht wusste, was ich sonst sagen sollte. Gewiss hätte ich den Tod verdient, denn ich hatte gemordet, um meinen Blutdurst zu stillen, und würde Harper doch noch versuchen, mich umzubringen, würde ich mich nicht wehren. Aber auch ich war noch nicht fertig mit dieser Welt. Zumindest nicht, solange Isaac und seine anderen künstlichen Vampire dort draußen rumliefen. »Ich werde die nächsten Tage dennoch lieber mit offenen Augen schlafen.«

Holden spülte seinen Bagel mit einem Schluck Kaffee hinunter. »Schlafen Vampire überhaupt?«

»Nope.«

»Wow, und was machst du die ganze Zeit?«

Ich könnte ihm von Isaac erzählen, doch ich wusste nicht, ob Grant wollte, dass dies bereits öffentliches Wissen wurde – zumindest nicht, solange die Sache mit Baldur nicht geklärt war. »Ich höre viele Podcasts«, antwortete ich ausweichend, was allerdings gleichzeitig der Wahrheit entsprach. Die Suche nach den künstlich erschaffenen Vampiren wäre anderenfalls ziemlich langweilig gewesen.

»Gibt es extra Podcasts für Vampire?«

»Du meinst, wie diesen Hunter-Podcast von dem Typen aus Tokio?«

Er nickte.

»Nein, so was gibt es nicht. Überraschend eigentlich.«

»Du könntest damit starten.«

»Und über was genau sollte ich in diesem Podcast reden? Darüber, wie man Unschuldige am besten unbemerkt von der Straße holt und ihre Leichen verschwinden lässt? Oder vielleicht eine Blutgruppenverköstigung, welche am besten schmeckt?«

Holden rümpfte die Nase. »Guter Punkt, aber … schmecken bestimmte Blutgruppen wirklich besser als andere?«

Ich musste grinsen. »Nein, Blut schmeckt immer gleich, nur warm besser als kalt.«

Holden brummte interessiert, als könnte er mit dieser Information etwas anfangen, und kurz wirkte es, als würde er noch etwas sagen wollen. Doch dann glitt sein Blick an mir vorbei zu jemandem, der sich hinter mir befand. »Ich glaube, deine Eltern suchen nach dir.«

Ich spähte über meine Schulter. Mein Dad und meine Mum standen in der Tür zur Cafeteria. Als sie mich sahen, hellten sich ihre Mienen auf, aber nur bis sie erkannten, wer mit mir am Tisch saß. Ihr Unbehagen wirkte fast schon komisch – als hätte Holden die Macht, mich zu verletzen.

Ich stand von meinem Platz auf. »Ja, wir sind verabredet, um in die Stadt zu gehen. Es gibt viel nachzuholen.«

Holden lächelte. »Das glaub ich dir. Viel Spaß. Und mach dir keine Sorgen wegen Harper. Sie kriegt sich schon wieder ein.«

Ich erwiderte sein Lächeln. »Das hoffe ich.«

Harper

Jules' Rückkehr hatte, zumindest für den Moment, Baldurs Angriffe als Gesprächsthema Nummer eins im Quartier abgelöst. Wen auch immer ich im Trainingsraum belauschte, die Leute tuschelten über ihn und spekulierten, wie es sein würde, einen Vampir im Quartier zu haben. Aber vermutlich war das in Teilen nur Ablenkung, um nicht über die Angriffe nachzudenken und sich in der Angst zu verlieren, dass jedes Quartier das nächste sein könnte.

Grant und die Leiter der einzelnen Hunter-Gruppen, Xavier Gorman, Andrew Blackwood und Jason Stafford, der die Magic Hunter anführte, hatten sich in seinem Büro verschanzt, um ungestört die strategisch sinnvollsten Schritte zu besprechen. Nur am Rande hatte ich durch das Getuschel der anderen mitbekommen, dass Warden und Cain, kaum dass sie gestern in den Highlands angekommen waren, gemeinsam mit Ella und Wayne auf eine Mission geschickt worden waren – angeblich, um die beiden Soul Hunter als Lockvögel für Baldur zu benutzen. Aber das war auch schon alles, was man uns wissen ließ.

Wir konnten also nichts anderes tun, als zu warten. Und über Jules' Rückkehr zu diskutieren schien für die meisten der beste Zeitvertreib zu sein. Viele Hunter und Huntresses standen ihm skeptisch, wenn auch erstaunlich offen gegenüber. Einige freuten sich, ihn zurückzuhaben, während andere scheinbar meiner Meinung waren. Nämlich dass eine Kreatur der Nacht nichts im Quartier zu suchen hatte. Jules mochte uns gegenüber im Moment loyal sein, aber es gab keine Garantie dafür, dass er früher oder später nicht doch wieder die Seite wechselte, im Blutrausch einen von uns verletzte oder gar tötete. Dennoch schien Holden ihm zu vertrauen. Jules hätte ihn fast umgebracht, er hatte seine Beine und Teile seiner Wirbelsäule zertrümmert, als er ihn mit unmenschlicher Kraft und ohne jede Kontrolle gegen eine Wand geschleudert hatte. Woher konnten wir wissen, dass das nicht wieder geschehen würde?

Die Antwort lautete, dass wir es nicht wissen konnten. Und das machte Jules in meinen Augen zu einem Risiko, das erstaunlich viele Huntresses und Hunter offenbar bereit waren einzugehen, mein Bruder eingeschlossen. Immer und immer wieder ging ich mein Gespräch mit ihm durch, in dem er Jules verteidigt hatte, und versuchte es zu verstehen. Vor allem an einer Aussage blieb ich hängen: *Wenn du wirklich davon überzeugt bist, dass Jules es verdient hat zu sterben, weil er ein Vampir ist, dann nur zu, töte ihn. Aber schieb mich nicht vor, um deine Tat zu rechtfertigen.*

In all der Zeit, in der ich Jagd auf Jules gemacht hatte, hatte für mich immer Holden im Vordergrund gestanden und der Wunsch, Jules für das, was er getan hatte, zur Verantwortung zu ziehen. Ich hatte nie daran gedacht, dass Jules es verdient hatte zu sterben, weil er ein Vampir war. Nein, er hatte es verdient, weil Holden seinetwegen bleibende Schäden vom Tag des Blutbades davongetragen hatte. Doch was blieb von meiner Entschlossenheit übrig, wenn ich die Komponente der Rache wegließ? Logisch betrachtet wusste ich, dass das nichts ändern sollte. Jules war immer noch eine Kreatur der Nacht, genauso wie der Hexenmeister, der unsere Eltern auf dem Gewissen hatte, und bei ihm würde ich nicht zögern. Keine Sekunde. Dessen war ich mir sicher, und dennoch verspürte ich bei Jules Zweifel. Dieselben Zweifel, die mich am gestrigen Tag davon abgehalten hatten zuzustechen. Wie lange hatte ich mit Jules in seinem Zimmer gestanden, ehe Holden mich gefunden hatte? Zehn Minuten? Zwanzig? Dreißig?

Gott, ich wusste es nicht. Ich wusste gar nichts mehr. War ich wirklich davon überzeugt, dass Jules Marlowe sterben sollte? Eine Stimme in meinem Kopf schrie ganz laut »Ja!«, denn er war ein Vampir und ich musste nicht einmal Vermutungen darüber anstellen, ob er Menschen getötet hatte. Aber er hatte auch Isaac umgebracht. Und somit die Vampire zum Rückzug gezwungen und den Tag des Blutbades beendet. Hätte der Tod ihres Königs die Blutsauger nicht aus der Bahn geworfen, hätten sie das Quartier möglicherweise nicht verlassen; dann wären mit großer Sicherheit noch viele weitere Hunter und Huntresses verletzt worden oder ums Leben gekommen – darunter zahlreiche Kinder. Und vielleicht sogar Holden. Er hätte länger auf medizinische Versorgung warten müssen und wäre vielleicht an den Folgen des Blutverlustes gestorben. Wenn man es so betrachtete, könnte man beinahe argumentieren, dass Jules ihm das Leben gerettet hatte … Zumindest nachdem er offenbar wieder zu Sinnen gekommen war.

Ich rieb mir über die verschwitzte Stirn, und erst da wurde mir gewusst, wie lange ich bereits auf dem Laufband war. Ich musste vollkommen weggetreten gewesen sein; so gefangen in einem Strudel aus Gedanken, Stimmen und Meinungen, die ich von anderen Huntern in den vergangenen Tagen, Wochen und Monaten aufgeschnappt hatte, dass ich über den Lärm in meinem Kopf hinweg nicht hören konnte, was *ich* eigentlich dachte.

Wollte ich Jules töten? Oder wollte ich ihm eine Chance geben, so wie Grant es von uns allen gefordert hatte?

Es gab nur eine Möglichkeit, das herauszufinden, und dafür musste ich dem Lärm entkommen. Hier im Quartier ging das nicht, dafür waren die Gespräche über Jules zu präsent. Doch ich kannte genau den richtigen Ort dafür.

Ich stoppte das Laufband und stieg mit vor Anstrengung zitternden Beinen herunter. Entschlossen schnappte ich mir mein Handtuch und meine Trinkflasche und machte mich auf den Weg zurück in mein Zimmer.

Loki und Thor schliefen. Seit ich am Morgen mein Zimmer verlassen hatte, schienen sie sich nicht vom Fleck gerührt zu haben. Ich streichelte ihnen die Köpfchen und stellte frisches Futter hin, das ihre Lebensgeister wecken würde, bevor ich unter die Dusche stieg. Eilig brauste ich mich ab und föhnte meine Haare, ehe ich in mein Alltagsoutfit schlüpfte: eine schwarze Leggings, ein dunkles Oberteil und geschnürte Boots. Dann schnappte ich mir meinen Rucksack, den ich seit dem Vortag nicht mehr angerührt hatte, und wollte bereits los, als ich noch einmal innehielt.

Nach kurzem Zögern ging ich vor meinem Bett in die Knie und zog die matt glänzende Metallkiste hervor, die ich darunter versteckte. Sie enthielt einige meiner wertvollsten Besitztümer: die Geburtsurkunden meiner Eltern, ihre Eheringe, Bilder und eines der zwei Fotoalben, die Dad für Holden und mich angelegt hatte, um unser Leben zu begleiten. Mein Album enthielt nur ein paar Bilder vom Bauch meiner Mum und Fotos aus dem Krankenhaus, weiter war mein Dad nicht gekommen – und ich hatte nie den Wunsch verspürt, das Album fortzuführen.

Ich schob es beiseite und griff nach dem Buch, das darunter lag; seit Jules' Verschwinden vor einigen Monaten hatte ich es nicht mehr angerührt. Ich strich über den braunen Ledereinband mit dem goldenen Emblem auf dem Cover, dann steckte ich es vorsichtig in meinen Rucksack und machte mich auf den Weg in die Werkstatt. Mit den Händen zu arbeiten hatte mir schon immer dabei geholfen, den Kopf freizubekommen. Vielleicht würde ich dort endlich die Klarheit finden, die ich mir so sehr wünschte.

12. KAPITEL

Harper

1,5 Jahre zuvor

Mit einem Ächzen richtete ich mich auf, nachdem ich mehrere Stunden über der Werkbank gekauert hatte, um das Projekt für meine Abschlussarbeit fertigzustellen. Das erste Semester näherte sich dem Ende, und wir mussten die Designideen unserer Kommilitonen, die uns per Zufallsprinzip zugeordnet worden waren, umsetzen. Der Ring, den Sadie Davis entworfen hatte, war fast fertig.

Ich setzte meine Schutzbrille ab und räumte meinen Arbeitsplatz in der Werkstatt der Universität auf, um für heute Schluss zu machen. Die Studierenden um mich herum schenkten mir keine Aufmerksamkeit, was nicht verwunderlich war, denn die meiste Zeit versuchte ich sie ebenfalls zu ignorieren. Ich war nicht länger an Freundschaften interessiert, denn ich wusste bereits im Vorfeld, dass sie zum Scheitern verurteilt waren. Diese Erfahrung hatte ich in meinem Leben als Huntress schon zu oft machen müssen.

Auf dem Weg nach draußen schlenderte ich am Süßigkeitenautomat in der Lobby vorbei, um mir einen Schokoriegel zu gönnen. Wayne mochte sie aus dem Automaten im Quartier verbannt haben, aber bis in die Uni reichte sein Einfluss zum Glück nicht. Anschließend machte ich mich zu Fuß auf den

Weg ins Quartier, um mich auf meine Patrouille mit Holden vorzubereiten. Uns war für die kommenden Nacht Portobello Beach zugeteilt worden, eine der absolut besten Routen. Ich freute mich schon auf den Spaziergang am Meer – und darauf, ein paar Kreaturen den Arsch zu versohlen.

Kurze Zeit später betrat ich den alten Friedhof, und nachdem ich sichergestellt hatte, dass mich keiner der abendlichen Touristen beobachtete, betrat ich das Quartier, das ich inzwischen auch mein Zuhause nennen durfte. Holden und ich waren mit Beginn des Studiums aus dem Haus unserer Tante aus- und in das Quartier eingezogen. Das sparte uns nicht nur Zeit, sondern brachte auch etwas mehr Freiheit mit sich – ganz abgesehen davon, dass wir inzwischen volljährig waren. Im Aufzug schrieb ich Holden eine Nachricht, um ihn wissen zu lassen, dass ich ihn in zehn Minuten in der Garage treffen würde.

Mit einem Ruck kam der Lift zum Stehen. Die stählernen Türen schoben sich auf und gaben einen langen Gang frei … und ein Paar blauer Augen, bei deren Anblick sich sofort ein Gefühl der Schuld tief in meine Brust grub.

Jules' Lippen verzogen sich zum Schatten eines Lächelns. Ich erinnerte mich an eine Zeit, in der er sich ehrlich gefreut hatte, mich zu sehen – aber das gehörte der Vergangenheit an, und daran war ich selbst schuld.

»Hey.«

»Hey«, erwiderte ich und trat in den Gang hinaus.

Ich erwartete, dass Jules an mir vorbeiging und in den Aufzug stieg, um vor mir zu fliehen, wie so oft in den letzten Wochen. Nach dem Desaster im Trainingsraum hatte er mich noch zweimal um ein Date gebeten, und ich hatte beide Male abgelehnt. Nicht, weil ich ihn nicht mochte oder nicht attraktiv fand. Ganz im Gegenteil, es gab kaum etwas, das mir an ihm nicht gefiel. Ich liebte sein Lächeln und die hoffnungsvolle

Zuversicht, die er stets auszustrahlen schien und die in komplettem Gegensatz zu all dem stand, was ich fühlte. Mir gefiel, dass er mutig war und loyal; ich mochte sogar seine schrägen Klamotten und dass er so unentschuldbar er selbst war. Trotz alldem hatte ich ihm einen Korb gegeben – weil es das einzig Richtige war. Ich hatte keine Ahnung, was Jules in mir sah oder glaubte in mir zu sehen, aber was es auch war: Er irrte sich. Er war zu nett, zu warm und herzlich, um den Schatten zu erkennen, der mich umgab. Er begleitete mich, wohin ich auch ging, und tauchte alles um mich herum in Dunkelheit. Ich wollte nicht, dass Jules mit dieser Finsternis in Berührung kam. Er hatte jemand besseren verdient. Jemanden, der Freude in sein Leben brachte. Niemanden, der nicht wusste, wie es sich anfühlte, einfach nur jung zu sein. Und ganz bestimmt brauchte Jules niemanden, der seit Jahren in einem Gedankenkarussell aus Hass und Rache gefangen war, weil er dem Mörder seiner Eltern nachjagte.

Meine Gedanken kehrten abrupt ins Hier und Jetzt zurück, als Jules wider Erwarten nicht in den Aufzug stieg, sondern neben mir stehen blieb. Er roch gut, nach dem blumigen Parfüm, das ich nur mit ihm in Verbindung brachte und das Erinnerungen weckte, die ich eigentlich längst vergessen haben sollte … aber nicht vergessen konnte.

»Hast du einen Moment?«

Ich nickte – wie dumm von mir.

»Cool, kannst du kurz mitkommen?«

»Klar.«

Jules' Mundwinkel zuckten, als er mir bedeutete, ihm zu folgen, und dieses Mal war es ein echtes Lächeln.

Meine Schritte wurden langsamer, als ich erkannte, dass er mich zu seinem Zimmer führte. Vor der Tür blieben wir stehen.

»Du kannst hier warten«, sagte Jules, als würde er mein Unwohlsein spüren. Ich hatte keine Sorge, dass er mir etwas antun oder mich zu etwas zwingen könnte, aber ich wollte ihm nicht schon wieder wehtun müssen.

Er verschwand in seinem Zimmer und war einen Moment später bereits wieder zurück, ein Buch in den Händen, das er mir reichte. Es war in einen braunen Lederumschlag gebunden, der mit den Jahren rissig geworden war. Die punzierten Ornamente, die sich als kunstvolle Ranken über das Buch schlängelten, waren aber noch zu erkennen. Ein goldenes Emblem, das einen Hammer zeigte, war in das Cover gestanzt. Ich fuhr mit dem Finger darüber. Die Härchen in meinem Nacken stellten sich auf, und ein Schauder überkam mich, als mir bewusst wurde, was ich da in den Händen hielt.

Fassungslos blickte ich zu Jules auf. »Das ist …«

»Ja«, unterbrach er mich mit einem Grinsen.

Ich sah wieder auf das Buch – den Schatz – in meinen Händen und schlug es auf. Es war in einer Sprache verfasst, die ich nicht beherrschte, aber die ich mir sicher von einem Archivar würde übersetzen lassen können. Doch bereits der Anblick der Skizzen war erstaunlich. »Woher hast du das?«

»Grant hat Cain, mich und einige andere Huntresses und Hunter in die Highlands geschickt, um nach dem Rechten zu sehen, weil er ein paar beunruhigende Gerüchte gehört hat. Wir sind einer Spur in die Berge gefolgt, bis zu einer Höhle. Ich habe gerade so noch durch den Eingang gepasst, ein paar andere mussten draußen bleiben«, erzählte Jules. »Wie sich herausstellte, hausten dort keine Wendigos oder Werwölfe, wie Grant befürchtet hatte, sondern Zwerge. Sie haben uns angegriffen. Anschließend haben wir uns etwas umgeschaut, und ich habe das Buch gefunden, versteckt zwischen zwei Felsspalten. Ich dachte mir, dass es dir gefallen könnte.«

Ich schluckte schwer. Gefallen? Ich liebte es – schon jetzt! Ich hatte noch nie ein so gut erhaltenes Buch über die Schmiedekunst der Zwerge gesehen. Ihr Handwerk war legendär, und es war schier unvorstellbar, was ich alles aus der Schrift lernen könnte. Der Inhalt würde mir in meinem Studium garantiert einen gewaltigen Vorsprung verschaffen, den ich gut gebrauchen konnte, allerdings …

»Ich kann es nicht annehmen«, sagte ich, klappte das Buch schweren Herzens zu und hielt es Jules entgegen, der jedoch nicht danach griff.

Er runzelte die Stirn. »Wieso nicht?«

»Es ist zu viel … zu wertvoll. Wenn du das auf dem Schwarzmarkt verkaufst, bekommst du sicherlich einige Tausend Pfund dafür.« Das war nur die halbe Wahrheit. Es gab noch einen anderen Grund, weshalb es keine gute Idee war, das Geschenk anzunehmen, aber diesen konnte und wollte ich nicht ansprechen.

Jules schnaubte. »Es zu verkaufen wäre verboten.«

Ich schnaubte. Das war eine so typische Jules-Antwort. Dieser Kerl trug wirklich keinen Funken Böswilligkeit in sich.

»Ja, deswegen heißt es ja auch *Schwarz*markt. Dann gib es Grant.«

»Ich möchte aber, dass du es hast.«

»Warum?«

»Weil du es zu schätzen weißt.«

Ist das der einzige Grund? Ich stellte die Frage nicht, sondern starrte auf das Buch in meinen Händen. Es gab jetzt zwei Möglichkeiten: Entweder bedankte ich mich und ging, oder ich diskutierte weiter und riskierte, dass seine Gefühle für mich zur Sprache kamen. Etwas, das ich unter allen Umständen vermeiden wollte. Ich mochte es nicht, Jules zu verletzen, aber ich würde es tun. Immer und immer wieder, um ihn vor der Dunkelheit zu bewahren, die mein Leben war.

Mit einem Seufzen drückte ich das Buch an meine Brust. »Danke.«

Jules lächelte triumphierend. »Gern geschehen.«

»Ich bin dir etwas schuldig«, erwiderte ich und fügte schnell hinzu: »Falls du also irgendwann zum Muttertag einen Anhänger brauchst oder ein Freundschaftsarmband für Cain, melde dich bei mir.«

»Das mach ich«, sagte Jules und begann verlegen, seinen Nacken zu reiben, wobei sich sein Bizeps anspannte. Ich konnte die unausgesprochene Frage in seinem Blick sehen, und mein Magen zog sich zusammen, denn ich wusste genau, was er als Nächstes sagen wollte. Also trat ich schnell den Rückzug an.

»Danke für das Buch. Wirklich. Aber ich muss jetzt leider los. Holden wartet vermutlich schon auf mich. Ich … Wir sehen uns. Bye.«

Damit machte ich auf dem Absatz kehrt und marschierte davon. Ich drehte mich nicht um, aber ich spürte Jules' Blick in meinem Nacken.

Entschlossen presste ich das Buch fester an mich. Es war das wohl wertvollste Geschenk, das ich jemals erhalten hatte, und unweigerlich fragte ich mich, ob es falsch gewesen war, es anzunehmen. Andererseits, was hätte ich sonst tun sollen? Jules all die Gründe aufzählen, warum er zu gut für mich war?

Ich seufzte. Vielleicht hätte ich genau das tun sollen. Denn dann hätte auch er endlich erkannt, dass ich niemals gut genug für ihn sein würde.

13. KAPITEL

Harper

3 Tage vor dem Angriff auf das Quartier in London

Das Rattern der Holzsägen war verstummt, ebenso wie das Klopfen der Hämmer und die lockeren Gespräche meiner Kommilitonen. Es war spät geworden, und ich war die Letzte in der Werkstatt der Universität. Ludwig, ein Austauschstudent aus Belgien, war vor einer halben Stunde gegangen; seitdem war ich allein in dem Raum, in dem es immer nach Holz, Metall und Chemikalien roch. Eigentlich kein angenehmer Geruch, doch auf mich wirkte er entspannender als jede Lavendelkerze. Hätte es Kerzen mit Werkstattaroma gegeben, hätte ich sie sofort in meine Sammlung aufgenommen.

Ich richtete mich auf meinem Hocker auf und drückte den Rücken durch, der protestierend knackte von all den Stunden, die ich vornübergekauert an der Werkbank verbracht hatte. Aber die Mühe und der Schmerz hatten sich gelohnt. Ich betrachtete den Anhänger, den ich nach einer Vorlage aus meinem Buch geschmiedet hatte. Er war aus Silber und Anthrazit gearbeitet. Die Fassung zu gießen hatte mich nicht allzu viel Zeit gekostet, doch den Stein mit dem Windrosensymbol zu gravieren, zu schleifen und zu polieren war mir nicht ganz so schnell von der Hand gegangen. Zugegeben, der Anhänger war nicht annähernd so perfekt, wie wenn er von einem Zwerg geschmiedet worden wäre, aber ich war zufrieden.

Ich dehnte und streckte mich abermals in alle Richtungen, ehe ich meinen Platz aufräumte, die Kette in ein Säckchen steckte und die Werkstatt verließ.

Nicht nur dort war Ruhe eingekehrt, die gesamte Universität wirkte wie stillgelegt. Nur noch vereinzelt waren Schritte und Stimmen einiger letzter verbliebener Studierender und Dozenten zu hören. Ich überlegte, noch einen Abstecher in die Bibliothek zu machen, um mir das Buch auszuleihen, das uns Professorin Gordon empfohlen hatte, entschied mich dann aber dagegen. Es wurde Zeit, ins Quartier zurückzugehen.

Den ganzen Tag über hatte ich Holden Updates gegeben, wo ich mich aufhielt, damit er wusste, dass es mir gut ging. Und er hatte mich im Gegenzug über die Lage in den anderen Quartieren auf dem Laufenden gehalten. Es hatte keine weiteren Angriffe gegeben, zum Glück, aber inzwischen waren die Anzahl und Namen der Todesopfer in Prag und Athen bestätigt worden. Vor allem der Angriff auf das Prager Quartier war verheerend gewesen, nicht unähnlich dem Tag des Blutbades. Ein Großteil der Hunter und Huntresses dort war getötet worden, der Rest war verletzt und nach der Zerstörung ihrer Heimat nun über Mitteleuropa verteilt. In Athen war es glimpflicher abgelaufen, aber das war mehr Glück gewesen als Vorbereitung. Offenbar hatte Grant Unterstützung in Amerika, Asien und Australien angefragt, aber wartete noch auf Rückmeldung.

Ich verließ das Gebäude und trat hinaus auf den Innenhof mit der sorgfältig gepflegten Grünfläche. Kalter Wind schlug mir ins Gesicht. Ich erschauderte und zog meinen Mantel enger um mich. Es war bereits dunkel geworden, der Hof wurde nur noch von den gusseisernen Lampen erhellt und dem

Licht, das vereinzelt aus Fenstern der Universität fiel. Ich zog die Schultern hoch, als ich eine einsame Gestalt unter einem der Rundbögen erblickte.

Ich verengte die Augen zu Schlitzen.

»Jules?«, fragte ich verwundert.

Die Gestalt drehte sich zu mir um – und tatsächlich, er war es. Jules hatte seinen Hoodie abgelegt und trug nun dunkelgraue Jeans, ein ebenso dunkles Hemd und darüber einen schwarzen Trenchcoat.

»Was machst du hier? Lauerst du mir auf?«

Jules lachte, was meinen Blick unwillkürlich auf seine Fänge lenkte. Wann er damit wohl das letzte Mal einen Menschen gebissen hatte?

»Nein, tatsächlich nicht. Ich wusste nicht mal, dass du hier bist. Ich war mit meinen Eltern in der Stadt unterwegs. Sie …« Einen Augenblick lang zögerte er, und ich meinte, ein mir nur allzu bekanntes Gefühl in seinen Augen zu erkennen: Schmerz. »Sie haben mich in ein Café eingeladen. Als könnte ich irgendwas bestellen. Aber es war nett, auch wenn ich dort all diese Studierenden gesehen habe, die mich daran erinnern, wie sehr ich die Uni vermisse. Ich war immer gern hier, trotz des Schlafmangels und des ganzen Stresses. Aber es hat sich gelohnt, für dieses Stück Normalität.« Jules schüttelte den Kopf. »Sorry. Ich wollte dich nicht zutexten.«

»Schon in Ordnung. Ich weiß, was du meinst. Mir geht es genauso. Ich will mehr sein als *nur* eine Huntress. Die Jagd soll nicht mein ganzes Leben bestimmen, dafür kann es zu schnell vorbei sein.« Diesmal war ich mir sicher, so etwas wie Trauer oder Bedauern in Jules' Blick aufflackern zu sehen. Vielleicht schätzte ich ihn tatsächlich falsch ein, und er gehörte noch immer zu den Guten.

»Gehst du zurück ins Quartier?«, fragte er plötzlich.

Ich nickte.

»Darf ich dich begleiten?«

»Das kommt drauf an. Wenn ich ›Nein‹ sage, wirst du dann den ganzen Weg über gruselig hinter mir herlaufen?«

»Ich würde versuchen, nicht gruselig zu sein, und wenn du möchtest, könnte ich es auch so machen, dass du gar nicht merkst, dass ich da bin. Aber ja, dass ich hinter dir herlaufe, lässt sich wohl nicht vermeiden, solange wir dasselbe Ziel haben.«

»Dann lauf neben mir. So hab ich dich besser im Blick.«

Jules verzog die Lippen zu einem selbstbewussten Grinsen. »Oh, du willst mich im Blick haben? Gefällt dir, was du siehst?«

»Nein.«

»Autsch.«

»Sorry, so war das nicht gemeint«, sagte ich, auch wenn ich nicht verstand, warum ich mich zu erklären versuchte. »Du siehst gut aus, aber du hast dich verändert.«

»Ja, ich bin jetzt ein Vampir. Schon vergessen?«

»Das meine ich nicht. Es ist ... Mir haben deine alten Outfits gefallen. Was ist daraus geworden?«

»Ich konnte meinen Kleiderschrank leider nicht mitnehmen, als Isaac mich entführt hat«, sagte Jules mit einem Schulterzucken. Doch die Geste war nur gespielt gleichgültig. Da war noch mehr, was er nicht sagte.

Ich wollte ihn gerade dazu ermutigen weiterzusprechen, als sich schlagartig seine Haltung veränderte. Seine Schultern versteiften sich, sein Kiefer wurde hart, und ein Ausdruck des Zorns trat in seinen Blick, der nun über mich hinwegglitt.

Ich drehte mich um, doch ich konnte nicht erkennen, was oder wer seine Reaktion provozierte. Da war nur ein einzelner anderer Student, der den schummrigen Weg hinter uns entlanglief. Ich wollte mich bereits wieder abwenden, als mir zwei

Dinge auffielen. Erstens trug der Typ trotz kalter Temperaturen und dem auffrischenden Wind nur ein T-Shirt, und zweitens kam er geradewegs auf uns zu.

Ein grimmiges Lächeln trat auf seine Lippen, als er mich voller Abscheu musterte. »Und ich dachte, du stündest auf unserer Seite … Was nur mal wieder beweist, dass man euch Huntern nicht vertrauen kann.«

Ich furchte die Stirn. »Woher weißt du –«

Ich kam nicht dazu, meine Frage zu beenden, denn Jules bewegte sich. In der einen Sekunde stand er noch neben mir, in der nächsten packte er den Typen mit den Klauen an der Kehle und riss ihn mit sich zu Boden.

Mir entfuhr ein Keuchen, denn ich verstand nicht, was hier gerade vor sich ging. War der Typ von einem Geist besessen? Hatte Marjorie ihn geschickt? Nein, das war unmöglich. Sie saß doch noch immer in ihrer Flasche fest.

Der Kerl wehrte sich nicht gegen Jules, sondern griff seelenruhig in seine Hosentasche und zog einen langen, spitzen Gegenstand daraus hervor. Eine Schere.

»Jules, pass auf!«, rief ich, aber da war es bereits zu spät.

Ohne zu zögern, rammte der Kerl Jules die Schere in die Schulter. Der schrie auf, ließ aber nicht von dem Mann ab, der nun begann, die stumpfe Klinge hin und her zu drehen. Ich konnte das Schmatzen von Jules' Fleisch förmlich hören. Die Härchen in meinem Nacken stellten sich auf.

»Verschwinde«, knurrte Jules durch zusammengebissene Zähne. Ich konnte sein Gesicht nicht sehen, aber ich war mir sicher, dass seine Iriden die Farbe von Blut angenommen hatten. »Du kannst mich in diesem Körper nicht besiegen.«

Der Kerl hob die Augenbrauen. »Na und?«

»Verschwinde!«, befahl Jules erneut.

»Wenn du mich austreiben willst, musst du mich töten.«

Etwas an der Stimme des Typen kam mir vertraut vor. Nicht die Klangfarbe, aber die Art und Weise, wie er die Wörter betonte. Ich konnte sie allerdings nicht einordnen. Warum hatte der Typ gemeint, man könnte mir nicht vertrauen? Wer war er und woher wusste er, dass ich eine Huntress war? Und warum hatte ich das Gefühl, dass es gerade nicht das erste Mal war, dass Jules und er miteinander rangen?

Jules verstärkte den Druck auf die Kehle des Mannes. Er begann zu röcheln, doch der schelmische Ausdruck wich nicht aus seinem Gesicht – als würde ihm Spaß machen, was gerade geschah.

»Lass ihn gehen. Er ist unschuldig«, verlangte Jules.

»Als würde mich das interessieren. Töte mich, Julius«, säuselte der Kerl.

»Nein, das werde ich nicht, aber ich kann dich mit ins Quartier nehmen. Mal schauen, wie es dir gefällt, eingesperrt zu sein. Sicherlich haben die Hunter die ein oder andere Meinung dazu, was mit dir geschehen soll.«

Die Lippen des jungen Mannes zuckten, und ehe ich mich versah, riss er die Schere aus Jules' Schulter und rammte sie sich in einer fließenden Bewegung selbst in die Brust. Er keuchte auf. Im selben Moment verschwand der arrogante Ausdruck aus seinem Gesicht und Panik, Angst und Verwirrung traten an seine Stelle. Der Geist war fort, und zurück blieb ein verängstigter Kommilitone, der zu Jules aufblickte, der über ihm saß, die Klauen der rechten Hand um seine Kehle geschlossen.

Plötzlich sprang Jules auf und machte einen Satz zurück. Er presste sich die Klaue vor das Gesicht und wandte sich von dem Typen ab, der röchelnd um sein Leben kämpfte. Die Schere steckte noch immer in seiner Brust. Sein T-Shirt verfärbte sich um die Einstichstelle langsam, aber stetig rot.

Und da begriff ich, was plötzlich mit Jules los war: Das Blut weckte seinen Durst.

»Scheiße«, fluchte ich und zückte mein Handy, um den Notruf zu wählen. Keine Ahnung, wie wir das hier erklären sollten, aber ich konnte nicht einfach dabei zusehen, wie der Kerl sein Leben aushauchte. Ich nannte der Frau am Telefon die Adresse und den genauen Standort, und sie versicherte mir, dass bald jemand kommen würde.

Nachdem ich aufgelegt hatte, ging ich neben dem Kerl in die Knie. Schweiß stand auf seiner Stirn, und er war blass geworden. Seine Brust hob und senkte sich nur noch schwer. Ich konnte die Angst in seinen Augen erkennen. Sie war so rein und ehrlich, dass ich das Gefühl hatte, bis in seine Seele blicken zu können. Ich fasste nach seiner Hand und drückte seine Finger, die nicht mehr in der Lage dazu waren, meinen Griff zu erwidern.

»Alles wird gut«, versicherte ich ihm, auch wenn ich das nicht wissen konnte. Aber ich hatte schon von Menschen gehört, die Verletzungen am Herzen überlebt hatten. Vielleicht würde auch er zu den Glücklichen gehören. Tränen traten mir in die Augen, weil mir das alles so furchtbar leidtat, aber ich blinzelte sie davon, um dem jungen Mann nicht noch mehr Angst einzujagen.

Als ich in der Ferne das Aufheulen von Sirenen hörte, sah ich über die Schulter. Jules stand einige Schritte entfernt. Er hatte mir den Rücken zugewandt, und obwohl ich kein einziges Wort verstand, konnte ich hören, wie er auf sich selbst einredete, um sein Verlangen zu zügeln. In diesem Moment nahm ich aus dem Augenwinkel eine Bewegung wahr, und für den Bruchteil einer Sekunde befürchtete ich, es könnte eine weitere besessene Person sein. Doch es war nur eine Dozentin, die gerade Feierabend machte.

»Hey!«, brüllte ich über den Innenhof.

Sie hielt inne.

»Ich brauche Hilfe!«

Sofort eilte die Dozentin in ihren Pumps auf mich zu. Binnen Sekunden erfasste sie das Szenario und ging ebenfalls in die Hocke. »Lieber Himmel, was ist passiert?«, fragte sie mit schriller Stimme.

»Er ist ausgerutscht und auf die Schere gefallen«, erklärte ich. Es war dieselbe lahme Ausrede, die ich auch der Frau vom Notruf aufgetischt hatte. »Der Rettungsdienst ist schon unterwegs. Können Sie bei ihm bleiben? Ich muss kurz nach meinem Freund sehen.« Vage deutete ich in Jules' Richtung, der sich ein paar weitere Schritte entfernt hatte. Je größer der Blutfleck auf dem T-Shirt des Kerls wurde, desto schneller schien sich Jules von ihm zu entfernen. »Von Blut wird ihm schlecht.«

Die Dozentin nickte. »Selbstverständlich.«

Ich sprang auf und eilte zu Jules. Beschwichtigend legte ich ihm eine Hand auf die Schulter, doch er zuckte vor meiner Berührung zurück. Daraufhin versuchte ich ihn zu umrunden, aber er ging mit meiner Bewegung mit und wandte mir weiterhin den Rücken zu.

»Nicht«, sagte er in einem rauen, fast flehenden Tonfall, der mir wie ein Schauder über die Haut kroch. »Ich will nicht, dass du mich so siehst.«

»Dafür ist es längst zu spät.«

»Verschwinde einfach.«

Ich schnaubte. »Vergiss es. Wenn ich dich allein lasse, gönnst du dir am Ende noch einen Schluck, und das kann ich nicht zulassen.« Die Sirenen kamen näher. »Wir müssen dich von hier wegbringen. Komm!«

Jules erwiderte nichts, aber als ich ihn dieses Mal berührte, zuckte er nicht zurück, sondern erlaubte mir, ihn wegzuführen.

Gemeinsam verließen wir den Innenhof und den Campus. Ich hoffte inständig, der arme Kerl würde überleben; aber die Dozentin war bei ihm und es gab nichts mehr, was ich für ihn tun konnte, außer Jules wegzubringen, bevor er von seinem Blutdurst übermannt wurde.

Wir folgten der Straße in Richtung Meadow Park. Ich versuchte angestrengt, auf den Weg zu achten und nicht in Jules' Richtung zu sehen; dabei hatte bereits ein schneller Seitenblick ausgereicht, um mir zu zeigen, was er vor mir verstecken wollte. Seine Haut wirkte noch blasser als sonst im Kontrast zu den schwarzen Adern, die sie durchzogen. Seine Augen hatten wie erwartet die Farbe von Blut angenommen, und seine Hände waren noch immer zu Klauen verformt. Er hatte sie jedoch so fest zu Fäusten geballt, dass sich die Haut brutal über den Knöcheln spannte und sich seine spitzen Krallen vermutlich in die Handflächen bohrten.

»Dort vorne können wir uns hinsetzen.«

Ich führte ihn zu einer Parkbank, von der ich glaubte, dass sie weit genug vom Ort des Angriffes entfernt war. Die Laterne daneben war ausgefallen, sodass die Bank beinahe vollkommen von der Nacht verschluckt wurde.

Eine Weile saß ich einfach nur schweigend da und gab Jules Zeit, sich zu beruhigen. Er saß vornübergebeugt, hatte den Kopf gesenkt und nahm tiefe Atemzüge. Vermutlich hatte das Altbekannte eine beruhigende Wirkung auf den Körper, auch wenn es nicht nötig war.

»Besser?«, fragte ich nach ein paar Minuten.

Er nickte, und als er sich aufrichtete, hatten seine Augen wieder ihren typischen Blauton angenommen. Seine Haut schien weniger bleich, und seine Klauen waren endlich verschwunden. Mit seinen langen, feingliedrigen Fingern rieb er sich über die Brust, als würde sein Herz dort noch immer schlagen.

»Ich hatte heute noch nichts zu trinken. Wir waren den ganzen Tag in der Stadt unterwegs, und da … hat es sich nicht so richtig ergeben«, erklärte er matt.

Ich schnaubte. Was er meinte, war, dass er sich nicht getraut hatte, seinen Eltern gegenüber zu erwähnen, was er brauchte. Vermutlich weil er sie nicht daran erinnern wollte, was aus ihrem Sohn geworden war.

»Dann sollten wir besser zurück ins Quartier, dir was besorgen, bevor du noch auf die Idee kommst, mich anzuzapfen.« Ich bemühte mich um einen lockeren Tonfall, doch Jules lachte nicht über meinen schlechten Scherz, was wohl bedeutete, dass der Blutdurst ihn noch immer voll im Griff hatte.

Wir blieben noch einige Minuten sitzen, dann machten wir uns auf den Weg zurück ins Quartier. Dabei kamen wir auch an der Uni vorbei. Ein Krankenwagen und zwei Polizeiautos standen in der Einfahrt, ihr blaues Licht flackerte wild über die Fassaden der umstehenden Gebäude.

»Ich konnte es nicht verhindern«, hörte ich Jules flüstern.

Ich sah von dem Blaulicht zu ihm. »Ich weiß. Ich war dabei.«

»Wohin ich auch gehe, immer passiert so eine Scheiße.«

»Was genau *ist* überhaupt passiert?« Es war offensichtlich, dass der Kerl von einem Geist besessen gewesen war, aber das erklärte nicht die Dinge, die er gesagt und getan hatte.

»Der Kerl war besessen. Von Isaac.«

Ich runzelte die Stirn. »*Dem* Isaac? Ehemals König der Vampire?«

Jules nickte. »Nachdem ich ihn getötet habe, ist seine Seele nicht in die Unter- oder Geisterwelt verschwunden oder was auch immer mit Vampiren nach dem Tod geschieht. Nein, er ist hiergeblieben und macht mir seitdem das Leben zur Hölle. Im Moment ist er ein Phase-3-Geist, aber vermutlich wird er schon bald in Phase 4 aufsteigen. Deswegen hatte ich vor einigen Wochen Ella kontaktiert … Aber dann ist dieser ganze Mist mit Marjorie passiert, und den Rest kennst du ja.«

Vermutlich sollte mich die Neuigkeit, dass Isaac noch als Geist existierte, schockieren, aber das tat sie nicht. Er war nur eine Kackfliege auf dem Scheißhaufen der letzten Monate. Allerdings fragte ich mich unweigerlich, ob Phineas schon die ganze Zeit von Isaacs neuer Existenz gewusst hatte. Er hatte immer betont, dass er nach Jules suchte, weil dieser zu den künstlich erschaffenen Vampiren gehörte, die er verabscheute. Explizit hatte er Isaacs Tod dabei nie erwähnt. Ob der Mistkerl mir dieses winzige Detail über seinen König vielleicht absichtlich verschwiegen hatte?

»Und nun will Isaac dich töten?«, fragte ich Jules.

»Ja, du bist also nicht die Einzige in der Schlange.«

»Aber ich war zuerst da!«, protestierte ich, wobei ich selbst nicht ganz einschätzen konnte, ob ich meine Worte ernst meinte oder sie ein Scherz sein sollten.

Wir bogen auf die Cambers Street ab, um von dort aus auf die South Bridge zu gelangen. Die Straßen hatten sich inzwischen merklich geleert, der Feierabendverkehr war längst vorbei. Ich beschleunigte meine Schritte, und wenige Minuten später erreichten wir den alten Friedhof. Ich schleuste uns durch die Sicherheitskontrolle, dann betraten wir Seite an Seite den ersten Aufzug.

»Weißt du, woher du dein Blut bekommst?«

»Ja, Grant hat einen kleinen Kühlschrank dafür auf mein Zimmer bringen lassen«, antwortete Jules. Im kalten Licht erkannte ich, dass seine Augen doch nicht vollständig blau, sondern noch immer von roten Sprenkeln durchzogen waren.

Ich nickte, und wir wechselten in den Aufzug, der bis nach unten zu den Wohneinheiten fuhr. Schweigend standen wir nebeneinander und ließen vermutlich beide das eben Geschehene Revue passieren. Der Ausdruck der Angst im Gesicht des jungen Mannes ließ mich noch immer erschaudern.

»Danke«, sagte Jules plötzlich leise.

Ich schielte zu ihm. »Wofür?«

»Dafür, dass du mir geholfen hast hierherzukommen, ohne einem Unschuldigen das Blut auszusaugen.«

»Das habe ich nicht für dich getan.«

Jules lächelte traurig. »Ich weiß. Dennoch danke.«

»Gern«, murmelte ich. Ich hatte keine Ahnung, was ich sonst darauf erwidern sollte. Jules hatte mir damit praktisch bestätigt, was meine größte Sorge im Umgang mit ihm war, nämlich dass er jederzeit die Kontrolle über seine bestialischen Triebe verlieren konnte.

Die Tür des Aufzugs schob sich auf, und wir traten in den Gang hinaus. Verlegen räusperte sich Jules. »Ich sollte dann besser Mal …« Er ließ den Satz in der Luft hängen und deutete in Richtung seines Zimmers.

Ich nickte. »Lass es dir schmecken … oder so.«

Er rümpfte die Nase. »Ehm, ja. Bis bald, Harper.«

»Bis bald«, erwiderte ich und machte mich auf den Weg zurück in mein eigenes Zimmer.

Plötzlich fühlte sich der Rucksack auf meinen Schultern tonnenschwer an. Ich spürte, wie die Anstrengung des Tages an meinen Gliedern zog, und auf einmal freute ich mich unheimlich auf mein Bett. In meinem Zimmer angekommen schälte ich mich aus meiner Kleidung, duschte so schnell wie möglich und kuschelte mich unter die Decke.

Ich schrieb Holden eine Nachricht, dass ich zurück war, und bedankte mich dafür, dass er tagsüber auf Loki und Thor aufgepasst hatte; und dann schlief ich auch schon ein und träumte wie so oft von Isaac, Holden und dem Tag des Blutbades.

14. KAPITEL

Jules

6 Monate zuvor

Ich nippte an meinem Cocktail, und der süße Geschmack, der den Alkohol übertünchte, flutete meinen Mund. Ich seufzte genussvoll. Es war erst mein zweiter Drink an diesem Abend, aber es würde gewiss nicht mein letzter sein. Es passierte nur alle Jubeljahre, dass ich feiern ging – zwischen Uni, Patrouillen und Training blieb für diesen Aspekt meines Lebens einfach wenig Zeit. Wenn ich also schon mal die Gelegenheit hatte, wollte ich sie nutzen.

Cain und ich waren auf der diesjährigen Halloweenparty des Quartiers, die unter dem Motto stand »Die Kreaturen, die wir töten«. Cain war als Vampir verkleidet. Kunstblut tropfte von ihrem Kinn, künstliche Fänge klebten an ihren Eckzähnen. Ich war in die Rolle eines stylischen Werwolfs geschlüpft, da ich nicht als Furry herumlaufen wollte, wie einige andere Grim Hunter. Ich trug einen Anzug mit floralem Muster, an dessen Ärmellöcher ich Pelz genäht hatte, sodass es aussah, als wäre ich stark behaarrt. Statt Plastikklauen trug ich lange schwarze Gelnägel, und mein rotes Haar wurde von einem Haarreif zurückgehalten, auf dem Hundeohren saßen. Zugegeben, ich sah nicht sonderlich bedrohlich aus, aber dafür verdammt gut.

»Ich versteh nicht, wieso dir das so peinlich ist«, sagte ich an Cain gewandt, die in ihrer Cola herumrührte. Sie verzichtete heute auf Alkohol, weil sie früh raus musste, um die Cinderella auf einem Kindergeburtstag zu spielen, was aus irgendeinem Grund niemand wissen durfte.

Cain lächelte mich verbissen an, wobei die künstlichen Fänge beinahe bedrohlich im Licht des Clubs aufblitzten. »Du musst es auch nicht verstehen, nur deine Klappe halten.«

Ich wollte etwas erwidern, doch jeder Gedanke verabschiedete sich aus meinem Verstand und meine Muskeln spannten sich an, als ich Harper entdeckte. Es sollte mich nicht wundern, sie hier zu sehen, schließlich war es eine Hunter-Party … und doch traf mich ihr Anblick vollkommen aus dem Nichts.

»Harper ist hier.« Die Worte kamen mir fast lautlos über die Lippen und gingen im Bass der Musik beinahe vollkommen unter. Es war, als hätte mir Harpers Anblick die Luft geraubt, die es brauchte, um Töne zu erschaffen. Sie sah hinreißend aus. Wie immer.

Sie trug kein Kostüm, sondern ihr typisches Hunteroutfit: enge schwarze Jeans, die sich wie eine zweite Haut an ihre Beine schmiegten, dunkle Stiefel, eine Lederjacke und darunter ein Top, das ihre zierliche Figur betonte. Der Ausschnitt war gerade tief genug, um hin und wieder das Tattoo zwischen ihren Brüsten aufblitzen zu lassen, sodass man sich als Unwissender fragen musste, ob es wirklich da war oder nur ein Schatten der eigenen Einbildung. Das dunkle Haar trug sie offen, dennoch war zu erkennen, dass sie sich spitze Ohren angeklebt hatte, wie sie für eine Fee typisch waren – und Harper wäre problemlos als eine von ihnen durchgegangen, mit ihrem Gesicht, das mich in meinen unanständigsten Träumen und wildesten Fantasien heimsuchte.

»Das ist deine Chance«, sagte Cain und verpasste mir einen Stoß mit dem Ellenbogen, wobei etwas von meinem Cocktail aus dem Glas und über meine Hand schwappte. Doch ich schenkte dem keine Beachtung.

Fassungslos starrte ich Cain an. »Was?«

»Sprich sie an.«

Ich schüttelte den Kopf, auch wenn ein Teil von mir nichts mehr wollte, als zu Harper zu gehen. Wir beide wussten, wie es enden würde. Sie mochte mich vielleicht als Kollegen akzeptieren und schätzen, aber sie hatte ziemlich deutlich gemacht, dass sie kein Interesse hatte, mich darüber hinaus kennenzulernen.

»Auf keinen Fall. Du weißt, was dann passiert.«

Cain verdrehte die Augen, und mir war klar, was sie gleich sagen würde, denn ein ähnliches Gespräch hatten wir schon mindestens ein Dutzend Mal geführt. Sie verstand mich und Harper genauso wenig wie ich ihre Jobsituation. »Wenn du nicht mit ihr reden willst, solltest du sie vergessen.«

»Das ist leichter gesagt als getan.« Wider besseres Wissen wanderte mein Blick erneut Richtung Bar. Harper lachte über etwas, das ihr Bruder gesagt hatte, und sah dabei absolut hinreißend aus.

Ich stieß einen tiefen Seufzer aus. »Wie kann ein Mensch nur so perfekt sein?«

Cain antwortete mit einem missbilligenden Schnauben. »Setz die rosarote Brille ab, Jules. Sie ist ein Miststück, und du bist viel zu gut für sie.«

»Du verstehst das nicht.«

»Richtig, tu ich nicht.«

»Sie ist …« Ich suchte nach Worten, um zu erklären, was Harper in mir auslöste, aber ich konnte es mir ja selbst nicht ganz erklären. Es war mehr als nur ihr schönes Äußeres. Ich fühlte eine Verbundenheit zu ihr, die absolut keinen Sinn ergab und darüber hinaus offenbar komplett einseitig war. Weshalb sonst hätte sie jede Einladung, die ich bisher ausgesprochen hatte, abschmettern sollen?

Ich sah zu Cain, die auf eine Erklärung wartete, doch mir war die Lust vergangen, über Harper zu reden. Ich schüttelte den Kopf. »Weißt du was? Vergiss es. Hast du Lust zu tanzen?«

»Sorry, heute nicht«, sagte Cain und stellte ihr Glas ab. »Ich glaub, ich pack's für heute. Frag doch Ella, sie tanzt sicherlich gern mit dir.«

»Ella ist vor einer halben Stunde abgezischt.«

Cain runzelte die Stirn. »Schon? Aber sie ist doch erst vor einer Stunde gekommen.«

»Jup. Anscheinend hat sie wichtige Soul-Huntress-Dinge zu erledigen. Wayne ist fünf Minuten nach ihr gegangen. Vermutlich treiben sich irgendwo Geister herum, die dringend in die Unterwelt geschickt werden wollen«, antwortete ich mit einem Blick in Richtung Ausgang und bemühte mich, mir die Enttäuschung darüber nicht anmerken zu lassen, dass ich den Rest des Abends wohl allein bestreiten musste.

»Awww, sei nicht traurig. Sicherlich findest du noch jemand anderen zum Tanzen«, tröstete mich Cain und hüpfte in einer geschmeidigen Bewegung von ihrem Hocker. »Wir sehen uns morgen zur Patrouille.«

Ich lächelte schwach. »Bis morgen.«

Ich blickte Cain nach, bis sie in der Masse aus Huntern und Archivaren verschwunden war, dann wandte ich mich wieder meinem Cocktail zu. Ich konnte den großzügig abgemessenen Alkohol bereits deutlich spüren. Mir war warm, und ein angenehmer Nebel war dabei, sich über meinen Verstand zu legen. Ich konnte es kaum erwarten, ihn dichter werden zu lassen, um mein Gespräch mit Cain zu vergessen.

Rasch kippte ich den restlichen Inhalt meines Glases auf ex runter und machte mich wieder auf den Weg zur Bar, wobei ich versuchte, Harper zu ignorieren. Ich setzte mich auf einen der Hocker und bestellte mir noch einen dieser bunten, fruchtigen Cocktails, die farblich zu meinem Outfit passten. Ich spielte mit einem Untersetzer herum und sah mich in dem angemieteten Club um in der Hoffnung, noch jemanden zu entdecken, der mir nahestand, aber meine engen Freunde wurden von Jahr zu Jahr weniger.

Cain, Warden, Finn, Elliot und Ella. Einer von ihnen hatte fast immer Zeit für mich gefunden. Nun waren Finn und Elliot fort und Warden und Cain so zerstritten, dass ich eine Seite hatte wählen müssen. Und Ella … Ella war gefühlt nur noch unterwegs, seit sie ihre Prüfung bestanden und Owen als Kampfpartner gefunden hatte. Mir war nur Cain geblieben … und heute Abend nicht mal sie.

»Fuck«, murmelte ich und nahm einen großen Schluck meines Cocktails. Wann war ich so armselig geworden? Und warum zur Hölle wollte Harper nichts von mir wissen? Ich verstand es einfach nicht. Ja, ich war vielleicht nicht so gut aussehend wie Wayne und nicht so maskulin und muskulös wie Warden, Finn oder ihr doofer Blood Hunter Ex-Freund, aber ich war … ganz schön okay. Oder nicht? An diesem Tag in der Gasse, als ich zugelassen hatte, dass Chase und die anderen mich verprügelten, hatte Harper gesagt, dass ich mich nicht ändern sollte, weil sie mich gut fand, wie ich war. War das eine Lüge gewesen? Hatte sie das nur gesagt, damit ich mich besser fühlte?

Ich hob den Kopf und sah in ihre Richtung. Sie lehnte noch immer am anderen Ende der Bar und fuhr mit dem Finger über die Öffnung ihrer Bierflasche; von Holden keine Spur. Sie schien zu spüren, dass jemand sie beobachtete, denn bereits einen Herzschlag später hob sie den Kopf und ihr Blick traf auf meinen.

Trotz der spärlichen Beleuchtung erkannte ich ihr Gesicht bis ins kleinste Detail. Den sinnlichen Schwung ihrer Lippen, die hohe Form ihrer Wangen, die zarte Spitze ihrer Nase und den goldenen Ring auf der linken Seite, der das Licht der bunten Lampen einfing. All das war mir vertraut, doch was mich eiskalt erwischte, war die Verunsicherung in ihren Augen. Trotz der stickigen Hitze im Club lief es mir kalt den Rücken hinab – das war das allerletzte Gefühl, dass ich in Harper hervorrufen wollte.

Scheiße.

So konnte das nicht weitergehen. Ich durfte nicht länger einer Frau nachrennen, die nichts von mir wissen wollte. Das tat mir nicht gut und ihr ganz offensichtlich auch nicht. Es war Zeit, dieser Nicht-Sache zwischen uns ein Ende zu bereiten und einen klaren Schlussstrich zu ziehen.

Ich trank den Rest meines Cocktails in wenigen Zügen aus und wünschte mir, nicht auszusehen wie ein Werwolf, der einer Achtzigerjahre-Horrorkomödie entsprungen war. Aber das spielte jetzt eh keine Rolle mehr.

Entschlossen stand ich von meinem Hocker auf, um zu Harper zu gehen. Ein letztes Mal.

Ich schob mich an den anderen Leuten an der Bar vorbei bis zu ihr. Dabei beobachtete sie jeden meiner Schritte, die Hand um ihre Bierflasche geklammert. Mit so viel Abstand wie nur möglich, ohne dass meine Worte von der lauten Musik verschluckt wurden, blieb ich vor ihr stehen.

»Hey.«

Harper lächelte verkrampft. »Hey.«

»Keine Sorge, ich bin nicht hier, um dich auf einen Drink einzuladen oder so was in der Art«, versicherte ich ihr, weil ich genau diese Sorge in ihrem Blick erkannte. Allerdings war ich mir nicht sicher, was Harper mehr störte – meine Zuneigung oder einfach nur der Umstand, dass sie keine Lust darauf hatte, mir zum wiederholten Male eine Abfuhr zu erteilen.

Überrascht hob Harper die Brauen. »Bist du nicht?«

»Nein. Ich hab etwas für dich.«

Abwehrend hob sie die Hände. »Ich will nicht noch ein Geschenk. Das Buch war bereits zu viel, und das weißt du.«

»Es ist kein Geschenk. Nicht im eigentlichen Sinne. Ich möchte dir etwas zurückgeben, das dir gehört.« Ich senkte den Blick auf meine Hand und den gesplitterten Ring, der an meinem kleinen Finger steckte – das kaputte Amulett, das Harper vor über vier Jahren im Duddingston Loch versenkt hatte. Ich hatte ihn nicht oft getragen, aber heute war einer dieser Tage gewesen, warum, wusste ich auch nicht. Vielleicht war es Instinkt gewesen. Intuition. Oder einfach nur ein dummer Zufall.

Ich zog den Ring von meinem Finger und reichte ihn Harper, deren Augen größer wurden, als sie erkannte, was ich da in der Hand hielt.

Sie griff nach dem Ring, wobei ihre Fingerspitzen sanft meine Handfläche streiften. »Woher hast du den?«

»Ich habe damals gesehen, wie du ihn ins Loch geschmissen hast«, gestand ich und war froh, dass die flackernden Lichter der Scheinwerfer die Röte verbargen, die mir vor Scham bei meinem Geständnis in die Wangen stieg. »Nachdem du weg warst, bin ich ins Wasser und hab ihn wieder rausgeholt.«

Verständnislos sah Harper mich an. »Warum hast du das getan?«

»Holden hatte kurz zuvor erzählt, warum du an dem Tag damals so aufgebracht warst. Ich … Keine Ahnung. Ich hatte irgendwie im Gefühl, dass er bedeutsam ist und du es vielleicht eines Tages bereuen wirst, ihn weggeworfen zu haben. Also habe ich ihn für dich aufgehoben.«

Harpers Hand schloss sich um das kaputte Amulett. Dann drückte sie die geballte Faust samt Ring gegen ihre Brust, gegen ihr Herz. »Ich … Ich weiß gar nicht, was ich sagen soll.«

»Du musst gar nichts sagen. Ich wollte ihn dir einfach nur zurückgeben.« Ich schenkte Harper ein schmales Lächeln, das vielleicht freundlich wirkte, mir aber in der Seele brannte. Denn ich wusste, dass meine Gefühle für sie nicht verschwinden würden, auch wenn das hier ein Abschied war. »Hab noch einen schönen Abend.«

Hab noch ein schönes Leben.

Damit wandte ich mich ab und ging. Und zum ersten Mal in all diesen Jahren war ich derjenige, der Harper den Rücken zuwandte – und es fühlte sich alles andere als gut an.

15. KAPITEL

Harper

2 Tage vor dem Angriff auf das Quartier in London

Am nächsten Morgen weckte mich das Vibrieren meines Handys. Stöhnend wälzte ich mich in meinem Bett herum, was sofort die Aufmerksamkeit von Loki und Thor auf mich zog. Der Kater miaute im Duett und sprang zu mir auf die Matratze. Schnurrend schmiegte er sich an mich und kletterte schließlich auf meine Brust. Lächelnd kraulte ich die beiden Köpfe und wurde mir dabei einer gewissen Ironie bewusst. Ich hatte Jules dafür verurteilt, was er war – ein Vampir, ein Feind der Hunter. Und gleichzeitig hielt ich mir einen Kater als Haustier, der ebenfalls einen magischen Ursprung hatte. Loki und Thor waren eine Kreatur der Nacht, und ihr erlaubte ich nicht nur in meinem Zimmer zu sein, sondern sogar in meinem Bett.

Mein Handy vibrierte erneut, um mich daran zu erinnern, dass ich eine ungelesene Nachricht hatte. Seufzend griff ich nach dem Gerät und entdeckte eine Nachricht von Alessandra, Grants Assistentin:

ACHTUNG! DRINGEND!
Sämtliche Magic Hunter und Huntresses und alle Jäger:innen, die ein magisches Amulett der Stufe 3 oder höher nutzen, werden gebeten, sich um 09:30 Uhr in der Cafeteria zu versammeln.

Das klang ominös. Müde, aber von meiner Neugierde angetrieben, hob ich Loki und Thor von meiner Brust und stand auf. Ich fütterte die beiden, ehe ich ins Bad ging und mir Wasser ins Gesicht spritzte. Stück für Stück verschwand meine Müdigkeit im Abfluss – und die Erinnerungen an den Vortag kamen zurück. Ich fragte mich, ob der Student die Nacht überlebt hatte. Und ob Isaac sich bereits ein neues Opfer gesucht hatte, in dessen Körper er sich einnisten konnte. Phineas musste davon gewusst haben. Sämtliche natürlich erschaffene Vampire stammten von Isaac ab und waren mit ihm verbunden, weshalb er auch eine unglaubliche Macht über sie ausüben konnte. Und ich konnte mir beim besten Willen nicht vorstellen, dass sein Tod diese Macht gebrochen hatte.

Ich schob den Gedanken von mir. Bevor ich mich um Phineas kümmern konnte, musste ich zu diesem mysteriösen Treffen der Magic Hunter und Amulettträger. Ich tupfte mir das Gesicht trocken und schlüpfte in saubere Kleidung. Ein Blick in den Spiegel verriet mir, dass mein Pony, den ich für gewöhnlich ziemlich kurz trug, inzwischen viel zu lang geworden war. Kurzerhand griff ich nach der Schere, die ich mir extra dafür gekauft hatte, und stutzte die Spitzen. Da ich diese Frisur seit Jahren trug, dauerte das Ganze kaum länger, als mir die Zähne zu putzen.

Frisch und bereit für den Tag verließ ich mein Zimmer, wobei auch Loki und Thor in den Flur huschten. »Lasst euch nicht erwischen«, ermahnte ich die beiden, als könnten sie mich verstehen, und machte mich anschließend auf den Weg.

Dass ich einen Kater im Quartier hielt, war ein offenes Geheimnis. Einige Hunter und Huntresses wussten davon, aber niemand redete darüber. Zum Glück, denn Grant hatte schon vor Jahren eine »Keine Haustiere im Quartier«-Regel eingeführt … Wobei ich wusste, dass er bei Fischen und Rennmäusen auch schon mal ein Auge zugedrückt hatte.

Vor den Aufzügen wartete Holden auf mich.

»Hey.«

»Guten Morgen«, begrüßte er mich.

»Weißt du, was das für ein Treffen sein soll?«

»Nope.«

Die Tür eines Aufzugs schob sich auf, und wir stiegen ein. Ich betätigte den Knopf, der uns in die 2. Etage brachte. Holden und ich standen nebeneinander, dennoch konnte ich seine Blicke auf mir spüren.

»Ist etwas?«

»Du warst gestern auf der Jagd, nicht wahr?«

»Nein, ich war in der Uni, hab ich dir doch geschrieben.«

»Und das soll ich dir glauben?«

»Es ist die Wahrheit. Frag Jules.«

Holdens Augenbrauen schossen in die Höhe. »Jules? Lebt er noch?«

»Jup, aber das ist eine längere Geschichte. Erzähl ich dir später«, sagte ich, denn in diesem Moment öffnete sich die Aufzugtür.

Bereits von Weitem hörte ich die Stimmen, noch bevor wir die Cafeteria, in der sich bereits unzählige Hunter und Huntresses versammelt hatten, betraten. Offenbar waren wir mit die Letzten. Ich entdeckte auch Lillian, Cains Mutter, mit ihrem Kampfpartner Jackson. Er war ein Magic Hunter und trug ein Amulett der Stufe 6.

Holden und ich suchten uns einen Platz am Rande des Geschehens, als Grant auch schon auf einen der stabileren Stühle kletterte, um die Aufmerksamkeit im Raum auf sich zu ziehen. »Ich bitte um Ruhe!«

Die Stimmen der anderen verklangen, bis nur noch das

Schaben von Stiefeln und vereinzeltes Hüsteln und Räuspern zu hören war. Sämtliche Blicke im Raum waren auf Grant gerichtet. Er war vollkommen in Schwarz gekleidet. Sein Haar war ungekämmt, und unter seinen Augen lagen dunkle Ringe.

»Die Hunter befinden sich in einem Krieg«, hallte seine kräftige Stimme durch die Cafeteria. »Womöglich scheint er für einige von euch noch weit weg. Die Angriffe der Hexer sind Geschichten aus entfernten Quartieren in Ost- und Südeuropa. Wieder andere spüren die Angst vielleicht bereits klar und deutlich und werden von Erinnerungen an den Tag des Blutbades überrollt. Es begann am 15. März mit dem ersten Angriff auf das Quartier in St. Petersburg. Es folgten Riga, Warschau, Prag und zuletzt Athen. Einige hat es schlimmer getroffen als andere, dennoch wurden überall Verluste erlitten«, erklärte Grant. Seine Stimme war fest, aber aus seinem Gesicht sprach tiefe Trauer, was die Fältchen auf seiner Stirn deutlicher hervortreten ließ. »Inzwischen ist uns bekannt, was Baldur und seine Hexer und Hexen antreibt: Marjorie. Der König ist mit der Königin liiert und wird alles in seiner Macht Stehende tun, um sie zurückzubekommen. Das können wir nicht zulassen. Sonst haben wir vermutlich *zwei* sehr wütende und sehr mächtige Kreaturen, die Rache an den Huntern verüben wollen. Ebenso wenig können wir Baldur einfach weitermachen lassen, denn wenn wir uns einer Sache gewiss sein können, dann dass er nicht einfach aufhören wird. Und das bedeutet: weitere entführte Hunter und Huntresses ebenso wie Zivilisten. Das Quartier in London hat einen Hinterhalt für Baldur geplant. Es ist riskant, aber wir können nicht länger tatenlos zusehen, wie Quartier um Quartier von den Hexern ausgelöscht wird.«

Zustimmendes Gemurmel erklang.

»Aber für dieses Unterfangen braucht das Quartier in London Unterstützung …«

»Ich bin dabei!«, brüllte irgendjemand in Grants Richtung.

Grant schmunzelte. »Das freut mich zu hören, denn in London können sie wirklich alle Magic Hunter und Huntresses mit Amulettmagie brauchen, die wir zu entbehren haben. Wenn ihr also bereit seid, noch heute, spätestens morgen nach London zu reisen, meldet euch gleich bei Hugo und mir.« Er deutete auf seinen Ehemann, der am Rande des Geschehens saß und nun die Hand hob und winkte. »Bitte seid euch bewusst, dass dieses Unterfangen alles andere als ungefährlich ist und mit vielen Risiken und Ungewissheiten einhergeht. Baldur ist nicht irgendein Hexenmeister, er ist ihr König, gefährlich und unberechenbar, und seine Leute sind offenbar zu allem entschlossen. Und wenn ihr nicht bereit seid, euch dieser Gefahr auszusetzen, ist das in Ordnung. Niemand wird euch verurteilen oder zwingen.« Mit diesen Worten stieg Grant vom Stuhl.

Ein aufgeregtes Kribbeln breitete sich in meinem Körper aus. Ich hatte bisher versucht, nicht allzu viel über die Angriffe in den anderen Quartieren nachzudenken, vor allem weil ich nichts dagegen hatte unternehmen können. Doch nun gab es eine Möglichkeit zu helfen, und diese Chance würde ich nicht verstreichen lassen. Wir mussten Baldur und seine Leute aufhalten, denn was gerade in den anderen Quartieren geschah, war kein Tag des Blutbades, sondern entwickelte sich zu einem Monat des Blutbades, und die roten Wellen würden auch vor Edinburgh nicht haltmachen, wenn wir nichts gegen die Hexer unternahmen. Die Vorstellung, Baldur schon bald gegenüberzutreten, erfüllte mich mit einer Aufregung, wie ich sie schon lange nicht mehr verspürt hatte.

»Du wirst gehen, nicht wahr?«, kam es von Holden.

»Ich muss.«

Er nickte, trotz der Besorgnis in seinem Blick, und ich wünschte mir mehr als alles andere, dass wir diesen Kampf gemeinsam antreten könnten. Er mit seinem Amulett, und ich mit meinem Katana. Wir waren ein unschlagbares Team gewesen. Nun jedoch musste ich mich ohne Holden in die Schlange stellen, die sich vor Grant und Hugo gebildet hatte. Einige Hunter und Huntresses hatten wie ich sofort eine Entscheidung getroffen, andere diskutierten noch. Und wieder andere verließen den Raum leise und ohne viel Aufhebens. Ich nahm es ihnen nicht übel – wie Grant gesagt hatte, musste jede und jeder von uns seine eigene Entscheidung treffen.

Die Huntress vor mir trat zur Seite, und endlich war ich an der Reihe.

»Beeindruckende Rede«, sagte ich an Grant gewandt.

Er lächelte, doch der Ausdruck in seinen Augen blieb ernst. »Danke, Harper.«

»Ich bin bereit, ebenfalls nach London zu gehen.«

Anstatt meine Bekundung mit Dankbarkeit oder Stolz zu erwidern, schielte Grant verunsichert zu Hugo und dann wieder zurück zu mir. »Das ist sehr mutig von dir, aber ich glaube, es wäre besser, wenn du hierbleiben würdest.«

Ich runzelte die Stirn. »Warum?«

»Holden braucht dich.«

Das war eine dreiste Lüge. Natürlich wollte Holden mich wohlauf sehen, aber er war nicht abhängig von mir. Er kam wunderbar allein zurecht. Außerdem könnte ich jeden Tag, jederzeit, sterben. Auf Patrouille, bei einem Unfall oder anderswo. Das war kein Grund, nicht nach London zu reisen. Zumal dies vielleicht die einzige Möglichkeit war, Baldur aufzuhalten, bevor er Edinburgh erreichte.

Ich straffte die Schultern und sah Grant entschlossen in die Augen. Vermutlich konnte er darin die Wut aufflackern sehen.

»Wann, wie und wo Holden mich braucht, das haben nur er und ich zu entscheiden. Und er hat mir bereits sein Okay gegeben, die anderen nach London zu begleiten.«

Grant seufzte. »Harper …«

»Was?«, blaffte ich schroff.

Er holte tief Luft. »Es tut mir leid, dir das sagen zu müssen, aber du bist nicht geeignet für diese Mission. Nicht ohne Amulettmagie.«

»Aber ich bin eine Magic Huntress.«

»Die Einzige in diesem Quartier, die keine Amulettmagie beherrscht.«

»Das stimmt nicht.« Ich deutete auf die Kette mit dem Stufe-1-Amulett, die um meinem Hals baumelte, auch wenn ich wusste, worauf Grant anspielte.

»Ich korrigiere mich. Du bist die Einzige, die keine *stärkere* Amulettmagie beherrscht; und einen Kampfpartner, der das ausgleichen kann und mit dem du eingespielt bist, hast du auch nicht an deiner Seite.«

»Aber –«

»Kein Aber, Harper«, unterbrach er mich. »Du bleibst hier. Sieh es nicht als Bestrafung, sondern als Notwendigkeit. Sollte etwas bei dem Plan schiefgehen und Baldur statt nach London nach Edinburgh kommen, brauchen wir auch hier Hunter, die bereit sind, das Quartier zu verteidigen.«

Ich schnaubte. Natürlich hatte Grant damit nicht ganz unrecht, aber es wirkte auf mich wie eine vorbereitete Ausrede, die er mir auftischte, um mir das Gefühl zu geben, nützlich zu sein, auch wenn ich unbrauchbar war. Er hatte das vielleicht nicht so gesagt, aber das war es, was seine Worte bedeuteten. Man konnte mich in London nicht gebrauchen. Ich war zu schwach, zumindest als Magic Huntress.

Um mir meine Enttäuschung nicht ansehen zu lassen, presste ich fest die Lippen aufeinander. Dann machte ich auf dem Absatz kehrt und marschierte davon. Niemand sollte merken, dass Grant einen wunden Punkt getroffen hatte. Ich hörte, wie Holden hinter mir meinen Namen rief, aber ich blieb nicht stehen. Nicht mal er sollte die Tränen sehen, die in meinen Augen schimmerten.

16. KAPITEL

Harper

1 Tag vor dem Angriff auf das Quartier in London

Die letzten der Hunter und Huntresses, denen Grant erlaubt hatte, sich der Mission in London anzuschließen, hatten das Quartier verlassen. Mit Umarmungen, Worten der Zuversicht und Hoffnung, aber auch Vorsicht, waren sie mit Waffen und zusätzlichen Amuletten vor einigen Minuten verabschiedet worden. Ich hatte ihnen ebenfalls alles Gute gewünscht, auch wenn ein Teil von mir am liebsten wie ein bockiges Kind in meinem Zimmer sitzen geblieben wäre. Doch die Wahrscheinlichkeit, dass nicht alle lebend zurückkommen würden, war groß, also hatte ich meinen Stolz runtergeschluckt und war gemeinsam mit Holden und all den anderen in die Tiefgarage gegangen, ohne das Gefühl der Bitterkeit ganz abschütteln zu können.

Seit der gestrigen Versammlung in der Cafeteria kreisten meine Gedanken immer und immer wieder um Grants Worte und den unausgesprochenen Vorwurf, der darin mitgeschwungen hatte: dass ich keine vollwertige Magic Huntress war, weil ich keine Amulettmagie beherrschte. Und wenn man den Gedanken weiterdachte, bedeutete er, dass es auch meine Schuld wäre, sollte Lillian, Jackson und den anderen Huntern, die soeben losgezogen waren, etwas passieren. Weil ich nicht die Huntress war, die ich sein könnte.

Wow, dieser Brocken Wahrheit war hart zu schlucken und lag schwer in meinem Magen. Alles, was ich für den Rest des Tages wollte, war, mich mit Loki und Thor in meinem Bett zusammenzurollen. Zwar hatte ich eigentlich eine Vorlesung, aber auf die würde ich mich ohnehin nicht konzentrieren können, warum mir also die Mühe machen?

»Hast du Lust, was essen zu gehen?«, fragte Holden.

»Nein, ich fühl mich nicht so fit.«

»Wirst du krank?«

»Vielleicht. Ich leg mich besser hin.«

Besorgt musterte mich Holden von Kopf bis Fuß. Ich wusste nicht, ob er sich ernsthaft Sorgen machte, dass ich mir etwas eingefangen haben könnte, oder ob er meine Lüge durchschaute. Ich hatte ihm nicht erzählt, was Grant zu mir gesagt hatte, aber die Tatsache, dass ich gestern wortlos aus der Cafeteria gestürmt war, war eigentlich Erklärung genug. Was immer Holden dachte, er ging nicht darauf ein, sondern wünschte mir lediglich gute Besserung.

Ich lächelte verkniffen und machte mich anschließend auf die Suche nach Loki und Thor, die durch das Quartier streiften. Mit einer knisternden Packung Leckerlis bewaffnet schlich ich durch die Flure meiner Etage und rief immer wieder ihre Namen. Sie kamen nicht, was nahelegte, dass jemand die Tür zum Treppenhaus hatte offen stehen lassen. Hoffentlich hatten sie sich nicht in Grants Büro verlaufen. Das Letzte, was ich wollte, war, jetzt dem Mann gegenüberzutreten, dessen Worte mich überhaupt erst in diese Stimmung versetzt hatten.

Ich stieg die Treppen in die zweite Etage zu den Gemeinschaftsräumen nach oben. Thor und Loki mochten Gesellschaft, vielleicht hatten sie dort irgendwelche Freiwilligen gefunden, die bereit waren, sie zu verhätscheln oder mit ihnen zu spielen. Manchmal hatte ich ein schlechtes Gewissen, dass ich für die beiden nicht so viel Zeit hatte, aber sie wirkten zufrieden im Quartier. Und was war die Alternative? Sie zu töten? Sie waren eine Kreatur der Nacht, die ich schlecht im Tierheim abgeben konnte. Nicht dass ich das wollte. Ich liebte die beiden.

»Thor? Loki?«, rief ich und machte lockende Geräusche.

Miau!, erklang es aus einem der Gemeinschaftsräume.

Erleichterung erfasste mich. Denn obwohl sie noch nie länger verschwunden waren, nicht einmal am Tag des Blutbades, hatte ich immer die Sorge, sie irgendwann nicht mehr wiederzufinden, weil sie das Quartier verlassen und sich verlaufen hatten. Ich folgte dem Miauen, blieb jedoch wie angewurzelt stehen, als ich sah, dass Loki und Thor nicht allein waren.

Jules war bei ihnen. Er hockte auf einer Couch, einen PlayStation-Controller neben sich, und pflückte sich gerade einige Katzenhaare vom Hoodie, während die beiden Übeltäter, die dafür verantwortlich waren, aufgeregt auf mich zugerannt kamen, um die Leckerlis einzufordern, mit denen ich sie gelockt hatte.

»Hey«, begrüßte ich Jules.

»Hey.«

Ich zögerte kurz, dann ging ich zu ihm und hockte mich neben ihm auf die Couch. Fragend hielt ich ihm die Leckerlis hin. Als er nickte, schüttete ich ihm ein paar auf die Hand. Loki und Thor sprangen sofort zu uns auf die Couch, und jeder von uns fütterte einen der beiden Katzenköpfe.

Überraschend brach Jules unser Schweigen. »Ich habe die Krankenhäuser abtelefoniert. Der Typ, den Isaac mit der Schere angegriffen hat, ist noch nicht über den Berg. Er liegt in einem künstlichen Koma, aber er ist am Leben.«

»Das ist gut«, erwiderte ich, ohne von Thor aufzublicken. Er hatte seine Leckerlis in Windeseile verschlungen. Ich versuchte, ihn zu streicheln und abzulenken, aber es klappte nicht und er stibitzte sich etwas von Lokis Belohnung aus Jules' Hand. Ich gab auf. Erschöpft ließ ich mich auf der Couch zurücksinken, die alles andere als bequem war. Eine Spende vom Dachboden irgendeines Hunters, alt und durchgesessen, aber besser als nichts.

»Willst du darüber reden?«, fragte Jules plötzlich.

Ich blinzelte. »Über was?«

»Was auch immer dich bedrückt.«

»Mich bedrückt nichts.«

»Das merkt man. Dir geht's richtig super«, kommentierte er sarkastisch und präsentierte Loki und Thor seine leeren Hände, um dem gierigen Kater zu zeigen, dass er nun auch nichts mehr hatte. Anschließend wischte er die Finger an seiner dunklen Hose sauber. »Jetzt sag schon. Was ist los? Ich werde es auch niemandem weitererzählen. Versprochen. Du kannst mir vertrauen.«

»Das bezweifele ich. Du bist ein Vampir.«

»Stimmt, aber wenn du das Gefühl hast, dass dein Geheimnis bei mir nicht mehr sicher ist, kannst du mich noch immer wie geplant umbringen.«

Ungewollt musste ich lachen. Tatsächlich hatte ich bei unseren letzten beiden Begegnungen weder die Wut noch das Verlangen verspürt, Jules zu töten. Es war, als hätte sich nach all den Monaten, die ich mich nach Rache gesehnt hatte, ein Schalter in meinem Kopf umgelegt. Aber darüber wollte ich mir jetzt nicht auch noch Gedanken machen.

Ich sah zu Jules, der mich abwartend beobachtete, doch ich zögerte. Eigentlich war es keine große Sache, immerhin hatte jeder in Umkreis von zwei Metern hören können, was Grant zu mir gesagt hatte, aber es fiel mir dennoch schwer, über Gefühle und so Zeug zu reden. Ich fühlte mich dann angreifbar. Nicht einmal mit Holden redete ich über diese Sachen, es sei denn, er ließ mir keine andere Wahl.

»Komm schon.« Jules verpasste mir einen sanften Stoß mit der Schulter. »Rede mit mir.«

Ich beobachtete, wie Loki und Thor von der Couch sprangen und auf dem Boden begannen, sich genüsslich zu putzen. Dabei schnurrten sie leise vor sich hin, als könnte nichts und niemand ihre Welt erschüttern. »Ich … Ich bin nur von mir selbst enttäuscht.«

»Das Gefühl kenn ich. Und warum bist du enttäuscht?«

Wie von selbst zuckte mein Blick zu dem kaputten Amulett an meiner Hand, dem letzten Amulett, das meine Mum getragen hatte. »Ich wollte mit den anderen Magic Huntern nach London, um zu helfen, aber Grant hat mir ziemlich deutlich gemacht, dass ich ohne höhere Amulettmagie keine Hilfe gegen Baldur und seine Hexenmeister bin. Und ganz unrecht hat er damit nicht.«

Jules brummte. »Verstehe.«

Es entstand eine kurze Pause.

»Darf ich fragen, warum du nie den Umgang mit Magie gelernt hast?«

Ich hatte gewusst, dass die Frage kommen würde. Die Frage, die ich mir bereits mein halbes Leben anhören musste. Meine Eltern hatten beide ein Stufe-6-Amulett getragen, ebenso wie Holden es mittlerweile tat. Magie lag unserer Familie im Blut. Wir besaßen ein natürliches Talent dafür, doch ich hatte es nie gewagt, Gebrauch davon zu machen.

»Wie du weißt, wurden meine Eltern von einem Hexenmeister ermordet«, begann ich zu erzählen und verdrängte das komische Gefühl, das sich dabei in mir ausbreitete. Ich hatte bisher mit niemandem darüber geredet – außer mit Holden, aber das war schon eine halbe Ewigkeit her. »Und vielleicht ist es dumm und hirnrissig, aber ich weigere mich, mit der Waffe zu kämpfen, die sie umgebracht hat. Natürlich ist die Magie aus den Amuletten nicht dieselbe wie jene, welche die Hexenmeister nutzen, dennoch hat sie denselben Ursprung, und damit will ich nichts zu tun haben. Ich habe das Gefühl, mich weiter von meinen Eltern, meinen Wurzeln zu entfernen, wenn ich die Magie zu nahe an mich heranlasse. Schau dir Holden an. Ich mache ihm keine Vorwürfe, aber er hat sogar ihren letzten Todestag vergessen.«

»Was du fühlst, ist nicht dumm«, sagte Jules. Ich starrte noch immer auf den alten Ring meiner Mutter, dennoch spürte ich seinen Blick auf mir. »Dumm wäre es nur, dieses Gefühl zu ignorieren, um es allen recht zu machen. Was du denkst und fühlst, macht dich als Person aus und unterscheidet dich auf beste Art und Weise von allen anderen. Sonst wären wir alle Klone.«

Nun hob ich doch den Kopf und sah Jules an. Der Blick aus seinen blauen Augen war eindringlich, sein rotes Haar ungekämmt oder als wäre er sich beim Zocken oft mit den Fingern hindurchgefahren. Warum hatte ich das Gefühl, dass er diese Worte früher oft zu sich selbst gesagt hatte?

»Vermutlich hast du recht. Aber das ändert nichts daran, dass ich eine Magic Huntress zweiter Klasse bin. Mit Magie könnte ich viel mehr leisten.«

Jules runzelte die Stirn und schüttelte entschlossen den Kopf. »Harper, nichts an dir ist zweitklassig. Lass dir das bloß nicht einreden. Nicht einmal von dir selbst. Du bist eine großartige Huntress und mit deinem Katana eine der tödlichsten Jägerinnen, die ich kenne. Du konntest vielleicht nicht mit den anderen nach London, aber denk an all die Aufträge, die du schon erledigt hast und in Zukunft noch erledigen wirst. Sie sind alles andere als unbedeutend. Der Einsatz jetzt war eben etwas für Amulettmagienutzer – na und? Es werden auch wieder genug Missionen kommen, für die du mit deinen Fähigkeiten perfekt bist.«

Ich wusste nicht, womit ich gerechnet hatte, aber ganz gewiss nicht mit diesen Worten. Zum Glück retteten mich Loki und Thor davor, sofort etwas erwidern zu müssen. Der Kater sprang auf meinen Schoß und schenkte mir damit ein paar Sekunden mehr Zeit, meine Gedanken zu sortieren … aber ich begriff es einfach nicht.

»Warum bist du so nett zu mir?«, fragte ich. Die Worte kamen mir über die Lippen, bevor ich es verhindern konnte. »Das habe ich überhaupt nicht verdient.«

»Das ist deine Meinung.«

»Und die vieler anderer. Frag Cain. Sie hasst mich. Und das nicht zu Unrecht. Sie weiß, dass du zu gut für mich bist.«

»Unsinn.«

»Was? Es ist mein Ernst. Du bist einer der liebenswertesten Kerle, die ich kenne. Du hast meinen Ring gerettet und ihn mir zurückgegeben, was du nicht hättest tun müssen. Du hast mir dieses tolle Buch geschenkt, anstatt damit ein kleines Vermögen zu verdienen. Und ich habe noch nie erlebt, dass du jemanden schlecht behandelt hast oder ausfallend wurdest. Selbst über die Typen in der Gasse, die dich damals verprügelt haben, hast du kein schlechtes Wort verloren. Du warst ein viel besserer Mensch als ich es bin. Jeder weiß das.«

»Glaubst du das wirklich?«, fragte Jules überrascht. »Ist das der Grund, weshalb du nie mit mir ausgehen wolltest? Weil du dachtest, ich wäre zu gut für dich? Ich meine, dass du mich nicht sexy findest, kann es nicht gewesen sein. Immerhin hast du ja praktisch schon zugegeben, dass ich unwiderstehlich heiß bin.«

Ich schnaubte. »Das hab ich nie gesagt! Aber der Rest

stimmt«, gestand ich, denn was hatte es schon für einen Sinn, jetzt noch zu lügen? »Ich bin kein sehr fröhlicher und ausgelassener Mensch, dessen bin ich mir bewusst. Was mich in den letzten Jahren angetrieben hat, war Rache. Ich habe keine Freunde, abgesehen von Holden und meinem Kater. Und ich lebe in der ständigen Angst, jemanden zu verlieren, der mir nahesteht, wie meine Eltern. Diese Furcht hat mein Herz zu einem dunklen Ort werden lassen. Und ich wollte dich nicht mit runterziehen.«

»Und dennoch bin ich hier unten bei dir gelandet«, sagte Jules und griff neben sich. Er hob eine Thermostasse an, die ich zuvor nicht bemerkt hatte, und schwenkte sie vielsagend hin und her. Ich hörte das schwere Schwappen der Flüssigkeit darin.

Blut.

Mir kroch ein Schauder über den Rücken, der Jules nicht entging. Er verzog die Lippen zu einem grimmigen Lächeln und versteckte die Tasse wieder neben sich, wo ich sie nicht sehen konnte. »Wir sind nicht so unterschiedlich, wie du glaubst, Harper. Waren wir nie.«

Ich wusste nicht, was ich darauf erwidern sollte. In meinem Kopf war Jules perfekt gewesen. Liebenswert und freundlich, hilfsbereit, empathisch und beliebt. Alles, was ich nicht war. Und hätte ich ihn damals in mein Leben gelassen, hätte er schnell festgestellt, dass nichts von mir dem Bild entsprach, das er von mir hatte. Aber dann wäre es für mich zu spät gewesen – und es hätte viel zu wehgetan, ihn zu verlieren. Aus diesem Grund datete ich nur *abgefuckte Mistkerle,* wie Holden immer sagte. Sie waren solche Arschlöcher, dass es nicht schmerzte, wenn sie wieder aus meinem Leben verschwanden.

»Was ist?«, neckte Jules. »Hat es dir die Sprache verschlagen?«

Ich blinzelte, und erst da wurde mir bewusst, dass ich ihn angestarrt hatte, ohne auch nur ein Wort zu sagen. Ich räusperte mich, weil sich meine Kehle unerwartet eng anfühlte. »Es tut mir leid, was zwischen uns war … oder auch nicht war. Ich hätte anders damit umgehen sollen.«

Jules lächelte. Ein echtes Lächeln, das seine Augen zum Leuchten brachte und es ihm nicht erlaubte, seine Fänge vor mir zu verstecken. Sie sahen verdammt spitz aus. Ob es sich seltsam anfühlte beim Küss…

Was?

Nein! Das hatte ich mich gerade nicht wirklich gefragt, oder? Nope. Nope, nope. Diesen Gedanken – und schlimmer noch, die Bilder, die ihn begleiteten – würde ich direkt wieder aus meinem Verstand streichen.

»Es gibt nichts, wofür du dich entschuldigen musst«, sagte Jules. »Wenn überhaupt sollte ich dich um Verzeihung bitten. Ich hätte nicht so aufdringlich sein dürfen.«

»Glaub mir, du warst nicht aufdringlich, nur … entschlossen.«

»Und das ist besser?«

»Ist es«, versicherte ich ihm, denn obwohl Jules sein Glück immer wieder versucht hatte, hatte ich mich durch ihn nie bedrängt oder belästigt gefühlt – anders als von anderen Typen in der Vergangenheit, aber das musste er nicht wissen. Ich sah von ihm zu Loki und Thor, die nun friedlich in meinem Schoß schliefen, und stellte fest, dass ich mich schon deutlich weniger schlecht fühlte als noch vor einer Stunde. Mit Jules zu reden hatte tatsächlich geholfen.

Eine Weile sagte keiner von uns etwas. Wir saßen nebeneinander auf dem Sofa, zwischen uns nur das sanfte Schnurren meines Katers und irgendwo weit entfernte Stimmen aus dem Quartier. Über den Fernseher flackerte noch immer das

Pause-Menü des Videospiels. Ich überlegte, zurück in mein Zimmer zu gehen, wie ich es eigentlich geplant hatte, aber wenn ich ehrlich mit mir selbst war, wollte ich das überhaupt nicht.

»Hättest du Lust –«

»Darf ich dich –«

Die Worte verließen meinen und Jules' Mund gleichzeitig.

Ich lachte. »Du zuerst.«

»Ich wollte wissen, ob ich dich etwas fragen darf?«

»Klar.«

»Es hat nichts mit unserem Gespräch von gerade eben zu tun. Sondern es geht um etwas, das Isaac auf dem Campus gesagt hat, als er uns zusammen gesehen hat. Das geht mir schon die ganze Zeit nicht mehr aus dem Kopf.« Jules' Miene wurde ernst. »Er meinte, du stündest *auf ihrer Seite*. Was hat das zu bedeuten?«

Verlegen senkte ich den Blick, denn ich hatte niemandem davon erzählt, dass ich mich auf Vampire eingelassen hatte, nicht einmal Holden. Und eigentlich sollte das so bleiben … aber lügen wollte ich auch nicht. »Ich habe dir doch schon gesagt, dass ich nach dir gesucht habe.«

Erwartungsvoll sah Jules mich an. »Und?«

Ich presste die Lippen aufeinander, denn den nächsten Teil zuzugeben gefiel mir nicht. »Vielleicht oder vielleicht auch nicht habe ich mich dafür mit einem Vampir namens Phineas zusammengetan. Ich habe ihn gejagt und nach dir gefragt, und da meinte er, er und ein paar andere würden auch nach dir suchen, weil sie Isaacs künstliche Vampire auslöschen wollten. Außerdem war er derjenige, der Warden und Cain damals den Tipp gegeben hat, wo sie dich finden können. Also sind wir … einen Deal eingegangen.«

»Oh, Harper …« Die Enttäuschung in Jules' Stimme gefiel

mir nicht. »Dir ist hoffentlich klar, dass Phineas und vielleicht auch andere Jagd auf dich machen werden, sobald er von Isaac erfährt, dass er uns zusammen gesehen hat und du mich nicht umgebracht hast, wie Phineas es sich gewünscht hat. Das wird er dir als Verrat auslegen.«

Mit gespielter Gleichgültigkeit zuckte ich mit den Schultern. »Er wäre nicht die erste Kreatur der Nacht, die mich töten will. Soll er sein Glück gern versuchen. Mit dem werde ich schon irgendwie fertig.«

»Ich könnte dir helfen«, schlug Jules vor.

»Wobei?«

»Phineas zu töten. Vielleicht haben wir Glück und Isaac hat ihm noch nichts von deinem Verrat erzählt – und selbst wenn haben wir das Überraschungsmoment auf unserer Seite. Wir sollten ihn auslöschen, bevor er nach dir suchen kann. Es klingt ganz so, als wäre das auch in meinem Interesse.«

»Du … Du willst mit mir auf Vampirjagd gehen?«, fragte ich verdutzt.

Jules nickte.

Skeptisch sah ich ihn an. Er wollte mir wirklich dabei helfen, seinesgleichen zu töten? Andererseits wäre Phineas nicht der erste Vampir, den Jules auslöschte. Und was gab es für eine bessere Waffe gegen einen Blutsauger als einen anderen Blutsauger? Vielleicht wäre es gar keine schlechte Idee, seine Hilfe anzunehmen und nicht nur Phineas auszulöschen, den ich jetzt nicht mehr brauchte, sondern auch den Vampir-Pub dem Erdboden gleichzumachen, der mich anwiderte, seit ich von seiner Existenz erfahren hatte. Auf diese Weise machte ich mich wenigstens in Edinburgh nützlich, wenn ich den anderen schon nicht in London helfen konnte.

Ich sah zu Jules, er musste die Entschlossenheit in meinen Augen sehen. »Haben wir schon einen Plan?«

»Hast du eine Möglichkeit, Phineas zu kontaktieren?«, fragte Jules.

Ich nickte.

Seine Mundwinkel zuckten, und ich glaubte, so etwas wie Vorfreude in seinem Blick zu erkennen. »Dann würde ich sagen, es ist an der Zeit, ein Treffen zu organisieren und ein paar Vampire zu töten.«

17. KAPITEL

Harper

6 Monate zuvor

»Der Reinigungstrupp kann erst in einer Stunde kommen«, sagte Holden und steckte sein Handy weg. Blut verkrustete sein schwarzes Haar und klebte ihm an der Wange. Er fuhr mit dem Handrücken darüber, verteilte es damit jedoch nur in Schlieren auf seiner Haut.

»Dann sollten wir die Leiche wohl besser etwas zur Seite räumen«, erwiderte ich mit einem Blick gen Himmel. Es dämmerte bereits. Schon bald würde die Straße von Menschen geflutet sein, die auf dem Weg zur Arbeit waren; es wäre für alle Seiten besser, wenn keiner einen unschönen Fund machte.

Holden nickte und packte die Beine des Hexers, den wir die halbe Nacht verfolgt hatten. Ich hatte ihm erzählt, dass der Typ einige Menschen auf dem Gewissen hatte, was zwar der Wahrheit entsprach, aber nicht der einzige Grund war, warum ich auf ihn aufmerksam geworden war. Tatsächlich hatte ich herausgefunden, dass er gut befreundet mit einem Hexenmeister war, der vor zwanzig Jahren an der Schlacht bei St. Petersburg teilgenommen hatte; ich hatte gehofft, durch ihn an einen Hinweis auf den Mörder unserer Eltern zu kommen.

Bevor ich seine Arme packte, um die Leiche wegzuräumen, tastete ich seinen Körper ab und fand in einer Tasche, was ich suchte: ein Handy. Selbst Hexer konnten die Digitalisierung nicht aufhalten, und warum sollten sie auch? Das Internet war toll. Ich stopfte das Handy in meine Jackentasche, ehe ich mit anpackte und wir die Leiche in einem großen Müllcontainer in einer Seitenstraße verstauten. Vorsichtshalber drapierten wir ein paar Müllsäcke darüber, auch wenn die Chance gering war, dass jemand um diese Uhrzeit an den Containern vorbeiging. Holden holte die feuchten Desinfektionstücher hervor, die er immer bei sich trug, und reichte mir eines davon.

»Danke.«

Er schenkte mir ein Lächeln. Er besaß das unserer Mum, während meines dem unseres Dads glich, zumindest wenn ich es mit alten Fotos und Aufnahmen der beiden verglich. Doch plötzlich schwand sein Lächeln, und eine Furche trat auf seine Stirn, während er mich beobachtete.

Meine Augenbrauen hoben sich in einer stummen Frage.

»Dein Ring …«

Ich betrachtete meine Hand, die ich soeben desinfiziert hatte. An meinem rechten Zeigefinger trug ich das Amulett, das Jules mir vor einigen Tagen zurückgegeben hatte. Ich konnte noch immer nicht fassen, dass er den Ring für mich aus dem Loch geholt und aufbewahrt hatte. Denn mit einer Sache hatte er recht gehabt: Ich hatte es bereut, den Ring im Wasser versenkt zu haben.

»Was soll damit sein?«, fragte ich und setzte mich in Bewegung. Unsere Schicht war vorbei, wir konnten ins Quartier zurückkehren. Wirklich Zeit zum Ausruhen blieb mir allerdings nicht, die Uni wartete.

Holden ging neben mir, seine etwas längeren Schritte passten sich automatisch an meine an. »Ist das das Amulett von Mum?«

»Ja.«

»Ich dachte, du hättest es vor Jahren verloren.«

Ich schnitt eine Grimasse. »Das … Das war gelogen. Ich war damals echt durch und habe den Ring in das Duddingston Loch geworfen.«

Die Falten auf Holdens Stirn wurden tiefer. »Okay, und jetzt ist er auf magische Art und Weise zu dir zurückgekehrt?«

Unsicher presste ich die Lippen aufeinander und zögerte. Ich wollte Holden nicht anlügen. Er war mein Zwillingsbruder, mein Kampfpartner und einfach der wichtigste Mensch in meinem Leben. Er wusste alles über mich.

Ich atmete tief ein. Der nahende Winter war nicht länger zu leugnen, die Luft an diesem Morgen war so kalt und eisig, dass sie einem schon beinahe in der Lunge wehtat. »Jules hat mir den Ring zurückgebracht.«

Nun war es Holden, der, ohne ein Wort zu sagen, die Augenbrauen hob. Die Frage in seiner Mimik war unmissverständlich. Er erwartete eine Erklärung.

»Jules ist mir damals nach dem Training offenbar gefolgt. Er hat beobachtet, wie ich den Ring versenkt habe, und irgendwie hat er geahnt, dass er für mich wichtig ist. Nachdem ich gegangen war, hat er ihn wieder rausgefischt und die letzten Jahre für mich aufbewahrt.« Ich streckte meine Hand aus und betrachtete den gesplitterten Stein, der nicht gerade schön war, aber die Optik des Schmuckstücks war für mich immer zweitrangig gewesen. »Er hat ihn mir an Halloween wiedergegeben.«

»Das hab ich gar nicht mitbekommen.«

»Da warst du gerade tanzen.«

Holden brummte. »Und warum hat er ihn dir wiedergegeben? Ich meine, klar, es ist dein Ring, aber warum ausgerechnet jetzt, nach all den Jahren?«

Ich zögerte. »Ich … Ich glaube, es war eine Art Abschiedsgeschenk.«

»Abschied? Jules verlässt Edinburgh?«

»Nein, ein Abschied im metaphorischen Sinne. Er ... Er ist fertig mit mir.« Ich wusste nicht warum, aber die Worte auszusprechen hinterließ einen fahlen Geschmack auf meiner Zunge und ein Stechen in meiner Brust. Wobei Letzteres vermutlich von der viel zu kalten Luft kam. Ganz bestimmt.

»Ist das Enttäuschung in deiner Stimme?«

»Was?! Nein!«

Holden betrachtete mich von der Seite und scannte mich mit diesem allwissenden Blick. Manchmal hatte ich das Gefühl, dass er mir damit bis in die Seele gucken und Geheimnisse erkennen konnte, die zu sehen ich selbst zu blind war. »Oh mein Gott. Du magst Jules.«

Energisch schüttelte ich den Kopf. »Nein, tu ich nicht.«

»Doch, tust du.«

»Nein!«

»Warum lügst du?«

»Ich lüge nicht«, protestierte ich, mehr aus Gewohnheit als aus Überzeugung. Denn es spielte keine Rolle, wie ich für Jules fühlte. Er war zu gut für mich, und daran hatte sich in den letzten Jahren nichts geändert. Der Ring war nur ein weiterer Beweis. Ich hatte noch nie etwas so Nettes, Uneigennütziges für einen anderen Menschen getan, Holden ausgenommen.

Dieser blieb unerwartet mitten auf dem Weg stehen. Kurz überlegte ich, einfach weiterzugehen und ihn zurückzulassen, aber das brachte ich nicht über mich. Also hielt ich ebenfalls inne und sah ihn abwartend und mit vor der Brust verschränkten Armen an. Denn ich wusste, dass es zu spät war, um ihn davon abzuhalten, mir seine Meinung zu sagen.

»Du kannst dich vielleicht selbst belügen, Harper, aber nicht mich.« Holden machte einen Schritt auf mich zu und legte mir die Hände auf die Schultern. »Ich kenne dich so gut wie keinen anderen Menschen auf der Welt – und es ist ziemlich offensichtlich, dass du Jules magst. Ich sage das nicht, um dich zu demütigen.«

»Ich weiß«, brummte ich.

Holden sah mir fest in die Augen. »Und weißt du auch, warum ich es laut ausspreche?«

Ich schüttelte den Kopf.

»Weil die einzige Person, die zwischen dir und deinem Glück steht, du selbst bist. Es ist zwar eine ziemlich klischeehafte Floskel, aber in deinem Fall trifft sie wirklich zu. Und es tut mir weh mitanzusehen, wie du dich und dein eigenes Glück sabotierst, weil offenbar irgendein Teil von dir glaubt, dass du es nicht verdient hast, geliebt zu werden.«

»Das … Das stimmt doch gar nicht!«

»Ach nein? Was ist mit Harvey? Er war wirklich lieb zu dir, aber von ihm wolltest du überhaupt nichts wissen. Und auch Jules hältst du von dir fern. Dafür hattest du etwas mit diesen Idioten Lyall und Todd, die dich behandelt haben wie ein Stück Scheiße. Lyall hat dich praktisch vergewaltigt.«

»Hat er nicht.«

»Er hat dich zum Sex gezwungen, als du nicht wolltest.«

»Schon, aber am Ende war es ganz okay.«

»Es sollte mehr sein als nur okay, Harper«, zischte Holden, und die Wut, als ich ihm das erste Mal von der Sache erzählt hatte, loderte wieder in seinem Blick auf. Damals war er losgezogen und hatte Lyall vermöbelt. Es war das erste und einzige Mal gewesen, dass ich meinen sonst so in sich ruhenden Bruder dermaßen aufgebracht erlebt hatte. Nun schüttelte er den Kopf. »Egal, lass uns nicht wieder von diesem Arschloch anfangen. Alles, was ich damit sagen will, ist, dass Jules ein netter, vielleicht leicht verzweifelter Kerl ist, der dich wirklich mag. Und du magst ihn anscheinend auch, aber aus irgendeinem Grund verwehrst du dir die Möglichkeit auf eine gesunde, unproblematische Beziehung, in der du tatsächlich und ehrlich geliebt wirst.«

Ich senkte den Blick auf den Asphalt und unsere blutbesprenkelten Stiefel. Es fühlte sich an, als würden Holdens Worte mir Schicht um Schicht von der Seele schälen, bis mein Inneres nackt und verletzlich vor ihm stand. »Ich … Ich glaube einfach nicht, dass Jules der Richtige für mich ist.«

»Natürlich glaubst du das nicht. Weil er kein abgefuckter Mistkerl ist. In deinem Kopf sind das die einzigen Typen, die du verdient hast. Aber das stimmt nicht. Wenn es nach mir geht, ist nicht mal Jules gut genug für dich.«

Ich schnaubte. »Unsinn. Er ist perfekt.«

Holden grinste mich an, als ich geradewegs in seine Falle tappte.

Shit.

»Da hast du es. Genau deswegen solltest du mit ihm ausgehen.«

»Aber …«

»Kein Aber. Tu. Es. Einfach.« Bei jedem seiner Worte rüttelte er mich an den Schultern.

Unweigerlich begann ich zu lachen. Ich wusste nicht einmal warum, aber es hatte so gut getan, mit Holden über die Jules-Sache zu reden. Da war nur ein Problem …

»Was ist, wenn er mich jetzt nicht mehr will?«

»Dann verpasst er etwas ganz Großartiges.«

Ich lächelte. »Danke, Holden.«

»Gern geschehen.« Er ließ meine Schultern los, und wir umarmten uns, bevor wir unseren Weg zum Quartier fortsetzten. Wir sprachen kein Wort mehr, da mir Holden einiges zum Nachdenken gegeben hatte. Über Lyall und Todd, aber auch über Jules und mich selbst und die Entscheidungen, die ich traf.

Ich wusste nicht, ob ich wirklich bereit war für ein Date mit Jules. Doch Holden war es gelungen, die Neugierde darauf in mir zu wecken … Und nun fragte ich mich, wie es wohl wäre, mit jemandem wie Jules Marlowe zusammen zu sein, in einer schönen, liebevollen Beziehung. Ich konnte es mir kaum vorstellen, so weit entfernt war diese Fantasie von meinen bisherigen Erfahrungen.

Wir erreichten das Quartier, und meine Gedanken kamen jäh zum Stillstand, als ich die Gruppe von Huntern und Huntresses entdeckte, die sich vor dem Eingang des Friedhofes versammelt hatten. Es waren mindestens ein Dutzend. Nicht gerade unauffällig. Sie wirkten aufgescheucht.

Ein ungutes Gefühl stieg in mir auf.

»Was ist da los?«, fragte Holden.

»Keine Ahnung, lass es uns rausfinden.«

Wir beschleunigten unsere Schritte und näherten uns der Gruppe. Ich entdeckte Andrew Blackwood und Xavier Gorman, die Anführer der Grim und Blood Hunter, die gerade aufgeregt mit Grant und Wayne redeten. Cains Mutter Lillian und ihr Kampfpartner Jackson standen ebenfalls in voller Kampfmontur bereit. Ihre Gesichter waren grimmig, doch es war Sorge, die sich in ihren Augen spiegelte. Etwas abseits der Gruppe entdeckte ich zu meinem Erstaunen Warden. Hatte er diese Aufregung zu verschulden?

Ich näherte mich ihm. Wir waren nicht gerade beste Freunde, aber zwischen uns herrschte ein gewisses Verständnis. Er suchte nach Isaac, dem Vampirkönig und Mörder seines Vaters, und ich nach dem Hexenmeister, der meine Eltern auf dem Gewissen hatte.

»Was ist passiert?«, fragte ich ihn ohne Begrüßung.

Warden stieß sich von der Wand ab, an der er gelehnt hatte. Obwohl es eisig kalt war, trug er nur ein T-Shirt. Die tätowierte Strichliste auf seinem linken Unterarm war gut sichtbar. Jeder Strich stand für eine Kreatur, die durch seine Hand gestorben war. »Isaac ist wieder aufgetaucht.«

Holdens Augen weiteten sich. »Ernsthaft?«

»Ja. Er wurde in Portobello gesichtet.«

»Das ist doch großartig, oder?«, fragte ich. Darauf hatten die Hunter, allen voran die Blood Hunter, seit Jahren gewartet. Denn nach dem Angriff auf Wardens Eltern war der König untergetaucht.

»Ja, wäre es, aber … Floyd Gunnach ist tot.«

»Fuck.«

»Ja, und das ist noch nicht alles.«

Erwartungsvoll sah ich Warden an.

»Jules war bei ihm. Er wird vermisst.«

Ich schluckte schwer. »Jules Marlowe?«

Warden nickte. Es war nur eine kleine Bewegung seines Kopfes, und dennoch schlug sie große Wellen in meinem Inneren. Mein Magen verkrampfte sich, mir wurde schlecht. Das Ganze musste ein Scherz sein. Ein Streich des Universums. Bevor ich wusste, was ich tat, drehte ich mich auf dem Absatz um und lief davon. Weg vom Quartier. Zurück in die Stadt. Mein Herz raste, Tränen brannten in meinen Augen. Aus der Ferne hörte ich Holden, wie er meinen Namen rief, um mich aufzuhalten, aber ich drehte mich nicht um, sondern lief weiter und weiter und weiter …

18. KAPITEL

Jules

1 Tag vor dem Angriff auf das Quartier in London

Der zunehmende Mond hing bereits leuchtend am dunklen Himmel, als Harper und ich einige Stunden nach unserem Gespräch im Aufenthaltsraum Lochrin erreichten, eine südwestliche Ecke im Zentrum der Stadt. Das Viertel war eine bunte Mischung aus Hotels, Geschäften, Unternehmen und überteuerten Mietwohnungen. Die Luft roch schal und abgestanden, genauso wie das Wasser des Kanals, der hier verlief.

Harper parkte ihr Motorrad in einer dunklen Gasse.

Ich stieg hinter ihr vom Sitz und nahm meinen Helm ab. Obwohl ich wusste, dass ein Unfall mich nur schwerlich töten konnte, war ich ziemlich nervös gewesen, hinter ihr auf die Maschine zu steigen. Alte Ängste ließen sich eben nur schwer ablegen, da spielte es keine Rolle, wie mächtig oder quasi unsterblich man war.

Ich sah mich in der Gasse um. »Hübsch hier. Wo genau ist dieser Pub?«

»Zwei Querstraßen weiter. Ich wollte nicht, dass man uns schon bei unserer Ankunft zusammen sieht«, antwortete Harper und versuchte, ihre Haare mit den Fingern zu glätten. Ihr Pony, der ein ganzes Stück oberhalb ihrer Augenbrauen endete, war kürzer als bei unserem ersten Aufeinandertreffen in meinem Zimmer. Ich mochte die Frisur. Sie verlieh ihrem zarten Gesicht etwas Hartes, Entschlossenes, was wiederum ganz zu ihrem Charakter passte. Und egal was die anderen sagten oder Harper über sich selbst dachte, mir gefielen diese Eigenschaften an ihr.

Sie sicherte das Motorrad, und ich gab ihr das Katana zurück, das ich die Fahrt über auf meinem Rücken getragen hatte. Mir war nicht entgangen, wie absurd es war, dass sie vor einigen Monaten noch versucht hatte, mich mit genau dieser Waffe zu töten, und sie mir nun bereitwillig anvertraute.

Harper legte sich den Gurt um, sodass er quer über ihre Brust verlief – die ich natürlich nicht anstarrte. Dann führte sie mich aus der Gasse, die unbelebte Straße entlang, die jedoch nicht so still war, wie ich erwartet hatte. Irgendwo in der Nähe heulte ein Motor auf. Die lauten Stimmen zweier sich streitender Leute drangen an mein Ohr, ebenso wie das heisere Stöhnen und Keuchen eines Paares. Und da war auch Harpers Herzschlag. Zugegeben, den konnte nur ich hören, aber ich nahm ihn laut und deutlich wahr, wie eine Trommel, die direkt neben meinem Ohr geschlagen wurde. Er war schnell – viel zu schnell. Sie war aufgeregt, auch wenn niemand das vermuten würde, der sie ansah. Ihre Schultern waren gestrafft, ihr Schritt energisch und ihr Gesichtsausdruck entschlossen. Doch es war, als würde mein Blick diesen angelegten Schutzschild Schicht für Schicht durchdringen. Etwas Unstetes schlich sich in Harpers Gang, und ich konnte sehen, wie sie schwer schluckte. Als wollte sie die Angst herunterwürgen, die sie verspürte.

»Vielleicht hätten wir doch nicht allein kommen sollen.«

»Hast du Angst?«, fragte ich, obwohl ich die Antwort bereits kannte. Aber ich wollte ihr nicht erklären müssen, dass ich seit zwei Minuten ihrem Herzschlag lauschte. Das könnte sie nur auf falsche Gedanken bringen, und dann sähe ich mich schneller wieder mit ihrem Katana konfrontiert, als mir lieb war.

»Ob ich Angst habe, dass Isaac mich an Phineas verraten hat und wir es in dem Pub statt mit den üblichen zehn Vampiren mit zwanzig oder dreißig zu tun haben? Ja. Ob ich Angst davor habe, dass du mir in den Rücken fällst? Vielleicht.«

Ich schmunzelte. »Keine Sorge, ich fall dir nicht in den Rücken. Und es kratzt schon an meiner Ehre, dass du glaubst, ich würde mit zwei Dutzend Vampiren nicht zurechtkommen.«

Harper betrachtete mich von der Seite. »Arrogante Einstellung, aber okay.«

»Es ist nicht arrogant, wenn es die Wahrheit ist.«

»Wenn du so krass bist, warum hast du dich dann nicht den anderen angeschlossen, die nach London gereist sind, um dich um Baldur zu kümmern?«

»Hm, du meinst abgesehen davon, dass mich da vermutlich niemand haben wollen würde?« Ich tippte mir gespielt nachdenklich gegen die Lippen – und stolperte fast, als ich bemerkte, wie Harpers Blick meiner Bewegung folgte. Schnell sprach ich weiter: »Das kannst du nicht vergleichen. Vampire kämpfen mit den gleichen Waffen wie ich. Wir sind ebenbürtig in unseren Fähigkeiten. Es geht nur darum, wer stärker ist – und das bin ich. Baldur hingegen ist ein Hexer mit Magie, Illusionen und weiß der Himmel was noch für anderem Scheiß. Davon hab ich keine Ahnung.«

»Aber du hast schon einmal einen Hexer getötet, oder?«

»Ja, vor Ewigkeiten, als einer Cain und mich auf unserer Patrouille angegriffen hat. Aber das war nur ein Hexer, kein Hexenmeister, und schon gar nicht ihr König.«

»Ausreden.«

Ich lachte, weil ich wusste, dass sie es nicht ernst meinte. Im Gegensatz zu mir. Denn selbst wenn ich mich bereit erklärt hätte, die anderen Hunter nach London zu begleiten, wäre es fraglich gewesen, ob Grant mich hätte gehen lassen und ob Nala mich überhaupt in ihrem Quartier dulden würde. Zugegeben, sie gewährte offenbar auch Shaw Unterschlupf, aber ihn kannte sie, mich nicht. Außerdem spielte es nun auch keine Rolle mehr. Der Zug war abgefahren, und mir und all den anderen, die in Edinburgh geblieben waren, blieb nichts anderes übrig, als auf Neuigkeiten zu warten. Soviel ich mitbekommen hatte, würden die Hunter morgen Abend am Camber Castle im Süden Englands auf Baldur und seine Leute warten.

»Wir sind da«, verkündete Harper und deutete auf ziemlich abgetretene Treppenstufen ein Stück weiter, die ins Souterrain eines schlichten Backsteingebäudes führten. Es gab kein Schild und auch keine Fenster, nur eine zwielichtig aussehende Tür mit einem Sehschlitz auf Augenhöhe. Es war ein Ort, an dem sich einem die Nackenhaare aufstellten und kluge Menschen bei Nacht ihre Schritte beschleunigten, um von hier wegzukommen. Dennoch steuerten Harper und ich jetzt zielsicher darauf zu.

Schon oben an der Treppe konnte ich riechen, dass sich hinter der Tür nicht nur Vampire, sondern auch Menschen befanden. Es roch nach Schweiß, Alkohol und fettigem Essen wie vermutlich in jedem Pub – und nach Blut. Verlangen wallte in mir auf. Ich zwang mich, mit dem Atmen aufzuhören. Es half allerdings nicht viel. Der Geruch des Blutes war so intensiv, dass er mir praktisch von selbst in die Nase stieg. Ich presste die Lippen aufeinander und konnte förmlich spüren, wie Hunger und Gier meine Augen rot werden ließen.

»Sie sollten dich besser nicht sofort sehen«, sagte Harper. Sie war mir einen Schritt voraus und bekam in der Dunkelheit offenbar nicht mit, womit ich gerade zu kämpfen hatte.

Um Selbstbeherrschung ringend nickte ich, denn ich wollte ihr keinen Anlass geben, an mir zu zweifeln. Sie vertraute mir mehr, als sie sich selbst eingestehen wollte; dennoch waren da Zweifel, die ich hoffte mit dieser Aktion auszulöschen. Das ging allerdings nur, wenn ich mich unter Kontrolle hatte. Und dort drin gleich auf die Vampire losging – und nicht auf die Menschen.

Ich drückte mich mit dem Rücken gegen die Wand, sodass man mich nicht sehen konnte, wenn man durch den Spion spähte.

Harper klopfte an die Tür und wartete.

Angespannt presste ich die Lippen aufeinander. Ich konnte noch immer nicht ganz glauben, dass ausgerechnet Harper sich auf einen Vampir eingelassen hatte. Zugegeben, ich war auch einer, aber gleichzeitig ganz anders. Ich war Isaac nicht treu ergeben.

Dass Harper sich ausgerechnet mit Phineas zusammengetan hatte, einem Vampir, der Isaac folgte und womöglich noch immer unter seiner Kontrolle stand, war mir daher unerklärlich. Aber Menschen waren oft unvernünftig und unvorsichtig, wenn Gefühle im Spiel waren, vor allem ein solch starkes Gefühl wie Rache. Umso erleichterter war ich darüber, dass Harper nun auf meiner Seite stand. Hätte sie an ihren Rachegelüsten festgehalten, hätte ich ihr das nicht verdenken können, aber mit ihr gemeinsam auf Jagd zu gehen war um einiges angenehmer, als von ihr mit einem Dolch durchbohrt zu werden.

Der Spion in der Tür wurde aufgeschoben.

»Passwort?«, verlangte eine ruppige Stimme.

»Blut so kalt wie Tomatensuppe.«

Der Vampir hinter der Tür grunzte, der Spion wurde zugeschoben, und kurz darauf schwang der Eingang zum Pub auf.

Das war mein Signal.

Als ich mich vor Harper schob, weiteten sich die Augen des Vampirs vor Erstaunen, doch noch bevor seine Iriden eine rote Farbe annehmen konnten, durchstieß ich sein Herz mit dem Dolch, den ich mir aus der Waffenkammer mitgenommen hatte. Es war keine von meinen alten Waffen – die waren offenbar verloren gegangen, als Isaacs Leute mich gefangen genommen hatten –, aber sie würde ihren Zweck erfüllen. Und auf diese Weise musste ich mir nicht ständig die Hände dreckig machen – wortwörtlich.

Mit einem erstickten Laut ging der Vampir zu Boden.

Und dann brach die Hölle los. Schreie hallten durch den Pub. Die Menschen, die offensichtlich als Lebendfutter für die Vampire dienten, sprangen erschrocken auf. Der herrlich süße Duft ihres Blutes stieg mir in die Nase, aber ich zwang mich, gegen mein Verlangen zu handeln. Gegen den Wunsch meines Körpers, ihre Haut mit meinen Fängen zu durchstoßen und aus ihren warmen, lebendigen Adern zu trinken. *Nein!* Das wollte ich nicht! Wohlweislich hatte ich im Quartier vor unserem Aufbruch noch etwas getrunken, anderenfalls hätte ich in diesem Moment vermutlich die Kontrolle verloren wie zu meinen Anfangszeiten als Vampir.

Die Menschen versuchten, aus dem Pub zu fliehen, was den Vampiren ganz und gar nicht gefiel. Ich beobachtete, wie der Vampir, der eben noch hinter der Bar gestanden hatte, eine halb nackte Frau mitten im Lauf packte und ihr das Genick brach. Ich fletschte die Zähne und wollte mich auf den Kerl stürzen, aber zwei weitere Vampire stellten sich mir in den Weg. Sie versuchten, mich mit ihren Klauen zu packen. Blitzschnell duckte ich mich unter ihren scharfen Krallen hindurch. Dem einen zog ich mit meinem Bein den Boden unter den Füßen weg, dem anderen stieß ich meinen Ellenbogen in die

Kniekehle, sodass er ebenfalls auf das vom Blut fleckige Parkett fiel. Von hinten rammte ich ihm den Dolch in den Rücken, bis er durch sein Herz hindurch auf der anderen Seite wieder herauskam.

Währenddessen hatte Harper dem anderen Vampir mit ihrem Katana den Kopf abgeschlagen. Sie fing meinen Blick auf und zwinkerte mir zu, ein angriffslustiges Lächeln auf den Lippen. Vielleicht sollte es mir Sorgen machen, wie viel Spaß es ihr offenbar bereitete, Vampire zu töten … Doch stattdessen fühlte ich dasselbe aufgeregte Flattern in meiner Brust, wie ich es früher so oft in ihrer Nähe verspürt hatte. Allerdings blieb mir keine Zeit, dieses Gefühl genauer zu erkunden, denn von hinten sprang mich ein weiterer Vampir an, bevor ich mir meinen Dolch zurückholen konnte. Ich wirbelte herum, doch dieses Mal war ich nicht schnell genug. Die Klauen des Vampirs erwischten mich im Nacken. Ein scharfes Brennen strahlte von den blutigen Striemen auf meinen ganzen Oberkörper aus, aber davon ließ ich mich nicht beirren. Ich griff mit meinen eigenen Klauen, die sich mittlerweile geformt hatten, nach dem Angreifer und schleuderte ihn mit voller Kraft gegen einen schweren Eichentisch, der unter der Wucht des Aufpralls zu Bruch ging.

Der Drecksack rappelte sich auf und griff sich dabei ein abgesplittertes Tischbein, das eine scharfe Bruchkante hatte und fast schon einem filmreifen Pflock ähnelte.

Meine Mundwinkel zuckten. *Nett, dass er sich selbst die Waffe aussucht, mit der er sterben will.*

Ich kam ihm entgegen, als er sich auf mich stürzte und mit seinem Pflock ausholte. Noch in der Bewegung fing ich seinen Arm auf. Er drückte dagegen – ohne jede Chance. Ich hatte keine Ahnung, ob es an meinen Grim-Hunter-Genen lag oder an dem Zeug, das mir James Prinslo damals in der Hütte im

Wald gespritzt hatte, um mich zu verwandeln, aber meine Stärke überraschte nicht nur meine Gegner, sondern auch mich selbst immer wieder.

Ich riss den Arm des Vampirs herum. Seine Knochen brachen. Der Pflock löste sich aus seinem Griff. Ich fing das Stück Holz noch im Fallen auf und rammte es in die Brust meines Angreifers. Angst flackerte für einen kurzen Moment in seinen roten Augen auf, bevor das Licht darin erlosch.

Ich sah mich nach dem Barkeeper um, der zuvor die Frau getötet hatte. Als sich unsere Blicke begegneten, schürzte er die Lippen und ließ mich seine Fänge sehen, die eine beachtliche Länge hatten. Er wollte mich wissen lassen, dass er ein alter und damit mächtiger Vampir war. Doch offenbar hatte er keinen blassen Schimmer, mit wem er es zu tun hatte.

Gleichzeitig gingen wir aufeinander los. Ich duckte mich unter seinem ersten Schlag hindurch, sein zweiter traf mich direkt in den Magen. Ein Ächzen kam über meine Lippen, aber ich ließ mich von dem Gefühl der Atemlosigkeit und des Schmerzes nicht lähmen. Sie waren nur eine Illusion, die gewohnte Reaktion meines einst menschlichen Körpers. Aber ich war kein Mensch mehr.

Ich packte den Vampir an den Schultern, und wir rangen um die Oberhand. Er war wirklich stark, aber nicht stark genug. In einem Manöver, das ich während meiner Ausbildung gelernt hatte, hakte ich meinen Fuß um sein Bein und brachte ihn aus dem Gleichgewicht. Er schwankte, doch bevor er fallen konnte, wuchtete ich seinen Körper in die Höhe und schleuderte ihn über den Bartresen. Die Flaschen, die dahinter fein säuberlich vor einem Spiegel aufgereiht standen, gingen zu Bruch und fielen mit einem ohrenbetäubenden Klirren zu Boden und auf den Vampir.

Noch bevor er sich davon erholen konnte, hechtete ich über

den Tresen. Das Glas knirschte unter meinen Stiefeln. Ich holte aus und trieb ihm meine Klauen durchs Herz.

Als ich mich hinter dem Tresen aufrichtete, entdeckte ich Harper, die an der Wand stand, von drei Vampiren umzingelt. Doch die Unsicherheit, die ich noch vor ein paar Minuten auf der Straße an ihr bemerkt hatte, war verschwunden. Ihre Miene war voller Zorn. Und in ihren Augen loderte ein Feuer, das bereit war, alles zu zerstören. Ich war mir nicht sicher, ob sie meine Hilfe brauchte, dennoch überbrückte ich die Distanz zwischen uns mit einem Satz und packte den Schädel eines Vampirs von hinten. Mit einem Ruck brach sein Genick. Für Vampire keine tödliche Verletzung, aber eine, die sie zumindest für einen Moment ablenkte.

Die beiden anderen Vampire, die Harper eingekesselt hatten, fuhren zu mir herum – ein Fehler. Sie zögerte keine Sekunde und holte mit ihrem Katana aus. Kopf und Rumpf des einen Vampirs wurden voneinander getrennt, während ich dem Blutsauger mit dem Genickbruch meinen Dolch ins Herz rammte, den ich mir gerade aus der Leiche des anderen zurückgeholt hatte. Dann wandten wir uns gleichzeitig dem dritten Vampir zu, der beschwichtigend die Hände hob.

»Bitte, lasst mich leben. Ich schwöre, ich bin –« Seine Worte verstummten, als Harper ihm ohne Zögern ihr Katana in die Brust stieß. Vermutlich sollte mir auch das Sorgen machen, aber ihre Entschlossenheit war sexy.

Und warum zur Hölle denke ich, umgeben von einem Meer aus Blut und Leichen, daran, wie verdammt heiß Harper ist, während sie meinesgleichen auslöscht?

Nein! Nicht *meinesgleichen*. Ich hatte nichts mit diesen Vampiren gemein. Sie waren Isaacs Sklaven. Ich war sein Mörder. Uns verband nichts außer dem Verlangen nach Blut.

»Alles in Ordnung?«, fragte ich Harper.

Sie nickte, ehe sie mit dem Kopf in Richtung der zerstörten Bar deutete. Ich folgte ihrer Geste mit meinem Blick und entdeckte, dass ein Vampir – der letzte, der noch übrig war – seelenruhig auf seinem Hocker seitlich am Tresen sitzen geblieben war.

»Phineas?«, fragte ich tonlos.

Sie nickte abermals, als könnten ihre Worte ihn verschrecken. Aber wenn der Kampf das nicht geschafft hatte, bezweifelte ich, dass er jetzt noch fliehen würde. Keine Ahnung warum, aber womöglich hatte er sich seinem Schicksal ergeben. Vermutlich ahnte er, dass es kein Entrinnen gab, nun, da er in den Fokus meiner Aufmerksamkeit gerückt war.

Ich näherte mich ihm, wobei ich über gesplitterte Tische und Stühle, Lachen aus Blut und leblose Körper steigen musste. Der süßliche Duft des Blutes vermischte sich mit dem beißenden Gestank des vergossenen Alkohols, und ich war mir sicher, dass meine Augen mittlerweile rot glühten vor unterdrücktem Hunger.

»Danke«, hörte ich Phineas sagen, als ich nur noch wenige Schritte von ihm entfernt war.

Irritiert blieb ich stehen.

Er hob den Blick, ließ ihn kurz zu Harper zucken, richtete ihn dann wieder auf mich.

»Danke wofür?«

»Dafür, dass ihr euch die Hände für mich schmutzig gemacht habt.«

Ich runzelte die Stirn. »Was?«

»Ach, Julius …« Phineas verzog die Lippen zu einem Lächeln. Ich kannte dieses Lächeln – und es gab nur eine Person, die mich Julius nannte. Isaac. »Glaubst du wirklich, ich dulde diese Verräter in meinen Reihen? Sie haben sich nicht nur mit einer Magic Huntress zusammengetan, sondern nur seinetwegen«, er deutete auf sich selbst, »haben die Hunter dich damals überhaupt erst gefunden. Wäre das nicht geschehen, wer weiß, wo wir heute stehen würden. Womöglich auf derselben Seite.«

»Ganz sicher nicht.«

»Das werden wir wohl nie erfahren.« Phineas – Isaac – zuckte mit den Schultern. »Wie dem auch sei. Ich hätte nichts dagegen, wenn du den hier ein bisschen leiden lässt, bevor du ihn von seiner verräterischen Existenz befreist. Wir sehen uns wieder. Bald.«

Noch bevor ich etwas erwidern konnte, war Isaac verschwunden. Ich erkannte es an dem benebelten Ausdruck, der plötzlich auf Phineas' Miene trat. Der Vampir blinzelte verwundert, als würde er nicht begreifen, was soeben passiert war. Die Besessenheit durch Geister hatte diese Wirkung auf Leute – und auch auf Vampire, wie ich schon bei früheren Begegnungen festgestellt hatte.

Schließlich landete Phineas' Blick auf mir, und das schien jegliche Verwirrung zu vertreiben. Ein finsterer Ausdruck trat auf sein Gesicht, als er mich voller Ekel von Kopf bis Fuß musterte.

Und ich dachte, einige der Hunter und Huntresses hätten mich ablehnend angesehen …

Entschlossen erhob er sich von seinem Barhocker.

Ein Teil von mir wollte Phineas am Leben lassen, nur um Isaac eins auszuwischen, aber ich wusste, wie nachlässig das wäre. Denn nun hatte er noch mehr Grund als zuvor, sich an Harper zu rächen.

Meine Klauen schlossen sich um seine Kehle, noch während er mich überrascht anstarrte. Ohne seine vampirischen Züge sah er so verdammt gewöhnlich aus in seinem Flanellhemd und mit dem ausgedünnten Haar. Wie der nette Nachbar von nebenan, der einen grüßte, wenn man sich im Supermarkt zufällig über den Weg lief – aber er war alles andere als das.

Wild um sich schlagend versuchte er sich von mir loszureißen, doch als er erkannte, dass er zu klein war, um mich zu greifen zu bekommen, umklammerte er meinen ausgestreckten Arm. Die Krallen seiner Klauen bohrten sich in meine Haut. Schmerz zuckte durch meine Nerven, doch ich ignorierte ihn.

»Dich zu erschaffen war Isaacs größter Fehler«, krächzte Phineas.

»Da gebe ich dir recht.«

Phineas betrachtete mich voller Abscheu. Doch in seinen Augen lag keine Angst. Und ich fragte mich, ob er wusste, dass sein König sich von ihm abgewandt hatte oder ob seine Treue so tief verankert war, dass es ihm schlichtweg egal war, dass Isaac ihn hier zum Sterben zurückgelassen hatte.

»Du kannst mich töten, und du kannst Isaacs Gestalt vernichten, so oft du willst, aber das wird nichts ändern. Solange seine Seele in dieser Welt wandelt, wird er unser aller König sein.«

»Wenn du das sagst«, erwiderte ich trocken, und bevor Phineas noch mehr Unsinn brabbeln konnte, holte ich mit meinem Dolch aus. Die Klinge glitt durch Haut, Fleisch und Knochen und geradewegs in sein Herz. Seine Klauen fielen kraftlos von mir ab. Ich ließ seine Kehle los, und sein Leichnam sackte zu Boden.

Ruhe legte sich über die Bar. Da war kein Ächzen mehr, kein Schreien und kein Fauchen. Alles, was ich hörte, waren Harpers Herzschlag und der alte Johnny-Cash-Song, der im Hintergrund noch immer aus den Lautsprechern an der Decke dudelte.

»Ich werde sehen, was ich tun kann. Da die Jagd eigentlich vorübergehend eingestellt wurde, haben wir die Reinigungstrupps beurlaubt. Wobei … einige könnten gerade, glaube ich, etwas Ablenkung gut gebrauchen. Die werden sich freuen, von der Sache zu hören«, sagte Alessandra, Grants Assistentin, am anderen Ende der Leitung. »Bleibt vor Ort und verhaltet euch unauffällig.«

»In einem Pub gilt eine Party doch sicherlich als unauffällig, oder?«

Alessandra schwieg, und es dauerte ein paar Sekunden, bis sie ihre Stimme wiederfand. »Ich weiß nicht, ob das ein Scherz sein sollte oder nicht, aber nur zur Sicherheit: keine Party.«

Ich schmunzelte, dann beendete ich das Telefonat und legte den Kopf in den Nacken. Der Himmel über uns war frei von Wolken. Inmitten der Sterne hing der zunehmende Mond, welcher der Nacht ein sanftes Glühen verlieh. Ich atmete tief die frische Luft ein, bevor ich zurück in den Pub ging, in dem eine dicke Suppe aus widerlichen Gerüchen auf mich wartete. Eine Mischung aus altem Fett, Alkohol, Blut, Schweiß und womöglich anderen Körperflüssigkeiten.

Mit gerümpfter Nase sah ich mich nach Jules um. Er hatte einen umgefallenen Tisch wieder aufgerichtet und hockte darauf, sein Handy in der Hand. Die Reste seines Hemdärmels hatte er hochgekrempelt, sodass ich einen ungehinderten Blick auf die Stelle an seinem Arm hatte, an der sich Phineas' Klauen in seine Haut gebohrt hatten. Die Wunde hatte sich bereits geschlossen und war nun von einem rötlichen Narbengewebe überzogen. Unbewusst verlangsamte ich meine Schritte.

Jules kämpfen zu sehen war ein Spektakel gewesen. Als er mir auf dem Weg hierher erklärt hatte, dass er problemlos mit zwei Dutzend Vampiren zurechtkommen würde, hatte ich geglaubt, er würde maßlos übertreiben – nun wusste ich, dass es vermutlich eher eine Untertreibung gewesen war. Wahrscheinlich hätte er meine Hilfe überhaupt nicht nötig gehabt, dennoch hatte ich es mir nicht nehmen lassen, mir ebenfalls ein paar der Vampire vorzuknöpfen. Schließlich konnte ich Jules nicht den ganzen Spaß überlassen.

»Alles in Ordnung?«, fragte ich und näherte mich ihm.

Er blickte von seinem Handy auf. »Ja. Cain hat mir nur geschrieben, dass Ella, Wayne, Warden und sie seit gestern in ihrem neuen Versteck sind. Baldur abzulenken hat wunderbar geklappt.«

»Sehr gut. Immerhin ein Erfolg.«

Jules steckte sein Handy weg. »Was hat das Quartier gesagt?«

»Sie schicken jemanden, aber es könnte eine Weile dauern. Alessandra meinte, wir sollen hier warten«, erklärte ich und stieg über eine Leiche hinweg. »Vielleicht stolpern hier noch weitere Vampire herein.«

Jules hob die Augenbrauen. »Hast du noch nicht genug?«

»Ich habe nie genug.«

Ich schwang mich zu Jules auf die Tischplatte, wobei ich viel dichter neben ihm landete, als ich beabsichtigt hatte. Nur noch ein paar Zentimeter und unsere Schultern und Oberschenkel würden sich berühren.

»Ich hab das hier gefunden«, sagte Jules und griff neben sich. In seiner Hand hielt er eine Flasche Whisky, die wie durch ein Wunder heil geblieben war.

»Danke, aber ich habe mir geschworen, nie etwas in diesem Pub zu trinken. Wer weiß, was sie den Menschen in die Drinks gemischt haben. Am Ende lande ich noch auf dem Schoß von irgendeinem Vampir und lass ihn an meinem Hals nuckeln.«

»Der einzige Vampir hier bin ich.«

Vor meinem inneren Auge tauchte ein Bild auf, wie ich auf Jules' Schoß saß, den Kopf in den Nacken gelegt. Seine Arme um meine Taille geschlungen, liebkosten seine Lippen meinen Hals und seine Fänge schabten zärtlich über meine Haut, bevor er …

Stopp!

»Nur weil mein Wunsch, dich zu töten, nicht mehr so akut ist, heißt das nicht, dass ich dein nächster Snack werden möchte«, unterbrach ich meine eigenen Gedanken, die in Jules' Gegenwart ständig ungefragt auf Wanderschaft gingen.

»Schade, du schmeckst sicherlich gut«, erwiderte er mit einem Schulterzucken und so unbeirrt, dass ich mir nicht sicher war, ob er scherzte oder nicht. Er schraubte die Flasche auf und schnüffelte an dem Whisky, bevor er ihn mir reichte. »Das Zeug ist clean, falls du doch einen Schluck magst.«

Ich hielt kurz inne, dann griff ich nach der Flasche. Ich war keine große Trinkerin – dafür war mein Kalender zu voll und mir die Jagd zu wichtig –, aber die letzten Tage hatten es ganz schön in sich gehabt. Der Whisky brannte unangenehm in meiner Kehle, aber bereits einen Moment später wurde das Brennen zu einem warmen Glühen in meiner Mitte. Ich trank noch einen weiteren Schluck, bevor ich die Flasche Jules anbot.

Er lehnte ab. »Ich mag das harte Zeug nicht.«

Ich lachte. »Ach ja, ich erinnere mich. Fruchtige Cocktails sind eher dein Ding.«

»Jup, außerdem hat Alkohol keine Wirkung mehr auf mich. Nach dem Tag des Blutbades hab ich ein paarmal versucht, mich zu betrinken, aber das hat nicht geklappt.«

»Schade.«

»Würdest du mich etwa betrunken machen wollen?«

»Vielleicht«, gab ich zu. »Betrunken bist du sicherlich witzig.«

Jules runzelte die Stirn. »Und nüchtern nicht?«

»Darauf antworte ich lieber nicht.«

»Heh!« Er lachte und verpasste mir einen sanften spielerischen Stoß mit seiner Schulter, was wiederum mich zum Lachen brachte.

Es war absurd – die letzten Jahre meines Lebens hatte ich alles getan, um einen solchen Moment der Zweisamkeit mit Jules zu vermeiden, und jetzt … genoss ich es? Nun, da er genau genommen zu den Feinden der Hunter zählte? Was stimmte nicht mit mir? Oder hatte das hier vielleicht gar nichts damit zu tun, dass er ein Vampir war, sondern einzig und allein damit, dass Jules … eben Jules war? Ich hatte es mir lange nicht eingestehen wollen, aus Gründen, die nichts mit ihm zu tun hatten, sondern nur mit mir selbst. Doch Holden hatte bereits vor Monaten erkannt, was ich selbst nicht hatte sehen wollen: Ich mochte Jules.

Es gab nichts, was es an ihm nicht zu mögen gab – er war freundlich, offen und klug, interessant und lustig und noch dazu absolut attraktiv. Das Einzige, was das Bild störte, war die Sache mit dem Bluttrinken, aber das kümmerte mich erstaunlich wenig. Immerhin hatte ich Jules ohne jedes Zögern nach Isaacs erstem Angriff zurück ins Quartier gebracht, damit er sein Blut bekam. Es ging eben nicht anders; und solange er Konserven bekam, musste auch niemand sterben. In diesem Fall machte es also keinen allzu großen Unterschied, ob er ein Vampir war oder nicht.

»Warum guckst du mich so komisch an?«, fragte Jules und riss mich damit aus meinen Gedanken. Er lächelte, sodass seine Fänge sichtbar waren, doch etwas Scheues, Unsicheres lag darin, das auf mich dieselbe wärmende Wirkung hatte wie der Whisky.

»'tschuldigung. Es ist nur …«, setzte ich an, ohne zu wissen, wie der Satz enden sollte. »Ist es schwer, dem Blut zu widerstehen?« Ich deutete in Richtung der Frau, welche die Vampire getötet hatten.

»Ich wünschte, ich könnte darauf mit Nein antworten, aber das wäre eine Lüge«, gestand Jules und fuhr sich mit der Hand über das Gesicht. »Der Geruch … Es ist, als würde man dir dein absolutes Lieblingsessen vorsetzen und du darfst nicht davon kosten. Und es wird schlimmer, mit jeder Minute, die du versuchst, dich dagegen zu wehren. Es ist Folter.«

»Folter, der du standhältst.«

»Ich versuche es.«

»Bist du schon einmal schwach geworden?«, fragte ich, obwohl ich mir sicher war, die Antwort bereits zu kennen.

Jules zögerte. Vermutlich machte er sich Sorgen, wie ich auf seine nächsten Worte reagieren würde. »Ja, zweimal«, antwortete er schließlich. »Das erste Mal war am Tag des Blutbades, nach meiner Flucht aus dem Quartier. Ich war von den Kämpfen geschwächt und völlig ausgehungert und habe mich auf einen Betrunkenen gestürzt.«

»Und das zweite Mal?«

»War in Island, in der Nähe von Reykjavík. Die Konserven, die ich mitgenommen hatte, waren leer, als dieser Wanderer meinen Weg gekreuzt hat. Er war übel gestürzt und hatte ein aufgeschürftes Knie und …« Jules beendete den Satz nicht, sondern ließ ihn mit einem Kopfschütteln in der Luft hängen. Bedauern spiegelte sich in seinem Blick – eine Regung, die ich bei keinem anderen Vampir je gesehen hatte. Angst vor dem Tod? Ja. Reue? Niemals.

Vielleicht war es das, was Jules von den anderen Vampiren unterschied. Und was es mir so verdammt schwer oder gar unmöglich machte, ihn zu töten. Es war sein Gewissen und der

Schmerz der Erinnerung, mit der er sich offenbar bereits selbst unentwegt bestrafte.

»Es tut dir leid«, stellte ich fest.

Jules lachte freudlos. »Jeden gottverdammten Tag.«

»Und du kannst wirklich nichts gegen dieses Verlangen machen?«, hakte ich nach. Zum ersten Mal in meinem Leben verspürte ich den Wunsch, eine Kreatur der Nacht zu verstehen, obwohl ich bisher ziemlich wenig Verständnis für sie und ihre Taten gehabt hatte.

»Nein. Nur wenn ich Blut trinke, wird es besser.«

»Und wie ist es sonst so, ein Vampir zu sein?«

Jules dachte kurz über seine Antwort nach. »Das ist schwer zu erklären. Ich fühle mich schon noch irgendwie wie ich selbst. Ich zocke nach wie vor gern GTA, und mein erster Gedanke, als ich Grants Büro betreten habe, war, dass die neue Einrichtung nicht sehr vorteilhaft für den Schnitt des Zimmers ist. Dennoch ist es, als hätte ich keinen direkten Zugriff mehr auf meine Gedanken, Gefühle und Sehnsüchte von früher. Es kommt mir vor, als stünde eine Wand aus dunklem Nebel zwischen mir und allem, was mich ausmacht. Manchmal ist sie lichter, manchmal so dunkel und massiv, als wäre sie aus Stein, und manchmal breitet sie sich aus und verschluckt mich, ohne dass ich es verhindern könnte. Und dann … dann bin ich absolut nicht mehr ich selbst.«

»Der Blutdurst«, schlussfolgerte ich.

Jules nickte. »Doch so dünn der Nebel in manchen Momenten auch wird, er verschwindet nie vollkommen. Seine Dunkelheit ist allgegenwärtig. In manchen Momenten scheint alles normal, und plötzlich stelle ich mir vor, wie es wäre, der Frau, dem Mann oder dem Kind, die an mir vorbeilaufen, an die Kehle zu springen. Nur das Blut schafft es, die Dunkelheit in meinem Kopf zu besänftigen.«

Eine Gänsehaut war mir während seiner Erzählung über den ganzen Körper gekrochen. Was Jules da beschrieb, hörte sich grauenhaft und anstrengend an. Er sprach von dem Nebel, als wäre er ein eigenständiges Wesen, das in seinem Verstand hauste. Ein Parasit, der ihn seiner eigenen Gedanken und Gefühle beraubte und seine Persönlichkeit erstickte, wenn er sich nicht dagegen wehrte.

»Wie dem auch sei«, fuhr Jules fort. Seine Hände hatten sich mit jedem Wort fester um die Tischkante gekrallt, sodass ich Sorge hatte, das Holz könnte bald unter seinen Finger wegbrechen. »So fühlt es sich an – zumindest für mich. Ich weiß nicht, ob es für die anderen Vampire ähnlich ist. Ich meine die normalen, die durch einen Biss erschaffen wurden.«

Bei diesen Worten wurde mir das erste Mal bewusst, wie allein und einsam er sich fühlen musste. Es war als Hunter schon schwer bis unmöglich, Freundschaften mit Nicht-Huntern zu schließen, aber immerhin hatten wir einander. Jules hingegen? Ja, er war ein Vampir, aber nicht wie all die anderen Blutsauger. Er war ein Sonderling, von vielen verhasst, und Isaac, der einst sogar das Quartier angegriffen hatte, um Jules zu befreien und zurückzuholen, hatte sich von ihm abgewandt und wollte ihn nun ebenfalls töten, was ihn zum Feind sämtlicher Vampire machte. Er gehörte nirgendwo hin. Seine Erfahrungen waren einmalig, und niemand konnte wirklich verstehen, wie er sich fühlte. Auch ich nicht, obwohl sein Gefühl der Einsamkeit sehr stark bei mir anklang.

Bevor ich wusste, was ich tat, streckte ich eine Hand nach Jules aus und legte sie auf seine Faust. Meine warme Haut wärmte seine kalte, und es war, als würden seine steifen Finger unter meiner Berührung auftauen. Er erlaubte mir, seinen Griff zu lösen, bis das Holz unter seinen Fingerspitzen nicht mehr zu bersten drohte. Wir hielten einander nicht fest. Es war nur meine Hand auf seiner Hand, nicht mehr, nicht weniger, und dennoch fühlte es sich nach verdammt viel an.

»Es tut mir leid«, murmelte ich.

Jules hob den Blick von unseren Händen und sah mich unter halb gesenkten Lidern hervor an. »Was tut dir leid?«

»Alles«, beteuerte ich. »Wie du dich fühlst. Dass du verwandelt wurdest. Dass wir es nicht haben verhindern können. Dass du dein einziges Zuhause zurücklassen musstest. Und … Und dass ich versucht habe, dich zu töten.«

Jules lächelte, aber es war ein schwaches Lächeln, das seine Augen nicht erreichte und das er nur aufsetzte, um mich zu täuschen. Aber ich konnte geradewegs in ihn hineinsehen. »Danke, aber bis auf das Letzte ist nichts davon deine Schuld. Und seien wir ehrlich: Ich hätte dir erlaubt, mich zu töten, also musst du dich so gesehen nicht einmal dafür entschuldigen.«

Ich dachte daran, wie er mir in seinem Zimmer näher gekommen war und die Klinge meines Dolches selbst auf sein Herz gerichtet hatte. »Warum hättest du mich nicht aufgehalten? Wir beide wissen, du könntest mich vermutlich mit einer Bewegung deines kleinen Fingers umbringen.«

»Das würde ich niemals tun.«

»Warum nicht?« Meine Stimme klang gepresst.

Jules' Blick glitt von meinem Gesicht zu unseren Händen, die noch immer aufeinanderlagen. Einen Moment geschah nichts, dann drehte er seine Hand in meiner und spreizte die Finger, sodass meine wie von selbst in die Lücken dazwischen glitten. Er schloss die Hand und hielt mich fest. Zwei, drei Sekunden starrte er auf unsere verflochtenen Finger, dann hob er seinen Blick wieder und sah mich an. Eindringlich und klar. »Du weißt, warum.«

Ich schluckte hart. Mein Herz raste, und ich war mir sicher, dass Jules es hören konnte. »Auch nicht, wenn ich wieder Jagd auf dich mache?«

»Nein. Ich könnte dir niemals wehtun.«

Aber du hast mir wehgetan, an dem Tag, an dem du verschwunden bist und mich alleingelassen hast wie so viele vor dir, schoss es mir durch den Kopf, auch wenn das verdammt unfair war. Denn niemand, weder meine Eltern noch Jules, hatten sich ausgesucht, mich im Stich zu lassen. Es war passiert; und anders als meine Eltern und all die anderen Menschen, die mein Leben verlassen hatten, war Jules zu mir zurückgekehrt.

Plötzlich klopfte es. Ich zuckte zusammen, und die Bewegung zerriss die Anspannung des Augenblicks. Benommen blickte ich zur geschlossenen Tür und zurück zu Jules.

»Das ist der Reinigungstrupp«, sagte er.

Ich nickte, und er ließ meine Hand los. Meine Knie fühlten sich weich an, als ich vom Tisch sprang und die Leute, die das Quartier geschickt hatte, hereinließ. Sie fluchten über die Sauerei, machten sich aber sofort an die Arbeit. Für Jules und mich gab es hier nichts mehr zu tun.

Wir verließen den Pub und traten hinaus in die Nacht, die dem nächsten Morgen inzwischen näher war als dem vergangenen Abend. Ich atmete tief ein und sah zu Jules, wie er neben mir stand, mit seinen roten Haaren, dem blutbesprenkelten Hemd und dem schiefen Lächeln, und mich mit einer Zärtlichkeit betrachtete, die mir durch und durch ging.

Mein Atem stockte, und mein Puls schlug schneller. Ich hatte das Gefühl, an einem Abgrund zu stehen, der sich unverhofft vor mir aufgetan hatte. Es war desorientierend und zu viel. Viel zu viel.

Ich griff in meine Hosentasche und zog den Schlüssel für das Motorrad hervor. »Würde es dir etwas ausmachen, die Maschine zurück ins Quartier zu bringen? Ich glaube, ich würde jetzt lieber zu Fuß gehen.«

Jules schien zu begreifen, dass ich allein sein wollte; er griff nach dem Schlüssel, ohne mir anzubieten, mich zu begleiten.

Ich dankte ihm, ehe ich mich abwandte, um in der Stille der Nacht hoffentlich die Klarheit zu finden, die ich so dringend brauchte.

19. KAPITEL

Jules

Tag des Angriffs auf das Quartier in London

Auch Stunden später lief das Gespräch zwischen Harper und mir in meinem Kopf in Dauerschleife. Immer und immer wieder ging ich es in Gedanken durch, vielleicht auch um mich davon zu überzeugen, dass ich es mir nicht eingebildet hatte. Ich legte jedes einzelne Wort, jede Geste, jeden Blick auf die Goldwaage und versuchte zu begreifen, was da gestern zwischen uns geschehen war. Ich hatte mir nichts von der Jagd nach Phineas erhofft, aber alles bekommen. Seit meiner Verwandlung fühlte ich mich entfremdet – von meinen Freunden, meiner Familie und meinem alten Leben. Aber Harper … Harper fühlte ich mich näher als jemals zuvor.

Ich hatte immer gewusst, dass das, was sie die meisten Leute sehen ließ, nur ein sehr bewusst gewählter Aspekt ihrer Person war. Aber vergangene Nacht war ich ihrem wahren Ich nähergekommen als jemals zuvor. Weshalb es mich nicht wunderte, dass sie bei erster Gelegenheit die Flucht angetreten hatte. Sie hatte Angst davor, der Welt ihr wahres, verletzliches Ich zu offenbaren. Was ich ihr nicht verdenken konnte – auch ich hatte Angst. Aber sie war die erste und einzige Person, der ich auch nur ansatzweise versucht hatte zu erklären, wie es sich anfühlte, nicht länger ein Mensch zu sein. Diese Dunkelheit in mir war erschreckend, und ich hatte mit jeder möglichen Reaktion von ihr gerechnet, von Angst bis Abscheu … Aber Harper hatte keine Furcht gezeigt, sondern ihre fürsorgliche, emphatische Seite. Und ein Verständnis, das ich eigentlich gar nicht verdient hatte.

Ich würde ihr all den Raum und die Zeit geben, die sie brauchte, um sich über ihre Gefühle klar zu werden. Zwar hatte ich mir an Halloween geschworen, sie gehen zu lassen, aber das hatte ich vor allem ihretwegen getan. Nun war da etwas, das mir Hoffnung machte; und auch wenn es egoistisch sein mochte, da es keine wahrhaftige Zukunft für uns gab, betete ich dafür, dass sie sich am Ende nicht wieder von mir abwandte. Die letzten Monate waren beschissen gewesen und die Gespräche mit Harper wohl das einzig Gute, das sich aus meiner Verwandlung ergeben hatte – daran wollte ich um jeden Preis festhalten.

»Wo bist du mit deinen Gedanken?«, fragte meine Mum.

Ich saß gemeinsam mit ihr und meinem Dad an einem Tisch in der Cafeteria. Um uns herum hatten sich zahlreiche weitere Huntresses und Hunter in Gruppen zusammengefunden, um sich die Zeit zu vertreiben, bis wir Neuigkeiten aus London hörten. Der geplante Hinterhalt für Baldur am Camber Castle stand kurz bevor.

Die Stimmung war angespannt und die Luft dick von den Erwartungen, Ängsten und Sorgen, die mit dem heutigen Abend einhergingen. Jeder kannte jemanden, der an dem Kampf gegen Baldur beteiligt sein würde. Tante Lillian und ihr Kampfpartner Jackson waren ebenfalls dort. Meine Mum checkte alle paar Minuten ihr Handy, um nachzusehen, ob ihre Schwester sich gemeldet hatte.

»Ich musste an Baldur denken«, log ich und legte eine Karte auf dem Stapel ab, der in der Mitte des Tisches lag. Das Spiel war nur eine Beschäftigung für unsere Hände, keiner von uns war mit Herz und Seele dabei.

Meine Mum stieß ein Brummen aus, das deutlich machte, dass sie mir nicht glaubte.

Mütter und ihre Instinkte.

»Ich habe gehört, dass du gestern mit der Magic Huntress auf der Jagd warst, die du so mochtest.«

»Mum …«

»Harper?«, schaltete sich mein Dad ein. »Sie ist hübsch. Genau mein Typ, wäre ich zwanzig Jahre jünger.«

»Sag so was nicht«, ermahnte ich meinen Dad, nicht nur, weil ich vor Scham am liebsten im Boden versunken wäre, sondern weil es aus gleich mehreren Gründen absolut unangebracht war, dass er so über sie redete.

Mein Dad murmelte eine Entschuldigung und legte seine Karte ab.

Ich hatte nie vorgehabt, den beiden von Harper zu erzählen, aber bei einem gemeinsamen Abendessen unserer Familien vor einigen Monaten hatte Cain die Klappe zu weit aufgerissen, wofür ich ihr noch immer etwas böse war. Okay, nicht wirklich, trotzdem war es ziemlich ungeil gewesen.

»Könnten wir bitte über etwas anderes reden?«, bat ich.

»Wieso?«, fragte meine Mum mit geschürzten Lippen, während sie überlegte, welche Karte sie als Nächstes ausspielen sollte. »Dieses Mädchen interessiert dich. Und du bist unser Sohn, wir möchten, dass du glücklich bist.«

»Es würde mich glücklich machen, nicht länger darüber zu reden«, erwiderte ich mit einem verklemmten Lächeln. Wie konnte es sein, dass ich einer der wohl mächtigsten Vampire dieser Welt war, vielleicht sogar *der* mächtigste, und ich dennoch meine Eltern darum bitten musste, nicht peinlich über mein Liebesleben zu reden? Nicht, dass Harper ein Teil davon war. Alles was wir getan hatten, war zu reden und uns an den Händen zu halten …

»Okay, wie du willst.« Mum hob abwehrend die Arme, wobei ich ihr ins Blatt gucken konnte. »Aber es freut mich trotzdem, dass du sie hast. Du brauchst Freunde, die zu dir stehen. Vor allem jetzt.«

Meine Gefühle für Harper waren alles andere als freundschaftlich, aber das würde ich meiner Mum ganz sicher nicht stecken. Dieses Gespräch war so schon unangenehm genug. Stattdessen wechselte ich das Thema, fragte sie nach meinen alten Sachen und ließ mich weiter auf den neuesten Stand bringen. Sie erzählten mir von den Serien und Filmen, die sie seit meinem Verschwinden gesehen hatten, und von entfernten Freunden und Verwandten, die sich nach meinem vermeintlichen Tod wieder bei ihnen gemeldet hatten. Doch das Gespräch blieb oberflächlich, während die Anspannung im Raum immer greifbarer wurde.

Wir alle warteten auf Neuigkeiten.

Harper

Laute Schritte und aufgeregte Stimmen im Gang vor meinem Zimmer weckten mich.

Benommen rollte ich mich in meinem Bett herum. Wie spät war es? Nachdem ich bis Sonnenaufgang durch die Stadt spaziert war, um nachzudenken, hatte ich beschlossen, mir keinen Wecker für den Tag zu stellen – in dem festen Glauben, dass ich spätestens gegen Mittag wach werden würde. Offenbar hatte ich mich geirrt. Als ich nun auf mein Handy sah, verriet mir die digitale Anzeige, dass es bereits nach 18 Uhr war. In meinem Kopf hämmerte es …

Moment!

Nein. Das stimmte nicht. Es hämmerte nicht in meinem Kopf, sondern an meiner Tür. Laut und penetrant.

Ich schälte mich aus den Laken, taumelte noch schlaftrunken in der Dunkelheit zur Tür und öffnete sie. Als mich das Licht aus dem Gang blendete, kniff ich die Augen zusammen. Holden stand im Flur, mit einem Ausdruck der Panik im Gesicht, der auf mich dieselbe Wirkung hatte wie ein Eimer Eiswasser. Plötzlich war ich hellwach.

»Was ist passiert?« Meine Stimme war rau vom Schlaf.

»Baldur …«

Ich riss die Augen auf. Wie hatte ich das vergessen können?! Die Konfrontation mit Baldur war für heute um 18 Uhr geplant gewesen. Eigentlich hatte ich mit den anderen in der Cafeteria sein wollen, um mit ihnen gemeinsam zu hoffen und zu bangen. Stattdessen hatte ich geschlafen.

Mir wurde ein klein wenig übel, als ich die nächsten Worte aussprach. »Hat es funktioniert?«

Holden schüttelte den Kopf, und das war die einzige Antwort, die ich bekam. »Komm. Der Rest wartet schon. Wir müssen die anderen abholen.«

Ich runzelte die Stirn. Die anderen? Wer waren die anderen? Die Hunter aus London? Wollte er, dass ich nach England fuhr? Perplex hielt ich meine Fragen zurück, sie würden sich schon noch klären. Stattdessen schlüpfte ich hastig in meine Stiefel und warf mir einen Cardigan über, dann folgte ich Holden in die Cafeteria.

Es schien, als hätte sich das gesamte Quartier zwischen den Tischen und Stühlen versammelt. Eine Traube hatte sich um Hugo und Grant gebildet, der wieder auf einem Stuhl stand und versuchte, die Situation zu kontrollieren, was nicht leicht war. Die Leute waren aufgebracht. Ihre Stiefel schabten über das Parkett, und die gesenkten Stimmen schwollen immer wieder zu einem Chor an, der Grant zu übertönen drohte.

Jules stand gemeinsam mit seinen Eltern in einer Ecke des Raumes. Er bemerkte mich nicht; seine ganze Aufmerksamkeit ruhte auf Grant und dem, was er zu sagen versuchte.

Ich trat näher an Hugo und Grant heran.

»Nein, wir kennen noch keine Details und können euch leider keine Auskunft über eure Familienmitglieder und Freunde geben. Aber wir bitten euch, Ruhe zu bewahren«, sagte Grant. Er klang erschöpft. »Wenn wir jetzt die Fassung verlieren, ist niemandem geholfen. Gebt uns etwas Zeit, die Lage zu sondieren. Allerdings benötigen wir bereits jetzt eure Hilfe – und zwar die von euch allen. Hugo hat euch in drei Gruppen aufgeteilt. Wir brauchen Helfer, die das Quartier für die Neuankömmlinge vorbereiten; einige müssen auf der Krankenstation aushelfen; und der Rest fährt los, um die Leute abzuholen. Ich weiß, dass ihr vermutlich alle raus nach North Berwick wollt, um nach euren Liebsten zu sehen, aber ich bitte euch inständig, die Aufgabe nicht zu verhandeln, die euch zugeteilt wurde. Das verlangsamt die ganze Aktion, die wir so schnell und effizient wie möglich über die Bühne bringen wollen.«

Irritiert sah ich zu Holden. »North Berwick?«

Das war eine kleine gälische Küstenstadt nur vierzig Minuten von Edinburgh entfernt. Wie waren die Hunter aus London dorthin gelangt?

Doch kaum hatte ich die Frage gedacht, dämmerte mir schon, wie Holdens Antwort lauten würde.

»Ja, Shaw hat sie mithilfe eines Portals hergebracht – so nah, wie ihnen sicher erschien.«

Ich stieß ein Brummen aus. Dass die Hunter ihren Rückzug in die Hände eines Hexenmeisters legten, gefiel mir nicht, aber effektiv war es wirklich. Immerhin war seit dem Angriff nicht viel Zeit vergangen. Die Fahrt von London nach Edinburgh hingegen dauerte mehrere Stunden. Auf diese Art und Weise konnten wir uns schneller sammeln und unseren Gegenschlag planen.

Ich schüttelte meine Vorbehalte für den Moment ab und wandte meine Aufmerksamkeit nun wieder Grant und Hugo zu. Letzterer las gerade die Namen jener Hunter und Huntresses vor, die dazu eingeteilt waren, die Leute aus North Berwick abzuholen. Auch mein Name wurde aufgerufen, was mich erleichterte. Rauszugehen, auch wenn es nur als Chauffeurin war und nicht, um in den Kampf zu ziehen, war genau das, was ich jetzt brauchte.

»Ich werde euch die genauen Koordinaten, die etwas außerhalb von North Berwick liegen, gleich auf eure Handys schicken«, erklärte Hugo, als er am Ende der Liste angelangt war. »Seid vorsichtig und haltet die Augen offen. Shaw hat beteuert, dass er das mit dem Portal hinbekommt, ohne dass Hexer ihnen folgen, aber er ist auch nicht unfehlbar. Bewaffnet euch, bleibt zusammen und seid bereit.«

Ich verabschiedete mich von Holden und folgte einer Horde entschlossener Hunter und Huntresses in die Waffenkammern, wo wir uns ausrüsteten. Anschließend machte ich noch einen Abstecher in mein Zimmer, um mein Katana zu holen, und erreichte die Tiefgarage als eine der Letzten. Ich schnappte mir aus dem Kasten einen Schlüssel, der zu einem SUV gehörte, und fuhr los. Inzwischen hatte ich auch die Koordinaten auf dem Handy. Nicht dass ich sie gebraucht hätte. Ich folgte einfach der Kolonne, die vor mir fuhr. Vermutlich dachten die Leute, an denen wir vorbeikamen, dass wir die Queen oder irgendeine wichtige politische Person chauffierten.

Wir verließen Edinburgh und fuhren die östliche Küste entlang. Hätte ich etwas weniger unter Strom gestanden, hätte ich die Aussicht vielleicht genießen können, doch so hatte ich nur Augen für die Strecke und unser Ziel. Nach einer halben Stunde Fahrt weit über dem Tempolimit bog unsere Kolonne auf einen schmalen Weg ab, der vermutlich nicht als Straße für so viele Fahrzeuge gedacht war. Ich folgte den anderen ohne jedes Zögern. Schließlich strahlten mir rote Bremslichter entgegen, und ich drosselte die Geschwindigkeit, bis ich zum Stehen kam. Ich ließ den Schlüssel stecken und die Scheinwerfer brennen, als ich ausstieg.

Wir standen an einem kleinen natürlichen Strand, aus dessen Sand sich Felsen in den verschiedensten Größen erhoben. Das Meer brandete sanft gegen die bemoosten Steine, und ein paar Möwen krächzten aufgescheucht über unseren Köpfen.

Ich ließ meinen Blick über die Gruppe von Menschen gleiten, die auf dem Strand beisammenstanden. Auf ihren Gesichtern las ich Schock, Schmerz und Angst. Verletzte waren unter ihnen. Sie hielten sich ihre Arme und Schultern oder humpelten. Ich sah auch zwei Hunter, die reglose Gestalten in ihren Armen trugen. Und ich entdeckte Lillian, Cains Mutter, unter ihnen. Ihr rotes Haar war zerzaust, ihr Gesicht gesprenkelt von Dreck und Blut, die Haut darunter leichenblass. Sie hatte die Arme um ihre Mitte geschlungen, als wolle sie sich selbst zusammenhalten. Mir wurde eng in der Brust, dennoch zwang ich meine Beine in ihre Richtung.

»Lillian?«

Sie sah zu mir auf. »Harper.«

»Was ist passiert?«, fragte ich, da mir noch immer niemand genaue Auskunft darüber gegeben hatte, was eigentlich schiefgelaufen war. »Wo ist Jackson?«

»Tot«, krächzte Lillian, und ihre Stimme brach.

Ein Kloß bildete sich in meinem Hals. Ich hatte Jackson gekannt, sogar besser als viele andere in unserem Quartier. Er war ein erfahrener Magic Hunter gewesen, mit einem Amulett der Stufe 6. Während unserer Ausbildung hatte er Holden und mich manchmal begleitet und meinem Bruder den Umgang mit den höherstufigen Amuletten beigebracht.

»Lillian, das tut mir furchtbar leid. Ich …«

»Lilly!«

Mir wurde das Wort von Jules' Mum abgeschnitten, die in diesem Moment auf uns zugestürmt kam. Sie schlang die Arme um ihre Schwester, die sich nun endlich erlauben konnte loszulassen. Lillian begann zu weinen, und der Kloß in meiner Kehle wuchs noch weiter. Ich schluckte schwer und wandte mich ab, um der Familie in diesem Moment des Wiedersehens nicht im Weg zu stehen und mich endlich nützlich zu machen.

Mein Blick fiel auf eine Frau mit hellbrauner Haut. Sie trug ihr schwarzes Haar kurz, unzählige Armbänder baumelten an ihren Handgelenken. Ihre Miene war entschlossen, und die Leute, die sich um sie gescharrt hatten, hingen förmlich an ihren Lippen. Sie strahlte eine ähnliche Autorität wie Grant aus. Das musste Nala sein, die erst vor knapp einem halben Jahr zur Leiterin des Londoner Quartiers ernannt worden war. Ich hatte sie noch nie getroffen, aber in den letzten Wochen und Monaten von Holden viel über sie gehört.

Nur wenige Schritte von ihr entfernt stand der Hexenmeister, Shaw, den ich an seinen braunen Locken wiedererkannte, mit einem erschöpften Ausdruck auf dem Gesicht. Bei seinem Anblick lief mir ein Schauder über den Rücken; rasch rief ich mir in Erinnerung, dass er dafür verantwortlich war, dass die Hunter und Londoner Archivare nun hier waren und wir ihnen helfen konnten. Das war etwas Gutes, dafür konnte ich für ein paar Minuten meine Verachtung ruhen lassen. Und offenbar hatte er tatsächlich gute Arbeit geleistet, denn ich konnte keine anderen Hexer oder Hexen erspähen, die uns an den Kragen wollten.

Ich näherte mich Nala und der Gruppe, die eine Mischung aus mir unbekannten und unseren Leuten war. Roxy, die freie Huntress, die vor einigen Monaten zusammen mit Shaw in Edinburgh gewesen war, war ebenfalls unter ihnen. Sie stand zwischen Shaw und einer Huntress mit lila Haaren, die einen jungen Mann auf den Armen trug. Er war blond und zu schmächtig, um ein Hunter zu sein.

»Ingrid, du bringst Niall gemeinsam mit Xavier ins örtliche Krankenhaus. Als Nicht-Hunter ist er dort am besten aufgehoben, und du kennst seine Krankengeschichte. Komm ins Quartier, sobald er versorgt ist«, sagte Nala an eine ältere Frau gerichtet. Sie hatte dunkelbraune, mit zahlreichen grauen Strähnen durchsetzte Haare und helle Augen, die aber nicht hell genug waren, um die einer Soul Huntress zu sein.

»Ich komme mit!«, rief Roxy sofort. Entschlossen folgte sie der Grim Huntress mit den lila Haaren, die Niall trug.

Im Vorbeigehen packte Shaw Roxy am Arm und beugte sich herunter, um ihr etwas ins Ohr zu flüstern. Sie schüttelte den Kopf … und dann stellte sie sich auf die Zehenspitzen und hauchte Shaw einen Kuss auf die Lippen.

Urgh.

Mir wurde schlecht, aber vielleicht waren das auch nur die Anspannung und das Gefühl, dass irgendetwas nicht stimmte. Ich konnte es nicht benennen, aber ich spürte die Verzweiflung wie eine schwere Decke, die auf uns lag und uns langsam zu ersticken drohte. Anders als die Hunter und Huntresses im schottischen Quartier, die vor Aufregung ihre Münder nicht hatten halten können, waren die hier bedrückend still. Sie starrten ins Leere, leckten ihre Wunden und warteten darauf, dass jemand ihnen sagte, was als Nächstes zu tun war.

Als hätten sie keine Kraft mehr, aus eigenem Antrieb zu handeln.

Niall, Roxy und Ingrid stiegen in Xaviers SUV ein. Er wendete und fuhr vom Strand. Und auch alle anderen Anwesenden steuerten eines der Fahrzeuge an, sodass sich die Menge am Strand langsam lichtete. Ich blieb zurück, bis Nala mich zu sich winkte.

Sie fragte mich gar nicht erst nach meinen Namen. »Wie viele Leute passen in dein Auto?«

»Vier Mitfahrer, wenn nicht alle Grim Hunter sind.«

Nala nickte. »Gut. Ripley, Dinah und Shaw …«

»Nein!«, fuhr ich dazwischen. Shaw hier an diesem Strand zu dulden, ohne mit meinem Katana auf ihn loszugehen, war eine Sache. Ihn in meinen Wagen zu lassen und als meinen Beifahrer zu akzeptieren, eine völlig andere.

Nalas Miene verfinsterte sich.

»Sorry, aber ein Hexenmeister kommt mir nicht ins Auto.«

Nala setzte an, etwas zu erwidern, aber Shaw fiel ihr ins Wort. »Schon in Ordnung. Ich finde jemanden, der mich fährt. Sie soll lieber Giselle mitnehmen. Die sieht ziemlich fertig aus.« Er deutete auf eine zierliche Gestalt, die am Rande des Geschehens stand und die ich bisher vollkommen übersehen hatte.

Giselle hatte braune Locken und trug die schwarze Kleidung einer Huntress, die ihr allerdings viel zu groß war. Ihre Arme hatte sie vor der Brust verschränkt und die Hände unter ihre Achseln geklemmt, wie um klarzustellen, dass sie nicht umarmt werden wollte.

»Wenn ich sie mitnehme, hätte ich noch Platz für eine weitere Person.«

»Nein, hättest du nicht.« Ein bärtiger Magic Hunter trat neben mich und legte einen Arm um meine Schultern. Ich rümpfte die Nase. Er stank nach Schweiß und etwas anderem Ekelhaften, das ich nicht benennen konnte. Sein zotteliges hellbraunes Haar klebte ihm an der Stirn. »Unsere Giselle hat den Todesblick, und ich möchte nicht versehentlich meinen eigenen Tod sehen, wenn du eine zu scharfe Kurve nimmst. Etwas mehr Platz ist hier besser. Ich bin übrigens Ripley.«

»Harper«, stellte ich mich vor, doch mein Blick ruhte auf Giselle, die keinesfalls älter sein konnte als ich. Sie wirkte so unschuldig, aber sie musste es faustdick hinter den Ohren haben, wenn es ihr gelungen war, einen Todesboten ausreichend zu verärgern, um mit dem Todesblick bestraft zu werden.

Gemeinsam gingen wir zurück zu meinem Wagen. Dinah nahm auf dem Beifahrersitz Platz. Giselle kletterte hinter ihr auf die Rückbank, die Beine an den Oberkörper gezogen, und Ripley saß hinter mir.

Ich startete den Motor und wendete. Wir holperten den unebenen Weg entlang, bis wir die Straße erreichten. Dieses Mal gab es keine Kolonne, die mir den Weg zurück nach Edinburgh zeigte.

Niemand sagte etwas. Dieselbe angespannte Stille, die am Strand geherrscht hatte, füllte nun den Wagen. Ich sah in den Rückspiegel zu Ripley, der geistesabwesend aus dem Fenster starrte, ebenso wie Giselle und Dinah, als würden sie in ihren Gedanken noch immer im Kampf gegen Baldurs Hexen stecken.

»Seid ihr die Einzigen, die überlebt haben?«, fragte ich in die Stille hinein in der Hoffnung, endlich Antworten zu bekommen.

»Nein«, antwortete Dinah und wandte sich mir zu. »Aber nach dem, was mit Finn geschehen ist, hielten wir es für klüger, uns aufzuteilen und nicht alle nach Edinburgh zu kommen. Einen Teil hat Shaw nach Glasgow gebracht, den anderen nach Frankreich, und ein paar haben sich in und um London verstreut, um die Stadt im Auge zu behalten, sollte Finn zurückkommen.«

»Finn MacLeod?«

Dinah nickte.

»Was ist mit ihm?« Ich kannte Finn flüchtig von früher. Er hatte seine Ausbildung zum Hunter in Edinburgh abgeschlossen, im selben Jahr wie Jules. Gelegentlich waren wir in denselben Trainingsgruppen gewesen.

Ripley beugte sich auf seinem Sitz vor. »Hat es dir niemand erzählt?«

»Nein, uns hat niemand etwas gesagt, alles ging zu schnell.«

Schweigen folgte meinen Worten. Das Licht meiner Scheinwerfer zuckte unruhig über den Asphalt, während ich darauf wartete, dass einer der anderen mir endlich erzählte, was in London geschehen war. Es konnte wohl kaum schlimmer sein als all das, was ich mir mittlerweile ausmalte.

»Baldur hat Finns Körper in Besitz genommen.«

»Was?!« Fassungslos fuhr ich zu Ripley herum, wobei der Wagen einen Schlenker machte, was uns alle nach rechts drückte. Ripley schob es dabei in Giselles Richtung. Erschrocken klammerte er sich an meinem Sitz fest.

»Was hab ich über scharfe Kurven gesagt?«

Ich verzog die Lippen. »Sorry, du hast mich eiskalt erwischt. Baldur steckt in Finns Körper? Wie … Wie ist das passiert?«

Erneut entstand eine kurze Pause, und dann begannen Dinah und Ripley abwechselnd zu erzählen. Der Hinterhalt für Baldur war um 18:00 Uhr am Camber Castle geplant gewesen. Die Hunter hatten ihm dort wie besprochen mit dem leeren Bronzefläschchen aufgelauert, um seine Seele gefangen zu nehmen. Der König der Hexer hatte die Falle allerdings gewittert und stattdessen das Quartier im Herzen von London angegriffen. Vermutlich hatte eine abtrünnige Magic Huntress ihm die Adresse verraten. Es war zu einem brutalen und verlustreichen Kampf gekommen, bei dem die Hexer und Hexen das Londoner Quartier in Schutt und Asche gelegt hatten. Mit vereinten Kräften war es den Huntern gelungen, Baldur zu töten – oder zumindest seinen derzeitigen Körper zu zerstören. Dann hatte Finn, wie besprochen, seinen Geist in das Bronzefläschchen sperren wollen, aber es hatte nicht funktioniert. Die Seele des Königs war stattdessen in Finns Körper gefahren und hatte ihn übernommen, und anschließend war er durch eines seiner Portale verschwunden. Baldur war geschwächt, aber das würde vermutlich nicht von langer Dauer sein. Und dank der Portalmagie konnte er sich überall auf der Welt verstecken.

»Heilige Scheiße«, raunte ich. Kein Wunder, dass alle so niedergeschlagen waren. Der Kampf klang grausam und zermürbend. Das Londoner Quartier war zerstört. Baldur war noch immer auf freiem Fuß, seine Rache noch nicht vorbei; und dass er nun den Körper eines Grim Hunters besetzte, war nicht nur schrecklich für Finn, sondern fühlte sich an, als würde Baldur uns alle verspotten. Als wären wir nur wertlose Hüllen, die darauf warteten, von ihm benutzt zu werden.

Von der Rückbank hörte ich ein leises Schluchzen. Es kam von Giselle. Eilig wischte sie sich die Tränen von den Wangen. Ich verstand noch nicht ganz, in welchem Bezug sie zu den Huntern stand oder was sie ins Londoner Quartier gebracht hatte, aber es war offensichtlich, dass ihr viel an Finn gelegen hatte.

»Und wie geht es jetzt weiter?«, fragte ich, denn eins war offensichtlich: Der Kampf war noch nicht vorbei. Baldur würde die Niederlage sicher nicht einfach hinnehmen, und das Fläschchen mit seine Freundin Marjorie befand sich weiterhin im Besitz der Hunter. Zwar hatte ich keine Ahnung, wo sich das Gefäß momentan befand, aber ich vertraute darauf, dass es sicher versteckt war.

»Das wird sich noch zeigen«, antwortete Dinah. »Wir hatten in den letzten Stunden nicht unbedingt Zeit, uns einen Plan zu überlegen. Wir waren zu sehr damit beschäftigt, unsere Verletzten und Toten zu bergen und Daten aus dem Quartier zu vernichten, bevor sie in falsche Hände fallen.«

»Natürlich. Entschuldigung«, murmelte ich.

Es hatte kein Vorwurf von mir sein sollen. Ich wusste, dass sie alles getan hatten, was sie konnten, aber das änderte nichts daran, dass Baldur sich schon bald ein neues Ziel suchen würde. Und vielleicht war das Quartier in Edinburgh als Nächstes an der Reihe.

20. KAPITEL

Jules

Mit schwerem Herzen beobachtete ich, wie meine Mum Tante Lillian zurück ins Quartier führte. Andrew, ihr Ehemann, war ebenfalls an ihrer Seite und hatte einen Arm um ihre Taille geschlungen. Tante Lillian sah in diesem Moment so klein und zerbrechlich aus, wie ich es noch nie erlebt hatte, aber der Tod eines geliebten Menschen konnte das anrichten. Jackson, ihr jahrelanger Kampfpartner, war im Kampf gegen Baldur gestorben. Ich hatte nie viel mit dem Magic Hunter zu tun gehabt, aber zu hören, dass er tot war, tat selbst mir weh. Die Verluste auf den Seiten der Hunter wuchsen und wuchsen und wuchsen und noch war kein Ende in Sicht, denn Baldur war noch immer nicht besiegt.

Vielleicht war es sogar schlimmer als zuvor, nun, da Baldur Finns Körper in Besitz genommen hatte. Mein alter Freund. Ich konnte nur hoffen, dass er tot war und nichts mehr von dem Unheil mitbekam, das Baldur mit seinem Körper anrichtete. Ich wusste, wie es sich anfühlte, eine Marionette zu sein, und das war nichts, was ich jemandem wünschte.

Die Aufzugtür schloss sich hinter meiner Mum, Lillian und Andrew. Ich ließ meinen Blick durch die Tiefgarage schweifen. Die meisten Hunter und Huntresses waren bereits zurück, aber noch nicht alle, was auch der Grund war, weshalb ich noch hier stand. Mir war keine Aufgabe zugeteilt worden – ob Grant mich einfach vergessen hatte oder mir nicht zutraute, mich in Anwesenheit so vieler Verletzter zu beherrschen, konnte ich nicht sagen –, daher gab es für mich nichts zu tun, außer zu warten.

In diesem Moment bog ein weiterer schwarzer SUV in die Tiefgarage ein. Ich erkannte die Person hinterm Steuer sofort.

Harper parkte den Wagen und stieg aus. An ihrer Seite waren ein Jäger und eine Jägerin, die ich beide nicht kannte, und eine junge Frau, die gewiss keine Huntress war. Sie trug weder ein erkennbares Amulett noch Waffen bei sich. Vielleicht eine Archivarin?

Ich lief der Gruppe entgegen. »Hey, alles klar bei euch?«

»Wow.« Der Typ mit dem wuscheligen braunen Haar, der vermutlich ein Magic Hunter war, blieb stehen und hob die Hände. An seinem Finger leuchtete ein Amulett der Stufe 6 auf. »Ganz schön lange Beißer, die du da hast. Brauchen wir einen Pflock?«

Harper lachte und schüttelte den Kopf. »Das ist Jules. Jules Marlowe.«

Die Frau mit den bunten Haaren, die zu zwei hohen Zöpfen gebunden waren, blinzelte. Sie musste eine Grim Huntress sein. Zwar hätte sie von ihrem Körperbau auch zu den Vampirjägern gehören können, aber der typisch ranzige Geruch der Blood Hunter haftete ihr nicht an. »Jules? Der Grim Hunter, den Isaac verwandelt hat?«

»Der einzig Wahre«, erwiderte ich.

»Wir wussten nicht, dass du zurück bist«, sagte der Typ, der dankenswerterweise seine Hand und das Amulett wieder runtergenommen hatte.

»Das ist eine relativ neue Entwicklung. Wir können später darüber reden«, ging Harper dazwischen und setzte sich wieder in Bewegung.

Wir alle folgten ihr zum Aufzug aus der Tiefgarage.

Ein Gewirr aus Dutzenden Stimmen, welche die unterschiedlichsten Gespräche führten, schlug uns entgegen, sobald wir das Quartier betraten. Es ging um Verletzte und Tote, um Baldur und Finn und das zerstörte Quartier. Wieder andere redeten über unsere Ausstattung und die Tatsache, dass wir hier in Edinburgh *wirklich unter einem Berg* lebten. Vermutlich half ihnen das, sich für einen kurzen Moment von Schmerzen, Ängsten und Sorgen abzulenken.

»Muss einer von euch auf die Krankenstation?«, fragte Harper.

Alle drei schüttelten den Kopf, wobei ich mir etwas Sorgen um die junge Frau machte, die bisher kein Wort gesagt hatte. Sie war erschreckend blass. Ihre Augen waren glasig und vor Angst weit aufgerissen, als wäre sie nur einen Moment von einer Panikattacke entfernt.

Behutsam legte ich eine Hand auf ihre Schulter. »Hey, bist du …« Ich brach jäh ab, als die Frau voller Furcht vor mir zurückschreckte. Eilig zog ich meine Hand zurück und ballte sie zur Faust. Fuck, ich hatte vergessen, dass es dort draußen auch Leute gab, die sich vor Vampiren fürchteten. »Sorry, ich wollte dir keine Angst einjagen.«

Verdattert starrte mich die Frau mit ihren großen braunen Augen an. Ihre Lippen teilten sich, als wollte sie etwas sagen, aber kein Ton verließ ihren Mund.

Großartig, das hatte ich ganz schön verkackt.

»Vielleicht sollte ich besser gehen«, sagte ich und deutete in die entgegengesetzte Richtung.

»Non!«, rief die Frau, in die plötzlich Leben einkehrte. Sie machte einen Satz nach vorne und packte mich am Arm.

Nun war ich derjenige, der sie perplex ansah. Was ging hier vor sich?

Der Magic Hunter wirkte überrascht. »Giselle ist nicht unbedingt ein Fan von Berührungen, da sie den Todesblick besitzt. Aber anscheinend ist das eine Angst, die sie bei dir nicht haben muss.«

Ich sah auf Giselle hinab. Sie hatte welliges braunes Haar, das ihr bis auf die Schultern fiel. Ihre Gesichtszüge waren ebenso zart wie das ungläubige Lächeln, mit dem sie mich nun bedachte.

Ich erwiderte es, denn ich konnte mir nicht vorstellen, was für eine Bürde es war, ein Leben ohne Berührungen führen zu müssen. Kurz entschlossen legte ich meine Hand auf ihre, mit der sie noch immer meinen Arm festhielt, und ein leises Seufzen entwich ihren Lippen.

»Wollen wir weiter?«, fragte Harper. Ihre Stimme klang eigenartig gepresst. Doch als ich sie ansah, wandte sie blitzschnell den Blick von mir ab, als gäbe es da etwas, von dem sie nicht wollte, dass ich es sah. Es war erstaunlich, was eine solch kleine Geste bei einem Menschen bewirken konnte.

Ich lenkte meine Aufmerksamkeit wieder zurück auf Giselle und bot ihr meinen Arm diesmal richtig an, damit sie sich unterhaken konnte. Sie zögerte kurz, doch dann nahm sie mein Angebot an und gemeinsam machten wir uns auf den Weg zur Cafeteria.

Der Magic Hunter stellte sich mir als Ripley und die Grim Huntress als Dinah vor. Ihre Namen kamen mir entfernt bekannt vor, und ich erinnerte mich daran, dass sie vor geraumer Zeit verschwunden waren. Es dauerte nicht lange, bis ich mir zusammengereimt hatte, dass sie offenbar zu den Leuten gehörten, die von Ella und Wayne aus der Geisterwelt befreit worden waren.

Wir erreichten die Cafeteria, in der ein noch größeres Chaos herrschte als im Rest des Quartiers.

Als wir den Raum betreten wollten, fühlte ich einen Widerstand an meinem Arm. Ich sah zu Giselle. »Alles in Ordnung?«

»Es sind zu viele Leute«, sagte sie mit französischem Akzent.

Natürlich. Sie durfte mit niemandem in Kontakt kommen. Selbst die kleinste Berührung sorgte bei ihr für eine Todesvision. Dass sie darauf nicht scharf war, konnte ich verstehen.

»Gerade ist es hier überall ziemlich voll. Wenn du willst, kann ich dich auf mein Zimmer bringen, bis du ein eigenes bekommst, und dir später etwas zu essen runterbringen?«

»Ce serait super.«

Ich verstand kein Wort Französisch, aber ihrem dankbaren Blick entnahm ich, dass sie meinem Vorschlag zustimmte. Was gut war, denn das Letzte, was wir brauchten, war eine Massenpanik, wenn Giselle versehentlich links und rechts Todesvisionen auslöste.

»Heh!«, rief ich den anderen nach, die sich schon ein paar Schritte von uns entfernt hatten und nun zu mir umwandten. »Ich bring Giselle in mein Zimmer. Hier ist es etwas zu voll. Ich komm gleich nach.«

Die anderen nickten, doch kurz bevor ich ihnen den Rücken zuwandte, sah ich etwas Dunkles über Harpers Gesichtszüge flackern, das ich nicht benennen konnte. War sie sauer, weil ich ihr einen ihrer Schützlinge genommen hatte? Sie hatte sich ohnehin schon nutzlos gefühlt, weil sie nicht mit in den Kampf hatte ziehen dürfen. Beraubte ich sie gerade ihrer Chance zu zeigen, dass sie es nicht war?

Giselle und ich redeten nicht auf dem Weg in mein Zimmer. Sie war zu sehr damit beschäftigt, das Quartier in Augenschein zu nehmen und den Leuten auszuweichen, die uns entgegenkamen. Es war fast schon amüsant, wie die Leute aus London zur Seite sprangen, wenn Giselle ihnen begegnete, während die örtlichen Hunter nicht mal ahnten, wie kurz davor sie standen, ihren eigenen Tod zu sehen.

»Das Zimmer ist noch etwas spartanisch eingerichtet. Ich bin erst seit Kurzem zurück«, erklärte ich, als ich den Sicherheitscode eingab. »Auf meinem Nachttisch liegt ein Buch, falls du dich ablenken willst, und du kannst gern die Dusche benutzen. Oder auch einfach nur schlafen. Du musst ziemlich erschöpft sein.«

»Oui, aber ich werde nicht schlafen können. Ich mache mir Sorgen um Finn. Was, wenn wir ihn nicht retten können?«

Ich hatte keine Ahnung, was ich darauf erwidern sollte. Weder war ich ein Magic noch ein Soul Hunter, als der ich ihr vielleicht eine Antwort hätten geben können. Ich verfügte lediglich über Grundwissen, was Baldur und seine Hexer und Hexen anging; auch was genau passierte, wenn sich mehrere Seelen einen Körper teilten, war mir nur ungefähr klar. Daher wusste ich nicht, ob es für Finn überhaupt eine Chance gab – oder ob ihn zu töten nicht die größte Gnade war, die wir ihm noch zukommen lassen konnten.

»Ich weiß nicht, was aus Finn wird«, gestand ich. »Aber wir alle sind ihm die größte Hilfe, wenn wir uns sortieren, ausruhen und unsere Kräfte sammeln, bevor wir eine Entscheidung treffen und einen Plan schmieden.«

Es war fraglich, ob meine Worte Giselle beruhigten, dennoch nickte sie. Sie bedankte sich bei mir und zog sich anschließend in mein Zimmer zurück.

Kaum hatte sich die Tür hinter ihr geschlossen, fragte ich mich, ob ich sie vor dem Kühlschrank mit Blut hätte warnen sollen, verwarf den Gedanken dann allerdings wieder. Sie wusste, was ich war, und bestimmt hatte sie in ihren Visionen schon grauenhaftere Dinge gesehen als fein säuberlich gestapelte Blutkonserven.

Ich ging zurück in die Cafeteria, wo es Essen und Trinken für die Angekommenen gab, während Hugo und Grant ihnen freie Zimmer zuteilten. Unwillkürlich fragte ich mich, ob es genügend davon gab. Falls nicht, könnte Giselle mein Zimmer vorerst behalten. Da ich nicht schlief, brauchte ich es nicht unbedingt.

Ich entdeckte Harper, Ripley und Dinah an dem improvisierten Pizza-Buffet. Shaw war bei ihnen, was Harper sichtlich zu missfallen schien. Ich konnte die Anspannung, die sie ausstrahlte, spüren. Ihre Arme hatte sie steif an den Körper gepresst, und ihre Lippen bildeten einen dünnen Strich.

»Hey«, grüßte ich in die Runde und klopfte Shaw auf die Schulter.

Mit Pizza im Mund wandte er sich zu mir um. Seine Augen weiteten sich, und er machte einen kleinen Satz zurück, wie Giselle es zuvor getan hatte. Dabei rempelte er gegen den Tisch mit den Kartons und ließ vor Schreck seine Pizza fallen, die mit einem schmatzenden Geräusch auf dem Boden landete. Belag voraus natürlich.

Grinsend schüttelte Ripley den Kopf. »Sag mir nicht, dass der mächtige Hexenmeister noch immer Angst vor Vampiren hat.«

Shaw warf ihm einen vernichtenden Blick zu und bückte sich, um seine Pizza aufzuheben. »Sie wollen mir das Blut aussaugen. Das ist Grund genug.«

»Ich will dich ganz bestimmt nicht aussaugen.«

Shaw warf die Pizza in den Mülleimer und betrachtete mich mit zusammengezogenen Augenbrauen. Der Kampf war auch an ihm nicht spurlos vorbeigezogen. Er hatte kleinere Kratzer und Schnittwunden im Gesicht und an den Armen, aber nichts Gravierendes. »Ach? Soll das heißen, du findest mich nicht zum Anbeißen?«

»Willst du, dass ich dich zum Anbeißen finde?«, fragte ich und fuhr mir mit der Zunge über die Lippen, als könnte ich sein Blut bereits schmecken. Zwar hatte ich definitiv kein Interesse daran, von Shaw zu probieren, aber ein Schluck Blut käme mir gerade tatsächlich ganz gelegen. Der metallische Geruch lag schwer in der Luft, und ich spürte, wie die Gier in mir danach immer drängender durch meine Adern pulsierte.

Shaw machte eine wegwerfende Handbewegung. »Ich schmecke bestimmt nicht gut.«

»Es gibt einen ganz einfachen Weg, das herauszufinden. Und du wärst mein erster Hexenmeister … Falls du es dir also anders überlegen solltest …« Ich deutete erst auf mich, dann auf Shaw und hob einladend die Augenbrauen.

Er starrte mich an, dann begann er zu lachen. Doch es war ein verhaltenes Lachen. Ob das an mir lag oder an dem, was er und die anderen erst vor wenigen Stunden erlebt hatten, wusste ich nicht.

Mein Blick wanderte zu Harper. Sie wirkte noch immer angespannt. Ich fragte mich, ob das ausschließlich an Shaw lag oder auch an dem düsteren Ausdruck, mit dem sie mich zuvor bedacht hatte. Oder interpretierte ich da zu viel hinein?

Shaws Handy vibrierte, und er teilte uns nach einem Blick darauf mit, dass Roxys Zwillingsbruder Niall nun untersucht werde und sie im Krankenhaus bleiben würde, bis es Neuigkeiten gab. Kurzerhand entschloss sich Shaw dazu, ihr beim Warten Gesellschaft zu leisten. Er schnappte sich eine der Pizzen und machte sich auf den Weg. Kurz darauf verschwanden auch Ripley und Dinah, um sich Zimmer zuweisen zu lassen und zu duschen.

»Ich sollte wohl besser nach Holden gucken.«

»Ich glaube, ich hab ihn vorhin im Gang gesehen, aber das

ist schon eine Weile her. Soll ich dir suchen helfen?«, bot ich Harper an, weil es sonst nicht viel für mich zu tun gab.

»Nein, danke, ich finde ihn schon allein«, sagte Harper, wobei sie mir nicht ins Gesicht schaute, was meine Vermutung bestätigte, dass ihre angespannte Stimmung nicht ausschließlich etwas mit Shaw zu tun hatte – immerhin war dieser nun fort. Doch bevor ich sie fragen konnte, was los war und woher das plötzlich kam, war sie auch schon verschwunden – und ich blieb ratlos zurück.

21. KAPITEL

Harper

Was stimmt nicht mit mir?

Diese Frage stellte ich mir zum wiederholten Mal in sehr kurzer Zeit und stets in Zusammenhang mit Jules. Er hatte etwas an sich, das mich dazu brachte, Dinge zu fühlen und zu denken, die ich eigentlich nicht denken und fühlen wollte. Doch ich konnte den bitteren Stich der Eifersucht nicht leugnen, der mich durchbohrt hatte, als ich ihn zusammen mit Giselle gesehen hatte. Die Art und Weise, wie sie ihn angelächelt und er ihr seinen Arm angeboten hatte, um sie auf sein Zimmer zu führen … Logisch betrachtet wusste ich, dass nichts passiert war. Noch nicht. Das konnte sich ändern. Wäre ich an Giselles Stelle, würde ich mich sicherlich nach Berührungen verzehren. Berührungen, die Jules ihr geben konnte. Doch anstatt mich für Giselle zu freuen, war da in meinem Kopf nur ein ganz großes, lautes »Nein!«.

Ich wollte das nicht, aber es ließ sich nicht aufhalten. Und es war auch nicht zu leugnen, dass sich meine Gefühle von früher umso mehr in den Vordergrund drängten, je mehr Zeit ich mit Jules verbrachte. Es war nicht so, dass ich Hals über Kopf in ihn verliebt gewesen war und nächtelang wach gelegen hatte, weil ich mich zu sehr nach ihm verzehrt hatte. Keinesfalls. Aber verdammt noch mal, ich hatte ihn gemocht, und am Tag seines Verschwindens war ich bereit gewesen, ihn um ein Date zu bitten. Ein richtiges Date. Ein Date, wie ich es inzwischen seit über einem Jahr nicht mehr gehabt hatte. Ich hatte Zeit mit ihm verbringen wollen, um diese zarten, für mich völlig unvorstellbaren Gefühle zwischen uns zu erkunden.

Und offenbar hatte sich seitdem nichts geändert, sosehr ich mir das in der Zeit seiner Abwesenheit auch eingeredet hatte. Mein verdammtes Herz interessierte es nicht, dass Jules ein Vampir war, auch wenn das in so vieler Hinsicht falsch war. Nicht nur, dass er Blut trank. Er war außerdem unsterblich oder zumindest sehr langlebig. Er würde in fünfzig Jahren noch genauso aussehen wie heute, während ich eine alte, faltige Omi wäre – sofern ich überhaupt noch lebte. Vielen Huntern war ein solch hohes Alter gar nicht vergönnt. Warum also überhaupt eifersüchtig sein?

Ich kniff die Augen zusammen und stellte mir vor, wie ich all die Gedanken und Gefühle, die mit Jules zusammenhingen, in eine Kiste sperrte und diese weit von mir wegschob. Es gab wichtigere Dinge, auf die es sich nun zu konzentrieren galt, wie beispielsweise, dass Baldur noch auf freiem Fuß war und im Körper eines Grim Hunters da draußen herumlief. Sobald dieses Damoklesschwert nicht mehr über dem Quartier und uns allen hing, konnte ich mir um Jules Gedanken machen.

Ich ging nicht schnurstracks zu Holden, wie ich es Jules angekündigt hatte, sondern machte einen Abstecher in mein Zimmer, um Loki und Thor zu füttern und ihr Katzenklo zu reinigen, das in meinem Badezimmer stand. Die beiden schwänzelten mir um die Beine und wollten für einen Spaziergang aus meinem Zimmer ausbrechen, aber leider musste ich sie auf ein anderes Mal vertrösten. In den Gängen und Fluren war gerade zu viel los, und ich wusste nicht, wie die Londoner auf einen zweiköpfigen Kater reagierten, der zwar harmlos, aber ziemlich offensichtlich magischen Ursprungs war. Ich kuschelte fünf Minuten mit den beiden, damit sie sich nicht ignoriert fühlten, ehe ich mich auf die Suche nach Holden machte.

Es war nicht verwunderlich, dass ich ihn in der Nähe von Hugo und Grant fand. Schon seit einigen Wochen, ungefähr seit Wayne das Quartier verlassen hatte, um Ella nachzujagen, war Holden oft an der Seite des Quartierleiters zu finden. Ohne viel Aufhebens war er zu seiner zweiten oder neuen rechten Hand geworden und unterstützte Grant da, wo es Wayne seit einer Weile nicht mehr tat. Holden konnte vielleicht nicht mehr wie früher auf die Jagd gehen, aber er war clever, aufgeweckt und besaß eine schnelle Auffassungsgabe, was anscheinend auch Grant erkannt hatte.

»Hey«, begrüßte ich ihn.

Holden blickte auf. Er sah müde aus, was nicht verwunderlich war. Ich hatte den ganzen Tag über gepennt und war dementsprechend ausgeruht, obwohl es inzwischen weit nach Mitternacht war. Womöglich dämmerte der neue Tag bereits, das war mehrere Meter unter der Erde schlecht zu sagen. Wobei es vermutlich nicht nur die Uhrzeit war, die an Holdens Energiereserven zerrte, sondern die ganze Situation.

»Hey«, erwiderte er. »Alles klar?«

Ich nickte und wünschte, ich hätte ihm einen Kaffee oder Schokoriegel mitgebracht. Warum hatte ich nicht dran gedacht?

Weil du von Gedanken an Jules abgelenkt warst, deshalb.

»Ja, ich wollte fragen, ob du irgendwas brauchst oder ob ich was tun kann, um zu helfen?«

Holden sah hinüber zu Grant und Hugo, die sich in einem hitzigen Gespräch mit Nala befanden. Sie gestikulierte wild mit den Armen, was die Reifen an ihren Handgelenken zum Klimpern brachte. »Nicht wirklich. Es sieht vielleicht nicht danach aus, aber wir haben soeben beschlossen, dass wir schlafen gehen. Der Tag war lang. Für 11 Uhr ist eine Krisensitzung einberufen. Du solltest dabei sein.«

Irritiert sah ich meinen Bruder an. »Warum?«

Ich war keine *dieser* Huntresses. Ich traf weder wichtige Entscheidungen noch erhielt ich sensible Informationen, die vor dem Rest geheim gehalten wurden, es sei denn, Holden verriet mir Dinge, die er in seiner neuen Position als Grants rechte Hand mitbekommen hatte. Ich gehörte zum Rest. Ich war nicht wie Wayne oder Cain, keine, die sich in die Politik des Quartiers einmischte, weil sie später dessen Leiterin werden wollte. Ich tat das, was man mir sagte, erfüllte meinen Job und verstieß hin und wieder gegen die Regeln oder folgte meinen eigenen Zielen wie bei der Suche nach dem Mörder meiner Eltern.

»Weil du eine begabte Magic Huntress bist«, antwortete Holden ohne Umschweife. »Jason liegt verletzt auf der Krankenstation und wird dort auch noch ein paar Wochen bleiben. Ich werde da sein. Und du weißt mehr über Baldur und seine Hexenmeister als die meisten anderen Magic Hunter. Dein Wissen könnte uns helfen, einen Plan auszuknobeln.«

Ich stieß ein Brummen aus, unsicher, was ich davon halten sollte. Das war ziemlich viel Verantwortung. Dennoch würde ich Holdens Einladung nicht ausschlagen. Es bedeutete mir viel, dass er an mich und mein Können glaubte, auch wenn ich ihm in letzter Zeit mit den heimlichen Jagden und meinen schlechten Ausreden nicht viel Anlass gegeben hatte, mir zu vertrauen. Was nur ein Grund mehr war, warum ich alles daransetzen würde, ihn nicht zu enttäuschen.

Ich holte tief Luft, um meine flatternden Nerven zu beruhigen. Das Letzte, womit ich gerechnet hatte, war, dass mich die Teilnahme an dieser Besprechung nervös machte. Ich wusste nicht, ob es am Treffen selbst lag oder an der Angst vor den

Entscheidungen, die hier getroffen wurden, und deren Folgen, die unsere nächsten Wochen, vielleicht sogar die Zukunft der Hunter selbst bestimmen würden. So oder so, die Aufregung war da. Meine Hände waren feucht, und mein T-Shirt fühlte sich durchgeschwitzt an, obwohl ich mir ein frisches angezogen hatte.

Mit einem Seufzen stieß ich nicht nur die angehaltene Luft aus, sondern auch die Tür zum Besprechungsraum auf. Kleinere Zusammenkünfte wurden für gewöhnlich in Grants Büro abgehalten, aber dieses Treffen war alles andere als klein. Im Zentrum des Raumes stand ein langer Tisch, an dem bereits Holden, Ripley, Nala, Grant, Roxy und – wie ich zu meinem Leidwesen feststellen musste – auch Shaw Platz genommen hatten. Letzterer wäre garantiert nicht meine erste Wahl für diese Besprechung gewesen. Aber ohne Zweifel besaß er viel Wissen über Baldur und seine Leute, also hielt ich meine Meinung zurück. Zu meiner Überraschung war auch Jules anwesend, neben Xavier und Andrew als Stellvertreter für die Blood und Grim Hunter. Cain, Warden, Ella und Wayne waren über einen Bildschirm, der an der Wand hing, dazugeschaltet. Ihr Hintergrund zeigte das Innere einer einfachen Hütte, wie es sie überall auf der Welt gab.

»Wir sollten nun vollzählig sein«, sagte Grant mit einem Blick in die Runde, nachdem sich die Tür hinter mir geschlossen hatte. »Ich glaube, es braucht keine großen einführenden Worte. Wir alle wissen, warum wir hier sind. Die Mission, Baldur in Südengland aufzuhalten, ist gescheitert. Es ist ihm und seinen Leuten nicht nur gelungen, unzählige Hunter und Huntresses zu verletzen oder gar zu töten, er hat auch den Körper des Grim Hunters Finn MacLeod übernommen und befindet sich nun auf der Flucht – oder bereitet seinen nächsten Schlag gegen uns vor.«

Nala räusperte sich. »Wir alle haben uns den Hinterhalt am Camber Castle anders vorgestellt, aber Baldur war uns einen Schritt voraus. Das darf nicht wieder passieren. Deswegen sollten wir handeln, bevor er seine Kräfte für einen weiteren Angriff sammeln kann.«

Roxy, die ein dunkelrotes Cap trug, richtete sich auf. Ich hatte sie seit gestern Abend am Strand nicht mehr zu Gesicht bekommen, da sie fast die ganze Zeit im Krankenhaus verbracht hatte. Zwar wusste ich nicht viel über sie, aber dass sie einen Zwillingsbruder hatte, um den sie sich sorgte, machte sie mir direkt sympathischer. Auch wenn ihr Männergeschmack mehr als zweifelhaft war. »Was meinst du mit *handeln*?«

Nala schenkte ihr ein mitfühlendes Lächeln. »Keine Sorge. Wir sind hier, um genau das zu besprechen. Es wurde noch nichts entschieden.«

Roxy ließ sich zurück gegen die Stuhllehne sinken, und Shaw legte ihr beruhigend einen Arm um die Schultern. Ich hätte mich am liebsten geschüttelt, aber dann fiel mir ein, dass Finn in London Roxys Kampfpartner gewesen war.

»Was genau wissen wir überhaupt über Baldur und die Art, wie er Körper besetzt?«, fragte Xavier.

»Nicht allzu viel«, antwortete ich, ohne nachzudenken – und plötzlich waren alle Augen auf mich gerichtet. Ich fühlte mich wie bei einem Vortrag in der Schule. Glücklicherweise hatte ich über die vergangenen Jahre einige Infos über Baldur gesammelt und wusste, wovon ich sprach. »Das meiste basiert auf Vermutungen. Was wir sagen können, ist, dass Baldur seit Jahrtausenden von Körper zu Körper springt und dabei einen Pfad aus Leichen hinter sich lässt. Wir gehen davon aus, dass er seine aktuelle Hülle erst wieder verlassen kann, wenn sie im Sterben liegt. Es gibt verschiedene Theorien dazu, was mit der Seele passiert, die vor der Inbesitznahme durch Baldur in dem

Körper heimisch war. Die geläufigste Annahme ist die, dass ähnlich wie bei einem Geist die beiden Seelen für eine Weile koexistieren, bis sich eine davon auflöst.«

»Was bedeutet eine Weile?«, wollte Andrew wissen.

»Ein paar Tage. Zwei Seelen können nicht lange im selben Körper hausen, vor allem wenn eine so mächtig ist wie Baldur. Nach einer Weile bricht die schwächere Seele, und leider wäre das in diesem Szenario Finn«, erklärte ich. Er war ein starker Grim Hunter, aber nichts im Vergleich zu Baldur. Im besten Fall würde seine Seele eine Woche überdauern. Doch es würde eine schmerzhafte, grausame Woche werden, die ihn vermutlich in den Wahnsinn treiben würde.

»Wenn wir Parallelen zwischen gewöhnlichen Geistern und Baldurs Seele ziehen, dann wird Baldur Finns Seele konsumieren, bis sie ein Teil von ihm wird«, erklang Ellas Stimme aus dem Lautsprecher des Bildschirms. »Und mit seiner Seele könnte auch sein Wissen ein Teil von Baldur werden. Wissen über die Hunter und die Quartiere.«

»Fuck«, murmelte Ripley.

»Wir müssen davon ausgehen, dass Amelia Dupont Baldur bereits vor geraumer Zeit Informationen über die Quartiere gegeben hat«, sagte Holden. »Allerdings sind einige dieser Informationen veraltet. Sollte es Baldur tatsächlich gelingen, Finn zu *knacken*«, er setzte das Wort in Anführungszeichen, »hat er die neusten Infos, auch und vor allem über das Quartier hier in Edinburgh. Er wird dann wissen, dass Ella und Wayne ursprünglich von hier stammen. Damit ist ein Angriff gewiss.«

Ich erschauderte bei diesen Worten. Das Letzte, was ich wollte, war, einen zweiten Tag des Blutbades zu erleben. Doch meine Angst galt nicht vorwiegend mir selbst, sondern Holden und auch Loki und Thor. Der kleine Kater wusste doch gar nicht, wie ihm geschah. Und ich wusste nicht, ob Baldurs

Leute tierfreundlich genug waren, um während eines Angriffes einen Bogen um ihn zu machen. Ich wollte es lieber nicht herausfinden.

»Das bedeutet, unsere Priorität ist in diesem Fall nicht, Baldur auszuschalten, wobei das natürlich auch nett wäre, sondern ihn aus Finns Körper zu bekommen, bevor er all unsere Geheimnisse ausplaudert und wir am Arsch sind«, fasste Wayne zusammen.

Zustimmendes Gemurmel erklang.

»Könnten Ella und Wayne seine Seele nicht einfach austreiben?«, fragte Andrew. Er hatte die Arme vor der Brust verschränkt und starrte grimmig auf den Bildschirm.

Wayne schüttelte den Kopf. »Das haben wir bereits untereinander diskutiert. Soul Hunter schicken die Seelen Verstorbener aus dieser Welt in die Geister- oder Unterwelt – und Baldur ist genau genommen kein Geist. Seine Seele stirbt nicht. Nur die Körper, die er für sich einnimmt.«

»Wayne hat recht«, stimmte Ella zu. »Ich gehe davon aus, dass euch Jules inzwischen alle über Isaac informiert hat. Dann wisst ihr womöglich auch, dass ich in St. Petersburg versucht habe, seine Seele auszutreiben, und das hat nicht geklappt. Vielleicht weil er zu mächtig ist oder eine Kreatur der Nacht; so oder so gibt keinen Grund, warum es bei Baldur anders sein sollte als bei Isaac.«

»Und was ist mit den Amuletten?«, warf Shaw ein. »Damals im Ravenscourt Park konnte Roxy mit ihrer Magie die zweite Seele aus meinem Körper holen.«

»Du meinst wohl eher, dass sie dir dabei geholfen hat, dich in einem Körper einzunisten, der nicht dir gehört«, hörte ich mich sagen, bevor ich die Worte zurückhalten konnte. Offenbar dachte hier niemand daran, dass Roxy und Shaw für den Tod eines unschuldigen Menschen verantwortlich waren. Der

Körper, den Shaw nun für sich einnahm, hatte einst einer anderen Person gehört. Einem Sohn, einem Bruder, einem Freund, der jetzt nicht mehr da war.

»Ich würde es nicht ganz so … speziell formulieren wie Harper, aber worauf sie hinauswill, stimmt«, meinte Cain. Es schien sie ziemlich viel Überwindung zu kosten, mir zuzustimmen. Offenbar hatte sie das Memo noch nicht bekommen, dass Jules und ich inzwischen so was wie Freunde waren. Denn das waren wir doch, oder? »Woher wissen wir, dass wir nicht versehentlich Finn aus seinem Körper befördern statt Baldur?«

»Das wird nicht passieren!«, verteidigte sich Roxy.

Ich hob die Brauen. »Und warum nicht?«

»Weil ich es nicht zulasse«, sagte sie entschlossen, aber wir alle wussten, dass diese Argumentation nicht wirklich stichhaltig war.

»Einen Versuch ist es wert«, kam es von Jules, der sich bisher vollkommen ruhig verhalten hatte. Sämtliche Blicke richteten sich auf ihn. »So wie ich das sehe, haben wir keine Zeit für tagelange Recherchen nach einer anderen Lösung, sofern es die überhaupt gibt. Diese Art von Exorzismus-Amulettmagie ist unsere einzige Hoffnung darauf, Finn lebendig aus der Zwickmühle zu befreien. Sollten wir dabei aus Versehen Finn austreiben, haben wir es zumindest versucht und er hatte einen schnellen Tod, anstatt miterleben zu müssen, wie seine Seele langsam zerfällt und dahinschwindet. Und was wir danach mit seinem Körper anstellen, spielt für ihn keine Rolle mehr.«

»Ich kann nicht glauben, dass ich das sage, aber der Vampir hat recht.« Shaw nickte Jules zu. »Uns läuft die Zeit davon, und das ist zumindest ein Plan mit einer gewissen Aussicht auf Erfolg.«

Roxy schluckte schwer, und für den Bruchteil einer Sekunde lagen Zweifel und Unsicherheit in ihren hellbraunen Augen, dann nickte sie. »Ich bin bereit, dieses Risiko einzugehen – für Finn und die Hunter.«

»Das ist schön, aber ich glaube nicht, dass du an dieser Mission teilnehmen solltest«, sagte ich und war mir sicher, dass ich in diesem Moment leblos zu Boden gegangen wäre, könnten Blicke wahrhaftig töten.

Roxy verschränkte die Arme vor der Brust. »Und warum nicht? Willst etwa du diese Aufgabe mit deinem Stufe-1-Amulett übernehmen?«

Autsch.

»Nein, will ich nicht, aber wir befinden uns überhaupt erst in dieser Misere, weil Baldur Finns Körper besetzt hat. Sollte es uns gelingen, ihn zu retten, müssen wir unter allen Umständen verhindern, dass Baldur erneut einen Hunter-Körper einnimmt. Deswegen können wir nur Magic Hunter auf diese Mission schicken. Wir sind als Einzige immun gegen die Tricks und Illusionen der Hexer; es bringt uns nichts, Finn zu retten, wenn Baldur danach in deinem Körper steckt.«

Roxy verengte die Augen zu Schlitzen. »Finn ist mein Kampfpartner. Ich lasse ihn nicht im Stich.«

»Harper hat recht«, kam es von Nala. »Ich verstehe, dass du Finn helfen willst. Aber in diesem Fall bist du ihm und uns die größte Hilfe, wenn du dich nicht einmischst. Außerdem hast du ein paar sehr harte Tage hinter dir.«

Roxy presste die Lippen aufeinander. Es war ihr anzusehen, wie sehr sie es hasste, uns nicht begleiten zu dürfen. Mir ginge es an ihrer Stelle ähnlich, aber das Risiko, dass Baldur ihren Körper einnahm, war zu groß, und dann wären wir keinen Schritt weiter als zuvor.

»Nun, da das geklärt ist«, ergriff Nala das Wort, »bleibt noch die Frage, was mit Finn passiert, sollte die Amulettmagie keine Wirkung zeigen. Außerdem müssen wir Baldur erst mal finden. Er hat sich sicherlich irgendwo zurückgezogen, um sich zu erholen, bis er wieder bereit für den Kampf ist.«

»Um Baldur kann ich mich kümmern«, bot Shaw an und fuhr sich mit der Hand durch das wilde lockige Haar. »Sobald er ein Portal erschafft oder Magie verwendet, kann ich ihn aufspüren und uns zu ihm bringen. Dafür muss ich mich eine Weile konzentrieren, aber ich könnte mich gleich auf den Weg machen und –«

Nala unterbrach ihn. »Danke Shaw, aber gönn dir auch eine Pause. Die letzten Tage waren verdammt hart. Du bist uns keine Hilfe, wenn du zu erschöpft und ausgelaugt bist zum Kämpfen. Gönn dir etwas Ruhe. Einen, vermutlich eher zwei Tage Zeit brauchen wir. So lange muss Finn aushalten.«

»Und was ist mit Finn, sollte der Plan mit dem Amulett schiefgehen?«, fragte Warden, auch wenn ich mir sicher war, dass er die Antwort bereits kannte.

Eine angespannte Stille legte sich über den Raum, niemand wollte das Offensichtliche aussprechen. Also erbarmte ich mich.

»Dann müssen wir ihn töten. Ich weiß, dass das keiner von uns will, aber es ist die einzige Möglichkeit, die Quartiere zu schützen, bevor Baldur an Finns Wissen gelangt. Und wenn er das schafft, ist Finn eh tot.« Die Worte auszusprechen war nicht leicht, aber wäre ich an Finns Stelle gewesen, hätte ich genau das gewollt. Lieber wäre ich gestorben, als dass ich ungewollt die Hunter in Gefahr gebracht hätte.

Niemand erwiderte etwas auf meine Offenbarung. Doch im allgemeinen Schweigen herrschte Einvernehmlichkeit, auch wenn Roxy die Lippen zu einem schmalen Strich zusammengepresst hatte und aussah, als würde sie am liebsten etwas in kleine Stücke schlagen. Wir würden also versuchen, Baldurs Seele aus Finns Körper zu lösen; wenn das nicht funktionierte, würden wir ihn töten. Es ging nicht anders.

»Damit ist es beschlossene Sache«, sagte Grant letztendlich in die Stille hinein. »Shaw, du sagst Bescheid, sobald du ausgeruht bist und Baldur spüren kannst. Holden, Harper und Ripley, ihr seid dafür verantwortlich, alle kampffähigen Magic Hunter zusammenzutrommeln. Ich will keine anderen Jägerinnen und Jäger auf dieser Mission dabeihaben. Auf keinen Fall gehen wir das Risiko ein, dass Baldur aus Finns Körper direkt in den nächsten Hunter fährt. Das darf sich nicht wiederholen.«

Einen Augenblick wirkte es, als wollte Xavier widersprechen, vermutlich weil es sonst selten Angriffe und Situationen gab, welche die Blood Hunter nicht in den Griff bekamen. Sich zurückhalten zu müssen war für die Vampirjäger in Edinburgh eine völlig neue Erfahrung.

»Kann ich mitkommen?«, fragte Jules.

Grant schüttelte den Kopf. »Du warst uns mit Isaac eine große Hilfe und deine Stärke wäre vermutlich hilfreich, aber wir wissen nicht, ob Baldur nicht auch Vampire besetzen kann – und wenn das passiert, sind wir alle am Arsch. Mit deiner Stärke und seiner Magie ist die Sache gelaufen. Das können wir nicht riskieren.«

Jules nickte, auch wenn er enttäuscht wirkte.

»Gibt es sonst noch etwas, das wir bedenken sollten?«, erkundigte sich Nala.

»Eine Sache wäre da noch«, meldete sich Ella zu Wort. »Es hat nichts direkt mit Baldur zu tun, aber etwas haben wir in diesem Gespräch vergessen: nämlich dass Baldur eigentlich nicht die Hunter will, sondern Marjorie. Mit dem König der Hexen kann ich euch nicht helfen, aber Wayne und ich haben viel über Marjorie nachgedacht und uns überlegt, ob es vielleicht sinnvoll wäre, ihr Fläschchen in die Geisterwelt zu bringen.«

»Die Geisterwelt ist für die Lebenden nicht zugänglich«, übernahm Wayne das Wort. »Wenn wir Marjories Fläschchen dorthin bringen, besteht nur in Vollmondnächten und während den Rauhnächten die Möglichkeit, dass Baldur sie zu sich holt. Sofern er überhaupt auf die Idee kommt, in der Geisterwelt nach ihr zu suchen. Das wäre eine Sache weniger, um die wir uns ständig sorgen müssen.«

»Wir haben auch kurz die Unterwelt in Betracht gezogen«, fuhr nun wieder Ella fort. »Aber diese ist das ganze Jahr über zugänglich, und wir wissen nicht, wie Ulysses darauf reagiert, wenn wir sein Reich als Abstellraum für unsere Feinde benutzen, daher erscheint uns die Geisterwelt der bessere Ort.«

»Können wir das Miststück nicht einfach direkt in den Zeitfluss werfen?«, fragte Ripley. »Dann wäre sie weg. Problem erledigt.« Er machte mit den Fingern eine bröselnde Bewegung, als würde Marjorie sich vor ihm auflösen.

Ella lachte. »Darüber haben Wayne und ich auch nachgedacht, aber wir haben uns entschieden, dass der Zeitfluss ein zu großes Risiko birgt. Marjorie kann das Wasser des Flusses kontrollieren, daher ist es zweifelhaft, ob es ihr genauso schaden würde wie allen anderen. Am Ende zerfällt nur das Fläschchen und sie kommt frei, und das wollen wir definitiv nicht. Sie wäre verdammt sauer.«

»Schade«, murmelte Ripley, der, wie ich mich jetzt erinnerte, selbst einige Zeit in der Geisterwelt verbracht hatte. Bei Gelegenheit würde ich ihn fragen, wie es dort so aussah. Immerhin bestand eine sehr große Chance, dass Holdens und meine Eltern sich ebenfalls dort befanden. Hoffentlich war es ein schöner Ort. »Aber generell eine gute Idee mit der Geisterwelt. Der nächste Vollmond ist auch schon bald. In einer Woche, von Dienstag auf Mittwoch.«

»Einverstanden«, sagte Grant. »Ella, Wayne – Geister und ihre Welt sind euer Spezialgebiet. Ich vertraue euch, wenn ihr das für eine gute Idee haltet. Sich nicht ständig um Marjorie sorgen zu müssen wäre vor allem in der jetzigen Zeit eine große Erleichterung.«

»Soll ich ihr Fläschchen holen?«, fragte Shaw.

»Nein, du ruhst dich aus«, kam es prompt von Nala.

Erneut ergriff Ella das Wort. »Wayne und ich dachten, dass wir das Fläschchen gemeinsam mit Warden und Cain holen könnten, immerhin haben wir ein paar Tage Zeit bis zum nächsten Vollmond.«

»Außerdem werde ich noch wahnsinnig, wenn ich nicht bald etwas Sinnvolles tun kann«, bemerkte Warden und strahlte dabei dieselbe nervöse Energie aus wie Xavier, der es wie alle Blood Hunter nicht gewohnt war, bei Missionen zurückzubleiben.

Grant verzog das Gesicht. »Das gefällt mir nicht. Baldur sucht noch immer nach Ella und Wayne.«

»Baldur ist damit beschäftigt, seine Wunden zu lecken«, konterte Warden. »Außerdem, wie soll er uns aufspüren? Er weiß nicht, wo wir sind. Er weiß nicht, wo wir hinwollen. Und wir verwenden keine Magie. Hab ein bisschen Vertrauen, dass wir unter dem Radar der Hexer fliegen können.«

Nachdenklich rieb sich Grant das Kinn. Schließlich nickte er. »Meinetwegen. Aber ich möchte, dass ihr im ständigen Austausch mit dem Quartier bleibt. Sobald es Anzeichen dafür gibt, dass Baldurs Leute euch aufgespürt haben, taucht ihr wieder unter. Verstanden?«

Warden salutierte mit einer Hand an der Stirn. »Verstanden!«

Grant verdrehte die Augen, dennoch lag ein leichtes Schmunzeln auf seinen Lippen. Seit Warden wieder Cains

Kampfpartner war und nicht jeden Tag gegen gefühlt ein halbes Dutzend Regeln verstieß, kamen Grant und er erstaunlich gut miteinander aus. Cain schien einen guten Einfluss auf ihn zu haben.

Wir besprachen noch ein paar weitere Details, kamen aber zu keinen neuen Erkenntnissen mehr. Inzwischen war meine anfängliche Aufregung einem entschlossenen Tatendrang gewichen, und ich war froh, hier und über alles informiert zu sein.

Das erste Mal seit dem Beginn von Baldurs Angriffen hatte ich das Gefühl, ein umfassendes Bild von der Situation zu haben. Es war angsteinflößend, aber vor allem verspürte ich seit Langem wieder ein Gefühl der Zugehörigkeit, das nicht allein Holden umfasste. Als wäre ich Teil von etwas Großem, das nur mit mir ganz war. Und als würde ich nicht nur für Holden und mich kämpfen.

22. KAPITEL

Harper

Die Besprechung mit Grant, Nala, Roxy, Shaw und all den anderen lag zwei Tage zurück. Zwei Tage, in denen sich langsam, aber stetig so etwas wie eine neue Routine im Quartier eingespielt hatte. Anfangs war es ungewohnt gewesen, mit all den neuen und fremden Huntern, aber es war auch schön, das Quartier wieder so voll und lebendig zu erleben wie vor dem Tag des Blutbades. Nicht nur, dass viele Hunter an diesem Tag gestorben waren, einige hatten sich im Anschluss daran entschieden, aus dem Quartier auszuziehen, um ihre Kinder und Familien zu schützen. Keine schlechte Entscheidung, wie sich womöglich in den nächsten Tagen zeigen würde.

»Ich habe mit Tereza und Mara gesprochen, die gerade in Glasgow sind. Sie werden uns unterstützen und machen sich heute noch auf den Weg hierher«, sagte Ripley.

Wir hockten gemeinsam in einem der kleinen Aufenthaltsräume, um zu besprechen, welche Hunter und Huntresses uns für den Angriff auf Baldur zur Verfügung standen. Shaw hatte zwar angemerkt, dass es klüger wäre, die Gruppe überschaubar zu halten. Dreißig oder gar vierzig Magic Hunter zu Baldur zu bringen könnte schnell zu Chaos führen, wie es offenbar in London passiert war. So viel Magie auf engem Raum brachte alle Beteiligten nur unnötig in Gefahr. Aber es sollten genug Hunter und Huntresses sein, dass wir uns gegenseitig den

Rücken stärken konnten. Und vor allem sollten dem Quartier noch weitere Magic Hunter zur Verfügung stehen, sollte die Mission scheitern und uns etwas zustoßen.

»Wie geht es den beiden?«, fragte Birdie, eine Magic Huntress, die ebenfalls aus dem zerstörten Quartier in Prag stammte, aber nach dem Angriff in London von den anderen getrennt worden war. Ihr Arm war zwar gebrochen, aber darüber hinaus war sie fit und ihre Amulettmagie konnte sie auch einhändig ohne Probleme wirken, wie sie im Kampf im Londoner Quartier bereits bewiesen hatte.

Neben Birdie saß Evelyn, eine etwas ältere Magic Huntress aus unserem Quartier, die ich zwar kannte, aber mit der ich normalerweise nur wenig zu tun hatte. Mason und Naveen waren zwei weitere Magic Hunter aus Edinburgh, die sich entschlossen hatten, nicht nach London zu reisen, und uns deshalb nun für diese Mission zur Verfügung standen. Und natürlich trugen sie Amulette. Sie gehörten nicht zwingend der höchsten Stufe an, aber es war nicht zu übersehen, dass sie alle mehr zu bieten hatten als ich mit meinem Stufe-1-Amulett. Doch ich versuchte mich davon nicht einschüchtern zu lassen. Denn wie Jules gesagt hatte, besaß ich andere Talente. Mein Katana und ich waren ziemlich unschlagbar, und als Magic Huntress konnte ich schließlich auch ohne Amulett die Tricks der Hexer durchschauen.

»Den Umständen entsprechend«, antwortete Ripley. »Wir haben nur kurz gesprochen, aber das kannst du sie auch bald selbst fragen. Sie sollten noch heute Abend hier im Quartier ankommen. Wie sieht's bei euch aus?« Ripley sah zu Holden und mir.

Ich seufzte. »Nicht gut. Wir haben gefühlt mit jedem Quartier und jeder Außenstelle in Europa telefoniert. Sie alle meinten, dass sie gern helfen würden, aber keine weiteren Magic

Hunter entbehren können für den Fall, dass ihre Quartiere als Nächstes angegriffen werden.«

»Verständlich«, murmelte Evelyn und verschränkte die Arme vor der Brust.

Auch Ripley und die anderen nickten. Diese Mission, um Finn zurückzuholen, war zwar wichtig, aber wir konnten von den anderen Quartieren nicht verlangen, dass sie dafür ihre eigene Sicherheit riskierten, indem sie uns weitere Leute schickten. Zumal die Reihen bereits ohnehin ausgedünnt waren, da die meisten Quartiere bereits für den Kampf bei Camber Castle Hunter und Huntresses gestellt hatten.

»Wie dem auch sei«, übernahm Holden das Wort. »Wir haben unsere Fühler noch etwas weiter ausgestreckt und mit ein paar Quartieren in Amerika und dem asiatischen Raum gesprochen. Sie sind aufgeschlossener zu helfen, sagen aber auch, dass es Zeit kosten wird. Wir können frühestens in zwei, eher drei Tagen mit den Leuten rechnen.«

Ripley verzog das Gesicht, was ich ihm nicht verdenken konnte. Zwei oder drei weitere Tage könnten zu spät für die Rettungsaktion sein, aber es war besser als nichts. Immerhin brauchten wir auch darüber hinaus Hilfe mit dem König der Hexer. Nachdem der Plan mit dem Fläschchen gescheitert war, suchten die Archivare nach einer anderen Möglichkeit, Baldur zu besiegen, nur leider bisher ohne Erfolg. Was bedeutete, dass er sich nach Finn einen neuen Körper suchen würde und die Angriffe früher oder später weitergehen würden. Keiner von uns gab sich der Illusion hin, dass Baldur an diesem Punkt einfach aufgab.

Es gab nichts weiter zu besprechen, also löste sich unsere kleine Gruppe auf. Ripley, Birdie und Evelyn verließen den Raum gemeinsam, um noch ein wenig zu trainieren, gefolgt von Mason und Naveen, die in eine Diskussion über magische

Artefakte vertieft waren. Allen war bewusst, dass wir, wenn wir uns das nächste Mal sahen, womöglich mit Shaw durch ein Portal zu Baldur reisen würden. Die Vorstellung, durch einen dieser magischen Weltenrisse zu treten, gefiel mir nicht, aber da mir keine andere Wahl blieb, versuchte ich nicht allzu viel darüber nachzudenken.

»Wie sieht's heute aus?«, fragte Holden, der sich als Einziger noch mit mir im Raum befand. »Wollen wir zusammen was essen gehen? Ich zahle.«

Ich nickte. Zwar wurde es von Grant nach wie vor nicht gern gesehen, dass wir das Quartier verließen, aber das war mir gerade ziemlich egal. Wenn ich nicht bald hier rauskam, und sei es nur für ein schnelles Mittagessen, würde mir die Decke auf den Kopf fallen. »Gern, aber könnten wir vorher noch kurz reden?«

Holden runzelte die Stirn. »Klar. Worüber?«

Ich holte tief Luft und rieb fahrig mit den Händen über den rauen Stoff meiner schwarzen Jeans, denn ich ahnte bereits, dass ihm nicht gefallen würde, was ich zu sagen hatte. Doch die Worte lagen mir schwer im Magen, und ich wusste, ich würde um einiges ruhiger schlafen, wenn ich ihn in Sicherheit wusste. »Ich möchte, dass du das Quartier verlässt.«

»Was?!«

»Du hast mich schon richtig gehört. Ich möchte, dass du Loki und Thor nimmst und mit ihnen zu Tante Isobel gehst. Dort bist du sicher. Hier ist es zu gefährlich, das Quartier könnte jederzeit angegriffen werden.«

Holden schüttelte ungläubig den Kopf und wich vor mir zurück, als müsste er Abstand zwischen uns bringen. »Du willst, dass ich mich verstecke wie ein Feigling.«

»Das habe ich nicht gesagt. Du bist kein Feigling.«

Holden hob die Brauen. »Was hast du dann gesagt?«

»Ich möchte einfach nicht, dass dir etwas zustößt«, drängte ich.

»Und warum sollte mir etwas zustoßen?«

Weil unser Job gefährlich ist, war die offensichtlichste Antwort, aber nichts Neues. Wir wussten beide, dass es nicht darum ging, sondern um seinen Rollstuhl. Holden hatte sich gut angepasst und konnte flink sein, aber nicht flink genug für die Kreaturen der Nacht, von denen sich einige unmenschlich schnell bewegten. Er konnte auch nicht zur Seite hechten und nicht länger die Beinarbeit ausführen, die es im Nahkampf brauchte.

Ich seufzte schwer. »Du weißt, warum.«

»Nein, weiß ich nicht.«

Störrisch reckte Holden das Kinn, und ich erkannte, dass dies einer der wenigen Momente war, in denen er sich so verhielt, wie ich es normalerweise tat – und das war ziemlich nervig. Was mich nicht davon abhielt, Holden ebenso entschlossen anzustarren wie er mich. »Du willst wirklich, dass ich es ausspreche?«

Holden schnaubte. »Nein, ich will, dass du aufhörst, deine Ängste auf mich zu projizieren, Harper. Was du fühlst, ist deine Angst wegen dem, was am Tag des Blutbades und mit Mum und Dad geschehen ist, aber es ist nicht das, was ich fühle«, sagte er mit eindringlicher Stimme und legte eine Hand auf die Brust, an die Stelle, an der sein magischer Anhänger saß. »Ich bin ein Magic Hunter und trage noch immer ein Stufe-6-Amulett. Ich bin nicht hilflos. Im Gegenteil. Ich kann helfen. Und ich *werde* helfen.«

Das ließ mich aufhorchen. »Was meinst du damit?«

»Was denkst du? Ich begleite euch zu Baldur.«

Sprachlos starrte ich Holden an. Der Wunsch, ihn zu packen, zu unserer Tante zu zerren oder besser noch in einen

Schutzbunker, war in diesem Moment übermächtig, aber ich wusste, dass er sich das nicht gefallen lassen würde.

»Wissen Ripley und die anderen davon?«, fragte ich hilflos.

Holden nickte. »Ich habe bereits mit ihnen geredet.«

Ich hatte keine Ahnung, was schlimmer war. Die Übelkeit, die in mir aufkeimte, wenn ich mir vorstellte, wie Holden und Baldur sich im Kampf gegenüberstanden. Oder das Wissen, dass Holden mit seinem Wunsch, uns zu begleiten, zu den anderen und nicht zu mir gegangen war. Was ich ihm nicht verdenken konnte, wenn ich meine Reaktion in eben diesem Moment betrachtete. Dennoch war es scheiße. Er war mein Bruder und die wichtigste Person in meinem Leben. Ich wollte, dass er mit allem zu mir kommen konnte, ohne Furcht oder Scheu vor meiner Reaktion.

Ich würgte meine Angst hinunter, die bitter wie Galle auf meiner Zunge lag. »Und du bist dir wirklich sicher, dass du das willst?«

»Absolut. Ich möchte dieses Leben, diese zweite Chance, die mir geschenkt wurde, nutzen, um zu helfen, und nicht, um mich zu verstecken. Ich plane nicht, wieder auf Patrouille zu gehen oder so zu tun, als wäre ich ein voll einsatzfähiger Hunter. Aber hier und jetzt wird meine Hilfe gebraucht, und ich werde sie den anderen nicht aus Angst verwehren.«

Fuck.

Ich kniff die Augen zusammen, die plötzlich feucht geworden waren. Was war in letzter Zeit nur los mit mir und diesen elendigen Gefühlen?

Eilig wischte ich mir mit der Hand über die Augen, aber meine Tränen blieben Holden nicht verborgen. Er kam wieder näher an mich heran, und etwas in meinem Herzen brach und blühte gleichzeitig auf. Ich stand auf und lief zu ihm hinüber. Er wusste, was ich wollte, und breitete die Arme aus, sodass ich mich auf seinen Schoß setzen konnte. Dann drückte ich ihn ganz fest an mich.

»Mum und Dad wären stolz auf dich«, sagte ich schniefend. »Und ich bin es auch.«

»Danke«, hauchte er an meinem Ohr.

»Aber ich werde mir trotzdem Sorgen machen. Immer.«

Holden löste seine Umarmung und sah mich an. Seine Augen schimmerten ebenfalls verdächtig. »Das darfst du. Ich mach mir genau solche Sorgen um dich. Was auch einer der Gründe ist, warum ich mit dabei sein möchte. Ich will nicht Däumchen drehend im Quartier herumsitzen und mich fragen müssen, ob du noch lebst oder Baldur dich bereits getötet hat.«

»Machst du das, weil ich kein Amulett trage?«

»Nein, ich mache das, weil du mir wichtig bist und ich die Menschen beschützen möchte, die ich liebe«, antwortete Holden und strich mir eine Haarsträhne hinters Ohr. »Aber vielleicht solltest du dich fragen, warum ausgerechnet das deine erste Schlussfolgerung war.«

Ich presste die Lippen fest aufeinander, denn das war eine ausgezeichnete Frage. Aber zum Glück keine, die ich mir sofort beantworten musste. Mein Stufe-1-Amulett saß fest an seinem Platz um meinen Hals, und bevor seine Magie nicht erlosch und es sich von meinem Körper löste, machte es keinen Sinn, über die nächste Stufe nachzudenken. Ob ich wollte oder nicht, es blieb mir nichts anderes übrig, als Baldur mit meinem vorhandenen Amulett und meinem Katana gegenüberzutreten – und mit Holden an meiner Seite.

23. KAPITEL

Jules

Ich stellte meine Tasse, die bis zum Rand mit Blut gefüllt war, in die Mikrowelle, um mich zumindest der Illusion hingeben zu können, dass es frisch aus einem warmen Körper stammte anstatt aus einem eisigen Kühlschrank.

Es war merkwürdig. Ich konnte mich nur noch vage daran erinnern, wie sehr mich die Vorstellung, Blut zu trinken, vor einigen Monaten geekelt hatte. Heute dagegen … Schokolade? Chips? Burger? Lasagne? Eine Pizza mit richtig viel Käse? Nein, danke.

Ich beobachtete, wie sich die Tasse langsam drehte, als ich eine Bewegung aus dem Augenwinkel wahrnahm. Ich war in der Cafeteria, die ziemlich gut besucht war. Anscheinend wollte gerade niemand allein sein. Es tat mir nur im Herzen weh, dass die Gäste den Raum in seinem jetzigen Zustand erlebten und nicht im damaligen, vor dem Tag des Blutbades.

Ich erkannte, dass es Shaw war, der neben mir an einem der Snackautomaten stand und offenbar nicht sehr glücklich über die Auswahl an Fitness- und Proteinriegeln war, die Wayne vor geraumer Zeit eingeführt hatte.

Mein Starren blieb nicht unbemerkt. Er hob den Kopf, doch als unsere Blicke sich kreuzten, zuckte er leicht zusammen, als hätte es ihm einen kleinen Stromschlag verpasst. Ich versuchte, es nicht persönlich zu nehmen.

»Hey«, begrüßte ich ihn.

Er räusperte sich. »Hey.«

»Wie geht's?«, fragte ich unverfänglich.

Shaw zuckte mit den Schultern.

Erwartungsvoll sah ich ihn an und hob auffordernd die Augenbrauen, damit er mir noch etwas mehr erzählte. Ich wollte mich ihm nicht aufdrängen, aber bei seinem letzten Besuch im Quartier hatten wir uns ganz gut verstanden. Zudem waren wir beide Kreaturen der Nacht. Sollte uns das einander nicht irgendwie näherbringen inmitten all der Huntresses und Hunter? Die meisten duldeten unsere Anwesenheit, aber ihre teils feindseligen Blicke blieben mir keinesfalls verborgen.

Shaw stieß ein Seufzen aus. »Ganz okay. Ich war gerade mit Roxy im Krankenhaus bei Niall. Sie hat mich zurück ins Quartier geschickt, damit ich mich weiter ausruhen kann für … du weißt schon was.«

»Wie geht es Niall?«

»Etwas besser. Er wird wohl wieder ganz gesund werden, zum Glück. Aber sie wollen ihn noch eine Weile zur Beobachtung dabehalten«, sagte Shaw und wandte sich wieder dem Automaten zu. Ohne genau hinzusehen, drückte er auf ein paar Tasten.

Ich nickte. »Vermutlich ist es so besser. Dort ist er zumindest in Sicherheit. Dieses Quartier fühlt sich mit jeder Minute mehr und mehr an wie eine tickende Zeitbombe.« Seit der Besprechung in der großen Runde waren drei Tage vergangen – sie fühlten sich an wie drei Monate, da wir alle auf das Unvermeidliche warteten: Baldurs Rückkehr. Oder vielmehr auf ein Zeichen seiner Magie, damit Shaw und die Magic Hunter zuschlagen konnten, bevor es Baldur gelang, seine Leute erneut zu sammeln und weitere Quartiere dem Erdboden gleichzumachen.

Shaw biss von seinem Proteinriegel ab, und ich bewunderte ihn dafür, dass er nur leicht das Gesicht verzog. »Baldur wird nicht gewinnen.«

»Wie kannst du dir da so sicher sein?«

»Weil das Böse nie gewinnt.«

Ich hob die Brauen. »Hast du mal *Cabin in the Woods* gesehen?«

»Nein.«

»Dann schau dir den Film besser nicht an, wenn du an deiner Hoffnung festhalten willst«, sagte ich mit einem schmallippigen Lächeln, um meine Fänge nicht zu zeigen.

In diesem Moment ertönte das leise Piepsen der Mikrowelle. Mein Blut war fertig. Ich nahm es heraus und trank einen großen, wohltuenden Schluck. Es hatte die perfekte Temperatur, langsam erhitzt und nur ein paar Grad wärmer als Zimmertemperatur.

»Das ist echt widerlich.«

Ich sah Shaw über den Rand meiner Tasse an. Der pure Ekel stand ihm ins Gesicht geschrieben. Und bildete ich mir das ein oder war er um die Nase herum etwas grün geworden?

»Du musst ja nicht hingucken.«

»Wie soll ich bitte nicht hingucken? Das ist wie ein Autounfall.«

»Hmm, ein Autounfall, da gibt es viel frisches Blut, das wäre wie ein All-you-can-eat-Büfett«, brummte ich genüsslich, um Shaw zu ärgern.

Bei meinen Worten wich sämtliche Farbe aus seinem Gesicht. Entsetzt starrte er mich mit weit aufgerissenen Augen an.

Ich versuchte, meine Miene ausdruckslos zu halten, doch es gelang mir nicht. Stattdessen begann ich zu lachen. »Das war ein Scherz.«

Shaw schüttelte nur den Kopf. »Das … Das ist es nicht. Ich bin mir nicht sicher, aber ich glaube, ich habe Baldur gespürt.«

Ein Ruck ging durch meinen Körper. »Bist du dir sicher?«

»Nicht ganz, ich … ich muss mich konzentrieren.« Shaw warf seinen Proteinriegel geistesabwesend, aber zielsicher in den Mülleimer und setzte sich in Bewegung. Ich war direkt hinter ihm, während seine Schritte immer schneller wurden. »Trommel die anderen zusammen. Vielleicht irre ich mich auch, aber falls nicht, müssen wir bereit für den Kampf sein!«

24. KAPITEL

Harper

Ich konnte mich nicht daran erinnern, wann ich das letzte Mal so aufgeregt vor einer Mission gewesen war. Der Kampf gegen die Kreaturen der Nacht war für mich zu einer zweiten Natur geworden, so alltäglich wie das Überqueren einer Straße. Bei meiner ersten Patrouille nach dem Tag des Blutbades war ich ziemlich nervös gewesen, doch das war kein Vergleich zu dem unruhigen Ziehen in meiner Brust, das ich momentan spürte. Dabei flatterten meine Nerven nicht aus Angst um mich, sondern vor Sorge um Holden und Finn und die Zukunft der Hunter … und vielleicht auch der Menschen in Europa. Es war womöglich etwas düster gedacht, aber wir beschützten die Menschen vor den Kreaturen der Nacht. Und wir hatten keine Ahnung, was all die Vampire, Lykanthropen und anderen Wesen anrichten würden, wenn es uns nicht gelang, Baldur aufzuhalten – und er vor allem die Reihen der Jägerinnen und Jäger immer weiter ausdünnte.

»Seid ihr bereit?«, fragte Shaw, dem es vor weniger als einer Stunde gelungen war, Baldurs Magie aufzuspüren und eine Spur aufzunehmen.

Mein Blick glitt von ihm weiter über den Rest der Runde. Wir waren erneut in der Nähe von North Berwick, an jenem Strand, an dem ich Ripley, Dinah und Giselle vor gerade einmal vier Tagen abgeholt hatte. Dinah und Giselle fehlten, aber Ripley war mit von der Partie; ebenso waren Birdie, Mara, Tereza, Evelyn, Mason, Naveen und Holden dabei. Die anderen Magic Hunter und Huntresses waren zur Sicherheit im Quartier geblieben, um es im Fall der Fälle zu verteidigen.

Mein Blick fiel erneut auf Shaw, ohne den dieses ganze Unterfangen überhaupt nicht möglich wäre. Weshalb ich mich dazu zwang, ihn in diesem Augenblick nicht als Hexenmeister zu sehen, sondern als Mittel zum Zweck. Ein Werkzeug, das wir benutzten, um Finn zu retten.

Er prüfte ein letztes Mal seine Pistolen – als wäre seine Hexermagie nicht bereits Waffe genug –, und wir anderen taten es ihm mit unseren Waffen und Amuletten gleich. Wie immer trug ich mein Katana in seiner Scheide auf dem Rücken sowie gefühlt ein halbes Dutzend weiterer Dolche und Messer versteckt an meinem Körper.

Schließlich waren wir alle bereit – nun ja, so bereit man für eine solche Mission eben sein konnte. Ich vermutete, dass ich nicht die Einzige mit Muffensausen war, aber die anderen ließen sich ihre Aufregung ebenso wenig anmerken wie ich mir die meine.

Shaw nickte uns noch ein letztes Mal zu, bevor er sich abwandte und mit einer Bewegung seiner Hand ein Portal erschuf.

Mein Herzschlag beschleunigte sich, und meine Hände ballten sich zu Fäusten. Das blaue Leuchten verschmolz mit dem Licht der untergehenden Sonne, das sich schimmernd auf den Wellen vor uns brach.

»Ich gehe voraus«, sagte Shaw mit fester Stimme. »Folgt mir, ohne zu zögern. Ich habe keine Ahnung, was uns auf der anderen Seite erwartet. Ich konnte keine weitere Magiespur fühlen, die der von Baldur folgt, aber das bedeutet nicht zwangsweise, dass er allein ist.«

Ich nickte energisch, auch wenn mir der Gedanke, mit einem Portal zu reisen, weiterhin nicht gefiel. Aber für diese Art von Zweifel war es nun zu spät. Und so wenig ich Shaw vertraute, meine Verachtung für Baldur reichte tiefer.

Shaw schritt als Erster durch das Portal, dann folgten wir ihm einer nach dem anderen. Ich warf einen letzten Blick zu Holden, der direkt hinter mir war, bevor ich schließlich selbst mit angehaltenem Atem in das leuchtende Blau trat ...

... und auf der anderen Seite von strahlendem Sonnenschein begrüßt wurde.

Ich blinzelte und erfasste blitzschnell meine Umgebung, während ich einen Schritt zur Seite machte. Wir befanden uns in einem Penthouse mit riesigen Fensterfronten. Die Skyline dahinter war unverkennbar die von New York, wie ich sie aus unzähligen Filmen und Serien kannte. Wir standen inmitten eines beeindruckenden Ess- und Wohnbereiches, der minimalistisch und zugleich schick eingerichtet war, mit viel Glas und glänzenden glatten Oberflächen, auf denen kein einziges Staubkorn zu sehen war.

Das Portal schloss sich, nachdem wir mit Holden vollständig waren. Als neben mir das magentafarbene Leuchten eines Stufe-4-Amuletts aufflackerte, griff ich instinktiv nach meinem Katana und zog es aus seiner Scheide, während mein Blick noch nach Baldur – oder vielmehr Finn – suchte.

Ich entdeckte ihn auf der anderen Seite des Raumes. Er trug einen seidigen dunkelroten Bademantel und hielt eine kleine Espressotasse in der Hand. Sein schwarzes Haar war straff nach hinten gekämmt, und er beobachtete uns mit einem arroganten Lächeln, das seine unnatürlich grünen Augen zum Funkeln brachte. Ich wusste, dass diese Augen nicht zu Finn gehörten, sondern ganz und gar zu Baldur – dem König der Hexer.

Ich konnte nicht fassen, dass ich ihm wahrhaftig gegenüberstand. Dem Mann, der ganz oben auf der Liste jener Leute stand, die ich tot sehen wollte. Dicht gefolgt vom Mörder meiner Eltern. Vermutlich wusste Baldur sogar, wo sich der Feigling aufhielt, aber vermutlich blieb keine Zeit, ihn danach zu fragen.

Ich nahm eine Bewegung hinter Baldur wahr und entdeckte einen Hexer und eine Hexe.

Kaum hatte ich sie bemerkt, wurde der Mann bereits von einem Blitz erfasst und gegen die Mauer geschleudert. Reglos sackte er zu Boden. Shaws Magie hatte ihn eiskalt erwischt. Auch die Hexe wirkte überrascht von unserem Auftauchen. Mason schleuderte einen magentafarben leuchtenden Ball aus Energie auf sie. Die Frau wich geschickt aus und holte zu einem Gegenangriff aus, aber noch im selben Atemzug feuerten auch Holden und Ripley ihre Magie auf sie ab. Sie versuchte, ihnen zu entgehen, geriet dabei allerdings direkt in Maras Schusslinie, die ihr mit ihrer Magie einen weiteren Stoß versetzte. Naveen brachte die Sache zu Ende. Die Magie aus seinem Amulett traf frontal den Kopf der Hexe und schmolz ihr praktisch die Gesichtszüge weg. Leblos sackte sie mitten in Baldurs teurem Apartment zusammen.

Mein Blick zuckte zurück zum König der Hexer. Obwohl wir soeben seine Wachhunde ausgeschaltet hatten, war das arrogante Lächeln auf seinen Lippen nicht verrutscht.

»Ich habe mich schon gefragt, wie lange es dauern würde, bis ihr bei mir aufkreuzt, um euren kleinen Hunter-Freund zu retten«, spottete Baldur mit Finns Stimme, und mir lief ein Schauder über den Rücken. Er sah vielleicht aus wie der Grim Hunter, aber er bewegte sich und redete völlig anders. Finns typisch schottischer Akzent war verschwunden. »Ihr kommt allerdings zu spät. Euer Freund ist bereits fort.«

»Du lügst!«, fauchte Ripley und trat einen Schritt auf Baldur zu. Fäden aus dunkelblauer Energie tanzten um seine Finger und warteten auf ihren Einsatz.

»Was hätte ich für einen Grund zu lügen?« Baldur lächelte und stellte seelenruhig seine kleine Tasse auf dem Kaminsims hinter sich ab.

Er hatte tatsächlich keinen Grund zu lügen, denn egal ob Finn noch da war oder nicht, wir würden ihn angreifen. Doch das bedeutete nicht, dass er nicht dennoch log, um uns zu entmutigen oder mit unseren Gefühlen zu spielen.

Ripley stieß einen wütenden Schrei aus und die Energie in seiner Hand nach vorne.

Schneller, als ich es jemals bei einem Hexer oder einer Hexenmeisterin gesehen hatte, erschuf Baldur ein Portal und sprang hinein. Meinen ersten Gedanken, dass er zu fliehen versuchte, verwarf ich sogleich wieder, als das Portal, das deutlich dunkler leuchtete als das von Shaw, plötzlich hinter Mason auftauchte. Zwei starke Arme griffen daraus hervor, packten den Kopf des Magic Hunters und trieben eine Schockwelle aus Magie geradewegs durch seinen Schädel. Es geschah so schnell, dass Mason nicht einmal die Chance hatte, sich zu wehren, bevor sein Gehirn geröstet wurde und sein Körper zu Boden sackte.

»Oh fuck!«, fluchte Holden neben mir.

Mir zog es den Magen zusammen. Eilig wandte ich den Blick ab und sah zu Naveen. Mit einem Ausdruck des Terrors in den Augen starrte er Mason an. Der widerliche Geruch von verbranntem Fleisch verbreitete sich in der Luft und ließ mich würgen.

Baldurs Portal schloss sich wieder, ohne dass er daraus hervorgetreten war.

Hektisch sahen wir uns im Raum um und stellten uns dabei wie auf Kommando Rücken an Rücken, um nicht dasselbe überraschende Schicksal wie Mason zu erleiden, dessen lebloser Körper mitten im Raum lag – eine stumme Mahnung von Baldur an uns, sich nicht mit ihm anzulegen. Aber dafür war es zu spät.

»Wo ist er?«, bellte Mara. Energie flimmerte auch um ihre Finger.

»Überall«, antwortete Shaw. »Er springt von Portal zu –«

Sein Satz fand ein jähes Ende, als sich das dunkelblaue Portal ein weiteres Mal inmitten der Wohnung öffnete und Baldurs dunkle Blitze geradewegs in Shaws Richtung jagten. In letzter Sekunde hechtete der zur Seite, und die Blitze schlugen krachend in die frei stehende Küche ein. Der Kühlschrank explodierte, und der Geruch von Rauch mischte sich mit dem Gestank, der von Mason ausging.

Baldurs Portal verschwand erneut, nur um abermals an einer anderen Stelle aufzutauchen.

Wir wirbelten herum. Ripley und Holden schleuderten ihre Energie auf das Portal, worauf es sich so prompt schloss, dass ihre Magie ungebremst gegen die Fensterfront knallte. Es knackte, und kleine Risse breiteten sich wie Spinnweben auf dem Glas aus, das allerdings nicht brach.

»Maminka!«, brüllte Mara plötzlich.

Ich fuhr herum. Keine Ahnung, wie Baldur es schaffte, in einer derartigen Geschwindigkeit Portale zu erzeugen, aber alles, was ich noch sah, war das Leuchten seines Weltenrisses, als dieser auch schon wieder im Nichts verschwand. Zurück blieb Tereza mit aufgeschlitzter Kehle. Gurgelnd versuchte sie, die Blutung mit ihren Händen zu stillen, aber man musste kein Arzt sein, um zu erkennen, dass die Situation hoffnungslos war. Zu ihren Füßen lag ein Messer, von dem ich hätte schwören können, es eben noch in der Küche gesehen zu haben.

Mara schlang die Arme um ihre Mutter. Mit panischen, weit aufgerissenen Augen half sie ihr auf den Boden, um sie in den Armen zu halten, während sie starb. Evelyn und zwei andere bezogen Position, um sie zu schützen.

Ich schluckte schwer. Die Wut auf Baldur, die in meinem Inneren brannte, wurde zu einem Inferno. Binnen weniger Augenblicke hatte er zwei weitere Familien zerstört; und wenn wir nichts unternahmen, würden noch mehr folgen. Ich packte den Griff meines Katanas fester und verspürte dabei ein leichtes Gefühl der Reue darüber, dass ich nie gelernt hatte, mit einem Amulett zu kämpfen.

Ein weiteres Portal öffnete sich. Dieses Mal entdeckten wir es schnell genug. Birdie, Holden, Naveen und Ripley feuerten wie aufs Stichwort ihre gebündelte Energie in die leuchtende Öffnung, und Shaw schickte seine Blitze los. Flackern und Flimmern erfüllte den Raum, und die Luft um mich herum begann zu knistern. Es baute sich mehr und mehr Spannung auf, als diese plötzlich in einer Explosion zerbarst. Es war, als würde das Portal in Stücke gerissen werden. Eine Druckwelle aus glühendem Licht erfasste und schleuderte uns durch den Raum. Ich donnerte gegen eine Vase, die auf dem Boden zerschellte. Wasser ergoss sich zu meinen Füßen, und ich spürte, wie die Scherben mir die Handflächen aufritzten. Ich schenkte dem Schmerz keine Beachtung, sondern sah mich nach Holden um. Sein Rollstuhl war umgekippt. Hastig kam ich auf die Beine und eilte zu ihm. Ich richtete den Stuhl auf und griff ihm anschließend unter die Arme, um ihm aufzuhelfen.

»Alles in Ordnung?«, fragte ich besorgt.

Er nickte. »Bei dir?«

»Auch«, erwiderte ich. Die Schnittwunden an meinen Händen waren nicht der Rede wert.

Ich löste meinen Blick von Holden. Allerlei Dekokram und

Bücher waren von der Druckwelle von Regalen und Kommoden gefegt worden. Die Risse im Fenster waren mehr geworden, und nicht weit von einem davon kam gerade Baldur taumelnd wieder auf die Beine. Er hielt sich den Kopf, sein Blick irrte durch den Raum und …

Das war unsere Chance!

»Holden!« Meine Stimme war nur ein Wispern, aber sein Blick fand meinen und er verstand sofort, was ich wollte.

Erneut woben sich blaue, mit goldenen Funken durchzogene Fäden um seine Finger. Ein Ausdruck der puren Entschlossenheit zeichnete sein Gesicht, als seine Hand mit voller Kraft nach vorne stieß und die Energie auf Baldur zuschoss.

Die durchdringende Magie erfasste den König der Hexer und schleuderte ihn abermals einige Meter zurück. Er donnerte gegen den Kaminsims, und die kleine Tasse darauf, die zuvor wie durch ein Wunder stehen geblieben war, zerschellte auf dem Boden. Ihr Klirren war das letzte Geräusch, bevor es für zwei, drei Sekunden vollkommen still im Raum wurde. Alle hielten die Luft an.

»Hat es funktioniert?«, fragte Birdie mit zittriger Stimme.

Ich wusste es nicht. Gebannt starrte ich den reglosen Körper an … der sich plötzlich wieder bewegte. Ächzend rappelte er sich auf. Erst dann hob er den Blick und … Scheiße, seine Augen waren noch immer grün. Enttäuschung durchfuhr meinen Körper wie ein blitzartiger Schmerz. *Es hat nicht geklappt.* Der Schmerz dieser Erkenntnis spiegelte sich auf den Gesichtern aller wider.

Baldur neigte seinen Kopf langsam nach links und rechts, wie um zu testen, ob noch alle Wirbel am richtigen Platz saßen. »Habt ihr wirklich geglaubt, mich mit eurer armseligen Amulettmagie aus diesem Körper vertreiben zu können? Wisst ihr nicht, wer vor euch steht?«

»Das wissen wir ganz genau«, knurrte Shaw.

Baldurs Blick fand den des Hexenmeisters. »Sicher? Denn es scheint mir, als hätte deine Intelligenz unter deinem kleinen Ausflug in die Unterwelt gelitten. Ich habe dir die Chance gegeben, an meine Seite zurückzukehren und wieder zu deiner alten Macht aufzusteigen, stattdessen kämpfst du auf der Seite der Verlierer. Ich bin wirklich enttäuscht von dir, Kane.«

»Was?!«, entfuhr es mir. Ein Ruck ging durch meinen Körper, und ich wirbelte zu Shaw herum. Die Härchen in meinem Nacken stellten sich auf. Hatte ich das eben richtig gehört? Fassungslos starrte ich Shaw an, der meinem Ausruf keine Beachtung schenkte.

»Mein Name ist Shaw. Nicht Kane. Wie oft muss ich dir das noch sagen?«, erwiderte er, die Hände zu Fäusten geballt. Doch er leugnete es nicht.

In meinem Kopf breitete sich ein Rauschen aus, das alle anderen Gedanken überdeckte. Shaw war früher Kane gewesen. Kane aus Baldurs innerem Zirkel. Kane, von dem ich zahlreiche Schwarz-Weiß-Bilder in der Schachtel unter meinem Bett aufhob. Kane, der Mörder meiner Eltern. Mein Blick zuckte zu Holden, doch er reagierte nicht auf diese Offenbarung. Warum sollte er auch? Er wusste nichts von meinen Recherchen und den grausamen Dingen, die Kane getan hatte. Kane hatte die Schlacht von St. Petersburg mit angeführt und unsere Eltern in die dunklen Wälder getrieben wie ein Jäger seine Beute, um sie dort gewissenlos abzuschlachten.

Tränen des Zorns traten in meine Augen. Ich blinzelte sie weg. Es kostete mich all meine Willenskraft, mein Katana in dieser Sekunde nicht gegen Shaw zu richten, um ihn dort hinzuschicken, wo er hingehörte: in die Unterwelt. Er erinnerte sich vielleicht nicht an die barbarischen Taten, die er begangen hatte, aber mir waren sie ins Gedächtnis eingebrannt. Seite um

Seite voller Grausamkeiten, wie nur ein wahres Monster sie begehen konnte.

»Harper?«

Jemand berührte meine Hand.

Holden.

»Geht es dir wirklich gut?«

Ich nickte. Auf keinen Fall würde ich ihn dem Wissen und Schmerz aussetzen, dass wir Seite an Seite mit dem Mörder unserer Eltern kämpften. Shaws Hilfsbereitschaft hatte mich genauso wie all die anderen geblendet, aber nun wusste ich, wer er tief in seinem Inneren war. Ich wusste von all seinen Vergehen, all den Morden, an denen Kane sich einst ergötzt hatte. Wenn ich daran dachte, wurde mir kotzübel, und ein bitterer Geschmack legte sich auf meine Zunge. Ich würgte ihn hinunter. Wenn ich Kane jetzt tötete, müssten wir Baldur den Rücken zukehren, und das kam nicht infrage. Ich war entschlossener denn je, diese Sache hier schnell zu Ende zu bringen. Dann konnte ich mir Kane vorknöpfen. Und das würde ich.

Ich sammelte all meinen Zorn, meine Trauer und meine Einsamkeit, die ich seinetwegen in den letzten zwei Jahrzehnten verspürt hatte, in mir und richtete die Entschlossenheit, die daraus erwuchs, gegen den König der Hexer.

»Könnt ihr verhindern, dass er wieder ein Portal erschafft?«, fragte ich an niemand Bestimmten gerichtet.

»Wir können es versuchen«, kam es von Birdie.

»Was hast du vor?«, fragte Holden.

»Ich tue das, was getan werden muss.«

Wie aufs Stichwort erfüllte magisches Leuchten von Violett bis Dunkelblau den Raum, durchzogen vom Flackern magischer Blitze. Holden schleuderte seine Energie zuerst auf Baldur und gab damit das Startsignal. Die anderen Hunter folgten seinem Beispiel – nur ich nicht. Mein Herz raste, als ich mich ungeachtet des Magiesturms um mich herum in Bewegung setzte. Gekonnt wich ich den Strahlen aus purer Magie aus und schlitterte über den Boden auf Baldur zu.

Immer wieder versuchte er, ein Portal zu erschaffen, doch Holden und die anderen schleuderten jedes Mal sofort ihre Magie darauf, sodass seine Weltenrisse implodierten, bevor er hindurchtreten konnte. Kleine Druckwellen jagten daraufhin durch den Raum. Mein Haar peitschte mir ins Gesicht. Ich hechtete über eine umgestoßene Couch. Ein Energiestrahl aus dunkelblauer Magie verfehlte mich nur knapp, doch zugleich schnitt er Baldur ein weiteres Mal den Weg ab, sodass er nicht vor mir fliehen konnte.

Es gab kein Innehalten, kein Hinterfragen, kein Zögern, denn dies war vielleicht unsere einzige Chance. Ich warf mich zu Boden, holte mit meinem Katana aus und versetzte Baldur mit der Klinge einen Hieb in die Waden.

Er schrie auf und stürzte zu Boden. Die Energie um uns herum verstummte. Ihr Leuchten verglomm.

Ich kickte Baldurs Oberkörper, sodass er auf den Rücken rollte, zog einen der Dolche aus meinem Gürtel hervor und hoffte mit allem, was ich in mir hatte, dass mein Plan aufging, als ich mich über ihn kniete und zustach.

Mit weit aufgerissenen Augen starrte Baldur mich an. Fahrig tastete er mit einer Hand nach dem Dolch, der nur knapp an seinem Herz vorbeigeschrammt war, doch ich schlug seine Finger weg, damit er die Klinge stecken ließ, so wie Isaac es bei dem Studenten auf dem Campus getan hatte. Ich wusste, dass es keine Gewissheit gab, dass Finn diese Verletzung überlebte – sofern seine Seele überhaupt noch in diesem Körper steckte –, aber auf diese Weise hatte er zumindest eine Chance.

Baldurs Mund öffnete sich, aber es kam nur ein Krächzen über seine Lippen. Seine Augenlider begannen zu flattern, und kurz bevor sie sich schlossen, sah ich, wie die Farbe seiner Iriden von Grün zu Blau wechselten, als Baldur Finns Körper freigab, um sich einen neuen Wirt zu suchen.

25. KAPITEL

Harper

»Finn?«, fragte ich vorsichtig, bekam jedoch keine Antwort. Er hatte das Bewusstsein verloren, kaum dass Baldur seinen Körper freigegeben hatte. Mit wurde eng in der Brust, und ich hoffte, keinen Fehler begangen zu haben. Aber wir waren uns einig gewesen, dass, wenn die Sache mit dem Amulett nicht klappte, eine tödliche Verletzung die einzige Möglichkeit war, das Wissen, das Finn besaß, vor Baldur zu schützen.

»Ist er tot?«, fragte Birdie mit dünner Stimme.

»Noch nicht.« Ich sah zu Shaw auf und versuchte, nicht daran zu denken, dass ich den Mörder meiner Eltern vor mir hatte. Meine Hände bebten, doch ich ballte sie zu Fäusten. »Aber bald, wenn wir uns nicht beeilen. Wir müssen ihn sofort in ein Krankenhaus oder auf die Krankenstation des Quartiers bringen. Keine Umwege.«

Shaw wirkte unentschlossen. »Was ist mit der Spur, die wir dabei hinterlassen?«

»Baldur ist zu geschwächt, um uns zu folgen«, sagte Holden.

»Aber seine Hexer und Hexen nicht.«

»Sie sind hier nicht aufgekreuzt, warum also sollten sie uns ins Quartier folgen? Vermutlich sind sie noch dabei, sich von dem Angriff in London zu erholen«, sagte Ripley, der sich neben mich gekniet hatte und mit besorgter Miene auf Finn hinabsah, dessen Atmung mit jeder Sekunde schwächer wurde.

Ripleys eindringliche Worte ließen keinen Raum für weitere Diskussionen, und die Blässe von Finns Haut auch nicht. Shaw sah nicht glücklich aus, aber er gab keine Widerworte. Ich half Ripley dabei, Finn zu tragen, während Evelyn und Naveen sich Terezas und Masons leblosen Körpern annahmen und Birdie sich um die völlig betäubt wirkende Mara kümmerte.

Shaw spähte über seine Schulter, um nachzusehen, ob wir alle bereit waren, dann erschuf er ein Portal. Wir ließen die magie- und blutgeschwängerte Luft des Penthouse hinter uns und stolperten mitten in die Krankenstation des Quartiers. Hier roch es nach Plastik, Antiseptikum und Reinigungsmittel.

»Ingrid!«, brüllte Shaw.

Die Ärztin aus dem Londoner Quartier war sofort zur Stelle. Ihr entwich ein Keuchen, als sie Finns reglosen Körper in unseren Armen sah, mein Dolch noch immer in seiner Brust. Obwohl die Waffe den schlimmsten Ausfluss von Blut verhinderte, waren meine Finger dunkelrot verfärbt.

Ingrid rief mehrere Anweisungen, und einen Moment später wurden wir von weiteren Leuten umschwärmt, die Kittel oder die typisch helle Montur der Krankenstation trugen. Finn wurde Ripley und mir aus den Armen genommen und vorsichtig auf eine Liege gehoben. Augenblicklich machte Ingrid sich daran, seine Vitalzeichen zu untersuchen, und begann irgendwelche Werte herunterzurattern, von denen ich nichts verstand.

»Ihr solltet besser gehen«, sagte eine der Pflegerinnen. »Das hier kann eine ganze Weile dauern. Wir informieren euch, sobald wir mehr wissen.«

Ich sah mich um. Evelyn und Naveen, die Mason und Tereza getragen hatten, sprachen ruhig mit einem anderen Pfleger, denn für die beiden kam jede Hilfe zu spät. Zwei Bahren wurden herangeschafft, um ihre Körper daraufzulegen und für die Verbrennung vorzubereiten. Mara weinte bitterlich. Birdie hielt sie mit ihrem unverletzten Arm, wobei auch über ihre Wangen Tränen liefen. Mir wurde eng im Hals, und ich wandte rasch den Blick ab, um nicht ebenfalls loszuweinen.

»Komm«, hörte ich Holden neben mir sagen.

Statt etwas zu erwidern, nickte ich lediglich, und gemeinsam mit den anderen verließen wir schweigend die Krankenstation. Die Stille, die über uns lag, war erdrückend, doch offenbar besaß keiner von uns mehr die Kraft, sie zu brechen.

Wir folgten dem Gang zu den Aufzügen, als ich bemerkte, dass Shaw uns nicht folgte. Ich sah mich nach ihm um und entdeckte, dass er im breiten Flur außerhalb der Station stehen geblieben war. Er hatte sein Handy am Ohr, vermutlich versuchte er, Roxy zu erreichen. Erschöpft rieb er sich über die Stirn, und ein Ausdruck tiefster Sorge überzog sein Gesicht. Ich wusste nicht, was es war, aber irgendetwas an diesem Ausdruck brachte etwas in mir zum Bersten. Er hatte es nicht verdient, um Finn oder überhaupt irgendeinen Hunter zu trauern. Nicht nachdem er Dutzende, vermutlich Hunderte von uns grausam und herzlos getötet hatte. Kane war ein Monster, und nun stand er hier vor mir, gekleidet in die vermeintliche Unschuld von Shaw, der nur ein weiteres seiner Opfer war.

Bevor ich wusste, was ich tat, wirbelte ich auf dem Absatz herum und marschierte schnurstracks auf Shaw zu. Ich zitterte vor Wut und Aufregung am ganzen Körper, aber das war kein Wunder. Auf genau diesen Moment hatte ich all die Jahre gewartet.

»Harper?!«, rief Holden mir verwundert nach.

Ich ignorierte ihn und überbrückte die Distanz zwischen mir und dem Hexenmeister, während ich in einer fließenden Bewegung mein Katana zog.

Shaw bemerkte mich, als ich nur noch wenige Schritte von ihm entfernt war, und als wüsste er, was ich vorhatte, wich er zurück.

Entschlossen holte ich aus und hieb nach ihm.

Er machte einen Satz zurück, ließ sein Handy fallen und entkam meiner Klinge nur haarscharf. »Was soll das?«

»Du elendiger Wichser«, fauchte ich. Meine Hand war so fest um den Griff meines Katanas geballt, dass es wehtat. Doch der Schmerz in meiner Faust war nicht mit dem zu vergleichen, der wie schwarzes Öl aus meinem Herz sickerte und dabei war, meinen gesamten Körper für sich einzunehmen. »Du warst es! Du …«, das Zischen meiner Klinge schnitt mir das Wort ab, als ich erneut auf Shaw einschlug, »hast sie getötet!«

Er wich meinem Angriff aus und hob abwehrend die Hände. »Wovon redest du?«

»Tu nicht so, als wüsstest du das nicht, *Kane*.«

Ich erwartete, Blitze zwischen seinen Fingern aufleuchten zu sehen, doch die Magie blieb aus. Aber wenn er glaubte, ich würde ihn verschonen, nur weil er sich nicht wehrte, hatte er sich geirrt. Schließlich hatte ihn das auch nie davon abgehalten, Unschuldige zu töten und ganze Familien auszulöschen.

Abermals holte ich mit meinem Katana aus.

Gekonnt wich Shaw dem Hieb aus, machte dabei einen Schritt vor und zur Seite und griff noch in derselben Bewegung nach meinem Katana. Fest schlossen sich seine Finger neben meinen um den Griff, um die Waffe lenken zu können.

»Lass los!«, kreischte ich. Mein Herz pochte wild, auch wenn jeder Schlag den Schmerz durch meinen Körper trieb.

»Damit du weiter auf mich einschlagen kannst?«

»Ja!«

Er schüttelte den Kopf. »Ich denke nicht.«

Ich riss an der Klinge, aber er war stärker als ich. Kurz entschlossen ließ ich das Katana los, auch wenn es eine ganze besondere Art von Qual war, die Waffe meiner Mutter in den Händen des Mannes zu sehen, der sie getötet hatte.

Ich wich vor Shaw zurück, der anscheinend nicht mit diesem Manöver gerechnet hatte. Das Katana fiel klirrend zu Boden. Bevor ich es aufheben konnte, kickte Shaw es beiseite. Die Klinge schlitterte über den Boden und aus meiner Reichweite. Doch wenn er glaubte, das würde ihn retten, irrte er sich. Ich stieß einen Schrei aus, der dem Schmerz in meinem Inneren nicht einmal ansatzweise Ausdruck verlieh, und warf mich mit all meinem Gewicht auf ihn.

Mein Angriff riss uns zu Boden. Rittlings setzte ich mich auf seine Brust. Doch statt einen meiner Dolche zu zücken und ihm ein schnelles Ende zu bereiten, holte ich mit der geballten Faust aus und donnerte sie Shaw ins Gesicht. Schmerz explodierte in meinen Knöcheln, doch es war ein guter Schmerz. Der Schmerz der Gerechtigkeit. Ich holte ein zweites Mal aus, und meine Faust kollidierte abermals mit seinem Kiefer.

Shaw versuchte, meine Hände einzufangen. Sein Wunsch, mich aufzuhalten, war allerdings nicht annähernd so stark wie mein Verlangen, ihm wehzutun. Ich landete einen weiteren Treffer. Blut sickerte zwischen seinen Lippen hervor.

»Harper! Hör auf! Wir können über alles reden.«

»Nein, können wir nicht!«, fauchte ich und traf ihn erneut, dieses Mal am linken Auge. »Du warst es. Du hast sie getötet. Du …« Ich schlug wieder nach ihm, doch die Genugtuung, ihm wehzutun, war nicht so befriedigend, wie ich es mir erhofft hatte. Egal wie sehr Kane litt, egal wie viele Schmerzen ich ihm zufügte – es würde meine Eltern nicht wieder lebendig machen. Dennoch konnte ich nicht aufhören.

Hinter mir hörte ich Holden etwas rufen, aber ich ignorierte ihn.

»Du hast sie getötet.«

Schlag.

Ich dachte an all die Momente in unserem Leben, die meine Eltern verpasst hatten. Erste Freundschaften, erste Lieben, erster Herzschmerz. Die erste getötete Kreatur. Unsere Hunterprüfung.

»Du hast sie getötet!«

Schlag.

Das Wissen, dass meine Mum und mein Dad mich seit zwanzig Jahren nicht mehr in den Arm genommen hatten, brannte heiß in meiner Kehle. Ich sehnte mich nach ihrer schützenden Umarmung mehr als nach irgendetwas anderem.

»Du hast sie getötet!«

Schlag.

»Du … hast … sie getötet.«

Der darauffolgende Schlag war schwach und verfehlte sein Ziel. Erst jetzt wurde mir bewusst, dass ich nicht mehr richtig sehen konnte. Tränen verschleierten mir die Sicht, und das Brennen in meiner Kehle war nicht nur eingebildet. Ich weinte bitterlich, der Kloß in meinem Hals raubte mir die Luft zum Atmen. Trotzdem hörte ich nicht auf. Ein weiteres Mal holte ich zu einem Schlag aus, als ich plötzlich von hinten gepackt wurde. Mein erster Gedanke war, dass Ripley oder einer der anderen versuchte, mich aufzuhalten, aber bereits im nächsten Moment wurde mir klar, dass die starken Arme, die mich umfassten, nicht zu einem Magic Hunter gehörten. Mühelos zerrte Jules mich von Shaw herunter und drückte mich fest an seine Brust. Woher war er so plötzlich aufgetaucht?

»Lass mich los!«

»Das werde ich nicht tun.«

Ein Schrei, der mehr ein Schluchzen war, entfuhr mir. Ich zitterte am ganzen Körper und stemmte mich gegen Jules' Griff. Ohne Erfolg. »Er hat sie getötet!«

»Shhh«, flüsterte Jules an meinem Ohr. »Beruhige dich.«

Ich schüttelte den Kopf. »Lass mich gehen!«

»Das kann ich nicht.«

»Aber er hat meine Eltern umgebracht.«

»Wovon redest du da? Das muss ein Irrtum sein«, kam es von Roxy, die ebenfalls wie aus dem Nichts aufgetaucht war. Sie hockte neben Shaw auf dem Boden und funkelte mich zornig an. Shaw hingegen wirkte erstaunlich ruhig dafür, dass sein Gesicht aussah, als wäre er mit voller Geschwindigkeit gegen eine Mauer gerannt. Blut tropfte aus seinem Mund, und die Haut unter seinem linken Auge war aufgeplatzt.

»Nein, ist es nicht«, gestand Shaw mit leiser Stimme. Sein Blick war voller Mitgefühl, als er von Roxy zu mir wanderte und anschließend zu jemandem, der hinter Jules und mir stand. Holden.

»Du streitest es also nicht ab?« Meine Stimme zitterte ebenso wie mein Körper. Und selbst durch meine Tränen hindurch konnte ich erkennen, dass Shaws Gesicht unter seinen Verletzungen kreidebleich geworden war.

Roxy runzelte die Stirn. »Shaw?«

Er schluckte schwer. »Erinnerst du dich an diesen wiederkehrenden Traum, von dem ich dir erzählt habe? Von der Erinnerung, diese Szene im Wald? Ich … Ich glaube, das waren ihre Eltern.«

»Das kannst du nicht wissen«, beteuerte Roxy.

»Doch, das tue ich.« Shaw sah zwischen Holden und mir hin und her. Ein Ausdruck des Terrors lag auf seinem geschundenen Gesicht. »Ich erinnere mich daran, wie ich die beiden durch den Wald bei St. Petersburg gejagt habe. An das Katana ihrer Mutter und das Amulett ihres Vaters. Ich … Ich weiß nicht, warum ich es nicht schon vorher erkannt habe. Vielleicht, weil ich es nicht wahrhaben wollte.«

»Ihr solltet besser gehen«, mischte sich Jules ein. Es war klar, dass sich seine Worte an Shaw und Roxy richteten. »Vielleicht besucht ihr Niall im Krankenhaus und lasst jemanden bei Gelegenheit auf Shaws Gesicht gucken.«

Roxy nickte. »Das ist eine gute Idee.« Sie half Shaw auf die Beine und griff nach seiner Hand. Gemeinsam wandten sie sich von uns ab und liefen den Flur hinunter Richtung Aufzüge.

Nein!

Das konnte noch nicht alles gewesen sein. Wir durften ihn nicht gehen lassen. Wir mussten Kane einsperren. Ihn bestrafen …

»Lass mich los!«, verlangte ich und spannte meine Muskeln an, um mich zu befreien. Aber Jules ließ nicht locker, und ich hatte keine Chance gegen ihn. Er war schlichtweg zu stark. Daher blieb mir nichts anderes übrig, als zuzusehen, wie der Mörder meiner Eltern um die nächste Ecke verschwand.

»Ich lass dich nicht los«, murmelte Jules, und aus irgendeinem Grund klangen die Worte aus seinem Mund nicht wie Gegenrede, sondern wie ein Versprechen.

Erneut wallten Tränen in mir auf. »Ich hasse dich!«

Er schlang die Arme noch fester um meine Mitte, doch zugleich wurde seine Berührung sanfter, wie eine Umarmung. Er versuchte nicht länger, mich festzuhalten, sondern er hielt mich … fest. »Nein, tust du nicht.«

»Doch«, erwiderte ich, aber der Protest klang selbst in meinen Ohren schwach. Und mit jeder weiteren Sekunde schwand meine Gegenwehr, bis ich ganz aufhörte zu kämpfen und einfach nur noch dastand, an Jules' Brust gelehnt, weil es zu anstrengend war, mich aus eigener Kraft aufrecht zu halten. Meine Tränen und die Verzweiflung hatten mir den Rest an Energie geraubt, die ich nach dem Kampf gegen Baldur noch besessen hatte.

Jules senkte seine Lippen an mein Ohr. »Wenn du mir versprichst, Shaw nicht nachzurennen, lass ich dich gehen«, flüsterte er. Sein kühler Atem streifte meine Haut und ließ mich erschauern. »Wir brauchen Shaw. Er ist unsere beste Verbindung zu Baldur und den Hexern. Wenn du ihn jetzt tötest, raubst du den Huntern jeden Vorsprung. Er ist der Einzige, der Baldur aufspüren kann, sei also bitte nicht dumm.«

Ein Teil von mir wollte dumm sein …

»Versprochen«, murmelte ich kraftlos.

Jules hielt mich noch einen Moment länger fest, dann löste er seine Arme von meiner Taille und ließ mich frei.

Ich schniefte und wischte mir mit den Handrücken über die Augen. Mein Körper fühlte sich tonnenschwer an, geflutet von all den Gefühlen, die ich sonst versuchte, nicht zu nahe an mich heranzulassen, weil ich genau wusste, dass ich unter ihrer Last zusammenbrechen würde.

Aus dem Augenwinkel sah ich, dass Holden näher kam. Ich vermutete, dass er für Jules' Anwesenheit verantwortlich war. Er wirkte verschreckt und war blass um die Nase. Sein dunkles Haar bildete einen starken Kontrast zu seiner hellen Haut. »Stimmt es? Shaw hat unsere Eltern getötet?«

Ich nickte.

»Woher wusstest du davon?«

Es war wohl an der Zeit, sämtliche Karten offenzulegen.

»Ich habe in den letzten Jahren nach dem Mörder unserer Eltern gesucht. Ich wollte wissen, wer sie getötet hat, und alle Beweise haben mich zu Kane geführt. Doch ich konnte ihn nirgendwo finden – was nun endlich Sinn ergibt.«

Holden blinzelte, wie um die Tränen abzuschütteln, die ich in seinen Augen glänzen sah. »Warum hast du mir nichts davon gesagt?«

Weil du bereits mit dem Tod unserer Eltern abgeschlossen hast, ging es mir durch den Kopf, aber ich sprach es nicht laut aus. Es wäre Holden gegenüber nicht fair gewesen. Ich wusste, dass er Mum und Dad genauso vermisste wie ich, nur äußerte sich seine Trauer um den Verlust nicht in Wut und Rachegelüsten. Also zuckte ich mit den Schultern. »Hätte das etwas geändert?«

»Vielleicht … Vielleicht auch nicht. Ich weiß nicht. Ich muss nachdenken – allein.« Er drehte seinen Rollstuhl in einer ruckartigen Bewegung herum und entfernte sich von Jules und mir.

Ich wollte nichts sehnlicher, als ihm nachzulaufen, aber ich verstand, dass er jetzt für sich sein musste.

Mein Herz raste noch immer, und das Blut rauschte mir in den Ohren. Der Wunsch, Kane Schmerzen zuzufügen, war noch immer da; und ich wusste, dass ich Shaw getötet hätte, wenn Jules mich nicht aufgehalten hätte. Anders als bei Jules verspürte ich bei ihm kein Zögern, kein Verlangen, mich zurückzuhalten … Aber Jules hatte recht. Shaw war unsere beste Verbindung zu Baldur. Finn mochte befreit sein, aber der König der Hexer wollte noch immer Marjorie zurück; und selbst wenn er sie nicht bekommen konnte, so wollte er gewiss seine Rache. Shaw war unsere einzige wirkliche Chance, ihm auch weiterhin einen Schritt voraus zu sein, selbst wenn ich das nicht wahrhaben wollte.

»Sorry, dass ich dich so fest gepackt habe«, entschuldigte sich Jules. »Aber ich konnte nicht zulassen, dass du ihn umbringst.«

»Schon in Ordnung.«

»Muss sich jemand deine Hand anschauen?«, fragte er und griff im selben Moment danach.

Obwohl seine Finger kalt waren, wärmte mich seine Berührung. Erst jetzt bemerkte ich, dass die Haut an meinen Knöcheln aufgeplatzt war. Der Schmerz war so nichtig, dass er inmitten all der anderen Gefühle unterging.

Ich schüttelte den Kopf. »Ich will nur noch auf mein Zimmer.«

Jules ließ meine Hand nicht los. »Dann lass uns gehen. Loki und Thor vermissen dich sicherlich schon.«

Ich presste die Lippen zusammen und versuchte mich an einem Lächeln, das mir nicht gelingen wollte. Mein Blick wanderte zu der gläsernen Tür der Krankenstation. Dahinter standen die beiden Bahren, auf denen unter einem dünnen Tuch die Körper von Mason und Tereza lagen. Und ich entdeckte Blut auf dem Boden. Finns Blut. Was mich wieder daran erinnerte, was ich ihm angetan hatte. Ich hoffte inständig, dass er überlebte und wieder ganz er selbst wurde. Damit dieser Tag zumindest eine Sache hervorgebracht hatte, die nicht komplett scheiße war.

26. KAPITEL

Jules

Ich hielt Harpers Hand noch immer in meiner. Der Geruch ihres Blutes lag verführerisch in der Luft, und ich musste an mich halten, ihre Finger nicht an meinen Mund zu führen und es ihr von den Knöcheln zu lecken. Doch sosehr mich der Duft auch betörte – der Wunsch, für Harper da zu sein, war größer als meine Gier. Sie brauchte mich jetzt. Es war nicht schwer zu erkennen, dass sie völlig außer sich war, übermannt von Gefühlen der Trauer, Einsamkeit und Wut, die sich über Jahre angestaut hatten. Und verdenken konnte ich es ihr nicht. Shaw – Kane – hatte ihre Eltern getötet.

What. The. Fuck?

Keine Ahnung, wie ich an Harpers Stelle reagiert hätte, aber ich war mir sicher, dass Cain oder Warden, die beiden Hitzköpfe, es ihr gleichgetan hätten. Shaw lebte inzwischen zwar nicht mehr als Kane, aber manche Taten waren zu grausam, um sie einfach unter den Teppich zu kehren und so zu tun, als wären sie nie passiert.

Ich schob den Gedanken an Shaw und seine Vergangenheit beiseite und schielte zu Harper hinüber. Ihr Blick war glasig, ihre Augen waren rot und geschwollen. Sie schluckte schwer, als säßen noch immer nicht geweinte Tränen in ihrer Kehle fest.

Schweigend führte ich sie zu den Aufzügen und brachte sie bis zu ihrem Zimmer, wo sie mit hängenden Schultern vor der Tür stehen blieb, aber keine Anstalten machte, sie zu öffnen.

»Kann ich noch irgendwas für dich tun?«

Sie schüttelte den Kopf.

»Bist du dir – «

»Magstdumitreinkommen?«, schnitt sie mir den Satz ab, wobei die Frage so schnell aus ihrem Mund fiel, dass die einzelnen Wörter zusammenklebten. Dennoch war ich mir sicher, sie richtig verstanden zu haben.

Ich neigte den Kopf. »Wenn du das möchtest.«

Sie nickte. »Ich will jetzt nicht allein sein.«

Ich fragte mich, was das über ihren Zustand aussagte. Denn wenn ich eines über Harper wusste, dann, dass sie sich gern allein mit ihren Gefühlen auseinandersetzte.

Harper tippte den Code zu ihrem Zimmer ein. Klickend entriegelte sich das Schloss, und kaum hatte sie die Tür einen Spaltbreit aufgeschoben, versuchten Loki und Thor in den Flur zu huschen. Harper war zu lethargisch, um zu reagieren, doch ich fing den Kater blitzschnell ein, auch wenn das bedeutete, Harpers Hand loslassen zu müssen.

Das weiß-schwarze Tier an meine Brust gedrückt folgte ich Harper. Ich war noch nie in ihrem Zimmer gewesen, hatte bisher nur bei ein, zwei Gelegenheiten einen flüchtigen Blick hinein erhascht. Diese ganzen naturfarbenen und beigen Töne waren nicht ganz mein Stil. Ich mochte es etwas aufregender, dennoch musste ich zugeben, dass der Raum ziemlich gemütlich eingerichtet war, gemütlicher als viele andere Zimmer im Quartier. Auf dem Bett lagen Unmengen von Kissen, die meisten vermutlich nur zur Deko. Darüber hing ein Traumfänger, und in den Holzregalen standen dekorativ angerichtet Kerzen, Bücher und Bilderrahmen. An einer Wand lehnte ein Baumstamm, von dem weitere Bretter und Äste abzweigten und ein wahres Kletterparadies für den Kater erschufen.

Harper streifte sich die Lederjacke von den Schultern. Darunter trug sie ein simples Top mit dünnen Trägern, dessen Ausschnitt tief genug reichte, um mich Teile ihres Huntertattoos sehen zu lassen. Mit einem Seufzen ließ sie sich auf ihr Bett fallen, den Blick weiterhin starr geradeaus gerichtet.

Loki und Thor fingen in meinem Arm an zu zappeln. Ich ließ sie los, und die beiden flitzten sofort zu Harper. Kurz schwänzelten sie um ihre Füße, bevor sie zu ihr aufs Bett sprangen und abwechselnd mit den Köpfen gegen ihre Schulter stießen, bis sie sich erbarmte und die beiden zu streicheln begann. Ihre Bewegungen wirkten ebenso abwesend wie ihr Blick. Ich war mir nicht sicher, was ich tun sollte, also blieb ich einfach stehen.

»Ich kann nicht aufhören, an sie zu denken«, murmelte Harper nach einer Weile.

»An deine Eltern?«

Sie nickte, und dann verzerrte sich ihr Gesicht, als sie den Kampf gegen die Tränen verlor, die sie zuvor nicht geweint hatte. Schluchzend brachen sie aus ihr hervor, und sie vergrub das Gesicht in den Händen, als wollte sie in diesem Zustand nicht von mir gesehen werden.

Aber dafür war es zu spät. Ich durchquerte den Raum, setzte mich zu ihr und zog sie in einer fließenden Bewegung an mich. Schluchzend vergrub Harper ihr Gesicht an meinem Hals. Ich schlang meine Arme schützend um sie, hielt sie fest, während ihr die Gefühle entglitten. Sie war in Sicherheit, auch wenn der Schmerz sie vielleicht etwas anderes glauben ließ. Ihr Körper bebte, und ich war mir sicher, dass ich in diesem Moment mit ihr geweint hätte, wäre ich noch dazu in der Lage gewesen. Beruhigend streichelte ich ihr über den Rücken, während sie hemmungslos in meinen Hoodie schluchzte, und legte meine Wange auf ihrem Kopf ab.

Trotz des herzzerreißenden Augenblicks entging mir nicht, wie gut ihr Haar roch, fast noch besser als ihr Blut. Doch der Duft, der von ihrer Verletzung ausging, war allgegenwärtig und erweckte etwas in mir, gegen das ich mich nicht mehr lange würde wehren können. Ich spürte, wie sich meine Augen veränderten und das Verlangen in mir wuchs. Wie die Nacht, die den Tag verdrängte, ihre Schatten über meine Seele zog.

Ich wollte Harper nicht loslassen, aber ich musste. Es ging nicht anders. Widerwillig löste ich meine Umarmung.

Verunsichert sah sie mich durch ihre tränenverhangenen Wimpern an. Selbst in ihrem Schmerz war sie wunderschön. Und sie wirkte in diesem Moment so unglaublich jung und verletzlich. Ich hasste es, dass mein Verlangen nach Blut so ausgeprägt war, dass ich sie nicht einfach halten konnte, so wie ich es früher hätte tun können.

»Ich … Ich bin gleich zurück«, erklärte ich mit gepresster Stimme, der man die unterdrückte Gier deutlich anhörte. »Lass mich nur kurz etwas für deine Hand holen. Das Blut …« Ich stand auf, bevor sie etwas erwidern konnte, und lief ins angrenzende Badezimmer. Vor dem Waschbecken blieb ich stehen. Ich kniff die Augen zusammen, um mein eigenes Spiegelbild mit den rot leuchtenden Augen nicht sehen zu müssen. Mit angehaltener Luft, um den herrlichen Duft von Harpers Blut auszusperren, versuchte ich mich zu sammeln und das Verlangen von mir zu schieben.

»Jules?«, hörte ich Harper nach einer Weile zögerlich fragen.

Blinzelnd öffnete ich die Augen; und weil ich sie nicht länger warten lassen wollte, begann ich in den Schubladen und Schränken nach einem Lappen zu suchen. Ich wurde fündig und befeuchtete ihn mit lauwarmem Wasser, bevor ich zurück ins Zimmer ging.

Harper hatte sich nicht vom Fleck gerührt. Ich setzte mich wieder neben sie und nahm vorsichtig ihre Hand in meine. Behutsam wischte ich ihr das Blut von den aufgeschürften Knöcheln, die Lippen fest aufeinandergepresst.

Ich schluckte schwer. »Tut mir leid.«

»Was tut dir leid?«

»Meine Reaktion auf dein Blut.«

Harper neigte den Kopf und betrachtete mich mit ihren schimmernden dunklen Augen. Darin erkannte ich weder Furcht noch Ekel. »Auf mich wirkst du ziemlich kontrolliert.«

Beinahe hätte ich aufgelacht. »Glaub mir, das täuscht. Am liebsten würde ich dir das Blut von den Knöcheln lecken.«

»Und warum tust du es nicht?« Ihre Stimme klang leise und rau von den Schluchzern, die sie eben noch geschüttelt hatten.

Erschrocken sah ich zu ihr auf, ziemlich sicher, dass ihre Frage ein Scherz sein sollte. Doch ihre Miene war vollkommen ernst. »Das ist ein Witz, oder?«

»Finde es heraus.« Ihre Worte klangen herausfordernd und fast zu gut, um wahr zu sein. Der vernünftige Teil in mir wollte sie ignorieren. Der dunkle Teil hingegen wollte ihrer Einladung folgen, als wüsste er bereits, dass Harper fantastisch schmecken würde.

Ich räusperte mich. »Sag so was nicht.«

»Wieso nicht?«

Meine Hände begannen zu zittern, denn alles, was ich wollte, war, Harper zu packen, um dieses ungezügelte Verlangen zu stillen, das wie Feuer durch meine Adern floss. »Weil ich dir nicht viel länger werde widerstehen können.«

»Vielleicht möchte ich das gar nicht.«

»Oh, Harper …« Ich schloss die Augen und hörte auf, mit dem Lappen über die Wunde zu tupfen. Stattdessen führte ich ihre Hand an meinen Mund.

Bevor meine Lippen ihre geschundenen Knöchel berührten, hielt ich inne. Atmete tief ein. Inhalierte den Duft, der für mich Leben bedeutete. Eine Woge des Verlangens rauschte durch meinen Körper und ließ mich erschaudern. Harper rührte sich nicht vom Fleck, obwohl meine Lippen keinen Zentimeter davon entfernt waren, mich ihr Blut kosten zu lassen.

Ich schielte zu ihr empor, und mein Blick fand ihren. Von Angst und Ekel war noch immer keine Spur darin zu erkennen, aber der Schmerz, den ich in ihren Augen las, fegte mich fast von den Füßen. Frische Tränen hingen in ihren Wimpern, und da wusste ich, dass ich es nicht tun konnte. Ich wollte ihr Blut kosten, mehr als alles andere. Das Verlangen danach zu wissen, wie sie schmeckte, wie sie sich auf meiner Zunge anfühlte, verzehrte mich, aber wenn ich eines Tages von ihr trank, dann weil Harper es wollte – wirklich wollte. Und nicht, weil sie glaubte, so ihren Schmerz betäuben zu können. Ja, ich wünschte, ihr den Schmerz nehmen zu können, aber nicht auf diese Weise. Nicht als Vampir, sondern als Jules.

Mit angehaltener Luft wartete Harper darauf, dass ich mich rührte, und das tat ich. Langsam senkte ich meine Lippen, allerdings nicht auf ihre Wunde. Hauchzart küsste ich ihren Handrücken. Sie schnappte erschrocken nach Luft, machte aber keine Anstalten, sich mir zu entziehen. Wagemutig hauchte ich ihr einen zweiten Kuss auf die dünne Haut an ihrem Handgelenk. Ich konnte ihr Blut unter meinen Lippen pochen spüren. Verlangen wallte in mir auf und drängte mich zuzubeißen, aber ich gab dem nicht nach. Stattdessen drückte ich einen weiteren Kuss auf die pulsierende Stelle.

Harper stieß ein Seufzen aus, und das Geräusch ging mir

durch Mark und Bein. Ihr schien zu gefallen, was ich tat, also ließ ich meine Lippen weiter ihren Arm emporwandern, wobei ich jeden Zentimeter einen Kuss auf ihre Haut drückte, um sie ihren Schmerz vergessen zu lassen.

Harper schloss die Augen, und ihre Lippen teilten sich, während ich mich langsam höher und höher küsste. Es war Qual und Glück zugleich, ihr so nahe zu sein. Bereits ihre Haut schmeckte fantastisch; ich wollte mir gar nicht vorstellen, wie großartig ihr Blut schmecken würde.

Schließlich erreichte mein Mund ihre Schulter. Ich schlang einen Arm um ihre Mitte und zog sie näher an mich. Ihr warmer Körper drängte sich gegen meinen kalten. Die Hand ihres anderen Armes lag auf meinem Oberschenkel, und ihre Finger vergruben sich in dem Stoff meiner Hose. Erregung flutete meinen Körper, und ein anderes Verlangen als das nach Blut breitete sich in mir aus.

Ich senkte meine Lippen erneut auf Harpers Schulter und verteilte Küsse um den dünnen Träger ihres Tops herum. Sie erschauderte und die Härchen an ihren Armen stellten sich auf. Könnten Vampire schlafen, wäre ich mir sicher gewesen, dass das hier nur ein Traum war. Harper in meinen Armen und meine Lippen auf ihrer Haut – es war eine einzige wahr gewordene Fantasie.

»Jules …« Mein Name war nur ein Seufzen auf ihren Lippen, und sie ließ ihren Kopf in den Nacken fallen.

Erregt betrachtete ich den eleganten Verlauf ihres Halses und leckte eine Spur von ihrer Schulter bis zu der Stelle, an der ihr Puls heftig pochte, denn ihr Herzschlag hatte sich in den letzten Minuten um einiges beschleunigt. Ich legte meine Lippen auf ihren Hals und begann zu saugen, wohl wissend, dass sie meine Fänge spüren konnte. Doch ich biss nicht zu, dafür war dieser Moment zu kostbar.

Harper stieß erneut ein wohliges Seufzen aus. Sie ließ von meiner Hose ab und vergrub ihre Hand in meinem Haar, packte fest zu und delegierte meinen Kopf in die Höhe. Ich küsste ihren Hals empor, bis zu ihrem Kiefer, bis meine Lippen den ihren gefährlich nahe kamen. Ihr warmer Atem streifte meine Haut.

Mit lustverhangenem Blick sah ich zu Harper auf. Ihre Lider waren gesenkt, und ich konnte noch immer die Überreste der Tränen in ihren Wimpern hängen sehen, doch der Schmerz war aus ihrem Gesicht verschwunden und von einem Ausdruck abgelöst worden, der meine eigenen Gefühle widerspiegelte. Ihre Brust drängte sich mit jedem Atemzug gegen meine. Ich hatte keine Ahnung, was hier gerade geschah, aber um keinen Preis der Welt wollte ich damit aufhören.

Sachte hob ich meine Hand und strich Harper eine dunkle Haarsträhne hinter das Ohr. Von dort aus ließ ich meine Hand in ihren Nacken gleiten.

Sie erzitterte unter meiner Berührung und brachte ihr Gesicht meinem noch näher, bis sich unsere Nasen berührten und mein Mund über ihrem schwebte. Ein letztes Mal suchte ich ihren Blick, um auf keinen Fall etwas zu tun, was sie nicht wollte; aber in ihren Augen erkannte ich dieselbe Sehnsucht, die auch mich antrieb. Die stärker war als mein Verlangen nach Blut. Und heller leuchtete als die Dunkelheit in meinem Kopf.

Ich senkte meine Lippen auf die von Harper.

Und dann küsste ich sie.

Harper

Jules zu küssen war nicht Teil des Plans gewesen. Der Plan war gewesen, ihn zu töten. Aber Pläne änderten sich, und das bedeutete nicht immer etwas Schlechtes. Ganz im Gegenteil.

Jules zu küssen war eine fantastische Idee, und ich hasste mich selbst dafür, so lange damit gewartet zu haben. Ich hatte ihn all die Jahre gemieden und das, obwohl wir die ganze Zeit über *das hier* hätten tun können? Ich war eine Idiotin gewesen … Aber es war nie zu spät, um alte Fehler wiedergutzumachen.

Mit einem Seufzen kam ich Jules' Lippen entgegen. Es war ein sanfter Kuss, der nicht von der üblichen Hast und Gier getrieben war, die ich von meinen Ex-Freunden kannte. Er war schon beinahe schmerzhaft zärtlich, denn ich wollte mehr – so viel mehr –, aber ich übte mich in Geduld. Mein Herz flatterte, und eine Wärme, ebenso zart und sanft wie unser Kuss, breitete sich in meiner Brust aus.

Ich stieß ein wohliges Brummen aus, das Jules an meinen Lippen erwiderte. Der Laut versetzte meinen Körper in Schwingung. Ich löste die Hand aus seinem Haar und schlang die Arme um seinen Hals, um ihm noch näher zu sein. Denn das war alles, was ich wollte. Da war keine Angst. Keine Sorge. Vielleicht sollte ich mich fürchten, doch das genaue Gegenteil war der Fall. Jules hatte mir selbst in seiner dunkelsten Phase niemals wehgetan. Vermutlich war auch das der Grund, weshalb ich ihm erlaubt hätte, von meinem Blut zu kosten. Ich wusste nicht, warum er es nicht getan hatte, aber ich war deswegen nicht enttäuscht, denn ihn zu küssen war um einiges besser. Meine Haut kribbelte überall dort, wo er mich berührt hatte, und in meinem Magen spürte ich ein aufgeregtes Flattern.

Oh Gott …

Ich war noch nie in meinem Leben auf diese Weise geküsst worden. So tief und voller Hingabe. Wie konnte sich das dermaßen unglaublich anfühlen? War das normal? Mir erschien dieser Kuss wie nicht von dieser Welt, und ich wollte nicht, dass Jules ihn jemals unterbrach.

Ich teilte meine Lippen für ihn und ertastete mit meiner Zunge seine Fänge, aber Angst und Furcht blieben auch jetzt aus. Stattdessen rutschte das Flattern in meinem Bauch tiefer und verwandelte sich zwischen meinen Beinen in ein verlangendes Pochen. Mir wurde schwindelig, und ich klammerte mich mit allem, was ich hatte, an Jules fest, während er mir den Atem raubte, den er nicht brauchte. Es war eine bittersüße Folter, und in diesem Moment doch das Einzige, was ich wollte.

Unvermittelt löste Jules seine Lippen von meinen.

Ich stieß einen Laut aus, der halb Klage war, halb Protest. Blinzelnd öffnete ich die Lider und sah ihn an. Das Rot seiner Augen war verblasst, und alles, was ich in seinem Blick erkannte, war dasselbe Verlangen, das auch ich verspürte. Nicht nach Blut, sondern das Verlangen nacheinander. Und in diesem Moment wurde mir klar, dass ich es vielleicht bereuen sollte, einen Vampir geküsst zu haben. Eine Kreatur der Nacht. Aber ich hatte nicht den Feind geküsst, sondern *Jules*. Jules, der das Amulett meiner Mum für mich gerettet und aufbewahrt hatte. Jules, der mir ein Buch über die Schmiedekunst der Zwerge geschenkt hatte. Jules, der all die Jahre für mich da gewesen war, auch als ich noch nicht bereit für ihn, für *uns* gewesen war.

»Warum hast du aufgehört?« Meine Stimme klang atemlos.

»Weil es ein langer Tag war. Du solltest schlafen.«

»Ich bin nicht müde«, protestierte ich.

Jules lachte leise und strich mir eine Strähne hinters Ohr, die sich nach vorne verirrt hatte. »Du solltest dich dennoch ausruhen. Die letzten Stunden hatten es in sich, und ich will nicht, dass du etwas tust, das du später möglicherweise bereuen wirst.«

Ich presste die Lippen aufeinander, denn ich wollte Jules nicht zu etwas überreden, das sich für ihn nicht richtig anfühlte. »Bleibst du bei mir?«

»Wenn du das möchtest?«

Ich nickte und streifte mir die Stiefel von den Füßen. Jules beobachtete mich dabei, was sich vielleicht merkwürdig anfühlen sollte, aber das tat es nicht. Ihn bei mir zu haben, in meinem Zimmer, auf meinem Bett, kam mir plötzlich wie das Natürlichste auf der Welt vor.

Ich huschte ins Badezimmer, um meine Jeans gegen eine bequemere Hose zu tauschen. Und als ich wieder zurückkam, hatte auch Jules seine Schuhe ausgezogen.

Ich legte mich ins Bett, und Jules kletterte hinter mich auf die Matratze. Dann schlang er seinen Arm um meine Mitte und zog mich an sich, bis mein Rücken seine Brust berührte. Seine Lippen fanden meine Schulter, um mich erneut dort zu küssen.

Ich schmiegte mich in seine Umarmung, und kaum hatte ich die Augen geschlossen, holte mich der Schlaf.

Jules

Stunden später schlief Harper noch immer seelenruhig in meinen Armen. Ich konnte mich kaum entsinnen, wie lange ich von diesem Moment geträumt hatte, und alles in mir rief danach, liegen zu bleiben und ihn bis zur letzten Sekunde auszukosten, aber ich musste gehen. Mein Durst drängte mich dazu, und ich wollte nicht, dass Harper aufwachte und das Erste, was sie sah, meine rot glühenden Augen waren.

Vorsichtig zog ich meine Arme unter ihr hervor und kletterte aus dem Bett. Loki und Thor blickten von ihrem Schlafplatz auf einem der Äste auf, aber zeigten weiter kein Interesse an mir. Ich schnappte mir meine Schuhe und schlich auf leisen Sohlen aus dem Zimmer. Erst vor der Tür tippte ich eine

Nachricht an Harper, damit sie am Morgen nicht dachte, ich wäre sang- und klanglos verschwunden.

Anschließend schlüpfte ich in meine Schuhe und machte mich auf den Weg in die obere Etage zur Cafeteria. Giselle war noch immer in meinem Zimmer untergebracht, weshalb ich einige Blutkonserven im Kühlschrank für die Allgemeinheit lagerte. Immerhin musste ich keine Angst haben, dass irgendjemand sie mir klaute.

Die Cafeteria war leer, vermutlich waren die meisten Hunter in ihren Zimmern oder in ihrem Zuhause außerhalb des Quartiers. Ein paar wenige Jäger und Jägerinnen waren von Grant auch auf Patrouille geschickt worden, um zumindest die kritischsten Gebiete der Stadt im Auge zu behalten, denn den meisten Kreaturen der Nacht war es gleichgültig, dass die Hunter sich in einem Krieg mit Baldur und seinen Hexern und Hexen befanden.

Ich schlenderte zum Kühlschrank und holte eine Blutkonserve heraus. Mit einer Klaue riss ich den Beutel auf und trank einen gierigen Schluck, bevor ich den Rest in eine Tasse füllte und in die Mikrowelle stellte, die mit einem Piepsen zum Leben erwachte. Ungeduldig lehnte ich mich gegen den Tresen und dachte über Harper nach und darüber, was der gestrige Abend und die heutige Nacht für uns bedeuteten – falls es überhaupt eine Bedeutung gab.

Zu meinem Erstaunen hörte ich Schritte im Gang vor der Cafeteria, und einen Moment lang gab ich mich der Hoffnung hin, dass es Harper war, die mir gefolgt war. Doch stattdessen tauchte keine Sekunde später ihr Erzfeind in der Tür auf.

Shaws Schritte gerieten ins Stolpern, als er mich sah, aber er fand seinen Rhythmus sogleich wieder. Trotz der späten Uhrzeit trug er noch immer Jeans. Sein blutbespritztes T-Shirt hatte er allerdings gewechselt.

»Hey, wie fühlst du dich?«, fragte ich, als er vor dem Kühlschrank stehen blieb.

»Als hätte mich eine zierliche, aber überraschend starke Magic Huntress verprügelt.«

Ich lachte. »Sie kann ordentlich zuschlagen, nicht wahr?«

Überrascht hob Shaw die Augenbrauen, ließ sie mit einem Ausdruck des Schmerzes aber sogleich wieder sinken. Seine Unterlippe war leicht angeschwollen, und er war offenbar an einer Stelle an der Stirn genäht worden. »Ah, du bist auch schon mal in den Genuss gekommen?«

»In letzter Zeit nicht ... Da hat sie nur versucht, mir einen Dolch ins Herz zu stechen.«

Shaw schnaubte. »Die Frau sollte echt an ihren Aggressionen arbeiten.«

Ich neigte den Kopf und sah ihn bedeutungsvoll an. »Kannst du es ihr verdenken?«

Shaw antwortete nicht sofort, sondern lief zu einem der Automaten. Er studierte kurz die Auswahl und gab Ziffern in das Bedienfeld ein, dann wandte er sich mir zu. »Nicht wirklich. Sie hat allen Grund, mich zu hassen.«

»Du hast also wirklich ihre Eltern umgebracht?«

»Ja, aber nicht ... nicht absichtlich.« Er stockte und rieb sich über die Stirn, als würde der Gedanke oder die Erinnerung daran ihm Kopfschmerzen bereiten. »Na ja, damals ist es schon meine Absicht gewesen, aber das war ... ein anderes Leben. Wenn es einen Weg gäbe, es ungeschehen zu machen, würde ich es sofort tun. Scheiße, ich würde *alles* dafür tun, es rückgängig zu machen. Aber das geht nicht.«

Ich nickte. Diesen Wunsch konnte ich gut nachvollziehen. Seit meiner Verwandlung hatte ich viele Dinge getan, die ich gern rückgängig machen würde.

»Danke übrigens, dass du sie von mir runtergezerrt hast.«

Ich lachte, denn die Wahrheit war, dass Shaw vermutlich auch allein mit ihr zurechtgekommen wäre, hätte er sich nicht zurückgehalten. »Kein Ding. Wir Kreaturen der Nacht müssen doch zusammenhalten.«

Shaw brummte. »Stimmt. Und für einen Vampir bist du gar nicht so übel.«

»Du bist auch nicht übel. Für einen Hexenmeister.«

»Ich weiß.«

Ich schmunzelte, wurde aber in der nächsten Sekunde wieder ernst, denn bisher hatte keiner von uns den anderen Elefanten im Raum angesprochen. »Habt ihr schon was von Finn gehört?«

Shaws Miene wurde ebenfalls ernst. »Ja, er hat die OP überstanden, ist aber noch nicht aufgewacht. Ingrid weiß nicht, wann und ob es überhaupt passieren wird. Er ist also noch nicht über den Berg. Jetzt braucht es einfach Zeit. Roxy ist gerade bei ihm. Ich bin nur hier oben, um ihr einen Snack zu holen.«

Ich nickte. In Anbetracht der Umstände waren das gute Neuigkeiten. Finn war am Leben, und noch bestand die Chance, dass das auch so blieb. »Dann lass dich nicht aufhalten und grüß Roxy von mir.«

»Das werde ich«, erwiderte Shaw, nahm die Proteinriegel aus dem Automaten und verabschiedete sich mit einem knappen Nicken.

Keine fünf Sekunden später teilte mir die Mikrowelle mit einem Piepsen mit, dass mein Blut aufgewärmt war. Ich nahm die Tasse heraus, trank einen Schluck und genoss für einen Moment die Ruhe um mich herum. Ich war mir sicher, dass sie nicht lange anhalten würde.

27. KAPITEL

Harper

Ein letztes Mal holte ich tief Luft, bevor ich die Tür zur Krankenstation aufstieß und mir erneut der Geruch von Gummi, Antiseptikum und klinischem Reinigungsmittel in die Nase stieg. Ich hasste ihn, weshalb ich den Moment fast zwei Tage hinausgezögert hatte, aber nun konnte ich nicht mehr anders. Ich musste mit eigenen Augen sehen, dass Finn noch lebte, auch wenn er nicht bei Bewusstsein war. Als Jules mir die Neuigkeiten am Morgen nach unserer gemeinsamen Nacht erzählt hatte, wäre ich vor Erleichterung, dass Finn seiner Verletzung bisher nicht erlegen war, beinahe erneut in Tränen ausgebrochen. In letzter Sekunde hatte ich mich zusammenreißen können – dennoch hatte Jules mich in den Arm genommen, als wüsste er genau, was sich in meinem Herzen und meinem Kopf abspielte.

In der Krankenstation war es deutlich ruhiger als im Rest des Quartiers. Die ersten Magic Hunter von außerhalb Europas waren heute in Edinburgh eingetroffen, um uns im Kampf gegen Baldur zu unterstützten und notfalls unser Quartier zu verteidigen. Sie kamen aus Kanada, Brasilien, Japan und Indien und brauchten nun ebenfalls einen Platz zum Schlafen. Giselle hatte Jules' Zimmer noch immer für sich beschlagnahmt, weshalb er meins als Rückzugsort nutzte, wenn es in der Cafeteria oder dem Fitnessraum zu voll wurde.

Ich durchquerte die Krankenstation und lief vorbei an den durch Trennwände abgeschirmten Betten, in denen teils noch immer Londoner Hunter und Huntresses und Archivare lagen. Von Jules wusste ich, dass Finn in einem der Einzelzimmer untergebracht war. Ich redete kurz mit einem Pfleger, der mir auch die Richtung deutete.

Mit einem mulmigen Gefühl im Magen näherte ich mich der Tür, die nur angelehnt war. Davor blieb ich noch einmal stehen, um mich zu sammeln, ehe ich den Raum betrat – und am liebsten rückwärts wieder rausgestolpert wäre.

Finn lag bleich wie die weißen Laken in einem schmalen Bett und war an zahlreiche Maschinen angeschlossen. Ein Tropf lief in seinen linken Unterarm, und ein Beatmungsgerät pumpte über eine Maske Luft in seine Lunge. Eine der Maschinen übersetzte seinen Herzschlag in ein leises Piepsen, das sich in meinen Ohren gleichzeitig wunderbar und grauenhaft anhörte.

Ich habe ihm das angetan.

Vorsichtig trat ich an sein Bett. Jemand, vermutlich Roxy, hatte einen Stuhl danebengestellt. Sie pendelte seit Tagen zwischen Finn und Niall hin und her. Ich wollte gar nicht wissen, wie sie sich fühlte. Es gab nichts Schlimmeres, als wenn es einem geliebten Menschen schlecht ging. Jedes Mal, wenn Holden krank war, wünschte ich mir, diejenige zu sein, die an seiner Stelle im Bett lag. Lieber hatte ich selbst vierzig Grad Fieber, als dabei zuzusehen, wie er innerlich verglühte.

Ich zog den Stuhl zurück und setzte mich. Einige Minuten hockte ich nur da und starrte Finn an, ehe ich mich nach vorne beugte und zögerlich nach seiner Hand griff. Seine Haut fühlte sich kalt und klamm an. Ich hatte das Bedürfnis, mich bei ihm zu entschuldigen, aber ich wusste, dass das nichts ändern würde, also blieb ich stumm und leistete ihm einfach Gesellschaft.

Keine Ahnung, ob er sich meiner Anwesenheit bewusst war; falls ja, hoffte ich, dass er sich über meine Gesellschaft freute und mich nicht zum Teufel wünschte.

Hinter mir erklang ein leises Quietschen, das sich nur einer einzigen Person im Quartier zuordnen ließ. Ich sah über meine Schulter zu Holden. Wir hatten seit dem Kane-Zwischenfall nicht mehr miteinander geredet. Nicht, weil ich es mir gewünscht hätte, sondern weil ich ihm die Zeit geben wollte, alles zu verdauen. Immerhin hatte ich auch einiges vor ihm verheimlicht.

»Hey«, begrüßte er mich mit gesenkter Stimme.

Ich lächelte matt. »Hi.«

»Wie geht es ihm?«

Ich sah auf Finn herab. »Unverändert. Seine Werte sind stabil, aber es gibt nichts mehr, was Ingrid und die anderen für ihn tun können. Den Rest muss sein Körper allein schaffen.«

»Das wird er. Finn ist ein Grim Hunter, die sind zäh.«

Ich wusste Holdens Bemühung, mir Hoffnung zu machen, zu schätzen, aber in letzter Zeit war so viel Scheiße passiert, dass es mir schwerfiel, nicht vom schlimmsten Szenario auszugehen. Nämlich dass Finn starb oder – noch schrecklicher – sein Körper überlebte, aber seine Seele zu stark von Baldur beschädigt worden war.

Holden legte mir tröstend eine Hand auf die Schulter und presste die Finger sanft in die angespannten Muskeln. »Was immer aus Finn wird, es ist nicht deine Schuld, Harper. Niemand macht dir deswegen Vorwürfe.«

»Ich habe ihn erstochen.«

»Du hast das getan, was wir gemeinsam beschlossen haben. Du hast die Waffe geführt, aber wir alle standen hinter dir – und tun es noch. Wenn er überlebt, hat er das nur dir zu verdanken, weil du genau wusstest, was du tust.«

»Dafür müssen wir Isaac danken. Er hat mich auf die Idee gebracht«, sagte ich und dachte an den Studenten zurück, dessen Herz er mit seiner Schere so knapp verfehlt hatte, dass er auch fast, aber eben nur fast daran gestorben war.

»Dann hat sein Dasein als Geist vielleicht doch etwas Gutes.«

»Jules würde dir da widersprechen.« Ich hatte ihn heute den ganzen Tag noch nicht gesehen, denn Cain, Warden, Ella und Wayne waren von ihrer Mission, Marjories Fläschchen zu holen, zurück. Sie wollten die Geisterwelt von hier aus betreten, und Cain und Jules hatten einiges aufzuholen. Er hatte mich eingeladen, mit ihnen in die Stadt zu gehen, aber es hatte sich irgendwie falsch angefühlt.

»Du verbringst im Moment viel Zeit mit ihm«, stellte Holden fest, wobei in seiner Stimme eine gewisse neckische Spitze lag, die mir nicht entging. Vermutlich lachte er sich ins Fäustchen, weil er derjenige war, der schon damals versucht hatte, mich davon zu überzeugen, dass Jules und ich zusammen funktionieren konnten.

»Ja, hat sich irgendwie so ergeben.«

Holden verdrehte die Augen. »Du kannst ruhig zugeben, dass du ihn magst.«

Ich setzte an, ihm zu widersprechen, aber was sollte das bringen? Er kannte mich besser als jeder andere. Außerdem hatte mir Jules in den letzten Tagen mehr Rückhalt gegeben, als ich je für möglich gehalten hätte, und es wäre ihm gegenüber nicht fair, das zu leugnen.

Holden grinste. »Ich wusste es!«

Ich schnaubte. »Glückwunsch, kauf dir was davon.«

»Du bist unverbesserlich.«

»Ja, weil ich schon perfekt bin.« Ich erwiderte Holdens Grinsen, und ein warmes Gefühl breitete sich in mir aus.

Dankbarkeit dafür, dass wir immer wieder zueinander zurückfanden, egal was geschehen war. »Tut mir leid, dass ich dir nicht von Kane erzählt habe.«

Holden schüttelte den Kopf. »Schon in Ordnung. Wie du gesagt hast, es hätte nichts geändert. Mum und Dad sind tot. In Erfahrung zu bringen, wer dafür verantwortlich ist, ist deine Art und Weise, mit der Sache umzugehen. Nicht meine. Ginge es nach mir, hätte ich das niemals wissen müssen.«

»Sorry.«

Holden seufzte. »Ich komme darüber hinweg.«

Mein Blick wanderte von meinem Bruder zu Finn und wieder zurück zu ihm. Er hatte zwar eben betont, dass es ihm lieber wäre, nicht über Kane Bescheid zu wissen, aber nun, da er es ohnehin erfahren hatte, gab es eine Frage, die mir auf der Seele brannte. »Wie denkst du über Shaw?«

»Ehrlich?«, fragte er und sah mich mit müdem Blick an.

Ich nickte.

»Keine Ahnung.«

»Und ich dachte, du wärst der Kluge von uns beiden.«

»Heh! Das bin ich«, protestierte Holden und verpasste mir einen sanften Stoß. »Aber das heißt nicht, dass ich auf alles eine Antwort habe.«

»Schade.«

Wir wurden wieder still. Das einzige Geräusch zwischen uns war das stetige Piepsen von Finns Herzmonitor, das sich bereits in meinem Kopf eingenistet hatte wie eine makabre Art von Ohrwurm. Doch plötzlich wurde der Laut von einer leisen, krächzenden Stimme unterbrochen. Einen Moment dachte ich, ich hätte sie mir nur eingebildet, bis sie abermals erklang.

Sie gehörte zu Finn.

Er war wach.

Finn war aus seinem zweitägigen Koma erwacht. Nach seinem Versuch zu sprechen hatten wir sofort Ingrid und die Pfleger alarmiert, die uns umgehend aus dem Zimmer gescheucht hatten. Nun warteten wir seit über einer Stunde im Gang vor der Krankenstation darauf, dass uns jemand mitteilte, was Sache war.

»Warum dauert das so lange?«, fragte Roxy, die nervös im Gang auf und ab lief. Holden hatte ihr Bescheid gegeben, und keine zehn Minuten später war sie gemeinsam mit Shaw im Schlepptau aufgetaucht. Es hatte einen kurzen, mehr als unangenehmen Moment gegeben, in dem wir uns angeschwiegen hatten, aber wir alle waren für Finn hier und nicht, um Streit anzufangen.

»Sie werden ihn erst gründlich durchchecken, bevor sie irgendwelche falschen Versprechungen machen«, antwortete Warden, der sich gemeinsam mit Cain, Ella, Wayne und Jules ebenfalls im Gang eingefunden hatte und auf dem Boden an der Wand saß. Ebenso wie Ripley und Dinah sowie Giselle, die etwas abseits von den anderen auf einem Stuhl Platz genommen hatte und nervös an den Fingernägeln kaute. Es gab keinen Grund, weshalb wir hier alle herumhängen sollten wie bestellt und nicht abgeholt, aber niemand war bereit zu gehen.

Es dauerte eine weitere halbe Stunde, bis die Tür der Krankenstation endlich aufgestoßen wurde und Ingrid heraustrat. Ihre Miene war leer, ihr Gesichtsausdruck nicht zu lesen.

Roxy stürzte auf sie zu. »Wie geht es ihm?!«

Ingrid seufzte. »Er ist stabil und noch immer bei Bewusstsein, aber auch sehr schwach. Eigentlich würde ich ihm noch keinen Besuch erlauben. Er muss sich ausruhen. Doch er hat darauf bestanden, dass ich dich und Harper zu ihm schicke.«

Ich erstarrte. Shit. Erinnerte er sich daran, dass ich auf ihn eingestochen hatte? Oder hatte es ihm jemand erzählt? Wollte er deswegen mit mir reden? Vermutlich. Was für einen anderen Grund sollte er haben, ausgerechnet mich und nicht Shaw oder Giselle auszuwählen, die er viel besser kannte als mich?

»Ihr habt fünf Minuten mit ihm, und wenn ihr ihn aufregt, fliegt ihr raus, habt ihr mich verstanden? Er muss sich schonen, das meine ich ernst. Sein Körper steht unter großer Anstrengung.«

Roxy nickte heftig.

»Versprochen«, erwiderte ich.

Ich tauschte einen letzten besorgten Blick mit Holden und Jules, ehe ich Ingrid und Roxy durch die Station bis in Finns Zimmer folgte. Er war noch immer schrecklich blass, aber seine Augen waren geöffnet und das Beatmungsgerät war verschwunden. Ein zaghaftes Lächeln huschte über seine Lippen, als er Roxy sah. Vorsichtig lehnte sich seine Kampfpartnerin über das Bett und umarmte ihn. Ich blieb am Fußende stehen, die Arme vor der Brust verschränkt.

»Fünf Minuten«, mahnte Ingrid und zog die Tür hinter sich zu.

»Wie geht es dir?«, fragte Roxy mit einem erleichterten Lächeln und kämmte Finn mit den Fingern das schwarze Haar aus der Stirn.

»Beschissen.« Finns Antwort war kaum mehr als ein Flüstern. Seine Stimme klang abgehackt und rau, als würde ihm die Luft und Kraft zum Sprechen fehlen. Vielleicht hatte Ingrid recht und unser Besuch war ein Fehler. Aber vielleicht dachte ich das auch nur, weil ich nicht hören wollte, was er mir zu sagen hatte.

Sein Blick fand meinen, und ich wappnete mich innerlich.

»Danke.«

»Ich … Was?« Warum bedankte er sich? Verwirrt sah ich Finn an. Hatte er Sprachfindungsstörungen? War das eine Nebenwirkung von Verletzungen am Herzen? Denn was er meinte, war wohl eher: *Verrotte in der Unterwelt dafür, dass du mich erstochen hast, du Miststück.*

Aber Finn lachte – zumindest glaubte ich, dass es ein Lachen sein sollte, das war in seiner jetzigen Verfassung nur schwer zu sagen. »Danke, dass du Baldur aus meinem Körper vertrieben hast. Ich habe so lange gekämpft, wie ich konnte, aber … es hätte nicht mehr viel gefehlt und er hätte mich komplett übernommen. Und dann hätte er … alles erfahren. Alles. Er ist mächtig. Zu mächtig.«

Roxy runzelte die Stirn. »Was meinst du damit?«

»Dass wir ihn nicht besiegen können.«

Finns Worte waren nur ein Flüstern, dennoch glichen sie einer Explosion in meinem Körper. »Was soll das heißen? Es muss einen Weg geben, ihn aufzuhalten«, protestierte ich mehr aus Verzweiflung als allem anderen.

»Den gibt es. Es …« Finn hustete, und Roxy reichte ihm einen Becher vom Nachttisch. Er trank einige Schlucke, dann ließ er sich wieder in die Kissen sinken. »Ich … Ich bin mir sicher, dass er gar nicht wollte, dass ich es erfahre. Aber als er meinen Körper übernommen hat, da … da habe ich auch Dinge über Baldur erfahren. Erinnerungen und … ein Geheimnis.«

»Was für ein Geheimnis?«, fragte Roxy

»Nur ein König kann einen König töten.«

»Nur ein König kann einen König töten?«, echote Roxy.

Finn nickte.

»Das bedeutet, nur Baldur, Ulysses, Marjorie und Isaac können sich gegenseitig ausschalten?«, hakte ich nach – dabei war mir im selben Moment klar, dass es die Wahrheit war. Das erklärte auch, weshalb Isaacs Geist diese Welt nicht verlassen hatte und es Ella und Wayne nicht möglich gewesen war, ihn in St. Petersburg auszuschalten.

»Ja«, krächzte Finn.

»Gibt es noch etwas, das wir wissen sollten?«, fragte ich.

Finn schüttelte den Kopf. »Das ist alles – und der einzige Weg.«

»Dann solltest du dich besser ausruhen. Wir kümmern uns um den Rest«, erklärte Roxy mit einem Lächeln, das ihn vermutlich beruhigen und ihm zeigen sollte, dass alles in Ordnung war. Dass wir das schon irgendwie hinbekommen würden.

Wie aufs Stichwort schwang die Tür auf und Ingrid teilte uns mit, dass unsere fünf Minuten abgelaufen waren. Wir verabschiedeten uns von Finn und machten uns auf den Weg zurück zu den anderen, denn es gab einiges zu besprechen.

28. KAPITEL

Jules

Nur ein König kann einen König töten.

Diese Regel war so simpel wie brillant. Und ich fragte mich, warum die Hunter dies vorher nie in Erwägung gezogen hatten. Sie erklärte auch, weshalb in all den Jahrzehnten und Jahrhunderten nie ein Hexer oder Vampir versucht hatte, Baldur oder Isaac zu stürzen. Sie hatten es nicht getan, weil sie wussten, dass es unmöglich war. Nur ich Idiot hatte eine unsterbliche Seele ihres Körpers beraubt, ohne zu wissen, welche Folgen das haben würde.

»Ich glaube, er kommt nicht«, sagte Ella und spielte nervös an dem Amulett herum, das sie als Ring trug. Das letzte Mal, als ich sie gesehen hatte, hatte sie ein magentafarbenes Amulett der Stufe 4 getragen, doch nun saß ein azurblauer Stufe-5-Stein in ihrem Ring.

Wir hatten uns wieder in derselben Gruppenkonstellation wie zuvor im Besprechungsraum zusammengefunden, um über das zu beraten, was Finn gesagt hatte. Nur waren Ella, Wayne, Warden und Cain dieses Mal persönlich anwesend.

Holden nickte. »Das befürchte ich auch.«

Warden und Roxy versuchten bereits seit einer ganzen Weile, Kevin – oder vielmehr Ulysses, den König der Unterwelt – herbeizurufen, um ihn um Hilfe zu bitten. Er war der einzige König, der wenigstens halbwegs auf unserer Seite stand und etwas gegen Baldur ausrichten konnte. Baldur, der vermutlich erst zufrieden wäre, wenn die Hunter vernichtet waren und seine Hexer und die anderen Kreaturen der Nacht freie Hand hatten. Marjorie würde sich gewiss nicht gegen ihren Liebsten stellen, und Isaac … Isaac würde vermutlich lieber in einem See aus Scheiße baden, als den Huntern zu helfen, und daran trug ich eine gewisse Mitschuld.

»Kevin!«, brüllte Warden in die Stille des Raumes.

Weder Roxy noch er kannten einen anderen Weg, den vermeintlichen Todesboten herbeizurufen. Er kam, oder er kam nicht. Es gab kein Ritual, um ihn zu beschwören oder dergleichen. Todesboten waren von Natur aus freie Geschöpfe, die weder auf der einen noch auf der anderen Seite standen – und Kevin war nicht mal ein richtiger Todesbote, sondern selbst der König der Unterwelt. Wäre ich derart mächtig gewesen, hätte ich vermutlich auch nicht nach der Pfeife irgendwelcher Sterblicher getanzt.

»Als Kevin Roxys Fluch aufgehoben hat, hat er gesagt, dass er dies tut, weil er uns noch braucht – damit wir uns um Baldur kümmern«, erklärte Shaw. »Das klingt nicht gerade danach, als hätte er vor, die Drecksarbeit für uns zu erledigen. Außerdem hat er mehr oder weniger klargemacht, dass er mit seinem Eingreifen einen Krieg zwischen den Hexen und der Unterwelt beginnen würde.«

»Aber er muss wissen, dass wir Baldur nichts anhaben können«, kam es von Warden, der aus allen Wolken gefallen war, als Roxy uns offenbart hatte, dass es sich bei Kevin, dem BTS-liebenden Todesboten, zu dem Warden in den vergangenen Jahren eine Art Freundschaft aufgebaut hatte, in Wahrheit um den König der Unterwelt handelte.

Wayne stieß ein nachdenkliches Brummen aus. »Vielleicht irrt sich Finn auch. Er kann gerade nicht wirklich bei klarem

Verstand sein mit den ganzen Medikamenten und nach allem, was passiert ist. Mein Dad war damals kurz vor seinem Ende alles andere als zurechnungsfähig.«

»Finn ist aber nicht dein Dad«, konterte Roxy.

»Zum Glück«, murmelte Wayne, was die Stimmung kurz auflockerte und für verhaltenes Lachen sorgte, bevor alle wieder ernst wurden.

Roxy, die neben Shaw saß, ergriff sogleich wieder das Wort. »Ich kenne Finn, und er wirkte absolut klar, als er Harper und mir davon erzählt hat. Außerdem war er in Baldurs Kopf. Er kann sich nicht irren.«

»Vielleicht hat Baldurs Verstand ihm eine Lüge erzählt, um uns auf eine falsche Fährte zu locken«, überlegte Nala.

»So funktioniert das nicht«, sagte Ripley.

Holden stieß ein Stöhnen aus und warf den Kopf in den Nacken. »Irgendwie klingt das Ganze wie eine dieser Matheaufgaben, die überhaupt keinen Sinn ergeben. Es gibt drei Könige und eine Königin. Die Königin der Geisterwelt sitzt in einer Flasche fest, die nicht geöffnet werden darf. Der Vampirkönig ist ein bösartiger Geist. Und der König der Unterwelt ein großer BTS-Fanboy, der sich nicht mehr zeigt. Wie kann der König der Hexer mit der Hilfe von einem oder mehreren der drei anderen ausgeschaltet werden, ohne dass dabei die Welt untergeht und wir alle draufgehen?«

Cain gab ein würgendes Geräusch von sich. »Komm mir jetzt nicht mit Mathe, davon bekomm ich Kopfschmerzen.«

»Aber es muss eine Lösung geben«, drängte Ella. Sie, Wayne, Warden und Cain schienen noch am meisten Energie zu besitzen, was nicht verwunderlich war, immerhin hatten sie einige Schlachten aussitzen können. »Ich meine, was wäre die Alternative? Dass wir bereits verloren haben und nur noch untertauchen können, wenn wir nicht früher oder später von Baldurs Leuten umgebracht werden wollen? Das kann es doch nicht gewesen sein.«

Darauf erwiderte niemand etwas, und ein nachdenkliches Schweigen legte sich über die Runde, die in Anbetracht der scheinbar ausweglosen Situation zunehmend betrübter wurde.

Ich räusperte mich. »Lasst uns mal kurz von Finns Aussage weggehen. Ihr habt versucht, Baldur in ein Bronzefläschchen zu sperren, das hat nicht funktioniert, denn er ist kein Geist im klassischen Sinne. Wenn man ihn tötet, bleibt seine Seele unversehrt und sucht sich einen neuen Körper. Und wir gehen stark davon aus, dass er seinen Körper nur wechseln kann, wenn dieser im Sterben liegt. Er kann auch nicht ausgetrieben werden – wie gesagt, er ist kein normaler Geist. So weit richtig?«

Es folgte ein kurzes Zögern, dann nickte und murmelte die Runde zustimmend.

»Wie wäre es dann, wenn wir Baldur gefangen nehmen?«, schlug ich vor. »Ganz klassisch. Er könnte seinem Körper nicht entfliehen, und bis er eines natürlichen Todes stirbt, haben wir vierzig, fünfzig Jahre Zeit gewonnen, um uns einen neuen Plan zu überlegen.«

Shaw schüttelte den Kopf. »Wenn es nur so einfach wäre. Erstens ist Baldur sehr mächtig. Ich wüsste nicht, welches Gefängnis ihm und seiner Magie dauerhaft standhalten kann. Und zweitens hat er sehr treue Ergebene. Sie würden niemals aufhören, nach ihm zu suchen, und dabei auch nicht feinfühliger vorgehen als Baldur bei seiner Suche nach Marjorie.«

»Schade, für ein kurzen Augenblick dachte ich, mein Plan wäre gut.« Vielleicht hatte Ella recht und die Situation war aussichtslos, aber was würde das im Umkehrschluss bedeuten? Für die Hunter, für die Menschheit … und für mich? Die Grenzen verschwammen mit jedem Tag, den ich hier war, mehr, aber de facto war ich kein Hunter mehr. Ich könnte einfach gehen und mich aus der Affäre ziehen. Doch dieser Gedanke hatte meinen Verstand kaum gestreift, als ich ihn auch schon wieder verwarf. Ich würde Cain, Warden, Harper und all die anderen nicht im Stich lassen. Nicht, solange ich auch nur einen Funken Beherrschung über die Dunkelheit in meinem Kopf besaß.

»Ich habe vielleicht eine Lösung …«

Alle Köpfe im Raum wandten sich Harper zu. Sie hatte sich still verhalten, seit Roxy und Warden die Gruppe über Kevin und den Fluch, den er Roxy auferlegt hatte, aufgeklärt hatten. Die meiste Zeit hatte sie Shaw nur böse angefunkelt.

»Wenn du tatsächlich eine Lösung hast, bist wohl doch du die Schlaue von uns beiden«, sagte Holden, halb stichelnd, halb hoffnungsvoll, als würde er Harper den Titel des klügeren Geschwisterteils nur zu gern abtreten.

Harpers Mundwinkel zuckten, doch das Lächeln erreichte ihre Augen nicht. »Es klingt absurd, aber ich muss die ganze Zeit an etwas denken, das Phineas zu Jules gesagt hat …«

»Wer ist Phineas?«, unterbrach Shaw.

»Ein Vampir, der Isaac treu ergeben war. Aber er hatte nicht viel für die künstlichen Vampire übrig, die Isaac erschaffen hat, weshalb er Cain und Warden damals geholfen hat, mich zu finden, in der Hoffnung, sie würden mich auslöschen«, erklärte ich rasch und ließ absichtlich den Teil aus, in dem Harper sich mit Phineas zusammengetan hatte. »Vor einer Weile sind Harper und ich ihm begegnet und es kam zu einem Kampf.«

Harper nickte. »Genau, und kurz bevor Jules Phineas getötet hat, hat der etwas gesagt, an das ich gerade denken musste. Ich erinnere mich nicht mehr an den genauen Wortlaut, aber es war etwas in Richtung: *Solange Isaacs Seele in unserer Welt existiert, wird niemand seinen Platz einnehmen können.*«

»Das ist doch mehr oder weniger dasselbe, was Finn gesagt

hat, oder nicht?«, fragte Roxy. »Nur ein König kann einen König töten. Deswegen kann niemand Isaacs Platz einnehmen. Es sei denn, Ulysses, Marjorie oder Baldur töten Isaac.«

»Aber Isaac sollte eigentlich Baldur töten«, kam es von Warden. Eine tiefe Furche hatte sich auf seiner Stirn gebildet. »Zumindest war das Amelias Prophezeiung kurz vor ihrem Tod. Dass Baldur durch Isaacs Hand sterben sollte und Baldur dies nicht zulassen würde. Was auch der Grund war, wieso Tarquin und die anderen Hexenmeister Cain und mir während unserer Suche nach Jules und Isaac in die Quere gekommen sind. Die Hexer und Hexen haben Jagd auf Vampire gemacht, bevor das ganze Chaos um Marjorie und Shaw losging.«

»Du hast recht«, stimmte Harper Warden zu. »Ich war bei dieser Amelia-Sache nicht dabei, aber wenn das, was ich gehört habe, stimmt, hat sie nie ausdrücklich von Isaac geredet, sondern nur vom König der Vampire.«

Cain schnaubte. »Dummerweise kennen wir nicht noch einen Vampirkönig …«

»Vielleicht doch«, erwiderte Harper, dabei zuckte ihr Blick zu mir. Ich erstarrte. Die Art und Weise, auf die sie mich ansah, gefiel mir nicht. »Jules ist mächtig, und er hat Isaac getötet. Ich glaube, dass uns Phineas, ohne es zu wollen, einen Hinweis gegeben hat. Isaacs Seele darf in *unserer Welt* nicht mehr existieren … Was ist mit anderen Welten? Wenn Isaacs Seele nicht mehr hier ist, kann jemand – Jules – seinen Platz einnehmen. Er könnte zu dem Vampirkönig werden, der Baldur tötet.«

Ich lachte. »Das ist doch Unsinn.«

»Aber es ist das, was Phineas gesagt hat.«

»Und woher wissen wir, dass ich König werde und kein anderer Vampir?«

Harper zuckte mit den Schultern. »Natürliche Rangordnung? Wem sonst sollte dieser Titel zufallen, wenn nicht dir?

Du hast ihn getötet und bist somit der stärkste Vampir. Und selbst wenn ein anderer Vampir König wird, so hätten wir auf jeden Fall bessere Chancen, ihn auf unsere Seite zu ziehen, als Isaac.«

Woah. Das ging mir alles ein wenig zu schnell. Eben noch hatten wir darüber nachgedacht, wie wir Baldur ausschalten konnten. Und plötzlich sollte ich zum König der Vampire werden und Isaacs Platz einnehmen? Der Nachfolger des Mannes werden, der Wardens Leben und das vieler anderer, Menschen wie Hunter, zur Hölle gemacht hatte? Oh nein. Das war keine Rolle, in der ich mich sah. Fuck, ich wollte noch nicht einmal ein ganz gewöhnlicher Vampir sein.

»Der Plan klingt ziemlich absurd …«, schaltete sich Shaw ein.

Danke!

»… aber wir haben keinen besseren.«

Was?! Nein!

»Das heißt, wir müssten Isaac in die Geister- oder Unterwelt schaffen«, sagte Ella. »Die Geisterwelt würde sich anbieten. Übermorgen wollen wir dort eh hin, um Marjorie zu verstecken. Isaac mitzunehmen wäre kein großer Aufwand … abgesehen davon, dass wir erst noch seine Seele einfangen müssten.«

»Aber bei ihm sollte das mit einem Fläschchen funktionieren, oder?«, fragte Wayne. »Ich weiß, bei Baldur hat es nicht geklappt, weil er keine klassische Geisterseele ist, sondern durch Magie von Körper zu Körper getragen wird, aber Isaac … Er ist ein richtiger Geist, wie Marjorie. Und da er keine Macht über den Zeitfluss hat, könnten wir es vielleicht sogar wagen, ihn darin zu versenken. Keine Ahnung, ob ihn das auslöscht, aber dieser Fluss ist verdammt mächtig. Marjories Wachen hat er vernichtet.«

Fassungslos schüttelte ich den Kopf. »Könnten wir bitte mal kurz an den Punkt zurückgehen, an dem ihr scheinbar alle kommentarlos beschlossen habt, dass es fein wäre, wenn ich der neue König der Vampire werde?«

»Vielleicht passiert es ja gar nicht«, antwortete Harper.

»Und wenn doch?«

»Was wäre so schlimm daran?«, fragte Cain.

»Alles?! Ich will nicht einmal ein Vampir sein. Geschweige denn der König der Blutsauger.« Ein Teil von mir war froh, dass ich keinen Puls mehr besaß, denn dieser wäre jetzt ohne Zweifel auf hundertachtzig oder weit darüber hinaus. »Ich will diese Art von Macht nicht.«

»Und wenn es unsere einzige Chance ist?«, fragte Harper und wandte sich mir zu. Das lange dunkle Haar fiel ihr seidig über die Schulter. »Wir wissen nicht, ob es funktioniert. Dieser Plan kommt mit sehr vielen Wenn und Aber. Wir müssen Isaac aufspüren, ihn gefangen nehmen und in die Geisterwelt schaffen. Vielleicht hat Phineas seine Worte nur falsch gewählt. Vielleicht bleibt Isaac dennoch der König. Vielleicht nimmt jemand anderes seine Rolle ein, jemand, den wir noch überhaupt nicht kennen … Aber wenn auch nur die kleinste Möglichkeit besteht, dass dir dieser Titel zufällt und du Baldur ausschalten könntest, bevor er unzählige weitere Quartiere zerstört und die Welt ins Chaos stürzt … wäre es dir das nicht wert? Ich würde es tun.«

»Ich auch«, erwiderte Holden.

Ella, Grant und Ripley nickten ebenfalls.

»Dito«, sagte Nala.

Und auch Warden murmelte seine Zustimmung. »Du weißt, dass niemand die Vampire so sehr hasst wie ich, aber wenn die Chance bestünde, Cain und die anderen zu retten, indem ich zu einem Blutsauger werde, würde ich mich verwandeln lassen – also, wenn das ginge. Aber ich bin nun mal ein Blood Hunter.«

Alle Blicke im Raum ruhten erwartungsvoll auf mir. Ich schluckte schwer und wusste nicht, was ich sagen oder denken sollte. Die Vorstellung, dass ich König der Vampire werden könnte, war nicht wirklich angsteinflößend, sondern ganz einfach so abwegig, dass ich es mir nicht einmal vorstellen konnte. Was bedeutete es überhaupt, König der Vampire zu sein? Welche Aufgaben gingen damit einher? Würde ich wirklich über sämtliche Vampire befehligen können so wie Isaac? Und änderte die Tatsache, dass ich künstlich erschaffen worden war, irgendetwas?

Es gab unendlich viele Fragen, zahllose Ungewissheiten – und nur einen einzigen Weg, die Antworten darauf zu bekommen. Und so wenig neugierig ich auch auf diese Antworten war, wenn es eine Möglichkeit gab zu helfen, würde ich sie ergreifen. Denn sollte Baldur das Quartier angreifen und jemand verletzt werden oder sterben, könnte ich mir es niemals verzeihen, diese Chance ungenutzt gelassen zu haben.

Ich stieß ein Seufzen aus. »Einverstanden. Wir können es versuchen.«

»Yes!«, rief Cain und klatschte in die Hände.

Ich warf ihr einen finsteren Blick zu, den sie ignorierte.

»Bleibt nur die Frage, wie wir Isaacs Seele rechtzeitig finden und gefangen nehmen. Vollmond ist bereits in zwei Tagen«, gab Grant zu bedenken.

»Wir könnten mich als Lockvogel benutzen«, schlug ich vor.

Harper legte mir eine Hand auf die Schulter. »Kommt nicht infrage. Ich habe diesen genialen Plan nicht ausgeklügelt, nur damit es Isaac am Ende doch noch gelingt, dich irgendwie zu töten.«

»Wir könnten versuchen, Isaac zu beschwören«, meldete sich Ella zu Wort. »Schließlich ist er ein Geist und dafür gibt es Rituale. Dann müssten wir ihn nicht suchen, sondern er würde zu uns kommen.«

»Sind solche Rituale nicht gefährlich?«, fragte Shaw.

Selbstbewusst straffte Ella die Schultern. »Nicht, wenn man weiß, wie sie durchzuführen sind. Für die normale Jagd sind sie unpraktisch, aber wenn man genau weiß, welche Seele man herbeiruft, ist es nicht so schwer. Ich habe das bei Auftragsarbeiten schon öfter gemacht.«

Ich wusste nicht, ob es nur mir so erging, aber diese Besprechung hatte für mich eine surreale Richtung genommen. Das alles konnte doch nicht wirklich passieren, oder? Und dennoch redeten sie nun darüber, was sie für Isaacs Beschwörung brauchten, als wäre es das Normalste auf der Welt. Meine Gedanken rasten, aber ich konnte keinen einzigen davon wirklich festhalten, und ehe ich michs versah, löste sich unsere Gruppe auf, um alles vorzubereiten, damit ich König der Vampire werden konnte.

Ich.

König der Vampire.

Fuck. My. Life.

29. KAPITEL

Harper

Die Gruppe schwärmte aus, um alles für Isaacs Beschwörung vorzubereiten. Ella würde die Zeremonie gemeinsam mit Wayne leiten. Cain, Jules und ich würden sie dabei unterstützen. Ich war eine der Letzten, die den Raum verließen, Holden und Jules an meiner Seite, die beide erschreckend still waren. Doch während Holden konzentriert schien, als würde er versuchen, mögliche Fehler in unserem Plan zu finden, wirkte Jules geradezu geistesabwesend.

»Gibst du uns eine Minute?«, fragte ich Holden.

Er sah zwischen Jules und mir hin und her, dann nickte er und schloss zu den anderen auf, die bereits bei den Aufzügen waren. Meine Schritte hingegen wurden langsamer, und Jules passte sein Tempo meinem an, bis wir schließlich mitten im leeren Gang stehen blieben.

»Jules?«

Er reagierte nicht.

»Jules?« Ich griff nach seiner Hand und umschloss seine kalten Finger.

Die Berührung holte ihn aus seinen Gedanken, und er richtete seinen Blick auf mich.

»Entschuldige, dass ich mit meinem Plan einfach rausgeplatzt bin. Ich hätte dich nicht so überfallen dürfen, sondern die Angelegenheit erst mal mit dir besprechen sollen.«

Jules schüttelte den Kopf. »Unsinn. Es ist ein guter Plan … Okay, es ist der einzige Plan, weshalb ich früher oder später ohnehin zugestimmt hätte. Es ist nur so, dass ich mich niemals in dieser Rolle gesehen habe.«

»Als König der Vampire?«

»Ja.«

»Vielleicht funktioniert es auch nicht.«

»Das will ich nicht hoffen, sonst fangen wir wieder bei null an.« Er ließ den Kopf hängen und rieb sich über den Nacken.

»Hey.« Ich zog an seiner Hand und zwang ihn dazu, mich anzusehen, damit er auch wirklich hörte, was ich zu sagen hatte. »Egal ob du König wirst oder nicht – es wird sich nichts ändern.«

»Wie meinst du das?«

»Selbst wenn du Isaacs Platz einnimmst, wird alles so bleiben, wie es ist. Versprochen. Du bist in diesem Quartier immer willkommen. Deine Eltern und Cain lieben dich. Und du bist Ella und Warden ein toller Freund, genau wie mir auch.«

Jules presste fest die Lippen aufeinander und zögerte … aber nur für einen Moment, ehe er aussprach, was er dachte. »Um ehrlich zu sein, habe ich gehofft, für dich inzwischen mehr zu sein als nur ein Freund.«

Mein Herz machte einen Hüpfer. Jules und ich hatten noch nicht über den Kuss in meinem Zimmer geredet, aber ich bereute nichts – und das sagte mir eigentlich alles, was ich wissen musste. Ich war weit über den Punkt hinaus, um so tun zu können, als wären all unsere gemeinsamen Momente nur flüchtige Zufälle, die nichts zu bedeuten hatten.

Ich betrachtete Jules, sein wirres rotes Haar, seine stürmischen Augen und seine vollen Lippen, von denen ich wusste, dass sich dahinter Fänge verbargen, aber irgendwann in den letzten Tagen war mir das gleichgültig geworden. Diese Erkenntnis brachte mich zum Lächeln, und ich warf all meine Bedenken über Bord, als ich mich auf die Zehenspitzen stellte, um Jules zu küssen.

Es war kein flüchtiger Kuss. Ich ließ meinen Mund auf seinem verweilen, bis seine Lippen unter meinen weich wurden und er ihn erwiderte. Ich schloss die Augen und lehnte mich an seine Brust. Seine Arme schlangen sich um meine Mitte, und er drückte mich sanft, aber bestimmt an sich, als fürchtete er, dass unser Kuss anderenfalls ein zu schnelles Ende finden könnte. Doch warum sollte ich etwas enden lassen, das sich so wunderbar anfühlte? Meine Hände legten sich wie von selbst um Jules' Nacken, um auch ihn festzuhalten, um ihm zu zeigen, dass ich nicht vorhatte, irgendetwas zu beenden. Seine Haut fühlte sich kalt unter meinen Fingerspitzen an, doch mit jeder Sekunde, die verging, konnte ich spüren, wie meine Wärme zu seiner wurde und wir mehr und mehr miteinander verschmolzen.

Jules packte meine Taille und drängte mich rückwärts gegen die Wand. Zu wissen, wie stark er war, und gleichzeitig zu spüren, wie sanft er mit mir umging, war ein berauschendes Gefühl. Mir entwich ein Seufzen, und ich teilte die Lippen. Als Jules erzitterte, zog ich ihn noch enger an mich. Er stieß ein Knurren aus und dann – küsste er mich. Ich dachte, das hätte er bereits die ganze Zeit getan, aber anscheinend hatte er sich zurückgehalten aus Angst, ich könnte es mir anders überlegen. Doch nun fiel diese Furcht von ihm ab, und alles, was zurückblieb, war tiefstes Verlangen. Jules' Kuss war schonungslos und von einer Intensität, die mich um den Verstand brachte, bis ich glaubte, nur noch aus Lust und Sehnsucht zu bestehen. Er ließ mich kaum zu Atem kommen, und ich fragte mich, ob die Gier, die ich in diesem Moment verspürte, mit seinem Blutdurst zu vergleichen war. Wenn dem so war, begriff ich endlich, wieso er dem Verlangen nicht widerstehen konnte. Es war so übermächtig und einnehmend, dass ich am liebsten nie wieder etwas anderes getan hätte, als Jules zu küssen. Doch wir hatten Verpflichtungen, die auf uns warteten. Und Kämpfe, die gefochten werden wollten.

Widerwillig löste ich meine Lippen von Jules' und öffnete blinzelnd die Lider. Mein Blick begegnete seinem, und das warme Kribbeln in meinem Bauch verstärkte sich, als ich die Zuneigung in seinen Augen erkannte. Ich streichelte über seine Wange und strich mit dem Daumen über seine Lippen, die von unserem Kuss glänzten. Sie verzogen sich zu einem Lächeln, das mein Herz zum Stolpern brachte – und damit hatte ich absolute Gewissheit.

»Mehr als Freunde«, murmelte ich in der Hitze zwischen uns.

Jules lächelte noch breiter.

Und dann küsste er mich erneut.

Wir hatten beschlossen, Isaacs Beschwörung im Quartier durchzuführen, und uns in einem der kleineren Aufenthaltsräume eingerichtet. Tische und Möbel waren an die Wand geschoben worden, sodass in der Mitte eine freie Fläche entstanden war. Ella, Wayne, Cain, Jules und ich waren die einzigen Anwesenden. Im Gang vor der Tür standen Ripley, Warden, Holden und ein paar weitere Hunter und Huntresses, sollte Isaac auf diesem Weg zu fliehen versuchen.

Auch die anderen Hunter und Huntresses im Quartier waren informiert. Ella beteuerte zwar, dass es Isaac nicht gelingen würde, ihren Schutzkreis zu durchbrechen, und sie klang sehr selbstsicher, wenn es um ihre Fähigkeiten ging. Aber sollte er dennoch entfliehen und den Körper eines Hunters für sich vereinnahmen, war es besser, wenn alle Bescheid wussten, was vor sich ging.

»Können wir loslegen?«, fragte Ella und hielt das leere Bronzefläschchen, das die anderen aus London mit zurückgebracht hatten, in die Höhe, bevor sie es in ihrer Hosentasche verstaute.

Wir alle nickten, und Ella griff nach einer Packung Salz. Ich hatte noch nie an einer Geisterbeschwörung teilgenommen und war aus irgendwelchen Gründen davon ausgegangen, dass die Sache mit dem Salz Humbug war. Zwar konnten Geister mit Salz allein nicht vernichtet werden, aber man konnte sie damit festhalten. Wayne hatte mit Kreide einen beinahe perfekten Kreis auf den Boden gezeichnet, dessen Linie Ella nun mit dem Salz nachfuhr und so einen Bannkreis erschuf.

»Harper, du stellst dich hier hin.« Ella deutete auf eine Stelle außerhalb des Kreises, dann positionierte sie auch die anderen.

Ich erkannte, dass wir alle eine Himmelsrichtung zugeordnet bekommen hatten. Ich stand im Osten, Jules im Süden, Wayne im Westen und Cain im Norden. Anschließend stellte Ella Kerzen vor unseren Füßen auf. Sie hatte darauf bestanden, dass die Kerzen schwarz waren. Nicht grau, nicht dunkelblau und erst recht nicht orange – was immer das zu bedeuten hatte.

»Ich rufe den Hüter des Ostens und die Mächte der Luft. Sei mein Gast. Ich lade dich ein. Beschütze diesen Kreis und lass nur mich hinein und hinaus«, sagte Ella in die Stille des Raumes, bevor sie die Kerze vor meinen Füßen anzündete. Gegen den Uhrzeigersinn rief sie auch noch die Hüter des Südens, Westens und Nordens und der anderen Elemente herbei, bis alle vier schwarze Kerzen brannten.

Ich hatte keine Angst vor Geistern, das wäre lächerlich gewesen, schließlich war ich eine Huntress, dennoch stieg ein mulmiges Gefühl in mir auf. Es war nicht so, als würde ich Ellas Fähigkeiten nicht vertrauen, vielmehr hatte ich Angst davor, was Isaac womöglich in petto hatte – schließlich war er nicht die verstorbene Seele irgendeines x-beliebigen Menschen.

Ella, die als Einzige innerhalb des Bannkreises stand, begann ein Pentagramm, ebenfalls aus Salz, auf den Boden zu zeichnen, dessen obere Spitze nach Norden zeigte; die vier anderen Spitzen deuteten in die Zwischenräume zwischen den Himmelsrichtungen. Die Kerzen flackerten im Zug eines kaum vorhandenen Luftstoßes. Nachdem das Pentagramm fertig war, positionierte Ella sich außerhalb davon und bat erneut die vier Hüter darum, sie und uns vor dem Bösen zu schützen.

»Hebt eure Arme und streckt eure Hände nacheinander aus«, sagte Ella, und es dauerte eine Sekunde, bis ich realisierte, dass sie zu uns sprach und nicht länger zu diesen Hütern, wer immer sie auch waren. »Und stellt euch vor, dass ein unsichtbares Seil aus Energie euch verbindet. Haltet euch daran fest und lasst es nicht reißen, das schwächt den Bannkreis.«

Ich kam mir etwas albern vor, dennoch hob ich die Arme und führte mir das Seil, von dem Ella gesprochen hatte, vor Augen. Die anderen taten dasselbe, was mir ein Gefühl der Sicherheit gab, wenn auch nur, weil ich nicht die Einzige war, die sich zum Affen machte.

Ella holte tief Luft und schloss die Augen. »Isaac, Geist des verstorbenen Vampirkönigs, wir rufen dich in unsere Mitte. Isaac, Geist des verstorbenen Vampirkönigs, wir rufen dich in unsere Mitte. Isaac, Geist des verstorbenen Vampirkönigs, wir rufen dich in unsere Mitte. Isaac, Geist des verstorbenen Vampirkönigs …«

Immer und immer wieder sagte Ella den Satz, bis ihre Stimme fast schon zu einer Art Gesang anschwoll. Es geschah jedoch nichts, und mit jedem weiteren Wort aus ihrem Mund wurden meine Zweifel größer, dass es womöglich nicht funktionierte.

Verunsichert schielte ich zu Jules, als plötzlich die Lichter an der Decke hektisch zu flackern begannen und uns immer wieder in Dunkelheit hüllten. Mein Puls beschleunigte sich, als die Flammen der Kerzen in die Höhe wuchsen und der Raum von einem leichten Beben erfasst wurde. Die Möbel, die an den Wänden standen, begannen zu wackeln wie bei einem Erdbeben. Gepaart mit dem Flackern des Lichts und der Tatsache, dass wir uns mehrere Meter unter der Erde befanden, eine ziemlich Furcht einflößende Entwicklung. War das normal? Ella zeigte keine Anzeichen von Besorgnis, also rang ich meine Angst nieder und lenkte meine Aufmerksamkeit wieder voll und ganz auf das unsichtbare Seil in meiner Hand.

Doch meine Konzentration riss erneut, als mir schlagartig eiskalt wurde, weil die Temperatur im Raum ohne jede Vorwarnung fiel. Atemwölkchen formten sich vor meinen Lippen, und nicht einmal die Hitze der gigantischen Flamme, die vor mir stand, konnte der Kälte etwas anhaben. Ich hatte das Bedürfnis, die Arme um meine Mitte zu schlingen, um mich warm zu halten. Dennoch hielt ich meine Hände erhoben und stellte mir weiterhin das Seil aus Energie vor, das zwischen Jules, Wayne, Cain und mir gespannt war. Meine Arme zitterten inzwischen von der Anstrengung, sie in die Höhe zu halten. Ich biss die Zähne zusammen und kämpfte gegen das Zittern in meinen Muskeln an.

Die Flamme vor mir begann wild hin und her zu tanzen, als aus dem Nichts eine Windböe aufkam. Sie peitschte mir das Haar ins Gesicht und fegte durch den Raum, doch die aus Salz gezogenen Symbole verrutschten keinen Millimeter. Ich fragte mich, was als Nächstes kommen würde, als die Luft in der Mitte des Pentagramms plötzlich zu wabern begann und sich langsam, aber stetig eine Gestalt aus dem Flimmern bildete – Isaac. Er sah aus wie er selbst, eine eher schmächtige Gestalt mit schulterlangem schwarzen Haar und ausdrucksstarken Gesichtszügen. Eigentlich sollte es mir nicht möglich sein, Geister zu sehen, was bedeutete, dass Isaac entweder in Phase 4 aufgestiegen war und nicht länger einen fremden Körper brauchte oder es etwas mit dem Bannkreis zu tun hatte. Ich hoffte auf Letzteres.

»Was soll das werden?«, fauchte Isaac. Er stand in der Mitte des Pentagramms, das von Ella so eng gezogen worden war, dass sich eine erwachsene Person darin kaum bewegen konnte, höchstens indem sie sich um die eigene Achse drehte.

»Wir haben dich beschworen«, antwortete Ella.

»Was fällt euch ein!« Isaac wollte einen Schritt auf Ella zu machen, die ihm am nächsten war, doch er kam nicht weit, ehe er mit dem Kopf voran gegen eine unsichtbare Wand stieß. Erzürnt sah er an sich herab und zu dem Pentagramm zu seinen Füßen, bevor er hasserfüllt wieder zu Ella aufblickte. »Was ist das?«

»Ein Bannkreis. Du kannst ihn nicht brechen.«

Isaacs Zorn wurde tiefer, grub sich als Fratze in seine Gesichtszüge. Er stemmte sich mit seinem Körper gegen die unsichtbare Mauer und versuchte, die Linie aus Salz mit einem Fuß zu verwischen, allerdings kratzte sein Schuh nur an der Kante der Salzlinie entlang, ohne diese zu brechen.

Langsam stieß ich die Luft aus, die ich unbewusst angehalten hatte. Der Bannkreis hielt!

Als Ella das Bronzefläschchen aus ihrer Tasche zog, weiteten sich Isaacs Augen. Es wunderte mich nicht, dass er dieses Relikt aus den alten Hunter-Tagen noch kannte.

»Was hab ihr vor?« Ein Hauch Panik mischte sich unter seine Wut.

»Ich denke, das weißt du«, sagte Jules.

Isaac fletschte die Zähne. »Du … Phineas hatte recht. Dich zu verwandeln, war ein Fehler. Ich hätte dich töten sollen wie deinen Partner in jener Nacht.«

Furchtlos trat Ella an Isaac heran, der sich wieder ihr zuwandte. Es wirkte, als wollte er sie von sich stoßen, doch die unsichtbare Barriere des Bannkreises sorgte dafür, dass er seine Arme kaum ausstrecken konnte.

»Nein!«, brüllte Isaac.

Ich konnte förmlich spüren, wie sich seine Seele, sein Geist aufbäumte und versuchte, die Blockade zu zerstören, die Ella erschaffen hatte, doch er hatte ihr nichts entgegenzusetzen. Ella kam ihm unaufhaltsam näher, bis es ihr gelang, ihm das geöffnete Bronzefläschchen gegen die Stirn zu pressen. Isaac erstarrte, seine Widerworte verstummten – und im nächsten Moment war seine Gestalt verschwunden, als hätte sie sich in Luft aufgelöst. Eilig verschloss Ella das Fläschchen wieder.

Mit einem Mal verstummten der Sturm im Raum und das Beben der Möbel. Das Licht hörte auf zu flackern, und mein eigenes Zittern ließ nach, als die Temperatur sich wieder ihrem üblichen Wert näherte.

Verdutzt sah ich Ella an. »Das war's?«

Sie lächelte. »Jup.«

»Das war … unaufgeregt«, kommentierte Jules neben mir.

»Ich sag ja, es ist nicht schwer, wenn man weiß, was man tut. Man muss allerdings ein Bild des Geistes vor Augen haben, den man rufen möchte, oder muss zumindest seinen Namen kennen – am besten beides. Damit man nicht versehentlich den falschen Geist zu sich einlädt oder eine ganze Horde.«

»Und Isaac ist jetzt wirklich da drin?« Ich deutete auf das Fläschchen.

Ella nickte.

Damit war der erste Schritt getan. Ich sah zu Jules, der meinen Blick erwiderte, ein wackeliges Lächeln auf den Lippen. Ich konnte seine Unsicherheit nach wie vor spüren, aber ich hatte jedes Wort, das ich zu ihm gesagt hatte, auch so gemeint. Ich würde hinter ihm stehen, egal was passierte. Immerhin tat er das alles für uns. Er könnte dem Quartier genauso gut den Rücken kehren und ein entspanntes Leben als Vampir führen. Doch er hatte sich dafür entschieden, an unserer Seite zu kämpfen. Und schon bald würden wir Isaacs und Marjories Fläschchen in die Geisterwelt bringen – und dann würde sich zeigen, ob unser Plan aufging und Jules zum König der Vampire wurde.

30. KAPITEL

Harper

Alles geschah Schlag auf Schlag. Den darauffolgenden Tag verbrachten die Archivare damit, Bücher und Schriften nach Hinweisen zu durchsuchen, die Phineas' Aussage bestätigten, ohne dass sie etwas Konkretes dazu finden konnten. Ich lernte einige der Magic Hunter und Huntresses aus anderen Quartieren kennen und bereitete mich auf den heutigen Ausflug in die Geisterwelt vor, der uns in der Nacht bevorstand.

»Ich bin bald wieder zurück«, murmelte ich und streichelte Loki und Thor über die Köpfe. Die beiden miauten im Chor, und ich gab ihnen noch eines ihrer Leckerlis. Ich hatte Holden eine Nachricht geschrieben, ob er dem Kater etwas Gesellschaft leisten konnte, da ich ihn mit all den fremden Huntern und Huntresses im Quartier noch immer nicht einfach so umherstreifen lassen wollte.

Wie aufs Stichwort klopfte es an meiner Tür.

Ich öffnete sie. »Hey.«

»Ich habe gerade erst mitbekommen, was du vorhast«, sagte Holden zur Begrüßung und rollte an mir vorbei ins Zimmer. »Bitte sag mir, dass du nicht mit in die Geisterwelt gehst, um mit Mum und Dad über Shaw zu sprechen.«

Zwei, drei Sekunden lang war ich zu perplex, um zu antworten, denn tatsächlich war mir dieser Gedanke überhaupt nicht gekommen. Eigentlich hätte ich auch kein Teil dieser Geisterwelt-Exkursion sein sollen, aber ich konnte und wollte Jules die Reise nicht allein antreten lassen.

Ich schloss die Tür wieder. »Nein, das ist nicht der Grund.«

»Sicher?«

»Sicher«, bestätigte ich. »Ich mache das für Jules.«

Loki und Thor sprangen auf Holdens Schoß und miauten kläglich, als hätte ich sie den ganzen Tag nicht gefüttert, die kleinen Verräter.

Holden begann, die beiden zu streicheln. »Jules und du. Du und Jules … Es fühlt sich gut an, recht zu haben. Vielleicht sollte ich Beziehungsratgeber schreiben, nun, da meine Karriere als aktiver Hunter vorbei ist.«

Mit einem Schnauben schnappte ich mir einen der Dolche, die auf meinem Schreibtisch bereitlagen, und steckte ihn in meinen Stiefel. »Erstens solltest du dafür vielleicht erst mal selbst eine Beziehung führen und zweitens … ist das wirklich okay für dich? Ich meine, das mit Jules.«

»Absolut. Ich weiß, dass mein gegenwärtiger Zustand seine Schuld ist, aber er war nicht bei sich, als das geschehen ist. Er wollte mich weder verletzen noch selbst zum Vampir werden. Und nun muss er mit dem Wissen, was er getan hat, leben – und das womöglich noch sehr, sehr lange. Das ist Strafe genug, finde ich.«

Ich musterte Holden. Seine leicht lockigen schwarzen Haare, die dringend einen Schnitt brauchten, seine schmalen Gesichtszüge und seine kräftigen Schultern. Wenn ich ihn so betrachtete, sah ich mich und zugleich eine völlig andere Person. »Manchmal wäre ich gern mehr wie du«, gestand ich.

Er lachte. »Kein Wunder, ich bin großartig.«

»Das bist du«, gab ich zu.

Offenbar hatte er mit einer Beleidigung gerechnet, denn er konnte darauf nichts erwidern.

Ich schloss die Distanz zwischen uns und umarmte ihn zum Abschied, ehe ich mich auf den Weg zu dem Aufenthaltsraum machte, in dem Isaac beschworen worden war. Eigentlich wollte ich mich ganz auf die Mission und Jules konzentrieren, aber nun gingen mir Holdens Worte nicht mehr aus dem Kopf.

Wollte ich meine Eltern in der Geisterwelt wiedersehen?

Mein Herz schrie ganz laut »Ja!«, aber mein Verstand wusste, dass es eine schlechte Idee wäre. Die Geisterwelt und die Welt der Lebenden waren nicht grundlos voneinander getrennt. Außerdem hatten wir nicht viel Zeit; und meine Eltern für einen kurzen Moment zu sehen würde die Sehnsucht nach ihnen vermutlich nicht stillen, sondern nur weiter anfachen. Denn ja, ich vermisste sie und wünschte, sie wären am Leben, aber ich vermisste mehr das Gefühl von Geborgenheit und die Vorstellung von einer normalen Familie als sie selbst.

So schwer es meinem Herzen auch fiel, diese Möglichkeit loszulassen, zwang ich mich dazu, Holdens Worte zu vergessen – und mich auf meine anstehende Aufgabe zu konzentrieren.

Gemeinsam mit Ella und Wayne wartete Jules bereits im Aufenthaltsraum auf mich. Er wirkte noch blasser als sonst, und sein Blick war leicht abwesend, als würde in seinem Verstand ein Film über seine Zukunft ablaufen. Wortlos stellte ich mich neben ihn und griff nach seiner Hand.

Hinter mir ertönte ein leises Quieken, was ziemlich sicher von Ella kam, doch ich ließ Jules nicht aus den Augen. Er erwiderte meinen Blick, und ein schwaches Lächeln trat auf seine Lippen, das gerade breit genug war, um seine Fänge hervorblitzen zu lassen. Ermutigend streichelte ich mit dem Daumen über seinen Handrücken, wie er es bei mir während der Beschwörung getan hatte, und drückte fest seine Finger.

Du schaffst das, kommunizierte ich ihm mit allem, was ich hatte, nur nicht mit meiner Stimme, doch ich wusste, dass Jules mich trotzdem verstand.

»Haben wir alles, was wir brauchen?«, fragte Wayne, der sich auf seinen metallenen Gehstock stützte. Nach dem Tag des Blutbades hatte ich ihn des Öfteren ohne Gehhilfe durch die Flure humpeln sehen, als wäre es ihm unangenehm gewesen, darauf angewiesen zu sein. Doch das hatte sich in Prag offenbar geändert, ebenso wie der Umstand, dass er inzwischen ein Stufe-2-Amulett trug. Ich hatte mich mit Wayne stets verbunden gefühlt, weil er keine Amulettmagie beherrscht hatte, obwohl die Leute es von ihm als Soul Hunter ebenso erwarteten wie von mir als Magic Huntress. Dass er sich nach all der Zeit nun doch der Magie zugewandt hatte, störte mich jedoch erstaunlich wenig.

»Ich denke schon«, sagte Jules. »Isaac und Marjorie sind das Wichtigste.«

»Die hab ich«, sagte Ella und hob die beiden unscheinbar aussehenden Fläschchen in die Höhe, ehe sie Jules das Gefäß mit Isaac übergab. Er nahm es in seine freie Hand, während Ella Marjorie in die Tasche ihres Hoodies steckte, als wäre die Königin der Geister nicht mehr als eine Packung Kaugummi.

Ich trug ebenfalls alles bei mir, was ich brauchte: ein halbes Dutzend Waffen. Damit konnte es losgehen.

Ella und Wayne nahmen einander an den Händen und schlossen die Augen. Ihre Amulette begannen zu glühen, und wenig später entstand im Raum ein Wirbel, ähnlich wie bei der Beschwörung von Isaac. Nur war es dieses Mal keine Gestalt, die wie aus dem Nichts auftauchte, sondern eine leuchtende Pforte. Ich versuchte den Gedanken zu verdrängen, dass dieses Tor nicht nur an einen anderen Ort führte, sondern in eine komplett andere Welt. Eine verdammt erschreckende Vorstellung, doch Ella und Wayne zögerten nicht, also tat ich es auch nicht. Gemeinsam mit Jules folgte ich ihnen durch die Pforte.

Für einen Moment bestand alles um mich herum aus gleißendem Licht. Ich kniff die Augen zusammen, und als ich sie blinzelnd wieder öffnete, war nichts mehr wie vorher. Ich stand unter einem gigantischen Baum auf einer Wiese, wie ich sie noch nie zuvor gesehen hatte. Die Gräser wuchsen mir fast bis zu den Oberschenkeln, und ich entdeckte Pilze mit blauen Kappen, die mir bis zu den Schultern reichten. Über uns wölbte sich kein Himmel, sondern eine Höhlendecke, und doch wurde alles von einem sanften bläulichen Licht erhellt. Glühwürmchen tanzten durch die Luft, und ein sanfter Wind strich über die Wiese …

… doch plötzlich wurde der Wind stärker. Aus der Brise wurde eine Böe und dann ein regelrechter Sturm. Haarsträhnen peitschten mir ins Gesicht. Die langen Gräser wurden hin und her geschleudert und die Glühwürmchen vom Wind davongetragen. Die Äste des monströsen Baumes bogen sich und knackten gefährlich. Meine Augen begannen so sehr zu tränen, dass es mir schwerfiel, sie offen zu halten.

»Was ist das?«, brüllte Wayne.

»Ich weiß es nicht«, rief Ella, wobei ihre Worte beinahe von dem tosenden Wind verschluckt wurden.

Mein Puls schoss in die Höhe, und als würde Jules es hören, packte er meine Hand fester. Ich musste die Füße in den Boden stemmen, um dem Wind standhalten zu können, der immer heftiger wurde. Es war schlimmer als auf der Spitze des Arthur's Seat an einem windigen Tag – und das war definitiv schon kein Vergnügen.

»Das hier ist also nicht normal?«, rief Jules gegen den Wind an.

Ella schüttelte den Kopf. »Nein. Bisher war es hier immer friedlich.«

Der Wind zerrte an meiner Kleidung und riss am Gurt meines Katanas. Ich umklammerte den ledernen Riemen mit meiner freien Hand aus Angst, die Waffe meiner Mutter könnte mir vom Rücken gerissen werden.

Plötzlich wurde Ella von einem kräftigen Windstoß von den Füßen gefegt. Wayne versuchte noch, sie zu packen, aber er war nicht schnell genug, sie stürzte zu Boden …

Und dann geschah alles auf einmal. Ich sah, wie das Fläschchen mit Marjorie aus der Tasche ihres Hoodies fiel und vom Wind erfasst wurde. Mein Körper setzte sich in Bewegung, um danach zu greifen, aber da war es bereits zu spät. Der Sturm hatte das Fläschchen in seiner Gewalt – und dessen Verschluss löste sich.

Wie aus dem Nichts erschien die Gestalt einer Frau vor uns. Sie stand auf der Wiese, ihr makelloses Gesicht von einer überirdischen Schönheit. Ihr langes Haar, dem der Wind nichts anzuhaben schien, war von einem perfekten reinen Weiß, und sie besaß die eindringlichen hellen Augen einer Soul Huntress.

Marjorie.

»Habt ihr Narren wirklich geglaubt, mich in meinem eigenen Reich festhalten zu können?«, grollte sie mit zorniger Stimme. Ihr wutentbrannter Blick richtete sich vor allem auf Ella und Wayne. »Das hier wird ein Nachspiel haben. Ihr werdet es bereuen, je einen Fuß in meine Welt gesetzt zu haben.«

Marjories Drohung hing noch in der Luft, als die Königin der Geister ebenso plötzlich verschwand, wie sie aufgetaucht war. Den Sturm nahm sie mit sich. Von einer Sekunde auf die andere legte sich der Wind und um uns herum wurde es still.

Ich blinzelte die Feuchtigkeit aus meinen gereizten Augen und versuchte zu begreifen, was gerade geschehen war.

»Alles in Ordnung?« Wayne griff Ella unter die Arme und half ihr dabei, wieder auf die Beine zu kommen. Ihr Gesicht hatte die Farbe eines weißen Lakens angenommen, aber ich vermutete, dass diese Blässe nicht von dem Sturz kam.

Ella schluckte schwer. »Sie hat sich befreit.«

»Das hab ich gesehen«, erwiderte Wayne.

»Scheiße!«, fluchte Ella und fuhr sich durch das blonde Haar, wobei ihre Finger in einigen Knoten hängen blieben, die der Wind verursacht hatte. »Das ist eine Katastrophe. Marjorie ist frei! Wie um alles in der Welt kann es sein, dass wir nicht mal in Erwägung gezogen haben, so was könnte passieren?«

»Du meinst, dass es Marjorie gelingen würde, ihre Magie zu wirken, obwohl sie in einem Fläschchen sitzt, das Magie dämmt? Dass sie diese Magie nutzt, um einen Sturm zu erschaffen, der dir das Fläschchen abnimmt, in dem sie festsitzt, und es mithilfe des Sturms selbst entkorkt? Stimmt, das war dermaßen naheliegend, dass wir daran hätten denken sollen«, sagte Wayne trocken, obwohl ich Ellas Panik auch in seiner Stimme hören konnte – und das zu Recht.

Das alles war so schnell passiert, dass mein Verstand noch immer aufzuholen versuchte. Marjorie war frei. Unser einziges Druckmittel gegen Baldur. Und ich war bereit, all meinen weltlichen Besitz zu verwetten, dass sie bereits auf dem Weg zum König der Hexer war, um sich mit ihm im Kampf gegen die Hunter zu verbünden. Was bedeutete, dass wir es bald nicht nur mit einer Horde Hexen und Hexern zu tun haben würden, sondern auch mit Geistern und ihrer erzürnten Königin. *Fuck.* Wir waren wirklich am Arsch. Und das mit der Geisterwelt war eine reichlich beschissene Idee gewesen. Mir wurde schlecht.

»Und jetzt?«, fragte ich unsicher in die Runde.

»Bringen wir Isaac zum Zeitfluss«, antwortete Jules, der noch immer meine Hand hielt. Sein Griff war fest und entschlossen.

»Ist das eine gute Idee? Was, wenn er sich auch befreit?«

Jules schüttelte den Kopf. »Das glaube ich nicht. Marjorie hat selbst gesagt, dass *sie* diese Macht besitzt, weil dies hier *ihre* Welt ist. Aber nicht die von Isaac. Und bisher verhält er sich vollkommen ruhig.« Wie um es zu beweisen hielt Jules das Bronzefläschchen in die Höhe, in dem Isaac festsaß.

»Ich bin ganz bei Jules«, sagte Wayne. »Marjorie ist bereits frei, was bedeutet, wir haben es nicht länger nur mit einem wütenden König, sondern auch einer wütenden Königin zu tun; und es gibt nichts, was wir gegen sie ausrichten können, wenn wir nicht ebenfalls einen König auf unserer Seite haben.«

»Um ehrlich zu sein, gefällt mir der Plan auch immer weniger«, stellte sich Ella auf meine Seite und hob das nun leere Fläschchen von Marjorie auf. »Wenn das mit Isaac schiefgeht, werden aus zwei ganz schnell drei wütende Könige.«

Wayne rieb sich über die Stirn. »Stimmt, aber macht es das wirklich schlimmer? Wir beide sind eh schon am Arsch und das Quartier in Edinburgh auch, wenn wir Baldur und Marjorie nicht aufhalten. Was macht Isaac da noch für einen Unterschied? Die Sache mit dem Zeitfluss ist ein Risiko, aber auch eine Chance. Vielleicht unsere einzige, noch heil aus der Nummer rauszukommen.«

Jules nickte. »Ich sehe das genauso wie Wayne. Und es ist ein Risiko, das ich bereit bin einzugehen.«

Ich holte tief Luft und bemerkte, dass die Glühwürmchen, welche der Sturm zuvor vertrieben hatte, langsam wieder zurückkehrten. »Ist das wirklich eine Entscheidung, die wir vier allein treffen können?«

»Wir müssen«, sagte Wayne. »Bis wir zurück sind und Grant, Nala und die anderen einberufen haben, um eine Entscheidung zu treffen, ist die Nacht vorbei und damit auch unsere Chance, in die Geisterwelt zu gelangen. Und ich bezweifle, dass sich

Marjorie und Baldur bis nach dem nächsten Vollmond im Mai Zeit lassen für das Nachspiel, das Marjorie eben angekündigt hat.«

»Schön und gut, aber wie entscheiden wir?«, fragte Ella und ließ das leere Fläschchen in der Tasche ihre Hoodies verschwinden. »Wie ich es sehe, steht es gerade zwei gegen zwei. Und ich kann meine Meinung nicht ändern. Ich bin froh darüber, dass wir die Menschen, die Marjorie hier gefangen gehalten hat, befreit haben; dennoch habe ich dadurch die ganze Sache mit Baldur erst richtig losgetreten, und inzwischen sind mehr Hunter und Archivare durch ihn gestorben, als wir Leute befreit haben.«

Ella klang so entschlossen, dass Wayne und Jules nicht einmal versuchten, sie umzustimmen. Stattdessen richteten sich ihre Blicke auf mich. Auf einmal fühlte ich mich vollkommen entmutigt und sehnte mich nach der Zeit zurück, in der ich irgendeine stinknormale Huntress war, die keine wichtigen Entscheidungen treffen musste. Ich hatte unterschätzt, wie stressig das war. Wieso wollte Cain, die eines Tages Quartiersleiterin werden wollte, sich das freiwillig antun?

»Ähm …«, stammelte ich planlos.

Jules lächelte. »Bitte lass es mich versuchen. Ich hatte … *habe* meine Vorbehalte darüber, König der Vampire zu werden, aber ich sehe es wie Wayne, dass es an diesem Punkt unsere einzige Chance ist, Baldur aufzuhalten. Sollte es nicht klappen und Isaac freikommen, werde ich mich um ihn kümmern, wie ich es bereits die ganze Zeit tue. Er wird keine Bedrohung für die Jägerinnen und Jäger oder das Quartier sein. Versprochen.«

Ich schluckte schwer und nickte. Keine Ahnung, woher dieses plötzliche Vertrauen kam, aber ich wusste, dass ich mich auf Jules verlassen konnte. Und schließlich war all das hier meine Idee gewesen. Ich fühlte mich verpflichtet, ihm zur Seite zu stehen … Aber das, was ich in diesem Moment fühlte, ging noch darüber hinaus. Ich wollte ihn nicht im Stich lassen. Wir würden das zusammen durchziehen, bis zum bitteren Ende. Ich wollte ihm zeigen, dass er sich genauso auf mich verlassen konnte.

»Lass es uns tun.«

»Wow, hier und jetzt? Während Ella und Wayne zugucken?«

Ich lachte und verpasste Jules einen sanften Schlag, doch ich war dankbar für den Scherz, der die Anspannung ein wenig löste. »Du weißt, wovon ich rede. Lass uns Isaac in den Zeitfluss werfen und gucken, was passiert.«

Ella grummelte etwas, widersprach aber nicht. Ich vermutete, dass sie insgeheim unserer Entscheidung zustimmte; aber die Schuld, die sie bereits mit sich herumtrug, zu schwer wog, als dass sie sich noch weiteren Ballast hätte aufladen können.

Wayne übernahm die Führung. Wir setzten unseren Weg durch die Geisterwelt fort und folgten einem schmalen Pfad über eine Brücke bis zu einem imposanten steinernen Tor, in das zwischen zahlreichen Ornamenten das Gesicht einer Frau eingemeißelt war. Ihre Augen waren mit Moos bewachsen.

Ella klopfte an das Tor, das sich von allein aufschob – und was dahinter zum Vorschein kam, konnte ich kaum begreifen. Wir waren nach wie vor im Inneren einer Höhle, die jedoch links und rechts von gigantischen Marmorsäulen gesäumt wurde. In der Mitte dazwischen verlief ein breiter Fluss mit türkisfarbenem Wasser. Der Fluss besaß keinen Ursprung und schien bis in die Unendlichkeit zu führen. Sein Verlauf schien einfach an diesem Ufer mit dem schmalen Steg zu beginnen. Hinter den Marmorsäulen erblickte ich Wege und zahlreiche Rundbögen, aber ich konnte nicht erkennen, wohin sie führten. Und auch in diesem Teil der Geisterwelt war alles in sanftes blaues Licht getaucht.

»Wow«, raunte Jules neben mir. Seine Stimme klang andächtig und zugleich viel zu laut für die dichte Stille, welche diese Welt zu beherrschen schien.

»Das ist der Zeitfluss. Sein Wasser ist flüssige Zeit. Es lässt alles altern und zerfallen, womit es in Berührung kommt. Seid also vorsichtig.« Wayne hob seine Hand, auf der ein gräulicher Fleck zu sehen war, der nicht zum Ton seiner Haut passte.

Mein Herzschlag beschleunigte sich, und ich beschloss, lieber auf Abstand zu bleiben. Jules ließ meine Hand los und trat ans Ufer. Mit einem unguten Gefühl sah ich ihm nach und wappnete mich innerlich, gleich gegen Isaac zu kämpfen.

Nur wenige Zentimeter vor dem Ende des Stegs blieb Jules stehen. Er betrachtete das Fläschchen in seiner Hand und wog es sanft hin und her, wie um sein Gewicht zu testen. Dann streckte er seinen Arm aus – und ließ das Fläschchen fallen.

Jules

Ich hatte die Augen geschlossen, daher sah ich nicht, wie das Fläschchen ins Wasser eintauchte, doch ich konnte es hören. Es war ein dumpfer Laut, gefolgt von einem Zischen und Knacken. Ich schlug die Lider auf und erkannte noch, wie sich das Fläschchen im Wasser auflöste. Dahinschwand wie ein Tropfen Tinte, bis nichts mehr davon zu sehen war. Zwei, drei Sekunden blieb ich reglos stehen, dann sah ich mich vorsichtig nach Ella, Wayne und Harper um. Sie beobachteten mich mit großen Augen und erwartungsvollen Mienen. Immerhin war nirgendwo ein erzürnter Isaac auszumachen.

»Und?«, fragte Harper vorsichtig.

Ich schluckte schwer. »Ich … Ich weiß nicht.«

»Fühlst du dich irgendwie anders?«, hakte Wayne nach.

Ich horchte kurz in meinen Körper hinein, aber da war nichts Ungewöhnliches, außer die allgegenwärtige Dunkelheit, die allerdings nur schwach an meinem Verstand zerrte, da ich erst kurz vor unserem Ausflug in die Geisterwelt etwas getrunken hatten. »Nein, ich fühle mich wie immer.«

Ella seufzte enttäuscht. »Es hat also nicht funktioniert.«

»Offenbar nicht. Aber einen Versuch war es wert«, erwiderte ich, unsicher darüber, ob ich mich über diese Entwicklung freuen oder enttäuscht sein sollte. So wenig ich auch König der Vampire sein wollte, so gern hätte ich Baldur für die Hunter erledigt. Zwar würde ich ihnen ohnehin im Kampf helfen, aber wäre mir der Königstitel zugefallen, hätte ich noch mehr für sie tun können.

»Immerhin scheint Isaac fort zu sein«, sagte Harper tröstend.

Ich nickte und verließ den Steg.

Wie selbstverständlich griff Harper erneut nach meiner Hand. Sie schenkte mir ein aufmunterndes, wenn auch schwaches Lächeln, und ohne ein Wort zu sagen, traten wir den Rückweg an. Vermutlich dachten wir alle an Marjorie und Baldur und suchten nach Möglichkeiten, die beiden auszuschalten. Immerhin besaß Ella noch das leere Fläschchen.

»Glaubst du, du könntest Marjorie beschwören?«, fragte ich Ella.

»Ich denke nicht. Sie scheint mir zu mächtig.«

»Und wenn du es nicht allein machst, sondern mit andern Soul Huntern?«

»Keine Ahnung.«

»Vielleicht wissen die Archivare mehr«, sagte ich und rief mir in Erinnerung, dass wir gerade keinen Verlust erlitten hatten. Ja, Marjorie war frei – ein Rückschlag –, aber Isaac war fort. Und irgendein Vampir, wenn auch nicht ich, hatte seinen

Platz eingenommen. Womöglich würde es uns gelingen, diesen auf unsere Seite zu ziehen. Ich war schließlich der beste Beweis dafür, dass Hunter und Vampire keine Feinde sein mussten. Mit etwas Glück war dieser neue König oder die neue Königin gewillt, eine andere Art der Herrschaft in Erwägung zu ziehen als Isaac. Eine zeitgemäße Herrschaft, die für ein Miteinander statt ein Gegeneinander arbeitete. Vielleicht war das hoffnungslos naiv von mir, aber jede andere Vorstellung wäre zu bedrückend.

Wir erreichten den großen Baum, dessen Äste bis weit in die hohe Höhlendecke hinaufreichten. Zu seinen Füßen flimmerte noch immer die Pforte, die Ella und Wayne erschaffen hatten. Ein letztes Mal sah ich mich in der Geisterwelt um, die so ziemlich der unglaublichste Ort war, den ich in meinem Leben je gesehen hatte, dann traten Harper und ich gemeinsam durch das Tor – und geradewegs hinein ins Chaos.

31. KAPITEL

Jules

Der Geruch von Blut und der Gestank von Tod und Verzweiflung stiegen mir in die Nase. Ich hörte Rufe der Angst und Schmerzensschreie und fragte mich, ob Pforten in eine andere Welt wie Zeitmaschinen funktionieren konnten, denn ich hatte das Gefühl, geradewegs in den Tag des Blutbades hineingestolpert zu sein. Ein schmerzhaftes Ziehen durchfuhr meinen Körper bis in meine Brust und mein nicht mehr schlagendes Herz. Für Harper, Ella und Wayne dauerte es eine Sekunde länger, bis sie realisierten, was ich aufgrund meiner geschärften Sinne schneller als sie wahrgenommen hatte.

»Holden!«, brüllte Harper, als könnte ihr Bruder sie hören. Bevor ich wusste, wie mir geschah, riss sie sich von mir los und stürzte auf die Tür zu. Erst als Harper sie aufzureißen versuchte, wurde mir klar, warum sie bisher noch geschlossen gewesen war. Irgendjemand hatte sie von außen verbarrikadiert.

»Lass mich!«

Ich schob Harper beiseite und stemmte mich gegen den Schrank, der uns den Ausgang versperrte. Er war schwer, doch schließlich gab er meiner Kraft nach.

Kaum hatte sich ein größerer Spalt gebildet, quetschte sich Harper auch schon hindurch.

Fuck!

Ich rückte den Rest des Schrankes beiseite und eilte ihr hinterher, wobei der Anblick des Ganges vor mir meine Schritte ins Taumeln brachte. Nur wenige Meter von mir entfernt war ein Loch in die Wand gerissen, daneben der tote Körper eines Magic Hunters aus Brasilien, der das Quartier erst vor wenigen Tagen erreicht hatte. Und ein paar Schritte weiter lag die Leiche eines älteren Vampirjägers aus unserem Quartier. Mir drehte sich der Magen um bei dem Gestank seines Blood-Hunter-Blutes. Ich konzentrierte mich darauf, nicht zu atmen, und rannte Harper nach.

Das Bild der Zerstörung änderte sich nicht. Überall entdeckte ich tote und verwundete Körper, eingestürzte Mauern und gesplittertes Mobiliar. Die Sprinkleranlage war in einigen Bereichen des Quartiers losgegangen, manche Flure standen bereits unter Wasser. Pfützen spritzten unter meinen Stiefeln, während ich Harper ins Treppenhaus nachstürmte. Immer zwei Stufen auf einmal nehmend rannte sie nach unten bis in den Wohnbereich des Quartiers. Immer und immer wieder rief sie Holdens Namen. Die Panik, die dabei in ihrer Stimme mitschwang, war ansteckend, und ich überlegte, ob ich nach meinen Eltern, Cain und Warden suchen sollte, aber ich wollte Harper nicht allein lassen. Zwar war von den Angreifern, die all das hier verursacht hatten, nichts mehr zu sehen, aber ich wollte kein Risiko eingehen. Nicht mit ihr.

Wir erreichten die Etage mit den Zimmern der Hunter. Auch hier hatte der Kampf getobt. Türen waren eingetreten worden. Löcher klafften in den Wänden. Schutt versperrte die Gänge. Überall um uns herum Leichen und verwundete Huntresses und Hunter. Ein Blick auf die Verletzungen genügte und es war offensichtlich, dass es keine Vampire waren, die hinter dem Angriff steckten, sondern Hexer. Aber wo waren sie? Hatten die Hunter sie in die Flucht geschlagen? Bei dem Ausmaß der Verwüstung konnte ich mir dies kaum vorstellen.

»Holden!«, brüllte Harper und bog in den Gang ab, in dem ihr Zimmer lag. Der Flur war hier ebenfalls nass. Sie schlitterte über den Boden und wäre um ein Haar ausgerutscht, doch das hielt sie nicht auf. Sie rannte weiter, bis sie nur noch wenige Schritte von ihrer Tür entfernt war, dann blieb sie so plötzlich stehen, dass ich beinahe in sie hineingerannt wäre.

Meine Augen weiteten sich. »Was zum Teufel?«

Vor Harpers Zimmer lagen Leichen. Jede Menge Leichen. Nicht von unseren Leuten. Nein, von Hexern und Hexen. Ihre Körper wiesen keine Schuss- oder Stichwunden von Dolchen oder Messern auf. Und ihre Kleidung war auch nicht vom Einsatz von Amulettmagie verkohlt. Stattdessen waren die Leichen von tiefen Biss- und Kratzspuren überzogen. Einem Mann fehlte sogar ein Arm, und einem anderen war anscheinend der Kopf abgerissen worden.

Harper schüttelte zuerst ihre Benommenheit ab und setzte sich wieder in Bewegung. Mit großer Vorsicht näherte sie sich ihrem Zimmer, und ich hatte Angst davor, was wir dort sehen würden.

Die Tür war aus den Angeln gehoben worden und gab den Blick ins Innere frei. Alles war zerstört. *Alles.* Harpers Schreibtisch war zersplittert. Ihr Bett zertrümmert. Die Füllung aufgeplatzter Kissen war überall im Raum verteilt. Ihre Deko hatte es aus den Regalen gefegt, die nur noch Trümmer aus Holz waren.

Inmitten des Chaos saß Holden in seinem Rollstuhl. Unversehrt, mit Loki und Thor auf dem Schoß.

Harper stieß einen erleichterten Schrei aus und stürzte auf ihren Bruder zu. Sie warf sich ihm so energisch in die Arme, dass der Kater erschrocken aufsprang und in eine Ecke des Raumes huschte. Erst jetzt bemerkte ich, dass Thors weißes Fell voller Blut war.

»Du lebst!«, keuchte Harper. Sie zitterte am ganzen Körper, und ich konnte die Tränen der Erleichterung in ihrer Stimme hören. »Was ist hier passiert?«

»Meinst du im Quartier oder speziell in diesem Zimmer?«

Harper ließ Holden los. »Beides.«

Holdens Blick zuckte zu Loki und Thor, und irgendwie ahnte ich, in welche Richtung seine nächsten Worte gehen würden. »Nun ja, ich kenne jetzt den Grund, wieso die Vampire am Tag des Blutbades einen Bogen um dein Zimmer gemacht haben. Loki und Thor … sie sind der Grund.«

Verwirrt sah Harper zu dem Kater, der sich in aller Seelenruhe das Blut von den Pfoten leckte, als wäre nichts. »Loki und Thor?«

Holden nickte. Er war blass um die Nase, Schweiß glänzte auf seiner Stirn. »Noch vor fünf Minuten sahen die beiden nicht so klein und flauschig aus wie jetzt, sondern eher wie ein gigantisches, blutrünstiges Monster, das Hexer, ohne mit der Wimper zu zucken, in Stücke reißt. Ich schwör dir, wenn Zerberus freimacht, sind die beiden die Urlaubsvertretung.«

Harper starrte noch immer ihren Kater an. Dieser bemerkte ihren Blick und schien ihn als Aufforderung zu verstehen. Er stand von seinem Platz in der Ecke auf und kam zu ihr getapst. Schnurrend streifte er um ihre Beine, bis sie sich erbarmte und ihn auf den Arm nahm.

»Später bekommt ihr ganz viele Leckerlis«, murmelte sie in das Fell des Katers und drückte ihn fest an ihre Brust.

Holden schluckte schwer. »Ich glaube, die beiden haben genug gefressen.«

Harper spähte über ihre Schulter zu dem Haufen aus Leichen, und der Ausdruck der Erleichterung über Holdens Unversehrtheit wich von ihrem Gesicht. Ihr Blick wurde ernst und nachdenklich. »Was ist genau passiert?«

Holden schüttelte den Kopf, als könnte er noch immer nicht glauben, was geschehen war. »Du warst noch keine fünf Minuten weg, als Hexer wie aus dem Nichts das Quartier angegriffen haben. Es ging alles so schnell. Ich lag auf deinem Bett und habe mir Videos auf meinem Handy angeguckt, als ich plötzlich Schreie gehört habe, draußen im Flur. Ich war kaum aufgestanden, als die Hexer auch schon hier aufgetaucht sind und Loki und Thor ihr Ding durchgezogen haben. Und dann sind die Hexer und Hexen plötzlich wieder verschwunden – zumindest hat sich vor dem Zimmer nichts mehr gerührt.«

»Wann war das?«, fragte ich.

»Keine Ahnung. Vor ein paar Minuten.«

Harper und ich wechselten einen Blick, der deutlich machte, dass wir beide dasselbe dachten: *Marjorie.* Vermutlich war sie nach ihrer Flucht aus der Geisterwelt umgehend zu Baldur zurückgekehrt, der daraufhin seine Hexer und Hexen vorerst zurückgepfiffen hatte – vermutlich weil er ihre Freilassung im ersten Moment als Kapitulation gesehen hatte. Und so absurd es klang: Wäre Marjorie die Flucht aus der Geisterwelt nicht gelungen, wären die Schäden im Quartier womöglich noch um einiges verheerender ausgefallen.

Ich zog mein Handy hervor in der Hoffnung, meine Eltern und Cain zu erreichen. »Ich befürchte, dass die Sache hier noch nicht vorbei ist.« Schließlich hatte Marjorie Rache geschworen, und vermutlich würde Baldur auch nicht einfach aufhören. Vor allem nicht, wenn er erfuhr, dass Marjories Freilassung ein Versehen gewesen war. »Wir sollten uns sammeln und dann so schnell wie möglich von hier verschwinden.«

»Und wo sollen wir hingehen?«, fragte Harper.

»Die Verletzten bringen wir ins Krankenhaus. Das ist nicht optimal, aber es geht nicht anders. Selbst wenn ein Teil des medizinischen Personals überlebt hat, kommen sie mit dieser

Masse an Verletzten niemals zurecht. Und dieses Mal können wir nicht mit der Hilfe anderer Quartiere rechnen«, erklärte ich, auch wenn das öffentliche Krankenhaus viele Fragen stellen würde. »Und für alle Un- und Leichtverletzten kenne ich ein Versteck.«

Harper furchte die Stirn. »Was für ein Versteck?«

»Isaacs Villa. Sie liegt einige Meilen außerhalb von Edinburgh. Nach meiner Entführung hat er mich zuerst dorthin geschafft, bevor er mich in die Wälder verschleppt hat. Ich bezweifle, dass Isaac die Villa noch braucht.«

»Ist er tot?«, erkundigte sich Holden.

Ich nickte.

»Und bist du jetzt der König?«

»Nein«, antwortete Harper im selben Moment, in dem ich mit »Ja« antwortete. Sie riss den Kopf herum und starrte mich mit weit aufgerissenen Augen an. Ihr klappte der Mund auf. »Bist du?!«

Ich nickte abermals. Im ersten Moment hatte ich das schmerzhafte Ziehen in meiner Brust bei unserer Rückkehr den Umständen zugeschrieben, welche im Quartier herrschten. Doch inzwischen wusste ich, dass es mehr war als das. Es war ein Ziehen, das mich mit allen Vampiren in einem Umkreis von drei Meilen zu verbinden schien. Ich spürte ihre Anwesenheit; hätte mich Harper darum gebeten, sie zu dem Vampir zu bringen, welcher dem Quartier am nächsten war, hätte es mich keine Mühe gekostet. Ich war mit diesen Vampiren verbunden. *Meinen* Vampiren. Es war derselbe Sog, den ich anfangs auch Isaac gegenüber verspürt hatte, nur dass ich dieses Mal auf der anderen, mächtigeren Seite der Verbindung stand.

»Wie kann das sein? Ich dachte, es hätte nicht geklappt.«

»Das hab ich in der Geisterwelt auch geglaubt. Aber offenbar musste ich mich erst in derselben Welt aufhalten wie die Vampire, um die Macht spüren zu können, die ich über sie habe.« Es war die einzige, aber auch logische Erklärung, die ich dafür hatte.

Harper musterte mich, und ihre Augen wurden schmal, als würde sie etwas sehen, was sie zuvor nicht an mir bemerkt hatte. »Und wie geht es dir damit?«

»Darüber will ich jetzt lieber nicht nachdenken«, gestand ich. Ein erleichtertes Seufzen entwich mir, als ich eine Nachricht von Cain bekam, dass es Warden und ihr gut ging und sie Ella und Wayne gefunden hatten. Sie warteten alle gemeinsam in der Tiefgarage auf uns. »Lass uns später weiterreden. Es gibt viel zu tun, und wir müssen das Quartier räumen, bevor Baldurs Leute zurückkommen.«

Harper

Ich hatte gedacht, der Tag des Blutbades wäre verheerend gewesen, aber ich hatte mich geirrt. Der Angriff der Vampire war nicht zu vergleichen mit dem Schaden, den Baldur und seine Leute in unserem ohnehin schon geschwächten Quartier angerichtet hatten. Es war, als hätten seine Hexen und Hexer mit dreckigen Fingern in einer kaum verheilten Wunde herumgebohrt – und dabei Dinge herausgerissen, die für das Überleben notwendig waren.

Mehr als fünfzig Huntresses, Hunter und Archivare waren tot. Darunter auch Xavier Gorman, der Anführer der Blood Hunter, sowie Evelyn und Grants Assistentin Alessandra. Mindestens doppelt so viele Leute waren schwer verletzt und kampfunfähig, wie auch Mara und ihr Vater Li Jun, der Tereza und sie nach Edinburgh begleitet hatte. Shaw und Roxy hatten die Krankenstation und vor allem Finns Zimmer verteidigt, und auch Giselle hatte geholfen. Sie sah zwar vollkommen fertig aus, war aber wie durch ein Wunder völlig unverletzt.

Wir teilten die Verletzten in zwei Gruppen auf – jene, die ins Krankenhaus mussten, und jene, denen eine normale ärztliche Versorgung ausreichte. Ich rief mitten in der Nacht bei Tante Isobel an und bat sie darum, verletzte Hunter aufzunehmen. Ella tat dasselbe bei ihrer Mutter, und Wayne bat seine ehemalige Kampfpartnerin Eva, einigen der Verletzten Unterschlupf zu gewähren. Und auch andere fanden Schlafplätze bei Freunden und Verwandten für jene Huntresses und Hunter, die nicht mehr kämpfen konnten.

Wir drehten die Sprinkleranlagen ab, die vermutlich von den Blitzen der Hexermagie aktiviert worden waren, machten uns aber nicht die Mühe, irgendetwas aufzuräumen. Dafür war die Verwüstung zu groß und die Zeit zu knapp. Die Hexer hatten Grants Büro komplett auf den Kopf gestellt, doch in kluger Voraussicht hatten Nala, Hugo und er nach den Angriffen in London zur Sicherheit bereits begonnen, alle sensiblen Daten aus dem Quartier zu schaffen, damit sie Baldur und seinen Leuten nicht in die Hände fallen konnten.

Die ganze Nacht über bis in die frühen Morgenstunden war ich in Bewegung gewesen, um anderen zu helfen, doch nun hatte ich endlich eine ruhige Minute für mich. Instinktiv hatte es mich zurück zu meinem Zimmer gezogen, auch wenn von meinem kleinen Reich nicht mehr viel übrig war. Ich schluckte schwer, als ich durch den türlosen Rahmen in den Raum trat, der so viele Jahre mein Zuhause gewesen war. Vor ein paar Stunden hatte ich das ganze Ausmaß der Verwüstung nicht wirklich wahrgenommen. Meine Erleichterung darüber, dass Holden überlebt hatte, war zu groß gewesen. Doch nun, da sich der erste Schock langsam legte und ich mir die Zeit nahm, mich in den Trümmern dessen, was mein Leben gewesen war, umzusehen, drängten nach und nach immer mehr Gefühle in den Vordergrund. Vor allem Wut und Hass auf Baldur und seine Hexer und Hexen, aber auch Enttäuschung und Trauer.

Ich sank vor den Überresten dessen, was einst mein Bett gewesen war, auf die Knie. Von Matratze, Decke und Kissen waren nur noch Fetzen übrig. Einige Bretter des Lattenrostes lagen gesplittert auf einem Haufen, der aussah, als könnte die kleinste Erschütterung ihn in Staub verwandeln. Dennoch begann ich, sie vorsichtig beiseitezuräumen, um nachzusehen, ob die Metallkiste mit meinen Schätzen möglicherweise überlebt hatte.

Ich fand sie in der hintersten Ecke des Trümmerhaufens. Die Kiste selbst war intakt, aber ihr Deckel war aufgesprungen und der Inhalt darin genauso zerstört wie der Rest meines Bettes. Tränen stiegen mir in die Augen, wobei ich nicht wusste, ob diese einzig und allein von meinem Verlust stammten, oder ob es die Anspannung der letzten Tage war, die mit einem Schlag auf mich einstürzte. Ich hatte zu viele Leichen, zu viel Blut, zu viel Leid gesehen, als dass es spurlos an mir hätte vorbeiziehen können.

Zitternd streckte ich die Hände nach der Kiste aus und zog sie zu mir heran. Mit tränenverschleiertem Blick betrachtete ich, was von dem Inhalt noch übrig war.

Nichts.

Die Bilder meiner Eltern. Für immer verloren.

Ihre Geburtsurkunden. Weg.

Das Fotoalbum meines Dads. Fort.

Ihre Eheringe. Nur noch Klumpen Metall.

Das Buch, das Jules mir geschenkt hatte. Verschwunden.

Mein wertvollster Besitz, meine kostbarsten Erinnerungen waren von den Hexern zerstört worden. Ja, es waren nur Dinge gewesen, während andere Jägerinnen und Jäger um Freunde und Familienmitglieder trauerten, dennoch war ich dem reißenden Schmerz in meiner Brust schutzlos ausgeliefert.

Nach ein paar Sekunden holte ich tief Luft, um meine Tränen unter Kontrolle zu bringen, denn dafür war jetzt keine Zeit. Grant hatte mich darum gebeten, die Waffenkammer zu durchforsten, um alle Waffen zu sichern, die noch zu gebrauchen waren. Und Holden hatte mich gefragt, ob ich eine Runde durch das Quartier drehen könnte, um Klamotten und Schuhe einzusammeln, welche den Kampf überlebt hatten, da viele von uns nichts mehr zum Anziehen besaßen außer der Kleidung, die wir am Leib trugen. Die Hexer hatten systematisch ein Zimmer nach dem anderen durchkämmt, vermutlich auf der Suche nach Ella und Wayne. Und dabei hatten sie – sicherlich auf Baldurs Anordnung hin – keinen Stein auf dem anderen gelassen.

Ich schluckte schwer und redete mir selbst gut zu, um mich für das zu wappnen, was von mir erwartet wurde, als jemand an meinem Türrahmen klopfte, beziehungsweise an das, was davon noch übrig war.

Ich sah auf und entdeckte Warden. Er hatte sein vom Kampf blutverschmiertes Shirt ausgezogen und trug stattdessen ein Hemd, das ihm offensichtlich einige Nummern zu klein war.

Eilig wischte ich mir über das Gesicht. »Hey, was gibt's?«

Wardens Blick war voller Mitgefühl. »Deine Tante und dein Onkel sind gerade vorgefahren, um die anderen abzuholen. Ich dachte, du willst ihnen vielleicht Hallo sagen.«

Ich nickte. »Danke.«

Warden schenkte mir ein schwaches Lächeln, dann zog er auch schon wieder davon, um an irgendeiner Stelle auszuhelfen.

Ich rappelte mich vom Boden auf und versuchte mir den Dreck von der Hose und den Händen zu klopfen, ohne viel

Erfolg, bevor ich mich auf den Weg in die Tiefgarage machte. Holden war bereits da und unterhielt sich mit unserer Tante.

»Harper!«, rief sie aufgeregt, als sie mich kommen sah, und breitete die Arme aus, um mich fest an sich zu drücken.

Ich erwiderte die Umarmung, aber nur widerwillig. Ich wollte ihr Outfit nicht dreckig machen, außerdem hatte ich Angst, unter der Zuneigung erneut in Tränen auszubrechen. Die letzten Stunden hatten meine Schutzschilde ganz schön strapaziert, aber es brachte niemandem etwas, wenn ich in diesem Augenblick zusammenbrach.

Meine Tante musterte mich. »Wie geht es dir?«

»Den Umständen entsprechend, aber ich bin unverletzt.«

»Das ist die Hauptsache«, erklärte sie mit einem nachdrücklichen Nicken, wobei der schwarze Dutt, der locker auf ihrem Kopf saß, auf und ab wippte. »Holden hat uns schon erzählt, was passiert ist. Grauenhaft.«

Ich sagte nichts. Was sollte ich darauf schon erwidern?

Meine Tante räusperte sich und deutete auf eine große Tüte, die Holden auf dem Schoß hielt. »Ich habe euch ein kleines Carepaket mitgebracht. Mit etwas zu trinken, frischem Obst, Schokolade und Broten. Es ist nicht viel, aber zumindest etwas. Falls wir noch etwas für euch tun können, sagt Bescheid.«

Ich lächelte. »Danke. Aber dass Finn und Giselle bei euch unterkommen dürfen, ist Hilfe genug.«

Wie aufs Stichwort betraten Giselle und Roxy die Tiefgarage, wobei Roxy einen Rollstuhl vor sich herschob, in dem Finn saß. Seine Haut war blass, fast durchscheinend. Dunkle Ringe lagen unter seinen Augen. Er sah verdammt krank aus. Und diese Aufregung trug sicher nicht zu seiner Heilung bei.

Mein Onkel und meine Tante stellten sich der Runde vor, wobei sie direkt informiert wurden, dass Giselle nicht berührt werden durfte. Zwar war die zierliche Französin unversehrt, aber sie hatte zugestimmt, Finn zu begleiten – so konnte sie Roxy Bericht erstatten und war als Nicht-Huntress in Sicherheit.

»Und ihr wollt wirklich nicht mitkommen?«, fragte meine Tante, nachdem Finn und Giselle bereits auf der Rückbank ihres Autos hockten und mein Onkel seinen Platz hinterm Steuer wieder eingenommen hatte.

»Sicher. Holden und ich sind hier noch nicht fertig.«

Holden nickte ebenfalls.

»Könnte ich euch mit eurem Lieblingsessen nach Hause locken?«

»Dieses Mal nicht.«

Sie seufzte. »Schade, das habe ich befürchtet.«

»Wir passen aufeinander auf. Versprochen.«

Meine Tante umarmte erst mich, dann Holden und schließlich auch Roxy. Die freie Huntress hatte eine kleine, aber nicht weiter nennenswerte Platzwunde an der Stirn. Sie wirkte etwas überfordert von der Zuneigung meiner Tante, ließ die Umarmung aber zu. Mein Onkel winkte uns zum Abschied aus dem Wagen zu, dann fuhren die vier davon. Es war ein erleichterndes und zugleich schweres Gefühl, denn mehr und mehr Hunter und Archivare verließen das Quartier und führten einem vor Augen, wie wenige von uns eigentlich noch übrig waren.

Unser Plan, Jules zum König der Vampire zu machen, war zwar aufgegangen, aber ich war mir nicht sicher, ob wir noch genügend waren, um es überhaupt mit Baldur und seinen Leuten aufnehmen zu können. Dabei ging es nicht nur darum, Baldur für das bezahlen zu lassen, was er den Huntern angetan hatte. Sondern auch darum, die Menschen zu schützen – vor dem, was die Hexer und Hexen oder auch die anderen Kreaturen tun würden, wenn die Hunter ausgelöscht wären.

Gemeinsam mit Roxy und Holden ging ich zurück ins Quartier. Die Leute unterhielten sich mit gesenkten Stimmen, doch ich hatte das Gefühl, dass die Flure und Korridore des Quartiers noch immer von den Schreien und Rufen der Verletzten und Sterbenden vibrierten, was das enge Gefühl in meiner Brust wachsen ließ.

Holden machte sich auf den Weg in die Cafeteria, von wo aus Grant und Nala alles delegierten, während ich mich in Richtung Waffenkammer aufmachte. Roxy folgte mir. Mit hochgezogenen Brauen sah ich sie an, da sie mir seit der Sache mit Shaw so gut wie möglich aus dem Weg gegangen war.

»Ich soll dir helfen«, erklärte sie mit einem Schulterzucken.

Dagegen hatte ich nichts einzuwenden.

Hugo wartete in der Waffenkammer bereits auf uns. Auch vor ihr hatten die Hexen und Hexer nicht haltgemacht. Normalerweise roch es hier immer nach Öl und Metall, doch der typische Geruch war von dem Gestank nach geschmolzenem Plastik abgelöst worden. Die Vitrinen, in denen Hugo die besonders prachtvollen und bedeutsamen Waffen aufbewahrte, waren zersplittert. Glasscherben lagen überall auf dem Boden verteilt, ebenso wie die Überreste einiger Waffen, welche der Magie nicht standgehalten hatten.

Roxy und ich machten uns daran, die Haufen aus Schutt zu durchsuchen. Am Tag des Blutbades hatten die Hunter die Kammer geplündert, um sich gegen die Vampire zu verteidigen. Der Angriff der Hexer hingegen war so plötzlich geschehen, dass dafür offenbar keine Zeit gewesen war. Es schien, als wäre die Kammer bei ihrer Zerstörung gut bestückt gewesen, zumindest nach all den zerbrochenen Waffen zu urteilen.

»Hey, Darling.«

Der Klang von Shaws Stimme ließ mich erstarren. Zu meinem Bedauern hatte auch er den Angriff auf das Quartier überlebt. Hätten die Hexer ihn zu fassen bekommen, hätte ich zumindest eine Sorge weniger in meinem Leben gehabt.

Roxy sah von der Pistole auf, die sie gerade unter die Lupe nahm, um zu prüfen, ob sie noch funktionstüchtig war. »Was gibt's?«

»Ich hol für mich und ein paar andere Frühstück. Was möchtest du?«

Roxy lächelte. »Alles, was süß und klebrig und ungesund ist. Und einen extra großen, extra starken Kaffee.«

»Klar doch.« Shaw zwinkerte ihr zu, ehe sein Blick zu mir wanderte. Die Spuren meiner Attacke auf ihn waren noch immer in seinem Gesicht zu sehen. »Magst du auch etwas?«

Ich rümpfte die Nase und schüttelte den Kopf.

Shaw zögerte noch einen kurzen Moment, dann zog er davon und ließ Roxy und mich allein zurück. Hugo war kurz verschwunden, vermutlich um auf Toilette zu gehen oder nach Grant zu gucken.

Einige Sekunden arbeiteten Roxy und ich schweigend weiter, als die Stille von ihrer Stimme gebrochen wurde. »Shaw ist ein guter Mensch.«

»Kane war es nicht.«

»Aber Shaw ist nicht Kane.«

Ich presste die Lippen aufeinander und wandte mich Roxy zu. Nach allem, was in den letzten Stunden bereits passiert war, hatte ich absolut keine Lust, diese Unterhaltung zu führen, aber ich konnte Roxys Bemerkungen auch nicht einfach so stehen lassen. »Nur weil seine Erinnerungen gelöscht sind, sind es seine Taten nicht. Er hat meine Eltern umgebracht. Ihr Blut klebt an seinen Händen!«

»Das weiß er. Und er leidet darunter, seit er das erste Mal diesen Albtraum hatte. Aber er ist nicht mehr derselbe. Er ist nicht Kane.«

»Das sagst du nur, weil du ihn nicht als Mörder sehen willst«, erwiderte ich und erkannte in meinen Worten durchaus eine gewisse Doppelmoral. Denn auch Jules war ein Mörder. Allerdings hatte er nur zwei Menschen auf dem Gewissen und Kane Dutzende von Huntern.

Ich seufzte. »Beantworte mir eine Frage, Roxy. Und bitte sei ehrlich, mit mir und dir selbst. Kannst du dir ein Szenario vorstellen, in dem du mir verzeihen würdest, wenn ich deinen Bruder töte?«

Roxy dachte einen Moment lang darüber nach. »Nein.«

»Warum also sollte ich Shaw verzeihen, dass er meine Eltern … meine Familie getötet hat? Er ist ein Monster und war nicht grundlos in der Unterwelt. Du siehst das vielleicht anders, aber ich weiß, wie ich fühle, und eines Tages wird Shaw für das bezahlen, was er meinen Eltern angetan hat.« Meine Worte waren keine leere Floskel, sondern ein Versprechen.

Roxy sah mir fest in die Augen. »Das werde ich nicht zulassen.«

»Tu du, was du tun musst, und ich werde tun, was ich tun muss, aber meine Meinung wirst du nicht ändern«, versprach ich ihr, und damit war das Gespräch beendet. Wofür ich dankbar war, denn ich hatte nicht die Kraft, mich auch noch mit diesem Problem auseinanderzusetzen.

Es dauerte einige Stunden, bis Roxy, Hugo und ich in der Waffenkammer fertig waren. Anschließend durchstreifte ich mit Holden und Jules die Wohnräume, um nach Klamotten, Schuhen und anderen Gegenständen zu suchen, welche den Angriff überstanden hatten. Und als schließlich alles erledigt war, verließen wir das zerstörte Quartier – ohne zu wissen, ob wir jemals wieder zurückkehren würden.

32. KAPITEL

Harper

Wir erreichten Isaacs Villa bei Sonnenuntergang. Das letzte Licht des Tages streifte den wolkenlosen Himmel und der fast noch volle Mond wartete bereits auf die einsetzende Dunkelheit. Es hatte uns Stunden um Stunden gekostet, die Verletzten zu versorgen und aus dem Quartier zu bringen und die Leichen der Verstorbenen in die Verbrennungsanlage zu schaffen, damit es bei unserer Rückkehr ins Quartier – falls wir zurückkehrten – nicht roch wie in einer Leichengrube …

Der Gedanke, das Quartier innerhalb so kurzer Zeit ein zweites Mal neu aufbauen zu müssen, war ermüdend. Außerdem fragte ich mich, ob es überhaupt einen Sinn hatte, zurückzugehen. Vielleicht wäre es besser, einen neuen Unterschlupf zu finden, immerhin hatten uns inzwischen Vampire *und* Hexer dort überrascht.

Unser Konvoi, der aus gerade einmal zehn Fahrzeugen bestand, parkte in der langen Auffahrt unmittelbar vor der Villa. Es war ein herrschaftliches Gebäude aus verwittertem Sandstein mit zwei kleinen Türmen, auf denen Windrosen sich sanft hin- und herbewegten. Die großen Fenster, vor denen schwarze Gitter angebracht waren, boten den einzigen Hinweis darauf, dass es sich nicht um ein gemütliches Bed & Breakfast handelte. Ein Schluss, den man aufgrund des verglasten Wintergartens auf der einen Seite und des tiefen Balkons im ersten Stock leicht ziehen konnte. Es gab einen kleinen, sorgfältig angelegten Garten und alte majestätische Bäume, die das Grundstück so einfassten, dass es trotz seiner Größe leicht zu übersehen war.

»Ich nehme nicht an, dass es hier eine Rollstuhlrampe gibt?«, fragte Holden von der Rückbank meines SUV. Er hasste es, wenn er von seiner Umgebung behindert wurde, selbstständig zu sein.

Jules sah vom Beifahrersitz aus über die Schulter. Er hatte Loki und Thor auf dem Schoß sitzen, die gebannt aus dem Fenster starrten. Vermutlich hatten sie einen Vogel oder dergleichen entdeckt. »Ich glaube nicht.«

»Kannst du mich die Stufen hochtragen?«

»Klar.«

Ich stieg aus und umrundete das Auto, um den Rollstuhl aus dem Kofferraum zu holen, während Jules Holden auf den Arm nahm und Loki und Thor sich auf die Jagd begaben.

Als hätten sie auf unser Zeichen gewartet, stiegen nun auch die anderen Hunter und Huntresses aus ihren Autos. Es war eine überschaubare Gruppe, bestehend aus Ella, Wayne, Warden und Cain und deren Eltern Lillian und Andrew sowie Jules' Eltern Olivia und Charles – die vier waren zur Zeit des Angriffs glücklicherweise nicht im Quartier gewesen, sondern bei Jacksons Familie. Birdie, Ripley, Dinah und Nala waren ebenfalls glimpflich davongekommen, so wie ein paar andere Huntresses und Hunter, darunter Wardens Mutter, die ich nur flüchtig kannte und die sich geweigert hatte, sich von ihrem Sohn trennen zu lassen.

»Hast du einen Schlüssel?«, fragte Holden, als er wieder in seinem Rollstuhl saß und wir vor der beeindruckenden Haustür aus massivem Holz standen. Es gab auch einen dieser altmodischen Türklopfer aus Metall.

»Nope, aber das ist kein Problem.« Jules trat vor und benutzte den schweren Metallring. Dumpf hämmerte er gegen das Holz.

Als ich darüber nachdachte, dass diese Villa einst Isaac gehört hatte, fragte ich mich plötzlich, wie sie all die Jahre unter dem Radar der Hunter hatte existieren können. Es war mir ein Rätsel, aber es passierte immer wieder, dass wir neue Verstecke entdecken – wäre dem nicht so, hätten wir bereits sämtliche Kreaturen ausgelöscht.

Kurz darauf erklangen Schritte im Inneren. Blitzschnell zückte ich einen der Dolche, der in meinem Gürtel steckte, als die Tür auch schon aufschwang und eine blasse Gestalt dahinter auftauchte. Hinter mir hörte ich, wie weitere Hunter ihre Waffen zogen.

Die Augen des Vampirs weiteten sich, als er uns erblickte, doch er machte keine Anstalten, uns anzugreifen. Stattdessen … verneigte er sich. Eine Geste, die nicht zu seinem jungen Aussehen passen wollte, denn rein äußerlich war er keinen Tag älter als Jules und ich.

»Mein … Mein König«, stammelte er und konzentrierte sich ganz auf Jules. »Was verschafft uns die Ehre?«

»Lass uns rein«, erwiderte Jules, ohne ihm zu antworten.

Der Vampir trat, ohne zu zögern, zur Seite und öffnete die Tür für seine Feinde.

In der Eingangshalle musste ich mich zusammenreißen, keinen überraschten Laut von mir zu geben. Das Innere der Villa stand dem Äußeren in nichts nach. Eine breite Treppe führte empor in den ersten Stock; zwei Rundbögen, die links und rechts vom Eingangsbereich abzweigten, führten in zwei gemütlich aussehende Räume mit vertäfelten Wänden, die mit mehreren Sitzmöglichkeiten ausgestattet waren. Auf der einen Seite gab es einen Kamin mit Sesseln und ein Piano, auf dem ein frisches Blumengesteck stand, auf der anderen eine große Couchlandschaft. Das Mobiliar war alt und dunkel, herrschaftlich, aber es roch nicht muffig nach abgestandener Luft und geronnenem Blut, wie ich es insgeheim erwartet hatte, sondern frisch und sauber.

Aus dem Augenwinkel sah ich, dass sich zwei weitere Vampire näherten. Ihre Schritte waren bedacht, aber ihre Haltung nicht angriffslustig. Mir fiel auf, dass alle drei Vampire das Gleiche trugen: einen schlichten schwarzen Frack. Hatte Isaac sich diese drei Gestalten als Butler gehalten? Das würde die frischen Blumen erklären und warum hier alles wie geleckt schien. Offenbar kümmerten sich die drei um das Anwesen.

Einer der beiden neu hinzugekommenen Vampire trat vor und deutete eine Verbeugung an. »Mein König. Es freut uns, Euch hier begrüßen zu dürfen. Können wir irgendetwas für Euch und Eure … *Gäste* tun?«, fragte er, wobei nicht zu überhören war, was er wirklich über unsere Anwesenheit dachte.

»Ihr zwei«, Jules deutete auf die beiden Vampire, die im Hintergrund stehen geblieben waren, »könnt gehen.«

Verwirrt neigte einer der beiden Vampir den Kopf. »Wohin?«

»Irgendwohin. Mir egal. Nur weg von hier.«

Die Vampire zögerten kurz, doch dann setzten sie sich in Bewegung und schoben sich an Jules und mir vorbei nach draußen, der Horde bewaffneter Huntresses und Hunter entgegen. Doch keiner von ihnen versuchte, die Blutsauger zu töten.

»Oh, noch etwas!«, rief Jules.

Die Vampire blieben wie angewurzelt stehen.

»Ihr werdet keine Menschen töten, weder hier noch anderswo. Beschafft euch das Blut auf anderem Weg, und gebt diese Botschaft an jeden Vampir weiter, den ihr trefft. Ich finde euch, sobald meine Geschäfte es zulassen.«

»Wie Ihr es wünscht, mein König«, erwiderte der Vampir, der uns zuvor die Tür geöffnet hatte, und deutete eine Verbeugung an. Anschließend machte er sich gemeinsam mit dem anderen Blutsauger friedlich vom Acker, bis nur noch einer von ihnen übrig war. Der stand nun reglos vor uns und wartete auf Jules' nächsten Befehl.

»Netter Partytrick«, raunte Warden.

Jules schmunzelte. »Neidisch?«

»Vielleicht. Kannst du dem hier befehlen, sich selbst einen Dolch ins Herz zu rammen? Das wäre praktisch.«

»Und ziemlich langweilig«, kam es von Cain.

»Auch wieder wahr. Ich bin zu jung für die Rente.«

»Ich dachte, du hast einen Job in diesem Tattoostudio in Aussicht«, sagte Ella, die zusammen mit Wayne zu unserer kleinen Gruppe getreten war.

Warden schnaubte. »Ich rede von meiner Hunter-Rente.«

»Vorerst stirbt hier kein Vampir«, sagte Jules und erlöste damit den armen Kerl, dessen Gesicht bleich vor Panik war. »Wie heißt du?«

»Malcolm, Sir.«

»Malcolm«, wiederholte Jules. »Du kannst uns dabei helfen, uns einzurichten. Hol doch bitte zuerst die restlichen Waffen aus den Autos.«

Malcolm nickte gehorsam und machte sich gleich an die Arbeit, als hätte er schon sein ganzes Leben lang Befehle von Jules entgegengenommen. Ich verstand diese Macht, die er über seine Artgenossen besaß, noch nicht ganz, aber in diesem Moment war ich einfach nur froh, dass er sie hatte und für unsere Zwecke einsetzte.

Ich ging weiter in die Villa hinein, und die anderen Jäger und Jägerinnen folgten mir. Trotz der gemütlichen Atmosphäre hatte dieser Ort etwas Unheimliches. Vielleicht war es das

Wissen, dass Isaac hier gelebt hatte und vermutlich viele unschuldige Seelen an diesem Ort ihr Leben verloren hatten. Kurz überlegte ich, Ella und Wayne danach zu fragen, aber wenn es hier Geister gab, wollte ich es lieber nicht wissen.

»Wie geht es jetzt weiter?«, fragte Holden.

Nala trat aus der Gruppe hervor. Die Leiterin des Londoner Quartiers sah erschöpft und mitgenommen aus, was nicht verwunderlich war. Immerhin hatte sie zweimal innerhalb kürzester Zeit einen Kampf gegen die Hexer verloren. Dennoch lag um ihren Mund ein harter Zug, als wäre sie entschlossener denn je, Baldur aufzuhalten. »Gibt es hier einen Raum, den wir für Besprechungen nutzen können?«

»Mit Sicherheit. Als ich das letzte Mal hier war, habe ich allerdings nicht wirklich viel von der Villa zu sehen bekommen, abgesehen von dem Verlies im Keller, aber wir können sicherlich gleich unseren neuen Freund fragen«, antwortete Jules. Er bemühte sich, nüchtern zu klingen, aber für mich war nicht zu überhören, dass dieser Ort schlimme Erinnerungen in ihm weckte. Ich streckte meinen Arm nach ihm aus und griff nach seiner Hand.

Cains Augenbrauen zuckten in die Höhe, und ich konnte ihren Blick förmlich auf unseren verschränkten Händen spüren. Ich wusste, dass sie mich nicht sonderlich mochte, und vermutlich hatte sie einiges zu Jules und mir zu sagen, aber zum Glück trat in diesem Moment Grant hervor.

»Ich würde vorschlagen, dass alle, die gewillt und noch bei Kräften sind, sich versammeln«, sagte der Quartiersleiter, der selbst bereits am Ende seiner Kräfte zu sein schien. Zumindest dem trüben Blick seiner Augen und der fahlen Farbe seiner Haut nach zu urteilen. »Ich weiß, dass wir alle erschöpft sind, aber wir haben keine Zeit zu verlieren. Und ich würde gern ein paar Optionen für das weitere Vorgehen durchsprechen.«

Bewegung kam in die Gruppe. Die Hunter und Huntresses schwärmten aus, um die Villa zu erkunden. Jules' Eltern blieben im Eingangsbereich zurück und verteilten dort Sandwiches, die sie am Nachmittag aus einem Costco geholt hatten. Birdie, die nicht nur London und Edinburgh hatte miterleben müssen, sondern auch den Verlust des Prager Quartiers zu verarbeiten hatte, zog sich in eines der Schlafzimmer zurück. Ich war mir sicher, dass wir sie bei der Besprechung nicht mehr sehen würden. Auch ich sehnte mich nach einem warmen Bett und ein paar Minuten Ruhe, doch ich wusste, dass ich nicht würde schlafen können. Zumindest nicht während die anderen nur ein paar Räume weiter darüber entschieden, wie es weitergehen sollte.

Der Vampir, der nicht anders konnte, als Jules zu gehorchen, war untröstlich darüber, dass es kein offizielles Besprechungszimmer gab, aber er führte uns in eine Art Speisesaal im Erdgeschoss. Darin stand ein langer Holztisch, an dem problemlos acht, etwas zusammengerückt auch zwölf Leute Platz fanden. Der Tisch war ebenfalls mit frischen Blumen geschmückt, und in einer Ecke des Raumes stand ein Getränkewagen. Doch die gläsernen Flaschen darauf waren nicht mit teurem Whisky oder Rum gefüllt, sondern mit Blut. Jules schlenderte zu dem Wagen und roch an einer der Flaschen, bevor er sich ein Glas eingoss und damit neben mich setzte.

Ich unterdrückte ein Gähnen und stützte den Kopf erschöpft auf meiner Hand ab.

Sobald alle einen Platz gefunden hatten, erhob Grant sich. Doch er setzte nicht zu einer seiner typischen Reden an, sondern starrte einfach nur in die Runde. Er hatte in all der Zeit, auch nach dem Tag des Blutbades, versucht, Stärke zu zeigen und Zuversicht zu vermitteln, doch nun strahlte er dieselbe Verzweiflung aus, wie wir sie wohl alle nach diesem Angriff verspürten.

»Ich weiß nicht, was ich sagen soll«, gestand Grant schließlich und rieb sich über die Augen. »Unser Quartier liegt zum zweiten Mal innerhalb von wenigen Monaten in Schutt und Asche. Wir haben in diesen letzten Wochen mehr Kollegen, Freunde und Familienmitglieder beerdigt als in den zwanzig Jahren davor.«

Ich konnte sehen, wie Wayne eine Hand nach Ella ausstreckte und ihr tröstend über den Rücken streichelte. Sie hatte am Tag des Blutbades ihren Vater und ihren Kampfpartner verloren. Und auch Warden wirkte schlagartig bedrückt. Er hatte zwar seine Mum zurückbekommen, dafür aber seinen Dad töten müssen, der von Isaac verwandelt worden war. Ich fragte mich, ob wir ihn hätten retten können, nun, da Jules der König über die Vampire war.

»Wir sind als Gruppe nicht nur geschwächt, sondern praktisch handlungsunfähig. Einen weiteren Kampf wie den der vergangenen Nacht überstehen wir nicht. Wir hatten zwar Verstärkung durch andere Quartiere, aber das war nicht genug. Baldur hat uns mit aller Gewalt getroffen, die er aufbringen konnte. Und er hat sehen können, was er damit anzurichten vermag.«

Mir wurde übel. Grant sagte nichts, was ich nicht bereits wusste, doch aus seinem Mund zu hören, wie schlecht es um uns und damit auch die Menschen stand, die wir beschützten, versetzte mir einen Stich. Und ließ mein Verständnis wachsen für jene Huntresses, Hunter und Archivare, die geflohen waren oder sich zurückgezogen hatten – darunter auch Ingrid, die sich auf dem Weg zurück nach London zu ihrer Tochter befand, obwohl wir eine Ärztin in unseren verbliebenen Reihen gut hätten gebrauchen können. Aber vielleicht war es richtig und wichtig, dass sie gegangen waren. So hatten sie eine Chance zu überleben und weiterzumachen, sollte es uns nicht gelingen, Baldur aufzuhalten. Denn dort draußen gab es noch viele andere Kreaturen und Menschen, die sich nicht gegen sie wehren konnten.

Wayne erhob sich von seinem Platz. »Ich vermute, dass die meisten von euch es inzwischen gehört haben, aber ich fühle mich trotzdem verpflichtet, es noch einmal deutlich zu sagen: Marjorie ist frei. Die Mission, sie in dem Fläschchen gefangen in die Geisterwelt zu bringen, ist gescheitert. Wir haben ihre Macht unterschätzt. In ihrer Welt ist es Marjorie gelungen, sich eigenständig aus ihrer Flasche zu befreien. Sie hat Rache geschworen, und wir müssen davon ausgehen, dass sie diese gemeinsam mit Baldur verübt.«

»Shit«, fluchte Shaw.

Wayne setzte sich wieder. Niemand sagte etwas.

Ich schluckte schwer und ließ meinen Blick durch den Raum gleiten. Wohin ich auch sah, entdeckte ich müde, hoffnungslose Gesichter. Selbst aus Wardens Augen war der Kampfgeist verschwunden.

Noch bevor ich mir im Klaren darüber war, was ich vorhatte, stand ich von meinem Stuhl auf und räusperte mich. »Ich weiß, dass das alles ziemlich niederschmetternd ist, aber eine gute Nachricht gibt es. Es ist uns gelungen, Isaac auszulöschen, und Jules hat seinen Platz als König der Vampire eingenommen. Wenn Finns Aussage stimmt, dass nur ein König einen anderen König töten kann, so haben wir zumindest eine Waffe gegen Marjorie und Baldur in der Hand.«

»Die Frage ist allerdings, wann wir diese Waffe zum Einsatz bringen«, sagte Andrew. Cains Vater hatte sich keinen Platz am Tisch gesucht, sondern lehnte mit vor der Brust verschränkten Armen an der Wand hinter seiner Tochter. »Wie ich das sehe, haben wir nicht wirklich die notwendigen Leute, um gegen Baldur und Marjorie in den Kampf zu ziehen.«

»Vielleicht braucht es gar keine große Armee.«

Alle Köpfe wandten sich Shaw zu, aber ich weigerte mich, den Hexenmeister anzusehen. Hätten ihn die Hunter damals in der Schlacht von St. Petersburg nicht getötet, wäre er heute Teil des Angriffes auf das Quartier gewesen.

»Wir konnten Finn mit einer kleinen Gruppe Magic Hunter befreien. Nicht ohne Opfer, aber Harper ist es gelungen, Baldur zu erstechen. Uns muss das nur noch einmal gelingen – nur dass Jules dieses Mal die Waffe führt.«

Holden nickte. »Shaw hat recht. Und wenn wir davon ausgehen, dass Jules Baldur endgültig töten kann, müssen wir auch keine Angst davor haben, dass seine Seele womöglich in den Körper eines Nicht-Magic-Hunters fährt. Demnach könnten sich alle willigen Hunter und Huntresses an dem Kampf beteiligen.«

»Zu denen du nicht gehörst«, murmelte ich zu mir selbst, doch anscheinend laut genug.

»Zu denen ich nicht gehöre«, bestätigte Holden. »Ich kenne meine Grenzen, und ich weiß, dass ich vergangene Nacht gestorben wäre, wären Loki und Thor nicht bei mir gewesen. Diesen Kampf müsst ihr ohne mich kämpfen.«

»Wir könnten Harpers Monsterkatze mitnehmen«, warf Ripley ein.

Ich schüttelte den Kopf. »Das halte ich für keine gute Idee. Mir war nicht bewusst, wozu Loki und Thor in der Lage sind. Hätte ich das gewusst, hätte ich sie niemals ins Quartier gebracht«, erwiderte ich, wobei der letzte Satz vor allem an Grant gerichtet war. »Sie haben Holden zwar geholfen, aber was sie tun und wie sie reagieren, ist unberechenbar. Sie bilden ein zu großes Risiko. Was, wenn sie versehentlich Baldur in seinem neuen Körper töten?«

Grant nickte. »Harper hat recht. Der Kater bleibt hier.«

»Vielleicht könnten uns die Vampire helfen«, schlug Jules vor.

Warden schnaubte. »Nichts für ungut, das vorhin war wirklich ein netter Trick, aber du bist noch keine vierundzwanzig Stunden König. Ich traue der Sache noch nicht genug, um mein Leben in die Hände irgendwelcher Blutsauger zu legen. Was ist, wenn sie sich doch gegen dich wenden und der Kampf eskaliert?«

»Das sehe ich leider genauso«, sagte Cain und warf Jules einen entschuldigenden Blick zu. Ihr rotes Haar war zerzaust, wie wir alle hatte sie während der Aufräumarbeiten im Quartier keine Zeit gehabt, sich um etwas so Belangloses wie ihr Aussehen zu kümmern. »Ich glaube, wir sollten bei dieser Sache so wenige Wagnisse wie nur möglich eingehen. Das ganze Unterfangen wird ohnehin schon verdammt riskant, auch ohne die Hilfe von Vampiren.«

»Lasst uns noch einmal einen Schritt zurückgehen«, sagte Nala, die mit ihren Fingern unruhig auf den Tisch klopfte. »Shaws Gedanke, Baldur erneut mit einer kleinen Eliteeinheit zu überraschen, mag ganz nett sein, aber wird er nicht damit rechnen?«

»Nicht, wenn wir das Überraschungsmoment für uns nutzen. Baldur wird sich bis ins kleinste Detail berichten lassen, was im Quartier geschehen ist. Was er zu hören bekommen wird, ist ein Bericht über dessen komplette Verwüstung und das Versagen und Sterben der Hunter«, antwortete Shaw.

Roxy nickte. »Das glaube ich auch. Er wird denken, wir sind gebrochen, und nicht mit einem Angriff rechnen. Zumindest nicht, wenn wir schnell handeln.«

»Von wie schnell reden wir?«, fragte Cain.

Shaw dachte kurz nach. »Morgen. Spätestens übermorgen.«

Nala schüttelte den Kopf. »Das ist zu früh.«

»Alles andere wäre zu spät.«

»Vielleicht sollten wir abstimmen, damit jeder für sich selbst entscheiden kann«, sagte Ella diplomatisch. »Jeder, der dafür ist, Baldur bereits morgen anzugreifen, und bereit ist, in den Kampf zu ziehen, soll die Hand heben.«

Ellas Hand war als Erste oben. Die von Wayne, Warden, Cain, Roxy und Shaw folgten direkt darauf. Auch Dinah und Ripley meldeten sich sowie Cains Eltern. Sogar Grant, der sich bereits seit einer Weile aus dem aktiven Dienst zurückgezogen hatte, hob die Hand, und nach kurzem Zögern schloss sich auch Nala an. Meine Hand war ebenfalls bereits oben, und ich war mir sicher, dass noch zwei, drei weitere Huntresses und Hunter, die der Besprechung nicht beiwohnten, bereit wären, sich Baldur in einem hoffentlich letzten Kampf zu stellen.

»Damit ist die Sache wohl beschlossen«, sagte Nala.

Alle Hände gingen nach unten, und Shaw ergriff wieder das Wort. »Als sich Baldurs Leute überraschend aus dem Quartier zurückgezogen haben, habe ich versucht, die Magiespur einer Hexenmeisterin zu verfolgen. Ich könnte mir vorstellen, dass sie auf direktem Weg zu Baldur gesprungen ist, um ihm von dem Kampf zu berichten.«

»Und wo ist sie hin?«, fragte Roxy.

»Wenn ich mich nicht irre, müsste sie zu dem Schloss gereist sein, in das Tarquin mich damals gebracht hat. Das Gebäude ist ziemlich groß und verwinkelt, das könnten wir zu unserem Vorteil nutzen und eine Art Schleichangriff starten, um Baldur zu überraschen.«

»Wird es dort nicht von Hexern und Hexen wimmeln?«, fragte ich.

Baldurs Schloss fand in einigen Büchern flüchtige Erwähnung, aber es gab keine detaillierten Berichte, denn kein Hunter und keine Huntress, die jemals dort gewesen waren, waren lebend zurückgekommen. Und ich konnte die leise Stimme in meinem Kopf nicht abwimmeln, die mir zuflüsterte, dass dies womöglich der Moment war, in dem Shaw uns in eine Falle lockte.

»Während ich auf dem Schloss war, habe ich nicht viele von Baldurs Leuten getroffen. Meist waren nur eine Handvoll Hexenmeister und ein paar Hexer da, die als Wachen eingesetzt wurden. Das kann sich inzwischen geändert haben; aber dummerweise können wir keine Späher vorausschicken, die die Lage für uns auskundschaften.«

Eine rastlose Stille breitete sich im Raum aus, während wir Shaws Worte auf uns wirken ließen. Die ganze Situation war unglaublich heikel, und ich wünschte mir, es gäbe einen anderen, sichereren Weg, uns Baldur vorzuknöpfen, aber den gab es nicht. Also begann Shaw, uns alles über das Schloss zu erzählen, was er wusste. Offenbar war es ein gigantischer Bau an einer Klippe, mit unzähligen Zimmern und Gängen, zu viele, als dass Shaw sie alle während seiner Zeit dort hätte erkunden können. Doch was er berichtete, half uns dabei, uns zumindest einen groben Überblick über den Ort zu verschaffen, den wir vielleicht schon morgen stürmen würden.

Während ich Shaw gebannt zuhörte, verdrängte ich zunehmend die leise Stimme in meinem Kopf. Der Hexenmeister hatte mir in den letzten Tagen keinen Anlass gegeben, ihm zu misstrauen. Ich hasste und verachtete ihn für seine Vergangenheit, doch diese Gefühle mussten noch eine Weile ruhen. Ich hatte jahrelang darauf gewartet, Kane zu finden – was machten da ein paar Tage mehr für einen Unterschied? Ich würde meine Rache bekommen, aber zuerst mussten wir Baldur besiegen, bevor er noch mehr Schaden anrichten konnte.

Mit jedem weiteren Detail nahm unser Plan konkreter Gestalt an. Wir beschlossen, uns in kleine Gruppen aufzuteilen, um das Schloss nach dem König der Hexer zu durchsuchen. Womöglich würde auch Marjorie dort auf uns warten. Zwar hofften wir alle, dass sie in die Geisterwelt zurückgekehrt war, um dort ihre Pflichten zu erfüllen; aber sollte sie sich dazu entschieden haben, bei ihrem Liebhaber zu bleiben, hätten wir es direkt mit zwei Königen zu tun …

»Euch ist hoffentlich klar, dass das ein beschissener Plan ist. So beschissen, dass er glatt von mir kommen könnte«, sagte Warden mit einem Blick auf die unordentlichen Notizen, die Holden angefertigt hatte. »Praktisch verstecken wir uns im Zentrum von Baldurs Macht, töten aus dem Hinterhalt möglichst viele sehr mächtige Hexenmeister und hoffen darauf, nicht versehentlich in eine gigantische Hexen-Armee zu rennen.«

»Der Plan ist beschissen«, stimmte Cain zu. »Aber es ist der einzige, den wir haben. Wenn du Schiss hast, kannst du gern hierbleiben. Ich bin sicher, die anderen verstehen das.«

Warden schnaubte. »Als ob. Du brauchst mich.«

»Und du überschätzt deine Wichtigkeit«, neckte Cain ihn, gefolgt von einem warmen, liebevollen Lächeln, das deutlich zeigte, dass die beiden füreinander bestimmt waren – und füreinander sterben würden.

»Holden und ich werden uns morgen früh als Erstes um das zusätzliche Equipment kümmern. Waffen haben wir genug aus der Kammer retten können«, mischte sich Hugo in die Unterhaltung ein. Der Waffenmeister konnte aufgrund seiner Bewegungseinschränkungen im Arm nicht aktiv an der Mission teilnehmen, aber nun sah er entschlossen in die Runde. »Bis morgen Abend haben wir alles für euch bereit.«

»Morgen Abend«, echote Grant. »Das ist nicht mehr viel Zeit. Ihr solltet euch ausruhen. Schont und sammelt eure Kräfte. Es wird ein harter und anstrengender Kampf, wovon ihr euch nicht entmutigen lassen solltet. Wir haben bis jetzt überlebt, und es gibt keinen Grund, warum der morgige Tag unser letzter sein sollte.«

33. KAPITEL

Harper

Die Besprechung löste sich auf. Ripley und Dinah beschlossen, eine Runde durch die Villa zu drehen, um nachzusehen, wer noch bereit war, sich unserer Mission anzuschließen. Wir hatten zwar entschieden, dass wir als kleine Einheit in Baldurs Schloss eindringen würden, dennoch könnte es bei dessen Größe hilfreich sein, weitere Trupps zu haben.

Die Sorge darüber, wie der morgige Tag enden würde, lag mir schwer im Magen, weshalb ich nicht wirklich etwas essen konnte. Lustlos riss ich Stücke von dem Sandwichbrot ab, das mir Jules' Mum gegeben hatte, und knüllte sie zu Kügelchen zusammen, die ich mir in den Mund schob, kaute und schluckte, ohne etwas zu schmecken.

»Was geht dir gerade durch den Kopf?«, fragte Holden, der auf der anderen Seite des riesigen Doppelbetts lag, das wir uns teilten. Sein Haar war noch feucht von der Dusche, und alles, was noch an sein Sandwich erinnerte, waren die Krümel auf der Bettdecke.

»Ich mache mir nur Sorgen. Du etwa nicht?«

Holden stemmte sich mit den Armen nach oben, um mit mir auf Augenhöhe zu sein. Ich konnte kaum in Worte fassen, wie froh ich darüber war, dass er den Angriff auf das Quartier unbeschadet überstanden hatte. Keine Ahnung, ob ich den Willen und die Kraft besäße, morgen in die Schlacht zu ziehen, wäre Holden nicht mehr hier. Denn an diesem Punkt kämpfte ich vor allem für ihn. Dafür, dass sein Leben weiterging und er es ohne Angst vor Baldur führen konnte.

»Natürlich mach ich mir Sorgen«, gestand Holden.

Ich stellte den Teller mit meinem Sandwich auf den Nachttisch, der wie gefühlt alles in diesem Zimmer aus massivem dunklen Holz war. »Was, wenn der Plan ein Fehler ist? Vielleicht wäre es klüger, noch mal mit den Quartieren im Rest der Welt zu sprechen und sie in den Kampf mit einzubeziehen.«

»Vielleicht. Vielleicht auch nicht. Das kann niemand wissen. Wenn wir morgen angreifen, haben wir das Überraschungsmoment auf unserer Seite. Wenn wir zögern … wer weiß, was Baldur dann plant.« Holden streckte seinen Arm aus und griff nach meiner Hand. Er zuckte nicht zurück, als er spürte, wie kalt und klamm meine Finger waren. »Ich vertraue auf deine und eure Fähigkeiten. Wir kennen nun Baldurs Schwachstelle und haben Jules auf unserer Seite. Alles wird gut.«

Und wenn nicht?

Die Worte lagen mir auf der Zunge, doch ich sprach sie nicht aus, denn ich wollte Holden nicht mit meiner Hoffnungslosigkeit anstecken. Am liebsten hätte ich überhaupt nicht so negativ gedacht, aber alle großen Kämpfe in meinem Leben hatten verheerende Folgen für mich gehabt. Die Schlacht von St. Petersburg hatte mir meine Eltern genommen, der Tag des Blutbades meinen Kampfpartner. Und der gestrige Angriff auf das Quartier hatte mich meiner Erinnerungen und meines wertvollsten Besitzes beraubt. Warum also sollte mir der morgige Tag nicht auch etwas nehmen, das mir unendlich wichtig war?

Ich räusperte mich und sah zu meinem Kater, der sich am Fußende des Bettes zusammengerollt hatte und wohl als Einziger in dieser Nacht friedlich würde schlafen können. »Wenn mir etwas passiert, passt du auf Loki und Thor auf?«

»Dir wird nichts passieren.«

»Versprich es mir.«

Holden seufzte. »Versprochen.«

»Danke.«

Zu wissen, dass für meinen Kater gesorgt war, beruhigte mich. Außerdem wäre Holden nicht vollkommen allein, sollte mir etwas zustoßen. Das kleine Monster würde auf ihn aufpassen.

Stille kehrte zwischen uns ein. Die Mauern der alten Villa waren so dick, das keinerlei Geräusche in unser Zimmer drangen. Holden schlug vor, eine Serie anzumachen, da er ohnehin noch nicht würde schlafen können. Ich nickte, und er zauberte einen Laptop hervor, den er aus dem Quartier gerettet hatte. Keine Ahnung, ob er ihm gehörte oder irgendeinem anderen Hunter, der ihn nicht mehr brauchte. Er startete irgendeine kurzweilige Comedy-Serie, die ich nicht kannte. Wobei ich nur die Hälfte von dem mitbekam, was sich auf dem Bildschirm abspielte. Immer wieder wanderten meine Gedanken zu dem morgigen Tag und all den Möglichkeiten, wie unser Plan schiefgehen könnte. Normalerweise liebte ich es, mich in den Kampf zu stürzen und irgendwelchen Hexern, Feen, Elfen, Goblins oder Vampiren den Arsch aufzureißen, aber das waren Kämpfe, von denen ich wusste, dass ich sie gewinnen konnte.

Plötzlich vernahm ich neben mir ein leichtes Schnarchen. Holden war eingeschlafen. Ich stoppte die Serie auf dem Laptop und legte das Gerät vorsichtig auf meinen Nachttisch. Nach kurzem Zögern schwang ich die Beine über die Bettkante und schlich auf Zehenspitzen aus dem Zimmer. Denn obwohl ich erschöpft war von dem Ausflug in die Geisterwelt und dem anschließenden Chaos, bezweifelte ich, dass ich auch nur ein Auge zutun würde – dafür hatte ich zu viel Respekt vor dem morgigen Tag.

Jules

Meine Haut kribbelte angenehm von der heißen Dusche. Ich schloss die Augen und genoss das Gefühl der Wärme, das nur für ein paar Minuten anhalten würde. Mit der Handfläche wischte ich über den beschlagenen Spiegel und betrachtete meine Reflexion. Meine Augen waren dunkelblau, da mein Durst dank Isaacs gut gefülltem Vorratskeller gestillt war. Das Haar hing mir in feuchten Wellen in die Stirn, und meine ansonsten blasse Haut war von der geradezu kochenden Hitze des Wassers gerötet.

Ich konnte noch immer nicht glauben, dass unser Plan, Isaac im Zeitfluss zu vernichten, tatsächlich funktioniert hatte und ich seinen Platz als König der Vampire eingenommen hatte. Die Worte zu denken war noch immer ziemlich befremdlich, aber der Zustand selbst fühlte sich bereits nach wenigen Stunden eigenartig vertraut an und gab mir ein Gefühl der Sicherheit, das ich nicht erwartet hätte.

Ich rubbelte mir das Haar mit dem Handtuch trocken und lief von dem Masterbad in das angrenzende Schlafzimmer, das mir mein neuer Bediensteter zugewiesen hatte. Am liebsten hätte ich Harper darum gebeten, die Nacht bei mir zu verbringen, aber unter den wachsamen Augen von Cain und den anderen Huntern hatte ich mich nicht getraut.

Nur mit einem Handtuch bekleidet betrat ich den begehbaren Kleiderschrank, der einst Isaac gehört hatte. Es war mir zuvor nie aufgefallen, aber wir besaßen eine ähnlich schlanke, sportliche Figur mit drahtigen Muskeln, die auf den ersten Blick eher wenig beeindruckend wirkte. In dem Schrank hingen jede Menge dunkler Anzüge, wie dafür geschaffen, um auf eine Beerdigung zu gehen. In den letzten Wochen und Monaten war das genau mein Vibe gewesen, denn ich hatte getrauert – um das Leben, von dem ich fälschlicherweise dachte, es an die Dunkelheit verloren zu haben. Aber das stimmte nicht. Ja, die Dinge hatten sich verändert, aber *ich* war noch derselbe. Ich liebte meine Familie und die Hunter. Ich konnte Cain zum Lachen und Warden dazu bringen, die Augen zu verdrehen. Ich konnte den Kreaturen der Nacht in den Arsch treten. Und ich konnte Harper in den Armen halten, eben weil sich die Dinge geändert hatten. Dass ich Blut trinken musste, war nicht optimal, aber ohne meine Verwandlung hätte ich nicht zum König werden können. Und ohne diesen Titel wäre es mir morgen nicht möglich, Baldur zu töten. An die Möglichkeit, dass uns das womöglich nicht gelingen würde, wollte ich überhaupt nicht denken.

Ich ließ meine Finger über die dunklen Anzüge gleiten, einer langweiliger als der andere. Nicht einmal ein dunkelblauer war dabei. Ich wollte mich bereits meinem Schicksal ergeben und in einen der Pinguinfracks schlüpfen, als mir im hintersten Teil des Schranks plötzlich etwas Gelbes ins Auge fiel, das mich anzog wie eine Motte das Licht.

Ich griff danach und erkannte, dass es ein alter Vintage-Anzug war. Die Hose und das Jackett waren übersät von gelben und blauen Quadraten, in die wirre Muster gezeichnet waren. Irgendwie verrückt. Irgendwie … *ich.* Ohne zu zögern, schnappte ich mir ein weißes Hemd und schlüpfte in den Anzug, der wie angegossen passte. In einer der Schubladen fand ich noch ein altes Paar brauner Hosenträger, die sich in derselben Farbpalette bewegten wie die gelben Quadrate und daher perfekt zum Anzug passten. Ich betrachtete mich im Spiegel, und das erste Mal seit meiner Verwandlung fühlte ich mich absolut und vollkommen wie ich selbst. Ich konnte Wardens spöttischen Kommentar zu diesem Outfit bereits förmlich hören, was bedeutete, dass es perfekt war.

»Netter Anzug«, erklang plötzlich eine Stimme.

Überrascht wirbelte ich herum und entdeckte einen hochgewachsenen Mann im Eingang des begehbaren Kleiderschranks, die Arme vor der Brust verschränkt. Er hatte breite Schultern und ein markantes Gesicht, das von einem gepflegten dunklen Vollbart umrahmt war. Seine dunklen Augen musterten mich eingehend. Und obwohl ich ihn noch nie in meinem Leben gesehen hatte, wusste ich instinktiv, wer er war.

»Ulysses«, raunte ich.

Ein Lächeln trat auf das Gesicht des Mannes. Er ließ die Arme sinken und trat einen Schritt auf mich zu. »Du kannst mich auch gern Kevin nennen.«

»Ja, davon hab ich schon gehört.«

»Schön. Wie ich sehe, eilt mir mein Ruf voraus.«

»Natürlich. Du bist der König der Unterwelt.«

»Und du der König der Vampire. Wie gefällt es dir?« fragte Ulysses und ließ seinen Blick über Isaacs dunkle Anzüge gleiten. Wie ich wirkte er wenig begeistert. Er selbst trug zwar dunkle Jeans, aber dazu ein knalliges T-Shirt.

»Ich habe es mir schlimmer vorgestellt«, antwortete ich.

»Du gewöhnst dich noch dran.«

Ich musterte Ulysses. Er wirkte erstaunlich gewöhnlich, abgesehen von seiner Größe und den Wogen der Macht, die er in Wellen ausstrahlte. Ob die anderen sie auch spürten oder nur ich?

»Warum hast du Roxy und Shaw nicht gesagt, dass nur ein König einen anderen König töten kann? Du hast sie, Finn und all die anderen in ein offenes Messer laufen lassen.«

Ein Schatten des Bedauerns huschte über Ulysses' Gesicht. »Ich konnte nicht. Hätten die anderen Wind davon bekommen, dass ich den Huntern unser größtes Geheimnis anvertraut habe, hätten sie begonnen, Krieg gegen mich zu führen.

Und du willst dir nicht ausmalen, wie verheerend das für diese Welt geendet hätte«, erklärte er. »Außerdem wusste ich, dass ihr früher oder später selbst auf die Lösung kommen würdet. Und ich hatte recht.«

»Finn wäre um ein Haar gestorben.«

»Aber er lebt.«

Ich verengte die Augen. »Hast du …«

»Vielleicht«, antwortete Ulysses, noch bevor ich die Frage beenden konnte, und ein kleines wissendes Lächeln trat auf seine Lippen. »Es spielt keine Rolle. Finn lebt, und ich wette, ein paar eurer anderen verletzten Huntresses und Hunter werden auch überleben. Da bin ich optimistisch.«

Ich nickte, auch wenn ich es weiterhin etwas feige von Ulysses fand, dass er sich aus diesem Krieg raushielt. Aber vielleicht hatte er recht und es war zum Besten für diese Welt. »Gibt es einem Grund, wieso du hier bist, oder wolltest du mir nur viel Glück wünschen?«

Ulysses lachte. »Ich wollte mich dir persönlich vorstellen. Von Angesicht zu Angesicht. Von König zu König. Wir bekommen in den nächsten Jahrhunderten oder Jahrtausenden vermutlich viel voneinander zu sehen.«

Ein Klopfen an der Tür unterbrach unsere Unterhaltung.

Ich musste nicht nachsehen, um zu wissen, wer mich besuchte. Harpers wunderbarer Geruch war unverkennbar. Mein Blick zuckte dennoch zur Tür, und als er wieder zu Ulysses zurückkehrte, war der König der Unterwelt bereits wieder verschwunden.

Jules öffnete die Tür. Ich hatte mir eingebildet, ihn mit jemandem reden zu hören, aber als ich nun über seine Schulter spähte, war er allein in dem beeindruckenden Schlafzimmer. Es gab ein Himmelbett, etwas, das aussah wie ein begehbarer Kleiderschrank, und eine Couch vor einem Kamin, in dem ein Feuer prasselte.

Ich runzelte die Stirn. »Was hast du da an?«

Jules blickte an sich herab. Er trug nicht länger das verdreckte schwarze Shirt von zuvor, sondern steckte in einem Anzug, der aussah, als wäre er aus den Siebzigerjahren, mit einem schmerzhaft bunten Muster.

Jules strich das weiße Hemd glatt, das er unter dem Anzug trug. »Gefällt es dir nicht?«

Ich wusste nicht ganz, was ich darauf sagen sollte. Der Anzug war grottenhässlich, aber wie mit allem, was Jules trug, bekam es durch seine Haltung eine gewisse Klasse. Was mich an seine Outfits von früher erinnerte, die ich inmitten all der dunklen Hemden und Hoodies etwas vermisst hatte. »Wo hast du den her?«

»Ich habe ihn in Isaacs Schrank gefunden.«

»Wirst du den morgen auch im Kampf tragen?«

Jules lachte. »Nein, dafür ist er nicht geeignet.«

Ich betrat sein Schlafzimmer, und er schloss die Tür hinter mir. Augenblicklich schoss mein Puls in die Höhe. Nervös zupfte ich am Ärmel des Sweatshirts herum, das ich mir aus dem Stapel der Sachen gezogen hatte, die wir aus dem Quartier gerettet hatten. Auf einmal fragte ich mich, warum ich hierhergekommen war, anstatt in meinem Bett liegen zu bleiben; doch als Jules nach meiner Hand griff und mich mit sich auf die Couch vor dem Kamin zog, wusste ich es wieder. Ich wollte bei ihm sein, an diesem letzten Abend vor der großen Schlacht.

Jules legte einen Arm um meine Schultern, und ich schmiegte mich in die Berührung. Die Flammen waren so hell und warm, dass sie mich die Kälte, die er für gewöhnlich ausstrahlte, gar nicht spüren ließen. Ich kuschelte mich an seine Seite, und er begann zärtlich durch mein Haar zu streicheln.

Eine Weile sprach keiner von uns ein Wort. Gemeinsam starrten wir in das Feuer, genossen seine Wärme und die Anwesenheit des jeweils anderen. Niemals hätte ich erwartet, dass ich mich in der Gegenwart eines Vampirs so geborgen und sicher fühlen konnte, wie ich es in diesem Augenblick bei Jules tat. Es war alles so schnell passiert, dass ich nicht einmal genau benennen konnte, wann und wie es geschehen war, doch bei ihm hatte ich das Gefühl, keine Schutzschilde zu brauchen. Vielleicht, weil auch er seine bei mir fallen ließ.

»Ich mag dich«, gestand ich in die Stille hinein, die nur vom Prasseln und Knacken des Feuers gebrochen wurde. »Sehr sogar.« Vielleicht war das eine kindische Aussage, aber sollte der Kampf morgen unglimpflich für mich ausgehen, wollte ich, dass Jules wusste, wie wichtig er mir in diesen letzten Wochen geworden war.

Jules' Hand stoppte in ihrer streichelnden Bewegung und glitt aus meinem Haar.

Sogleich bereute ich es, den Mund aufgemacht zu haben. Was hatte ich mir nur dabei gedacht? Ich hätte einfach meine Klappe halten sollen. Ein »Ich mag dich« war kein »Ich liebe dich«, aber es war ein tieferer Einblick in meine Gefühlswelt, als ich je einem anderen Mann gewährt hatte. Trotzdem war das Letzte, was ich in dieser unsicheren Zeit brauchte und wollte, einen Korb zu bekommen. Warum hatte ich diesen friedlichen Moment nicht einfach hinnehmen können, wie er war?

»Tut mir leid, ich hätte das nicht sagen sollen«, stammelte ich und wollte vor Jules zurückweichen, um mir weitere Demütigungen zu ersparen, doch dann erstarrte ich, als sich seine Finger sachte unter mein Kinn legten. Mein Herz machte einen Satz. Mit sanfter Gewalt zwang er mich, ihn anzusehen, und mir stockte der Atem. Der Sturm, der stets in seinen blauen Augen zu toben schien, hatte sich gelegt. Es war, als würde ich in einen klaren, wolkenlosen Abendhimmel blicken. Da waren keine Unsicherheiten, sondern nur Gewissheiten.

»Harper …«, raunte er, so leise, dass ich Mühe hatte, ihn zu verstehen. »Du nimmst diese Entschuldigung sofort zurück. Denn du hast keine Ahnung, wie lange ich mir gewünscht habe, diese Worte von dir zu hören. Denn ich *mag* dich auch.«

Für den Bruchteil einer Sekunde hatte ich das Gefühl, dass er etwas anderes hatte sagen wollen, aber es war mehr als genug, denn noch im selben Atemzug lehnte er sich nach vorne und legte seine Lippen auf meine. Er küsste mich langsam und intensiv. Ein heftiges Kribbeln rauschte durch mich hindurch. Denn trotz seiner Kälte brachte er mit einem Mal all meine Sorgen und Ängste zum Schmelzen. Sowohl die Unsicherheit, die ich wegen meiner Gefühle verspürt hatte, als auch meine Sorge wegen des morgigen Kampfes. Ich genoss das Gefühl der Leichtigkeit ebenso sehr wie das Gefühl seiner Lippen auf meinen.

Er legte seine Arme um meine Taille. Mir entwich ein Seufzen und ich schlang die Arme um seinen Hals, um mich an ihm, diesem Moment und dieser Schwerelosigkeit festzuhalten, ehe mich die harte Realität zurück auf den Boden der Tatsachen zerren konnte. Ein erstaunter Laut entfuhr mir, als mich Jules noch enger an sich drückte und mit einem kräftigen Ruck auf seinen Schoß hob, bis ich über ihm kniete. Seine Finger glitten unter den Saum meines Shirts, und ich erschauderte unter der Berührung.

Sanft fuhr er mit seiner Zunge über meine Unterlippe, damit ich meinen Mund für ihn öffnete. Mir entging der metallene Geschmack seiner Küsse nicht, der an das Blut erinnerte, das er noch vor Kurzem getrunken hatte, aber das hielt mich nicht davon ab, meine Lippen für ihn zu teilen. Denn Jules zu küssen hatte ein Gefühl von Richtigkeit, wie ich es noch nie verspürt hatte.

Jules stieß einen zufriedenen Laut aus, fast wie ein Schnurren, als seine Zunge meine fand. Doch unser Kuss war nicht stürmisch, sondern voller Sehnsucht und Verzweiflung darüber, dass wir nicht mehr Zeit miteinander hatten.

Ich vergrub meine Finger in seinen Haaren, um ihn wissen zu lassen, dass er auf keinen Fall aufhören sollte, mich zu küssen. Beiläufig nahm ich wahr, wie sich seine Hände fester um meine Taille schlossen. Mein Herz raste, und eine Gänsehaut breitete sich auf meinen ganzen Körper aus, nicht vor Kälte oder Angst, sondern vor Erregung. In meinem Unterleib verspürte ich ein sehnsüchtiges Ziehen, das mich dazu veranlasste, Jules' Haare loszulassen, um nach seinem Hemd zu tasten.

Fahrig begann ich es ihm auszuziehen. Mit jedem Knopf, der sich unter meinen Fingern öffnete, ertastete ich mehr von seiner weichen, samtigen Haut, die nur darauf wartete, von meinen Lippen erforscht zu werden. Seine Muskeln spannten sich unter meinen Berührungen an, und ich musste lächeln, als Jules ungeduldig seine Hände zwischen uns schob und die letzten drei Knöpfe aufmachte, noch bevor ich so weit gekommen war. Ich ließ von seinem Mund ab und küsste eine Spur seinen Hals, sein Schlüsselbein und schließlich seine Brust hinunter, was ihm einen tiefen, kehligen Laut entlockte, der mich noch weiter antrieb.

Mit jedem weiteren Kuss rutschte ich langsam von der Couch, bis ich zwischen seinen Beinen auf dem Boden kniete. Seine Erektion war durch den Stoff seiner Hose deutlich sichtbar. Ich schluckte gegen die plötzliche Trockenheit in meiner Kehle an und mein Herz begann zu rasen.

»Harper …«

Ich sah zu Jules auf. In seinen Augen stand so viel Lust und Gier, dass es mir unerklärlich war, wie sein Blick zugleich sanft und liebevoll sein konnte. Das waren für mich zwei völlig gegensätzliche Gefühle, die für gewöhnlich nicht Hand in Hand gingen. Und doch schaffte er es, sie zu vereinen – weil er offenbar alles vereinen konnte. Grim Hunter und Vampir. Sich und mich.

»Du musst das nicht tun«, murmelte er.

»Aber ich will.«

Ihm entwich ein Knurren, und er richtete sich auf, um sich sein Hemd und das Jackett von den Schultern zu streifen. Achtlos warf er beides zur Seite, sodass ich einen ungehinderten Blick auf seinen freien Oberkörper hatte. Ich erkannte, dass seine Haut, die sich so glatt und weich unter meinen Fingern und Lippen angefühlt hatte, von mehreren Narben gezeichnet war, die aus seiner Zeit als Grim Hunter stammten. Die Male waren allesamt als blasse Linien in seine Haut eingesunken, gewiss eine Nebenwirkung seiner Verwandlung.

Ich riss meinen Blick schon fast gewaltsam von ihm los und öffnete die Knöpfe seiner Hose. Jules hob die Hüften an, und von Ungeduld angetrieben zog ich ihm die Hose samt Boxershorts in einer raschen Bewegung aus, bis er vollkommen nackt vor mir saß. Ich wusste, dass das Gefühl der Verletzlichkeit nur eine Illusion war, denn auch nackt war mir Jules um ein Vielfaches überlegen. Doch da war eine Art Verletzlichkeit, die seine Blöße mit sich brachte, die nichts mit körperlicher

Stärke zu tun hatte, aber mit absolutem Vertrauen. Vor allem während ich noch voll bekleidet war und noch nichts von mir offenbart hatte.

Sanft streichelte ich über seine Oberschenkel, ließ meine Finger seiner Erektion näher kommen. Ein nervöses Flattern breitete sich in meiner Brust aus. Denn ich wollte, dass es schön für ihn wurde. Theoretisch wusste ich, was ich dafür tun musste. Doch da war auch diese Unsicherheit, weil ich merkte, dass es mir das erste Mal wirklich wichtig war, was mein Partner fühlte. Den anderen Männern, mit denen ich zusammen gewesen war, hatte ich nicht mehr gegeben als das absolute Minimum. Mit Jules war es anders. Er sollte alles von mir bekommen. Mit ihm wollte ich mir Zeit lassen, obwohl genau das die eine Sache war, von der wir nicht mehr viel hatten.

»Harper, bitte«, flehte er mit kehliger Stimme, während er jede Bewegung meiner Finger ungeduldig durch halb gesenkte Lider beobachtete. Das Feuer des Kamins spiegelte sich in seinen Augen. Und die Hitze der Flammen hatte ihm eine zarte Röte auf die Wangen gelegt, die ihn noch schöner aussehen ließ.

Ich schloss meine Hand um sein Glied, um ihn nicht länger warten zu lassen. Fast schon erleichtert stöhnte Jules auf und ließ seinen Kopf in den Nacken fallen.

Seine Reaktion auf meine Berührung entlockte mir ein Lächeln, und für einen Augenblick konnte ich nichts anderes tun, als ihn anzusehen, voller Verwunderung darüber, dass ausgerechnet ich eine solche Wirkung auf ihn hatte.

Jules

Meine Lider fielen zu, als sich Harpers Finger um meine Erektion schlossen. Ich stöhnte auf und ließ mich tiefer in die Couch sinken, gleichzeitig begann sie mich zu reiben. Erst langsam und zögerlich, dann immer schneller und härter. Ein angenehmes Kribbeln breitete sich in mir aus. Es fühlte sich an, als hätte Harper die Macht, meinen kalten Körper mit ihren bloßen Berührungen wieder zum Leben zu erwecken. Ein berauschendes Gefühl, dem ich mich ewig hätte hingeben können, aber zugleich wuchs meine Ungeduld, auch sie zu berühren.

Blinzelnd öffnete ich die Lider. Das Bild, das sich mir bot, hätte um ein Haar ausgereicht, mich kommen zu lassen. Harper war ein lebendig gewordener Traum, wie sie vor mir auf dem Boden kniete und voller Hingabe darauf konzentriert war, mir Lust zu schenken – was ihr verdammt gut gelang. Ich streckte die Hand nach ihr aus und fuhr sanft durch ihre seidigen Haare. Fragend blickte sie zu mir auf, und als ich das Verlangen in ihren Augen sah, wusste ich, dass ich keine Sekunde länger warten konnte, ihr etwas von dem, was sie mich fühlen ließ, zurückzugeben.

Vorsichtig, aber bestimmt umfasste ich ihre Schultern und zog sie zu mir auf die Couch. Der Stoff ihrer Kleidung rieb über meine Brust. Als sie erneut auf mir saß und sich ihr Becken gegen meines drängte, entwich mir abermals ein Stöhnen. Mein Körper sehnte sich nach dem heißen Versprechen, das sie unter dem Stoff verbarg.

»Du bist unglaublich«, murmelte ich.

Sie schluckte schwer. »Ich … Ich war noch nicht fertig.«

»Ich weiß, aber ich konnte nicht länger warten.«

Ich küsste sie. Auch nach dem zweiten, dritten und vierten Mal war es noch immer berauschend. Und hätte sie mir in diesem Moment offenbart, dass sie in dieser Nacht mit mir keinen Schritt weiter gehen wollte als bis hierher, wäre das absolut in Ordnung für mich gewesen. Denn Harper zu küssen war mehr als genug. Es war alles, wonach ich mich immer gesehnt hatte.

Doch ihr Seufzen an meinen Lippen und der Duft ihrer Erregung, der mir nicht entging, ließen mich auf mehr hoffen – auf viel mehr. Ich ließ meine Finger ihre Taille hinabwandern bis zum Saum ihres Shirts. Vorsichtig neckte ich den Streifen nackter Haut, den ich dort zu berühren bekam. Harper erschauderte und begann sich ungeduldig auf meinem Schoß zu bewegen, wodurch meine Erektion gegen ihre Mitte rieb. Und sämtliche Zweifel, die ich gerade vielleicht noch verspürt hatte, lösten sich in Luft auf.

In einer fließenden Bewegung zog ich Harper das Shirt aus. Sie trug darunter keinen BH – worüber ich froh war, denn ich wusste nicht, ob ich die Geduld gehabt hätte, ihn ihr auszuziehen, ohne den Verschluss zu zerreißen. Der Anblick ihrer nackten Brüste ließ meine Erektion zucken, und meiner Kehle entwich ein tiefes, fast schon animalisches Knurren. Schon zum zweiten Mal in kürzester Zeit ließ Harper mich ein Verlangen spüren, das noch mächtiger war als das nach Blut.

Ich beugte mich vor und drückte einen Kuss geradewegs zwischen ihre Brüste, auf den kleinen Stern ihres Hunter-Symbols. Fuck, das hatte ich tun wollen, seit sie sich dieses verdammte Ding hatte stechen lassen. Als Harper aufkeuchte und sich mir entgegenwölbte, fing ich ihre linke Brustwarze mit den Lippen auf.

»Jules!«, stöhnte sie meinen Namen.

Ich war mir sicher, dass er noch nie besser geklungen hatte als in diesem Moment. Und ich konnte es kaum erwarten, wie er klingen würde, wenn ich sie zum Höhepunkt brachte.

Harper

Mein Herz pochte heftig. Die Stelle zwischen meinen Beinen noch heftiger. Und das, obwohl Jules' Berührungen von einer Zärtlichkeit getrieben waren, wie ich sie noch nie erfahren hatte. Ich ließ den Kopf in den Nacken fallen, während er an meinen Brüsten saugte. Doch ich konnte nicht nur seine Lippen fühlen, sondern auch seine Zähne und seine Fänge, die unendlich sanft über die empfindliche Haut meiner Brustwarzen kratzten und mir einen Schauder nach dem nächsten über den Körper jagten.

»Oh Gott«, entfuhr es mir plötzlich, als ich völlig unerwartet Jules' Hand an meiner Mitte spürte. Unbemerkt hatte er seinen Arm zwischen uns geschoben, und nun berührte er mich durch den dünnen Stoff meiner Leggings.

Ich keuchte auf und konnte sein selbstzufriedenes Grinsen an meiner Haut spüren. Sanft massierte er mit seinen Fingern die pochende Stelle zwischen meinen Beinen und baute langsam Druck auf. Ich zuckte unwillkürlich zusammen, denn obwohl er nur diese eine Stelle berührte, spürte ich die Berührung im ganzen Körper. Aber ich wollte nicht kommen. Nicht ohne Jules. Nicht, wenn das hier vielleicht unser erstes und letztes Mal war … je nachdem wie der morgige Tag ausging. Aber daran wollte ich jetzt nicht denken.

Ich griff ihm in die Haare und zwang seine Lippen von meiner Haut. Meine Brustwarzen reckten sich ihm spitz und verlangend entgegen, als wollten sie ihn nicht gehen lassen, aber ich brauchte Jules an einer anderen Stelle. Ich musste nichts sagen, mein Blick ließ ihn genau wissen, was ich wollte. Was ich brauchte.

»Bist du dir absolut sicher?«, fragte er mit heiserer Stimme.

Ich nickte. »Und du?«

»Ich war mir noch keiner Sache sicherer«, erwiderte er und zog mein Gesicht an sich, um mich zu küssen. Lang und tief. Ein Versprechen, diese nächsten Minuten für mich wunderschön zu machen, auch wenn ich daran nie gezweifelt hatte.

Vorsichtig drehte Jules uns herum, bis ich auf der Couch lag und er über mir aufragte. Das Verlangen in seinen Augen, mit dem er auf mich herabblickte, raubte mir den Atem. Er streckte seine Hand nach mir aus, ließ seine Finger um die Spitzen meiner Brüste kreisen, ehe er meinen Bauch hinab bis zu meinen Leggings strich. Auffordernd stemmte ich meine Hüfte in die Höhe, damit er mich endlich von diesen letzten lästigen Kleidungsstücken befreien konnte.

Mit beiden Händen umfasste er den Bund meiner Hose und streifte sie mir samt Slip von den Beinen. Mein Mund wurde trocken, während sein Blick über mich glitt, und ich spürte Nervosität in mir aufsteigen. Denn es war mir wirklich wichtig, was er dachte. Ich wollte, dass ich ihm genauso sehr gefiel wie er mir. Jules war wunderschön. Und das nicht nur wegen all der Äußerlichkeiten, die es mir absolut unmöglich machten, meinen Blick abzuwenden. Sondern weil er es vermochte, mir ein Gefühl der absoluten Sicherheit zu geben. Und das, obwohl er eine Kreatur der Nacht war, auch wenn das in diesem Moment überhaupt keine Rolle spielte. Wir waren nicht Huntress und Vampir. Wir waren Jules und Harper. Wir waren zwei Teile eines Ganzen, etwas, das Jules offenbar schon vor langer Zeit erkannt hatte.

»Sag etwas«, bat ich ihn, denn er hatte noch immer nichts gesagt.

»Ich würde«, erwiderte er mit leiser, kratziger Stimme. »Aber mir fehlen die Worte.«

Ich lächelte, und mein Herz machte einen erleichterten Satz. »Dann küss mich.«

Jules schob sich an meinem Körper empor und tat genau das. Seine Lippen legten sich auf meine. Und auch sein Körper senkte sich auf meinen. Sein Gewicht auf mir zu spüren entlockte mir ein Seufzen, das in unserem Kuss unterging. Ich teilte meine Beine für Jules, und er glitt zwischen mich, schon fast an die richtige Stelle, aber nur fast. Ich keuchte an seinem Mund auf und wusste, dass ich keine Sekunde länger warten konnte.

Ich unterbrach unseren Kuss. »Hast du ein Kondom dabei?«

»Nein, aber wir brauchen auch keines, wenn das für dich okay ist.« Er stützte sich mit seinen Armen links und rechts neben meinem Körper ab.

Ich schluckte schwer. »Bist du dir sicher?«

»Absolut. Wir Vampire vermehren uns durch unser Blut, nicht durch unser … du weißt schon. Und Krankheiten kann ich auch nicht mehr übertragen«, erklärte er fast schon schüchtern, was mich zum Lächeln brachte, wenn wir bedachten, dass wir beide gerade vollkommen nackt waren. Was mich erkennen ließ, dass ich ihm mit meinem Körper genauso sehr vertraute wie mit meiner Seele und meinem Herzen. Und wenn er sagte, dass nichts passieren konnte, dann glaubte ich ihm.

Ich nickte. »Okay.«

»Okay«, wiederholte Jules mit einem Lächeln und küsste mich.

Ein aufgeregtes Ziehen breitete sich in meiner Brust aus, als er zwischen unsere Körper griff. Ohne den Blick von mir zu lösen, führte er seine Erektion an die pochende Stelle zwischen meinen Beinen. Mir stockte der Atem, als er langsam in mich eindrang, und ich fragte mich, wie es sein konnte, dass es sich mit ihm schon jetzt so viel intensiver und besser anfühlte als jemals zuvor.

Jules hielt inne, als er ganz in mir war. »Wie fühlt es sich an?«

»Fantastisch«, raunte ich und erkannte meine eigene Stimme kaum wieder.

Ich zog mein Becken um Jules zusammen, um meine Worte zu unterstreichen, und er stieß einen leisen Fluch aus. Dann begann er sich in mir zu bewegen. Erst vorsichtig und bedacht, als hätte er Angst, den Moment oder mich zu zerbrechen. Doch als ich meine Arme enger um ihn schlang und meine Fingernägel fest in die Haut unter seinen Schulterblättern presste, wurden seine Bewegungen schneller und bestimmter. Ich drückte eine Hand gegen meinen Mund, um mein Stöhnen zu dämpfen. Immerhin war die Villa voller Hunter, die uns hören konnten. Doch Jules umfasste mein Handgelenk und zog sie sanft, aber nachdrücklich von meinem Gesicht.

»Ich will dich sehen«, verlangte er. Dabei lag so viel Zuneigung in seinen Augen, dass ich es nicht über mich brachte, ihm diesen Wunsch zu verwehren.

Jules erhöhte das Tempo. Meine Muskeln spannten sich an, meine Lippen teilten sich, und mein Atem kam in dem Rhythmus, den er mit seinen Stößen vorgab. Ich schlang meine Beine um seine Hüfte und passte meine Bewegungen seinen an. Das sehnsuchtsvolle Ziehen in meiner Mitte wurde stärker und strahlte bis ins letzte Nervenende meines Körpers aus, wobei es einen unsäglichen Druck aufbaute. Flatternd fielen mir die Augen zu, und mein Stöhnen wurde lauter, aber ich war zu weit weg und zu tief in Jules gefangen, um mir noch darüber Gedanken zu machen, wer uns hören könnte.

»Jules!«, keuchte ich erregt. Ich klammerte mich an ihm fest und glaubte, dass es besser nicht mehr werden konnte, als sich mit einem Schlag all der Druck löste, der sich zuvor in mir aufgebaut hatte.

Er fing die Laute meines Höhepunktes mit seinen Lippen auf und küsste mich, während er sich weiter in mir bewegte. Und schließlich erbebte auch sein Körper. Er stieß noch zwei, drei weitere Male in mich, dann sackte er auf mir zusammen.

Ich hielt ihn fest umschlungen. Mein schneller Atem und das Knacken des Kaminfeuers waren die einzigen Geräusche im Raum. Wobei ich mir sicher war, dass Jules auch das schnelle Wummern meines Herzens hören konnte. Für dessen schnelles Schlagen es einen sehr offensichtlichen Grund gab, aber gleichzeitig wurde es noch von einem anderen Gefühl angetrieben – Sorge. Der morgige Tag könnte unser Ende bedeuten, und ich hasste mich ein wenig dafür, dass ich all die Jahre, die wir hätten haben können, damit verschwendet hatte, mir einzureden, wir würden nicht zusammenpassen.

Gott, wie ich mich geirrt habe.

»Ich weiß, was du denkst«, hörte ich Jules an meinem Hals nuscheln.

Ich schmunzelte und streichelte ihm durch das Haar, das sanft meine Haut kitzelte. »Kannst du Gedanken lesen?«

»Nein, aber ich kenne dich. Und ich weiß, dass du mit deinem hübschen, klugen Kopf oft in der Vergangenheit steckst. Bei dem, was war, und dem, was hätte sein können. Aber wäre die Sache damals anders zwischen uns gelaufen, wäre es heute nicht so, wie es ist.«

»Vielleicht wäre es besser. *Noch* besser.«

Jules stemmte sich in die Höhe und sah mich an. Liebevoll fuhr er mir mit der Fingerspitze über die Wange, bis zu meinen Lippen, die von unseren Küssen vermutlich rot geschwollen waren. »Unmöglich. Denn gerade ist es perfekt.«

Ich schluckte schwer. »Wirklich?«

»Wirklich«, bestätigte er, beugte sich zu mir und gab mir einen weiteren Kuss.

Mir wurde warm ums Herz, und ich wusste, dass ich mich für immer an diesen Augenblick erinnern würde.

34. KAPITEL

Harper

Es war so weit. Die Zeit, Baldurs Herrschaft ein Ende zu bereiten, war gekommen. Ich war mir noch immer nicht ganz sicher, was unseren Plan betraf, aber vermutlich würde mir auch keine andere Herangehensweise vollkommene Sicherheit schenken, dafür gab es in diesem Szenario zu viele Variablen. Aber ich vertraute auf mein Können und das von Warden, Cain, Ella und Wayne und all den anderen Huntresses und Huntern, die an meiner Seite kämpfen würden. Und ich vertraute Jules.

»Tippt die Knöpfe in euren Ohren leicht an, um den Sprachkanal zu öffnen«, erklärte Hugo, der winzige kabellose Kopfhörer verteilt hatte, mit denen unsere Trupps, welche das Schloss durchsuchen würden, ständig in Verbindung bleiben konnten. »Die anderen hören dann, was ihr sagt. Auf diese Weise ist eine schnelle Kommunikation möglich.«

Wir waren siebzehn Leute, die sechs Teams bildeten. Und aus mir völlig unerfindlichen Gründen hatten Nala und Grant mich dem Team zugeteilt, in dem sich neben Warden auch Shaw befand. Vermutlich, weil er uns mit seiner Magie am besten würde beschützen können, da wir selbst keine besaßen. Dennoch gefiel es mir nicht, mit dem Hexenmeister zusammenarbeiten zu müssen, aber für ein paar Stunden würde ich die Zähne zusammenbeißen. Und sobald die Gefahr durch Baldur gebannt war, konnte ich Shaw wieder zu meinem Feind erklären.

»Habt ihr alles, was ihr braucht?«, fragte Holden.

Wir checkten ein letztes Mal unsere Ausrüstung und Waffen. Mein Katana saß einsatzbereit auf meinem Rücken, weitere Dolche und Messer waren an meinem Körper versteckt. Um meinen Hals baumelte das nutzlose Stufe-1-Amulett.

Holden kam zu mir. All die Sorgen, die auch ich verspürte, spiegelten sich in seiner Miene wider. »Pass gut auf dich auf. Loki, Thor und ich warten hier auf dich. Und wir werden böse, wenn du nicht in einem Stück zurückkommst.«

»Ich werde mein Bestes geben.«

»Das weiß ich«, erwiderte Holden, und ich beugte mich zu ihm herab, um ihn zu umarmen.

Überall um uns herum verabschiedeten sich Leute voneinander. Wardens Mutter wünschte ihm viel Glück. Und Hugo hielt Grant innig an sich gedrückt, wohl wissend, dass es das letzte Mal sein könnte.

Schließlich waren wir alle bereit.

Grant stellte sich neben Shaw. »Ich wünsche euch alles Gute. Und hoffe, euch alle am Ende der Nacht wohlbehalten wiederzusehen. Denkt daran, ihr erkennt Baldur an seinen stechend grünen Augen. Solltet ihr ihm begegnen, dürft ihr ihn nicht umbringen, dies muss durch Jules' Hand geschehen, anderenfalls wird seine Seele freigesetzt und wird sich einen anderen Körper suchen – und wie das aussehen kann, müssen wir nicht noch einmal erleben.«

Zustimmendes Murmeln erklang aus den Reihen, dann drehte Shaw sich um, hob eine Hand und erschuf mit wenigen Bewegungen ein blau leuchtendes Portal, das uns geradewegs in Baldurs Schloss bringen würde. In die Höhle des Löwen.

Mein Blick zuckte zu Jules, der neben mich getreten war. Er schenkte mir ein Mut machendes Lächeln und griff nach meiner Hand. Mein Herz flatterte, aber mit einem Schlag legten sich meine Ängste und Sorgen und wichen einer wilden Entschlossenheit. Baldur musste für die Zerstörung der Quartiere in St. Petersburg, Riga, Warschau, Prag, Athen, Moskau, Helsinki, Valencia, London und Edinburgh, die er in Schutt und Asche gelegt hatte, bezahlen.

Doch es ging hier nicht nur um die Rache der Hunter, sondern auch um die Leute, die er in Marjories Namen entführt, in die Geisterwelt gebracht und damit um Jahre, teilweise Jahrzehnte ihres Lebens beraubt hatte. Und um die Menschen, Hunter und Huntresses, die durch seine Hexer und Hexen und andere Kreaturen der Nacht Tag für Tag ums Leben kamen. Wir mussten Baldur aufhalten, um dem Leid, das er in diese Welt brachte, ein Ende zu bereiten …

35. KAPITEL

Roxy

Nachdem ich mittlerweile schon so oft mit Shaw durch Portale von einem Ort zum anderen gereist war, wurde mir davon glücklicherweise nicht mehr übel. Dennoch war mir schlecht vor Anspannung. Unser Plan war todesmutig, aber wir hatten keine andere Wahl. Baldur hatte zu viele von uns verwundet und ermordet. Er hätte beinahe Niall getötet. Wir mussten ihn stoppen. Jetzt oder nie.

Warden stolperte neben mir aus dem Portal. Anders als ich war er etwas grün um die Nase und ein leichter Schweißfilm stand ihm auf der Stirn. Ächzend stützte er sich mit einer Hand auf einem zierlichen Beistelltischchen ab und atmete mehrmals tief durch, um die Übelkeit niederzuringen. Ansonsten schien er aber in Ordnung zu sein.

Shaw und ich wechselten einen amüsierten Blick, doch dann wurden unsere Mienen wieder ernst. Nacheinander traten die anderen Hunter und Huntresses aus dem Portal. Auf Cain und Jules folgten Harper, Ella, Wayne, Ripley, Dinah und Birdie. Den Abschluss bildeten Jules' und Cains Eltern sowie Nala und Grant, dann schloss sich der Weltenriss und eine unheimliche Stille kehrte ein.

Damit waren wir vollständig. Es war ein feiner Balanceakt zwischen genug Huntern und Huntresses, um zu überleben, und zu vielen, wodurch unnötig Unruhe in die Mission kommen würde. Wir wollten keine Schlacht anzetteln, dafür waren in den letzten Wochen zu viele von uns gestorben.

Keiner sagte ein Wort. Das einzige Geräusch war ein gedämpftes Rauschen, was mir gleichzeitig vertraut vorkam und mich überraschte. Aus Shaws Erzählungen über seine Zeit in Baldurs Schloss wusste ich, dass das Gebäude an einer Klippe über dem Meer stand. Aber bei meinem ersten und letzten Besuch hier, als Shaw, Ripley und ich Tarquin unsere Botschaft für Baldur überbracht hatten, hatte ich keinerlei Geräusche wahrgenommen, die darauf hätten schließen lassen. Und noch etwas war anders: Ich hatte dunkle Steinmauern, kleine Fenster und eine bedrückende Atmosphäre wie in einem Mausoleum erwartet – eben wie in jenem Teil des Schlosses, den ich bei meinem letzten Besuch hier gesehen hatte. Womit ich jedoch nicht gerechnet hatte, war die riesige, luxuriös eingerichtete Suite, in die Shaw uns gebracht hatte. Und erst recht nicht mit den bodentiefen Fenstern rechts von mir.

Ich trat einen Schritt näher und hielt unwillkürlich den Atem an. Die Wellen brachen sich an den Klippen, Gischt spritzte auf. Von hier aus hatte man einen perfekten Blick auf das Naturschauspiel und das unendlich wirkende Meer, das bis an den Horizont reichte und mich an meine Kindheit in Irland erinnerte.

Hinter mir stieß Warden einen Pfiff aus. »Und hier hast du mal gewohnt?«

Auch ohne eine Expertin zu sein, war ich mir ziemlich sicher, dass jedes einzelne Möbelstück in diesem Raum ein Vermögen kostete, angefangen bei dem massiven Sekretär und dem teuer aussehenden Sofa über den flauschigen Teppich bis hin zu den Gemälden und Wandbehängen, welche die dunklen Mauern verdecken sollten. Trotz der Schönheit haftete allem etwas Unheimliches an, aber vielleicht war es auch nur das

Wissen darum, dass Baldur sich durch dieses Gemäuer bewegte – wahrscheinlich schon seit Jahrhunderten.

Shaws Blick fand meinen. »Für ein paar Tage.«

Ich erinnerte mich genau an diese Tage. Nachdem er herausgefunden hatte, dass er ein Hexenmeister war, war er Tarquin durch ein Portal hierher gefolgt. Ich war währenddessen auf dem Draculaschloss in Transsylvanien zurückgeblieben und hatte mich in den darauffolgenden Tagen und Nächten durch Osteuropa bis nach Italien gekämpft. Was erst drei Monate her war, fühlte sich an, als wäre es in einem anderen Leben passiert. Und das war es im Grunde sogar, schließlich war ich in der Zwischenzeit gestorben, in der Unterwelt gewesen und wieder zurückgekehrt.

»Die Einrichtung könnt ihr später bewundern, jetzt haben wir keine Zeit zu verschwenden«, sagte Wayne mit entschlossener Stimme. Seine Finger waren fest um den Gehstock in seiner Hand geschlossen, der zugleich seine Waffe war.

Shaw nickte. »Wayne hat recht. Wir sollten loslegen. Und denkt daran, wenn ihr Baldur findet, informiert Jules.«

Vermutlich war unsere Anwesenheit im Schloss bereits kein Geheimnis mehr, da alle anwesenden Hexenmeister und Hexenmeisterinnen Shaws Magie gespürt haben mussten, Baldur eingeschlossen. Jetzt ging es nur darum, wer wen schneller fand.

Wir teilten uns in die Gruppen auf, in denen wir das Schloss durchsuchen würden: Shaw würde sich mit Warden und Harper zusammentun, Cain schloss sich mit Wayne und ihrem ehemaligen Kampfpartner Jules zusammen, während Ripley und Nala ein weiteres Team bildeten, genau wie Cains Eltern mit Birdie und die Eltern von Jules mit Grant. Übrig blieben Dinah, Ella und ich. Mit Dinah war ich noch nicht oft auf der Jagd gewesen, aber ihr Stil glich dem von Finn, so viel wusste ich von ihren Trainingssessions im Quartier. Und mit Ella hatte ich während unserer Europareise und in Prag oft genug Seite an Seite gekämpft.

Sechs Teams, um das Schloss in Windeseile zu durchsuchen und gegen Baldur und – möglicherweise – auch gegen Marjorie vorzugehen. Viel zu oft in den vergangenen Wochen hatte der Hexenkönig uns schon überrascht und dabei eine Spur der Verwüstung hinterlassen. Unzählige Hunter und Huntresses waren verwundet worden oder hatten mit ihrem Leben bezahlen müssen.

Bei der Erinnerung daran biss ich die Zähne zusammen und umklammerte die Pistolenarmbrust in meiner Hand fester. Ich schaute auf den Köcher mit den farblich markierten Bolzen an meiner Seite hinab. Diesmal würde es anders laufen. Diesmal waren wir vorbereitet – und wir griffen Baldur dort an, wo er es am allerwenigsten vermutete: auf seinem eigenen Stützpunkt.

Ich sah zu Ella hinüber, die Wayne gerade ein letztes Mal umarmte, bevor ihre Wege sich trennten. Obwohl ich sie und Dinah an meiner Seite haben würde, war mir nicht wohl dabei, Shaw nicht bei mir zu wissen. Das hier war mehr als nur eine gefährliche Mission für ihn. Mehr als eine Kreatur, die es zu vernichten galt. Es war in dem Moment persönlich geworden, in dem er erfahren hatte, wer und was er wirklich war. Und dann noch einmal, als Tarquin und ein paar andere Hexen und Hexer versucht hatten, mich zu töten. Der Erfolg war jedoch nur von kurzer Dauer gewesen und mein Tod nur ein weiterer Punkt auf einer langen Liste von Dingen, für die Baldur bezahlen würde.

»Hey.« Shaw trat vor mich, legte die Hände an meine Wangen und sah mich eindringlich an. »Wir schaffen das. Schließlich haben wir das nicht alles überstanden, um jetzt zu verlieren, okay?«

Ich atmete tief durch, dann nickte ich langsam. »Okay.«

Obwohl ich bis vor Kurzem genau gewusst hatte, wann meine Zeit ablief, und sogar, wie genau ich sterben würde, war ausgerechnet diese neue Ungewissheit schlimmer als alles andere. Aber ich hatte Vertrauen in uns. Ich musste einfach daran glauben, dass wir es schaffen würden und sich das hier nicht als Selbstmordkommando für uns alle herausstellen würde.

Ich reckte mich auf die Zehenspitzen und drückte meinen Mund für einen letzten viel zu kurzen Kuss auf den von Shaw, dann trat ich hastig einen Schritt zurück. Mein Puls raste, und mein Magen schmerzte vor lauter Anspannung, aber wenn ich mich jetzt nicht von Shaw losmachte, würde ich ihn nicht ziehen lassen können. Ein Blick in seine Augen verriet mir, dass es ihm ganz ähnlich ging. Doch es gab kein Zurück mehr.

Shaws Gruppe setzte sich zuerst in Bewegung und steuerte die Tür an.

»Hey!« Meine Stimme war nicht laut, dennoch ließ sie Shaw innehalten. »Wenn das hier vorbei ist, schuldest du mir ein Essen. Mit Triple Chocolate Cake.«

Er drehte sich im Gehen zu mir um, und ein kleines Lächeln erschien auf seinem Gesicht. »Kann's kaum erwarten, Darling.« Er zwinkerte mir zu, dann wandte er sich wieder ab und folgte Warden und Harper nach draußen in den Gang.

Ich sah ihm einen Moment lang nach, während die anderen Gruppen die Suite nacheinander ebenfalls verließen, bis ich spürte, wie erst Ella, dann Dinah neben mich traten. Ein einziger Blick in ihre entschlossenen Gesichter genügte. Wir würden das hier zu Ende bringen. Koste es, was es wolle.

36. KAPITEL

Warden

Es war zu ruhig im Schloss. Die einzigen Geräusche rührten von unseren Schritten, und dann war da noch das Knacken und Knarzen, das stets in alten Gemäuern zu wohnen schien. Es war eine trügerische Stille, und ich wartete mit angespannten Muskeln darauf, dass sie brechen würde. Mein Herz pochte so heftig wie schon lange bei keiner Jagd mehr.

Fest umklammerte ich meine Machete, die zweite saß griffbereit auf meinem Rücken; drei zusätzliche Dolche steckten an meinem Gürtel und im Leder meiner Stiefel. Auch Harper hatte ihr Katana bereits gezückt, bereit, einem Hexer damit den Kopf vom Rumpf zu trennen. Shaw trug zwei Pistolen bei sich, aber seine wichtigste Waffe an diesem Abend war wohl seine Hexermagie.

Ich hatte mich noch immer nicht ganz an den Gedanken gewöhnt, aber ich vertraute Shaw genauso wie Jules. Hätte mir vor einem Jahr jemand gesagt, dass ich mich gemeinsam mit dem König der Vampire und einem Hexenmeister auf eine Mission begeben würde, hätte ich ihn vermutlich ausgelacht. Nein, nicht vermutlich. Ganz gewiss.

Plötzlich blieb Harper stehen. Ihre Hand ballte sich so fest um den Griff ihres Katanas, das ihre Knöchel vor Anspannung hell hervortraten. »Ich glaube, da ist jemand.«

Ich hielt ebenfalls in der Bewegung inne und lauschte in die

Stille, doch alles, was ich hörte, war das Rauschen des Meeres und das Zischen des Windes, der sich durch Fugen im dunklen Mauerwerk drängte. »Da ist niemand.«

Harper rümpfte die Nase, und die Spannung wich ein klein wenig aus ihrem Körper. Sie stieß ein leises Seufzen aus. »Sorry, ich bin nur nervös. Dieses Schloss ist verdammt unheimlich.«

Shaw brummte. »Wem sagst du das?«

Ich schielte zur Wand, an der ein Porträt eines düster aussehenden Mannes mit langem schwarzen Haar und eindringlich leuchtenden grünen Augen hing. Ich fragte mich, ob das Gemälde Baldur in einem seiner früheren Körper zeigte. Es juckte mir in den Fingern, ihm Teufelshörner und einen Schnauzer zu malen, aber dies war weder die richtige Zeit noch der richtige Ort. Und einen Edding hatte ich auch nicht dabei. Schade.

Wir setzten uns wieder in Bewegung. Shaw hatte uns bereits erzählt, dass das Schloss groß sei. Seine Worte hatten mich allerdings nicht darauf vorbereitet, wie gigantisch Baldurs Bleibe tatsächlich war. Ein Labyrinth aus massiven Holztüren und steinernen Gängen erstreckte sich vor uns, die irgendwie alle gleich aussahen mit ihren gruseligen Gemälden und dem gedimmten Licht aus den Deckenleuchten. Gebrochen wurde dieses Bild nur von den bodentiefen Fenstern in den Zimmern, die einen Blick auf das tosende Meer erhaschen ließen, das gegen die Klippen brandete. Es war ein beeindruckendes Bild.

»Hast du eine Idee, wo sich Baldur aufhält?«, fragte Harper mit gesenkter Stimme.

»Nein. Erst wenn er seine Magie verwendet. Aber wenn er klug ist und nicht aufgespürt werden will, hält er sich damit zurück.«

Wir blieben stehen, als wir das Ende des Flures erreichten, der sich zu einem verlassenen Foyer hin öffnete. Zwei Treppen führten in das obere Stockwerk. Von der Decke baumelte ein filigraner Kronleuchter, in dem das Licht echter Kerzen züngelte, die gewiss mit Magie entzündet worden waren.

Darunter stand eine große Couch mit einem samtigen Bezug, der dazu einlud, es sich bequem zu machen, auch wenn es nicht den Anschein erweckte, als wäre schon jemals jemand dieser Einladung gefolgt. Darüber hing das Porträt eines weiteren Mannes, dieser besaß blonde, an den Seiten streng zurückgekämmte Locken. Der Blick aus seinen Augen verriet jedoch seine wahre Identität – Baldur.

Ich hörte ein leises Knacken in meinem rechten Ohr, kurz darauf erklang die Stimme von Cains Dad. »Erster Hexenmeister erledigt. Wir haben ihn unter der Dusche erwischt. Kein schöner Anblick. Er konnte oder wollte uns allerdings nicht sagen, wo Baldur ist. Haltet also weiter die Augen offen und seid vorsichtig.«

Shaw, Harper und ich wechselten einen flüchtigen Blick, sie hatten Andrews Stimme ebenfalls gehört. Es hatte begonnen. Der erste Hexenmeister war tot. Dies war der Anfang vom Ende, denn entweder würden ihm noch weitere in die Unterwelt folgen oder wir fanden selbst unser frühes Grab.

Mit einem Nicken gab Shaw Harper und mir zu verstehen, dass wir nach oben gehen sollten. Leise und so rasch wie möglich schlichen wir die Stufen in das obere Stockwerk empor. Die Kerzen flackerten aufgeregt und zeichneten weiche Schatten an die Wände.

Am Ende der Treppe standen wir erneut in einem Korridor voller abzweigender Türen und Gänge und weiterer schauriger Gesichter, die uns als Porträts von der Wand anstarrten und jeden unserer Schritte zu beobachten schienen. Eine Gänsehaut kroch mir die Arme empor, und die Härchen in meinem Nacken stellten sich auf.

»Wofür braucht Baldur all diese Zimmer?«, fragte Harper.

»Keine Ahnung«, erwiderte Shaw. »Zum Angeben? Während meiner Zeit hier waren außer Baldur nur Tarquin und eine Handvoll anderer Hexenmeister da.«

Ich schnaubte. »Vielleicht braucht er den ganzen Platz auch für sein aufgeblasenes Ego.«

Shaw musste ein Lachen unterdrücken. Harper verdrehte nur die Augen.

Wir schlichen den Flur entlang und lauschten an jeder Tür, aber wie erwartet blieb es dahinter still. Schritt für Schritt näherten wir uns dabei einer imposanten Flügeltür, die bereits erahnen ließ, dass dahinter nicht einfach ein weiteres unbewohntes Zimmer lag.

Direkt davor blieben wir stehen. Shaw sah uns an, die eine Hand bereits auf dem Türgriff, die andere mit einem Funkeln zwischen den Fingern erhoben. »Bereit?«

Harper nickte. Ich tat es ihr gleich und umfasste meine Machete fester.

Bedacht schob Shaw die Tür auf. Dahinter lag eine Art Bankettsaal, der von einer Seite des Raumes bis zur anderen mindestens fünfzig Meter maß. In der Mitte des Saals stand auf dem blendend weißen Marmorboden ein langer vergoldeter Holztisch, der mit zahlreichen Obstschalen dekoriert war. Vermutlich hätten mindestens hundert Leute daran Platz gefunden, aber es standen nur um die zwanzig Stühle an der Tafel. Weitere nicht entzündete Kronleuchter baumelten von der Decke, dennoch war es in dem Saal nicht dunkel. Denn die Wand links von mir bestand vollständig aus Glas und eröffnete so einen Panoramablick über das Meer; der Schein des abnehmenden Mondes spendete genug Licht für meine geschärften Augen, um zu erkennen, was sich in den Schatten verbarg.

Ich ließ meine Machete sinken. »Niemand da.«

Harper trat an mir vorbei an das Panoramafenster. »Das ist scheiße.«

»Wäre es dir lieber, der Saal hier wäre voller Hexer gewesen?«, fragte Shaw.

Sie funkelte ihn an. »Ja.«

Als hätten sie nur auf ihr Stichwort gewartet, flog in diesem Moment eine Doppelflügeltür auf der gegenüberliegenden Seite des Raumes auf und drei Männer traten ein. Sie erstarrten in der Bewegung, als sie uns entdeckten, wirkten jedoch nicht überrascht, uns zu sehen. Eher so, als hätten sie nach uns gesucht. Zwei von ihnen trugen schlichte, bodenlange schwarze Roben, als hätten wir sie während eines okkulten Rituals gestört. Der dritte Mann, der die kleine Gruppe anführte, trug hingegen gewöhnliche Freizeitkleidung. Er hatte dunkelbraunes oder schwarzes Haar, das war im Zwielicht nur schwer zu erkennen, und eine breite Nase, die aussah, als hätte man sie ihm mit einem Baseballschläger flach geprügelt.

»Hallo Kane«, begrüßte er Shaw. In seiner Stimme schwang ein bedrohlicher Unterton mit.

Bei der Erwähnung von Shaws früherem Namen zuckte Harper unmerklich zusammen.

Shaw runzelte die Stirn. »Kennen wir uns?«

»Das ist Gianni, einer von Baldurs Hexenmeistern«, antwortete Harper. Es wunderte mich nicht, dass sie ihn kannte, schließlich hatte sie Baldur und seinen inneren Zirkel auf der Suche nach dem Mörder ihrer Eltern jahrelang studiert.

»Ah. Wenn das so ist: Geht uns aus dem Weg, Gianni, dann müssen wir euch nicht wehtun«, sagte Shaw, die Augenbrauen fest zusammengezogen. Seine Schultern waren angespannt, und obwohl seine Magie nicht mehr zu sehen war, konnte ich ihr Knistern nach wie vor spüren.

Einer der beiden Ritualhexer begann zu lachen. Es war ein schriller, ekelhafter Ton, wie ein Zahnstocher, der sich durch mein Trommelfell bohrte. »Spar dir deine leeren Drohungen, Abtrünniger.«

Plötzlich wurde die Tür ein zweites Mal aufgestoßen. Ein vierter Mann kam herein – und er war nicht allein. Mein Herz setzte aus. Cain war bei ihm. Gefesselt, mit blutverkrusteter Stirn und verkohlter Kleidung. Schmerz und Hoffnungslosigkeit spiegelte sich in ihrem Blick wider. Angsterfüllt starrte sie mich an.

»Cain!« Mit weichen Knien machte ich einen Schritt auf sie zu, als mich Harper von der Seite packte und festhielt. Ich zerrte an meinem Arm, um mich loszureißen, was ihre Fingernägel tiefer in mein Fleisch drückte. »Lass mich los! Ich muss –«

»Warden!«, fiel sie mir scharf ins Wort. »Was du siehst, ist nicht echt. Das ist eine Illusion.«

Ich blinzelte. »Was?«

»Cain ist nicht wirklich hier.«

Mein Blick zuckte zu ihr. Sie sah so verdammt echt aus. Ihr Haar. Ihre Augen. Das Tattoo an ihrem Oberarm. Wie war das möglich? Woher wussten die Hexenmeister, dass Cain ebenfalls im Schloss war? Waren sie ihr begegnet? Oder hatten sie sie möglicherweise durch Kameras beobachtet?

Ich kniff die Augen zusammen und wiederholte in meinen Gedanken Harpers Worte. Nur eine Illusion. Nur eine Illusion. Nur eine Illusion … Und es musste stimmen, denn wären dieser Hexer wirklich Cain begegnet, würden sie nicht so unversehrt aussehen, wie sie es taten. Sie hätte sich mit Händen und Füßen gegen ihre Gefangennahme gewehrt und ihnen den Arsch aufgerissen.

Ich schlug die Lider wieder auf, und in dem Moment, zwischen Dunkelheit und Wirklichkeit, sah ich die Realität, nämlich dass gar kein vierter Mann den Raum betreten hatte. Die Illusion löste sich auf wie Rauch, der in der Luft zerging. Es war nicht echt, dennoch hörte ich das Rauschen meines Blutes in den Ohren. Für einen Moment hatte ich mehr Furcht verspürt als jemals zuvor in meinem Leben. Mehr noch als während des Tages des Blutbades oder nachdem Cain Tarquin durch dieses verdammte Portal gefolgt war. Gott, ich hasste Hexer. Und Vampire. Aber in diesem Moment vor allem Hexer.

Ich stieß cin Knurren aus. »Das werdet ihr bereuen!«

Giannis Mundwinkel zuckten, und schneller, als ich schauen konnte, schleuderte er einen Ball aus Energie in unsere Richtung. Der Blitz schlug unmittelbar neben mir ein. Ich rollte mich über den Marmorboden ab und war kaum wieder auf den Beinen, als bereits der nächste Blitz neben mir in den Boden fuhr.

Shaw war ebenfalls in Kampfstellung gegangen und feuerte seine Magie nun in Richtung der Hexer. Seine Energie prallte in der Luft gegen die von Gianni. Es gab einen ohrenbetäubenden Knall. Ein weiterer Blitz schoss auf mich zu, den der Hexer mit dem grausamen Lachen auf mich geschleudert hatte. Eilig wich ich aus und wollte losrennen, als auch schon der nächste Blitz vor meinen Füßen einschlug und mich nur haarscharf verfehlte.

Diese Mistkerle versuchten, uns auf Abstand zu halten, vermutlich weil sie wussten, dass es um sie geschehen war, sobald meine Machete sie berührte.

»Wir müssen näher an sie heran«, rief ich Harper zu.

Sie sah zu Shaw. »Wir brauchen Rückendeckung!«

»Ich geb mein Bestes.«

Harper bedeutete mir, die Seite links vom Tisch zu nehmen, sie hielt sich rechts davon. Ich nickte, auch wenn es sich falsch anfühlte, denn mit Cain auf der Jagd war ich derjenige, der immer die rechte Seite übernahm. Doch das wusste Harper nicht, und wir hatten keine Zeit, um das zu klären. Gleichzeitig stürzten wir los, während die Hexer und Hexenmeister Salven aus Blitzen auf uns schleuderten, um uns den Weg abzuschneiden, was Shaw mit seiner Magie zu vereiteln versuchte.

Meine Stiefel donnerten über den Boden, und mein Herz pochte heftig. Die Illusion der verletzten Cain stand mir noch immer deutlich vor Augen. Ich würde alles tun, was in meiner Macht stand, um zu verhindern, dass dieses Trugbild Realität wurde. Überall um mich herum blitzte die Magie. Sie dröhnte in meinen Ohren, und die Luft schien von all der Energie im Raum zu knistern.

Ein weiterer Blitz schoss auf mich zu. Ich ließ mich auf den Boden fallen, rollte mich ab und kam keuchend wieder auf die Füße. Eine der Wachen war nur noch wenige Schritte von mir entfernt. Ich sah sein Blut schon auf der Klinge meiner Machete, als plötzlich ein greller Schrei ertönte, der mir durch Mark und Bein fuhr. Panisch wirbelte ich herum und entdeckte Harper auf dem Boden. Gianni ragte über ihr auf. Blaue Blitze sprangen zwischen seinen Fingern hin und her. Wütend starrte Harper zu ihm empor. Der Ausdruck auf ihrem Gesicht war noch immer entschlossen, doch die Kleidung an ihrer rechten Schulter war verkohlt, und sie hielt sich die Stelle, als hätte sie Schmerzen.

Mein Blick wanderte zwischen ihr, Gianni und dem Robenträger vor mir hin und her, während der dritte im Bunde irgendwo hinter mir von Shaw in Schach gehalten wurde. Ihre blaue Magie flackerte wie Nordlichter.

Ich hörte das Splittern von Glas. Ein lauter Fluch erklang, kurz bevor ich von einer kalten Böe erfasst wurde. Ohne länger nachzudenken, setzte ich mich in Bewegung, um Harper zu helfen. In Windeseile sprintete ich zu ihr, die Blitze des Hexers im Rücken. Mit einem gewaltigen Knall schlug einer von ihnen neben mir in den Marmorboden ein und hinterließ einen kleinen Krater. Ich zuckte zusammen, aber bereits im nächsten Augenblick sprang ich über den Tisch auf Gianni und Harper zu.

»Lass sie in Ruhe!«, fauchte ich und holte mit meiner Machete aus.

Gianni hob die Hand. Magie knisterte zwischen seinen Fingern, allerdings hatte er meine Geschwindigkeit unterschätzt. Meine Klinge traf mit voller Kraft auf seinen Hals, und mit einem geraden Schnitt war es vorbei. Sein Kopf fiel getrennt von seinem Körper zu Boden. Blut bildete eine purpurrote Lache auf dem weißen Marmor.

Ich prüfte meine Deckung, aber Shaw kümmerte sich bereits um die beiden Hexer. Neben Harper ging ich in die Knie. Ihre Haut war noch blasser als sonst, Schweiß stand ihr auf der Stirn. Sie zitterte heftig, wie von einem Schock.

»Harper, hörst du mich?«

Sie antwortete nicht.

Scheiße.

»Harper? Kannst du aufstehen?«

Erneut bekam ich keine Antwort, was ich als Nein wertete. Ich sah noch einmal über meine Schulter zu Shaw. Einer der beiden Hexer lag auf dem Boden, mit dem anderen schien er klarzukommen. Gut, denn ich musste Harper von hier wegbringen. Ich steckte meine Machete weg, um ihr aufzuhelfen, doch meine Finger glitten geradewegs durch ihren Körper hindurch.

Was zum …

Die Erkenntnis kam zu spät. Eine Illusion. Schon wieder. Die verletzte Harper löste sich in Luft auf, ebenso wie der

Körper des enthaupteten Hexenmeisters. Es war alles nur ein Trugbild gewesen, und als ich aufblickte, war das Letzte, was ich sah, ein gleißendes blaues Licht, das geradewegs auf mich zuschoss.

Fuck.

37. KAPITEL

Ella

Meine Magie prallte gegen die Brust des Hexers, der versucht hatte, sich uns in den Weg zu stellen. Ein Fehler. Er wurde von der Energie erfasst und rückwärts gegen die Wand geschleudert. Ein gequältes Ächzen entwich seinen Lippen, als er zu Boden ging. Ich ballte meine Hand zur Faust, und das azurblaue Leuchten meines neuen Stufe-5-Amuletts verschwand zwischen meinen Fingern.

»Netter Treffer«, sagte Dinah direkt neben mir. Sie sah ziemlich beeindruckend aus mit ihren lilafarbenen Haaren und dem Holster, das in Form eines X über ihrer Brust spannte und zwei Waffen hielt. Neben dem Hexer in der schwarzen Robe ging sie in die Hocke und sah ihn mit einem fast schon gelangweilten Gesichtsausdruck an. »Wo ist er?«

Der Hexer hielt sich die Schulter, in der eine von Dinahs Kugeln steckte. Sein Kiefer war angespannt, er hatte offensichtlich große Schmerzen, aber er antwortete nicht.

»Wo ist Baldur?«, verlangte Dinah zu wissen. Wie nebenbei drückte sie den Lauf ihrer Pistole, die mit einem Schalldämpfer versehen war, gegen die Schläfe des Hexers. Magie begann in dessen Hand zu knistern. Sie war allerdings nur ein schwaches Echo der Kraft, die zu Beginn des Kampfes in ihm gesteckt hatte. »Nach allem, was du und deine Leute getan haben, habe ich wirklich große Lust, dir den Schädel wegzupusten. Und du bist der Einzige, der mich aufhalten kann.«

»Sie hat recht.« Roxy trat ebenfalls an den Hexer heran und zielte mit ihrer Pistolenarmbrust auf dessen Brust. Darin war einer der farbigen Bolzen eingespannt, die sie aus Prag mitgenommen hatte. Ihr Anblick erinnerte mich stets an Pandora und Matej, über die ich in diesem Augenblick jedoch lieber nicht nachdenken wollte. »Du solltest besser kooperieren.«

Er schnaubte. Ich konnte ein Flackern in seiner Aura erkennen. Es war seine Seele, die dabei war, sich von seinem Körper zu lösen. »Sonst was … tötet ihr mich? Ich werde doch sowieso sterben.« Trotz seines kritischen Zustands verzog er die Lippen zu einem höhnischen Lächeln, das jedoch nur von kurzer Dauer war. Ein gequältes Husten entwand sich seiner Kehle. Es war ein hässliches, rasselndes Geräusch.

»Ach, noch ist es nicht zu spät. Du hast ungefähr vier Minuten, bevor du verblutest. Wir könnten Hilfe rufen«, behauptete Dinah.

»Lügnerin.«

»Vielleicht sage ich auch die Wahrheit.« Sie lächelte übertrieben freundlich. »Willst du es wirklich darauf ankommen lassen?«

»Fahr zur Hölle.«

Dinah zuckte mit den Schultern. »Deine Entscheidung.«

Sie drückte den Abzug. Die Magie in der Hand das Magiers erstarb, und das Leuchten seiner Aura erlosch. Nun gab es einen weiteren Hexer weniger in diesem Schloss, das ähnlich verlassen wirkte wie ein Friedhof. Was vermutlich nicht verwunderlich war, denn nach allem, was ich bisher gesehen hatte, stand dieses Schloss an einer Klippe im Nirgendwo. Vielleicht waren wir in Irland, vielleicht in einem skandinavischen Land. Vielleicht auch ganz woanders, soweit ich das nach unserem

Streifzug durch das Schloss bisher sagen konnte. Es gab nicht viel zu sehen außer dem Meer auf der einen und einer endlosen Heidelandschaft auf der anderen Seite. Der Himmel war fast vollkommen dunkel, und es schien, als gäbe es meilenweit keine weiteren Gebäude oder gar Ortschaften. Immerhin wurden so keine Unschuldigen in diesen Kampf mit hineingezogen.

Dinah steckte die Pistole zurück ins Holster und zog den leblosen Körper des Hexers in einen der unzähligen Räume, damit man nicht direkt über ihn stolperte. Bis die anderen ihn dort fanden, konnte bei der Größe des Schlosses eine Ewigkeit vergehen.

Wir setzten unseren Weg fort.

»Ich hasse diesen Ort«, bemerkte Dinah, als wir durch eine steril aussehende Küche schritten, die groß genug war, um darin das Essen für sämtliche Studierende der University of Edinburgh vorzubereiten. Allerdings wirkte es, als wäre hier schon lange nicht mehr gekocht worden. Die metallenen Oberflächen waren bis zur Perfektion poliert und die Arbeitsflächen leer geräumt.

»Du hättest auch bei den anderen in der Villa bleiben können«, erinnerte Roxy sie und schloss den Kühlschrank, in den sie gespäht hatte, als könnte Baldur sich darin verstecken. Im kühlen Licht der Deckenstrahler, das automatisch angesprungen war, wirkte sie blass und müde. Aber nach den letzten Tagen und Wochen sah ich vermutlich nicht besser aus.

»Und den ganzen Spaß verpassen?«

Ich lachte. »Warden und du habt eine ähnlich komische Definition von Spaß.«

»Wie wäre denn deine?«, fragte Dinah neugierig.

»Keine Ahnung, aber sie beinhaltet bestimmt keine lebensgefährliche Mission«, erwiderte ich und betrachtete die Kaffeemaschine, die mich an jene erinnerte, die ich im Café immer bedient hatte. Das war gewesen, bevor ich mit Roxy und Shaw aus Edinburgh geflohen war. »Ich denke da eher in Richtung Wayne, eines Betts und geilem Essen.«

»Beim geilen Essen wäre ich dabei«, hakte Roxy sich ein.

Dinah schmunzelte. »Das überrascht mich nicht.«

Wir durchquerten die Küche und erreichten eine Tür, die mit einem schweren Riegel aus Metall verschlossen war. Unser Geplänkel war verstummt. Ich sah über meine Schulter zu Roxy und Dinah; auch ihre Gesichter waren ernst geworden. Ich nickte ihnen zu, dann schob ich den Riegel zurück und drückte die Tür auf.

Frischer Wind, der den Duft des Meeres mit sich trug, fegte mir entgegen. Ich erschauderte, doch dann trat ich hinaus – und fand mich in einem großen, prachtvoll angelegten Innenhof wieder. Er war von säuberlich geharkten Kieswegen durchzogen, und in der Mitte stand ein trockener Brunnen. Trotz der nächtlichen Kälte war zu erkennen, dass der Frühling auch hier bereits Einzug gehalten hatte. Zarte Blätter hingen an den Bäumen, deren Kronen sich sanft im Wind bogen, und ich konnte im Licht des Mondes auch einige offensichtlich frisch gepflanzte Blumen ausmachen. Doch die Schatten der Nacht waren zu dicht, als dass ich sie genauer hätte erkennen können.

Ich trat einen Schritt vor. Der Kies knirschte unter meinen Stiefeln. Jeder Muskel in meinem Körper war angespannt. »Shaw hat gar nichts von einem Garten erzählt.«

Dinah folgte mir. »Wahrscheinlich, weil er selbst nichts davon weiß.«

»Wir sollten besser drinnen weitersuchen«, bemerkte Roxy. Sie hatte die Arme vor der Brust verschränkt und starrte nach oben. Um uns herum erhob sich auf allen vier Seiten das Schloss gen Himmel. Hinter den meisten Fenstern war es dunkel, aber einige wenige waren erleuchtet und dahinter Bewegungen zu erkennen; allerdings konnte ich nicht sagen, ob es unsere Leute waren oder die von Baldur, die uns von dort möglicherweise beobachteten.

Ich nickte und wollte mich gerade abwenden, als ich ein Geräusch hörte, wie ein Scharren, obwohl keine von uns sich bewegt hatte. Die Härchen an meinen Armen stellten sich auf. Ich beschwor meine Magie hervor; das Leuchten vertrieb die Dunkelheit ein paar Fuß weit, aber unzählige Schatten blieben zurück. »Habt ihr das auch gehört?«

»Ja«, antwortete Roxy. Sie steckte ihre Pistolenarmbrust weg und berührte ihr Amulett, das unter ihren Fingern aufleuchtete.

Abermals erklang das Scharren.

Dinah neigte den Kopf. Lauschte. »Was ist das?«

Ich ließ den Blick durch den Garten wandern. Währenddessen sammelte ich mehr Magie in meiner Hand, das Leuchten zwischen meinen Fingern wurde kräftiger, aber zwischen den Bäumen gab es einfach zu viele Schatten. Plötzlich nahm ich eine Bewegung rechts von mir wahr. Ich wirbelte herum – und da sah ich ihn. Einen Dullahan. In all meiner Zeit als Soul Huntress war ich noch nie einem begegnet, aber ich hatte natürlich schon von ihnen gehört. Sie zählten zu jener Art von Geistern, über die sich selbst Hunter Schauergeschichten erzählten.

»Heilige Scheiße!«, entfuhr es Dinah. »Das ist kein Hexer.«

»Nope.«

Ich starrte den Dullahan an. Er war ein Geist der Phase 4, der seine Gestalt selbst materialisieren konnte. Der enthauptete Mann trug eine dunkle Robe und saß auf einem Rappen. An einer Schlinge, die an seinem Sattel befestigt war, baumelte sein Kopf. Die toten Augen starrten ins Leere. In seiner

Hand hielt er ein Schwert, dazu geschaffen, den Lebenden ein ähnliches Schicksal zu bereiten wie jenes, das er selbst erlitten hatte.

»Ein Hexer wäre mir gerade so viel lieber«, sagte Roxy und machte sich kampfbereit. Das Amulett an ihrer Halskette erstrahlte.

Das Pferd stieß ein Wiehern aus. Seine Nüstern blähten sich, und dann schoss es auch schon auf uns zu.

Wir stoben auseinander. Roxy schleuderte als Erste einen Strahl aus dunkelblauer Energie auf den Dullahan, doch das Pferd wich der Magie aus und glitt in seiner geisterhaften Gestalt geradewegs durch einen der Baumstämme hindurch. Dinah feuerte mit ihrer Pistole auf den Reiter, um uns einen Hauch von Zeit zu verschaffen, aber natürlich glitt die Kugel wie bei allen Geistern durch ihn hindurch wie durch eine Wand aus Nebel.

Ich beschwor ebenfalls die Magie in meinem Ring hervor. Spürte die Kraft, die von ihr ausging, ließ sie durch mich hindurchfließen und sammelte sie zwischen meinen Fingern. Dann ballte ich eine Faust und stieß die Energie auf den Dullahan.

Er löste sich scheinbar in Luft auf, und die Magie verfing sich in einem Busch, der von der Explosion der Magie zerrissen wurde. Das Pferd stellte sich auf seine Hinterläufe und stieß ein weiteres Wiehern aus. In meinen Ohren schrillte es wie ein Warnruf. In der nächsten Sekunde schwang der Reiter sein Schwert. Sein abgetrennter Schädel baumelte am Sattel hin und her. Das Gesicht war bleich und von Narben übersät. Ich wusste nicht, ob der Reiter damit noch sehen konnte, aber es wirkte so, denn in diesem Moment preschte er zielstrebig auf mich zu. Ich schickte erneut einen Ball aus Energie in seine Richtung, der wiederum ins Leere traf.

Der Dullahan holte mit seiner Klinge aus. Das Metall glänzte scharf im Schein des Mondes. Panisch sprang ich zur Seite und kam mit meinem vollen Gewicht auf dem Boden auf. Kieselsteine bohrten sich in meine Haut. Ich zwang mich sofort wieder auf die Beine, obwohl mir das Blut in den Ohren rauschte. Roxy schleuderte weitere Energie auf den kopflosen Reiter. Der Dullahan wich ihrem Angriff jedoch aus und schlug mit seinem Schwert nach Dinah. Diese machte einen Satz zurück, dennoch streifte die Klinge ihre Brust. Sie stieß einen Laut aus, der mehr von Erstaunen als Schmerz zeugte. Das Holster rutschte ihr vom Rücken, die Vorderseite glatt zerschnitten.

Entrüstet blickte Dinah zu dem Dullahan auf. »Du Drecksack! Der war fast neu!«

Sie trat das Holster beiseite, damit es ihr nicht im Weg war, und schoss auf den Dullahan, weil es das Einzige war, was sie tun konnte.

Das Pferd machte sich nicht einmal die Mühe, den Patronen auszuweichen, da sie geradewegs durch es hindurchglitten, aber es wurde einen Hauch langsamer. Im selben Augenblick feuerte ich abermals meine Energie, und diesmal zielte ich auf das Tier. Anders als sein Reiter war es nicht schnell genug. Es wurde von meiner Magie erfasst, und die Wucht des Aufpralls riss es von den Hufen. Es gab einen gequälten Laut von sich. Der Reiter hechtete von seinem Rücken, kurz bevor die Energie die Gestalt des Pferdes durchdrang und seine Seele in tausend Stücke zerriss. Bis alles, was von ihm übrig war, die winzigen Funken waren, die wie Glut in der Luft vergingen.

Der kopflose Reiter richtete sich auf … und obwohl es ohne Augen unmöglich sein sollte, wandte er sich geradewegs mir zu. In geduckter Haltung kam mir seine dunkle Gestalt näher.

Ich biss die Zähne zusammen und zerrte ein weiteres Mal an der Energie in meinem Ring, als ich aus dem Augenwinkel eine Bewegung wahrnahm. Fast befürchtete ich, dass Baldurs Leute uns gefunden hatten, aber es war ein zweiter Dullahan, der wie aus dem Nichts hinter Roxy und Dinah aufgetaucht war.

»Hinter euch!«, brüllte ich, bevor sich der Reiter ohne Pferd auf mich stürzte. Gerade noch rechtzeitig wich ich seiner Klinge aus. Sie zischte so haarscharf an mir vorbei, dass ich das Surren des Metalls hörte.

Das war knapp!

Ich hatte jedoch keine Gelegenheit, um durchzuatmen, da der Dullahan bereits zum nächsten Hieb ausholte. Rückwärts sprang ich auf eine der Bänke, um ihm auszuweichen. Ich hechtete darüber hinweg, die Bank wie eine Wand zwischen uns. Doch der Dullahan packte sie und schleuderte sie zur Seite, als würde sie nichts wiegen. Ich wich aus, sprang zur Seite, nach hinten, doch seine Hiebe kamen Schlag auf Schlag, und schneller, als mir lieb war, geriet ich außer Atem. Meine Lunge brannte, meine Kehle spannte und in meiner Seite spürte ich ein eindringliches Stechen, das mich dazu bringen wollte innezuhalten, aber das würde mein Ende bedeuten.

Immer wieder zielte ich mit meiner Energie auf den kopflosen Reiter, der auch ohne Augen jeden meiner Schritte vorhersah. Er duckte sich, löste seine Gestalt auf oder wich der Magie aus, was immer nötig war, um mir zu entkommen. Meine einzige Chance, ihn auszuschalten, war, ihn zu fassen zu bekommen, aber sein Schwert hielt mich auf Abstand.

Hinter dem Reiter entdeckte ich Roxy und Dinah, die mit dem anderen Dullahan kämpften. Er trug kein Schwert bei sich, sondern eine Peitsche. Zielsicher schlug er damit um sich. Dinahs Gesicht hatte es bereits erwischt, Blut floss aus einem Schnitt über ihrer Augenbraue.

Mein Blick zuckte zurück zu dem Reiter vor mir, der selbst ohne Kopf größer war als ich. Er holte mit seinem Schwert aus. Ich machte einen Satz zurück, trieb eine weitere Ladung aus Energie in seine Richtung – und dieses Mal erwischte ich ihn. Nicht frontal mit aller Kraft, aber die Schulter des Armes, mit dem er sein Schwert schwang. Er gab keinen Laut von sich – natürlich nicht.

Ich zögerte nicht und sprang nach vorne, um den Reiter zu packen und endlich aus dieser Welt zu befreien. Dass er zur Seite wirbelte, hatte ich kommen sehen. Ich spiegelte seine Bewegung und griff mit der anderen Hand nach ihm. Die Magie schoss meinen rechten Arm hinauf und floss in meinen linken. Zusätzlich beschwor ich meine Soul-Hunter-Magie herauf, um dieser armen Seele endlich Erlösung zu schenken.

Der Dullahan sank auf die Knie. Ich ging mit ihm zu Boden. Er war stark, selbst für einen Phase-4-Geist, und gäbe es die Amulettmagie nicht, würde er sicherlich zu jenen Geistern gehören, die man früher in ein Bronzefläschchen hatte sperren müssen. Ich biss die Zähne zusammen, sammelte all meine Kraft und trieb sie durch die Gestalt des Reiters. Seine Muskeln verkrampften sich, dennoch hörte er nicht auf, gegen meine Einwirkung anzukämpfen.

»Lass los. Es ist in Ordnung. Du kannst aufhören zu kämpfen«, flüsterte ich mit sanfter Stimme, obwohl ich bezweifelte, dass der Dullahan mich hören konnte. Geistern die Erlaubnis zu geben, ihren Frieden zu finden, hatte auf manche von ihnen eine Wirkung – aber nicht auf den Dullahan. Er wehrte sich, und mit Gewalt brachte er seine Gliedmaßen unter Kontrolle.

Plötzlich verpasste er mir einen heftigen Stoß. Ich geriet ins Taumeln, ließ ihn aber nicht los. Mit der freien Hand griff er in seinen Umhang und zückte einen Dolch. Das Metall funkelte im Glanz meiner Magie, bevor er zustach. Bevor ich die Chance hatte auszuweichen.

Ich schrie auf, als reinster Schmerz in mir explodierte. Tränen schossen mir in die Augen, und mein Inneres verkrampfte sich.

Er hatte die Klinge des Dolches geradewegs und mit voller Kraft durch meinen rechten Mittelfinger getrieben – und ihn abgetrennt. Die Magie meines Amuletts verschwand schlagartig, denn es war nicht länger ein Teil von mir. Entsetzt starrte ich auf meine blutüberströmte Hand mit nur noch vier Fingern. Mir wurde schwarz vor Augen. Einen solchen Schmerz hatte ich noch nie verspürt.

Der Dullahan zerrte seinen Dolch aus der Erde, die mit meinem Blut getränkt war.

Ich biss die Zähne zusammen und sammelte all die Willenskraft, die ich noch besaß. Mein ganzer Körper zitterte, Schweißperlen liefen mir den Rücken hinab. Am liebsten hätte ich mich auf dem Boden zusammengerollt und den Schmerz und die ganze Welt um mich herum ausgeblendet, aber das hätte meinen Tod bedeutet.

Gegen den Schmerz ankämpfend schnappte ich mir meinen abgetrennten Finger, und ohne lange darüber nachzudenken, zerrte ich den Ring davon ab, um ihn mir an den Mittelfinger der anderen Hand zu stecken. Sofort konnte ich die Magie des Amuletts wieder spüren. Mein Herz raste, und ich hörte meinen eigenen Puls in den Ohren pochen.

Ich ballte meine intakte Hand zur Faust und dachte an Wayne, meinen Dad, Owen und all die anderen Hunter, die in den letzten Monaten durch Isaac, Marjorie oder Baldur zu Schaden gekommen waren. Ich nutzte all diese Trauer und den Schmerz und lenkte sie um. Ließ sie zu Wut, Entschlossenheit und Magie werden, die ich auf den Dullahan schleuderte. Und dieses

Mal gab es für ihn kein Entrinnen. Die Energie traf auf seinen enthaupteten Körper wie eine Explosion. Sie riss ihn mit sich, und er zerbarst in tausend Funken.

Erschöpft und schwindelig vor Schmerzen ließ ich mich rückwärts auf den Boden fallen. Ich atmete zwei-, drei-, viermal tief ein, um das Zittern in meinem Körper unter Kontrolle zu bringen. Es gelang mir nicht wirklich, dennoch stemmte ich mich wieder in die Höhe. Es war noch nicht vorbei.

Der zweite Dullahan stand allerdings ebenfalls kurz vor seinem Ende. Roxy war es gelungen, den Reiter mit ihrer Magie zu erwischen. Auch er kämpfte dagegen an, doch an Ort und Stelle gefesselt gelang es Dinah, auf ihn zu schießen, was den Geist zumindest kurzfristig schwächte. Ein letztes Mal konzentrierte Roxy all ihre Energie auf den kopflosen Reiter, und er und sein Pferd lösten sich auf. Ihre Funken flogen davon und erinnerten mich an die Glühwürmchen in der Geisterwelt, bevor auch dieses Leuchten verglomm.

»Ella! Ist alles in Ordnung?« Roxy kam auf mich zugestürmt.

Ich verzog die Lippen und hob meine Hand. »Nicht wirklich.«

Dinah sog scharf die Luft ein. »Oh, shit, das sieht übel aus.«

»Glaubst du, man kann ihn noch annähen?«, fragte Roxy. »Also den Finger.«

Mein Blick zuckte zu der Stelle am Boden, an der mein Finger im Dreck lag. Ich hatte nicht viel Ahnung von Medizin, aber ich bezweifelte, dass ich schnell genug zu einem Arzt kommen würde, zumal Baldur noch nicht besiegt war. Bedauernd schüttelte ich den Kopf und verdrängte dabei jeden Gedanken an die Konsequenzen dieses Kampfes. Wenn wir die Nacht überlebten, blieb mir genug Zeit, mich damit zu befassen. Vorerst war es nur wichtig, die Wunde zu verbinden.

Ich wollte gerade fragen, ob Roxy und Dinah etwas dafür dabeihatten, als plötzlich ein müdes Klatschen erklang, das sarkastischer nicht hätte sein können. Träge hallte es über den Innenhof.

Ich wirbelte herum und entdeckte einen Mann, der zwischen den Bäumen aus den Schatten trat.

»Das war wirklich beeindruckend«, säuselte der Hexer. Er hatte ein schmales, aber markantes Gesicht und kurze blonde Haare. Trotz der späten Uhrzeit wirkte er hellwach und hergerichtet. Er trug dunkle Jeans, ein smaragdgrünes Hemd und darüber einen langen Mantel. Sein Blick wanderte von mir zu Dinah und blieb schließlich an Roxy hängen. Sein Lächeln wurde breiter. »Hallo Roxy.«

»Tarquin«, knurrte diese – und ging auf den Hexenmeister los.

38. KAPITEL

Harper

Magische Energie surrte überall um mich herum, während ich Giannis Angriffen auswich. Schonungslos feuerte er Blitze auf mich ab. Ich ging hinter einem der massiven Holzstühle in Deckung, worauf seine Magie mit dem Holz kollidierte und es zerfetzte, aber ich blieb unversehrt. Wenn dieser Kerl glaubte, mich mit seinen billigen Zaubertricks erwischen zu können, hatte er sich geschnitten. Ich war flink und er nicht der erste Hexenmeister, der durch meine Hand starb. Und er würde im Laufe dieser Nacht hoffentlich nur einer von vielen sein. Ich hatte diese Kerle so was von satt.

Ich suchte Deckung hinter dem nächsten Stuhl und schnappte mir dabei einen Apfel aus einer der Obstschalen, die auf dem Tisch standen. Entschlossen wog ich das Gewicht in der Hand, machte mich mit ihm vertraut. Als mit einem Knall auch dieser Stuhl explodierte, schleuderte ich, statt erneut Schutz zu suchen, den Apfel auf Gianni. Er riss seine Hand in die Höhe, und ein Strahl aus reiner Magie erfasste das Obst, als handelte es sich um eine Granate.

Idiot.

Ich nutzte die Gelegenheit und machte einen Satz nach vorne, um mich mit all meinem Gewicht gegen Gianni zu werfen. Gemeinsam gingen wir zu Boden. Sein Kopf schlug hart auf dem Marmor auf, und er stieß einen spitzen Schrei aus. Der

Klang war wie Musik in meinen Ohren. Funken sprühten zwischen seinen Fingern in einem letzten Versuch, sich mit seiner Magie zu retten.

Blitzschnell zückte ich einen der Dolche, die an meinem Gürtel hingen.

Giannis Augen weiteten sich vor Entsetzen. »Nein, ich … Nicht …«

Seine Worte verstummten jäh, als ich ihm den Dolch bis zum Anschlag in die Kehle rammte. Sofort erstarben auch die Funken in seiner Hand, und das Leben wich aus seinen Augen.

»Grüß Ulysses von mir, du Drecksack.«

Ich zog die Klinge, welche die Nerven an seiner Halswirbelsäule durchschnitten hatte, aus seinem Hals und sprang auf die Beine. Als hinter mir ein lautes Klirren erklang, fuhr ich herum und entdeckte, dass Shaw mit seiner Magie eines der Fenster zerstört hatte. Splitter bedeckten den Boden, und kalter Wind fegte in das Innere. Shaw hielt mit seiner Magie die zwei Hexer in Schach, der dritte im Bunde war tot …

Ich runzelte die Stirn. Wo war Warden?

Hastig ließ ich den Blick auf der Suche nach ihm durch den Raum gleiten. Zuerst konnte ich ihn nicht sehen, doch dann entdeckte ich ihn, auf dem Boden kniend. Nur wenige Schritte von ihm entfernt stand ein weiterer Hexenmeister, der sich unbemerkt in den Saal geschlichen hatte, ein verschlagenes Grinsen auf den Lippen. Warden schenkte ihm jedoch keine Beachtung. Mit schmerzverzerrtem Gesicht streckte er seine Hand nach etwas aus, das nur für seine Augen zu sehen war.

Verdammte Illusionen!

»Warden!«, brüllte ich und rannte los.

Ich wusste nicht, ob es meine Stimme war oder etwas anderes, doch in diesem Moment schien das Trugbild für Warden zu zerplatzen. Ein verwirrter Ausdruck huschte über seine Gesichtszüge. Im selben Augenblick beschwor der Hexenmeister seine Magie und feuerte sie geradewegs auf Warden. Die Wucht riss ihn zurück und schleuderte ihn quer durch den Raum gegen eine Wand.

»Warden!«

Er bewegte sich nicht.

Ein scharfer Schmerz fuhr mir durch die Brust und mir wurde eiskalt, als ich Wardens reglose Gestalt dort liegen sah. Er rührte sich nicht. Keinen Millimeter. Das konnte nicht sein. Unmöglich! Warden war … Warden. Er konnte nicht …

Ich wagte es nicht, den Gedanken zu Ende zu denken, sondern schaltete in Überlebensmodus. Diese Schlacht war vielleicht für Warden vorbei, aber nicht für mich. Nicht für uns. Nicht für all die Huntresses und Hunter, die darauf warteten, gerächt zu werden, und nicht für die Menschen, die wir mit unserem Leben beschützten.

Mit einer leichten Berührung aktivierte ich den Knopf in meinem Ohr, sodass die anderen uns hören konnten. »Wir brauchen Verstärkung! In der zweiten Etage, im Westflügel in einem großen Saal«, erklärte ich rasch, wobei ich das Detail ausließ, dass Warden verletzt war. Ich wollte Cain nicht unnötig in Panik versetzen, die sie vielleicht unkonzentriert werden ließ. Sie würden kommen, wenn sie konnten, und das war alles, worauf ich hoffen konnte.

39. KAPITEL

Roxy

Diesmal war Shaw nicht da, um mich und Tarquin davon abzuhalten, aufeinander loszugehen. Das Amulett an meinem Hals leuchtete im selben Moment auf, in dem Blitze in seinen Händen erschienen. Einen Sekundenbruchteil später prallten seine und meine Magie mitten im Innenhof aufeinander. Die Wucht erzeugte eine Druckwelle, die uns alle zurücktaumeln und die Fenster in unserer unmittelbaren Nähe erbeben ließ.

Aus dem Augenwinkel sah ich, wie Dinah wieder ihre Pistolen zog, während Ellas Amulett an ihrem Finger aufleuchtete, obwohl sie schreckliche Schmerzen haben musste.

Tarquin hingegen wirkte so unbeeindruckt und lässig wie eh und je. *War das etwa schon alles?*, schienen sein stummer Blick und die hochgezogenen Augenbrauen zu fragen.

Oh, keine Sorge, wir fangen gerade erst an.

Ich nickte Ella und Dinah zu, die Tarquin sofort angriffen. Ellas Magie surrte durch die Luft auf ihn zu, während Dinah auf ihn schoss. Ich konzentrierte mich wieder ganz auf die Magie in meinem Amulett, diesmal viel bewusster, um so viel wie möglich davon anzuzapfen. Die dunkelblaue Energie floss aus dem Stein heraus, schlängelte sich um meine Arme und sammelte sich zwischen meinen Fingern. Sie war so stark, dass meine Haut pulsierte und ich unwillkürlich den Atem anhielt. Dann stieß ich die Hände nach vorne.

Die Magie erhellte die Nacht und raste geradewegs auf Tarquin zu. Das war's. Unserem vereinten Angriff konnte er unmöglich standhalten.

Doch auf einmal veränderte sich die Luft hinter ihm, flirrte wie an einem heißen Sommertag. Er zwinkerte mir zu und ließ sich in das Portal fallen, bevor meine Attacke ihn treffen konnte. Stattdessen schlug sie gegen die Burgmauer. Der Knall war ohrenbetäubend und ließ alles um uns herum erzittern. Wenn der Rest der Schlossbewohner nicht längst ahnte, wo wir waren, dann wussten sie es spätestens jetzt. Staub und Steinbrocken flogen durch die Luft, und mindestens zwei Fenster zerbarsten, aber von Tarquin war nichts mehr zu sehen.

Der Mistkerl hatte uns ausgetrickst!

»Vorsicht …«, murmelte Dinah, mit der ich mich Rücken an Rücken mitten im Innenhof wiederfand. Neben uns befand sich der stillgelegte Brunnen, der aussah wie aus einem Märchenfilm. Kies knirschte, dann stellte sich auch Ella zu uns. Mittlerweile hatte sie ihren blutenden Finger mit einem Stück abgerissenem Stoff verbunden.

»Er muss noch irgendwo in der Nähe sein!«

»Gut erkannt«, ertönte Tarquins Stimme auf einmal und schien dabei aus allen Richtungen zu kommen. »Aber wo bin ich?« Er trat aus dem Schatten der Bäume hervor, genau wie ein zweiter Tarquin, ein dritter, vierter und so viele mehr, bis wir von ihnen umzingelt waren. Es waren Illusionen, von denen jede so verflucht echt aussah, dass es unmöglich war, sie auseinanderzuhalten.

Unweigerlich musste ich an den Kampf gegen Baldur und seine Leute im Londoner Quartier zurückdenken. Damals hatte der Hexenkönig den gleichen Trick angewandt wie Tarquin jetzt. Im Gegensatz zu mir hatte sich Shaw nicht von den Trugbildern täuschen lassen. Er hatte Baldur an der Macht erkannt, die er ausstrahlte. Wahrscheinlich hätte er jetzt auch ohne Probleme den echten Tarquin ausmachen können, aber für uns sahen sie alle gleich aus. Sie redeten und bewegten sich gleich. Also blieb uns auch nichts anderes übrig, als sie alle anzugreifen.

»Gott, ich hasse Hexer!«, zischte Dinah und lud nach, während Ella und ich weiter unsere Magie auf die Illusionen abfeuerten – nur um lauter Flecken und Löcher an den Bäumen und Burgmauern zu hinterlassen.

»Da bist du nicht die Einzige«, murmelte Ella und schleuderte blaue Magie auf eine weitere Illusion neben einer Bank.

Ella war kalkweiß, Schweißperlen standen ihr auf der Stirn. Lange würde sie nicht mehr durchhalten. Keine von uns.

»Was denn?«, höhnten alle Tarquins auf einmal. »Gebt ihr etwa schon auf, Ladys?«

Magische Energie pulsierte zwischen meinen Fingern, aber ich spürte bereits die ersten Anzeichen von Erschöpfung. Meine Muskeln waren angespannt, meine Brust hob und senkte sich viel zu schnell. Ella und Dinah schien es nach dem Kampf gegen den Hexer im Schloss und den Dullahans hier draußen auch nicht viel besser zu gehen.

Gaben wir deshalb auf? Nein. Aber es würde verdammt eng werden.

Unvermittelt erschütterte eine Explosion den Innenhof. Die Illusionen lösten sich im selben Moment auf, in dem der echte Tarquin nur wenige Meter rechts von uns getroffen wurde und ein paar Schritte nach vorne auf den Kiesweg stolperte.

Birdie stand mit ausgestreckten Händen hinter ihm. Das Amulett an ihrem Hals pulsierte noch immer heftig. Neben ihr tauchten Andrew und Lillian auf, Dolche und Pistolen kampfbereit in den Händen.

Ich lächelte schwer atmend. »Wer hat was von Aufgeben gesagt?«

Gegen Tarquins Illusionsmagie kamen Ella, Dinah und ich nicht an – aber Birdie war eine Magic Huntress. Sie konnte Illusionen durchschauen. Mit ihrer Hilfe hatten wir eine echte Chance gegen den Hexenmeister.

Tarquin schnaubte verächtlich und richtete sich wieder auf. Ein gefährliches Lächeln erschien auf seinem Gesicht, dessen Grund ich einen Moment später verstand, als mehrere Hexen und Hexer in den Innenhof stürmten. Vermutlich hatten sie den Kampf durch die zahlreichen Fenster beobachtet, vielleicht hatten die letzten Explosionen sie aufgeweckt. Es spielte keine Rolle – denn innerhalb kürzester Zeit hatten sie uns umzingelt.

»Okay, das war's mit den Spielchen. Jetzt bin ich sauer.« Dinah schob die Pistolen hinten in den Hosenbund und griff nach dem Flammenwerfer, den sie an ihrem Gürtel trug.

Ich warf ihr einen entgeisterten Blick zu. »Hast du dich bisher etwa zurückgehalten?«

Sie grinste nur. Gleich darauf schoss ein Flammenstrahl quer durch den Garten und erfasste eine überraschte Hexe und zwei Hexer auf einmal. Ihre Schreie hallten von den Burgmauern wider, und der widerliche Geruch von verbranntem Fleisch erfüllte die Luft.

Einen Moment lang starrten wir alle nur auf das grässliche Schauspiel, das sich vor unseren Augen abspielte, dann griffen wir Tarquin und seine Hexenfreunde an. Kugeln zischten durch die Luft. Klingen trafen auf weiches Fleisch. Blaue Blitze zuckten um uns herum, und das Leuchten der Amulettmagie erhellte den Innenhof.

Ich hatte gerade einen Hexer mit einem gelben Giftbolzen betäubt und wirbelte herum, um eine junge Hexe, kaum älter als ich, mit Magie gegen die nächste Wand zu schleudern.

Hastig spannte ich den nächsten Bolzen ein und schaute mich um.

Dinah schaltete weitere Feinde mit ihrem Flammenwerfer aus – und wurde plötzlich von hinten gepackt. Aus dem Augenwinkel sah ich, wie Lillian sich auf Dinahs Gegner stürzte. Ella und Andrew kämpften Seite an Seite und hielten eine Gruppe von Hexern und Hexen in Schach. Ich hatte keine Ahnung, wo Birdie war, doch den immer wiederkehrenden Explosionen nach zu urteilen versuchte sie irgendwo zwischen den Bäumen, sich die Angreifer vom Leib zu halten.

Ich wollte gerade zu ihr, als ich etwas Bläuliches aufleuchten sah. Einen Wimpernschlag später traf mich etwas so hart in die Seite, dass es mich von den Füßen riss. Hart schlug ich auf den Boden und rollte noch ein paar Meter weiter, bis ich gegen eine umgestürzte Bank prallte. Glühende Hitze breitete sich von der Stelle an meiner Taille aus, und abermals drang mir der Geruch nach verbranntem Fleisch in die Nase. Dennoch spürte ich keinen Schmerz. Noch nicht.

Als ich den Kopf hochriss, begegnete ich Tarquins Blick. Er lächelte und verschwand wieder durch sein Portal, bevor ich auch nur den Arm heben und mich für die Attacke bei ihm revanchieren konnte.

»Roxy!« Birdie tauchte vor mir auf, keuchend, ziemlich blass und mit einer blutigen Wunde an der Schläfe, und hielt mir die Hand hin. Ein dünnes Rinnsal lief seitlich an ihrem Gesicht hinab. »Alles okay?«

»Das sollte ich wohl eher dich fragen.« Ich nahm ihre Hand und ließ mir von ihr auf die Beine helfen. Die Brandwunde an meiner Seite begann bei der Bewegung zu pochen und heftig zu brennen. »Danke. Wo –«

Ein ächzender Laut kam Birdie über die Lippen, und ihre Augen wurden groß. Sie sah an sich hinunter, wo auf einmal eine blutige Klinge aus ihrer Brust ragte. Tarquin war hinter ihr aufgetaucht und hatte ihr einen Dolch in den Rücken gestoßen.

»Nein!« Mein Schrei hallte durch den Innenhof.

Tarquin zuckte nicht mal zusammen. Ohne Birdie auch nur eines weiteren Blickes zu würdigen, zog er den Dolch aus ihrem Körper und stieß sie zur Seite wie ein Stück Dreck. Sie fiel zu Boden und blieb reglos liegen. Blut sickerte aus der Wunde in ihrer Brust auf die Pflastersteine und breitete sich in einer immer größer werdenden Lache unter ihr aus. Sie atmete nicht mehr.

Nein. *Nein!*

Ich wollte es nicht wahrhaben, weigerte mich, zu akzeptieren, was ich sah, und konnte den Blick dennoch nicht von ihrer leblosen Gestalt abwenden.

»Roxy!« Dinahs Schrei riss mich aus meinem Schockzustand. Sie schoss auf Tarquin, der den Kugeln geschickt auswich, während Ella ihn ebenfalls mit ihrer Magie zu treffen versuchte.

Tarquin erzeugte jedoch in Sekunden erneut mehrere Illusionen von sich, was Dinah und Ella verwirrt umherblicken ließ, auf der Suche nach dem echten Hexenmeister. Die einzig wahre Bedrohung für Tarquin war Birdie gewesen – und die hatte er ausgeschaltet. Jetzt glaubte er, leichtes Spiel mit uns zu haben.

Ich unterdrückte den Schmerz in meiner Seite und konzentrierte mich ganz auf meine Wut. Auf das Entsetzen. Die Trauer. Den Verlust. Nichts von dem, was hier gleich passieren würde, hatte die Macht, Birdie zurückzubringen, aber das war mir egal. Es musste sein. Tarquin hatte sie ohne jede Gefühlsregung getötet – und wir würden die Nächsten sein, wenn es nach ihm ging. Er verdiente es nicht, noch länger am Leben zu bleiben.

Die Magie in meinem Amulett leuchtete auf und sammelte sich zwischen meinen Händen. Dinah erwischte Tarquin mit einer Kugel am Arm. Nur ein Streifschuss, aber immerhin. Er strauchelte und stolperte zurück. Ich stieß die Hände nach vorne und mit ihnen die Magie auf ihn.

Er versuchte auszuweichen, doch diesmal war er zu langsam. Die Energie erfasste ihn und schleuderte ihn quer über den Platz, mitten in den Kampf von Andrew und Ella gegen eine Gruppe von Hexern und Hexen. Die beiden Hunter nutzten das kurze Chaos sofort aus. Andrew erschoss gleich zwei Hexer, während Ella eine Hexe mithilfe ihrer Amulettmagie ins Jenseits beförderte.

Ich machte einen Schritt auf sie zu, als plötzlich Harpers Stimme via Funk in meinem Ohr ertönte: »Wir brauchen Verstärkung! In der zweiten Etage, im Westflügel in einem großen Saal.«

Schlechtes Timing. Ganz schlechtes Timing.

Meine Gedanken zuckten zu Shaw, der ebenfalls in Harpers Team war, genau wie Warden, und mein Magen verkrampfte sich vor Furcht. Dennoch war keiner von uns gerade dazu in der Lage, auf den Funkspruch zu reagieren. Ich konnte nur hoffen, dass eines der anderen Teams in der Nähe war und ihnen sofort zu Hilfe kam.

Als Tarquin sich aufrappelte, stürzte Lillian sich auf ihn. Er wich ihr haarscharf aus, musste jedoch einen Schnitt an seiner Kehle einstecken. Blut lief ihm über den Hals und tropfte auf den Boden, aber das war nicht genug. Nicht nach allem, was er getan hatte. Nicht, wenn Birdies Körper noch immer nur wenige Schritte von uns entfernt leblos auf dem Boden lag.

Ich brachte mich in Position, damit ich freies Schussfeld hatte. Wieder kanalisierte ich die Magie in meinem Amulett und schleuderte sie auf Tarquin. Der wich nicht aus, sondern holte ebenfalls aus und attackierte mich mit seinen Blitzen. Die magischen Energien prallten aufeinander, und die Wucht stieß uns alle zurück. In der einen Sekunde stand ich noch mitten im Innenhof, in der nächsten prallte ich mit dem Rücken gegen eine Mauer.

Mit einem Mal war Tarquin direkt vor mir und drückte mir seinen Dolch gegen die Kehle. »Du hättest besser tot bleiben sollen.«

Ich wagte kaum zu atmen, denn jede noch so kleine Bewegung sorgte dafür, dass sich die Klinge tiefer in meine Haut bohrte. Dennoch bemerkte ich eine Bewegung hinter ihm.

»Und du … solltest nicht so … arrogant sein«, stieß ich hervor – dann stürzte sich Dinah mit gezückter Klinge von hinten auf ihn.

Tarquin ließ mich los und wirbelte herum, um die Attacke abzuwehren. Ein letztes Mal richtete ich all meine Konzentration, all meine Willenskraft auf mein Amulett. Sofort schoss die blaue Energie in meine Hände – und gleich darauf in Tarquins Rücken.

Der Hexenmeister strauchelte und drehte sich schwankend zu mir herum. Purer Unglaube zeichnete sich in seinen Zügen ab.

»Leute hinterrücks wie ein Feigling angreifen«, sagte ich, ohne ihn aus den Augen zu lassen, als er zwischen Dinah und mir auf die Knie fiel. »Rate mal, von wem ich das gelernt habe.«

Tarquin erwiderte nichts. Seine Finger bewegten sich, und die Luft neben ihm begann zu flirren, als er ein Portal zu erschaffen versuchte.

Oh nein. Diesmal nicht.

Dinah war schneller als ich. Sie zog ihre Pistole und schoss ihm geradewegs ins Herz, bevor er ein weiteres Mal durch ein Portal fliehen konnte.

Tarquin sackte zu Boden. Sein Blut tränkte den Kiesweg, genauso wie das von Birdie. Seine Augen waren weit aufgerissen, doch es war keine Regung mehr darin zu sehen.

Tarquin war tot.

Vor Anstrengung gaben meine Knie unter mir nach, und ich musste mich gegen die Mauer hinter mir lehnen. Meine Muskeln zitterten, Blut lief mir über den Hals und das Schlüsselbein. Die Wunde an meiner Seite brannte mittlerweile höllisch. Als ich den Kopf hob, sah ich in blasse, verschwitzte und teils blutige Gesichter. Dennoch nickte ich Lillian und Andrew eindringlich zu. »Harper und die anderen brauchen Hilfe. Geht schon! Wir schaffen den Rest.«

Mit Tarquin hatten wir die größte Gefahr beseitigt – auch wenn das Opfer, das wir dafür hatten bringen müssen, viel zu groß war. Jetzt blieben noch die übrigen Anhänger Baldurs, die nicht so wirkten, als wollten sie fliehen.

Ich sah zu Dinah und Ella, die ebenso entschlossen wirkten, wie ich mich fühlte, und stieß mich von der Mauer ab. Zeit, noch ein paar Hexen zu töten.

40. KAPITEL

Harper

Ich sah ein letztes Mal zu Warden, der sich immer noch nicht rührte. Eine Wunde klaffte mitten in seiner Brust. Mein Herz verkrampfte sich, aber ich konnte jetzt nicht nachgeben.

Entschlossen zog ich das Katana meiner Mutter aus der Halterung auf meinem Rücken und wandte mich dem Hexenmeister zu, der Warden angegriffen hatte.

Zuvor war alles so schnell gegangen, aber nun erkannte ich ihn. Desmond. Auf meiner Suche nach dem Mörder meiner Eltern – auf der Suche nach Kane – war ich immer und immer wieder auf ihn gestoßen, denn er hatte ebenfalls an der Schlacht von St. Petersburg teilgenommen und war schon in den Jahren zuvor ein besonderer Dorn im Auge der Hunter gewesen.

Ein Dorn, der heute Nacht gezogen werden würde.

Ich biss die Zähne zusammen und stürzte mich auf ihn. Er schleuderte einen Blitz auf mich, aber ich war schneller. Mit einem ohrenbetäubenden Knall schlug er unmittelbar neben mir ein und riss ein Loch in den Boden. Die Druckwelle holte mich um ein Haar von den Füßen, doch es gelang mir, das Gleichgewicht zu halten, und ich rannte weiter auf Desmond zu. Er wich zurück, feuerte Magie auf mich, doch ich wich jedem seiner Angriffe aus. Das Knistern der Magie kribbelte auf meiner Haut.

Ich umklammerte mein Katana fester, erreichte ihn und holte mit der Klinge aus.

Desmond schleuderte erneut Energie auf mich.

Eilig duckte ich mich weg, und der Strahl traf mit voller Wucht einen der Kronleuchter. Ein Knacken und Reißen waren zu hören, und die Drähte, die ihn an der Decke gehalten hatten, rissen. Im selben Moment, als meine Klinge auf Desmond traf, knallte der Leuchter auf den Tisch.

Mit einer einzigen fließenden Bewegung zog ich einen langen Schnitt über Desmonds Mitte. Er japste nach Luft und starrte schockiert auf die Stelle, aus der bereits Blut strömte. Ich verpasste ihm einen Tritt gegen das Knie, worauf er unbeholfen zu Boden fiel. Ohne Zögern hob ich meine Klinge und rammte sie ihm ins Herz. Wie der Hexer zuvor starrte er mich mit entsetzt aufgerissenen Augen an, als könnte er nicht glauben, gegen eine Magic Huntress verloren zu haben, aber das hatte er. Seine Magie erlosch, ehe das Leben aus seinem Körper wich.

Ich zog mein Katana aus seiner Brust und sah mich um. Erstaunt stellte ich fest, dass Ruhe in dem verwüsteten Saal eingekehrt und die Gefahr gebannt war – vorerst. Alle Hexer waren tot.

Aber Shaw, Warden und ich waren nicht länger allein. Cains Eltern waren meinem Hilferuf gefolgt. Andrew sah bereits etwas ramponiert aus, seine Hose wies Flecken auf, Blut klebte an seinem Hals, aber er stand auf zwei Beinen und bewegte sich weiterhin mit der zielstrebigen Kraft eines Grim Hunters. Lillian kniete neben Warden und versperrte mir den Blick auf den Blood Hunter. Shaw stand daneben, sein Gesichtsausdruck unlesbar.

Mit weichen Knien näherte ich mich der kleinen Gruppe. Ich wusste nicht, was ich denken sollte – denn ich war mir sicher gewesen, dass wenn jemand diese Mission mit Gewissheit überlebte, dann Warden. Er war dem Tod schon so oft von der Schippe gesprungen, dass er sich mit einem verdammten Todesboten angefreundet hatte! Warden durfte nicht tot sein, und dennoch schwand meine Hoffnung mit jedem Schritt, als ich in Shaws Blick nun eine Traurigkeit erkannte, die nur der Tod brachte.

»Hey.« Meine Stimme klang gepresst.

Shaw sah mich an. Die Trauer in seinen Augen war wie ein Schlag in den Magen, alles in mir zog sich zusammen und ein Kloß bildete sich in meinem Hals, der es mir schwer machte, die nächsten Worte auszusprechen.

»Ist … Ist er tot?«

Shaw schüttelte den Kopf.

»Was?!«

»Er wurde ziemlich heftig erwischt, aber er wird es überstehen«, antwortete Lillian und sah zu mir auf.

Ihre Bewegung erlaubte mir, einen Blick auf Warden zu erhaschen. Die klaffende Wunde in seiner Brust verheilte bereits, seinen Blood-Hunter-Genen sei Dank. Weshalb Lillian allerdings auch hektisch versuchte, sein T-Shirt zu entfernen, bevor dessen Stoff sich noch weiter mit seiner Haut verweben konnte.

Ich stieß ein erleichtertes Seufzen aus, doch die Enge in meiner Kehle blieb, denn nun, da ich wusste, dass Warden die Begegnung mit Desmond überleben würde, fiel mir auf, dass jemand fehlte. Ich spähte über meine Schulter und sah mich in dem Saal um. Mehrere Fenster waren zerborsten. Die Doppeltür, durch die wir hereingekommen waren, hatte ein Loch, und viele Stühle waren umgestürzt, zum Teil zerbrochen. Wohin ich auch blickte, ich konnte sie nirgends entdecken …

Ich schluckte schwer. »Wo ist Birdie?«

Andrews Blick zuckte zu seiner Frau, dann zu Shaw und wieder zurück zu mir.

Sein Schweigen war in diesem Moment Antwort genug. Sie war tot. Birdie war tot. Ich hatte sie nicht wirklich gekannt, dennoch traf mich das Wissen, dass sie nicht mehr unter uns weilte, hart. In den letzten Wochen waren bereits so viele von uns gestorben. Jeder Verlust schmerzte. Und jeder Verlust war eine Niederlage für die Hunter – jede tote junge Huntress ein Stück verlorener Zukunft, jeder getötete ältere Hunter ein Stück Erfahrung, die uns bitterlich fehlen würde. Das alles hätte nicht passieren dürfen.

Shaw fuhr sich mit einer Hand über das Gesicht, wie um die Tränen zu vertuschen, die ihm in den Augen standen. Und ich begriff, dass seine Trauer bereits die ganze Zeit ihr gegolten hatte.

Dass der Verlust einer Magic Huntress in ihm diese Gefühle auslöste, erschuf in mir einen merkwürdigen Zwiespalt. Ja, für den Moment tolerierte ich ihn, aber ich hatte nicht vergessen, was er war. Ein Monster. Ein skrupelloser Mörder, der, ohne mit der Wimper zu zucken, Dutzende von Huntern abgeschlachtet hatte.

»Wie ist es passiert?«, fragte ich heiser.

Andrew schüttelte den Kopf. »Lasst uns später darüber reden. Wir haben noch immer einen Hexenkönig zu töten.«

»Was ist mit Warden?«, fragte ich.

»Einer von uns sollte bei ihm bleiben«, sagte Andrew.

»Das übernehme ich«, kam es ohne Zögern von Lillian, die Warden fast schon mütterlich über die Wange strich. »Bleib du bei Shaw und Harper. Sie sind neben Jules unsere besten Waffen gehen Baldur.«

Andrew nickte entschlossen. »Einverstanden.«

»Passt gut auf euch auf. Ich erwarte euch so bald wie möglich und in einem Stück wiederzusehen. Habt ihr verstanden?«

»Verstanden«, sagte Andrew mit einem Lächeln und hauchte seiner Frau einen flüchtigen Kuss auf die Lippen. »Kümmere dich gut um Warden.«

»Das werde ich.« Lillian ging in die Hocke und richtete sich mit ihm im Arm wieder auf, vermutlich um ihn in einem der zahlreichen Zimmer zu verstecken. Es war erschreckend, wie verletzlich und klein seine reglose Gestalt in ihren Armen wirkte.

Wir sahen zu, wie die beiden Blood Hunter den Saal verließen.

»Und was jetzt?«, fragte Shaw. »Warten wir einfach, oder –«

Sein Satz brach jäh ab, als sich plötzlich ein Portal neben uns öffnete. Es leuchtete nicht nur grell, sondern war von einem tiefen Nachtblau und strahlte eine Macht aus, wie ich sie nur einmal zuvor gespürt hatte.

Die Härchen an meinen Armen stellten sich auf, und ein kalter Schauder lief mir über den Rücken.

Baldur.

41. KAPITEL

Cain

»Der Raum ist auch sauber«, sagte Jules und zog eine weitere der unzähligen Türen hinter sich zu. Unweigerlich stahl sich bei diesem Anblick ein Lächeln auf mein Gesicht, das in Anbetracht der Situation ziemlich unangebracht war. Das blieb auch Jules nicht verborgen. Er hob eine Braue. »Was ist?«

Ich schüttelte den Kopf. »Nichts. Es ist nur wie früher.«

Es war Monate her, seit ich das letzte Mal mit Jules auf Jagd gewesen war – vor Halloween, bevor Warden wieder in mein Leben getreten war. Hätte ich damals, in dieser letzten Oktoberwoche gewusst, dass unsere Kampfpartnerschaft enden würde, hätte ich es mehr genossen. Doch heute fühlte es sich genauso an wie früher. Jules trug sogar fast dieselbe Kleidung, allerdings keine Waffen mehr. Er selbst war jetzt die Waffe.

Seine Mundwinkel zuckten. »Irgendwie schon.«

»Ich möchte diesen Moment der Nostalgie nur ungern stören, aber wir haben hier noch etwas zu erledigen. Ihr könnt später in Erinnerungen schwelgen«, bemerkte Wayne und setzte sich in Bewegung, um unseren kleinen Trupp anzuführen.

Raum für Raum patrouillierten wir durch die Flure des Schlosses auf der Suche nach Baldur. Zwei Hexenmeistern waren wir schon begegnet. Die Pappnasen hatten geglaubt, Wayne und mich mit ihren Illusionen an der Nase herumführen zu können, aber wir hatten am Mittag im Garten der Villa mit Shaw und allen Mitgliedern unserer kleinen Expedition ausgetestet, wie Illusionen funktionierten – und dabei überraschend festgestellt, dass Jules' neue Rolle als König der Vampire ungeahnte Vorteile mit sich brachte. Er konnte Hexermagie genauso durchschauen wie die Magic Hunter und Huntresses – und hatte uns entsprechend in der letzten halben Stunde immer wieder darauf aufmerksam machen können. Anschließend hatte er kurzen Prozess mit den Hexenmeistern gemacht. Ihn kämpfen zu sehen war noch genauso beeindruckend und Furcht einflößend wie damals am Tag des Blutbades. Wenn nicht noch eindrucksvoller, denn er hatte in den letzten Wochen und Monaten gelernt, mit seinem neuen Körper umzugehen.

Ich folgte Wayne, dessen Gehstock mit jedem Schritt leicht über den hölzernen Boden schabte. Lichter an den Wänden erhellten den Gang, von dem mehr Türen abgingen als von den Fluren im Edinburgher Quartier, an das ich jetzt lieber nicht zurückdenken wollte. Vor zwei Nächten hatten wir im Kampf gegen die Hexer und Hexen versagt, aber Baldur hatte uns überrascht. Heute würde es anders laufen, dafür würde ich sorgen.

Vor der nächsten Tür blieben wir stehen. Jules drückte den Knauf nach unten, doch das Schloss gab nicht nach. Abgesperrt. Prüfend spähte er über seine Schulter von Wayne zu mir. Ich nickte und klammerte mich an die ledernen Griffe meiner Khukuri, die noch darauf warteten, Blut zu kosten.

Mit einem kräftigen Ruck riss Jules den Knauf aus der Verankerung und zerbrach das Schloss. Der Weg war frei.

Er schob die Tür auf, und wir betraten ein weiteres, unbenutztes Schlafzimmer. Es roch nach Staub und abgestandener Luft. Auf dem großen Bett lagen weder Kissen noch eine Decke. Die Flügel des leeren Kleiderschrankes standen weit offen. Die Fenster in diesem Raum waren nicht zum Meer ausgerichtet, sondern gaben den Blick frei auf die endlose Weite einer mit niedrigen Pflanzen bewachsenen Ebene, die sich irgendwann in der Dunkelheit der Nacht verlor.

Jules zuckte mit den Schultern. »Sauber.«

»Dann weiter«, sagte Wayne.

Ich ließ meine Khukuri sinken und trat hinter den beiden Männern in den Flur hinaus. Ein ungutes Gefühl machte sich in mir breit. Es würde eine lange Nacht werden, sollte sich Baldur uns nicht freiwillig zeigen. Womöglich war er auch schon längst nicht mehr hier und lachte irgendwo in der Karibik über unsere erfolglosen Bemühungen, ihn zu finden, auch wenn mir meine Intuition etwas anderes sagte. Ich war vielleicht keine Hexenmeisterin, aber dennoch konnte ich sie spüren, die Anwesenheit seiner Macht.

Plötzlich knallte hinter mir die Tür zu. Erschrocken wirbelte ich herum, bereit, mit meinen Khukuri zuzustechen. Mein Puls raste, aber hinter mir war nichts. Die Tür glitt langsam wieder auf, da es kein Schloss mehr gab, in das sie hätte einrasten können. Ihr leises Quietschen war das einzige Geräusch im Korridor.

»Das war nur der Wind«, sagte Jules.

»Glaube ich nicht«, erwiderte Wayne und deutete den Flur entlang.

Ich folgte der Bewegung mit meinem Blick, und da entdeckte ich sie. Die Frau. Sie stand am Ende des Korridors, in ein Kleid aus Seide gehüllt, das ihren Körper wie Wasser umschmeichelte. Das dunkle Haar ergoss sich über ihre Schulter. Regungslos starrte sie uns an, und ein eisiger Schauder kroch mir den Rücken empor.

»Ist das eine Hexe?«, fragte ich.

»Nein, ein Geist.« Blassviolette Magie loderte zwischen Waynes Fingern auf. Ihn mit einem Amulett kämpfen zu sehen war noch immer ein ungewohnter Anblick.

Er schleuderte die Energie auf die Frau. Ihre Gestalt flackerte, und die Magie schlug hinter ihr in das Gemäuer ein. Der Geist verzog die Lippen zu einem Lächeln und lief nach rechts davon, wobei ihre Bewegungen so geschmeidig waren, als würden ihre Füße über den Boden schweben. Erst Hexer, dann Geister … Ich vermisste es, gegen Vampire zu kämpfen.

»Sollen wir ihr nachgehen?«

Wayne zuckte mit den Schultern. »Was sonst?«

Wir setzten uns in Bewegung und folgten der Frau im Kleid. Am Ende des Korridors bogen wir nach rechts ab in einen kurzen Flur, der in einer einzigen Tür endete. Einladend stand sie einen Spaltbreit offen.

»Das könnte eine Falle sein«, gab Jules zu bedenken.

»So wie dieses ganze Schloss, meinst du?«, fragte ich mit einem leichten Augenrollen. Ich straffte meine Schultern und versetzte der Tür einen gezielten Tritt. Mit einem Knall flog sie auf und gab den Blick auf den Raum dahinter frei.

Vor uns lag eine Bibliothek. Sie wirkte erhaben und alt, als würden hier seit Jahrhunderten Schriftstücke gesammelt. Der Boden war aus Marmor, die Wände waren in sanften Cremetönen gestrichen. Regale aus glattem hellen Holz, die bis zur Decke reichten, waren mit Büchern gefüllt. Einige wirkten so alt wie die Bibliothek selbst mir ihren rissigen, sonnengebleichten Ledereinbänden; andere wiederum sahen aus, als stammten sie aus den aktuellen Bestseller-Regalen der Buchhandlungen. Erstaunlicherweise roch es nicht nach Staub, sondern nach Papier und Wärme; dem Duft eines sanft vor sich hin prasselnden Feuers, von dem allerdings nichts zu sehen war. Dafür erhellten zahllose Kerzen den Raum, deren Flammen im Wind tanzten, den unser Eintreten verursacht hatte.

Erstaunt trat ich einen Schritt vor und drang tiefer in die Bibliothek vor, deren Regale symmetrisch wie Sonnenstrahlen um eine gemütliche Sitzlandschaft in der Mitte des Raumes angeordnet waren. Fast hätte ich die Frau übersehen, die auf einem der Sessel saß. Es war nicht die Geisterfrau, der wir durch den Flur hierher gefolgt waren, was nicht bedeutete, dass diese nicht vielleicht auch mit im Raum war. Die Frau auf dem Sessel hatte sehr helles, beinahe weißes Haar und die stechend grauen Augen einer Soul Huntress. Sie lächelte, als ihr Blick an mir vorbei zu jemandem glitt, der hinter mir stand.

»Hallo Wayne. Überrascht, mich zu sehen?« Ihre Stimme war sanft, geradezu einlullend. Doch sie hatte eine Ausstrahlung, die alle Alarmglocken in mir aufschrillen ließ, und ich war dankbar dafür, meine Khukuri noch in den Händen zu halten. Sie zwischen meinen Fingern zu spüren gab mir ein Gefühl der Sicherheit, auch wenn diese trügerisch war.

Wayne stieß ein Knurren aus. »Marjorie.«

Die Härchen in meinem Nacken stellten sich auf. Eigentlich hätte ich es mir denken können, mit wem wir es zu tun hatten, auch wenn ich Marjorie bis zu diesem Augenblick nie gesehen hatte. Ich kannte nur die Geschichten darüber, wie Ella und Wayne sie überwältigt und in das Bronzefläschchen gesperrt hatten. Worüber sie garantiert nicht besonders erfreut gewesen war.

Sie sah von Wayne zurück zu mir und schließlich zu Jules, der hinter mich getreten war. Erkannte sie, dass er der neue König der Vampire war? Wenn dem so war, ließ sie es sich nicht anmerken, denn ihr Blick zuckte zurück und landete abermals auf mir. Starr durchbohrte sie mich mit ihren hellgrauen Augen, und ein Gefühl wie von tausend Spinnen, die über meine

Haut krochen, suchte mich heim, als sie ihre Lippen zu einem weiteren, eindeutig boshafteren Lächeln verzog.

Marjorie hob ihre Hand und deutete auf mich. Unerwartet flackerte die Gestalt der Frau, die wir zuvor im Flur gesehen hatten, direkt vor mir auf.

Erschrocken wich ich einen Schritt zurück, als plötzlich ein eisiger Schmerz durch meinen Verstand fuhr, als hätte man einen Eiszapfen in meinen Schädel gerammt. Instinktiv wollte ich die Augen zusammenkneifen … aber sie schlossen sich nicht.

Panik stieg in mir auf. Ich wollte mich Wayne zuwenden, damit er mir erklären konnte, was hier gerade geschah, aber mein Kopf drehte sich nicht. Marjorie grinste mich triumphierend an. Ich wollte mich bewegen, aber es ging nicht. Es war, als wäre mein ganzer Körper taub, gelähmt von den eisigen Klauen der Kälte. Doch in diesem Augenblick konnte ich durch den Schmerz hinweg beobachten, wie sich mein Arm hob. Die Klinge meines Khukuri funkelte im Licht der Kerzen. Ein unerwartetes Lächeln zuckte in meinen Mundwinkeln.

Was zur Hölle war hier los?

Du gehörst jetzt mir, erklang eine Stimme mitten aus dem Schmerz.

Und da begriff ich es. Ich war nicht länger allein in meinem Körper. Die Geisterfrau steckte in mir.

Ich war besessen.

42. KAPITEL

Shaw

Ich starrte auf das Portal, das vor uns erschienen war, während sich jedes einzelne Härchen auf meinem Körper aufstellte. Die schiere Macht, die davon ausging, war überwältigend. Es war offensichtlich, wer es erschaffen hatte und uns dazu einlud, zu ihm zu kommen.

Harper machte entschlossen einen Schritt darauf zu, als könnte sie es nicht erwarten, Baldur in den Hintern zu treten, aber ich streckte den Arm zur Seite aus und hielt sie davon ab. »Nicht.«

Sie schlug meine Hand weg. Das Misstrauen mir gegenüber in ihren Augen war nicht zu übersehen. »Warum nicht? Baldur ist unser Ziel – oder hast du das etwa schon vergessen?«

»Das ist mit ziemlicher Sicherheit eine Falle. Am anderen Ende könnte eine Klinge auf uns warten, und wir würden direkt hineinlaufen.«

»Und wie sollen wir dann zu Baldur kommen?«, erkundigte sich Andrew. Ich hatte noch nicht viel mit Cains Vater zu tun gehabt, aber er hatte eine ruhige und gelassene Ausstrahlung, als könnte ihn nichts auf dieser Welt erschüttern. Kein Wunder, dass er der Anführer der Grim Hunter im Edinburgher Quartier war.

»Nun, da er seine Magie eingesetzt hat, kann ich ganz genau spüren, wo er sich befindet.«

Das Portal flackerte noch immer wie eine stumme Einladung vor uns. Ich musste der Magie in Gedanken nur durch das Schloss folgen. Es war beinahe zu einfach, denn ich erspürte Baldur innerhalb von Sekunden, als wollte er gefunden werden. Das verhieß nichts Gutes, aber wir konnten uns diese Gelegenheit nicht entgehen lassen.

Ich hob meine Hand und berührte den Knopf in meinem Ohr. »Wir haben eine Spur zu Baldur«, gab ich den anderen mit schnell pochendem Herzen durch. »Er hat ein Portal für uns geöffnet und will, dass wir zu ihm kommen. Jules, halte dich bereit ... Du weißt, was zu tun ist.«

Ich ließ meinen Arm sinken und sah zu Harper und Andrew. In ihren Augen spiegelte sich keine Furcht, nur wilde Entschlossenheit. Vielleicht wäre es klüger, auf Jules zu warten, immerhin konnte nur er Baldur töten, aber wir durften nicht riskieren, seine Spur zu verlieren.

Abermals hob ich meine Hand, dieses Mal, um ein Portal zu erschaffen. Meine Finger bewegten sich in dem vertrauten Muster, und die Luft begann neben mir zu flackern.

»Folgt mir«, befahl ich Harper und Andrew und trat, ohne zurückzublicken, durch den Weltenriss – der uns zu unserem Sieg führen oder unser Verhängnis sein könnte.

Das Leuchten um mich herum verglühte, ein dunkler Raum tat sich vor mir auf. Ich spürte Harper und Andrew direkt hinter mir. Als sich mein Portal schloss, wurde die Finsternis um uns herum noch dichter. Eine vertraute Kälte lag in der Luft und weckte Erinnerungen, die mir einen eisigen Schauder den Rücken hinunterjagten.

»Wo sind wir hier?«, fragte Harper leise.

In diesem Moment ging ein Deckenstrahler über uns an, dann noch einer und wieder einer, bis sie den Raum von der Größe eines ganzen Saals in grelles Licht tauchten.

Automatisch kniff ich die Augen zusammen, weil es so blendete, aber ich musste nichts sehen, um genau zu wissen, wo wir uns befanden. Dieser Ort war mir vertraut, obwohl ich ihn bisher nur ein einziges Mal betreten hatte.

»In Baldurs Grabkammer.«

Hohe Decken. Wände aus massivem Stein, die von dicken Säulen getragen wurden. Glänzender weißer Marmorboden. Und drei Särge mit gläsernen Deckeln, die in der Mitte des Saals standen. Übelkeit breitete sich so schnell und heftig in mir aus, dass mir die Luft wegblieb und ich die Zähne zusammenbeißen musste. Ich wollte meinen alten Körper nicht noch einmal sehen müssen. Kane gehörte der Vergangenheit an.

»Ich habe schon auf euch gewartet«, ertönte eine fremde Stimme, und eine große Gestalt trat aus dem Schatten zwischen zwei Säulen.

Trotz seines neuen Körpers erkannte ich Baldur sofort an der gewaltigen Macht, die in Wellen von ihm ausging und sich wie ein schweres Gewicht auf meine Schultern und meinen Brustkorb legte. Er hatte Finns Körper gegen einen recht ähnlichen eingetauscht, einen gut aussehenden Mann mit breiten Schultern und einer stattlichen Figur. Das weiße Hemd spannte über den Muskeln seiner Oberarme. Das dunkle, leicht lockige Haar hatte er sich aus dem Gesicht gekämmt.

»Und doch hast du dich wie ein Feigling zuerst hinter deinen Hexern versteckt«, knurrte Harper und funkelte Baldur wütend an, der jedoch nicht mehr als ein müdes Lächeln für sie übrig hatte.

Seine unverkennbar grünen Augen, die einen aus unzähligen Porträts in diesem Schloss zu beobachten schienen, richteten sich auf mich. Langsam trat er einen Schritt nach vorne.

Sofort zückte Andrew eine Pistole, zusätzlich zu dem Dolch, den er bereits in der Hand hielt. Und Harper hob ihr Katana an, doch die beiden waren vernünftig genug, nicht anzugreifen.

»Was ist nur aus dir geworden, Kane?«, fragte Baldur an mich gewandt. Er ignorierte Harper und Andrew vollkommen, als wären sie seine Aufmerksamkeit nicht wert. »Du warst einst einer der mächtigsten Hexenmeister meines inneren Zirkels; und nun bist du nichts weiter als der Schoßhund unserer Feinde. Erkennst du nicht, wie sie dich ausnutzen, um deinesgleichen zu vernichten? Deine Familie.«

»Die Hunter sind jetzt meine Familie«, erwiderte ich.

Nur am Rande bekam ich mit, dass in diesem Moment ein Hilferuf von einem der anderen Teams durch den Knopf in meinem Ohr drang, aber darauf konnten Harper, Andrew und ich in diesem Augenblick nicht reagieren. Unsere ganze Aufmerksamkeit galt dem Mann vor uns.

»Habt ihr eine Ahnung, wer da neben euch steht?«, fragte Baldur. Seine Worte richteten sich nun an Harper und Andrew. »Neben euch steht Kane. *Der* Kane. Kaum ein anderer meiner Hexenmeister hat mehr Hunter auf dem Gewissen als er. Selbst mit seinem letzten Atemzug hat er euresgleichen getötet, und nun kämpft ihr an seiner Seite?«

Harper trat von einem Fuß auf den anderen. Ihr Blick loderte vor Zorn. Vermutlich dachte sie in diesem Moment an ihre Eltern, die Kanes letzte Opfer gewesen waren. Ich bereute jede einzelne meiner Taten als Kane. Nein, ich hasste mich dafür. Und wenn es eine Möglichkeit gegeben hätte, all das ungeschehen zu machen, hätte ich es sofort getan.

»Wenn du glaubst, ich würde die Drecksarbeit für dich erledigen, hast du dich geschnitten«, erwiderte Harper. »Wenn du Shaw töten willst, dann musst du das schon selbst machen.«

Ich verzog die Lippen. Nicht unbedingt das, was ich hören wollte, aber immerhin wendete sich Harper nicht gegen mich. Zumindest nicht in diesem Moment. Das war mehr, als ich verlangen konnte.

Baldur lachte. Ein herber, dunkler Laut. »Wer sagt denn, dass ich ihn töten will?«

Dann hob er die Hand – und ich erstarrte. Obwohl er mehrere Meter von mir entfernt stand, fühlte ich plötzlich ein Kratzen in meiner Kehle. Langsam krümmte Baldur seine Finger.

Ich hustete.

Andrew starrte mich an. »Alles in Ordnung?«

Panisch schüttelte ich den Kopf und begann zu würgen, während sich zugleich ein stechender Schmerz durch meinen Körper fraß. Es war, als würde eine unsichtbare Hand in meinen Rachen greifen und versuchen, die Organe aus meinem Inneren zu zerren. Meine Augen weiteten sich, als mir klar wurde, was hier passierte. Baldur versuchte, meine Seele gegen meinen Willen aus meinem Körper zu reißen.

Röchelnd fasste ich mir an den Hals, als würde ich ersticken. Gleichzeitig wurde das Ziehen in meinem Inneren immer stärker, immer heftiger, als würde man mich in zwei Teile reißen. Keuchend sank ich auf die Knie. Ich versuchte, meine Magie einzusetzen, aber es funktionierte nicht. Ich konnte mich kaum noch bewegen.

»Shaw!«

Plötzlich war Harper an meiner Seite und das nicht, um mir ihr Katana in die Brust zu rammen. Wie durch ein Vakuum hörte ich, dass Andrew einen Notruf an die anderen Hunter schickte. Doch seine Worte fanden ein abruptes Ende, als Baldur ihn mit seiner Magie von den Füßen riss. Der große Grim Hunter flog wie eine Puppe durch die Luft und wurde gegen eine Mauer geschleudert.

Ich kniff die Augen zusammen und wehrte mich mit allem, was ich besaß, gegen das Zerren in meinem Inneren, klammerte mich an diesem Körper fest. Es war wie ein Tauziehen, nur weitaus schmerzvoller – als würde man versuchen, sich mit beiden Händen voller Brandblasen an einem Seil festzuhalten. Wenn ich losließ, wenn ich dem Schmerz nachgab, war es vorbei. Dann wäre alles verloren, was ich mir in den letzten Monaten aufgebaut hatte. Und ich wollte nicht zurück. Nicht, nachdem Ulysses mir eine zweite Chance gegeben hatte. Ich wollte bleiben. Bei den Huntern. Bei meinen Freunden. Bei Roxy.

Roxy.

Roxy.

Roxy!

Plötzlich fuhr ein Ruck durch meinen Körper, und der Schmerz verschwand so schnell, wie er gekommen war. Röchelnd schnappte ich nach Luft. Ich sah an mir hinunter, aber meine Seele befand sich noch in diesem Körper. Baldur hatte sie nicht rausgerissen.

Fuck, das war knapp gewesen.

»Geht es wieder?«, fragte Harper. Sie klang ehrlich besorgt, aber vermutlich lag das daran, dass sie wusste, dass sie allein nicht gegen Baldur bestehen konnte. Erst recht nicht, wenn es ihm gelang, mich als Kane wieder auf seine Seite zu ziehen.

Ich nickte und kämpfte mich auf die Beine. Vom Schmerz noch immer benommen erkannte ich, dass es Andrew ebenfalls gelungen war, wieder aufzustehen. Er hatte Baldur mit seiner Pistole ins Visier genommen und ließ einen Kugelhagel auf den König der Hexer herabregnen. Baldur schaffte es, jede einzelne Patrone mit seiner Magie zu zerstören, bevor sie ihn treffen konnte, aber das hatte ihn die Konzentration gekostet, die er brauchte, um nach meiner Seele zu greifen.

Baldur stieß einen Laut aus, der irgendwo zwischen einem genervten Schnauben und einem arroganten Lachen lag. Im Bruchteil einer Sekunde erschuf er ein Portal, dessen Gegenstück sich bereits im nächsten Wimpernschlag neben Andrew öffnete. Harper machte einen Satz auf den Grim Hunter zu, um ihn zur Seite zu stoßen, aber sie war nicht schnell genug. Noch während er aus dem Portal trat, griff Baldur nach Andrews Waffe und entriss sie ihm. Bevor der Grim Hunter reagieren konnte, richtete sich der Lauf der Waffe bereits gegen seinen Kopf.

Nein!

Ich rief die Magie tief in meinem Inneren herbei, und sie gehorchte. Blaue Funken formten sich zu Blitzen, die durch das ganze Mausoleum und geradewegs auf Baldur zuschossen. Doch auch ich war zu langsam. Der Knall des Schusses, den Baldur abgefeuert hatte, verhallte bereits im Gemäuer.

Andrew sackte zu Boden. Reglos. Die Augen weit aufgerissen. Sein Blut sprenkelte das Mauerwerk.

Harper wandte ihren Blick ab, aber ich konnte nicht. Ich starrte ihn an. Andrew. Cains Dad. Tot.

Fuck!

Wut und Schuld tosten durch mich hindurch. Ich ballte die Hände zu Fäusten und riss den Blick von Andrew los. Erneut beschwor ich meine Magie und griff Baldur an. Wieder und wieder, aber er wich meinen Blitzen aus oder wehrte sie mit seinen eigenen ab.

Zornig funkelte er mich an. »Du bist wirklich eine Enttäuschung, Kane. Früher hättest du dir lieber selbst das Leben genommen, als deinen König anzugreifen.«

»Du bist nicht mein König«, knurrte ich. »Und du wirst es auch nie wieder sein. Lieber sterbe ich.«

»Das lässt sich einrichten.« Seine Mundwinkel verzogen sich zu einem gefährlichen Lächeln, und dann schleuderte er auch schon eine gewaltige Welle aus Magie auf Harper und mich. Wir stoben auseinander, und die Magie krachte mit voller Wucht gegen das Mauerwerk. Die Wand bebte, feiner Staub rieselte von der Decke.

Jetzt wäre ein ziemlich guter Zeitpunkt für die anderen gewesen, um als Retter in der Not aufzutauchen, doch die Tür blieb verschlossen. Niemand kam hereingestürmt, um uns zu helfen.

Wir mussten uns selbst helfen.

Ich biss die Zähne zusammen und beschwor alles an Magie hervor, was ich in mir trug. Die Anstrengung brachte meine Muskeln zum Zittern und trieb mir den Schweiß auf die Stirn. An Flucht war nicht mehr zu denken – abgesehen davon, dass Baldur uns mit Leichtigkeit folgen könnte, war ich mir nicht sicher, ob ich noch ein Portal öffnen und vor allem aufrechterhalten könnte. Mein Atem ging schwer. Ich würde nicht mehr lange durchhalten, aber Andrew hatte die anderen alarmiert, und alles, was Harper und ich brauchten, war Zeit. Zeit, damit die anderen – und vor allem Jules – uns erreichen konnten.

Mit einem Schrei feuerte ich einen mächtigen Blitz auf Baldur, der jedoch in letzter Sekunde auswich. Stattdessen traf meine Attacke die ersten zwei der steinernen Särge – die in Abertausende von Splittern und Steinbrocken explodierten.

Mir blieb keine Zeit darüber nachzudenken, dass mein alter Körper gerade vernichtet wurde – und damit jede Chance Baldurs, meine Seele dorthin zurückzuschicken und mich erneut zu Kane zu machen. Mir blieb keine Zeit, überhaupt noch an etwas zu denken.

Wieder und wieder holte ich aus und feuerte meine Attacken auf den Hexenkönig ab. Krachend prallten unsere Kräfte aufeinander, und ich wurde von einer Druckwelle mit der

Macht eines Tsunamis von den Füßen gerissen. Instinktiv versuchte ich, den Aufprall abzudämpfen, indem ich den letzten Funken meiner Magie gegen die Mauer schleuderte, die in rasender Geschwindigkeit auf mich zukam.

Zu spät.

Zu langsam.

Ich krachte mit voller Wucht dagegen. Schmerz explodierte in meinem Körper. Und eisiger Wind streifte mich, als ich von der Klippe stürzte.

43. KAPITEL

Wayne

In der einen Sekunde hatte die Frau im seidenen Kleid noch neben dem Sessel von Marjorie gestanden. In der nächsten war sie verschwunden, und ich sah neben mir ein Aufblitzen von Farbe. Ich riss den Kopf herum.

Cain.

Fuck!

In ihrem Körper steckte auf einmal das Leuchten zweier Seelen.

Ohne zu zögern, machte ich einen Satz nach vorne. Ich wollte sie packen und den Geist mit einem Stoß meiner Soul-Hunter-Magie aus ihrem Körper treiben. Doch noch bevor ich sie zu fassen bekam, wirbelte Cain herum und setzte mit ihrem Khukuri einen Hieb in meine Richtung.

Die Klinge schlitzte meine Wange auf. Scharf sog ich die Luft ein. Warmes Blut sickerte aus der Wunde, die sich schon im selben Augenblick zu schließen begann. Doch Cain war bereits wieder bei mir. Ihren nächsten Hieb blockte ich mit meinem Gehstock. Ein widerliches Geräusch erklang, als ihre Klinge auf das Metall traf.

Jules hielt sich zurück. Er war nicht dumm. Ihm war bewusst, was hier geschah, aber es gab nichts, was er gegen Cains Besessenheit tun konnte, ohne ihr wehzutun.

Ich duckte mich unter ihrem nächsten Schlag hindurch.

Mein linkes Bein muckte wie immer, aber ich überging den Schmerz, der nicht ansatzweise so einnehmend war wie jener, den ich während meines letzten Kampfes mit Marjorie in St. Petersburg verspürt hatte. Denn um Ella zu retten, hatte ich damals die Grenze sämtlicher Qualen überschreiten müssen. Dagegen war das, was ich jetzt verspürte, nur ein leichtes Ziepen.

»Cain, komm zu dir!«, bat ich sie keuchend.

Stattdessen griff sie erneut an.

Mit dem Rücken stieß ich gegen eines der Regale, das trotz seines massiven Holzes leicht zu beben begann.

Shit.

Cain holte mit ihrem Khukuri aus, um mir die Kehle aufzuschlitzen, doch ich tauchte keuchend unter der Klinge hindurch und beschwor die Magie in meinem Amulett. Ich würde Cain nicht zu fassen bekommen, ohne dabei einen Kopf kürzer zu werden. Blassviolette Fäden spannen sich um meine Finger. Mein Herz pochte wild, und ich hoffte inständig, dass das, was ich vorhatte, funktionieren würde. Ich hatte mit meinem Amulett bereits Geister vernichtet, aber noch nie einen ausgetrieben.

Ich stieß meine Hände nach vorne, und ein Strahl aus heller Magie erfasste Cain. Sie taumelte einen Schritt zurück. Die Lampe über ihrem Kopf begann zu flackern, doch das Licht beruhigte sich bereits mit meinem nächsten Herzschlag wieder. Ich blickte auf und stellte zu meinem Bedauern fest, dass noch immer zwei Seelen in Cains Körper hausten. Da war ihre eigene und ein dunkleres Leuchten, das sich wie ein Schatten über ihre Aura legte.

Cain rümpfte die Nase, als wäre sie angewidert. »Hast du wirklich geglaubt, mich mit diesem bloßen Lüftchen Magie vernichten zu können? Lächerlich!«

Ich biss die Zähne zusammen. Mir war klar, dass mein Amulett der Stufe 2 nicht gerade mächtig war, dennoch hatte ich gehofft, dass es für eine Austreibung reichen würde. Dass es das nicht tat, bedeutete, dass ich Cain zu fassen bekommen musste.

Dies schien nun auch Jules zu begreifen. Er löste sich aus seiner Starre – und war dabei das komplette Gegenteil von mir. Während meinen Bewegungen seit dem Tag des Blutbades etwas Ungelenkes anhafteten, waren seine noch geschmeidiger geworden. Flink überbrückte er die Distanz zu Cain und packte sie am Arm. Sie stieß ein Zischen aus und holte mit ihrem Khukuri aus, doch Jules fing auch ihren anderen Arm mitten in der Bewegung auf und riss ihn herum.

Cain schrie auf, mehr vor Wut als vor Schmerz, und versuchte, sich aus Jules' Griff zu befreien.

Mein Blick zuckte zu Marjorie, die noch immer in ihrem Sessel saß und das Schauspiel mit einem Lächeln beobachtete, als wäre sie im Theater und wir wären die Darsteller, die nach ihren Vorstellungen agierten. Meine Sorge war allerdings alles andere als gespielt, als ich an Cain herantrat, hoffend, dass zumindest die Magie, die in mir schlummerte, ausreichen würde.

Cain warf den Kopf hin und her und kickte mit den Beinen. Ich musste aufpassen, dass sie meinem Knie keinen Tritt versetzte. Doch dann bekam ich sie zu fassen. Meine Finger bohrten sich in ihre Schulter. Cain brüllte weiter, und alles in mir rief danach, sie loszulassen. Ihre Schreie weckten in mir den Drang, sie zu beschützen und nicht derjenige zu sein, der ihr Leid zufügte. Aber es ging nicht anders. Sie hörte sich vielleicht an wie Cain, aber sie war es nicht – sondern die Frau im seidenen Kleid. Geister wie sie hatten einen Namen: Silikes. Sie waren nicht zwangsweise böse, sondern dienten einem Hausherrn, der sie für Böses ausnutzen konnte – so wie Marjorie es in diesem Moment tat.

Ich tastete nach meiner Soul-Hunter-Magie, bis ich ihre Wärme spürte, und ließ die Energie durch mich hindurch in Cain hineinfließen. Die Silikes versuchte, sich gegen meine Magie zu wehren, aber nun hatte ich die Oberhand. Ihre Schreie verstummten, und ich konnte beobachten, wie ihre Seele verblasste, bis nur noch Cains eigenes Leuchten zu sehen war. Erleichtert atmete ich aus und lockerte meinen vermutlich schmerzhaften Griff um ihre Schulter.

Jules ließ Cain los. »Hey, alles klar?«

Sie blinzelte benommen. »Ja, ich brauch nur –«

Ihr Satz brach ab, als jäh erneut ein Ruck durch ihren Körper fuhr. Hinter mir hörte ich Marjorie gehässig lachen, noch bevor ich realisierte, was geschehen war. Abermals steckten zwei Seelen in Cains Körper. Keine Ahnung, woher der Geist gekommen war, aber die Bibliothek war mit ihren unzähligen Regalen ziemlich verwinkelt. Ich konnte nicht weiter sehen als bis zur nächsten Bücherwand.

Cain fuhr herum und schlug mit ihrem Khukuri nun nach Jules. Er fing ihre Hände noch in der Bewegung auf und riss ihre Gelenke herum, sodass sich ihre Finger öffneten. Mit einem Klirren fielen ihre Waffen zu Boden. Wieder erfüllten Cains Schreie und Marjories Lachen die Bibliothek.

Ich zögerte nicht und packte Cain, solange Jules sie festhielt. Ein weiteres Mal beschwor ich meine Magie hervor und zum zweiten Mal verglomm die fremde Seele in Cains Körper – aber nur für einen Moment. Denn bereits im nächsten Wimpernschlag war sie erneut besessen.

Sollte das ein Scherz sein?

Ich wirbelte zu Marjorie herum, die noch immer wie die Königin, die sie war, auf ihrem Sessel thronte und das Schauspiel beobachtete. Auf ihrem Gesicht lag ein Ausdruck der Überheblichkeit. Sie wirkte zufrieden mit sich.

Meine Hände ballten sich zu Fäusten. Amulettmagie wallte zwischen meinen Fingern auf, und obwohl ich wusste, dass es sinnlos war, schleuderte ich sie auf Marjorie. Sie wurde von der Energie erfasst, da sie nicht mit meinem Angriff gerechnet hatte, aber für sie war meine Magie wie ein kleiner Klaps auf die Schulter – nicht mehr, nicht weniger.

Mir wurde übel, und ein von Wut getriebenes Zittern erfasste meinen Körper. Marjorie schmunzelte. Erneut hob ich die Hand, in der noch immer Amulettmagie loderte, als ich zu Boden getackelt wurde.

Cain.

Es war ihr gelungen, sich von Jules loszureißen; vermutlich hatte er sie nicht mit seiner vollen Stärke festgehalten, um ihr nicht wehzutun. Doch noch bevor sie mich weiter attackieren konnte, riss Jules sie von mir herunter.

Brüllend wehrte sie sich gegen ihn.

»Tut mir leid, Cain. Es muss sein«, murmelte Jules und verpasste ihr einen gezielten Schlag, der sie das Bewusstsein verlieren ließ.

Cain ging zu Boden. Vermutlich würde sich ihr Blood-Huntress-Körper schnell von dem Hieb erholen, aber ein bisschen Zeit hatte uns Jules damit verschafft, denn wir konnten nicht gegen Marjorie kämpfen, solange uns eine besessene Cain im Weg stand.

Marjorie stieß ein tiefes Seufzen aus und erhob sich von ihrem Sessel. Sie hatte etwas Erhabenes, obgleich sie nur einen hellen Morgenmantel trug. »Schade, das war ausgesprochen unterhaltsam. Aber dann muss ich mich wohl selbst um euch kümmern.« Noch während sie uns bedauernd ansah, fuhr ihre Hand bereits durch die Luft.

Eine unsichtbare Macht erfasste mich und warf mich gegen die Wand. Brutal schlug ich gegen das harte Gemäuer,

Schmerz explodierte in meinem Schädel und ein Schwindel, gegen den ich mich nicht hätte wehren können, erfasste mich. Neben mir geriet ein Regal gefährlich ins Wanken. Bücher fielen heraus. Ich riss die Arme in die Höhe, als es auch schon umfiel. Ich rechnete bereits mit dem Schmerz, unter dem massiven Holz begraben zu werden. Doch in der letzten Sekunde warf sich Jules mit der Schulter dagegen, sodass es seinen Fallwinkel änderte und mit einem ohrenbetäubenden Knall nur wenige Zentimeter von mir entfernt auf dem Boden aufschlug.

Lieber Himmel!

»Danke.«

Jules nickte mit ausdruckslosem Gesicht. Seine Iriden hatten eine rote Farbe angenommen, dunkle Adern schimmerten unter seiner blassen Haut.

Mit pochendem Herzen kam ich wieder auf die Füße, als Marjorie abermals ihre schmalgliedrigen Finger durch die Luft gleiten und einen Sturm entstehen ließ wie damals auf dem Hinterhof in St. Petersburg. Er kam aus dem Nichts und fegte wie ein Wirbelsturm durch den Raum. Das Haar peitschte mir um die Ohren. Meine Augen begannen schlagartig zu tränen. Bücher wurden aus ihren Regalen gerissen und wirbelten durch die Luft, bevor sie zu Boden fielen wie abgeschossene Tauben.

»Wir haben eine Spur zu Baldur«, hörte ich plötzlich Shaws Stimme in meinem Ohr. »Er hat ein Portal für uns geöffnet und will, dass wir zu ihm kommen. Jules, halte dich bereit … Du weißt, was zu tun ist.«

Shit, dafür war jetzt keine Zeit!

»Bring Cain in Sicherheit!«, rief ich Jules zu.

Der Wind presste wie ein unsichtbarer Widerstand gegen meine Lippen, sodass die Worte gedämpft klangen. Doch Jules zögerte nicht, sondern warf sich Cains reglosen Körper über die Schulter, als wäre sie ein Kleinkind und keine muskelbepackte Huntress. Dann stürmte er mit ihr aus der Bibliothek. Einen Moment sah ich ihm hinterher und verfluchte die Situation. Aber es gab keine andere Lösung; ich konnte sie nicht mehr selbst tragen.

Zurück blieben Marjorie und ich. Ihr rechter Mundwinkel zuckte voller Genugtuung, als hätte sie genau dieses Szenario herbeigesehnt, um sich mich allein vorzuknöpfen. Dass ich derjenige war, der sie in das Bronzefläschchen gesperrt hatte, schien sie offenbar nicht vergessen zu haben, und das Leuchten in ihren Augen, die meinen eigenen so ähnlich waren, verhieß nichts Gutes.

Um mich herum tobte noch immer ein Sturm, der Bücher und lose Seiten durch die Luft trieb, und ich sah mich hektisch nach meinem Gehstock um, den ich hatte fallen lassen, als mich die erste Druckwelle durch den Raum geschleudert hatte. Er lag einige Meter entfernt, halb unter dem umgestürzten Regal begraben. Verdammt. Ich brauchte meine Gehhilfe, wenn nicht als Waffe, dann um mich schneller und sicherer fortbewegen zu können.

Gegen den Sturm ankämpfend machte ich einen Schritt nach dem anderen. Ein Gemälde wurde von der Wand gerissen, und weitere Bücher flogen an mir vorbei. Ich hatte das Regal gerade erreicht und wollte meine Waffe hervorziehen, als diese wie von Geisterhand bewegt wurde. Der metallene Stock flog durch die Luft geradewegs auf Marjorie zu, die ihn mit einer Hand auffing.

Sie betrachtete erst den Gehstock, dann mich. Nun hob sich auch noch ihr linker Mundwinkel zu einem diabolischen Lächeln, und dann schmolz das Metall in ihrer Hand so schnell wie Eis im Sommer. Es tropfte zu Boden und bildete zu ihren Füßen eine silberne Pfütze.

Ich schluckte angsterfüllt. Nicht, weil mein Gehstock im Arsch war, sondern weil ich es gleich auch sein würde, wenn Jules nicht bald zurückkam.

Ich berührte den Knopf in meinem Ohr, was ich viel früher hätte tun sollen. »Ich brauche Hilfe. Wir haben Marjorie gefunden. Wir sind im Ostflügel in –« Der Knopf wurde mir aus dem Ohr gerissen. Im einen Moment war er noch da, im nächsten ein Teil des Tornados, der durch die Bibliothek toste.

Wütend funkelte ich Marjorie an.

Sie neigte den Kopf, und dann war auch sie weg, jedoch nur für den Bruchteil einer Sekunde, ehe sie unmittelbar vor meiner Nase wieder auftauchte. Ihre Hand schoss nach vorne. Sie packte mich an der Kehle und zog mich ganz nah an sich heran, bis unsere Gesichter nur noch wenige Zentimeter voneinander entfernt waren.

»Eigentlich möchte ich dich gar nicht töten. Am liebsten würde ich dich in eines dieser Fläschchen sperren, damit du selbst erlebst, wie es ist. Die Seele eingesperrt, eingeengt in einer Dunkelheit, die tiefer ist als die Finsternis der Unterwelt«, zischte Marjorie in mein Gesicht, wobei ich ihre Worte im Sturm kaum verstehen konnte.

Ich griff nach ihrem Arm, um mich von ihr loszumachen, bevor sie wirklich zudrücken konnte. Ja, sie wollte mich vielleicht nicht töten, aber ihr blieb nichts anderes übrig, also tat ich alles, was ich konnte, um so lange wie möglich am Leben zu bleiben. Ich schloss die Augen und versuchte, den Sturm in mir und um mich herum auszublenden, und fühlte nach der Magie, nach meiner eigenen und der im Amulett. Ich sammelte ihre Wärme in meinen Fingerspitzen, bis ich das Gefühl hatte, mich daran zu verbrennen. Erst dann ließ ich die Magie los, in einem einzigen Stoß – für den Marjorie nicht mehr übrig hatte als ein müdes Schnauben.

»Erbärmlich.«

Sie drückte zu.

Sofort wurde mir die Kehle eng und das Atmen fiel mir schwerer. Mein Herz raste, dennoch versuchte ich, nicht in Panik zu verfallen. Jules sollte jeden Augenblick zurückkommen, solange musste ich durchhalten. Tränen schossen mir in die Augen, und der Druck hinter meinen Schläfen und meiner Stirn wuchs mit jeder Sekunde.

»Ich hoffe, du hast ein ehrenwertes Leben geführt«, sagte Marjorie. »Es wäre schade, wenn Ulysses dich bekommt. Ich habe Pläne für dich in der Geisterwelt.«

Was für Pläne das waren, wollte ich lieber nicht wissen.

Plötzlich umschloss ein zweites Paar Hände Marjories Gelenk.

Jules!

Erleichterung flutete meinen Körper, als ich seine zu Klauen geformten Finger erblickte. Er stieß ein Knurren aus und zog Marjories Hand von meiner Kehle. Die Königin wehrte sich, doch Jules war stärker als sie, was ihr ziemlich offensichtlich missfiel. Ein wütendes Funkeln legte sich in ihren Blick, als meine Kehle ihren Fingern entglitt und ich endlich wieder frei war.

Ich trat einen Schritt zurück und rieb über die pochende Stelle an meinem Hals.

Jules ließ Marjorie los, allerdings nur, um sich auf sie zu stürzen. Die Königin löste ihre feste Gestalt auf und Jules stolperte geradewegs durch sie hindurch. Er war noch dabei, sein Gewicht auszubalancieren, um nicht zu fallen, als Marjorie wieder sichtbar wurde und mit einer Bewegung ihrer Hand Bücher wie Geschosse auf Jules feuerte. Er wich ihnen mühelos aus, als Marjorie ein weiteres Mal ihre Finger durch die Luft gleiten ließ.

Das Regal hinter Jules begann zu beben.

»Hinter dir!«, brüllte ich.

Eilig hechtete er zur Seite, als das Regal bereits zu Boden donnerte. Sich auszuruhen war jedoch keine Option, denn Marjorie war sofort wieder bei ihm. Während sie noch vor wenigen Sekunden davon besessen gewesen war, sich an mir zu rächen, lag nun ihre ganze Aufmerksamkeit auf Jules. Ich war mir nicht sicher, ob sie wusste, dass er ebenfalls ein König war, aber davon war auszugehen. Selbst ich spürte die Macht, die seit Isaacs Tod und unserer Rückkehr aus der Geisterwelt von ihm ausging.

Blitzschnell bewegten sich die beiden durch den Raum. Immer wieder griff Jules Marjorie an, und immer wieder wurde ihre Gestalt unsichtbar. Wie Pfeile schossen sie durch die Bibliothek, sodass ich ihnen kaum mit den Augen folgen konnte. Ächzend wich Jules einem weiteren Regal aus. Packte den Sessel, in dem Marjorie zuvor noch gesessen hatte, und schleuderte ihn in die Richtung, in welcher er die Königin vermutete, doch der donnerte nur gegen die Wand und barst. Leder und Holz knackten und knarzten, dann lösten sich große spitze Splitter daraus, die aussahen wie Pflöcke. Sie flogen durch die Luft, geradewegs auf Jules zu.

Ich beschwor meine Amulettmagie hervor und feuerte sie auf die Geschosse. Sie zerfielen zu Staub, und ich machte mich daran, auch die herumfliegenden Bücher in Asche zu verwandeln, wobei es nicht mehr allzu viele waren. Der Wind wehte zwar noch immer, aber seit Marjorie vollkommen darauf konzentriert war, Jules' Attacken auszuweichen, hatte seine Wucht spürbar abgenommen.

Sie verschwand unter einem weiteren von Jules' Angriffen und tauchte direkt hinter ihm wieder auf. Dabei versuchte sie, nach seinem Kopf zu greifen, als wollte sie ihm das Genick brechen, aber noch bevor sie ihn zu fassen bekam, rollte Jules sich über den Boden ab. Er sprang auf die Beine und auf Marjorie zu – und griff ins Nichts.

»Hinter dir!«, warnte ich Jules erneut.

Er wirbelte herum, aber dann stockte er plötzlich in der Bewegung, und Marjorie verpasste ihm einen Schlag gegen die Brust. Er stürzte zu Boden.

Jeder Muskel in meinem Körper spannte sich an. Warum hatte er gezögert? Hatte es vielleicht einen Notruf von den anderen gegeben? Es war der einzige Grund, der mir einfiel. Nachdem Marjorie mir mein Ohrstück herausgerissen hatte, bekam ich selbst nichts mehr von der Kommunikation zwischen den Gruppen mit.

Jules kam wieder auf die Beine, als Marjorie ihre physische Gestalt längst wieder abgelegt hatte. Erneut rief ich ihm ihre Position zu. Dieses Mal zögerte er nicht, aber Marjorie sprang bereits wieder zu einer anderen Stelle im Raum, ohne sich dieses Mal überhaupt stofflich zu machen. Immer wieder rief ich Jules über den Lärm des Sturmes hinweg zu, wo Marjorie sich befand, aber kaum hatten die Worte meinen Mund verlassen, wechselte sie ihre Position.

Ich biss frustriert die Zähne zusammen. So funktionierte das nicht. Solange sie unsichtbar war, konnte Jules sie nicht töten, aber ich bekam sie so auch nicht zu fassen, denn wenn ich mich in diesen Kampf einmischte, wäre ich schneller tot als eine Fliege, die sich in einem Spinnennetz verfing.

Suchend sah ich mich in der Bibliothek um und hielt Ausschau nach etwas, mit dem ich Jules helfen konnte, als mein Blick an den Sprinklern an der Decke hängen blieb.

Ohne zu wissen, ob es etwas bringen würde, rief ich die Magie in meinem Amulett hervor und schleuderte sie mit aller Kraft als Strahl auf einen der Sprinkler. Es dauerte zwei, drei, vier Sekunden, doch dann war ein Knacken in der Decke und den Wänden zu hören, und einen Moment später prasselte Wasser auf uns herab. Es durchtränkte meine Haare und meine Kleidung und ließ die losen Blätter, die Marjorie bis eben noch durch die Luft gewirbelt hatte, als nasse Klumpen auf dem Boden aufschlagen.

Ich sah mich nach Marjorie um. Sie kämpfte noch immer gegen Jules. Rasant bewegten sich die beiden durch den Raum, aber anscheinend ging mein Plan auf. Zwar perlte das Wasser durch Marjorie wie durch alle Geister hindurch, sonst wären ihre Silhouetten im Regen sichtbar gewesen, aber Jules' übernatürliche Sinne nahmen die kleinste Unebenheit der Tropfen wahr, worauf ich gehofft hatte.

Nun schlitterte Jules über den rutschigen Boden geradewegs auf Marjorie zu. Ihre unsichtbare Gestalt wich ihm aus. Und für einen Moment wirkte es, als würde Jules stürzen, aber es war nur gespielt, denn im letzten Moment schlug er einen Haken und sprang in einer Bewegung, zu der kein Mensch in der Lage wäre, vom Boden in die Höhe. Es war derselbe Augenblick, in dem Marjorie sich wieder sichtbar machte, um ihn ihrerseits zu packen, denn auch sie konnte ihn nur mit ihren eigenen Händen töten.

Er durchstieß mit seiner Klaue ihren Magen. Seine andere schloss sich um ihren Hals.

Entsetzt starrte Marjorie ihn an.

»Wayne!«

Ich reagierte sofort und stürzte nach vorne, ohne den Schmerzen im meinem Bein Beachtung zu schenken, um die Königin der Geister von hinten zu packen, bevor sie sich wieder auflösen konnte.

Jules zögerte nicht und griff nach ihrem Kopf. Das alles geschah binnen weniger, rasender Herzschläge. Seine Klauen, an denen kein Blut klebte, da Marjorie keines besaß, legte sich um ihren Schädel und riss ihn herum.

Mit einem Schlag wurde es vollkommen windstill im Raum. Sämtliche Bücher und andere Gegenstände fielen zu Boden, und als ich Marjorie losließ, verlor ihr Körper nicht an Stofflichkeit. Ihre Leiche ging wie ein nasser Sack zu Boden. Reglos blieb sie liegen. Ein Teil von mir wartete darauf, dass ihre Gestalt sich auflöste wie die von anderen Geistern, aber Marjorie war kein gewöhnlicher Geist gewesen, sondern ihre Königin.

Jules starrte Marjories leblosen Körper an. Das rote Haar hing ihm dunkel in die Stirn, und auch er war bis auf die Knochen durchnässt. Er schluckte schwer und hob den Kopf. In seinen rot glühenden Augen spiegelte sich jedoch nicht dasselbe Gefühl von Stolz und Überlegenheit, das ich verspürte. In seinem Blick lagen Angst und Sorge, unendlich viel Sorge.

Mir wurde schwer ums Herz.

»Ich muss zu Harper.«

44. KAPITEL

Harper

Die Druckwelle, die durch Baldurs und Shaws Magie entstanden war, hatte mich von den Füßen gerissen. Ich rollte mich zur Seite und stemmte mich auf allen vieren in die Höhe. Meine Lunge brannte, und ich musste husten, was mir einen stechenden Schmerz durch den Brustraum trieb. In meinen Ohren hörte ich ein Klingeln, heraufbeschworen von dem lauten Knall.

Staub und Schutt wirbelten durch den Raum und vernebelten mir die Sicht. Ich hustete abermals und kämpfte mich auf die Beine. In meinem Kopf dröhnte es. Ich musste dem Drang widerstehen, meine Augen zuzukneifen, um sie vor dem herumwirbelnden Staub zu schützen. Blinzelnd sah ich mich um und entdeckte, dass die eingesetzte Magie ein gigantisches Loch ins Mauerwerk des Schlosses gerissen hatte. Dahinter funkelte die endlose Weite des Ozeans im Licht des Mondes.

Luft fegte durch den Raum und stob den Dreck weiter auf. Andrews Leiche lag noch immer in der Ecke. Baldur war unter einem Haufen Gestein begraben worden, als ein Teil der Decke heruntergekommen war. Und Shaw … ihn konnte ich nirgendwo entdecken. Wo war er? Hektisch sah ich mich nach ihm um, aber er war wie vom Erdboden verschluckt.

Oh. Shit!

Ich wirbelte herum und starrte den Durchbruch in der Wand an. Noch immer brach Gestein aus dem Gemäuer und fiel in die Tiefe, um mit einem fernen Platschen im Meer zu versinken. *Shaw.* Ich durchquerte den Raum und kroch auf allen vieren so dicht an den Abgrund heran, wie es mir möglich war, ohne selbst zu fallen.

»Harper!«

Ich sah hinab in die Wellen, und da entdeckte ich ihn. Ich wusste nicht wie, aber irgendwie war es Shaw gelungen, sich an einem Vorsprung festzuhalten, auch wenn er kaum noch Kraft zu haben schien. Sein Gesicht war staub- und blutverschmiert, seine Hände waren von Wunden überzogen.

»Hilf mir!«

Instinktiv gehorchte ich. Ich legte mich auf den Bauch, um mein Gewicht besser zu verteilen, damit Shaw mich nicht mit sich in den Abgrund riss, und griff nach seinem Handgelenk.

Er ließ den Vorsprung los und packte meinen Unterarm. Seine Knöchel waren blutig und sein Griff alles andere als fest. Es glich einem Wunder, dass er sich überhaupt hatte festhalten können und nicht in den Tod gestürzt war …

Ein Gedanke. Eine Erkenntnis. Sie kam aus dem Nichts. In diesem Moment hielt ich Shaws Leben im wahrsten Sinne des Wortes in den Händen. Wenn ich jetzt losließ, würde er sterben, denn offenbar war er zu geschwächt, um noch länger Portalmagie zu erschaffen. Kane. Der Mörder meiner Eltern. Der Mann, der mich meiner Familie beraubt, und das Leben zahlreicher Hunter und auch Menschen auf dem Gewissen hatte. Er war mir ausgeliefert. Und keiner musste wissen, dass ich es gewesen war, die sein Todesurteil unterschrieben hatte. Sie würden alle Baldur die Schuld geben. Shaw wäre nur ein weiteres Opfer in diesem Krieg, der bereits so viele Leben gekostet hatte.

»Harper!«

Angst schwang in Shaws Stimme mit. Angst vor dem Tod. Angst vor der Möglichkeit, Roxy nie wiederzusehen. Er hätte es verdient. Denn auch ich würde meine Eltern nie wiedersehen. Er hatte mich dieser Chance beraubt, bevor ich überhaupt die Gelegenheit dazu gehabt hatte, sie kennenzulernen. Er hatte sie mir genommen.

Ich sah auf Shaw herab. Unsere Blicke trafen sich, und ich wusste, dass er in meinen Augen sehen konnte, was ich dachte, denn seine Miene veränderte sich. Nun galt seine Angst nicht länger dem Tod an sich, sondern mir. Ich könnte ihn loslassen. Ganz einfach. Ganz schnell. Es wäre so viel einfacher, ihn gehen zu lassen, als ihn weiter festzuhalten. Meine Muskeln zitterten bereits von den Anstrengungen des Kampfes.

»Harper!«

Hinter mir ertönte abermals ein lauter Knall.

Ich zuckte zusammen und mir entglitten ein paar Millimeter von Shaws Arm, ehe ich ihn erneut fest packte. Fast schon gierig schlugen die Wellen unter ihm gegen den Felsen, bereit, seinen Körper – und seine Seele – für alle Ewigkeit zu verschlucken.

»Tu das nicht!«, flehte Shaw.

Ich sah von seinem Gesicht auf unsere Hände und fragte mich, warum zur Hölle ich ihn noch nicht losgelassen hatte. Zwar waren erst wenige Sekunden vergangen, aber Baldur war nur ein paar Schritte von mir entfernt, und es gab für mich keinen logischen Grund, Shaw zu retten. Seit ich denken konnte, wollte ich diesen Mann tot sehen … und dennoch hielt ich ihn weiterhin fest. Warum?

Weil er einer von uns ist.

Die Worte in meinem Kopf hatten den Klang von Holdens Stimme. Ich wollte sie nicht wahrhaben, dennoch waren sie plötzlich da. Gewaltig und zu laut, um überhört zu werden. Shaw zu retten bedeutete, auf meine Rache zu verzichten und Kane zu verzeihen …

Doch der Mann, dessen Leben ich zu beenden überlegte, war nicht Kane. Nicht mehr. Er war Shaw. Einst mochte er vielleicht Kane gewesen sein, aber er war nicht länger der Hexenmeister, welcher den Boden zu Baldurs Füßen geküsst hatte – im Gegenteil. Nun kämpfte er mit uns gegen ihn. Seinen König. Er hatte Tränen um Birdie vergossen und Warden und mir den Rücken gestärkt. Er liebte Roxy, die ihr Leben den Huntern verschrieben hatte. Kane hätte das niemals getan. Zudem hatte er nach allem, was ich über ihn gehört oder selbst erlebt hatte, sein eigenes Leben nicht nur für Roxy riskiert, sondern auch für Finn, Warden, Ella und viele andere von uns. Er war nicht mehr derselbe wie früher, und sosehr ich mich auch nach Rache sehnte, war diese Tatsache nicht zu leugnen. Kane war nur ein kleiner Teil von Shaw. Ein Überbleibsel aus einem längst vergangenen Leben, für das er bereits Wiedergutmachung leistete. Wenn ich ihn jetzt tötete, dann unweigerlich auch einen von uns – und das könnte ich mir niemals verzeihen. Dann wäre ich nicht besser als Baldur, Tarquin und all die anderen Hexer. Und schließlich hatte ich auch Jules verziehen, was er Holden am Tag des Blutbades angetan hatte. Vielleicht hatte nicht nur er, sondern auch Shaw eine zweite Chance verdient.

»Fuck«, murmelte ich, biss die Zähne zusammen und stemmte mich gegen Shaws Gewicht, zerrte ihn mit aller Kraft, die noch in mir steckte, über die Abbruchkante, bis er wieder festen Boden unter den Füßen hatte.

»Danke«, keuchte Shaw. »Ich … Ich dachte, du lässt mich los.«

»Wie kommst du denn darauf?«, erwiderte ich ebenfalls atemlos.

Mein Herz raste und meine Lunge brannte vor Anstrengung. Doch dies war nicht der richtige Zeitpunkt, um sich auszuruhen. Baldur war noch immer am Leben. Ächzend rappelte ich mich wieder auf die Beine – und da sah ich ihn. Den Grund, aus dem Baldur Shaw und mich nicht schon längst gemeinsam über die Klippe geschleudert hatte.

Jules.

Er war gekommen, um den König der Hexer zu töten.

45. KAPITEL

Jules

Mein Herz würde rasen, wenn es noch schlagen würde. Der Puls in meinen Ohren würde dröhnen, würde mein Blut noch zirkulieren. Und ich würde keuchend nach Atem ringen, bräuchte ich noch Sauerstoff. Doch mein Körper war ruhig. Ungerührt von der Panik in meinem Kopf. Mein Herz überschlug sich vielleicht nicht vor Angst, aber dafür meine Gedanken, die nicht aufhören konnten, sich zu sorgen, vor allem um Harper.

Immer und immer wieder Harper.

Ich rannte durch das Schloss, schneller, als dass die anderen mir hätten folgen können. Die Wände mit Baldurs Porträts, eine Galerie von Hunderten Gesichtern, rauschten an mir vorbei, während ich Harpers unverkennbarem Duft folgte. Ich würde sie über Meilen hinweg immer wieder finden, nun, da meine Sinne bis aufs Äußerste geschärft waren. Doch ich roch nicht nur Harper, sondern auch das Blut, das innerhalb des Schlosses bereits vergossen worden war.

Urplötzlich erklang ein lauter Knall, der den Boden unter meinen Füßen zum Erzittern brachte. Es war wie eine Explosion, die das gesamte Gebäude zum Beben brachte. Ich hörte das Geräusch von zerberstendem Gestein und einen gellenden Schrei, der wie ein Dolch in mein Trommelfell fuhr.

Ich stürzte den Gang entlang und auf die Tür zu, hinter der

die Explosion erklungen war, riss sie auf und preschte in den Raum. Staub wirbelte durch die Luft. Kratzig legte er sich in meine Kehle und weckte so etwas wie einen Hustenreiz, den ich unterdrückte.

In Sekundenschnelle erfasste ich die Situation. Andrew lag leblos in einer Ecke, sein Herz verstummt. Ein gigantisches Loch klaffte im Mauerwerk, und auch wenn ich das tosende Meer dahinter nicht sehen konnte, war es doch deutlich zu hören und zu riechen. Harper hing über dem Abgrund, bemüht, jemanden festzuhalten, bei dem es sich nur um Shaw handeln konnte. Baldur rappelte sich gerade vom Boden auf. Dreck bedeckte seine Kleidung und ließ seinen dunklen Anzug grau erscheinen.

Das Gesicht zu einer wütenden Fratze verzerrt, richtete sich sein Blick auf den Durchbruch in der Wand. Ein Schatten huschte über seine Miene, als er erkannte, dass Shaw und Harper noch am Leben waren. Er hob seine Hand, und Magie zuckte zwischen seinen Fingern.

Ich machte einen Satz nach vorn. Pfeilschnell überbrückte ich die Distanz zwischen mir und dem König der Hexer, packte sein Handgelenk, gerade als er die Magie auf Harper und Shaw schleudern wollte. Erbarmungslos riss ich seinen Arm in die Höhe. Magische Blitze katapultierten in die Höhe und schlugen mit einem weiteren markerschütternden Knall in die Decke ein. Gesteinsbrocken fielen herab, verfehlten uns jedoch wie durch ein Wunder.

Entrüstet starrte Baldur mich an. Zuerst wirkte er nur wütend, doch dann weiteten sich seine Augen und sein Zorn wich Fassungslosigkeit. Er schien mehr zu sehen als nur mein bestialisches Äußeres. Er erkannte nicht nur, *was* ich war, sondern auch, *wer* ich war.

Der König der Vampire.

Ich fletschte die Fänge. Meine Hände waren längst zu Klauen geworden. Dunkle Adern schimmerten unter meiner blassen Haut, und meine Augen hatten die Farbe von Blut. Baldurs Lippen teilten sich, doch ich wartete nicht, bis er etwas sagte, sondern riss noch im selben Moment seinen Arm herum, bis er in einem unnatürlichen Winkel zu seinem Körper stand. Baldur war vielleicht der König der Hexer, aber der Körper, den er besetzte, war noch immer der eines Menschen.

Ich hörte das liebliche Brechen von Knochen, doch in diesem Augenblick geschahen mehrere Dinge auf einmal. Baldur stieß einen markerschütternden Schrei aus, und eine Welle aus Magie explodierte geradewegs aus ihm heraus. Sie erfasste mich und trieb mich mit einer Kraft, der ich nichts entgegenzusetzen hatte, davon. Baldur entglitt mir, und ich wurde durch den Raum geschleudert. Mit voller Wucht knallte ich gegen eine Säule. Schmerz rauschte durch mein Rückgrat hinauf bis in meinen Schädel. Schwarze Punkte tanzten vor meinem Sichtfeld, und ich verspürte einen Anflug von Schwindel, der jedoch schnell wieder verglomm.

Blinzelnd rappelte ich mich wieder auf. Harper hatte es inzwischen geschafft, Shaw nach oben zu ziehen. Blass von Staub und vielleicht auch Angst hockte er schwer atmend neben ihr. Zu sehen, dass es ihr gut ging, erfüllte mich mit Erleichterung, doch mir blieb keine Zeit, mich diesem Gefühl hinzugeben, denn Baldur schleuderte bereits seinen nächsten Blitz auf mich. Gerade noch rechtzeitig rollte ich mich zur Seite ab, um nicht gegrillt zu werden. Mit einem Schlag fuhr der Blitz in die Säule und brachte nicht nur sie, sondern das ganze Gebäude zum Erbeben.

Rasend feuerte Baldur immer weitere Salven aus Magie auf mich, wobei er dies nur mit jenem Arm tat, den ich ihm nicht soeben gebrochen hatte. Blitze zuckten durch die Luft.

Ich duckte mich, als sie hinter mir immer und immer wieder in die Wand einschlugen. Das Gemäuer knackte und knirschte protestierend. Putz rieselte aus den Wänden und von der Decke. Die Strahler, die dort angebracht waren, ruckelten gefährlich, als könnten sie sich jeden Augenblick aus ihrer Verankerung lösen, und mehr als einmal verlosch das Licht für einen Sekundenbruchteil, nur um gleich darauf wieder anzuspringen.

Ich sprang auf Baldur zu und stürzte mich auf ihn. Einer seiner Blitze traf mich an der Schulter, worauf ein brennender Schmerz von der Stelle bis in meinen Nacken zog. Doch ich ließ mich davon nicht beirren, denn Schmerz war mir nicht fremd. Und der Kampf gegen Isaacs künstlich erschaffene Vampire hatte mich einiges gelehrt.

Ich packte Baldur und schleuderte ihn durch den Raum. Als er gegen das Mauerwerk knallte, entwich seinen Lippen ein schmerzhaftes Keuchen. Sofort war ich wieder bei ihm, holte aus und verpasste ihm einen Schlag. Er versuchte, sich zu schützen, doch ich durchbrach seine Deckung und meine Faust kollidierte mit seinem Kiefer. Sein Kopf wurde herumgerissen. Ächzend wandte er sich mir wieder zu. Als er seine Lippen verzog, konnte ich die Zähne sehen, die vom Blut verfärbt waren.

»Wie hast du Isaac getötet?«, fragte Baldur.

»Spielt das eine Rolle?«, erwiderte ich. »Ich bin nun der König der Vampire, und das ist alles, was zählt, nicht wahr?«

Baldur schluckte schwer. Offenbar waren wir nicht die Einzigen, in deren Köpfe sich Amelias Worte eingebrannt hatten. Ihre Prophezeiung, dass der König der Vampire sein Untergang sein würde. Ich konnte Baldurs Angst riechen. Er zeigte sie nicht, aber sie troff aus seinen Poren wie Blut aus einer Wunde, und ich verspürte das irrwitzige Verlangen, darin herumzustochern.

»Gib auf, dann bereite ich dir einen schnellen, schmerzlosen Tod. Du musst nicht so leiden wie Marjorie«, verlangte ich von Baldur. Zwar würde es mir gefallen, ihn leiden zu sehen, aber ich würde nichts tun, um die Leben der anderen noch weiter in Gefahr zu bringen.

Baldur versteifte sich unter mir. »Was meinst du damit?«

»Ich meine, was ich sage. Sie ist tot.«

Seine Augen weiteten sich, und nun konnte ich seine Angst und Verzweiflung nicht länger nur riechen. Ich konnte sie sehen. Sie lauerte direkt unter der Oberfläche. Fast tat er mir leid, aber nur fast. Er hatte dieses Leid verdient für alles, was er Harper, Holden und all den anderen Huntern und Menschen angetan hatte. Vielleicht war auch das der Grund, weshalb ich wollte, dass er von Marjories Tod erfuhr.

»Du lügst!«

»Nein, es ist die Wahrheit. Ich habe sie –«

»Sei still!«, fuhr mir Baldur ins Wort. Erneut begannen Blitze zwischen den Fingern seines unversehrtes Armes hin und her zu springen. Im nächsten Moment schleuderte er seine Magie auf mich. Ich sprang zur Seite. »Marjorie lebt!«

Ich schielte zu Harper und Shaw. Die beiden waren wieder auf den Füßen. Shaw sah ziemlich mitgenommen aus, dennoch nickte er mir zu. Ein klares Zeichen dafür, dass er verstand, was ich von ihm wollte. »Wir können gern ihre Leiche besuchen, wenn du willst«, sagte ich an Baldur gewandt.

Er zischte. »Wo ist sie?« Seine ganze Aufmerksamkeit ruhte auf mir, sodass er nicht auf Shaw achtete, der nicht zögerte und hintereinander mehrere Blitze auf Baldur abfeuerte.

Die Magie erfasste den Hexenkönig und riss ihn zur Seite. Ich wartete nicht, bis er sich wieder aufgerappelt hatte, sondern überbrückte mit einem Satz erneut die Distanz zwischen uns.

Zeit, zu sterben.

Ich packte seine Kehle mit meinen Klauen, die sich in sein Fleisch gruben, als wäre es Butter, und hob ihn vom Boden auf, bis wir uns gegenüberstanden. Voller Entsetzen starrte Baldur mich an. Ein gurgelnder Laut entwand sich seiner Kehle, feine Rinnsale aus Blut rannen seinen Hals hinab. Ich konnte sein Blut riechen, so gewöhnlich. So menschlich.

Mein Griff wurde fester, und ich holte mit meiner rechten Klaue aus, bereit, ihn aufzuschlitzen, als ein plötzlicher Schmerz durch meinen Körper jagte. Er kam aus dem Nichts und schoss mit brachialer Gewalt durch meine Muskeln, Sehnen und Nerven.

Ich schrie auf.

Alles in mir zog sich zusammen, und in meiner Brust spürte ich eine Bewegung – einen Herzschlag. Er fühlte sich fremd an. Falsch. Und er war nicht echt, sondern nur eine Auswirkung der Energie, die Baldur durch mich hindurchtrieb. Meine Augenlider begannen zu flattern, und ich hatte das Gefühl, das Bewusstsein zu verlieren. Meine Klauen lösten sich aus Baldurs Kehle, und meine Beine gaben unter mir nach. Sie waren wie gelähmt, und ich wäre wohl gestürzt, hätte mich Baldur inzwischen nicht gepackt. Er war alles, was mich aufrecht hielt. Blut sickerte aus den Wunden an seinem Hals, aber sie waren nicht tief genug, um tödlich zu sein.

Baldur lachte höhnisch.

»Jules!«

Aus dem Augenwinkel sah ich eine Bewegung. Es war Harper, die ihr Katana gezogen hatte und damit auf Baldur losging, um mich aus der quälenden Klammer seiner Magie zu befreien. Ihre Lippen bewegten sich, doch ihre Stimme kam nicht in meinem vor Schmerz gelähmten Verstand an, und auch meine Zunge schaffte es nicht, Worte zu formen. Denn alles in mir wollte sie davor warnen, Baldur zu nahe zu kommen.

Harper holte mit ihrer Klinge aus, als wollte sie den Hexenkönig aufschlitzen, obwohl das das Letzte war, was sie tun durfte. Wenn sie ihn tötete, wäre alles umsonst gewesen. Ihr Katana sauste auf Baldurs Schädel nieder, als dieser unerwartet seinen gebrochenen Arm hob und die Klinge auffing, als wäre sie aus Papier.

Ich verstand nicht, was da geschah. Eine hauchdünne Schicht aus Magie hatte sich um seinen Arm geschlossen und brachte seine Haut zum Leuchten. Sie schützte ihn nicht nur vor weiteren Verletzungen, sondern schien auch zu stärken, was eigentlich schwach war – anderenfalls wäre es ihm unmöglich, seinen Arm überhaupt derart anzuheben.

Wie hatten wir nicht wissen können, dass Baldur über eine solche Fähigkeit verfügte?

Baldurs Mundwinkel zuckten, und dann schrie auch Harper vor Schmerzen auf, dass es mir die Eingeweide zusammenzog. Baldur musste seine Magie durch die Klinge des Katanas geradewegs in ihren Körper geleitet haben.

Sie ließ die Waffe ihrer Mutter los. Ihr Schrei verstummte, aber der Schmerz wich nicht aus ihrem Gesicht.

Mir drehte sich der Magen um. Entschlossen versuchte ich, mich aus Baldurs Griff zu winden, doch je mehr ich dagegen ankämpfte, desto schlimmer wurde der Schmerz, der jeden Millimeter meines Körpers besetzt hatte. Das letzte Mal hatte ich einen solchen Schmerz bei meiner Verwandlung verspürt. Am Rande meines Sichtfelds begann es schwarz zu flackern.

Plötzlich warf sich eine Gestalt gegen Baldur.

Shaw.

Er riss den König der Hexer mit sich zu Boden, und mit einem Ruck war ich Baldurs Berührung los. Das Ende des Schmerzes kam so unvermittelt, dass ich mich merkwürdig leer fühlte und zugleich leicht und schwer. Ich sackte zusammen, meine Beine wie Gummi.

»Jules!« Harper tauchte neben mir auf. Sie umfasste mein Gesicht. »Geht es dir gut?«

Ich nickte und starrte in ihre vertrauten braunen Augen. Sie waren vom Schmerz glasig, doch in diesem Moment vollkommen auf mich fokussiert.

Harper stand auf und zog mich mit sich auf die Beine. Unter den Schmerzen musste ich mich so verkrampft haben, dass ich mir mindestens eine Rippe gebrochen hatte, deren Splitter sich in mir nun langsam wieder zusammensetzten. Ich sah mich nach Shaw um. Er kämpfte gegen Baldur. Blitze zuckten zwischen ihnen umher. Es war, als würde unmittelbar über unseren Köpfen ein Gewitter toben.

Shaw schleuderte einen gewaltigen Blitz in Baldurs Richtung. Doch dieses Mal blockte der Hexenkönig diesen nicht mit seiner eigenen Energie ab, sondern ließ seine Hände sinken. Er grinste, als Shaws Magie ihn erfasste und geradewegs durch das Loch in der Wand katapultierte.

»Nein!«

Ich machte einen Sprung nach vorne. Ein Instinkt, um Baldur festzuhalten und vor einem Sturz zu bewahren. Doch trotz meiner übermenschlichen Geschwindigkeit war ich nicht schnell genug. Er fiel in die Tiefe. Hinab in die endlose Schwärze des Meeres.

Wie angewurzelt blieb ich stehen und starrte auf den Durchbruch. Ich traute mich nicht, an die Klippe heranzutreten. Einen Fall aus dieser Höhe konnte kein menschlicher Körper überleben.

Fuck!

Ich hatte gewollt, dass Baldur stirbt – wie wir alle –, aber nicht so.

»Shit!« Fassungslos starrte Shaw uns an. »Das wollte ich nicht!«

Ich nickte. Wir hatten es mit eigenen Augen gesehen. Baldur hatte aufgehört zu kämpfen. Vermutlich hatte er den Tod durch Shaws Hand freiwillig gewählt, um uns zu entkommen. Nun war seine Seele frei. Er konnte sich einen neuen Körper suchen; und das nächste Mal, wenn wir uns sahen, wäre er derjenige, der uns angreifen würde. Wir hatten versagt. Das Überraschungsmoment war verloren.

»Scheiße!«, entfuhr es Harper. Sie verpasste dem Katana, das auf dem Boden liegen geblieben war, einen heftigen Tritt. Es schlitterte über den Marmor nahe an den Abgrund heran, jedoch ohne zu fallen. Wir starrten noch immer auf die Klinge, als sie plötzlich von einem Leuchten erfasst wurde, das immer heller und heller wurde.

Mein vom Schmerz vernebelter Verstand versuchte noch zu begreifen, was das zu bedeuten hatte, als wie aus dem Nichts Baldur wieder auftauchte. Eingeschlossen in einer tiefblau leuchtenden Kugel. Sie schwebte in der Luft, und er stand völlig unversehrt in ihrer Mitte. Seine Kleidung war feucht, sein Haar triefte, und sein Gesicht war zu einer Fratze aus Hass, Wut und Verachtung verzogen.

Er ließ uns keine Pause zu erfassen, was da gerade geschah, oder zu verarbeiten, wie es überhaupt möglich war, als er auch schon zielstrebig auf mich zuraste. Sein Ball aus Energie prallte gegen meinen Körper, ohne dass ich eine Chance gehabt hätte auszuweichen. Er riss mich mit sich wie ein Tornado ein Staubkorn.

Ich wurde gegen eine Wand geschmettert – und durch sie hindurch. Und noch eine. Und noch eine. Und noch eine. Die Räume flogen nur so an mir vorbei. Baldur war wie eine Abrissbirne, und ich wurde mit ihr geschleudert.

Das Grollen der einstürzenden Wände hallte in meinen Ohren wider. In der Ferne glaubte ich die Rufe von Harper und Shaw zu hören, aber vielleicht war das auch nur Einbildung. Ein stechender Schmerz explodierte in meinem Schädel. Meine Kleidung riss. Meine Haut platzte auf. Meine Knochen brachen, und es fühlte sich an, als würde mein Rückgrat geschreddert werden, während Baldur mit mir eine Wand nach der anderen durchbrach.

Plötzlich hielt er inne. Der Schwung schleuderte mich jedoch quer durch das Zimmer, in dem wir uns befanden. Ein letztes Mal knallte ich gegen eine Wand, japste nach Luft, die ich nicht brauchte. Meine Brust spannte. Ich begann zu husten und würgte etwas von dem Blut hervor, das ich vor einigen Stunden getrunken hatte.

Benommen sah ich mich um. Ich befand mich in einem prachtvollen Schlafzimmer. Prachtvoll genug, um womöglich Baldurs privates Reich zu sein. Die stuckverzierte Decke befand sich mehrere Meter über mir. Ich entdeckte ein imposantes Himmelbett, das mit dunkelroter Seide bezogen war.

Mit einem Stöhnen versuchte ich aufzustehen, doch meine Knochen waren noch immer gebrochen, und ich spürte deutlich, dass die Heilung zu langsam voranging. Mein Körper arbeitete hektisch daran, alles wieder zusammenzusetzen, aber es gab zu viele Verletzungen, und ich war von den Kämpfen bereits geschwächt.

Baldur kam auf mich zu, das magische Leuchten um ihn herum noch immer präsent. »Hast du wirklich geglaubt, ich lasse mich von diesem Schatten eines Hexers töten, du Narr?«, fragte er. Seine Stimme klang dumpf, wie unter Wasser, gefangen in der Kugel aus reiner Magie. Er bewegte seine Hand, und eine Art Peitsche löste sich aus der Magiekugel. Vor meinen Augen wurde sie größer und breiter und zu etwas, das einem

Speer glich – dazu geschaffen, mein Herz zu durchstoßen. Ich wusste, dass ich dieses Mal nicht würde ausweichen können. Nicht mit meinem zertrümmerten Körper.

Reflexartig schloss ich die Augen und wartete auf den Schlag, der meine Brust durchbohren würde. Doch er kam nicht. Vorsichtig blinzelte ich unter meinen Lidern hervor. Zu meiner Überraschung sah ich das Aufblitzen von Licht, blaue Funken in allen Schattierungen. Ich war nicht länger allein mit Baldur. Harper war mir gefolgt, aber auch Shaw, Roxy und Ella waren da, welche in diesem Moment gebündelt ihre Amulettmagie auf Baldur richteten und ihn von mir ablenkten.

Ein Strahl aus Magie traf mit all ihrer Wucht auf Baldurs leuchtenden Schutzschild, ohne ihn zu durchbrechen. Die Luft war von der Energie wie elektrisiert. Er ballte die Hände zu Fäusten. Die Adern in seinen Armen traten vor Anstrengung deutlich hervor.

Ich biss die Zähne zusammen, doch meine gebrochenen Knochen protestierten bei dem Versuch aufzustehen weiterhin. Immer wieder knickten meine Beine unter mir weg. Ich rief mir in Erinnerung, dass der Schmerz zwar echt war, aber die tödliche Gefahr, die von den Wunden ausging, nicht. Gefährlich war dagegen Baldur.

Nala, Dinah und Ripley kamen ebenfalls in den Raum gestürmt. Sie sahen alle etwas mitgenommen aus, aber jeder von ihnen warf sich sofort in den Kampf. Dinah feuerte mit ihrer Pistole, und Ripley beschwor seine Amulettmagie hervor und richtete sie gemeinsam mit den anderen auf Baldur.

Der König der Hexer schrie unter dem Ansturm der Magie auf, welche sein Schutzschild zum Platzen zu bringen drohte.

Im selben Moment sank Harper neben mir auf die Knie. »Kannst du aufstehen?«, fragte sie und griff nach meiner Hand.

Meine Haut war von Blut und Dreck verschmiert und von unzähligen Kratzern überzogen, die nicht richtig heilten.

»Aufstehen? Vielleicht. Kämpfen? Auf keinen Fall«, antwortete ich voller Bedauern, weil ich wusste, dass Sieg und Niederlage dieser Mission allein von mir abhingen.

Ein nachdenklicher Ausdruck trat in Harpers Augen. Sie biss sich auf die Unterlippe und sah mich eindringlich an. »Du weißt, dass ich dir vertraue. Mit meinem Herz und meiner Seele. Und meinem Körper.«

Ich nickte und musste an unsere gemeinsame Nacht denken. Die beste Nacht meines Lebens. Doch worauf wollte Harper hinaus? Ich verstand es nicht.

Die Erleuchtung kam wenige Sekunden später, als sie ihren Dolch zückte. Bevor ich etwas sagen oder tun konnte, hatte sie ihn an ihren Unterarm angesetzt. Die Klinge glitt durch ihre Haut, und sofort stieg mir ihr herrlich süßer Duft in die Nase.

»Was … Was soll das werden?«

»Ist das nicht offensichtlich? Ich will, dass du von mir trinkst. Das beschleunigt deine Heilung, nicht wahr?«, fragte sie und hielt mir ihren Arm direkt vor die Nase, als würde sie die Antwort bereits kennen.

Ich musste an den Moment in ihrem Schlafzimmer denken, als ich mir ihr Blut verwehrt hatte … aber heute war das nicht möglich. Ich brauchte es, um sie und die anderen zu retten. Also griff ich nach ihrem Unterarm und warf ihr einen letzten, entschuldigenden Blick zu, bevor ich die Wunde mit meinen Lippen versiegelte.

Die ersten Tropfen trafen auf meine Zunge und sandten einen Schauder durch meinen ganzen Körper. Harper stieß ein Keuchen aus, das nicht nur meine Heilfähigkeiten zum Leben erweckte, sondern auch noch ganz andere Triebe. Ich schlang meinen Arm um ihre Mitte und zog sie fester an mich, während ich gierig von ihr trank und dabei mit jedem Schluck fühlte, wie mein Körper sich schneller erholte. Immer fester saugte ich an ihr. Und immer mehr Blut flutete meinen Mund. Ich fühlte, wie das Leben in meinen Körper zurückkehrte. Es war nur eine Illusion, denn nichts würde mein Herz je wieder zum Schlagen bringen, doch es gab mir ein Gefühl von vertrauter Lebendigkeit, die ich in dieser Intensität schon lange nicht mehr gespürt hatte.

»Jules«, hörte ich Harper wispern.

Ich trank weiter.

»Jules.«

Mein Name klang unsagbar sanft aus ihrem Mund.

»Jules.«

Ich öffnete die Augen und sah zu Harper auf. Sie lächelte noch immer, doch ihre Lippen waren zusammengepresst und ihre Haut war blass geworden. Scheiße. Das Monster in mir verlangte danach, dass ich weitertrank und dieses Erlebnis auskostete bis zum letzten Tropfen, doch wenn ich das tat …

Nein!

Ich zwang mich, von Harper abzulassen, auch wenn ich den Geschmack ihres Blutes umgehend vermisste.

»Tut mir leid«, murmelte ich und wischte mir das Blut vom Mund. Ich ermahnte mich, sie anzusehen, und war unendlich erleichtert, als ich keine Spur von Ekel oder Ablehnung in ihrer Miene entdeckte. Am liebsten hätte ich sie fest in die Arme geschlossen und die Welt um uns herum ausgeblendet, aber der Kampf war noch nicht vorbei, und ihr Geschenk sollte nicht vergebens sein.

Ich sah mich um und entdeckte, dass auch Cain, meine Eltern, Grant und Wayne mittlerweile dazugekommen waren. Nur Warden und Lillian fehlten. Wo waren sie?

Ich stemmte mich in die Höhe, und dieses Mal gaben meine

Beine nicht unter mir nach. Meine Knochen waren geheilt. Sie fühlten sich noch immer etwas wund an, aber das war nichts, was mich aufhalten konnte.

Mein Erwachen blieb von Baldur nicht unbemerkt. Unsere Blicke begegneten sich, und ich erkannte, dass seine Kraft schwand. Er war vielleicht ein König – ein uralter dazu –, aber er war nicht wirklich unsterblich. Seine Verteidigung hatte im wahrsten Sinne des Wortes Risse bekommen. Unter der blauvioletten Energie, die Roxy, Shaw, Ella, Wayne und Ripley unentwegt auf ihn feuerten, schwand sein Schutzwall zunehmend. Wie eine Eisscholle, die mit dem aufkommenden Frühling langsam dahinschmolz. Sie war dünn und leicht zu durchbrechen.

»Hört auf, ihn zu bekämpfen!«, befahl ich.

Die Magie im Raum versiegte mit einem Schlag, als plötzlich alle Hunter und Huntresses innehielten. Ich wusste nicht, ob es an meiner Macht als Vampirkönig lag oder ganz einfach an der Tatsache, dass sie mir blind vertrauten. Was es auch war, es hatte den gewünschten Effekt. Denn Baldur wurde zurückgeschleudert. Er hatte die ganze Zeit mit voller Kraft gegen die Magie der anderen gehalten, sodass ihr plötzliches Schwinden ihn aus dem Gleichgewicht brachte, so wie es auch mir zuvor passiert war. Die Magie, die ihn geschützt hatte, riss wie ein Gummiband, und er knallte mit voller Wucht gegen einen massiven Kleiderschrank in der Ecke des Raumes.

Bevor er sich sortieren und seine Gedanken ordnen konnte, schoss ich auf ihn zu, packte seinen Kragen, warf ihn auf den Boden und setzte mich rittlings auf ihn.

Erstaunen blitzte in seinen grünen Augen auf, als hätte er all das nicht kommen sehen, obwohl Amelia es ihm schon vor langer Zeit prophezeit hatte. Dunkelblaue Magie loderte zwischen seinen Fingern auf. Ich griff nach seinem Handgelenk und riss es herum. Seine Knochen barsten. Er schrie vor Schmerzen auf, seine Magie erstarb. Tränen standen in seinen Augen. Ich wusste nicht, ob es eine Reaktion seines Körpers war oder ob er den Verlust seines fast ewigen Lebens betrauerte, aber es machte auch keinen Unterschied – nicht mehr.

Ich holte mit meiner Klaue aus und durchbrach mit einem kräftigen Schlag seinen Brustkorb. Dann umschloss ich sein Herz mit meinen Fingern und zerrte es mit einem Ruck aus seinem Körper. Arterien und Venen rissen, dann lag es in meiner Hand.

Ich betrachtete das Herz in meiner Klaue, bevor ich es von mir schleuderte. Mit einem schmatzenden Geräusch klatschte es gegen die Wand und fiel zu Boden, wo es verrotten würde. Dann blickte ich auf den Körper des Hexenkönigs hinab, der nun nichts weiter war als eine leere Hülle.

Wir hatten es geschafft.

Baldur war tot.

46. KAPITEL

Harper

»Trink das.«

Jules' Mum Olivia hielt mir ein Glas Wasser vor die Nase. Dankend nahm ich es an und trank einen Schluck. Meine Kehle fühlte sich rau an, und mir war ziemlich schummrig vom Blutverlust, aber Jules mein Blut trinken zu lassen war nicht im Ansatz so unangenehm gewesen, wie ich es mir vorgestellt hatte. Seine Lippen auf meiner Haut hatten einer Liebkosung geglichen. Unweigerlich fragte ich mich, ob es sich für Menschen immer so anfühlte, wenn ein Vampir von ihnen trank, oder nur für mich, weil Jules eben Jules war.

Ich stellte das Glas neben mir auf dem Boden ab und ließ meinen Blick durch den verwüsteten Raum gleiten. Einige Schritte von mir entfernt lagen Andrews und Birdies Leichen auf dem Boden. Jemand hatte Bettlaken geholt und sie über die beiden ausgebreitet. Lillian kniete neben dem Körper ihres Mannes und hielt seine schlaffe leblose Hand. Cain hockte neben ihr und hatte ihre Arme fest um die Taille ihrer Mutter geschlungen. Beide weinten bitterlich. Es brach mir das Herz, denn ich wusste, wie es sich anfühlte, Familie zu verlieren. Niemand hätte auf dieser Mission sterben sollen.

»Braucht ihr noch etwas?«, fragte Olivia.

Mir war kalt, und eine Decke wäre nicht schlecht gewesen, dennoch schüttelte ich den Kopf.

Warden stieß neben mir nur ein schmerzhaftes Brummen aus. Er hatte das Bewusstsein vor wenigen Minuten wiedererlangt, stand aber noch immer ziemlich neben sich. Vermutlich eine Gehirnerschütterung, gepaart mit mehreren Prellungen und Verletzungen, die selbst seine schnellen Regenerationsfähigkeiten vor eine Herausforderung stellten, aber er würde wieder werden, das war das Wichtigste. Auch wenn es vielleicht ein paar Tage dauerte.

Ich lehnte meinen Kopf, der verdammt schwer war, gegen die kühle Wand in meinem Rücken. Grant, Olivia und Wayne waren gemeinsam mit Cain, Lillian, Warden und mir zurückgeblieben, während die anderen durch das Schloss streiften, um nach Informationen zu suchen, die uns zukünftig im Kampf gegen die Hexer und Hexen helfen könnten. Und um die letzten verbliebenen Hexenmeister und Hexenmeisterinnen zu töten, falls diese nicht schlau genug waren, spätestens jetzt den Rückzug anzutreten.

Ich konnte noch nicht ganz glauben, dass es vorbei sein sollte, als ich von Andrew und Birdie zu einer anderen Leiche im Raum blickte. Einer Leiche, die nicht abgedeckt worden war, sondern einsam und verlassen in der Ecke des Zimmers lag: Baldur. Er schien in den letzten Sekunden seines Lebens wahre Angst verspürt zu haben, was mir Hoffnung gab, dass seine Seele tatsächlich endgültig ausgelöscht war. Doch ein Teil von mir fürchtete sich auch davor, dass alles nur Show gewesen war und er irgendwann, irgendwo in einem neuen Körper wieder auftauchen würde. Vermutlich würde es noch eine ganze Weile dauern, bis sich diese Sorge in mir legte.

Meine Augenlider fühlten sich schwer an, und ich gab dem Verlangen nach, sie zu schließen, ohne richtig einzuschlafen. Dafür war ich mir meiner Umgebung viel zu bewusst …

… doch anscheinend war ich dennoch kurz eingenickt, denn

ich schreckte aus dem Schlaf, als ich eine Berührung an meiner Schulter spürte. Blinzelnd erkannte ich Jules, der neben mir kniete. Seine roten Haare waren zerzaust vom Kampf und sein Gesicht war voller Dreck und Blut, dennoch lächelte er mich an.

»Alles ist gut. Es wird nur Zeit zu gehen«, erklärte er.

Ich nickte. »Sind alle Hexer tot?«

»Eher verschwunden«, erklärte Jules, während er mir sanft über die Wange streichelte. »Wir haben noch ein paar von Baldurs Wachen angetroffen, aber die meisten sind abgehauen. Und wir haben einige interessante Schriften über die Hexen und Hexer für die Archivare. Die kannst du dir anschauen, wenn du wieder fit bist.«

Komplizierte Bücher zu lesen war wirklich das Letzte, woran ich in diesem Moment dachte. Ganz davon abgesehen, dass ich erst einmal genug von Hexern und überhaupt der Jagd hatte. Vielleicht sollten Jules und ich uns ein Beispiel an Ella und Wayne nehmen und Urlaub machen ... Zumindest sobald ich wieder aus eigener Kraft aufrecht stehen konnte, denn Jules musste mir helfen, auf die Beine zu kommen. Er schlang einen Arm um meine Taille und stützte mich, wobei das in seinem Fall bedeutete, dass er den Großteil meines Gewichts trug. Cain tat dasselbe für Warden, während Ripley, Dinah und Charles die toten Körper der anderen Hunter auf den Arm nahmen, um sie zurück nach Hause zu bringen.

Shaw, der sich glücklicherweise bereits etwas erholt hatte, gelang es, ein Portal zu erschaffen, und dieses Mal konnte ich es kaum erwarten hindurchzutreten. Der Weltenriss führte geradewegs zurück in die Villa, in den Speisesaal – jenen Raum, in dem wir vor gerade einmal vierundzwanzig Stunden unseren Plan geschmiedet hatten. Einen Plan, der mit zu vielen Opfern aufgegangen war.

»Sind sie das?!«, hörte ich Hugo rufen.

Ich sah mich um, als der Waffenmeister in Socken um die Ecke geschlittert kam. Er erstarrte. Seine Augen weiteten sich, und dann sprintete er geradewegs auf Grant zu und warf sich in die Arme seines Mannes, der bis auf ein paar wenige Kratzer unversehrt war.

Aus dem Augenwinkel sah ich, dass Holden und einige der anderen Hunter und Huntresses, die in der Villa zurückgeblieben waren, ebenfalls in den Speisesaal kamen. Ein Kloß bildete sich in meinem Hals, als sich mein Bruder näherte. Erst jetzt wurde mir bewusst, wie tief meine Angst gereicht hatte, möglicherweise nicht zu ihm zurückkehren zu können. Er rollte an mich heran, und Jules ließ mich langsam auf Holdens Schoß nieder, damit ich mich setzen konnte. Fest schlang ich meine Arme um ihn und beschloss noch in diesem Moment, dass Holden definitiv mit in den Urlaub fahren würde – genau wie Loki und Thor!

Holden drückte mir einen Kuss auf die Stirn. »Hat es geklappt?«

»Ja, sieht ganz danach aus«, antwortete Jules.

»Ich will alles wissen!«

»Das erzähl ich dir später«, erwiderte ich mit dünner Stimme, denn ich hatte das Gefühl, nur noch wenige Sekunden davon entfernt zu sein, wieder einzuschlafen.

Jules schien dies nicht zu entgehen. Er nahm mich auf den Arm und trug mich die Treppen nach oben. Ich wollte protestieren, aber dafür war ich zu schwach. Er brachte mich in das Zimmer, das ich mir mit Holden teilte, und legte mich behutsam aufs Bett. Anschließend kniete er sich neben mich und strich mir behutsam über die Stirn, die Wangen und bis zu meinem Hals hinunter.

Ich stieß ein leises Seufzen aus.

»Wie geht es dir?«

»Fantastisch«, murmelte ich.

Er lachte. »Das sehe ich. Du solltest dich ausruhen.«

»Ich will Urlaub.«

»Den hast du dir verdient. Wir alle.« Er zog mir die Stiefel aus und half mir aus meiner Hose und meinem Shirt. Anschließend holte er einen Lappen aus dem Badezimmer und wischte mir Blut und Dreck von der Haut, ehe er mich zudeckte und fest einpackte, was ich mit einem weiteren Seufzen quittierte.

»Danke«, hauchte ich müde.

»Ich habe dir zu danken«, erwiderte Jules und streichelte mir erneut über die Wange. »Wenn du nicht bereit gewesen wärst, mir dein Blut zu geben, hätten wir Baldur nicht besiegen können. Das haben wir dir zu verdanken.«

Ich wollte ihm sagen, dass er sich irrte. Wir alle hatten Baldur besiegt – zusammen. Und wenn ich ihm mein Blut nicht gegeben hätte, dann hätte es jemand anderes getan. Doch die Worte verließen meinem Mund nicht. Eingepackt in eine warme Decke in einem weichen Bett und zutiefst erschöpft konnte ich mich nicht länger gegen die Trägheit meines Körpers wehren.

Eine Sekunde später war ich eingeschlafen.

Der Geruch von Pancakes lockte mich aus dem Zimmer. Ich hatte keine Ahnung, wie viel Zeit vergangen war, seit Jules mich ins Bett gebracht hatte. Vermutlich mehrere Stunden, vielleicht sogar ein ganzer Tag. Ich wusste nur, dass ich immer mal wach gewesen war; die Erschöpfung hatte aber nicht mehr zugelassen, als dass ich kurz mit Holden redete und mich unter die Dusche stellte, ehe ich mich wieder ins Bett gelegt hatte.

Doch nun folgte ich den Stimmen und dem leckeren Duft ins Erdgeschoss. Ich war noch immer etwas wackelig auf den Beinen – was vermutlich nicht länger nur an meinem Blutverlust, sondern vor allem daran lag, dass ich eine halbe Ewigkeit nur rumgelegen und kaum bewegt hatte.

Der herrlich süße Duft führte mich in die Küche der Villa, die, obwohl Vampire nicht kochen mussten, mit allem ausgestattet war, was ein Hobbykoch sich nur wünschen konnte. Wayne stand gemeinsam mit Ripley am Herd. Die beiden wendeten in mehreren Pfannen Pancakes, deren Teig sie aus einer großen Schüssel schöpften. Auf den Hockern an der Kücheninsel saßen Roxy und Ella, und auch Holden war bei ihnen, einen leeren Teller in der Hand.

Ella bemerkte mich als Erste. »Ausgeschlafen?«

Ich nickte benommen. »Wie spät ist es?«

»8:24 Uhr«, antwortete Holden mit einem Lächeln.

Das half mir erstaunlich wenig. »Und welcher Tag?«

»Samstag. Du hast eineinhalb Tage gepennt.«

»Oh.«

»Mach dir keine Sorgen. Warden ist noch immer weggetreten. Wir haben schon gewettet, wer von euch als Erstes wach wird«, sagte Ella und sprang von ihrem Hocker, damit ich mich setzen konnte, doch ich winkte ab. Im Moment tat es gut zu stehen.

Noch bevor ich fragen konnte, was man tun musste, um etwas zu essen zu bekommen, hielt mir Wayne auch schon einen Teller vor die Nase. Darauf stapelten sich drei Pancakes mit Ahornsirup neben ein paar Stücken Obst und einer Handvoll Nüssen, denn natürlich konnte Wayne unter keinen Umständen ein rein ungesundes Frühstück servieren.

Ich lächelte. »Danke.«

»Die anderen sind im Wintergarten.«

Ich hatte schon ganz vergessen, dass die Villa einen besaß. Doch er war nicht schwer zu finden – ich musste nur den Stimmen durch das Erdgeschoss folgen.

Der Wintergarten war wunderschön. Er war nach Osten ausgerichtet, und die Morgensonne fiel sanft durch das Glas. Loki und Thor lagen träge in einem sonnigen Fleck auf dem gefliesten Boden. In den Ecken standen Pflanzen und in der Mitte ein kleiner runder Tisch, an dem dicht an dicht mehrere Hunter hockten. Weitere Stühle und Sessel waren offenbar aus dem Rest der Villa herangeschafft worden, und es gab auch eine Hollywoodschaukel. Ich hätte die Stimmung, die herrschte, nicht als ausgelassen bezeichnet – dafür waren Birdies und Andrews Tod sowie die Zerstörung des Quartiers viel zu präsent, und mir entging Cains und Lillians Abwesenheit nicht. Dennoch wirkten alle entspannter und frei von Angst, was ihre Stimmen lauter und heiterer machte.

Ich sah mich suchend nach Jules um, konnte ihn aber nirgendwo entdecken, also hielt ich stattdessen nach einem Platz Ausschau. Der einzig freie befand sich auf der Schaukel neben Shaw, der auf den Stapel Pancakes fokussiert war, den er auf dem Schoß balancierte. Ich zögerte kurz, doch dann setzte ich mich schweigend neben ihn und begann ebenfalls zu essen.

Die Pancakes schmeckten göttlich. Süß und fluffig. Genießerisch schloss ich die Augen. Als ich sie wieder öffnete, bemerkte ich, dass Shaw mich anstarrte – oder vielmehr das Messer in meiner Hand.

»Keine Angst. Ich hab dich nicht in letzter Sekunde über diese Klippe gezerrt, um dir jetzt ein Messer in die Kehle zu rammen«, erklärte ich mit vollem Mund.

Shaw hob überrascht die Augenbrauen. Sein Gesicht war nicht länger nur von meinen Schlägen, sondern von weitaus frischeren Kratzern und Schürfwunden gezeichnet. »Du hast mich also nicht nur gerettet, weil ihr ohne mich noch immer auf diesem Schloss festsitzen würdet?«

Der Gedanke war mir überhaupt nicht gekommen. Ich spürte, wie sich meine Mundwinkel ein winziges bisschen hoben. »Nein.«

»Heißt das, du verzeihst mir?«

Ich stopfte mir einen weiteren Bissen in den Mund. »Ganz so weit bin ich noch nicht, aber ich will es versuchen, okay? Du hast viel für die Hunter getan, und ich denke, dass du eine zweite Chance verdient hast. Ohne dich wäre dieser Kampf sicherlich anders ausgegangen.«

»Danke. Das weiß ich wirklich zu schätzen. Und auch wenn es nichts ändert, möchte ich sagen, dass es mir leidtut, was ich … was Kane deinen Eltern angetan hat. Ich weiß, was er damals empfunden hat – und glaub mir, dieser Mann ist mir völlig fremd. Das bin nicht ich, und das werde ich auch hoffentlich niemals wieder sein.«

»Ich weiß. Das ist der einzige Grund, warum du noch am Leben bist. Weil du nicht Kane bist, sondern Shaw«, erwiderte ich.

Und damit war alles gesagt. In einvernehmlichem Schweigen aßen wir unsere Pancakes und genossen den Frieden zwischen uns. Irgendwann stand Shaw auf, um nachzusehen, ob Roxy noch genug übrig gelassen hatte für eine zweite Portion.

Der Platz neben mir blieb nicht lange leer.

»Du bist wach«, stellte Jules erfreut fest und setzte sich neben mich auf die Schaukel, wobei er anders als Shaw keinerlei Abstand zu mir hielt, sondern einen Arm um meine Schultern legte, während er in der anderen Hand ein Glas Blut hielt. Seine schwarze Huntermontur war wieder diesem lächerlichen Anzug voll bunten Quadraten gewichen. Sein Anblick wärmte mich mehr als die Morgensonne, der Thor und Loki mittlerweile hinterhergewandert waren.

Ich stellte meinen leeren Teller auf dem Boden ab. »Ich war schon länger wach, aber erst die Pancakes haben mir die Motivation gegeben, tatsächlich aufzustehen.«

Jules lachte. »Verständlich. Ich wünschte, sie würden mir auch schmecken.«

»Hast du sie probiert?«

»Ja.« Er verzog angewidert das Gesicht. »Sie schmecken wie Asche.«

»Schade. Ich werde welche für dich mitessen.«

Jules schnaubte. »Sehr großzügig von dir.«

»Hast du Cain und Lillian gesehen?«

»Sie sind gemeinsam mit Grant und zwei anderen unterwegs, um alles für die Trauerfeier für die Verstorbenen vorzubereiten«, erklärte er mit einem traurigen Lächeln.

Ich nickte und kuschelte mich an ihn, genoss das Gefühl der Sicherheit und Geborgenheit, das von ihm ausging und mir erlaubte, ganz ich selbst zu sein, auch in den verletzlichen Momenten. Schweigend verfolgten wir das Treiben im Wintergarten, das Kommen und Gehen, das vorsichtige Lachen, die zukunftsgerichteten Gespräche. Die Situation war in ihrer Gesamtheit bittersüß, denn sie erinnerte mich gleichermaßen an unseren Sieg wie auch an all unsere Verluste. Bestimmt würden wir noch einige Zeit damit zu kämpfen haben, das wiederaufzubauen, was Baldur vernichtet hatte. Seien es unsere Quartiere, unsere Körper oder das Gefühl der Sicherheit. Doch keiner von uns steckte allein in diesem Chaos. Die Hunter waren füreinander da, und weder ein machtgieriger Vampirkönig noch eine bösartige Geisterkönigin oder ein rachsüchtiger Hexenkönig hatten etwas daran ändern können.

EPILOG

Harper

9 Monate später

Jules weckte mich mit einem Kuss.

Unweigerlich trat ein Lächeln auf meine Lippen, und ich öffnete blinzelnd die Augen. Auch ohne auf die Uhr zu gucken, wusste ich, dass es schon spät war, da Sonnenstrahlen durch das westliche Fenster der alten Villa schienen, in der Jules nun lebte. Ich hatte eine Nachtschicht hinter mir und es nicht eilig, aus dem Bett zu kommen. Nicht, solange Jules neben mir lag – der in diesem Augenblick einen Arm um meine Taille schlang und mich an sich zog.

»Guten Morgen«, begrüßte ich ihn mit rauer Stimme.

»Guten Morgen«, echote er und küsste mich voller Hingabe, was Erinnerungen an die gemeinsame Zeit weckte, die wir nach meiner Patrouille miteinander verbracht hatten. Mein Körper begann zu kribbeln, als ich daran zurückdachte.

Ich schlang meine Arme um seinen Hals und vertiefte den Kuss. Jules' nackte Brust drängte sich gegen meine. Mir entwich ein Seufzen, und ich war froh darüber, dass wir die Villa als Zufluchtsort hatten, um ungestört Zeit miteinander zu verbringen. Die Wände im Quartier, das nach seiner Renovierung vor drei Monaten feierlich von den Huntern und Huntresses bezogen worden war und in dem ich nach wie vor ein Zimmer besaß, waren unheimlich dünn. Hier dagegen mussten wir nicht darauf achten, leise zu sein. Außerdem genossen Thor und Loki ihr neues Domizil und die Freiheit, sowohl durch die ganze Villa als auch über das dazugehörige nicht gerade kleine Grundstück zu streunen.

Jules ließ von meinen Lippen ab und küsste eine Spur meine Wangen empor bis zu meinem Ohr. Sanft begann er daran zu knabbern, und das sehnsuchtsvolle Ziehen von gestern Nacht kehrte zwischen meine Schenkel zurück. Als ich meine Hand über seinen Rücken hinab bis zu seinem Hintern gleiten ließ, stieß Jules ein Knurren aus und sein Becken drängte sich gegen meine Hüfte.

»Führ mich nicht in Versuchung«, hauchte er an meiner Haut.

Ich blinzelte. »Wieso nicht? Wie spät ist es?«

»Kurz. Nach. Fünf«, erklärte er zwischen seinen Küssen. »Deswegen hab ich dich geweckt. Wir müssen los, wenn wir nicht zu spät kommen wollen.«

Enttäuschung wallte in mir auf, aber sie war von kurzer Dauer, denn obwohl wir bereits spät dran waren, leckte Jules eine Spur meinen Hals hinab und saugte sich an der Stelle fest, an der mein Puls deutlich spürbar pochte. Seufzend ließ ich mich tiefer in das Kissen sinken und gab mich dem wunderbarsten Gefühl auf dieser Welt hin: Jules' Lippen auf meinem Körper. Sanft kratzten seine Fänge über meine Haut, und ich erschauderte vor Lust.

Seit dem Kampf gegen Baldur hatte ich ihn noch einige Male von mir trinken lassen, und das nicht selten, während wir gemeinsam im Bett waren. Ihm mein Blut zu geben war nur eine weitere Möglichkeit für mich, Jules nahe zu sein. Und ich wollte ihm nahe sein, auf jede nur erdenkliche Art und Weise. Nicht um unsere verlorene Zeit wiedergutzumachen, sondern um die Zeit, die wir hatten, bis aufs Letzte auszukosten. Unabhängig davon, wie lange diese Beziehung andauern würde.

Aber sollten meine Gefühle für Jules beständig bleiben oder noch weiter wachsen, war ich der Idee nicht abgeneigt, mich eines Tages möglicherweise von ihm verwandeln zu lassen. Bis vor einigen Monaten wäre das vollkommen unvorstellbar für mich gewesen, aber Jules – und auch Shaw – hatten mir gezeigt, dass es möglich war, eine Kreatur der Nacht zu sein, ohne zum Monster zu werden … Solange man nur die richtigen Leute um sich hatte.

»Wir müssen uns wirklich fertig machen.« Keine Ahnung, woher ich die Willenskraft nahm, die Worte auszusprechen und Jules von mir wegzuschieben. Vielleicht weil ich wusste, dass Roxy uns lynchen würde, wenn wir Shaws großen Tag verpassten.

Ich rollte mich von der Matratze und lief in das ans Schlafzimmer grenzende Masterbad, wo ich die frei stehende Badewanne ignorierte und in die Dusche trat, die groß genug für zwei Leute war, wie wir bereits ausgiebig getestet hatten. Doch heute stellte ich mich allein unter den Brausekopf. Sicher war sicher.

Das warme Wasser spülte mir den Schweiß der letzten Nacht vom Körper. Ich wusch mich und tappte schließlich in ein Handtuch gewickelt zum breiten Waschbecken. Der Spiegel darüber war vom Dampf beschlagen. Ich wischte mit der Hand darüber und betrachtete meine leicht verschwommene Reflexion. Vergangenen Monat hatte ich mir das lange Haar abgeschnitten, sodass es mir nun nur noch bis zu den Schultern reichte, aber das war nicht die einzige Veränderung in den letzten Wochen gewesen. Jahrelang hatte ich ein Amulett mit einem grauen, fast farblosen Stein um meinen Hals baumeln gehabt, doch wenn ich nun mein Spiegelbild betrachtete, sah ich dort einen leicht rosa schimmernden Stein.

Ein Amulett der Stufe 2.

Ich hatte es im September angelegt, nachdem die Magie in meinem alten Stufe-1-Amulett aufgebraucht gewesen war. Einige Tage hatte ich mit mir gehadert, aber schließlich diesen Schritt gewagt. Es war an der Zeit gewesen, die Vergangenheit loszulassen; und genauso wie Kreaturen der Nacht nicht zwingend böse waren, musste Magie nicht für den Tod meiner Eltern stehen. Sie konnte so viel mehr sein, wenn ich es zuließ und mir erlaubte, anders zu denken.

Mit einem Lächeln auf den Lippen machte ich mich im Badezimmer fertig und schlüpfte in mein typisches Hunteroutfit: eine dunkle Leggings, die mir viel Bewegungsfreiheit bot, einen schwarzen Pullover und meine Boots – in denen wie immer ein Dolch steckte, auch wenn ich heute nicht vorhatte, auf Jagd zu gehen. Denn heute war ein besonderer Tag, der nicht mit Blut und Gewalt gefeiert werden wollte, sondern mit fettigem Essen und Alkohol.

»Bist du fertig?«

Ich sah mich nach Jules um.

Er war in eine weit fallende, senfgelbe Hose geschlüpft, deren Bund bis zu seiner Taille reichte. Dazu trug er einen ärmellosen schwarzen Rollkragenpullover, der seine Schultern und muskulösen Arme betonte und das Rot seiner Haare noch röter wirken ließ. Eigentlich war es viel zu kalt für ein solches Outfit, aber das war wohl einer der Vorteile daran, ein Vampir zu sein. Kälte und Hitze existierten für ihn schlicht nicht mehr.

»Du siehst gut aus.«

Jules lächelte und kam auf mich zu. »Danke. Du auch.«

»Ich sehe aus wie dein Schatten.«

»Und wie mein Schatten solltest du mir nicht von der Seite weichen.« Er schlang einen Arm um meine Hüfte, um mich zu küssen, doch ich ließ nicht zu, dass mehr daraus wurde als ein flüchtiger Kuss. Wir hatten eine Verabredung.

Gemeinsam verließen wir die Villa und stiegen in meinen SUV, den Malcolm anscheinend aus Langeweile geputzt hatte. Jules hatte dem Vampir, der bereits Isaac gedient hatte, erlaubt, in der Villa zu bleiben. Anfangs war es mir schwergefallen, mit ihm warm zu werden, aber mittlerweile verstanden wir uns gut. Er liebte Loki und Thor über alles. Und Holden und er hatten denselben Musikgeschmack, wodurch die beiden irgendwie zu Freunden geworden waren, da sie öfter gemeinsam auf Konzerte gingen.

Der Feierabendverkehr war die Hölle, und wir erreichten den Calton Hill mit einer halben Stunde Verspätung. Ich parkte den Wagen in der Tiefgarage, bevor wir uns eilig auf den Weg ins Quartier machten.

Anfängliche Ideen, den Standort zu verlegen, waren schnell verworfen worden. Stattdessen war das Sicherheitssystem weiter ausgebaut worden, und es waren mehrere kleine Stützpunkte in und um die Stadt herum in Planung. Auf diese Weise konnte kein Angriff die Hunter mehr so verheerend treffen wie der durch Baldur im vergangenen Jahr oder der von Isaac im Jahr davor.

Der Aufzug brachte Jules und mich in die zweite Etage. Die Metalltür hatte sich kaum aufgeschoben, da hörten wir schon die Stimmen unserer Freunde aus der Cafeteria schallen. Wir beschleunigten unsere Schritte und betraten den Raum, den Jules abermals eingerichtet hatte – diesmal von dem Geld, das ihm als König der Vampire zur Verfügung stand.

Die Tische und Stühle waren aus dunklem glatten Holz, die Wände frisch in einer hellen, leicht sandigen Farbe gestrichen, und in einer Ecke stand die Couchgarnitur aus der Villa. Jules hatte sie rausgeworfen, um sein neues Heim nach seinem Geschmack einzurichten, und das Quartier hatte übernommen, was er nicht länger wollte.

»Da seid ihr ja!«, brüllte Warden, kaum dass wir den Raum betreten hatten. Er saß gemeinsam mit der ganzen Clique am größten Tisch, Cain auf seinem Schoß. Daneben Ella und Wayne, Holden, Finn, Giselle sowie Roxy und der Mann der Stunde: Shaw.

Sie waren alle bereits gestern aus dem neuen Quartier in London angereist, damit Shaw dem Tattooladen, in dem Warden vor einem halben Jahr seine Ausbildung begonnen hatte, einen Besuch hatte abstatten können. Es war der erste Job, den Warden nicht bereits nach wenigen Wochen wieder los war, und ich hatte Gerüchte gehört, dass er sogar ziemlich gut sein sollte.

»Sorry, der Verkehr war die Hölle«, entschuldigte uns Jules.

Die wissenden Blicke unserer Freunde verrieten mir, dass sie ahnten, dass nicht nur der Straßenverkehr für unsere Verspätung verantwortlich war, doch ich ignorierte sie. »Können wir es sehen?«

»Klar doch.« Shaw begann, sein Hemd aufzuknöpfen, bis wir alle freien Blick auf seine Brust hatten. Und dort, auf der linken Seite, saß das Symbol der freien Hunter und darunter seine Kennung: SK040121LDN. Wobei das K für »Kane« stand. Sein alter Vorname war zu seinem Nachnamen geworden und würde ihn immer daran erinnern, zu welchem Mann er nie wieder werden wollte.

»Glückwunsch!« Jules klopfte ihm anerkennend auf die Schulter.

Shaw grinste von einem Ohr zum anderen. »Danke. Ich bin echt froh, dass das durch ist und ich offiziell zu den Huntern gehöre. Allein dafür, dass ich mich jetzt endlich mit dem Tattoo in anderen Quartieren ausweisen kann, hat sich der Aufwand gelohnt.«

Nachdem sich die Aufregung und die Nachwehen der Schlacht gelegt hatten, hatte Shaw sein Training wieder aufgenommen, jedoch nicht ohne Komplikationen. Einige Hunter waren natürlich dagegen, dass ein Hexenmeister seine Hunterprüfung ablegte; und nicht nur in London, sondern auch aus anderen, zum Teil weit entfernten Quartieren hatten sich Hunter und Huntresses gemeldet und ihrem Unmut darüber Luft gemacht. Aber Roxy, Nala, Grant und viele andere hatten sich für Shaw eingesetzt. Und schließlich hatte Jules das entscheidende Argument geliefert, denn er war ein Vampir *und* ein Grim Hunter, wie das Tattoo auf seinem linken Unterarm bewies. Und da sich niemand mit dem König der Vampire anlegen wollte, ob er weiterhin ein Hunter sein konnte oder nicht, brachte das die Stimmen von Shaws Gegnern schließlich zum Verstummen.

Shaw knöpfte sein Hemd wieder zu, und nun, da wir vollzählig waren, machten wir uns auf den Weg zu Shaws und Roxys Lieblingsburgerladen in der Stadt – den wir jedes Mal aufsuchen mussten, wenn sie zu Besuch waren.

»Ich nehme den Burger mit Ziegenkäse und karamellisierten Zwiebeln, dazu eine große Portion Pommes und Onion Rings. Und als Vorspeise hätte ich gern die Mozzarellasticks mit dem Curry-Dip«, gab Roxy ihre Bestellung auf.

Ella starrte sie an. »Du hattest vor zwei Stunden erst Kuchen. Jede Menge.«

Sie zuckte mit den Schultern. »Na und? Das ist, wie du selbst erwähnt hast, schon zwei Stunden her. Außerdem bezahlt Finn.«

»Heh! Davon hör ich gerade zum ersten Mal«, beschwerte der sich.

»Weil du nie richtig zuhörst«, kam es von Giselle, die wie immer bei diesen Gelegenheiten zwischen Jules und Shaw saß, um nicht versehentlich einen von uns zu berühren.

Finn stieß einen Pfiff aus. »Das wird teuer.«

»Mach dir keinen Kopf. Ich lad euch alle ein«, kam es von Jules, der vermutlich nie wieder einen Gedanken an Geld würde verschwenden müssen. Mit Malcolms Hilfe hatte er sich in den Wochen nach Baldurs Tod einen Überblick über seine Aufgaben als König und Isaacs Nachlass verschafft. Der frühere König hatte sich über die Jahrhunderte ein beträchtliches Vermögen aufgebaut. Er hatte alte Schätze sowie zahlreiche Ländereien besessen und vor Jahrzehnten bereits in Aktien und ETFs investiert. Und all das gehörte jetzt Jules.

Reihum bestellte der Rest von uns sein Essen, wobei sich niemand mehr zurückhielt aus Angst, der Abend könnte zu teuer werden. Wir hatten vor, später in den Club zu gehen, für den einst Cains Dad gearbeitet hatte. Sein Tod war noch immer eine offene Wunde in ihrem Leben, aber mit jedem Tag verheilte sie ein klein wenig mehr – was nicht bedeutete, dass Andrew jemals vergessen werden würde.

Ebenso wenig wie Birdie, Xavier, Mason und all die anderen Huntresses, Hunter, Archivare und Menschen, die ihr Leben in diesem Krieg gelassen hatten. Doch sosehr ihr Verlust auch schmerzte und so groß das Loch war, das ihr Tod hinterlassen hatte, so sehr war ich bemüht, mit meiner Wut auf Baldur und meinem Zorn auf Marjorie abzuschließen, um nicht in der Vergangenheit stecken zu bleiben wie früher. Ich wollte nach vorne blicken, denn es hatte sich auch viel Gutes aus der Sache entwickelt. Das Verhältnis zwischen den Jägern und Vampiren war deutlich entspannter, seit Jules ihr König war. Gemeinsam mit den Huntresses und Huntern hatte er nicht nur Jagd auf die letzten von Isaacs künstlich erschaffenen Blutsauger gemacht, sondern er hatte den Jägern auch dabei geholfen, Blutbänke für die Vampire einzurichten. Vorerst nur in Schottland, aber wir arbeiteten bereits daran, ein vergleichbares System im Rest Großbritanniens und auf dem Kontinent zu installieren. Allerdings war der Tag, an dem die Blood Hunter ihren Job an den Nagel hängen konnten, noch weit entfernt – dafür gab es zu viele andere Blutwesen, die leider nicht an Jules gebunden waren.

Und auch die Stimmung zwischen den Huntern und Hexen hatte sich entspannt. Natürlich gab es unter den Hexen und Hexern jene, die uns dafür zum Teufel wünschten, dass Baldur fort war, aber viele von ihnen mochten auch seine Nachfolgerin, eine Hexenmeisterin namens Kamiko. Sie hatte – ähnlich wie Jules – mehr Interesse an einem Mit- anstatt einem Gegeneinander. Vermutlich, weil die Kämpfe auch an den Hexen und Hexern nicht spurlos vorbeigegangen waren.

Von dem neuen König oder der neuen Königin der Geisterwelt hatten wir noch nichts gehört. Kevin – Ulysses – hielt sich weitestgehend von unserer Welt fern. Ich bekam ihn nur zu Gesicht, wenn er hin und wieder Jules besuchte, um irgendwelche vorgeblich wichtigen Gespräche mit ihm zu führen. Ich hegte den leisen Verdacht, dass er manchmal etwas einsam war in der Unterwelt, aber das war eindeutig nicht meine Baustelle.

Giselle berichtete gerade davon, wie ihre Ausbildung zur Huntress lief, als unser Essen gebracht wurde, zusammen mit mehreren Gläsern Sekt und einer leeren Champagnerflöte, in die Jules etwas Blut aus seinem Thermosbecher kippte. Das Essen roch herrlich, und mir knurrte der Magen, dennoch hielt ich mich zurück, denn Shaw räusperte sich und sah um Aufmerksamkeit bittend in die Runde.

»Ich kann das hier nicht so gut, denn ich bin nicht Grant oder Maxwell«, scherzte er und schielte zu Roxy, die für ihn dasselbe war wie Jules für mich. Ein Anker in all dem Chaos. »Aber ich wollte euch sagen, dass es mir viel bedeutet, dass ihr hier seid. Die letzten eineinhalb Jahre waren … unglaublich. Es sah nicht immer gut für uns aus, aber wir haben alles durchgestanden, egal was das Schicksal uns auch in den Weg gestellt hat, und ich freue mich auf alles, was noch kommen wird. Ich liebe euch! Auf die Huntresses und Hunter!«

»Auf die Huntresses und Hunter!«, echoten wir im Chor.

Nur Warden brüllte. »Ich liebe dich auch!«

Wir lachten und stießen an.

Ich trank einen Schluck und sah von meinem Bruder, der eine Ausbildung zum Archivar begonnen hatte, zu Warden und Cain und weiter zu Ella und Wayne, die sich angeregt mit Finn unterhielten. Roxy drückte Shaw einen Kuss auf die Lippen, und Giselle nippte peinlich berührt an ihrem Sekt. Zuletzt landete mein Blick auf Jules, der mich ebenfalls anschaute. Als er lächelte, machte mein Herz einen aufgeregten Hüpfer. Ich konnte Shaw nur zustimmen: Ich freute mich auf alles, was noch kommen würde.

DANKSAGUNG

Die *Midnight Chronicles* sind beendet. Diese Worte zu denken und diese Danksagung zu schreiben, fühlt sich unwirklich an. Ich erinnere mich noch genau daran, wie Bianca und ich gemeinsam mit unserer Lektorin im Sommer 2019 die Geschichte rund um die Huntresses und Hunter geplant haben. Der erste Plotting-Tag war erfüllt von Verzweiflung, weil wir nicht wussten, wie wir all diese Geschichten unter einen Hut bekommen sollten. Der zweite Plotting-Tag war voller Kreativität, toller Ideen und Lösungen. Er hat Bianca und mich aber auch mit einem gigantischen Berg an Arbeit zurückgelassen, die auf uns wartete.

6 Bände. 8 Protagonist:innen. Eine Geschichte.

In den ersten Monaten hat es sich angefühlt, als würden wir niemals wieder nicht mehr an den *Midnight Chronicles* schreiben, und doch ist es jetzt vorbei. Und ich kann dieses Gefühl überhaupt nicht beschreiben. Es rangiert irgendwo zwischen Euphorie und Trauer. Weil ich bereit bin loszulassen, um neue Geschichten zu erzählen, und andererseits wünschte, noch länger in diese Welt abtauchen zu können, die mir in den letzten Jahren so vertraut geworden ist.

Ich bin stolz auf Bianca und mich, dass wir dieses Projekt gemeinsam durchgezogen haben, und möchte mich an allererster Stelle bei Bianca bedanken, für die wunderbare Zusammenarbeit und die vielen Jahre der Freundschaft. Ich hätte diese Geschichte mit niemand anderem erzählen wollen als mit dir. Vielen Dank! (Und nein, wir haben uns auch jetzt noch nicht gestritten.)

Ich möchte mich auch bei Warden, Cain, Ella, Wayne, Harper und Jules bedanken, die sich mir von einer völlig neuen Seite gezeigt haben; die unendlich viel Geduld mit mir hatten und mir erlaubt haben, ihre Geschichte noch ein zweites Mal zu erzählen, mit neuen Hürden, alten Bekannten und neuen Freunden wie Roxy und Shaw.

Nachtschwur zu schreiben war wie ein Rausch und wohl eines der besten Schreiberlebnisse in meiner Zeit als Autorin. Noch keine andere Geschichte ist mir leichter von der Hand gegangen als diese.

Bianca und ich möchten uns außerdem von ganzem Herzen bei Stephanie Bubley und Kristina Langenbuch Gerez bedanken, welche die *Midnight Chronicles* inhaltlich betreut haben, die uns geholfen haben, alle Fäden zusammenzuhalten, und die uns mit Rat und Tat zur Seite standen.

Bedanken wollen wir uns auch bei dem Team von LYX und Bastei Lübbe. Danke an alle, die dabei geholfen haben, aus einer spontanen Idee eine Buchreihe zu machen. Danke an Ruza Kelava, Momke Zamhöfer, Simon Decot, Barbara Fischer, Sandra Krings, Stefanie Ebert, Teresa Krull und Sarah Braun sowie all die anderen Mitarbeiter:innen des Verlags, die uns hinter den Kulissen unterstützt haben.

Wir bedanken uns ebenfalls bei unseren wundervollen Agent:innen Markus Michalek von der AVA international GmbH und Gesa Weiß und Kristina Langenbuch Gerez von der Literaturagentur Langenbuch & Weiß.

Außerdem möchten wir uns noch bei unseren großartigen Testleserinnen für ihren Einsatz bedanken. Danke Mandy, Beate und Saskia, dass ihr von der ersten bis zur letzten Seite mit dabei wart. Ein großes Dankeschön geht auch an Lorena Lammer, welche die Reihe mit ihren wunderschönen Charakter- und Szenen-Illustrationen visualisiert hat. Und danke auch an Alexander Kopainski für die coolen Hunter-Symbole.

Wir bedanken uns auch bei unseren Familien. Und ich – Laura – möchte mich zusätzlich bei meinen Katern bedanken, Reshi, Elodin und Eivor, die eine große Inspiration für Harpers kleines Monster Loki und Thor gewesen sind.

Danke auch an den PJS, denen die ersten fünf Bücher dieser Reihe gewidmet waren. Ihr seid wunderbare Menschen und großartige Freund:innen. Bianca und ich können uns wahnsinnig glücklich schätzen, euch in unserem Leben zu haben. Danke für eure Unterstützung, sei sie in Form von gemeinsamem Co-Working oder motivierenden Arschtritten gewesen, damit wir unsere Deadlines einhalten.

Zum Schluss möchten wir noch den Menschen danken, denen dieses Buch gewidmet ist: euch – unseren Leser:innen. Ohne euch wäre das alles nicht möglich gewesen! Danke, dass ihr die *Midnight Chronicles* mit so viel Begeisterung in eure Bücherregale aufgenommen und uns auf dieser unglaublichen Reise begleitet habt. Wir hoffen sehr, dass wir uns schon bald wiederlesen, in neuen, spannenden Geschichten.

Danke für alles!

MIDNIGHT CHRONICLES

GLOSSAR & PERSONENVERZEICHNIS

BLOOD HUNTER

Blood Hunter werden umgangssprachlich auch als Vampirjäger bezeichnet, ganz konkret jagen sie jedoch Blutwesen. Dazu zählen alle Kreaturen, die Blut konsumieren, um zu leben. Das können klassische Vampire sein, oder auch Strigois, Ghule, Aswang und eine Vielzahl anderer Wesen. Blood Hunter werden mit der Gabe geboren, Blutwesen zu riechen, wodurch sich diese nicht vor ihnen verstecken können. Zudem sind Blood Hunter immun gegen Vampirbisse und können nicht verwandelt werden. Außerdem heilen sie schneller als alle anderen Hunter und können sich so effizienter von Verletzungen erholen.

Cain Blackwood
Alter: 19 Jahre
Waffe(n): Dolche
Amulett: Stufe 1
Blick: –

Warden Prinslo
Alter: 21 Jahre
Waffe(n): alle!
Amulett: Stufe 1
Blick: –

WEITERE BLOOD HUNTER:
Emma Prinslo (47 Jahre) – Wardens Mutter
Grant Livingston (67 Jahre) – Leiter des Quartiers in Edinburgh
Xavier Gorman (54 Jahre) – Anführer der Blood Hunter in Edinburgh
Lillian Blackwood (50 Jahre) – Cains Mutter
Mikhail Zharkov (40 Jahre) – Reisender Hunter aus Russland
Nala Madaki (40 Jahre) – Waffenexpertin, neue Leiterin im Londoner Quartier
Olivia Marlowe (47 Jahre) – Jules' Mutter
Safiyah Al-Abadi (32 Jahre) – Reisende Huntress
Sebastién Mercier (25 Jahre) – Leiter des Quartiers in Paris
Trent Zhou (22 Jahre) – Hunter in Prag

GRIM HUNTER

Grim Hunter sind neben Blood Huntern die am häufigsten vertretene Hunter-Art. Sie machen Jagd auf Werwölfe, Drachen, Höllenhunde, Gremlins, Wendigos etc. Generell kümmern sie sich um alle Wesen, die nicht ins Einsatzgebiet der Blood, Soul oder Magic Hunter fallen, wofür sie auch prädestiniert sind. Denn Grim Hunter sind meist sehr kräftig und besitzen einen stämmigen, muskulösen Körperbau, der ihnen im Kampf einen deutlichen Vorteil verschafft.

Jules Marlowe
Alter: 21 Jahre
Waffe(n): Pistolen und Messer
Amulett: –
Blick: –

WEITERE GRIM HUNTER:
Andrew Blackwood (49 Jahre) – Cains Vater
Charles Marlowe (48 Jahre) – Jules' Vater
Cosimo Gambino (33 Jahre) – Hunter in Florenz
Dinah King (25 Jahre) – Ripleys Kampfpartnerin
Finn MacLeod (21 Jahre) – Roxys Kampfpartner
Konstantin Krall (48 Jahre) – Leiter des Quartiers in Prag
Owen Boyd (23 Jahre) – Ellas Kampfpartner
Pandora Svobodová (25 Jahre) – Huntress in Prag

SOUL HUNTER

Soul Hunter machen Jagd auf verlorene Seelen – Geister, wenn man so will. Alle Soul Hunter verfügen über den sogenannten Seelenblick, der es ihnen erlaubt, die Seele eines Menschen oder eines Wesens, ähnlich einer Aura, zu sehen. Egal, ob sich diese in einem Körper befindet oder sich von der sterblichen Hülle getrennt hat. Somit erkennen sie auch, wenn jemand von einem Geist besessen ist, da sich zwei Seelen in dessen Körper befinden. Zudem besitzen sie die Gabe, körperlose Seelen mit einer Berührung zu materialisieren und zu vernichten. Soul Hunter sind sehr selten und man erkennt sie auf den ersten Blick, denn ihre Augen haben eine graue, fast weiße Iris.

Mariella »Ella« Matthew
Alter: 19 Jahre
Waffe(n): –
Amulett: Stufe 5
Blick: Seelenblick

Wayne McKinley
Alter: 25 Jahre
Waffe(n): Doppelspeer
Amulett: Stufe 2
Blick: Seelenblick

WEITERE SOUL HUNTER:
Louis Matthew (46 Jahre) – Ellas Vater

MAGIC HUNTER

Magic Hunter sind das genaue Gegenteil der Grim Hunter, sie sind von Natur aus sehr grazil, geradezu feenhaft und von einer besonderen Schönheit, was ihnen als eine Art Tarnung dienen kann. Denn auch die Wesen, die sie jagen (Elfen, Feen, Sirenen, Meerjungfrauen, Hexen etc.) sind meist besonders attraktiv, um mit ihrem Aussehen ihre Beute zu bezirzen. Magic Hunter besitzen selbst keine Magie, sind aber sehr geschickt im Umgang mit magischen Amuletten und immun gegen Flüche und Illusionen.

Harper Iwanow
Alter: 20 Jahre
Waffe(n): Katana
Amulett: Stufe 1
Blick: –

WEITERE MAGIC HUNTER:
Amelia Dupont (49 Jahre) – Roxys Mentorin; verstorben
Dominique Delacroix (20 Jahre) – Huntress in Paris
Gertrude »Birdie« Salzmann (19 Jahre) – Huntress in Prag
Holden Iwanow (20 Jahre) – Harpers Zwillingsbruder
Jackson Lothian (39 Jahre) – Kampfpartner von Lillian Blackwood
Jason Stafford (42 Jahre) – Anführer der Magic Hunter in Edinburgh
Mara Li/Krall (21 Jahre) – Huntress in Prag
Maxwell Cavendish (72 Jahre) – ehemaliger Leiter des Quartiers in London
Ripley York (23 Jahre) – Kampfpartner von Dinah
Tereza Li (45 Jahre) – Huntress in Prag, Mutter von Mara

FREIE HUNTER

Freie Hunter sind Menschen, die nicht als Blood, Soul, Grim oder Magic Hunter geboren wurden, sich aber dennoch der Jagd nach übernatürlichen Wesen angeschlossen haben.

Roxana »Roxy« Blake
Alter: 21 Jahre
Waffe(n): Pistolenarmbrust
Amulett: Stufe 6
Blick: Schattenblick

Shaw
Alter: ca. 24 Jahre
Waffe(n): Schrotflinte, Pistolen
Amulett: –
Blick: –

WEITERE FREIE HUNTER:

Li Jun (46 Jahre) – freier Hunter in Prag, Vater von Mara

ARCHIVARE, MENSCHEN UND SONSTIGE CHARAKTERE

Alessandra Petrostelli (29 Jahre) – Assistentin von Grant Livingston
Elspeth »Beth« Matthew (44 Jahre) – Ellas Mutter
Donatius Burton (70 Jahre) – Archivar im Londoner Quartier
Giselle Beauvais (19 Jahre) – hat den Todesblick
Ingrid Abrahamsson (60 Jahre) – Oberärztin im Londoner Quartier
Jacques Mathieu (24 Jahre) – Archivar im Pariser Quartier
James Prinslo (38 Jahre) – Wardens Vater, verstorben
Linnea Abrahamsson (16 Jahre) – Tochter von Ingrid, Archivarin in Ausbildung
Niall Blake (21 Jahre) – Roxys verschollener Bruder
Pavel Kadlec (31 Jahre) – Archivar im Prager Quartier
Weston Cavendish (21 Jahre) – Archivar im Londoner Quartier, Maxwells Großneffe

KREATUREN UND IHRE KÖNIGE

Baldur – König der Hexer
Isaac – König der Vampire
Kevin – Todesbote
Marjorie – Königin der Geisterwelt
Sunniva – Hexenmeisterin, Mitglied von Baldurs Innerem Zirkel
Tarquin – Hexenmeister, Mitglied von Baldurs Innerem Zirkel
Ulysses – König der Unterwelt

Magisch, spannend und romantisch ...

Laura Kneidl
HERZ AUS SCHATTEN

480 Seiten
ISBN 978-3-7363-1832-8

Seit Jahrhunderten wird die Stadt Praha von dunklen Kreaturen bedroht. Sie lauern in den Wäldern und gieren nach dem Blut der letzten verbliebenen Menschen. Als Bändigerin ist es die Aufgabe der 17-jährigen Kayla, die Stadt vor den Ungeheuern zu schützen. Mit ihren Fähigkeiten gelingt es ihr, einen Schattenwolf zu zähmen. Doch dann geschieht das Unfassbare: Der Wolf verwandelt sich in einen jungen Mann. Er kann sich nicht an seine Vergangenheit erinnern und immer wieder kommt seine monströse Seite zum Vorschein ...

»*HERZ AUS SCHATTEN* hat alles, was man sich von Fantasy wünschen kann. Es erzählt eine originelle Geschichte so voller Magie, Finsternis, Spannung und Gefühlen, dass man das Buch nicht aus der Hand legen möchte.« MARIE GRASSHOFF

LYX

Die Liebesgeschichte von Micah und Julian – herzzerreißend und unvergesslich

Laura Kneidl
SOMEONE NEW
544 Seiten
ISBN 978-3-7363-0829-9

Als Micah auf ihren neuen Nachbarn trifft, kann sie es nicht glauben: Es ist Julian, der kurz zuvor ihretwegen seinen Job verloren hat. Micah fühlt sich schrecklich, weil Julian ihr nicht mal die Gelegenheit gibt, sich zu entschuldigen. Doch seine undurchdringliche Art fasziniert Micah, und sie will ihn näher kennenlernen. Dabei findet sie heraus, dass Julian nicht nur sie, sondern alle Menschen auf Abstand hält. Denn er hat ein Geheimnis, das die Art, wie sie ihn sieht, für immer verändern könnte …

»Ein absolutes Must-Read, das ich am liebsten in jedes Regal der Welt stellen möchte.« LESELURCH.DE

LYX